本書由全國古籍整理出版規劃領導小組資助出版

國家清史編纂委員會・文獻叢刊

桐城派名家文集

11

姚永樸集
姚永概集

主編 嚴雲綬 施立業 江小角

時代出版傳媒股份有限公司
安徽教育出版社

圖書在版編目（CIP）數據

桐城派名家文集. 第11卷，姚永樸集、姚永概集 / 嚴雲綬，施立業，江小角主編. 一合肥：安徽教育出版社，2014
ISBN 978-7-5336-7885-2

Ⅰ. ①桐… Ⅱ. ①嚴…②施…③江… Ⅲ. ①中國文學一古典文學一作品綜合集一清代 Ⅳ. ①I214.91

中國版本圖書館 CIP 數據核字（2014）第 143586 號

桐城派名家文集 ⑪姚永樸集、姚永概集
TONGCHENGPAI MINGJIA WENJI

出 版 人：鄭 可
質量總監：張丹飛
策劃統籌：吳壽兵 錢 江 夏業梅
責任編輯：丁 蔚 王玉凝
裝幀設計：何宇清
責任印製：王 琳

出版發行：時代出版傳媒股份有限公司 安徽教育出版社
地 址：合肥市經開區繁華大道西路 398 號 郵編：230601
網 址：http://www.ahep.com.cn
營銷電話：(0551)63683011，63683013
排 版：安徽創藝彩色製版有限責任公司
印 刷：安徽新華印刷股份有限公司

開 本：787×1092 1/16
印 張：30.5
字 數：428 千字
版 次：2014 年 10 月第 1 版 2014 年 10 月第 1 次印刷
本册定價：258.00 元
全套定價：5480.00 元

國家清史編纂委員會出版委員會

總序

戴逸

二〇〇二年八月，國家批准建議纂修清史之報告，十一月成立由十四部委組成之領導小組，十二月十二日成立清史編纂委員會，清史編纂工程於焉肇始。

清史之編纂醞釀已久，清亡以後，北洋政府曾聘專家編寫清史稿，歷時十四年成書。識者議其評判不公，記載多誤，難成信史，久欲重撰新史，以世事多亂不果。中華人民共和國成立後，中央領導亦多次推動修清史之事，皆因故中輟。新世紀之始，國家安定，經濟發展，建設成績輝煌，而清史研究亦有重大進步，學界又倡修史之議，國家採納衆見，決定啓動此新世紀標志性文化工程。

清代為我國最後之封建王朝，統治中國二百六十八年之久，距今未遠。清代衆多之歷史和社會問題與今日息息相關。欲知今日中國國情，必當追溯清代之歷史，故而編纂一部詳細、可信、公允之清代歷史實屬切要之舉。

編史要務，首在採集史料，廣搜確證，以為依據。必藉此史料，乃能窺見歷史陳迹。故史料為歷史研究之基礎，研究者必須積累大量史料，勤於梳理，善於分析，去粗取精，去偽存真，由此及彼，由表及裏，進行科學之抽象，上升為理性之認識，才能洞察過去，認識歷史規律。史料之於歷史研究，猶如水之於魚，空氣之於鳥，水涸則魚逝，氣盈則鳥飛。歷史科學之輝煌殿堂必須巋然聳立於豐富、確鑿、可靠之史料基礎上，不能構建於虛無飄渺之中。吾儕於編史之始，即整理、出版文獻叢刊、檔案叢刊，二者廣收各種史料，均為清史編纂工程之重要組成部分，一以供修撰清史之用，提高著作質量，二為搶救、保護、開發清代之文化資源，繼承和弘揚歷史文化遺產。

清代之史料，具有自身之特點，可以概括為多、亂、散、新四字。

一曰多。我國素稱詩書禮義之邦，存世典籍汗牛充棟，尤以清代為盛。蓋清代統治較久，文化發達，學士才人，比肩相望，傳世之經籍史乘、諸子百家、文字聲韻、目録金石、書畫藝術、詩文小説，遠軼前朝，積貯文獻之多，如恒河沙數，不可勝計。昔梁元帝聚書十四萬卷於江陵，西魏軍攻掠，悉燔於火，人謂喪失天下典籍之半數，是五世紀時中國書籍總數尚不甚多。宋代印刷術推廣，載籍日衆，至清代而浩如烟海，難窺其涯涘矣。清史稿藝文志著録清代書籍九千六百三十三種，人議其疏漏太多。武作成作清史稿藝文志補編，增補書一萬零四百三十八種，超過原志著録之數。彭國棟亦重修清史稿藝文志，著録書一萬八千零五十九種。近年王紹曾更求詳備，致力十餘年，遍覽群籍，手抄目驗，成清史稿藝文志拾遺，增補書至五萬四千八百八十種，超過原志五倍半，此尚非清代存留書之全豹。王紹曾先生言：『余等未見書目尚多，即已見之目，因工作粗疏，未盡鈎稽而失之眉睫者，所在多有。』清代書籍總數若干，至今尚未能確知。

清代不僅書籍浩繁，尚有大量政府檔案留存於世。中國歷朝歷代檔案已喪失殆盡（除近代考古發掘所得甲骨、簡牘外），而清朝中樞機關（内閣、軍機處）檔案，秘藏内廷，尚稱完整。加上地方存留之檔案，多達二千萬件。檔案為歷史事件發生過程中形成之文件，出之於當事人親身經歷和直接記録，具有較高之真實性、可靠性。大量檔案之留存極大地改善了研究條件，俾歷史學家得以運用第一手資料追踪往事，了解歷史真相。

二曰亂。清代以前之典籍，經歷代學者整理、研究，對其數量、類别、版本、流傳、收藏、真僞及價值已有大致瞭解。清代編纂四庫全書，大規模清理、甄别存世之古籍。因政治原因，查禁、纂改、銷燬所謂『悖逆』、『違礙』書籍，造成文化之浩劫。但此時經師大儒，聯袂入館，勤力校理，盡瘁編務。政府亦投入巨資以修明文治，故所獲成果甚豐。對收録之三千多種書籍和未收之六千多種存目書撰寫詳明精切之提要，撮其内容要旨，述其體例篇章，論其學術是非，叙其版本源流，編成二百卷四庫全書總目，洵為讀書之典要、後學之津梁。乾隆以後，至於清末，文字之獄漸戢，印刷之術益精，故而人競著述，家嫻詩文，各握靈蛇之珠，衆懷崑岡之璧，千舸齊發，萬木爭榮，學風大盛，典籍之積累遠邁從前。惟晚清以來，外强侵凌，干戈四起，國家多難，人民離散，未能投入力量對大量新出之典籍再作整理，而政府檔案，深藏中秘，更無由一見。故不僅不知存世清代文獻檔案之總數，即書籍分類如何變通、版本庋藏應否標明，加以部居舛誤，界劃難清，亥豕魯魚，訂正未遑。大量稿本、鈔本、孤本、珍本，土埋塵封，行將澌滅。殿刻本、局刊本、精校本與坊間劣本混淆雜陳。我國自有典籍以來，其繁雜混亂未有甚於清代典籍者矣！

三曰散。清代文獻、檔案，非常分散，分別庋藏於中央與地方各個圖書館、檔案館、博物館、教學研究機構與私人手中。即以清代中央一級之檔案言，除北京第一歷史檔案館所藏一千萬件以外，尚有一大部分檔案在戰爭時期流離播遷，現存於臺北故宫博物院。此外，尚有藏於沈陽遼寧省檔案館之聖訓、玉牒、滿文老檔、黑圖檔等，藏於大連市檔案館之内務府檔案，藏於江蘇泰州市博物館之題本、奏摺、録副奏摺。至於清代各地方政府之檔案文書，損毁極大，但尚有劫後殘餘，璞玉渾金，含章蘊秀，數量頗豐，價值亦高。如河北獲鹿縣檔案、吉林省邊務檔案、黑龍江將軍衙門檔案、河南巡撫藩司衙門檔案、湖南安化縣永曆帝與吴三桂檔案、四川巴縣與南部縣檔案、浙江安徽江西等省之魚鱗册、徽州契約文書、内蒙古各盟旗蒙文檔案、廣東粤海關檔案、雲南省彝文傣文檔案、西藏噶厦政府藏文檔案等等，分别藏於全國各省市自治區，甚至清代兩廣總督衙門檔案（亦稱葉名琛檔案），英法聯軍時遭搶掠西運，今藏於英國倫敦。

清代流傳下之稿本、鈔本，數量豐富，因其從未刻印，彌足珍貴，如曾國藩、李鴻章、翁同龢、盛宣懷、張謇、趙鳳昌之家藏資料。至於清代之詩文集、尺牘、家譜、日記、筆記、方誌、碑刻等品類繁多，數量浩瀚，北京、上海、南京、廣州、天津、武漢及各大學圖書館中，均有不少貯存。豐城之劍氣騰霄，合浦之珠光射日，尋訪必有所獲。最近，余有江南之行，在蘇州、常熟兩地圖書館、博物館中，得見所存稿本、鈔本之目録，即有數百種之多。

某些書籍，在中國大陸已甚稀少，在海外各國反能見到，如太平天國之文書。當年在太平軍區域内，為通行之書籍，太平天國失敗後，悉遭清政府查禁焚燬，現在中國，已難見到，而在海外，由於各國外交官、傳教士、商人競相搜求，携赴海外，故今日在外國圖書館中保存之太平天國文書較多。二十世紀，向達、蕭一山、王重民、王慶成諸先生曾在世界各地尋覓太平天國文獻，收獲甚豐。

四曰新。清代為傳統社會向近代社會之過渡階段，處於中西文化衝突與交融之中，產生一大批内容新穎、形式多樣之文化典籍。清朝初年，西方耶穌會傳教士來華，携來自然科學、藝術和西方宗教知識。乾隆時編四庫全書，曾收録歐几里得幾何原本，利瑪竇乾坤體儀，熊三拔泰西水法、簡平儀説等書。迄至晚清，中國力圖自强，學習西方，翻譯各類西方著作，如上海墨海書館、江南製造局譯書館所譯聲光化電之書，後嚴復所譯天演論、原富、法意等名著，林紓所譯茶花女遺事、黑奴籲天録等文藝小説。中學西學，摩蕩激勵，舊學新學，鬥妍争勝，知識劇增，推陳出新，晚清典籍多别開生面、石破天驚之論，數千年來所未見，飽學宿儒所不知。突破中國傳統之知識框架，書籍之内容、形式，超經史子集之範圍，越子曰詩云之牢籠，發生前所未有之革命性變化，出現衆多新類目、新體例、新内容。

清朝實現國家之大統一，組成中國之多民族大家庭，出現以滿文、蒙古文、藏文、維吾爾文、傣文、彝文書寫之文書，構成為清代文獻之組成部分，使得清代文獻、檔案更加豐富，更加充實，更加絢麗多彩。

清代之文獻、檔案為我國珍貴之歷史文化遺産，其數量之龐大、品類之多樣、涵蓋之寬廣、内容之豐富在全世界之文獻、檔案寶庫中實屬罕見。正因其具有多、亂、散、新之特點，故必須投入巨大之人力、財力進行搜集、整理、出版。吾儕因編纂清史之需，賈其餘力，整理出版其中一小部分；且欲安裝網絡，設數據庫，運用現代科技手段，進行貯存、檢索，以利研究工作。惟清代典籍浩瀚，吾儕汲深綆短，蟻銜蚊負，力薄難任，望洋興嘆，未能做更大規模之工作。觀歷代文獻檔案，頻遭浩劫，水火兵蟲，紛至沓來，古代典籍，百不存五，可為浩嘆。切望後來之政府學人重視保護文獻檔案之工程，投入力量，持續努力，再接再厲，使卷帙長存，瑰寶永駐，中華民族數千年之文獻檔案得以流傳永遠，霑溉將來，是所願也。

二〇〇四年

前言

桐城派興起於清代康熙之際，延續至民國初年，前後達兩個世紀之久。其陣營之壯大，内涵之豐富，在中國文化學術史上，實屬罕見。近百年來，社會變遷，貶之者較多，譽之者亦不乏人，分歧頗大。自上世紀八十年代以後，在解放思想大潮的推動下，不少學人已不約而同地認識到：作爲清代文化學術領域内一種重大的存在，桐城派是一個繞不過去的話題。可以説，没有對桐城派系統、深入的研究，要想寫好清代文學史、學術史、文化史，當非常困難。而且，不少桐城派作家的社會實踐活動，涉及清代社會的諸多方面，如政治、經濟、軍事、教育、學術、文藝等，有些影響至爲深遠；且其詩文中史料甚豐，值得治史者細心發掘。然而，由於種種原因，桐城派所受到的學術關注，還很難説與其重要的歷史地位、影響相稱。很多研究有待於深化，不少的領域還是空白。文獻資料的搜尋、整理則長期停留在分散、零星的狀態。

桐城派名家文集係國家清史編纂委員會文獻組的規劃項目。此項目的確定與實施，無疑使桐城派文獻資料的整理工作邁入了一個新階段。其便利學人，推進桐城派研究的作用，自不待言。桐城派自興起、形成，歷經發展、變化，兩百多年中，直接或間接與桐城派相關聯的作者，可能近千人。影響所及，北達京都，南逾五嶺，東及吴越。文獻遺存十分豐富。我們此次從其發展過程中選擇各個階段的若干代表人物的文集，編纂整理，試圖爲廣大讀者提供一套大體上能體現桐城派不同階段特徵的文獻資料；在以歷史發展綫索爲主的基礎上，適當兼顧地域的因素。本着上述意圖，文集收入的作家爲：戴名世、方苞、劉大櫆、姚範、姚鼐、吴德旋、陳用光、方東樹、姚椿、管同、劉開、姚瑩、梅曾亮、吴敏樹、曾國藩、龍啓瑞、戴鈞衡、王拯、方宗誠、張裕釗、黎庶昌、薛福成、吴汝綸、賀濤、范當世、馬其昶、姚永樸、姚永概，共二十八人。持此一編，基本上可以感知桐城派演化的不同階段的根本特徵，亦能從中窺探清代社會某些方面的情景。

文集分甲、乙兩編。甲編收入姚範、吴德旋、陳用光、方東樹、姚椿、管同、劉開、姚瑩、吴敏樹、龍啓瑞、戴鈞衡、王拯、方宗誠、薛福成、馬其昶、姚永樸、姚永概等十七位作家詩文集。因爲在本項目擬訂規劃時，上述十七位作家的詩文尚未見到整理本出版，所以此次編纂、整理時，盡力求全：在對其已刊刻作品進行校勘、標點的同時，又儘可能蒐集其未刊稿，希望由此提高資料的完整性。乙編爲戴名世、方苞、劉大櫆、姚鼐、梅曾亮、曾國藩、張裕釗、黎庶昌、吴汝綸、賀濤、范當世等十一位作家的文章選集。上述作家，或爲桐城派開宗立派的大師，或爲推進桐城派轉變、發展的巨匠，其詩文本當全部匯録，但考慮到均已有整理本出版，因此本文集以其文選入編，雖然未能以全貌示人，但經過編者認真選擇、整理的文選，當亦能在基本方面體現出各位作家的文章風貌。

國家清史編纂委員會、國家清史編纂委員會項目中心與文獻組對桐城派名家文集的編纂十分重視，給予了多方面的指導與扶持。安徽省哲學社會科學界聯合會、中共桐城市委員會、桐城市人民政府從始至終對整理工作提供各項支持，諸多實際困難得以化解。顯然，若無上述各方面的關心，文集必然很難完成。時代出版傳媒股份有限公司安徽教育出版社一向重視文化傳承，扶持學術，毅然承當了文集的出版工作。在此，謹對一切關心、支持本項目的機構、人士深致謝忱！

桐城派名家文集乃是文化學術界第一次較大規模的桐城派文獻資料整理工程，難度可想而知。而我們則學力有限，每每有力不從心之憾。因此，文集内難免有不少疏誤之處。出版之後，希望得到廣大讀者的積極回應，給予指正。

嚴雲綬　施立業　江小角

二〇一一年九月廿五日

凡例

一、桐城派名家文集分甲、乙兩編；甲編收入姚範、吴德旋、陳用光、方東樹、姚椿、管同、劉開、姚瑩、吴敏樹、龍啓瑞、戴鈞衡、王拯、方宗誠、薛福成、馬其昶、姚永樸、姚永概等十七位作家詩文集，乙編爲戴名世、方苞、劉大櫆、姚鼐、梅曾亮、曾國藩、張裕釗、黎庶昌、吴汝綸、賀濤、范當世等十一位作家選集。

二、凡收入甲編的名家文集均保持其原刻本編次。不同年代刊行的文集或詩集按其刊刻年代先後編排。有輯佚稿者按文、詩分類編年，附於原刻文集之後；年代不明者，酌情處置。

三、每位作家文集前之整理説明，簡要説明作家、著作版本的主要情况。甲編各文集後附録清人所撰寫的年譜、附記、墓志銘等相關資料。

四、底本之選擇兼顧底本完整性與準確性兩原則。若兩者不能兼顧，則以訛誤少、校刻精之本作底本，其殘缺部分以他本配補。

五、凡底本不誤而他本誤者，一般不出校記。

六、底本之明顯的版刻錯誤，如因形近致誤的『己』、『已』、『巳』之類，可以依據上下文予以辨識者，逕改之，不出校記。

七、凡底本之訛、脱、衍、倒，確有實據者，予以改正，并以符號標識。以圓括號表示誤字或應刪之字，改正之字置於括號後；以方括號表示增補之字。

八、文中脱漏、殘缺或難以辨識之處用方框表示。

九、底本與他本文异，但義可兩通、難以取捨者，以校記説明。一般虚字有异而文義無殊者，可不出校。

十、文字盡量保持原貌，通假字、异體字一般均依原文，不改爲現代通行體，亦不求統一。過於冷僻之字可酌改爲通行字。文中如有外文詞語之翻譯與現在通行譯法不同者，不作改動，仍存原譯。同一譯名在文集中前後相异者，亦存原譯，不予統一。

十一、校記力求簡短，摘引正文時僅舉所校詞語。校記置於該篇篇末。

十二、文中引文與原書小异但不失其本意者，不改動亦不出校。節引原書文字大异且失其原意者，出校説明，但不改正。

十三、標點符號依照一九九六年中華人民共和國國家標準標點符號用法的規定使用。考慮到古代漢語的特點，原則上不使用省略號、破折號、着重號和連接號。

十四、凡直接引用的文字用雙引號表示，若引文中復有引文，則加單引號。古人引書多述其大意或節略其文，凡此等處不用引號。

總目

姚永樸集

點校　方寧勝　楊懷志

整理説明

姚永樸（一八六一—一九三九），字仲實，晚號蜕私老人。安徽桐城人，出身桐城望族麻溪姚氏，其先輩姚文然、姚範、姚鼐爲清代名臣鴻儒，祖父姚瑩爲近代桐城派中的經世派巨擘，父親姚濬昌爲同光間著名詩人。姚永樸幼承庭訓，年十三通曉十三經，十六歲補學官弟子，跟隨父兄居住於桐城掛車山西山精舍，潛心讀書，討論學術。其後客游湖口、天津、旅順，以授經謀生，同時多方訪求名師，先後師從張裕釗、方宗誠、蕭穆、吴汝綸等當世名家，學業精進。光緒二十年（一八九四），中順天鄉試舉人。其後數年，多次出應會試，均落第而歸，遂不再應試，專心從事教育。光緒二十七年，遠赴廣東信宜縣，任起鳳書院山長。兩年後，山東創辦高等學堂，總辦周學熙聘請姚永樸爲教習。其時安徽亦成立高等學堂，邀請他出任倫理教習，姚永樸欣然歸皖任教。宣統元年（一九〇九），清學部大臣奏薦其爲學部咨議官，適逢長子姚焕自日本留學歸京任職，便携家入京赴任，同時兼任京師法政學堂國文教習。民國三年（一九一四），受聘爲北京大學文科教授，又被清史館館長趙爾巽聘爲纂修，成清史稿數十卷。民國六年，辭去北京大學教職，進入蕭縣徐樹錚創辦的正志學校授課，四年後南歸，不久任秋浦周氏宏毅學舍教務長。民國十五年，任東南大學教授。同年秋，安徽大學籌辦，省長高世績聘姚永樸爲校長，因北伐軍興而罷。民國十七年秋，安徽大學招生開學，姚永樸又被聘爲文學院教授。此時他已目盲，每當臨堂講課，就由侍者扶入教室，坐定後開講，莊言諧語，妙趣横生；稱引諸經，極少錯訛，學生爲之嘆服。民國二十五年秋，姚永樸由安徽大學謝歸。抗日戰争爆發後，日軍侵入桐城。姚永樸舉家遷往廣西桂林，於民國二十八年秋卒於桂林寓舍，權厝於城外施家花園。抗戰勝利後歸葬於桐城龍眠山陶家冲。

姚永樸畢生沉潛經學，於各家注疏及宋元明清諸儒經説，無不涉獵，博稽約取，自成一家。他的經學著作，大多應教學需要撰述，或自行刻印，或由校方付梓，學術價值較高，代表作有尚書誼略二十八卷、諸子考略十八卷、群經考略十六卷、群儒考略七十六卷、論語解注合編十卷、十三經述要六卷等。姚永樸很早就顯示出過人的文學才華，少時所作曉起一詩，曾傳誦一時。作爲桐城派嫡系傳人和最後一位大師，姚永樸與其姊丈馬其昶、弟姚永概、摯友林紓、嚴復等一起，成爲晚清至民國初年桐城派陣營的中堅，對桐城派文統的傳承與堅守貢獻良多。一方面，他在數十年的教學生涯中，精心編寫國文講義，傳播桐城古文義法，培養國學英才，他在京師法政學堂時選編的國文學四卷、在北京大學時撰著的文學研究法四卷，至今爲學術界所珍重；另一方面，他以獨具特色的詩文創作，爲桐城派文學面貌增添了新的光彩。姚氏爲文，以義法爲宗旨，隨手起落，不爲張皇，自然感激頓挫，雅馴質樸，餘味曲包。如西山精舍圖記，回憶十年前桐城老家西山精舍環境之美及祖母親情，寥寥數語而感人至深。至於他的傳狀之文，如蕭敬孚先生傳、魏默深先生傳、孫太僕家傳等，簡潔樸實，自然生動，確是方苞、姚鼐真血脉。

姚永樸詩文集名爲蛻私軒集和蛻私軒續集。前者通行版本有辛酉春日秋浦周氏刊行本、北京共和印刷局民國六年（一九一七）鉛印本，詩文合編，凡五卷，前詩後文，兩本内容略異。民國十年，秋浦周氏重刻蛻私軒集。民國二十一年又有安慶鉛印本行世，據秋浦周氏重刻本删節而成，凡三卷，亦稱蛻私軒集。蛻私軒續集有民國三十一年周氏師古堂刻本，收録姚永樸民國十二年以後詩文，計三卷，卷一爲古體詩、今體詩，卷二爲序跋、書、贈序，卷三爲傳狀、碑誌、記、祭文，末爲蛻私軒集補鈔，收録詩二首、文三篇。

此次整理，將蛻私軒集、蛻私軒續集匯爲一編，名曰姚永樸集。蛻私軒集以民國六年北京共和印刷局鉛印本爲底本，以民國二十一年安慶鉛印本爲參校本。參校本詩文與底本互見或爲底本所無者，均依其文體歸入相應卷次。因參校本後出，作者對原作間有删改，爲體現作者審慎認真、不苟絲毫的創作態度，我們對其删改部分均出校説明。至於蛻私軒續集，因其版本單一，無以參校，因此除改正筆畫訛錯、字形混同的明顯誤刻外，均以原貌示之。爲便於讀者閱讀，我們將蛻私軒集、蛻私軒續集均按前文後詩的順序分別編次，正、續集相對獨立，並對其中的蜕私軒集卷次作了調整，分别爲卷一論、序跋，卷二議、書、贈序，卷三傳狀，卷四碑誌、雜記、哀辭，卷五古體詩、今體詩。由於將參校本中增收詩文補入，故内容較底本增多。在資料搜集過程中，輯得姚永樸佚文三篇，亦附於本集之末。

姚永樸集整理工作遵行國家清史編纂委員會文獻整理工作通則要求，力求做到准確、規範。由於我們水平有限，不足之處在所難免，懇請廣大讀者不吝指正。

方寧勝　楊懷志

目録

卷二　傳狀　碑誌　記　祭文……一四六

卷三　古體詩　今體詩……………………一七〇

蛻私軒集

卷一　論　序跋

解蔽上

不以事之是非曲直而傷吾恩者，待兄弟之道也。故詩之詠兄弟曰：『兄及弟矣，式相好矣，毋相猶矣。』若夫夫婦則必責事之是而毋匿其非，必求事之直而不容其曲，何則？夫婦以義合以情接者也。以義合故其望之也不得不深，以情接故其防之也不得不嚴。詩人當取妻之初，即詠之曰：『辰彼碩女，令德來教。』其望之深防之嚴如此。及其既取，而不當於舅姑，不宜於家人，則去之。由此觀之，古人於兄弟夫婦，其親疏厚薄，豈不較然甚明哉？

今之人則不然。其於兄弟也，必計事之孰是焉，孰非焉，孰直焉，孰曲焉。至夫婦則惟見其相好，無復有相猶者。是則今之人待夫婦，乃古人所以待兄弟者也。今人之待兄弟，乃古人所以待夫婦者也。

嗟乎！婦人之性，能知大義者鮮矣。其始也以異姓而相聚，不免各挾其私心，相嫉相忮，而娣姒之釁成矣。其繼也忿其私之不遂，各蠱其夫以自助焉，於是兄弟之釁又成矣。古人知其然也，故於兄弟則寬以待之，於妻則嚴以懲之，非故虐其妻也。必如是而後可以全兄弟之恩，且可以正夫婦之倫耳。今之人以情欲之故，而愛其妻，無惑乎？惟見妻之是而不見其非，惟知妻之直而不知其曲也。今試使妻訴兄弟之過，今人聞之必曰：『是信然也。』古之人則疑矣，不然必責其妻曰：『爾何不以吾故而恕吾兄弟也？』又試使兄弟訴妻之過，古人聞之必曰：『是信然也。』今之人則疑矣，不然必責兄弟曰：『爾何不以吾故而恕吾妻也？』嗟乎！情欲熾於中而用情之悖遂至於此，不亦大可畏與！昔詩之詠文王也，曰『刑於寡妻，至於兄弟，以御於家邦。』夫古之人欲正其家，未有不先正其妻者也；　欲正其妻，未有不先正其身者也。　昔者牛宏自外歸，妻訴弟殺駕車牛，宏無所怪問，直答曰：『作脯。』坐定，妻又言。　宏答曰：『已知。』顔色自若，讀書不輟。　此近於能正其妻者矣。昔者，繆彤見諸婦求分異，乃掩户自撾，曰：『繆彤，汝修身謹行，學聖賢之法，將以整齊風俗，奈何不能正其家乎！』此近於能正其身者矣。

嗟乎！　今之人縱不能以文王爲法，使先效繆彤之自責，繼師牛宏之拒妻，則庶乎兄弟夫婦之間，可以不悖所施也。

解蔽下

或曰：『子之言待兄弟宜寬，待妻宜嚴，是誠然矣。若夫待兄弟之妻，其亦有道乎？』曰：『有之。』禮曰：『嫂叔不通問。』蓋古人於男女之際，必杜漸防微，故嫂叔之生也不通問，而其死也無服，所謂推而遠之也。　然觀内則曰：『由命士以上，父子皆異宫。』儀禮喪服傳亦謂『古者有東宫，有西宫，有南宫，有北宫，異宫而同財』。是則古之人苟非閭閻小民，其父子兄弟所居，視今所隔爲遠。　蓋嫂叔之間，固不必日相見也。

若今之人取妻後，特兄弟異室耳。　其於兄弟之妻，勢不能不覿之於旦暮也，而其情遂視古爲親焉。　故後王因本人情以爲之制服，雖然其情易親，而其隙亦遂易起，何則？　旦暮相聚，米鹽之間，言語之際，娣姒之乖爭，僕妾讚訴，幾無往不可以啓釁者？　今之人偶與兄弟之妻忤，輒忿然曰：『吾友於兄弟可也，若兄弟之妻，固不能不宿怨焉。』嗟乎，斯言也，必非友於兄弟者之言也。　夫人之情孰不私其妻者？　吾欲友於兄弟而不能容其妻，能保其不浸漬於吾兄弟之側乎？　即使兄弟不爲所惑，而吾不能推兄弟之愛以及之，則所爲愛兄弟者，其必不篤可知也！　是尚能望家之正邪？　然則如之何而可？曰：『欲吾之妻不惑吾，在正身以率之。　欲吾兄弟之妻不惑吾兄弟，在厚恩以結之。』

今之人於己之妻則曲護之，於兄弟之妻則苛責之，其卒也使異姓之人，羣起奪吾同父之愛，拱手熟視，而無可如何！　是皆惟欲是狥，不審夫情與理之所致也。　可慨也夫！可慨也夫！

讀墨子

吾觀墨子兼愛篇，欲天下兼相愛，交相利，且恐人慮其防於孝，乃曰：『孝子欲愛利其親，必先從事愛利他人之親。』其言亦近理，而孟子闢之，何也？蓋學術於天下，倡之一二人而羣蟻附焉，其飆流餘燄之所及，恒至數十百年而不可遏。雖帝王刑賞，力有不逮也。是以君子慎之而不敢爲過激之論。楊子曰：『不逆命，何羨壽？不衿貴，何羨名？不要勢，何羨位？不貪富，何羨貨？』此其意特欲救天下之沈溺耳，而乃曰：『拔一毛而利天下不爲。』誠如是也，是有我而無羣也。

夫君者羣人者也，不有羣何有君？墨子曰：『視人之室若其室誰竊？視人身若其身誰賊？視人家若其家誰亂？視人國若其國誰攻？』此其意特欲止天下之殘暴耳。而乃曰『以兼易別』。夫是兼非別，是無差等也。無差等，是有大羣而無家族也，無家族誰知有父乎？且墨子推愛人之益，以爲猶之愛己。其言切而心亦可謂苦矣。然孔子未嘗不曰『仁者愛人』，曰『汎愛衆』。要非無疏戚之辨也。夫人之生，孰不賴父母以成立者？及其長也，孰不資兄弟以爲翼者？今比他人之父母兄弟而同之，匪特乖於其實，勢將有所不行，徒使人忘身所自來而後已。孟子譏之，豈得爲過？

嗟乎！如楊子之澹於名利，墨子之儉勤，稽其所長於世，豈曰無補？而持論過激，弊猶若此，況立心制行不若二子者，欲創異説以詔天下，其爲禍可勝言哉！可勝言哉！

讀莊子

孔、孟之於生死也，曰：『朝聞道，夕死可矣。』曰：『未知生，焉知死？』曰：『盡其道而死者，正命也；桎梏死者，非正命也。』如是焉而已。莊子齊物論諸篇，言之何其詳也。孔、孟之於世也，曰：『言忠信，行篤敬。』曰：『居處恭，執事敬，與人忠。』曰：『以仁存心，以禮存心。』如是焉而已。莊子人間世諸篇，言之又何其詳也。

夫眞超然於生死者不言生死，言生死者非超然於生死者也；眞忘機者不言機，言機者非忘機者也。且莊子謂『人之生忽然如騏驥之馳過隙』。釋氏又以爲如夢如幻，如泡如影，如露如電。豈孔、孟之智顧不如此哉！然而其修之身，型之家，措之天下，必不敢一端或苟者，以爲明知其如此，而吾所當盡者終不可不盡。此所以爲立命也，必如莊子之墮聰明，絶聖智，毁仁義，去禮樂，幾何不流爲東晉之放達邪！

雖然，以才自足，以能自喜，屢憎於人而不知變者，天下皆是也。今以堯舜之事業曾史之行視之若浮雲然，他何論焉？然則莊子固振古之豪傑也已。

讀孟子〔一〕

孔子教人中庸之德而已，其以爲德之賊者曰『鄉原』。蓋鄉原者，以鄙夫而託於中庸者也，故孟子亦言其似是而非，載之全書之末。

若夫距楊、墨以其爲我、兼愛，然引子莫執中與之較，而謂無權猶執一，則楊、墨病在執一耳。權者何？孔子所述六經之旨是也。其曰：『所惡執一者，以舉一廢百。』楊、墨固百中之一，病在知其一，不知其餘耳。使有以權之何？必無可取。孟子斥爲禽獸者，蓋充類至義之盡。程子謂楊、墨未至於無父無君，而其流必至是，其說允矣。觀孟子論陳仲子曰：『是尚爲能充其類也乎？若仲子者，蚓而後充其操者也。』充仲子之操，必爲蚓；充楊、墨之道，必爲禽獸。仲子果蚓，楊、墨果禽獸乎？夫楊子漠然不以事物攖心，墨子觳其身以勞天下，其意之遠非特不與鄉原同科，亦豈公孫衍、張儀所敢望？

漢書藝文志之論諸子也，曰：『彼各引一端。雖有蔽短，使遭明王聖主，得所折中，皆股肱之材夫。』曰『引一端』，卽舉一之說也。曰『有蔽短』，卽廢百之說也。曰『必折中於明聖』，此孟子所爲汲汲焉，思以孔子之道權之也。嗚呼！安得好學深思心知其意者，而與之讀孟子哉！

【校】

〔一〕本篇據蜕私軒集三卷（民國二十一年安慶鉛印本，簡稱安慶本）補入。

讀荀子

昔太史公以荀卿與孟子並稱，韓退之雖有小疵之譏，然亦與孟子並以爲『吐辭爲經，舉足爲法，絶類離倫，優入聖域』。誠哉斯言也。

其二子之定論乎？世之譏荀卿者，輒謂其不當以性爲惡，是則然矣。顧吾觀古今善言性者，二子之前有孔子。孔子之言曰：『性相近也，習相遠也。』『唯上智與下愚不移。』是則性固有至善者，亦未嘗無至惡者也。二子之後有程子、朱子，其曰『天命之性』，即孟子所謂性善者也；其曰『氣質之性』，究不能保其中之無惡也。故程子曰：『善固性也，惡亦不可不謂之性。』荀卿之説所以不及孟子者，孟子於原乎天者，既明之爲善，又以形色爲天性，而欲人如聖人之踐形，以色聲、臭味、安佚爲性，而曰『有命焉，君子不謂之性』。是則於雜於形氣者，未嘗不舉以示人。荀卿第見世之善者少，惡者多，遂疑本然之性爲惡，欲爲善去惡，非化性起僞不可，而不知由於氣質之故。是以其論激而失中，偏而不備。要之用意，奚足深病乎？惟其書於孟子頗有詆諆之詞，誠不免於過。然彼嘗稱孟子能自彊矣。又嘗載其攻齊宣王邪心矣，是則詆孟子特以所見未合耳，非詆孟子之爲人也。

吾嘗因是博觀二子之書，孟子於五經，蓋無所不學，而所長在詩、書。荀卿於五經亦無所不學，而所長在禮、樂。故孟子七篇引詩、書爲説者數十，而於諸侯之禮，既以爲未之學，於周室班爵禄，又以爲其詳不可得而聞，其尤著者，論助徹之法，惟引大田之詩以爲證，顧乃不及於周禮。荀卿之所論説，則半載於禮經。由是觀之，二子之學，誠有如楊雄所謂同門異户者。然而是皆周先王所施於太學以造士，而孔子所嘗論述之者也。

今之學者，自束髮受書以來，於二子之説，蓋莫不誦而師之矣，不能由其所不同者以求其所謂同者，乃斷斷焉奪彼予此，不亦傎乎？

讀法言

昔朱子嘗言韓文公論性已見大原，獨惜未明言三品之分由於氣。今觀揚雄法言曰：『人之性也善惡混。』

是謂可以善，可以惡也。又曰：『氣也者，所適善惡之馬也與。』是謂善惡之分，由於氣也。其立論實可以補荀子之不逮，獨惜未明言命於天者本善耳。雄之識及此。漢氏諸儒董仲舒、劉向外，誠未有與之匹者。韓文公盛稱之，殆不爲過。

然吾竊怪其於楚兩龔之絜，既稱之爲清；蜀莊之沈冥，又以爲可寶，而乃臣於新室何也？豈欲效孔子之見南子，敬陽虎，將詘己以伸道，故不屑爲屈原之湛身乎？觀其末篇論虞、夏、商、周之有天下皆由力取，而重言漢德之允懷，是其心固惓惓於本朝，而痛莽之取而代之也。其曰『漢公勤勞』過於阿衡諛之乎？特諷之耳。

夫漢當哀、平之際，非括囊無咎之時乎？雄之言曰：『君子在治若鳳，在亂若鳳，治則見，亂則隱。鴻飛冥冥，弋人何篡焉！』悲夫惜哉！雄之不爲鳳與鴻也！

讀禮運

禮運論大道既隱，以禮義與貨力勇知，同爲謀作兵起之由。後儒疑非孔子言，或謂有錯簡。予讀而思其命名之意，蓋謂世運無常，而不能舍禮以爲治則一而已矣。何者？禮固承天之道，以治人之情者也。自天高地下，萬物散殊，禮已行乎其間，特帝者之世，人情沕穆，制度疏而大道行，天下可公於民，而民之貨力亦不私於己，及道既隱而不然矣。信睦之風微，勇知之士迭出，禹、湯、文、武、成王、周公之所以爲禮者，於是不容不日密。此大同小康之所以判也。子游既歎禮之急，復欲夫子之極言禮。或其識亦窺及此，而未折其中。孔子以禮之本於天，殽於地，列於鬼神，達於喪祭、射御、冠昏、朝聘告之，爰溯禮之初迄於大成。蓋累代忠質文之遞變，統舉之矣。

我觀周道，幽、厲傷之，卽詩序謂周室大壞，由厲王無道，天下蕩蕩然無綱紀文章之意。當時惟魯猶秉周禮，然自郊禘外，如明堂位所載，春秋傳子家子所譏，已違於禮而不知其非，矧在他國，至是六君子之制度澌滅殆盡，求小康且不可得。所以然者，禮之用在節人之欲惡，使之講信修睦，尚慈讓，去爭奪，苟舍之將政不治，君不安，更何望於以天下爲一家，中國爲一人乎？下言人者天地之德，陰陽之交，鬼神之會，五行之秀氣，又以爲天地之心，五行之端，食味別聲被色而生者，則所以明人性之貴於物而最靈。其論聖人作則，遂廣驗之，而溯其本於太乙。蓋申明前所言承天之道以治人之情之旨，然則其制爲冠昏、喪祭、射御、朝聘者，豈出於性外，而强人以所難行哉？故終論人與家國天下之肥，而總謂之大順。大順者，大同所自來也。道之隱，禮固當務之急，若極言之，其大行也，非隆禮亦莫由而致，此禮之所以主乎運也。

篇中屢言仁義、信睦、慈讓，此數者禮之實也，制度者禮之文也。文因時而變，故曰協諸義而協，則禮雖先王未之有，可以義起也，實則萬世不變。故曰『壞國喪家亡人，必先去其禮』。孰謂禮但爲小康設，而大同之世，可無尊卑之分，疏戚之辨哉？特帝者之世，自天子以至於庶人，皆不獨恤其私。王者之世，第能因人之有恤私之心，從而導之使各遂其生，而無胥戕胥虐，斯固世運使然，而道之隆污則有間矣。是以六君子修制度以保民，其見於禹貢、周官、王制者，非不明備，而人存政舉，人亡政息，數千年來一治一亂，若循環焉，則世及者誠不可謂非謀作兵起之由。

要之，優劣之原乃其所以用禮者異，而於禮無與也。後人不達，遽謂篇首諸語非出孔子。其好異者，又引老氏『忠信之薄而亂之首』之説，以爲孔子亦有斯意，則吾不知之矣。

桐城耆舊言行録序

吾嘗推論史家義例，莫不本之於經。蓋編年之法，創自春秋；志傳之文，肇於典、謨；其他雜記聖賢言行，則論語實爲之嚆矢焉。家語、孔叢雖皆後儒僞託，然亦綴合孔氏遺文，仿論語而爲之者也。周、秦諸子亦間紀聖賢軼事，而詞多荒誕不可信。惟劉向新序、説苑所載，主於明紀綱，迪教化，不失爲儒者之言耳。六朝時，劉(慶義)[義慶]作世説新語，其中頗多游鄙之談，淺薄之行，以詞旨名雋，好文者嗜之，故其書易行，而害道亦最甚焉。宋承五代之餘，名卿巨儒並生挺出。南渡後，朱子乃考其言論行事，編爲名臣言行録及伊洛淵源録，皆足以感發興起，有益學者甚大。

夫傳狀之文，貴能紀其人之大節，故功在社稷者，其州郡之設施畧焉；功在州郡者，其鄉里之行誼畧焉。非惟敘事之體則然。苟詳於其小，則大者轉以之不顯焉耳。惟記録之書，可以巨細兼採，卽言論足取，亦得並録，以資觀法。此二者之體所以能並存不廢也。要必以有裨於人心風俗爲義，豈徒曰廣見聞、資採摭而已哉。

吾鄉前明士大夫，自左忠毅公外，大率皆以風節著聞。其勵志聖賢之學者，則始於何先生唐，而大於明善方先生學漸，數傳至密之先生，一變爲宏通淹雅之學。論者遂謂其書開實事求是之始。聖清膺運，先端恪公及張文端、方恪敏相繼立朝，並有賢良之譽。雍、乾間，方望溪侍郎以學行爲天下宗，海峯、惜抱兩先生繼之，於是天下言文章者，復歸嚮桐城，以爲正軌。嗚呼！可謂盛矣。

昔明善先生嘗撰桐彝、邇訓兩書，雖所收録甚簡，然吾邑正、嘉以前之文獻，實賴是而僅存。予每與馬君通伯言此，未嘗不思所以賡續之者。乙酉秋，通伯既撰耆舊傳若干卷。予乃本朱子之意，徧採史傳、志乘及諸家文集、筆記，別爲言行録一書，悉引原文而各詳注其所出，意主徵實而已。傳所取之人爲詳，而事則非其大者不載；是録所取之事爲博，而人則非其大者亦不載。其詳畧異同之間，蓋有可相輔者，獨恨才識孱陋，所蒐輯者未必有當前哲之心，然置諸座隅，以自檢束，則庶幾可爲寡過之助云爾。

先考叩瓴瑣語後序

右叩瓴瑣語十二卷，先考幸餘府君日所記也。起同治壬戌，訖光緒庚子，凡三十九年讀書所得，與夫省身、接物、紀事、訓子之言，皆具於是編。永樸侍府君於竹山官舍，乃彙鈔之，分爲十二類。府君名之曰『叩瓴瑣語』。鈔甫畢而棄諸孤矣。嗚呼痛哉！

府君生平持身清介自將，宅心一依於仁厚，而尤以爲人無賢不肖，地無邇逖，惟至誠乃可自植，而孚於人人。故居官餘三十年，皆推己之心及於民，以勤慎濟之，絕未嘗有一端之表襮。少以粵匪亂，從事戎幕，爲曾文正公所知。及官江西，沈文肅公暨今兩江總督新寧劉公，皆稱府君爲循吏，而府君第行其心之所安，初不以大吏之揚抑爲愠喜也。嘗三上書請建安福常平倉，不果行，遽引疾去。買宅挂車山以奉母。挂車山在吾邑西北，山水幽絶。府君居凡七年，時與故舊飲酒賦詩，日誦經史及名臣魁儒之書，恒至夜半。山居侍養，間日一遣力之城，市珍羞，求奇藥，苟於親有益者必備也。自入官後，周三族之寒饑，雖罷不減，坐是大困。復謁選還故任，丁憂起復，改官湖北，於時中興已三十年。府君曩所嚴事及比肩立者率物故，風氣稍稍變矣，而府君之所以事上治民者無異。由是大吏輒不悦於府君，府君浩然投劾，甫交代而卒。貧不能返櫬，竹山民買舟送至老河口而後歸。嗚呼！府君生平大節如此。此海内賢士大夫之所共信，而深爲世道惜者也。

府君少喜爲詩，詩屢變而益工，爲當世所重。晚歲乃以是編授諸子，曰：『吾面目具於斯矣。』永樸侍府君四十年，卽無以荷先緒，雖古人所云『服勤至死』者，亦未嘗有一事之近焉。今長已矣，保茲手澤，爰卽志事所存，述諸卷末，以詔後昆，庶聰聽彝訓，不致遏佚於方來。嗚呼痛哉！光緒辛丑春二月男永樸泣血謹識。

諸子考略序

嗚呼！諸子之言猶藥也。藥之性不能無偏，故可以已疾，亦可以致疾。然得醫之良者，因人之所患而施之，則惟其偏也，反得效其用，此聚毒藥以供醫事，所由掌於醫師也。

自春秋末以迄戰國，先王政教蕩焉無存。其時豪傑之士，如管仲、晏嬰、孫武、吳起、申不害、商鞅，咸以所學馳騁於世。若夫老、莊、楊、墨、屈原、荀卿、韓非之徒，或沈淪下僚，或跧伏草莽，或以宗臣而困讒人，或以奇才而羈異國，既不獲伸其志，於是舉其心之憂悲憤懣者，畢見於書。雖義多失中，然其識之高，其言之沈痛切至，實有非酣豢富貴之鄙夫所能窺其萬一者。

昔孔子論人，取狂狷而賤鄉願。又曰『觀過知仁』。而南郭惠子亦言夫子之門何其雜也！夫聖人之道大，故無所不包。如彼諸子，使得聖帝明王裁成而驅策之，夫豈非耳目股肱之選與！

光緒癸卯永樸自山左歸，會吾皖創立高等學堂，武進劉葆良觀察、陽湖惲季申太守，白於大吏，俾爲教習。既以御纂七經綱領授諸生，乃復蒐諸子行事，及昔賢序跋，與夫評騭之言，爲考略十八卷，亦欲諸生究其利病得失，稍擴其識，以爲異日效用於國之始基云爾。桐城姚永樸識。

觥觥敬仲，術主於因。知與爲取，史遷所陳。讎惠尚威，爲法家則。國張四維，猶見王澤。考管子略第一。

晏子論禮，粹然純儒。彊諫顯君，永爲世模。善與人交，魯論特紀。沮孔謬談，造於墨氏。考晏子春秋略第二。

欲將三軍，貴通九變。屈人之兵，在於未戰。精哉孫子，撰十三篇。知彼知己，知地知天。考孫子略第三。

老聃在周，實爲禮官。矯枉過正，乃法自然。以柔克剛，以靜制動。莊得其體，韓得其用。考老子略第四。

列子軼事，稱者漆園。子長無傳，或疑寓言。學貴全神，念戒著物。宗旨所歸，可參於佛。考列子略第五。

繩墨自矯，以備世急。才士之名，與孔並立。兼愛之說，近理亂眞。毫釐不辨，斁我彝倫。考墨子略第六。

商君所急，耕戰而已。嬴氏用之，令行禁止。孝弟誠信，禮、樂、詩、書。曰蠹曰蝨，異說紛如。考商君書略第七。

南華之源，起於卜氏。懿哉六經，能探厥旨。疾世沈濁，易莊爲諧。非夷非跖，忘厥形骸。考莊子畧第八。

屈原遭讒，離騷是作。世無重華，方正焉託。曰予遠逝，猶睨舊鄉。怨而不怒，日月爭光。考楚辭畧第九。

荀卿之學，敦時悅禮。老死蘭陵，身爲道柢。性惡之說，由激使然。詆及思、孟，勝心未捐。考荀子畧第十。

狡哉呂子，奇貨可居。既盜高位，更撰異書。懸之國門，千金一字。事備古今，勿以人棄。考呂氏春秋畧第十一。

養非所用，用非所養。廉直之人，不勝邪枉。韓非疾世，五蠹以陳。悲哉說難，翻殺其身。考韓非子畧第十二。

長沙矯矯，痛哭陳書。學出縱横，衷之以儒。人曰治安，臣曰搶攘。唐陸宋蘇，同茲忠讜。考新書畧第十三。

河間好儒，身名俱泰。惜哉淮南，竟與禍會。書成鴻烈，出於八公。義繁詞博，斯爲文雄。考淮南子畧第十四。

在漢眞儒，首推董生。進退容止，非禮不行。學探公羊，無微弗曉。龍門衍之，史學以肇。考春秋繁露略第十五。

向於漢室，同姓之卿。拳拳納誨，志符屈平。嗟彼孱君，罔焉莫悟。梓柱生枝，遂移漢祚。考新序説苑畧第十六。

子云初出，應王氏招。大節之隳，匪由一朝。學本君平，沈思孤往。儻效冥鴻，詎罹塵網。考太玄經法言畧第十七。

隋有大儒，曰文中子。階庭禮樂，生徒杞梓。前董後韓，鼎足而三。名遺史册，盛德奚慚。考中説畧第十八。

小學廣序

吾觀爾雅，言九夷八狄七戎六蠻，謂之四海。釋之者曰：『海之言晦，晦者闇於禮義也。』又曰：『夷者觝也，蠻者慢也，戎者兇也，狄者辟也。』由是言之，茲四者豈不以無德義而名哉？當春秋時，大國若楚，若吳，若越；其小者若邾，若莒，若郯，若萊，若山戎、茅戎、陸渾之戎，白狄、赤狄之屬，大抵皆四海者流也。其號稱中國者，齊、魯、宋、衛、晉、鄭數國而已。此以見文、武、成、康、周公之澤微，而秉禮之難也。然春秋之法，夷狄而進於中國則中國之，如吳楚稱爵是也。中國而有夷狄之治則夷狄之，如夷杞狄秦戎衛與晉是也。故孔子曰：『夷狄之有君，不如諸夏之亡也。』孟子亦曰：『舜東夷之人也，文王西夷之人也。得志行乎中國，若合符節。』嗟乎，國之文明辟陋、進退消長之機，豈不以人乎哉！

泰西諸國，自希臘諸賢出，文學已彬彬矣。中更衰亂，宗教盛行，而殺戮之慘相接，邇來二百年間，豪傑之士乃翻然悟，各本所見以救其敗。道德政治，蔚然一新，國臻富强，明效可睹。而吾國自秦、漢以來，英君察相用於世者，大率及於桓、文之術而止，求有如諸葛武侯、陸宣公者，日以唐、虞、三代之治告其君，至寡矣。其講學於下，求有如程、朱氏之抗志遠希，非六經之訓不出於口，不踐於躬者，亦至寡矣。蓋上與下之相詔不外補苴之策，相督不外苟且之政，無惑乎所敵非人，猶或可以偷存。一遇非常之變，遂若病夫之仆於地而莫能興也。使於此而猶不反其本，其不舉羲、燧、黄、炎之裔胥爲人役也幾希矣。

光緒癸卯吾皖創建高等學堂，永樸應武進劉公、陽湖惲公之舉，爲倫理教習，爰本朱子小學之例，輯泰西、日本名人言行，爲小學廣十二卷，分上下兩篇，仍以立教、明倫、敬身三者爲綱，而稍變其目，庶使吾國學者曉然於彼國之學，非果有悖於吾聖人之旨，而言之深至，且有足以救吾國今日之積習，而不容以非我族類薄之者。而又當知彼之所以有今日之盛，蓋由於民德之隆，使不致力於本原，而欲擴其知能，以成事業，其道固莫由也。詩不云乎：『他山之石，可以爲錯。』吾國欲復三代以上之文明，誠不妨借泰西以自證矣。彼鰓鰓然執用夷變夏之説以相難者，豈明於春秋之義者哉？

尚書誼略序

聖帝明王之言，存於經者莫備於書，而厄於世也亦莫甚於書。秦燔諸經，易以卜筮之書全，詩之存也由於諷誦，惟書紀政事，禮詳制度，皆爲當時諸侯王所惡，而書之詞尤佶屈不易記，故二經多殘闕，而書尤甚，其爲厄也至矣。蓋伏生得二十八篇，孔壁增多至百篇。當時講師乃各守師承，不相通曉，終西漢之世，惟今文立於學官，古文既以巫蠱之難未及行。至後漢傳者稍衆，然亦惟今文所有各篇，其增多之篇無師説，絶未有能創通大誼，如劉歆之於左氏春秋者。是再厄於漢之門户也。永嘉之亂，諸篇散亡，然使梅氏之書不出，巖穴之間，或猶有惜而收之者，乃王肅、皇甫謐輩，遽撰僞書以惑斯世，而孔壁之古文乃眞亡矣。是三厄於晉之贋作也。凡撰僞書，欲取信於世，雖逸字賸句，旁採不遺，况幸而存者，所據之本，固當視他本爲善。自唐天寶詔衛包以今文易之，於是字畫浸失其眞，而踳駁乃彌甚。是四厄於唐之改字也。宋、元以來，專主義理，求其說不得，率歸之錯簡，其端肇於蘇氏之說禹貢、康誥，而金華諸子，又加甚焉，删益移奪，無徵不信。是五厄於宋、元之武斷也。國朝諸儒，深矯斯弊，每立一說，必求有據於古。然周、秦、兩漢之書，其引經也不必符本文，或以顯易之字易其辭，或檃括數言之義於一言之中，使竟據以改數千年相傳之本，其可信乎？又或不審上下文勢，矜其孤證，通一窒百。是六厄於近儒之强經就傳也。烏乎！以堯、舜、禹、湯、文、武之神聖，皋陶、稷、契、伊、傅、周、召之遺文，掇拾於暴秦之後，而丁斯六厄，豈不惜哉！

雖然，此自其所蔽者言之耳，若夫訓詁名物以及微言大誼之可尋者，自伏、孔、馬、鄭諸儒以迄於今，所遞闡而明者，蓋亦夥矣。語其訓與事，惟時之近古者差足據，語其誼，則出於後者，或反視前之所見爲更精。要在讀者慎取之而已。

永樸束髮卽誦習斯經，有爲之説者必觀，觀而契於心必手録焉。間亦附下己意，如是者十餘年矣。歲辛丑客粤東，乃取而要删之，都二十八卷，名之曰『尚書誼畧』。昔吾家惜抱先生論學，謂義理、考據、辭章三者必兼備。永樸治經，竊本斯義。然先生又言説經有數條之善，足補前人所未逮則易，專講一經，首尾無可憾則甚難。永樸之爲此，亦自知其難，誠不免於僭越，然存之以就質有道，或亦先生之所許也。

合肥李健父孝廉志古好學，見而韙之，取付梓人，謂足爲習是經者之一助。永樸因誦其所舊聞，畧以類區，爲敘録一卷於後。世有閎儒達識，起而糾其闕違，固夙夜所禱祀以求之者已。

書鄭東甫遺稿後

右春秋説、雜文、尺牘凡若干卷，吾友鄭君東甫之遺稿也。始予弱冠讀書里中，姊夫馬通伯游京師，寄書矜所新知，每及君。予心儀之久矣。癸巳、甲午間，始相見都中，見輒詢諸經大義，君亦以通伯故弟畜我，析疑講藝，懇懇如素交，而其深相期勉者則尤在經學。

君之治經，顓守師法，不囿識小之域，嘗以謂讀經在信古傳，經者淵海，傳其航也。說經而毀傳，是猶蹈海而無航，其可乎！漢氏諸儒，主乎此者輒不能通乎彼。唐、宋而降，能觀其會通矣，乃舉古說而悉排之，惟斷以己意。若是者皆非善治經者也。

夫古說之存於今者希矣。詩有毛氏而無齊、魯、韓，書有今文而古文乃出於僞，禮之傳記亦缺損不全，其差備者惟易、春秋耳。世之治易者尚不敢顯背十翼，獨春秋不然，始誤於三家之交訌，終敗於啖趙之掊擊，於是三傳並絀。而所謂春秋經世先王之志者，遂乃沈没掩覆於衆說之中，而不可復見矣。故君生平於諸經皆有所論，而春秋尤深，其學本之鄭康成氏，於三傳無所偏徇，始爲之表而分以觀其横焉。每一傳中未有一說之自相複重者，又合而觀其縱焉。此傳與彼傳未有一說之自相雷同者，其初讀之也，無解於三傳之不同焉。既而於其不同者幸見其同矣，既而於其同者又見其異矣，終乃若將見其所以異也。當其銳意以求經也，視三傳若導師，然其受命於三傳也，倥倥然若己爲一無所知之人也。遇有非常可駭之義，則愈虛心叩之，叩之久，而精義入神之用可得而聞矣。蓋君於春秋之學方進而未有已也，其爲說貫串充塞於中録而出之者，千百之一二耳。

乙未以母夫人之喪返山東，主講濼源書院者累年。服闋復至京師，值庚子之亂，病卒於兵燹中，遺書零落，可悲也已。去年予游山東，得春秋說一卷於君友宋晋之，蓋君所手寫而欲寄予者，字涂改狼藉不可辨。既又得他稿於君門人孫松齡，乃互證而手録之，歸以貽通伯，通伯復蒐輯雜文、尺牘若干首，合爲是編。合肥李健父孝廉見而好之，授之梓人，以傳於世。予喜君之道得健父而章也，爰敘君生平論學大旨如此，並以諗海内劬學之士云。

羣儒考畧序

嗚呼！學術之變遷，非一朝夕之故也，其所由來者漸矣。自周公以詩、書、禮、樂造士，而齊、魯報政，已隱然有道德功利之分。其後管子創霸於春秋，仲尼乃修六經，日以孝弟忠信之說詔門弟子。及乎戰國，孟、荀述之，而老聃、莊周、墨翟、商鞅、韓非，亦以所學著書，馳騁於當世。漢興百年，武帝表章六藝，江都董氏遂有崇孔氏、黜百家之議。然當時政治惟以刑名爲歸，而閭閻風俗，亦不外游俠、貨殖兩途，故宣帝謂漢家制度，王霸雜用，非純任德教。東漢之初，佛入中國，凌夷而至魏晉六朝，釋老二家迭爲興衰，而儒術日晦，欲求有廓清之一日，不可得也。唐太宗詔儒臣作諸經正義，有宋繼之，而注疏始列於學官，由是學者乃曉然於學之有統，道之有歸，莫不求折衷於孔、孟，可謂盛矣。然考其實如王介甫之學既出於功利，蘇子瞻兄弟早歲近於縱横，晚乃遁於釋老。陸象山、王陽明流於禪，陳同甫雜於霸。國朝顔習齋、李剛主之徒，詆諆程、朱，自以爲所學蓋復成周之舊，然觀其宗旨，主於忍嗜慾，習勞苦，實於許行爲近。

唐以前異學出於儒之外，而其後乃託於儒之中。豈人心之多幻與？抑天之賦於人本有高明沈潛之殊，故持論不得不異。而諸家之學稽其所長，固各得聖人之一體，而皆有補於世，故歷代傳之而不容廢與！

匠氏之於木也，鉅者以爲棟，細者以爲楹；醫師之於藥也，和平者可以扶衰，迅厲者可以去毒，夫豈必放而絶之哉！博觀同異之迹，而詳考其得失之由，是在善學者之能自得師而已。

光緒癸卯永樸爲教習於皖，嘗輯周、秦以來諸子爲考畧以授諸生。乙巳春乃復取唐以後儒者行事，與諸書序跋及昔人評騭之言，爲羣儒考畧，分内外兩篇，内篇始於韓愈，迄於陸隴其，皆粹然儒者之言也。外篇始於王安石，迄於顔元，則皆别開宗派，而純疵互見者也。夫先儒之學之淺深，誠非末學所敢議，然所録者皆昔人之言，學者苟因是以觀諸儒全書，或不難洞然於其利病得失，異日修諸身，措諸事業，其庶幾不無小補云。

周易困學録序〔一〕

吾皖樸學稱徽州，其在江北則推吾邑。鄉先輩研究羣經，咸有撰述，而以易名者，莫著於方中丞孔炤之時論，錢先生澄之之易學，張文端公之衷論，方先生鯤之易盪，皆箸録於四庫。

顧易盪經兵燹後少傳本，中丞、文端兩書雖存，世之誦習者亦寡。惟田間易學行於世，御纂周易折衷頗採其說，學士窮經，莫不思抒所得以牖後人，顧其書或不傳，或傳矣而不久，又或勳業行誼見重於時，而所論著乃反因之而掩。書之顯晦，蓋有數存，於其業之善否，固無與也。

楊曦齋先生嘉世居吾邑之東鄉，嘗撰周易困學録若干卷，自言授徒之餘，遇困生疑，輒録所見，久之成帙。蓋是書作於道、咸間，當時治經者皆承乾、嘉諸老之餘緒，崇尚漢學，於易則以卦氣、五行、納甲、消息、爻辰諸說爲宗。先生獨歸嚮朱子本義，因象數以求義理，閉户江濱，不屑與時賢爭一日之譽。然則其名之不顯於世也固宜。同治中懷寧馬先生徵麟見其書，深服其論參兩倚數之說，以爲深通簡括，勝於安溪李氏。先生之言曰：『天地積實之數，天三地二，則參其三而天之數成，三而五，五而七，七而九，參以三也。兩其二而地之數成，二而四，四而六，六而八，兩以二也，而二老二少之數，卽倚參兩而定。道統於三才，故倚數極於三，三其三爲九，倚於參，純乎天之數，老陽也。三其二爲六，倚於兩，純乎地之數，老陰也。二其三一其二爲八，則倚於兩，老陽所生少陰之數也。二其二一其三爲七，則倚於參，老陰所生少陽之數也。天之數由三積而成，故曰參。地之數由二積而成，故曰兩。卦之奇耦，爻之九六，無不由於參兩之法。』其說可謂精矣。

永樸成童卽喜讀易，逮後授經皖之高等學堂，亦時有論著以示諸生。吾友馬通伯治此經尤深，嘗撰周易費氏學，於周、秦以來逮於國朝儒者之說，蒐採殆徧。顧皆恨見此書晚，未及有所甄録。戊申冬先生後裔將授之梓人，而因通伯徵序於永樸，爰不揣檮昧，觕述先生學易之大旨以歸之，且詔鄉之人，使知吾邑先輩之於經學不苟如此，庶知所用力云。

【校】

〔一〕原題周易困勉録序，誤，此從安慶本改。

蜕私軒讀經記序〔一〕

經者常也，窮天地，亘萬世，而不易者也。聖人取其可常者詔人，而經作焉。儒者復恐人之昧於經也，各本所見以釋之，而傳、注、箋、疏之學興焉。自周、秦以來，治經者不一人，釋之者亦不一說。今從千載後，欲網羅衆說而折衷之，使上不失聖賢之意，而下有以饜來世學者之心。嗚呼，不綦難哉！

世稱漢儒說經所長，在訓詁名物，宋儒則在義理，是固然矣。然餘謂是二家者，其初師弟各言所得，逮乎末流風氣偏盛，乃皆不勝其敝焉。漢世去古爲近，其傳經大儒皆有家法，然而其敝也黨同伐異，如齊、魯、韓三家詩之於毛氏，今文家尚書之於古文，公羊、穀梁春秋之於左氏，皆各守師承，不相通曉，斯固不免於隘矣。宋儒承漢、唐諸儒之後，因訓詁名物已詳，乃更求之義理，其精者實過於前世。又其治經以虛心涵泳爲本，於前人之說無所偏徇，庶乎可謂善矣。然而其敝也，師心自用，始但蔑視周、秦以來序傳，終乃疑及於經，删益移奪，斯又近於悍矣。

夫治經之法，不越二家，守漢儒之訓詁名物，而無取專己守殘；宗宋儒之義理，而力戒武斷。操斯術也以往，其於聖人之意，雖不中，或不遠與。

永樸不揆檮昧，自束髮從先考受書，卽喜詢諸經大義。既長，復問業於同里方存之、吳摯甫、蕭敬孚諸先生，最後乃獲交遷安鄭東甫杲，鑽尋商榷，多所匡益。己酉春，客京師，爰檢曩時諸說，去其與前人同者，爲六卷，存之以自考而已。儻有溫故知新雅德君子，忘我疏淺而糾其紛謬，無論爲義理，爲訓詁名物，皆永樸師資也。苟其說可以明經斯已耳，夫何門户同異之足言。

【校】

〔一〕本篇據安慶本補入。

澂霞閣日記序

成都武抑齋孝廉，少多藝能，卽讀程、朱氏書，遂潛心於道，言動必循禮法。嘗受知南皮張文襄公，文襄之學，以博爲量，君乃言曰：『文學始游、夏。觀論語記二子所以論學論人者，則知所重在躬行不在華藻，在本原不在末務矣，而世顧易之何哉！』其不苟同如此。

君生於蜀，蜀之賢士宗之。及游京師，鉅人長德，賓禮恐後。其殁年三十餘耳，蜀人久而思之甚，乃上言其學行於朝，祀鄉賢祠。曩讀漢書黃憲徐穉傳，竊歎諸人皆沈淪草澤，不求聞譽。如叔度者，年未及艾，又家世微，非有門業才望可聳人觀聽，而一時賢豪靡不心醉，至比諸顔子，謂一見可遠鄙吝。何使人景仰至此？豈古人好仁之心獨切與？易曰：『水流濕，火就燥，方以類聚，物以羣分。』觀於君，乃益信。

始君讀書有得，輒手録之，凡數十册。宣統辛亥哲嗣宗緒與永樸相見，出示澂霞閣日記，蓋蜀人採其中粹語分類而輯之者。永樸讀之，言約味長，闇然有爲己意，然後知君誠有得於程、朱氏之書，其名之所以日章者非無自也。宗緒以序請，乃書而歸之。

餘忠宣公集序

昔元季餘忠宣公守安慶，時淮東西皆陷於賊，獨以一城與之抗。逾六年，大小二百餘戰，所用祇民兵數千。非有熊羆之士，足資捍御也，徒激以忠義，遂相從弗忍去。雖城陷而死，而子殉其父，妻殉其夫，士殉其長，甘之若飴者，不可勝數。此寧有所爲而然哉？蓋天理民彝之不泯滅，固根乎人性之自然。而公平生篤志聖賢之學，其所以殺身成仁而作衆夫之氣者，又實有本焉，非可强致也。

公姓唐兀氏，世居武威。父沙剌藏卜官合肥，遂爲合肥人。及公以進士起家，累官淮南左丞。既殉難，有幼子曰淵，方在襁褓中，棄水濱，爲杜萬户所得，攜歸匿處太湖，再傳徙桐城，居縣北洪濤山，易姓王氏。康熙五十三年懷寧縣令張懋誠至縣振災，得實詳，復其宗。明年知安慶府張楷復請於學使，就公墓立廟，以其裔爲奉祀生，俾守之。由是公之子孫蕃衍於桐城，今十有餘世矣。其遺書舊名青陽集，自明以來屢有栞本。據宋景濂所作傳及雲陽李祁序，稱公少從張亨游。亨，吳文正公弟子也，善談名理，故公於五經皆有傳注，而尤嗜易，惜稿皆煨燼。此集賴門人郭奎掇拾於學者記録之餘，得數十篇以傳。然薛文清公序，又謂前集外尚有續集，爲維揚張仲剛氏所裒輯而成者。蓋明中葉栞本，不獨奎所傳也。

丙辰秋七月，永樸歸自京師，會公裔孫謀重栞之，因馬君通伯來徵序。永樸閲原本，僅文七十篇，詩若干首，乃同治六年所栞，依張楷栞本而稍有增益。楷序言所據卽奎本，續集恐未必入其中。顧公之爲人，初不藉文字而後重，而茲編所載廷試策、上賀丞相書，既可見議論之宏達，性情之肫摯。餘篇暨詩歌，亦皆凜凜有生氣。其可寶固不待覩其全也。

嗚呼！元由西北勃興，奄有中國近百年，世謂非武功之盛不及此。然觀一時人物之美，足繼唐、宋，而公復以孤忠亮節，焜燿於終，乃歎中統至元間姚、竇、廉、許諸人物維持儒學之功，殆不可没。而爲民上者，苟非本仁祖義，斷未有能措國於不傾之地者。後之君子，儻因公書而追論其世，其亦可以瞿然警悟也夫。

蟋蟀窩詩集序〔一〕

歲己未，永樸歸自京師，張君孝生以其族衆所刊獅崖先生遺詩見示。獅崖於孝生，蓋十世叔祖也。孝生曰：『先生故有子三，數傳而皆絶，故其世系惟見舊譜。續修時失載，及乙卯又修之，始補録焉。』

據譜：先生墓在龍眠碾玉峽，皖光求而得之，以無碑而莫能決，族之耆老議採平生事實，別勒石於祖居拔茅山麓，距宗祠里許。永樸曰：『古之無後者，祀於宗子之家。後世宗法不講，所恃以存收族之意者，惟建祠、修譜二者耳。且骨肉歸復於土，若魂氣，則無不之。君之族衆既收先生之系於牒，更爲立石祠旁，以表其德，庶幾協於禮矣，而況網羅放失於人往風微之後，而有以永其傳與！』

永樸曩讀先端恪公所作先生五十壽序，常慨焉慕其爲人。蓋自端恪公爲諸生時，先生卽館於吾家，先羅田公兄弟五人皆著籍門下，凡教誨二十餘年。吾家所遭之境，前後豐約不同，而先生處之如一日，故端恪公嘗稱爲有道而隱於教授者。且其少也，事親至孝。鼎革後，自以爲明之遺黎，不求聞達。端恪公欲舉以應博學鴻詞詔，因知之深，不果，而竟亦別無所舉也。嗚呼，人生斯世數十寒暑耳，名之顯晦，子孫之隆替，舉無與於我，獨其心浩然無欲，乃足與天地之氣相流通，如先生之虚己以游於世，不激不隨，而默全所守，斯其自勘於幽獨中者至嚴，而其所存，誠穆然深且遠矣！然則斯集之刊，固出於懿德之好，必不容已，而在先生曾何加於其毫末也哉！

當先生殁，後其子姓暨門下士，嘗刊之凡十卷，今所録第有其半，蓋藏於馬冀平家。孝生因馬通伯及吾甥伯固以得之，而附遺文若干篇於後。永樸嘉孝生搜討之勤，其族人之所以處先生者，又得古人之意，爰爲之序以歸之。至其詩之清麗拔俗，上有以承蓉川廉訪之遺緒，下有以開海峯、惜抱、儀衛諸先生之先聲，覽者當自辨之，固無俟贅論云。

【校】

〔一〕本篇據安慶本補入。

慎宜軒詩序〔一〕

光緒初，先考自安福引疾歸，卜居邑西挂車山。地多林壑之勝，時時爲詩自娱。予兄弟讀書之餘，亦間進所作。先考獨奇叔弟，以爲異日必紹家學無疑也。其後先兄早亡，吴摯甫先生嘗稱其詩得沖澹之味，而所存殊寡。予奔走於衣食數十年，以好經、史之學，於詩不多作，偶爲之，不逮弟遠甚。大抵詩之爲道，必性情眞乃能有物，又必資乎學力乃能有章。二者既得之矣，然苟才氣不足以副之，終不能以自達。甚矣詩之難爲，而爲之多且工，蓋尤難也。

吾弟天懷浩落，篤好羣書，固有以立其本矣。而吴先生顧稱其才氣俊逸，足使辭皆騰踔紙上，雖百鈞萬斛而運之甚輕，故能出入於李、杜、蘇、黄諸家中而自成體貌，庶幾韓退之所謂『人皆刧刧，我獨有餘』者哉！吾家夙多詩人，而世所盛稱者莫如惜抱府君。昔徐椒岑先生總論吾邑二百餘年詩家，謂惜抱之後，精詩學者爲方植之。植之之後，必推先考。予謂繼先考而起者，莫如吾弟。夫文章，天下之公物，其品之高下，非親愛者可得而私，要其光氣所及，卒亦不可得而揜也。

是稿嘉興沈子培方伯嘗校印於皖，吾弟以其中多少作，芟薙過半，兹益以近歲之詩，釐爲八卷付印，將就正海内君子，予爲序其首云。己未冬十有一月兄永樸。

【校】

〔一〕本篇據安慶本補入。

論語解注合編序〔一〕

永樸始編論語述義十卷，時方博覽先朝諸老之説，愛其新奇，甄録過多，而於集解、集注反有遺漏。辛酉冬，重閲之，弗饜乎心，乃取而删之，並增所未備，更名曰論語解注合編，仍釐爲十卷。

嗚呼！聖人之言：道窮乎性命，而不越日用倫紀之間；功被於民物，而當前卽可致力。易曰：『知崇禮卑，崇效天，卑法地。』其斯之謂與？自孔子没，羣弟子紀而述之，其後儒者遞加訓釋。大抵漢、魏之説匯於集解，皇疏復取晉以來之説益之，邢疏就皇氏疏，芟其枝蔓。及集注出，因注疏以求義理，於唐人之説頗有蒐採，如釋忠恕録周禮正義，釋禘用趙伯循説，及從釋文所改諸字是也。而宋儒所發明者，載之尤詳。自元迄明，學士咸奉爲圭臬。先朝二百六十餘年中，鴻儒輩出，始廣稽古義，以拾厥遺，蓋不特齗齗於文辭之間，卽道德、性命、仁義、忠恕之屬，皆别抒一解，以相攻詰。道之興廢亦各有時，其信然邪！

由今觀之，正音讀、通訓詁、考制度、辨名物，非集解無以開其先，然卽聖言而引之身心，俾學者知切己體察，以爲經世理物之本。綜覽前後諸家，實未有駕集注而上之者。宜乎陳直齋謂毫髮無遺憾，平湖陸氏且以爲功不在禹下也。惟考據事實，詮解文義，亦或不無舛誤；又以篤信聖人之故，於羣弟子造詣之淺深，制行之得失，輒隨之以爲抑揚，而評隲遂稍過當，若此者，不可謂非千慮之一失，而要其全體合於聖人之本旨者，固已多矣！

是編於集解兩疏取十之四，於集注取十之八，而諸家及管窺所及者，亦附於後。以永樸之愚陋，何敢妄議先儒有所去取？然意欲鉤玄提要，以備遺忘，且存之家塾，貽我後昆，俾稍識讀是經之塗轍，或亦宏達君子之所諒也夫。

【校】

〔一〕本篇據安慶本補入。

周易程傳纂注序〔一〕

昔秦燔書，以易爲卜筮之事傳者，獨不絶。夫伏羲畫卦，因而重之。其後用於卜筮，故吉凶賴之以占，然占非一人，人又非一事，勢不得不託於象，以待彼之至；象不越乎陰陽，陰陽之運行，或消焉，或息焉，或盈焉，或虚焉，於是老少分，而不能不有所變；繫之辭，所以明之也。合四者，求之其於是經，雖不中，不遠矣。兩漢儒者之説，多詳於象數，及魏王弼始明其理，顧世以語涉老、莊少之。自程子易傳出，乃益粹，獨惜於象占言之尚略，又繫辭傳以下皆無説。朱子更作本義烏得已乎！

吾友黟縣胡君敬庵，自少服膺宋儒諸書。光緒末，疆吏以人才薦，爲令山左，聲譽藉甚。會遜位詔下，辭職歸黟縣，日取程傳繹之，徧搜諸説，爲之疏通證明。書成，都若干卷。既補釋繫辭以下諸傳，又及異乎程子而可以拾遺者，至荀、虞諸家之言象數，亦多所甄録。嗚呼，敬庵於程傳可謂盡心矣，其學亦可謂博而篤矣。

吾觀古人談經，莫不有所宗，顧墨守一先生之言，暖暖姝姝而私自悦者，比比皆是也。或旁徵他説，稍有疑於本師，則詆爲蠹生於木，還食其木，不然則曰：是葉隕，而不反其根也。是狐死而不正邱首也。惟范武子之於穀梁，意主通經，故其術在擇善而從，一洗俗儒門户之陋。兩宋以後説者，喜出新意，風氣實肇於此。夫經者，天下之公言也。先儒所説『彼善於此則有之矣』，必謂一家之言，胥合聖人之本旨，非愚則佞。

歲壬戌，敬庵以是編寄永樸索序，永樸嘉其嗜程傳，獨精於所擇而識之，通而不滯，又可爲治經者法也。爰就管窺之所及，書而歸之。

【校】

〔一〕本篇據安慶本補入。

卷二　議　書　贈序

試士兼用孝經議

天道何所寓乎？亦寓之人事而已。人之爲事萬端，而其源皆起於孝。未有孝於親而不能信於友，獲於上者也。信於友獲於上矣，擴而充之，至於保四海，斯人事盡矣，人事盡斯天道備矣。故曰：『仁人不過乎物，孝子不過乎物。』是故仁人之事天也如事親，事親如事天。未有舍孝而可以言仁者，亦未有舍人事而可以言天道者。孔子云『下學而上達』。孟子云『親親而仁民，仁民而愛物』。胥以此也。

泰西之立教者不一，而莫盛於耶穌。考其所言，以敬天爲體，以愛人如己爲用。自唐太宗時，已流傳於中國，至明而漸衆，至我朝而益熾。今且挾其國力以鼓吾國之民，吾國之民趨而從之者衆。夫耶穌之創是説於泰西也，彼蓋鑒其國之黷於祭祀，而謂人所當奉者惟天。又懲其相戕賊也，而謂同類不可不愛。此其用意疑亦無惡於天下，然以吾聖人之道折衷之，則彼所言者，終不免爲賢智之過。何以言之？彼但知天不可不敬，而不知敬天之實即在倫常日用之中。但知同類不可不愛，而不知既有親疏之殊，即不能無厚薄之辨。若於本一者而歧之，於本歧者而一之，名爲敬天，實則昧於天道。名爲愛人，實則逆乎人理。其始恐天下之不仁，其流極乃至陷天下於不孝。夫何怪爲其説者，聞吾聖人冠昏、喪祭之禮，胥非而笑之，而以爲不必爲也。失之毫釐，謬以千里，其此之謂與？

爲今日計，欲明吾學之宗旨，莫急於表章孝經。昔夫子嘗言志在春秋，行在孝經，論語首章論學，次章即繼之曰孝弟也者，其爲人之本與？故其教弟子必先之以入孝出弟。大學論治國平天下之道，既曰：『孝者，所以事君；弟者，所以事長。』又曰：『上老老而民興孝，上長長而民興弟。』中庸盛稱舜之大孝，武王、周公之達孝。其篇終立天下之大本，鄭康成氏遂以孝經當之。孟子論堯舜之道，亦曰孝弟而已矣。由是觀之，孝經一書，實羣經之總匯，而在今日，吾中國固當講明而切究之。卽泰西耶穌之説，亦不可不以此正之也。

伏考世祖章皇帝嘗爲是經作注，世宗憲皇帝更廣之以集注，故國初鄉、會試二場，皆用孝經命題。其後此制既廢，讀者遂少。今科舉已改用經義策論，竊謂第三場五經義一篇外，其四書義二篇，或兼用孝經命題，庶爲士者罔不誦習，於風化人心，裨益甚大。且論語出孔門弟子之所纂輯，大學、中庸大抵成於子思之手，孝經據史記爲曾子所作。今以本經稱曾子觀之，則是書之成，其時當與大學、中庸相近，而未必後於孟子。儕之四書，實從其類。草茅之見如此，謹私記之，以備當路者採擇。

擬祀天議

某月日國務院以祀天之典至重，特詢各省，欲得多數之意，求一是之歸。永樸先朝下士，而於民國亦一民也，敢不效其管窺，以備高明採擇？

謹案： 萬物本乎天，天於人無不愛也，賦之以五常之性，而惠迪吉、從逆凶如影響然。聖人知之，爰制祀典，以遂報本反始之心，亦使人知天之尊，凡言語動作皆若有上帝臨女者，以戢其暴而循於理。其意至精，其效至遠。顧祀天之典，千載聚訟。今從其可信者，竊以爲經傳所謂郊者，皆指天言之，曰昊天上帝，曰天神，曰皇天，曰圜邱，曰泰壇，名異實同。惟五帝分指五行之氣之王於四時者言之，未嘗非天，而義之廣狹則有辨矣。所謂社者，皆指地言之，曰大社，曰地祇，曰後土，曰方邱，曰泰折，名異實同。惟王社、國社、侯社、置社，或指畿内之地言，或指一國，或指一羣，未嘗非地，而義之廣狹則有辨矣。凡祀天以天文從，祀地以地理從，尚書所謂六宗、山川，周官所謂日月、星辰、司中、司命、飌師、雨師、五嶽、四瀆、山林、川澤是也。若夫配天之神，歷代以帝者之始祖當之。祭法所謂有虞氏郊嚳，夏郊鯀，殷郊契，周郊稷。孝經所謂郊祀後稷以配天宗，祀文王於明堂以配上帝，是也。

夫禮時爲大，是以五帝殊時，不相沿樂；三王異世，不相襲禮。況民國肇建，多所損益，祀典何獨不然？愚嘗思之，竊以爲當今日宜變通者有數事： 一則天地不妨合祭也，古人因人之生也，戴天履地，天尊地親，故分祀之，亦敬慎之意。然祀天用大裘衮冕，祀地用希冕，已有隆殺之分，且易於乾曰『乃統天』，於坤曰『乃順承天』，是天無所不統，而地所以承天者也。今祀天而以地從之，夫豈不可？一則祀天之典宜推及民庶也。古者惟天子祭天地，蓋以大君爲天之宗子，故非受命而帝者，不得主祭。然祭之日喪者不哭，不敢凶服，氾掃反道，鄉爲田燭，弗命而民聽上。是報本反始之心，人皆有之。今國由民建，儻推此典以及兆姓，理亦宜然。一則配天之神莫如孔子爲合也。古王天下者之始祖，若嚳若契若稷若文王，蓋皆有聖德，而功在生民，以之配天，宜矣。後世由匹夫爲天子，其先祖多不能與唐、虞、三代比。又其甚者，更舉累世祖宗悉配之，其爲僭越，不彌甚乎？今民國既非世及，勢必擇吾國先聖德最純、功最高者而後可，舍孔子其誰？愚意當今日宜就京師天壇之左設地壇，右設孔子壇，舉天文、地理、後稷、五祀、八蠟之屬，附祀其旁。蓋不祀天何知人類所由生？不祀地何知國家所由建？不祀聖何知道德所由成？易曰：『立天之道，曰陰與陽；立地之道，曰柔與剛；立人之道，曰仁與義。』中庸曰：『唯天下至誠，爲能盡其性；能盡其性，則能盡人之性；能盡人之性，則能盡物之性；能盡物之性，則可以贊天地之化育；可以贊天地之化育，則可以與天地參矣。』今合祀三才於一所，而天心享焉，地德著焉，人極立焉。一舉而衆善備，此之謂也。

其在京師，以大總統主之，而各部院長暨國會議長，各學校校長，咸使與祭。各省各縣不必設壇，但因昔日孔子廟爲祀天之所，亦分立三主。在省以民政長主之，在縣以知事主之，而餘官暨議會議長，各學校校長，亦咸使與祭。其祭日仍用舊歷之冬至，牲各用特牛，洛誥郊特牲，祭法可爲證。大抵於所祭者之禮從古制，於祭者之禮從今制，至孔子廟春秋二祭，宜改行於學校。業有配天之祀，則陳設止用籩豆尊罍，太牢暫罷，此亦易二簋可用享之意。若從祀學校諸賢，惟以孔門弟子姓名見於論語者爲斷，下逮思、孟，餘皆祀於鄉。儻其人平生居官講學之地，有願爲祠宇以致景慕者，在所不禁。如此則簡而易行，而人人知道德之重，中國興隆，計日可待矣。

謹議。

奉張廉卿先生書

己卯秋，赴試金陵，獲聆鈞誨，慶幸無極。值先生以事返里，未得久親函丈，私心時用耿耿。

永樸才質魯鈍，幼讀古人之書，即知私心嚮慕，以爲當吾世苟有其人，蓄道德而能文章，雖隔萬里，猶將跋涉從之。稍長，奮志於學，益欲得其人而師焉。伏處里閭，見聞不遠，當代名賢，終無由知，以遂其考德問業之願。

馬其昶通伯者，永樸之友也，又相與爲婚姻。通伯之爲學甚力，嘗欲盡心於文辭，以繼鄉先輩遺軌，而遇永樸尤厚。永樸有疑必就與析，有過則痛繩焉不稍貸。永樸雖不肖，然内則有父兄之教，外則益友之規，故亦不敢自暴棄以流於小人之歸。既又得交方實彝鞠常。通伯疏通而懇摯，鞠常倜儻而英邁，每與永樸一室聚處，抵掌論文，苟所學不進於古，其志固皆不能自已也。又相與悼世風之薄，斯文之衰，不朽盛業非可倖邀，少壯歲月不復足恃。吾輩三數人，抱難成之願，入靡靡之俗，自今以往，年齒日長，人事日紛，使非先覺之中，有蓄道德能文章者以爲之師表，其不棄於無成者幾希矣。

伏維先生德高學懋，其養之也粹，故其發之也宏。於國朝諸家外，能闢蹊徑，成一家言，當世之夙於文者，舍先生其誰與歸！永樸既屢聞於二君，又嘗讀所著文章，怦怦然動於中，以爲嚮所云『雖隔萬里猶將跋涉從之者』，今殆遇其人乎！通伯又言先生喜奬誘來學，士苟有長，輒稱述不容口，海内英俊有志於古者，皆比肩爭進於門。既經袚濯，莫不斐然可觀。蓋通伯固已親炙於先生有年矣，其後鞠常亦著籍門下。

當斯時也，永樸非不欲附於門牆之末，而自顧才質凡下，深恐爲大賢君子之所鄙棄，是以跼蹐而不敢前。雖然，永樸與二子者爲友，今二子皆能自得師，而永樸獨徘徊不進，豈非過與？因不自揣，謹録所作文數首，伏求教誨。儻先生不以爲不可教而辱教之，則大幸矣。

奉吴摯甫先生書

永樸聞之：物之久而焕然者，必物之精者也。猶是質也，猶是形也，而此形質之中，獨有翹然而絶其倫者，豈不以淘而鍊之者精與？ 其陶之鍊之之力愈深，則其精之留者愈永。 人之於文也亦然。 顯幽刻深，雕鎸萬象，其光氣所及，能使千百世下冥漠不及見之人，讀其辭而得其精神言貌，愾乎如歎，愀乎若悲，吾固知其襟抱非大有異乎人者不能也。 襟抱既異乎人矣，苟非程功致力之深且久，則亦不能蘄於成焉。 其功力既深且久矣，或所師法未得其要，則所謂功與力將不免謬用。 雖殫盡其心，駊騀其神形，而終無由造於精深之域，此文之工所以難，而工而傳者所以爲可貴也。

古之能文如司馬遷、韓愈、歐陽修之徒，尚矣。 明之歸氏，當王世貞名盛之時，蕭然寂處於安江亭上，守其道而不變。 國朝錢受之輩以文章訓後進，望溪方氏出，乃獨鄙爲穢惡。 乾、嘉間海内學者，競尚考證，其文尤蕪雜寡要。 吾家惜抱先生起而排之，以爲義理、考證、詞章闕一不可。 是三子者，豈好爲苟異哉？ 讀其書，察其爲人，蓋可謂篤於自信而不惑於流俗者也。 三子既没，遠者數百年，近者特數十年，嚮之爭名於一時者，其書已若存而若亡，甚乃散亡磨滅，蕩若飄風，而三子之文獨久而逾貴。 由是觀之，文章之必本於襟抱，成於功力，而當其始則尤貴乎得所師法，豈不諒哉！

伏維先生孝友廉讓，立身卓然，所爲文章永樸嘗讀數篇，誠雄辨精潔，蓋將繼三子而入古作者之室，私心欽慕久矣。 憶總角時曾一見於里中，其後先生遠宦畿輔，常思録所爲文以獻，自顧所業未成，深恐臃腫拳曲之材，不足邀匠石之一顧，用是徘徊而不敢進。 今年春來天津，距先生官所僅數百里，雖以事羈不獲至先生之庭，然欲求教誨之心，於是乃益切焉。

夫以不賢而就正於賢，學者之志也； 以己之賢而誨人之不賢，君子之樂也。 懼人以己爲不賢，而不求益於賢，以自遠於不賢，則惑之甚者也。 况生同里閈，重之以世好，而又爲欽慕於十年之前之人者哉！ 然則永樸欲求所師法於先生，尚何嫌何疑而自卻焉！ 因不自揣，謹録所作文若干首，獻於先生。 儻肯取其疵謬而悉教之，幸甚！ 不宣。

答方倫叔書

倫叔足下：　永樸自少好爲文章，然求之太迫，無所眞得，胸中無一成熟書。去年春來天津，奉教吴摯甫先生，始知精誦爲學文始事，因取古人之文，悉心讀之，久之乃涣然微覺有得。竊謂古今之學，義理外，惟訓詁、詞章。詞章之學，其託業未必勝乎二者，然而二者之學，每相訾謷，惟詞章實足通二家之郵而息其訢。何則？爲詞章者欲氣之盛，則必從事於義理，以求慊其心；欲詞之古，則又必從事於周、秦、兩漢之書，以通其訓詁。古之能文若賈誼、董仲舒、司馬遷、劉向、韓愈、歐陽修之徒，未有不兼乎二者之長者也。

夫氣者，人之精神著於外焉者也，餒於内而欲其外之盛，豈可得哉？舉聲華榮利之所在，皆不足以動其中，然後其心静，心静矣則氣自生。此韓氏所以欲養其根、加其膏，歐陽氏所以謂道勝者，文不難自至也。然而修詞之功，又豈可少哉？意則必衷諸道，言則必出於己。不衷諸道，則其意荒；不出於己，則其言陳。近世學者自古人一二常詁外，問之輒瞠目而不能答。矯之者又專取經史中奇字奥句，口誦而手纂之，而以理道爲大戒，意之荒與言之陳，其於行遠，皆不可得也。故鄙意今日欲致力文事，非精通於義理訓詁不可。雖然義理之文，或失則質；考證之文，或失則碎。取二者之長以助吾文，可也。若舉其體效之，乃轉足爲文病矣。

辱吾子問，輒吐其一得之見，尚冀高明有以教之。春寒，伏維保重千萬。

答胡淵如書

淵如足下：　辱書論讀易之法，何言之浹洽如此？豈勝欽佩。

曩嘗謂大傳言易有聖人之道四焉：以言者尚其辭，以動者尚其變，以制器者尚其象，以卜筮者尚其占。此自其分者言之耳，然象卽具於辭中，而變則所據以爲占者，故又曰：君子所居而安者，易之序也，所樂而玩者，爻之辭也。是故君子居則觀其象而玩其辭；動則觀其變而玩其占，實未可判而四之也。大抵易之源起於象，而其用則在於變。大傳彖者言乎象者也，爻者言乎變者也，二語蓋括其綱矣。惟源起於象，故自一奇一偶而爲乾坤，自乾坤而爲八卦，自八卦而爲六十四卦，皆象也。其間如噬嗑、頤、井、鼎，固顯然易知。即乾之飛龍在天，坤之牝馬行地，中孚之乘木舟虚，小過之飛鳥遺音，與夫所云「山下出泉，雲上於天」，凡在六十四卦者，何一不然？不寧惟是，窮則爲蹇爲困，通則爲晉爲升，盛則爲泰爲豐，衰則爲屯爲否，處則爲家人，出則爲旅，爭則爲訟，讓則爲謙。凡人事之著於二體六爻者，又何莫非象也？故易爲因象明理之書。

昔朱子謂易之取象，必具於太卜之官，今已不可考。誠爲篤論。然卽十翼參互求之，未始不可得其畧，但不必如漢人之穿鑿耳。惟用在於變，故易之大義，莫重於時，而位與德次之。夫卦之時義，固各不同，而六爻既分，雖同處一卦之中，其位異，其德異，其比應又異，其所以處之者烏得不異？故有宜剛而柔者，非變之爲剛不可也；有宜柔而剛者，非變之爲柔不可也。然當變者以變爲吉，不當變者又以不變爲吉，此則六爻又各有其時焉。大傳云「唯其時物」，正指此也，何怪同一貞也，而有吉凶吝厲之異，又有利貞、小利貞、利居貞、利永貞、利艱貞、可貞、不可貞之紛紛乎？是以先儒有以爻變説易者。朱漢上言之最詳，其引左傳史墨論乾初九曰「乾之姤」，九二曰「其同人」，九五曰「其大有」，上九曰「其夬」，坤上六曰「坤之剥」，爲證尤明確。雖然爻之當變與否，實因乎卦而生，卦變者統六爻言之；經所謂□之，傳所謂上下外内者是也。此止當以虚象説之，不必牽及他卦。爻變卽一爻言之，大傳曰「剛柔者立本者也，變通者趣時者也」。又曰「爲道也屢遷，變動不居。周流六虚，上下無常。剛柔相易，不可爲典要，唯變所適」。蓋言各卦之體既變，斯陰陽之往來於上下外内者，其占之臧否，惟視所以趣時者何若，而不可以常例拘也。故必明於卦變，而後爻變乃可得而定。尊意以爻變爲讀易之方，已得要領，更望參取諸説，成一家言，裨益後人，良非淺鮮。

永樸少時趨庭之餘，粗聞緒論，既長復詢其義於吳摯甫、鄭東甫兩先生。邇來方思竟所學，而人事紛擾，舊業荒蕪殆盡，偶聞高論，如逃空虚者之於足音，欣喜奚似。人去匆匆，言不盡意，尚希教之。

上學部論學務書

永樸嘗讀毛詩，竊歎文王之所以教其民者至矣。考其時不獨公子、公姓、公族，振振仁厚，舉國中之女子、野人，罔不涵濡德化，以宜其家，以衛其國。左傳載衛文公當播遷之餘，謀所以安社稷者，首在敬教勸學。越王句踐沼吳之術，亦不外生聚教訓。時無論古今，治無論王霸，要皆以教民爲急務。我朝儒術之盛，遠邁前古，甲午後國勢漸替，德宗景皇帝慨然罷科舉，開學堂，其牖民智之心，卽文王之心；報國恥之心，卽衛文公、越王句踐之心。顧十餘年來，各行省雖都會有師範高等、武備、實業各學堂，而州縣所建，要不過一二所而止，甚且有至今未建者。其已建者又多名與實乖。

曩時鄉閭中蓋家有塾矣，絃誦之聲，徧於四境也。今則自學堂外，其自延師訓課者，乃日少一日。苟不急籌變通之策，恐新知未啟，而舊學已亡矣。查憲政編查館、資政院會奏憲法大綱，方期逐年籌備，至第九年人民識字義者，得二十分之一。豈知民間大勢且有減無增哉！此其故由於公欵未充，不能多設學堂；民間窮困，更無力入學。事之可憂，孰大於是！蓋一學堂之設，其始建築有費，開辦有費，至每年延聘管理員、教員，及一切雜需，尤爲不貲。將募諸紳商與？以徵費之故，釀成他變，屢見報章矣。將索諸求學者與？今之所定膳費學費，不可謂多，然諸生强半寒畯，輒轉延宕，不克全繳，比比皆然。此成立所以難也，且合羣少年麕集一二所，約束稍寬，黠者擾於前，願者和於後，此辦理所以難也。爲今之計，莫若高等小學堂以下，聽民間自爲，勿拘人數多寡，以濟其窮。第令開塾初將辦法報明提學使立案，及畢業由提學派員試驗，果年限、程度與部章合，卽給以文憑，歲終造册送部，應得獎勵與公立者無殊。誠如是也，民之廬舍，卽學堂也，何須建築？民之父兄，卽管理員也，何須延聘？其爲費第教員修脯而已。生徒無多，氣習何憂不謹？財用既節，教澤何致不周？於一道同風之中，稍爲變通，成效立覩。且愚意亦非謂小學堂不必出於公立也，但使私塾與公立者並行，司教育者第視學子年限、程度之合格與否爲優劣，而不必以學堂之公私爲優劣，豈不易知易從、可久可大哉！如謂恐公立小學堂由此更少，是不然。今所慮者，特小學堂不能多耳。若各州縣建一二所，亦自不難。今卹嫠局、育嬰堂、義倉、義渡之類，盈天下皆是，何獨於此而疑之？若夫中學堂以上，學科較深，費用較廣，勢非私家所能爲，此則又當合羣力圖之，未可一概論矣。

再，大部審訂各省課本，聞已派專員編輯，自能臻於完善。此實今日要務，但鄙意諸經讀本，亦宜博考古今傳注，約取成爲定本，頒示天下，以存絶學。高等小學堂以下，雖聽民間自爲，然諸經必經大部審訂，乃便於誦習，似亦不宜苟簡從事，示人以陋。茲事體大，不妨博訪通才，相助爲理。夫士非有求於世，世自不得不求之。方今世衰道敝，邪説横作，大部能禮聘經明行修之士，於風俗人心，不無裨益。

永樸自去歲蒙奏派諮議官，愧無補益，管窺所及，義不容默。伏維鑒其愚而垂察焉，幸甚！不宣。

答張效彬書〔一〕

效彬足下：辱書詢讀漢書法，甚矣！吾子之嗜學也。自昔論史記、漢書者，大抵右馬而左班，方望溪言之尤詳。愚意二子要皆深於文事，史記爲書，發於孤憤，綜覈古今成一家言。班氏則斷代爲史，體裁固已不同。世儒多謂漢書録史記文，翦裁往往失太史公意，而文章之妙，因之亦損。夫史記行世，不以有漢書廢。班氏著作，宗旨既異，何必一仍原文，且其所增，實有補史記所未備者。如蕭何傳載養民以致賢人之説，公孫宏傳載開東閣延賢人之類是也。史記八書，以刺武帝而作，意固不在典制。班氏十志則元元本本，聞見該洽，故范蔚宗有遷文直而事覈，固文贍而事詳之語。其地理、藝文二志，尤足供後世讀經史者之取資。又史記喜載感時憤俗之文，漢書則於高、文、景、武、宣之詔，淮南、賈、鼂、嚴、徐、主父、蕭、趙、王、貢、匡、劉、鮑、梅之疏，董、公孫之策，子駿之議，子長、王生之書，長卿、淵雲之賦、頌，靡不甄採，皆有關於世，爲功來葉，此其所長也。且據後漢書本傳，蓋其父彪因史記自太初以後，闕而不録，乃繼採前史，旁貫舊聞，作後傳數十篇，未及詳而卒。固復潛精研思，欲就其業，會以私撰國史被逮中輟。既解，别撰世祖本紀及功臣平、林、新、市、公孫述列傳載記二十八篇，是後傳續史記，此二者又續後傳也。迨其後奉詔，始董理之，起元高祖，迄於孝平王莽之誅，以爲此書，其本末如此。然則仍父子相續，精力所注，實在昭、宣以後，佳篇較多，不亦宜乎。吳摯甫先生謂古今人表，乃補史記之作，曹大家存之，以著其初志。然使固不遭竇氏之禍，此表終必刊落，無可疑者。蓋文章之妙，古今史家推左傳、國策、史記。漢書肆不及國策，峻不及史記，而敘事靈活，於左氏爲近，其佳者亦能使後來讀者如聞其聲，覩其形。觀所述霍光、李陵、蘇武、朱買臣、王章諸事，可見梗概，固不必强分優劣也。

昔歸震川評史記如精金淡墨，左、莊如金碧山水，而以冠冕雄渾稱漢書。彼蓋深知其趣矣。因吾子問，輒述所知，未審當否？

【校】

〔一〕此題安慶本效彬下有瑋字。

與清史館論修史書

館長先生閣下：日昨清史館開第一次會議，蒙詢所見，將集衆思以求一是。意甚盛也。永樸不敏，謹貢管窺，以備採擇。

昔鄭漁仲有言：修史惟有志難，其次莫如表。誠以志之所紀，罔非一代之大經大法；表則撮其宏綱，舉其大要，能使閲者瞭如指掌，非博學通識，固不能爲。雖然，紀、傳亦談何容易。永樸觀後世諸史，本紀大率傷繁，求如前漢書之得要領，已不多見。況太史公之具孤懷遠識乎？若列傳之繁尤甚，所敘述多不能得其人之精神，遂使一代奇功偉行，闇然無色。此李習之所由歎前漢事迹，灼然傳在人口者，以司馬遷、班固敘次高簡之功，而深惜范、陳以下史家之弗能逮也。且官書較私家撰述，難易更不同。蓋以國家力徵聘名流，搜羅載籍，皆視私撰爲易。然一書成於衆手，畫一既難，又限以時日，但有草創之功，而討論修飾潤色，往往闕如。用是尚簡者以太詳爲冗蔓，好詳者又以過簡爲空疏，主古奥者以節字省句爲奇，喜條暢者又或不知所翦裁，而字句亦罕烹鍊，此文體參差之弊也。其見於紀者，或傳不知而載之，志之於傳又復然，甚且取此篇以比彼篇則不合，取此例以較彼例則不同。此事迹乖舛之弊也。以歐、宋名筆，撰新唐書甫成，而糾繆之書已作，而況其他。昔劉子元上宰相蕭至忠書，有五不可之説，而韓退之答劉秀才論史書，亦言未可草草爲之。豈無故哉！

今大清既以國體之更而遜天位矣。自開國以來，賢聖之君，文謨武烈，與二百七十餘年間之人物，使不及早搜輯，倘異時舊聞放失，稽討尤艱。史館之開，自不容緩。況我公主持兹事，所延聘入館，自總纂以下，莫非通才。所條陳諸篇，永樸受而讀之，至爲欽佩，但其中亦尚有待商榷者。

蓋在本紀有三焉。一是編之作宜自太祖高皇帝始也。蓋大清帝業由太祖而興，至世祖而成。元史始太祖，即前例。且必如此，則以上諸祖但略敘於太祖紀中已足，又何患荒遠無徵邪？一孝欽顯皇後不宜立紀也。今之議者或引漢吕後、唐武後爲當立紀之證，不知穆宗、德宗與漢少帝不同，孝欽訓政，與武後亦不同，胡可比也？如以其握國柄，綿亘兩朝，與諸後異，則倣漢元後例別爲一傳於諸後外，其亦可矣。一宣統三年不可不立紀也。議者或謂大清帝紀當自德宗而止。其命意非區區所知，但此三年不屬大清而奚屬邪？倘謂名稱難定，如議者所擬謂爲少帝、幼帝、末帝、後帝，於心誠不安。即引史記謂爲今上，亦於事不合。惟稱宣統帝者近之，然當民國初建，薄海人民，固公認爲清皇帝而莫之敢廢，則今日修史，自不當去皇號。若於德宗景皇帝後，謹書之曰『宣統皇帝』，匪惟著克讓之德，名實相副，無逾於斯。

其在表有二焉。一人表不宜過繁也。大抵表立則傳可省。大清後妃、皇子、宗室、外戚，鮮有干預朝政者。其有一二賢否關於國家宜立傳外，餘悉可入之於表。若京官惟當立大學士、軍機大臣、諸部尚書、都察院，而他院寺以下皆可省。外官惟當立封疆大臣，而布政、按察兩使，總兵以下皆可省。但使臣關於外交，聖裔關於風化，亦宜各爲一表，以便檢尋。一事表宜酌增也。大清開拓之廣，交涉之繁，大亂之戡定，政治之變遷，其事皆極繁賾，非即各大事分列爲表，繫以年月與國名、地名，何以昭茲來許？

其在志有四焉。一食貨志宜併不宜分也。諸志惟食貨最繁重，議者或謂宜併，或謂宜分，今徵諸前史諸志，各以類從，初不計卷帙之多寡。況洪範八政，食貨爲先。即使此志多於他志，亦自無傷，何必獨亂其例？一學校當別爲一篇也。議者欲併學校於選舉，意以清初學校爲具文。然當時人才多出書院，果院長得人，亦能開一時風氣，抑何可誣？至光緒罷科舉後，制度又迥不同，烏可不志？一藝文志宜以欽定四庫全書總目爲藍本也。蓋此書評論古今學術，雖未必洽乎人心，而所分門類則有斟酌，似當據以爲式，而補録所未備。及後出諸書，雖所收應以清人著作爲主，但古書已佚，而因清代綴輯而存者，亦必採入以資考證。一國語宜附以蒙古、西藏語也。遼、金、元三史，並有國語解，良以其中人名、地名，最易相混，非有解釋，必多舛誤。此議者欲立此志之所由來也。但國語外，如蒙古、西藏語，皆於清史有關繫，儻有能通曉者，亦宜取附於末，乃更詳備。

其在列傳有五焉。一專傳宜用舊例也。前史凡大臣有勳績者，與位雖差卑而不專一長者，或無總傳可附者，皆入之。議者於後妃諸王外，或别標臣工，或曰諸臣，意在不立專傳。竊謂不如仍循舊例。又或以滿漢人物先後爲疑，不知其序以時分亦以事合。如開國功臣，屬於滿人者自多。若定鼎後，范文肅公即不妨居首。嗣是立功諸臣，其勳大者書於前，其勞遜者綴於後，承平宰輔以下，及封疆諸臣亦然。如此則有何畛域之可言？一儒林於漢學、宋學外，宜增調停兩派之人也。昔阮文達、曾文正兩公，皆本周官師儒之分，以爲漢宋兩派發源，然漢書藝文志謂儒家者流，游文於六經之中，留意於仁義之際，宗師仲尼，於道最爲高，是則師也，亦儒也。故道學傳可以不立，但此二派末流輒相詬病，乾、嘉後遂有調停之者，其人雖於二派難專屬，而皆博極羣書，持論平允，亦豈可擯諸儒林之外邪？一忠義、孝友兩傳不可不立也。大抵忠義之流，即論語所謂見利思義，見危授命，久要不忘平生之言，與可以託孤寄命而臨大節不可奪者。孝友則孟子所謂終身慕父母者，其人若不表章，何以維持世道？議者或謂可併之卓行，不知卓行已散見諸傳中，與其以此名篇，究不若分立忠義、孝友兩傳之爲得也。一疇人傳可以不立也。議者以清代多研究算學之儒，欲別立此篇。然古人書數，本括諸六藝之中，故漢書藝文志小學類所載皆字書，而律歷志又以算術爲小學。今精於六書者，既入之儒林，天算同例，正無庸別標篇目。一凡明之遺老，自苦節外，苟有表見，仍宜各就所長分而録之也。議者謂孫夏峯、張楊園、顧亭林、王船山輩，其自命皆非清代人物，可歸之逸民。竊謂諸人所成就，與徐昭法、沈眉生輩不同，彼道德文章，皆足以承先啓後。儻舍儒林、文苑而惟取一行爲之名，豈能括其全體？况伏生以秦博士列於漢書儒林傳中，浮邱伯亦見楚元王傳，固有例可援乎！

以上所陳，皆就管窺所及者而言。大抵繁簡之間，不可有成見，儻略所當略，詳所當詳，自能繁而不蕪，簡而不漏。若入手之方，首在定體例，必體例立，乃可使承修者各就所長，分任一二類。第一年止應搜閲典籍，按日撮鈔，以爲豫備，不可遽責以起草。苟蓄材既富，下筆亦復何難？又有謂每篇宜詳注所出者，意主徵實，不可謂非。然此但可於篇末書明所徵引者在何書耳，必逐句注之，其文豈復稍有生氣？馬、班諸史，何嘗無本，及其把筆，要必各具匠心，乃能摹畫點綴，使千古情事如睹。此其意似亦當與議者之説互參者也。昔劉子元謂作史必具三長，曰才，曰學，曰識。竊謂識者義理也，學者考據也，才者詞章也。無義理則識偏，無考據則學疏，無詞章則才陋。三者皆史家之所忌，而就中識尤爲本。觀説文於史字曰『史，記事者也，從又持中，中正也』。可以知之矣。愚見如此，未審當否？尚希教之。

與教育部張總長書（一）

仲仁總長先生閣下：永樸心儀高誼久矣，顧未嘗有一日相知之雅。乃者朱君仲武來言，大部將有碩學通儒之舉，而以賤名綴於末。此必有以永樸上欺左右者，聞之悚惕，不知所裁！

永樸先朝一鄉曲之下士耳，雖少嘗有志於學，而資質魯鈍，文采不曜，迄今年逾五十，百無一成。至於時事，尤罕所通曉。是以十餘年來，惟藉古人糟粕，販鬻於生徒，譬之傭人，用其力操作以餬口而已，尚有何長足污通人之齒頰邪？加以邇年身多疾病，兩目昏瞶，視不及遠，又連喪二子，每一思及，此中如焚。於此乃欲舉而揚之，諮以世事，在大君子卽不免誤於虛聲，而永樸亦無所據以爲芻蕘之獻。應求之際，殆兩失矣。

傳曰：『君子之愛人也以德，言知其所不能，不强使爲之也。』又曰：『量而後入，言自知其所不能，不敢以身承之也。』我公主持教育，方期以至誠之道，使天下無一物失其性，然則駑蹇迂滯如永樸者，宜何以處之？今天下賢才衆多，以著述名家者，尤指不勝僂。伏乞俯鑒愚誠，將賤名削去，別擇高賢以充其選，俾衰朽之軀，得從容息偃於閭巷，以親藥餌而盡餘年，則受閣下之賜，實深且大，雖欲不引爲平生之知己，不可得也。僅布區區，惟冀諒察。不宣。

【校】

〔一〕此題安慶本張總長下有一廛二字。

答周志厚明恩書〔一〕

志厚足下：辱書詢讀禮記之法，鄙人於易、書、詩誦習稍久，禮學未窺其奧，愧無以答盛意。雖然，亦嘗聞其略於師友矣。

禮也者，先王所以經國而和其民人者也，其爲道深，其範圍至廣。蓋周禮載諸官職掌，儀禮則詳其事之容節，禮記自泛論道德、政治與禮之總義十餘篇外，凡曰『傳』曰『記』曰『問』曰『義』者，大抵疏解儀禮，或補所未備，與後記喪服傳相類。漢書藝文志河間獻王傳並以周官別爲一經，而附禮記於儀禮。朱子亦以儀禮爲經，禮記爲傳，周官爲旁證，其言確鑿可信。

顧愚意王制載頒爵禄與冢宰以下所掌，月令中命相、命冢宰、命司徒、命太尉、命理、命司空，以逮太史、樂正、樂師、宰祝、虞人、澤人、漁師、舟牧、四監、七騶、大酋、司服之屬，亦卽其職以戒之。他若曲禮載五官六府，文王世子載大司成、大小樂正之教士，明堂位載朝位及有虞氏以來設官之數，不必皆周制，而往往可與周禮參觀。然則讀記，不先讀二經，譬猶手足具而遺腹心，寧得爲全人乎？是以鄭君通三禮爲之注，自唐疏家獨以禮記配易、書、詩、春秋，合爲五經正義。雖未久更爲二經作疏，然自時厥後試士者，遂舍經而取記，甚矣其惑也。但周禮闕冬官，儀禮十七篇。半士禮以春官五禮較之：吉禮，無天子、諸侯之禮；凶禮，喪服雖該乎上下，而無天子、諸侯、大夫，喪服專篇又無荒禮、吊禮、禬禮、恤禮；軍禮全闕；賓禮，諸侯於天子但有覲禮，而無朝、宗、遇、會、同之禮，但有諸侯、大夫聘於諸侯之禮，而無天子、大夫聘於諸侯，諸侯、大夫聘於天子之禮；嘉禮，無天子、諸侯、大夫冠昏禮，及天子飲食、燕饗、賓射、脤膰、賀慶諸禮，蓋散佚尤多。昔朱子嘗欲取二禮及大小戴記，分入五禮中，而以漢、晉以下諸儒之説附之。今所傳儀禮經傳通解，强半出門人手，故未盡如其旨。先朝金匱秦氏始本之成五禮通考，推及授時、分土、行軍、救荒諸大政。雖經有殘缺，而補以羣書，兼採後世之事，得失昭然可覩。

足下春秋鼎盛，欲從事茲學，竊謂宜先讀周禮，次及儀禮，次及禮記，然後觀會通於秦氏之書，期以數年，必可蓄爲巨材，以備家國天下之用。知有志者，不第嘗鼎一臠，卽以爲知味也。鄙見如斯，惟希省覽。不具。

【校】

〔一〕本篇據安慶本補入。

與姜叔明忠奎書〔一〕

叔明足下：蒙示大著荀子性惡辨，謂此篇所謂性皆卽情言之，發前人所未發，欣佩無已。大抵讀先賢書，必虚心乃能獲益。孟子道性善與諸經合，寧復可議？荀子乃曰：『人之性惡，其善者僞也。』黄東發謂『僞者，人爲之名』。極當。觀荀子自以拘木之待檃括烝矯、鈍金之待礱厲爲喻，其意斷可識矣。程子曰：『性卽理也，理無不善。』蓋申孟子之旨，然又曰：『論性，不論氣不備。』張子亦曰：『形而後有氣質之性善，反之則天地之性存焉。』此卽荀子之説也。人有形，乃有血氣心知；

有血氣心知，乃有喜怒哀樂。喜怒哀樂亦受於天者也。顧發之不中節，多流而爲惡。今聚十人於此，八九不能治氣質之偏，况加以薄俗濡染，能保本然之善乎？荀子以化性起僞立教，欲導之於仁義，匡之以師法。宋儒言學必變化氣質，豈異於此！孟子探本言之，荀子則考於有形之後，而補孟子所未備。故曰：『凡論者，貴其有辨合，有符驗。』坐而言之，起而可設張施行。然氣有濁而薄者，亦有清且厚者，匹夫匹婦至情勃發，所行或足動天地，泣鬼神。揚子知其未可一概論也。又曰：『人之性，善惡混。』且明之曰：『氣也者，所適善惡之馬也與？』是又欲補荀子所未備。言各有當，未易申此而絀彼也。且孟子固以形色爲天性，而曰：『惟聖人然後可以踐形，以聲色、臭味、安佚爲性。』而曰：『有命焉，君子不謂性，彼何嘗不欲人化其氣質。』故歷舉舜與傅説諸人之動心忍性，以明受大任之所由來！夫曰動，曰忍，卽隱括烝矯礱厲之説也。

荀子以性爲惡，乃引道經：『人心之危，道心之微』詔世。夫道心，本然之性也；人心者，生於氣質而發爲情，凡聲色、臭味、安佚之屬皆是也。道心寓於人心之中，使情之發也中節，則情卽性也，人心卽道心也。否則，人欲盛而天理滅。故於彼曰『微』，於此曰『危』，非洞然於性命之理，能言之深切著明若此乎？所可異者，荀子之説未遠於孟子，顧不申明孟子之旨，而遽以爲不然。宋儒之説未遠於荀、揚，而詆二子亦未免已甚。

大著於此書融會貫通，其糾前人處頗矜慎，足徵涵養之密，原稿暫存此，他日枉顧面繳。不具。

【校】

〔一〕本篇據安慶本補入。

答疏通甫達書〔一〕

通甫足下：辱書以古今著作之多，門户迴異，未易折衷，殷殷垂問。永樸檮昧何能辨，此試言之，吾子擇焉。

我國自羲、軒以降，書、契浸多，孔子去其不可信者，訂爲六經，蓋炳如日星矣。戰國之際，諸子各以所學鳴，而楚人獨工詞賦，其他技藝又雜出於其間。是以劉向與子歆總爲七略，自輯略外，所録爲六藝、諸子、詞賦、兵書、藝術、方伎六者，時史尚少，故附春秋類中。洎晉荀勖創四部，後人因之，分爲經、史、子、集。釋氏書晚入中國。魏書有釋老志，隋書經籍志與道家之言神仙者，同列四部外。唐書、宋史並附道家，明史別爲釋家類，列道家類之後，其略如此。

永樸嘗謂吾國之學皆原於經，何以言之？諸子談名理多根於易，賦乃古詩之流，而尚書、三禮、春秋又史學之權輿也。後代集部則其委也，顧以支分派別。學者非安其所習，毀所不見，而不知同出一原，卽混衆說爲一，並末流之弊亦爲之諱。求有能析之，極其精而不亂合之，盡其大而無餘者，莫如漢書藝文志。蓋自孔子論六經之教，其末也已不能無愚誣奢賊煩亂之失，况諸子乎？故志於其所長表之，而箴其短，且總論之，曰『彼皆各引一端，崇其所善，雖有蔽短，合其要歸，亦六經之支與流裔。』此言本之向、歆，二子既邃於學，孟堅亦殫見洽聞，又嘗與白虎之議，故博而篤如此。由此觀之，諸子猶物也，六經則權度也。欲知諸子，惟以六經權之度之，則輕重長短自見，豈必放而絶之哉！且其所長，雖孔子不能廢。孟子距楊、墨，以其非儒，不得不然，故曰：『予豈好辨哉？予不得已也。』不然，伯夷隘柳下惠不恭，未嘗無弊，而同稱爲聖人何與？韓子闢佛、老，亦因魏、晉以來，兩家迭爲盛衰，據隋志開皇、大業中，民間蓄方外書多於六經百倍。迄唐中葉，寺觀徧天下，而篤信孔子之道者彌寡。故曰：『於斯時也，而唱釋、老於其間，鼓天下之衆而從之，其亦不仁甚矣！』不然，既排二氏，而又謂孔、墨必相爲用何與？夫以大顛之聰明，識道理，退之猶取之，而况於佛。

竊謂吾輩讀百家書，但當舍短取長，畔吾道以從之固不可，必峻詆之微論，彼所自得之處，實卽不悖於吾聖人之處，故能常存天壤。而今之爲世患者指不勝僂，彼於儒學，蓋猶若輔車之相依也。鄙見如此，未知高明以爲何如！永樸再拜。

【校】

〔一〕本篇據安慶本補入。

送馬通伯入都序

予與通伯交，在癸酉歲。時通伯甫弱冠，予亦尚總角，兩人者雖初見，意甚懽也。其後予家挂車山中，與通伯相望數十里，數月不見，檢通伯手書必踰寸，偶入城則館於其家。自道德之精，以至言行之細，通伯必與予相切劘。當其論之未合，設詞詰難，飈舉雲興，雖百夫不能奪。及其涣然也，始虚己以從之，於爲文也亦然，剔垢抉瑕，必當乃已。蓋通伯所以益予者甚至，而予於通伯，苟有所見，固亦未嘗苟從也。辛巳秋通伯將有京師之行，予乍聞心沖惕者累月，以其交之深也，有不能已於言者。

夫古之人爲學，不求聞於人也，正其行而已；不求媚於時也，守其道而已。其孜孜不怠，惟行吾心之所安，豈以出處而或渝哉！今之君子則不然。始勞而終斁，朝嗜而暮捐，彼其誦詩書，談道義，平居無所欲之時則然耳，有可以得名者，而好學之心怠矣；有可以得利者，而好名之心亦怠矣。何則其所學固不足以自信，則動於欲也，尚能自止乎？京師四方賢俊之所必至，然矜名弋利者，亦往往集焉。道之未明，學識之未定，欲其見紛華而無所悦，豈不難與？

通伯行端而才俊，其於持身涉世之道，講之已悉。今將身試焉，能無思所以踐其言者乎？馬君樾喬、方君鞠常，皆吾黨之好古力行者，通伯抵都，或以予言質之二君，以爲何如也？

胡節母孫孺人六十壽序

永樸與黟縣胡君敬庵交十餘年矣，自癸卯同教授皖之高等學堂，昕夕相依，兩人誼益密。敬庵每與永樸談其少時孤苦，母孫孺人守節勤劬，以教以育，往往泣下。丙午冬將歸覲，告永樸曰：『明年夏，吾母六十誕辰。子知吾母事甚悉，能錫一言以爲壽乎？』永樸不文，顧以交之篤，而敬庵請之堅也，有不能已於言者。

永樸嘗以爲民之初生，芒乎昧乎，無所識知。自聖人制爲夫婦之禮，族姓辨而人始知有父子之親。易曰：有天地而後有萬物，有萬物而後有男女，有男女而後有夫婦，有夫婦而後有父子、君臣、上下，有上下而後禮義有所錯。然則夫婦之道，其倫理學之根原乎？故孔子答魯哀公之問，而以爲人道莫大於大昏，記禮者遂有一與之齊，終身不改之説。此豈非天理民彝，所不得與民變革者與？雖然，地道無成而代有終。婦之於夫也亦然。家人之卦父父子子、兄兄弟弟、夫夫婦婦而家道正。推之以至於天下定，而其卦之繇曰『利女貞』，使但知從一而終之義，而於相夫正家以定天下之道，不能代終，吾未見其能盡婦職也。况遭家不造，其宗祀之絶續，惟一婦人是賴者乎？

孺人之喪夫也，敬庵方在娠，踰兩月乃生，而其夫弟亦幼。孺人所以事舅姑者，莫不盡其恩誼，無所虧矣。其教敬庵也，不爲姑息之慈，使從學於同邑程先生朝儀之門。繼聞興國萬先生斛泉爲世儒宗，復使負笈遠游，以宏其學識。敬庵齒益長，學益邃，聲譽駸駸起。皖之大吏于公蔭霖、趙公爾巽，走書延爲敬敷書院學長。敬庵以母老不欲遠離，孺人勉以事賢友仁之義，爲治裝促之行。及于公撫湖北，辟敬庵於幕府。庚子調河南，敬庵聞孺人病，辭歸。孺人見敬庵至，怒曰：『吾安用此不肖子也？今兩宫西狩，于公防河南，欵議未成，公仗汝如左右手，汝可顧私親乎？汝不去，吾不飲藥矣。』敬庵懼乃復出。于公聞而歎曰：『賢哉母也，異於絶裾者矣。』孺人生平深明大義類如此。宜乎敬庵之學卓然異於恒人也。

昔永樸六世祖瓊修府君，績學有文，不幸早世。先祖妣任太恭人苦節數十年，撫二子成立，長爲先五世祖編修君，世稱薑塢先生。季有賢子爲郎中君鼐，世所稱惜抱先生者也。吾家子姓守兩府君遺訓，幸不墜其業，然微太恭人之力，胡以臻焉？今孺人之賢如此，而敬庵年未四十，又生於江慎修、汪雙池、戴東原、俞理堂諸先生之鄉，流風漸被，異時學業之成，固未易量。詩不云乎：『夙興夜寐，無忝爾所生。』吾與敬庵苟欲綿祖澤而大其家聲也，所當黽勉從事者，正自有在，夫亦惟交□之而已。敬庵歸試，以吾言貢於孺人，吾知孺人聞之，必欣然不以爲妄也。

送胡漱唐侍御南歸序〔一〕

新昌胡漱唐侍御，當宣統初數上書言天下事，不見用。辛亥春忽爲詩別僚友，慨然投劾而去。

知侍御者，咸慕其高蹈，以爲漢疏廣、宋錢若水無以過。吾謂侍御非石隱者流也，兹之去也，殆欲以無官守言責之身，益讀古今書，講求吏治得失，民生利病，與夫外國相接之情僞。異日國家有急，出而援吾民者，必侍御也。若疏氏父子，因宦成名立，爲全身遠害之計。錢宣靖遭時太平，欲以輕爵禄者，折人主驕士之萌。雖所詣亦賢於人乎，要非今日之所宜稱也。

詩曰：『予室翹翹，風雨所漂搖。』士生今世，負才抱識，使相與感北風雨雪，攜手同行，則曉音瘏口，室家之保，將奚賴乎？侍御勉之矣，無使它日衰羸如永樸者，徒相尋於山深林密之中，而痛任重之無人也。

【校】

〔一〕安慶本侍御後有思敬二字。

送張生松度游學英吉利序

固始張生效彬，畢業於英吉利，才識通敏，士咸愛慕。生顧不自足，率其弟松度暨族黨四五人，欵予門問業。予於時事罕通曉，毀譽不足輕重，氣力不足推挽，生何所取而勤勤若是！甚矣所好之異也。況予夙守柳子厚蜀日越雪之論，不敢抗顔，而生請之不已。爰感其意，取經史百家之説，所聞於師友者，相與講明而切究之，蓋兩年於兹矣。

癸丑秋，松度將繼其兄爲英吉利之游。瀕行，索予言爲別。予嘉松度年甫弱冠，生世禄之家，而能率父兄之教，心重之不後於其兄，兹之往也，固將超軼絶塵，不可限量。雖然無涯者學也，先德雖厚，爲之肇而不易承也；春秋雖富，爲之資而不足恃也。使古之賢哲若孟子、荀卿、董生、太史公、韓退之、朱仲晦、王伯安之儔，生今之世，斷未有囿於一國之學，而不思爲域外之觀者。然而取人之所長，以赴時之所急可也，若竟舉吾國千聖相傳之道德，視如弁髦而棄之，吾知彼諸君子必不出乎此矣。

侯官嚴幾道嘗爲予言，士於國學芒乎未有知斯已耳。如其不然也，聆他國學説，觀他國國政民風，必益信先聖之言爲不可易，而以其新知發揮舊學，轉足使之盛大而不窮。蓋心愈瀹者智愈通，量愈拓者氣愈平，而聖人之道，實已立其極也。松度行矣，他日學成而歸，使衰朽之夫，猶得相遻於斯世，且將以是驗之。

贈何殷二生序〔一〕

有人焉，日取古人之書，端坐而誦之，字求其訓，句求其解，有所獲輒局局然，而笑舊説之陋。不然，則搜之獵之，相與依倣，而馳騁之以表於世。若是者，可以爲讀書乎？嗟乎！士不學久矣，以彼所爲，視飽食以嬉者，寧不有間，然謂之讀書可矣，謂之眞讀書則未也。

夫古之人之立言也，大抵道充於中，閔時之敝而不能振，乃著之爲書。故孟子曰：『予豈好辨哉？予不得已也。』班孟堅謂三家詩，咸非其本義與不得已；程子亦以六經爲聖人不得已而作。今之汲汲於述造者，果不得已乎？抑爲世益固寡而無之亦無損乎！予少頗思以詩、古文辭鳴，既知不能逾人，更舍而稽經訓，當其用心與力之勞，誠不能無蹈於二者之弊。今年已六十，乃深有悔於心，將求清閒之地，取曩所讀者重習之，以默會古人之意，無强爲之説，庶讀書與昔同，而所以讀之者異。

歲辛酉，客京師成達學校，講授之暇，與同邑何汝賢樹人、殷兆元善夫討論羣籍，二生之齒少於予二十餘歲，而志甚堅，行甚篤。予對之未嘗不愛且敬。一日，索言於予，予方愧所學之誤，其何以益二生哉！

昔者，漢承秦火後，儒風最稱篤謹。迨魏王子雝出，始駁難鄭君之説，蘄爲己名。由是學者漸趨浮薄。兩晉以降，摭華遺實者彌多，若陸士衡論文，蓋亦探源六經，而意在漱其芳潤。夫六經不可謂非芳且潤也，然第以芳潤言經，其所得於經者可知矣。韓子所謂不惟其辭之好而好其道者，彼之識殆未及此矣。

以二生之嗜學，儻卽古人之書，內飭諸躬，外措之事業，異日紹鄉先輩遺軌，而使之勿墜者將於是乎！在二生欣然請從事斯語，爰書之以爲贈。

【校】

〔一〕本篇據安慶本補入。

卷三　傳狀

先妣事略

先妣姓光氏。祖諱復。考諱聰諧，官直隸布政使，有清節，生兩女，先妣其長也。年十九來歸吾父，晝夜勤劬，凡縫紉浣濯之事，皆躬執之。事大母方淑人及蕭太宜人，能得其歡心。方淑人夜喜假寐，先妣恒侍側，睡既熟，乃徐爲覆衾，更適蕭太宜人所，俟二母皆就寢始退，以爲常。

咸豐初，粵賊犯桐城，烽火徹天。先妣奉大母走避山中。吾父倉皇送至郭外，復入取載宗祏，俄而賊大至，遂被執。先妣不得其耗也，夜則倚衾飲泣，晝則强顔慰姑。是歲大祲，日食不得再，乃作糜粥以食姑，而自食糠覈。適從母以事至，與俱食。先妣曰：『妹不能下咽邪？吾日食此乃彌甘也。』吾父幸脱於寇，挈家入閩，奔走數千里，顛躓勞瘁，所遭益艱窘。既亂定，吾父出宰安福。先妣布衣糲食，常自節縮，曰：『吾知吾夫非久於仕宦者，敢自縱侈爲他日累邪？』吾父嘗三上書請建常平倉，不果行，恒不自得。一日，先妣從容請曰：『宰一邑，慮無不牽制，盍奉母歸隱，啜菽水以爲養乎？』吾父喜曰：『此吾夙心也。』遂白大母，竟棄官歸。

先妣生永樸兄弟及女兄弟凡五人，愛之甚篤，然有過必痛懲焉，不爲煦煦之慈。永樸幼時嘗爲吾父所呵，入見母流涕。先妣曰：『汝不好弄，寧受責乎？』吾父同官中子弟多鮮服，永樸羨之，以爲請，先妣怒曰：『汝幼習奢侈，長當何如！』卒不與。故永樸兄弟雖愚駑不自敦率，然罔敢卽於匪僻者，皆吾父及先妣之教也。

先妣卒後，大姊歸附貢生、中書科中書馬其昶。兄永楷娶婦方氏。永樸補學官弟子，娶婦馬氏，生女矣。永概亦聘妻徐氏。每相與追念先妣，不自知此生之何以爲人也。庚辰，吾兄謂永樸曰：『吾母懿德，懼久而或忘，子其記之，以遺子孫。』永樸對曰：『唯。』乃取幼時所親見，並聞於吾父及內外姻戚者，述之如此，然十亡七八矣！嗚呼此罪安窮！此痛曷有極哉！

光禄大夫刑部尚書薛公行狀

公諱允升，字克猷，號雲階，姓薛氏，陝西長安縣人。曾祖騰彦，祖生莨，父豐泰，皆贈光禄大夫。

公少有節概。道光二十年舉於鄉，以母姚太夫人年高，數科不應禮部試。咸豐六年，太夫人促之行，遂成進士，授主事，分刑部。尋丁憂歸，服闋，補刑部四川司主事，洊升郎中。同治十一年俸滿截取，記名以繁缺知府用。十二年授江西饒州府知府。光緒三年擢四川成綿龍茂道，調署建昌道。四年升山西按察使。五年遷山東布政使，署漕運總督，其外任凡七年。在饒州振興文教；樂平諸縣多械鬬獄，親詣懲辦，悍俗爲衰；在建昌以番民雜處，威惠並施，境内稱治；及爲臬司，秦、晉、豫皆大祲，而晉尤甚。時曾忠襄公爲巡撫，奏派辦賑，總核出入，吏斂手蒇事，全活甚衆；爲漕督，會淮上有巨盜爲害未獲，乘除夜羣盜聚飲，率兵搗其巢，悉數就擒。六年召爲刑部右侍郎，轉左侍郎，歷禮、兵、工三部，而在兵部爲久。常歎國家養兵外復養勇，帑餉虚靡，因疏論練兵裁勇事宜，德宗嘉之。〔一〕

十九年授刑部尚書。公自入刑曹，即以刑名關民命，非他曹比，律例浩繁，不講明切究之，何由浹熟？乃悉心鈎稽，久之觸類貫通。有詢者應口誦無疑，而其用之也歸於廉平。凡手定案牘，他人不能增損一字。長官倚重，有大獄必屬之。公訊囚如與家人語，務使隱情畢達，枉則爲之平反。始以治王宏罄獄得名，蓋民吕二墮水死，團防局勇誣宏罄，已不勝榜掠，承矣。公覆審，雪其冤。光緒七年，江寧民周五殺朱彪遁。參將胡金傳欲邀功，捕僧紹棕、曲學如論死，爲侍講學士陳寶琛所劾。詔往鞫得實，承審官皆懲辦如律。二十二年，太監李莨材、張受山糾衆逞兇，殺傷捕人，詔刑部從嚴定議具奏，公援光棍例定擬，而總管太監李蓮英爲乞恩皇太後，德宗意變，以例有傷人致死，按律問擬之語，令依本律再擬。公疏言：『李莨材等糾衆殺傷捕人，此非尋常傷人致死可比。臣部遵旨定擬奏聞，今又奉旨再行定擬，臣亦知皇上欽恤刑章，非輕縱宦寺，而天下不以爲聖主之慎刑，而以爲臣部之縱惡。臣部問刑衙門，以飭法明刑爲要，而刑法之允協，以情眞罪當爲先。李萇材等一案，論其起釁之由，既非有心致死，固不得謂之謀故殺；論其執械逞兇之情形，又何得謂之鬭毆？既非謀故，又非鬭毆，則與道光年間上諭内「傷人致死」一語，其不能强爲附合也明矣，謀故、鬭殺各律均不可擬，將謂之拒捕殺人，按律或可稍稽顯戮，依例亦當立正典刑，然較之光棍例究有區别。臣愚昧之見，太監與平人不同，我朝家法甚嚴，凡宦寺無不加倍治罪，此出於防微杜漸之深心，故宫禁肅清，爲前代所未有。溯自康熙年間，辦理太監劉進朝一案之後，二百年來，若輩不敢以身試法，其爲保全者，誠非淺鮮也。此次從嚴懲治，私心竊謂可邀允準，豈知猶有未愜聖心之處！臣等不能體皇上哀矜之意，已有愧於心，儻又遷就定讞，至情法不得其平，並置初奉諭旨於不顧，則負咎更深。此所以幾經籌畫，幾經詳審，而不敢冒昧從事者也。伏查法令最嚴者，無過光棍一項，爲首者擬斬立決，爲從者俱擬絞監候。秋審入於情實，此又懲强暴、儆兇頑，懔然示人不可輕犯之意。臣等亦知此條不可輕用，惟既經諭旨指明，從嚴定擬，舍此再無可引之條。夫立法原以懲惡，而法外亦可施仁。皇上如果俯念輦轂之下貴在肅清，閹宦之流不宜寬縱，則仍照臣等原奏辦理。儻以爲過嚴，或誅首惡，而稍寬從犯，是在皇上權衡至當，非臣等所敢定擬也。』疏入，仍命由部擬定罪名。時李蓮英屬要人關説萬方，各堂司皆不敢堅持。公不爲動，復奏請將張受山立卽處斬，李萇材傷人未斃，量減爲斬監候，德宗不得已從之。二十三年，御史張仲炘奏稱：玉田縣紳民賄買御史溥松，奏參該縣苛派差徭事，成於公從子濟，公又爲籌銷弭策。有旨令大學士徐桐按驗，覆奏無實，猶以不知遠嫌，降三級調用，補宗人府府丞。二十四年因疾奏請開缺，二十五年重赴鹿鳴宴，賞加二品頂戴。二十六年拳匪肇亂，兩宫幸長安。時公歸里，赴行在，復召用爲刑部左侍郎。尋授尚書，以老辭，不允。二十七年九月回鑾，隨扈北行，卒於河南旅次，優詔憫惜，賜祭葬如例。

公嘗謂乾隆以來，儒者嗜漢學，漢廷治獄多援經義。其律在今亦漢學也，何以忽諸？爰廣爲搜録，著漢律輯存六卷、漢律决事比四卷。又謂唐律本於漢律，若明律則多所更改。方今沿用明律，不如唐律遠甚，乃辨其異同，而糾其謬誤，著唐明律合編四十卷。又謂刑律服制門所關尤要，著服制備考四卷。此外尚有讀例存疑五十四卷。娶張氏，封一品夫人。子浚，光緒六年進士，累官禮部郎中。孫承熙，恩賞主事；承謨，賞員外郎。

永樸應光緒二十年順天鄉試，受公知，顧未獲聞名於將命者。宣統三年，客京師，從市肆[二]得浚所爲行述，爰撮其大要次之，參以見聞，上之史館。謹狀。

【校】

[一]安慶本無而在兵部為久至德宗嘉之文句。

[二]安慶本得前無從市肆三字。

王君竹舫傳

君姓王氏，諱晉之，字訒齋，竹舫其號也。世爲直隸薊州人，少舉於鄉，數試禮部，數黜。聞倭文端公講程、朱之學，慨然棄去，從之游數年，學大進。

李君江者，亦薊州人，君之婚姻也，以進士官京師，年三十八引疾歸，闢園山谷中。君亦挈家往。李君居谷北，君居谷西，相距可數里。日以農蠶樹畜之法導其鄉人。薊州山水故盛，自君與李君居其中，益治田疇，植桑柘竹木，望之蔚然深縟。過其地者，輒流連不忍去云。

君爲人篤謹，平居溫溫如不能言，及臨事乃毅然必伸其所守。晚歲，襄理天津廣仁堂恤嫠事。今相國合肥李公嘗召君，君語使者曰：『相國以堂事召，義不能不往。顧吾士也，方今士見相國者，禮卑詘已甚，吾恥之。子幸爲我白相國李公。』故疾世之以儒鳴者，聞君言疑之，然已前召，卽好謂之曰：『若士也，士惟揖耳。』君如所戒，往。李公迎，笑曰：『聞子儒人，眞儒邪，抑僞儒邪？』君斂容對曰：『如晉之者，何敢言眞儒？然至以儒僞，晉之雖不肖，所不敢出也。』李公大笑曰：『子非真儒，固不能爲是言。』卒厚禮而遺之。

君居廣仁堂數年。白李公以孤子中不能讀書者爲梓人，使刊經史及名臣大儒奏疏、論著凡數十種，未竟而卒。所著有訒齋詩文集、山居瑣言，合若干卷行於世。

論曰：予丙戌歲於天津識君，時君年六十，予甫二十有五，稱君先生，而君顧弟畜予。嘗從容詢君謁李相國事，君曰：『吾非敢然也。始吾謁倭公於京師，投刺門者室中，足將入，門者遽止之，曰「公毋入。公入，某罪大矣！」由是悚然。與貴人接，益不敢不自重。』嗚呼！公所自處誠賢矣。至如倭公一持大體崇士之節概，遂使臧獲引分自抑，豈不詭哉！

蕭敬孚先生傳

蕭先生諱穆，字敬孚，桐城諸生。少謁曾文正公於安慶，文正語人曰：『異日纘其邑先正遺緒者，必此人也。』先生屢應江南鄉試，不售。客上海製造局廣方言館，得俸輒購書，築小樓於家庋之，不戒於火，燼焉。踵求不怠，久乃逾其舊。猶謂未足，踔海至日本以求之。所儲皆善本，或孤行於世，人未見者。蓋先生所至，書賈每盈座焉。

是時，吾邑先輩如方先生宗誠，著書多談性道，及軍國利病、吏治得失； 徐先生宗亮亦究心邊事； 吳先生汝綸尤喜以泰西學說爲吾國倡，惟先生壹意編摩古籍。與後生言，於字句異同、刊本良否以及前聞軼事，歷歷然如數室中物，而無一語及世務。吳先生每思廣以異域之事，見必極論，先生意不與之合，譏嘲轟發，然吳先生退，未嘗不重先生。在上海凡數十年，四方賢公卿，下逮游客，語及聞見洽熟，必曰『蕭君』。先生既篤意文獻，見有力者必誘之刊書。所刊數十種，皆躬爲讎校，不取酬。

初，先生嘗從市中得邵陽魏公光燾先世遺稿。其家無副本，聞之輦金以求。先生笑曰：『父祖之業，固宜傳之子孫，何言財乎？』卒歸其書。及光緒末，先生老矣，而家益貧。總辦製造局者不相知，奪其事。會魏公總督江南，過上海，首詣先生，縱談三日。總辦大驚，急謝過，增俸至倍。先生歎曰：『是謂我將不利於若而貨之也。』仍受故俸，而稱其所長於魏公，人以爲長者。先生於光緒某年月日卒，年六十有幾。所著曰『敬孚類稾』，嘉興沈子培提學、合肥蒯禮卿觀察爲鳩貲刊行，凡十六卷。

論曰：當今之世如先生，有不以爲迂闊者乎？顧其學於古人，深有所得，宜乎愛之篤而護之周也。永樸少學古文辭，一日過上海，先生勸之用力經史，謂匪是，無以爲文章根本，語意肫勤。由是始知從事樸學。今先生亡久矣，天下多故，聞所藏書散佚殆盡。而永樸浮沈斯世，深夜懷舊，愧負先生，撰次遺事，慨焉不知涕下也。

馮君小白傳

馮君諱世定，字黔夫，一字小白，浙江山陰人。少有至性。父諱某，官貴州桐梓縣知縣，與其配某宜人，皆卒於治所。有子八人，君最幼，諸兄挈家返，委兩柩佛寺中。君稍長，知其事，痛哭曰：『不返父母遺骸，尚得爲人乎？』時田廬爲諸兄斥賣幾盡，無貲往，君旦夕哀號，不御酒肉。伯父某官兩浙崇明場鹽大使，憐而助之，君遂獨身泝大江，走數千里以達於黔，載柩歸，卜山葬焉。年甫十八耳。自是依姊夫諸研齋祖望十餘年。研齋雅士，精錢穀學。

是時先考爲令江西，任安福，延之至署。君亦來，其質故魯，爲文不達意。一日見研齋架上有高宗御批通鑑輯覽，及河間紀文達公筆記，試閲之，環數周，思如湧泉不可遏，操筆書輒盈數紙。研齋大驚，乃縱之博觀羣籍，君有餘力，復學書畫，喜古碑碣及名人遺墨，雖殘箋斷石，必以傭書賣畫錢購之。先考嘗屬君繪東坡十六快事圖。通州范肯堂當世方就婚安福，見而愛之，亦舉平生所歷境俾爲之圖。永樸兄弟又時時相要，君無不立應，酬以值，則笑曰：『吾非不取錢者，顧亦視所求爲何如人，君輩奈何以市人待我？』卒不受。先考以舊藏沈石田山水示君，卷長十餘丈，君覽之狂喜，置幾上，向之再拜，窮日夜摹之，凡數易稿，最後頗與之肖，畫法因益工。又善雕刻，以竹根爲之，相其質作假山，若盤，若盂，若榼，若印章，曲盡其妙。顧爲人耿介，不與俗諧。

先考丁憂歸，君漠然無所向。其後聞先考客天津，槖筆至。會日本搆釁，有武人某，將防海，聘司文牘，君欣然往。及旅順失守，久之無耗，或曰爲僧某寺，或曰死矣。初，君年逾三十猶未娶，媒者至，君謝曰：『先人宗祏，幸有承者，且吾自垂髫來，未嘗一日養吾父母，其忍畜妻子以自養邪？』因涕下，媒者多不忍竟所言而去，故無嗣云。

論曰：君以孑然之身，雖與世寡合，而挾其藝能，少遼緩之，何地不可投足？乃因一日相知，遽委身於顛危之境，何哉？雖然君固率性而行，坦然不知有人世利害者也，又烏可以趨避之說論君！君之甥諸宗元，研齋子也，少從永樸游。乙卯相見都下，談君事，請紀之，爰就所知者述以爲傳。

魏默深先生傳

魏先生諱源，字默深。先世由江西太和縣遷居湖南之邵陽，曾祖諱大公，祖諱志順，考諱邦魯，生四子，先生其仲也。八歲受書卽解大義，局一室不出，偶出犬不識，輒羣嗥。父母恐其致疾，夜滅燈趣之寢，先生俟二親睡熟，更篝燈被底默誦。年十有五補諸生，乃究心王陽明氏學，尤好讀史。嘉慶十九年以拔貢入都，復從胡先生承珙問漢儒學，姚先生學塽問宋儒學，又別受公羊學於劉先生逢祿，詩古文詞則與董君桂敷、龔君自珍相切劘。蕭山湯公金釗雅重之，嘗造其寓，先生出迓，鬌髮如蓬，湯公□眙。既知訂大學古本，歎曰：『吾子深造乃若是邪！』尋兩中副榜，道光二年舉順天鄉試。善化賀公長齡爲江蘇布政使，延輯皇朝經世文編，由是留心時務。九年納貲爲内閣中書，得徧觀秘籍，由是又熟於國故朝章。二十四年成進士，以嘗改知州，殿試後仍以知州發江蘇用。明年權知東臺縣，爲政平恕，民便之。又明年丁母憂歸，二十九年服闋，復權興化縣。

興化於裏河地極窪，形如釜底，近高寶、洪澤二湖，秋必漲。舊設南關、中新等壩資宣洩，嗣以隄防不固，河員慮橫決致罪，甫漲卽啟壩，雖穀未登弗顧，裏河七州縣用是歲恒饑，而興化尤劇。先生至，時方大暑，河員遽議啟壩，民洶洶。先生止之不可，則馳至總督署擊鼓，總督陸公建瀛親往勘，得免。是歲大穰，民謂其稻曰『魏公稻』也。先生勘運河東隄外故有西隄，久未修，白陸公復之。又定啟壩期於處暑後，自是水不爲災。

初，陶公澍爲總督，籌辦海運水利，變淮北鹽行票法，多諮於先生。三十年陸公以淮北改票已效，欲推行淮南，先生謂淮南課額重，引地遼闊，宜先自食岸始，以漸圖之。陸公不從。值南鹽産缺，檄先生權淮北海州運判，先生督各場官稽掃曬，杜偷漏，於是北産大盛，收逾額，以二十餘萬大引濟淮南。南課以充，而北課又倍，因籌銀三十萬生息，爲高寶西隄歲修之用。咸豐元年補高郵州知州。三年粵賊擾江南，省城陷，揚州繼失守，賊至召伯埭，去州城四十里。先生倡辦團練，督以防堵，又斬奸民內應者。會欽差大臣琦善統兵至，人心乃安。已而與大吏忤，坐驛報遲誤奪職。明年周侍郎天爵督軍於皖，奏留營，以勦宿州匪，降其衆，復原官。先生於時年逾六十矣。辭歸僑居興化，尋卒。

先生罕嗜欲，自博覽羣籍外，惟好游，輪蹄幾〔偏〕［徧］域內。與客接無多言，獨至古今成敗，國家利病，學術得失，則反覆辨難，風起潮湧不可遏，或未嘗亦能虛以受人。嘗至粵，聞陳君澧議其書，大喜，亟易所撰，與論交。因有感於英吉利搆釁，述開國以來兵事爲聖武記十四卷，又考東西洋諸國地形爲海國圖志一百卷，此外尚有書古微、詩古微、公羊古微、曾子發微、子思子發微、高子學譜、孝經集傳、孔子年表、孟子年表、小學古經、大學古本、兩漢今古文家法考、明代兵食二政録、春秋繁露老子墨子說苑六韜孫子吳子注及詩文集各若干卷，或行於世，或藏於家。

論曰：昔乾隆中有總督劾縣令者，高宗知其人賢，會總督陛見，詰之，對曰：『以書氣重耳。』上曰：『官氣不可有。若書氣，人之命脈，豈爲牧令可無邪？』今觀先生博極羣書，而居官慈惠若此，益信高宗之言，洵千古用人者之蓍龜也。自明末泰西人利馬竇、艾儒畧撰坤輿圖說、職方外紀，吾國人始談西洋地理。其後南懷仁、蔣友仁復有地球全圖之作。林文忠公在粵東亦譯四州志。先生因之輯海國圖志，雖近年來晚出之書，或益翔實，然創爲之者之艱何如哉！永樸大父與先生交頗篤，丙辰春，適得先生子耆所爲行述於京師，爰論次之，以貽今之史氏。

邵位西先生傳

邵先生諱懿辰，字位西。浙江仁和人。道光十一年舉人，授內閣中書，洊升刑部員外郎，入直軍機處。其爲學以李文貞公光地、方侍郎苞爲宗，爲文章務先義理，不事縟色繁聲。官京師，與湘鄉曾文正公、上元梅伯言郎中、臨桂朱伯韓侍御數輩游，博覽國故朝章，文益奧美盤折，亦頗採異己者之説以自廣。聞有高才秀士，輒折節造請，久而彌虔。當英吉利入寇，先大父備兵臺灣，以守土干時忌，被逮入都。先生爲扼腕，與朝士數十人迓郭外。先大父録其姓名，首文正公，次卽先生，以爲如二子者，必以事功名節自樹立，非常人也。

先生性故戇直，常面折人過。大學士琦善以枉殺熟番事下獄，發十九事難之。大學士賽尚阿視師廣西，復上書次輔祁公寯藻，力言不可者七端。由是諸貴人咸憚之，思擯於外。會粵賊陷江寧，京師震動，乃差往山東河工。未行，復命偕少詹事王履謙巡防河口。咸豐四年，坐無效鐫職。

既罷歸，則大覃思經籍。其言曰：『宋儒幸生漢儒後，得因其已明之訓詁、名物，以推見聖人之底藴。漢儒則如治璞者，方攻切其外，固未暇覩精光之所在也。使賈、馬、鄭、王生於周、程、張、朱之世，其不相背馳焉明矣。』故平生説經，以大義爲主，而亦不略考證之功。於詩，據史記孟荀列傳謂序爲孟子與萬章之徒所作。又言大小序不當分爲二，蓋記次第，猶馬、班、子云書之有後序爾。於禮，據禮運謂儀禮十七篇，乃孔子删定，並無闕佚，其次序當依大戴，以冠昏、喪祭、射鄉、朝聘爲目，禮運御字乃鄉字之誤。於樂，據論語謂聲不可傳，其原在詩，其用在禮，非别有樂經。識者多服其精確。所至輒購書，案置四庫簡明目録。見宋、元舊刻本、叢書本、單行本、鈔本，皆手記各書下，將備他日校勘之資。

十年，賊陷杭州，以奉母先去，獲免。母卒既葬，賊再至，麾妻出，〔一〕與巡撫王有齡登埤固守。十一年，城陷，死之。同治四年，浙江巡撫馬新貽以聞，詔祀本省昭忠祠。初，先生以協防杭州復原官，至是贈道銜，並給雲騎尉世職。文正公始與先生談經，稱其深思明辨。及軍安慶，聞其妻子轉徙滬上，迎致之，旋知殉難。歎曰：『親在則出避，親没則死之，〔二〕賢者固如是，其不苟哉！』先生著孝經通論已佚，今存者尚書通義二卷、禮經通論一卷、四庫簡明目録標注二十卷、半巖廬詩文集四卷、忱行録一卷。

論曰：自乾隆、嘉慶以來，儒者治經，競尚考據。

就其善者，時有補於文義事實，未可誣也。獨惜於世之發明大義者，輒詆爲空疏。夫識大識小，其途雖殊，要其歸必在於厚人倫、美教化、移風俗，〔三〕則一而已矣。諸家所得驗之漢儒亦一端耳。先生當飈流方盛之日，乃宗李、方兩公，卒舉平生所言，徵諸踐履，其成就如此卓卓，烏得謂之空疏哉！〔四〕

【校】

〔一〕妻，安慶本作妻子。

〔二〕没，安慶本作歿。

〔三〕必，安慶本無此字。

〔四〕此句安慶本爲視專談考據者爲何如哉！。

鄭君東甫傳

鄭君諱杲，字東甫。其先直隸遷安人。父鳴岡，山東即墨知縣，生三子，君其季也。知縣君卒官，妻子貧不能歸。民感其廉惠，留占籍即墨，故君中式光緒己卯山東第一名舉人。明年成進士，授主事，分刑部，尋補江西司主事。宗室盛昱官國子監祭酒，好士，假宅居君。君日讀書，足不躡朝貴門。事母李恭人至孝，年逾壯，猶依依若孺子。

甲午日本搆釁，我師失利於外。宵人復離間兩宫，猜嫌日積。〔一〕御史安維峻抗疏譏切皇太後，雖獲譴，而朝論高之。君獨以爲與人子言，無詆其母之理，且救火而益以薪，是欲其燎原也。爲今日計，宜本春秋襄王不能事母之義，以匡今上，然後可言和言戰。故事，部屬不能奏事，乃與編修柯劭忞、内閣中書王寶田等聯名入奏，樞臣迂之，寢其章不報，戊戌康有爲用事，約會試舉人上書，請遷都。君與劭忞、寶田沮同省者勿署名。有爲聞之曰：『吾固知山東人立異也。』已而有爲得罪，皇太後欲誅京朝官附之者。君又以爲國朝二百數十年，未嘗輕殺士大夫，今奈何啓其端，走白樞臣，復不能用。其後端郡王載漪卒，以其子嗣穆宗，攬權釀亂，大誅諫臣，世乃歎君爲識微。初，君丁憂歸，主講濼源書院，造士甚衆。服闋，補原官，擢員外。尚書薛公允升知其貧，將保倉差，君力辭。薛公語人曰：『吾未見不愛錢如東甫者也。』京官管同鄉官印結，歲入可數千金。是年序及君，其次爲户部主事戚善勛，謂君曰：『吾有老母，不能具甘旨，君肯讓我乎？』君竟諾之。庚子夏五月卒，年五十，無子，以兄孫宬爲後。

君於書無所不窺，而尤濳心經學。於諸經皆有心得，而治春秋尤深且久。與後進講論，亹亹不倦，常思有述造，未及成。今所傳春秋説一卷，蓋總論大旨者也。其於古今文章，則謂孔子之教伯魚，曰：『不學詩，無以言。』夫六經皆聖賢之言也，而獨有取於詩者，取其文也。蓋言有質有文，而文難質易。質言如書，論道陳治，理明而詞達可矣。文言如詩，其志則亦猶是論道陳治也，而不惟理之明而已，又將曲體人情焉；不惟詞之達而已，又將多術以求動聽焉。是故有比興之旨，有反覆之言，有韻節之和，有言外之思，有纏綿悱惻之情，有温柔敦厚之體。其爲用也，巽而易入，可以救質言之窮。是以尚書多同德之訏謨，風雅多憂怨之諷刺，詩三百篇，十九皆聖賢之諫疏也。蓋自比干以忠諫死，而主文譎諫之術起。管、蔡流言，周公避謗，爲鴟鴞以貽成王。其後益修獻詩之令，採風之法，使王朝自公卿至於列士，外則列國之臣民，凡欲有所規正陳愬者，皆以詩自達，此周人奏疏之體製然也。夫周人奚取於言之文若是哉！誠以糾過者務全其廉恥，諭志者尤貴夫紆餘，故皆喜柔而惡剛，宜晦而忌露，要在言之者無罪，而聞之者足以戒而已。王迹即息，作者云亡。列國朝聘，猶皆賦詩以見志，斷章以寓諷。其時臣諫其君，與應對鄰國，往往繁稱曲引，寬裕紆遲，後之人習於痛快易直，或病其爲衰世之文，而不知周先王所以教天下之爲言語者，固如是也。戰國大亂，天下之言不之楊則之墨，質之既失，文於何有？〔二〕惟孟子七篇〔三〕質文並盛，體兼詩、書。屈子離騷，其詞較風雅而益文，蓋有不得不然者。漢之子長、子政，其繼起者乎？東都奏論有諫而無諷，則傷於過質，其詞賦藻飾盛而不足以風，則傷於徒文，〔四〕言語之義失於此時也。李、范之徒出，激揚失平，物不能堪，遭遇亂朝，正氣摧落。老、莊之風由之作矣。嗣是高者談玄風，卑者溺詞藻。向之有質無文者，一變而有文無質。唐德差隆，故李、杜猶存屈子之遺風，而昌黎尤足爲七篇之繼作。東漢而還，罕有及者。是以制行雖不逮宋儒之密，而言之寡過，抑有善焉。由達於詩教，知言語之義故也。〔五〕洎乎五代，文物盡喪。兩宋諸儒大抵質立而文不足，雖論道陳治或過前人，而修詞每未盡善者，及其敝也，飈流盛而言語日放。黨案迭興，與東漢之季世相似，馴至明末禍益亟焉。由是觀之，言語之宜從周人之文，其義惡可一日不明於天下哉！〔六〕就中惟歐陽子本剛直疏勁之資，而出以沖和安静之詞，古人之義尚未墜地，賴有此耳。

其於先儒謂自兩漢以降，天下之學術未有一出於太學者，有之，自胡安定之管勾太學始。後世論道學者，羣推二程，若實核人才之盛，洛學諸子終讓安定之門，又謂伊川之學，兼承安定，不盡出濂溪。朱子晚年兼承鄭君學統，又非伊川所能及。且於伊川立説之過者，亦徐悟其非，而損去之，但終不自别於伊川，則以宅心之厚，慮事之深，而所見者大也，後世學者涉之也淺，乃舉其所已取者而又去之，所已去者而又張之，由不知朱子之真故也，併朱於程，而朱之真隱矣。〔七〕蓋平生持論識解獨至多類此。

所著春秋説外，有書序伏傳通釋一卷，書張文襄公之洞勸學篇後一卷，筆記、尺牘、雜著共若干卷。合肥李國松爲刊行於集虚草堂叢書中，又有詩易説、杜詩小序、〔八〕讀宋元學案、日記十餘卷，藏於家。

論曰：永樸識君因馬通伯，君長予十歲，弟畜予。予嘗訪於盛氏宅，〔九〕君留飯，出菜羹一盂，相與對啖，不敢不飽也。光緒二十年，予客薊州，會順天鄉試榜發，獲售。君走書相勖，謂士得科名，學必爲之一弛，吾子明歲入都，儻能出讀書所得以示，則慰故人者，寧等於登金門上玉堂而已邪！今君之亡十餘歲，而永樸所學猶如曩時，愧無以副君望，爰次其行事，上諸史館，表而揚之，庶可以存君孤學，且勸天下之士云。〔十〕

【校】

〔一〕嫌，安慶本作疑。

〔二〕本段由蓋自比干以忠諫死至此，安慶本删為戰國二字。

〔三〕安慶本無七篇。

〔四〕東都句以下至此，安慶本删為東都奏論傷於過質，其詞賦則傷於徒文。

〔五〕是以句以下至此，安慶本删。

〔六〕由是句以下至此，安慶本删。

〔七〕且於句以下至此，安慶本删。
〔八〕杜詩小序，安慶本作杜詩鈔。
〔九〕氏，安慶本作昱。
〔十〕表而揚之以下至此，安慶本删為庶可以存君子孤學云。

汪梅村先生傳

汪先生諱士鐸，字梅村。先世安徽歙縣人，後徙江寧。父均，好讀宋儒書，常訓之曰：『士窮居於下，「餓死事小」四字，不可忘也。』以家貧命學縫人，既改製餅餌。久之復歸讀書，補諸生，道光二十年舉於鄉。出胡文忠公門，四上春官不第，泊如也。

購書二萬卷，閉户吟哦其間，於經史、諸子、歷算、輿地、蒼雅、典禮，靡不探討，有得則記各書上下方，朱墨交錯。嘗據注疏與宋楊復、元敖繼公以逮近世諸家説，爲禮服記；取後漢諸書，爲儀禮鄭注今制疏證；據仁和趙氏本水經注爲之梳櫛，釋以今地，爲水經注疏證；取説文、玉篇而下諸小學書及史鑑注，爲廣韻，注廣韻聲紐表；據續志四分術，衍東漢朔閏考；又以宋、齊、隋有志而梁、陳、北齊、周無之，爲補梁陳州郡志，其北齊、周志未成，遭粵賊亂，燬於火。後避地績溪，補成水經圖注二卷，胡公爲刊之。又有南北史補志十四卷、筆記六卷、文集十三卷、詩鈔十六卷、詩餘五卷。胡公撰讀史兵略、大清中外一統輿地全圖，皆延先生爲助。同治三年，以金陵克復東歸，當事賓禮恐後。大學士曾文正公尤敬之。先生雖窮居，非其人不見，非其餽不納。自曾公總督兩江，命有司日致雨花臺水，繼其後者循之，蓋所受於江南大吏者，惟此而已。以二語署門，曰『拙甘抱甕，老倦揮鈎。』〔一〕

吾鄉蕭先生穆嘗訪之，先生從容言曰：『凡爲學者，至於聖賢而已，孔子於聖賢集大成。學孔子者如觀海，各有所得，而不必同。漢魏儒者自博入，惜其未知約也；宋元儒者自約入，惜其未知博也。是二派者，非交相濟不爲功。後之人入主出奴，則門户之積習，爭勝之客氣爾。〔二〕且許、鄭、程、朱，其途雖殊，〔三〕而皆得聖人之體。〔四〕若語夫用，殆猶未臻，第具聖門四科之一爾。管、商、申、韓、孫、吳，儒者不復置齒頰，而所長百世莫能廢。且儒者亦陰用其術而陽斥之，蓋自秦漢以來，已難純任德教，而謂方今之世，欲以儒林、道學兩傳中人，遂登三咸五，撥亂世而反之治也，其誰信之！然則管、商、申、韓、孫、吳，〔五〕與吾儒交相濟，亦若許、鄭、程、朱然。必如是而後可以窺見洙、泗體用之全也。〔六〕當孔子時，地狹人寡，俗樸事簡，未嘗見今日之世變，故其言如彼。〔七〕儻生於今，其必有所感喟，而爲世儒設之鵠，灼然可知矣。』蓋先生雖以儒稱，而洞達古今治體又如此。光緒十五年卒，年八十有八。

論曰：昔曾文正公評先生爲人，謂湛冥似嚴君平，芳潔似陶靖節。知之者，皆以爲當之無愧也。光緒初，先考送永樸兄弟就試江寧，嘗率以謁先生。先生軀短而氣清，聆其言，使人非僻之心自化。自謂道光中，見先大父於四松庵，蓋與吾家交三世矣。蕭先生次其遺事爲之傳，詞甚詳備，茲更撮舉之，稍參以聞見，上之史館，俾傳儒林者有所考焉。

【校】

〔一〕以二語句以下至此，安慶本删。

〔二〕漢魏儒者句以下至此，安慶本删。

〔三〕且，安慶本改作漢之。程前有宋之。

〔四〕而，安慶本改作正可交相濟，且。

〔五〕且儒者句以下至此，安慶本删，改作其。

〔六〕本句首安慶本有蓋。洙原作沬，據安慶本改。

〔七〕故其言如彼，安慶本删。

方存之先生傳〔一〕

方先生諱宗誠，字存之，桐城人。少爲諸生，事父至孝。父卒，家有五喪未葬，徒步求墓地，不應科舉。遭粵賊亂，葺柏堂山中，講誦不輟。友人罹難者，躬瘞之，撫其孤。著俟命録，以究天時人事致亂之由，與士大夫立身弭亂之方。

山東布政使吳公廷棟見之，延至使署，與討論學術。大學士倭公仁爲師傅，嘗摘其語以進經筵。曾公國藩之規復安慶也，得所論攻守方略，以幣聘，謝不往。旋客河南巡撫嚴公樹森幕，爲草薦賢疏，時爭傳誦。同治元年，安慶克復，乃應曾公忠義採訪局之招。其後曾公總督直隸，以人才入奏，補棗强縣知縣。

先生爲政，以禮化民。凡在任九年，舉孝子、悌弟、節婦、貞女，興義塾，創敬義書院，祀漢儒董仲舒，刊其邑先正遺書，修志乘，建義倉，積穀萬石。會歲饑，上書大吏，請蠲本邑錢糧，旁逮鄰邑，不避忌嫌。又嘗請奏免天下錢糧積欠。曾公去直隸，李公鴻章繼爲督，皆夙重之，有請無所格，而先生謇謇自將，陳事輒數千言，或用草書函達。兩公亦不以僚屬待也。光緒六年，薦卓異，遽引疾歸。寓安慶，後進翕然從問業。十三年，安徽學政貴恒以其學行聞於朝，詔給五品卿銜。明年卒。

初，先生從同邑許玉峯先生鼎游，既復受學從兄植之先生東樹。玉峰之學宗程、朱，植之兼治經、史、文章。先生合兩師之長，復交當世名公卿，益孜孜於世道隆污，吏治得失，大旨以明體達用爲歸。所著書有讀周易、四書、孝經筆記十卷，書傳補義三卷，禮記集説補義一卷，春秋正義四卷，春秋集義十二卷，柏堂集九十二卷，志學録、俟命録諸書，都數十種行於世。

論曰：永樸謁先生在光緒辛巳歲。後過皖，常主其家。先生雖退休，於天下事措置得失，及閭閻疾苦，苟在位諮訪，必盡言無隱，往往有議已行，而世莫知所由來者，庶幾學道愛人之君子與！

【校】

〔一〕本篇據安慶本補入。

南陽鎮總兵謝公傳〔一〕

謝公諱寶勝，字子蘭，安徽壽州人。少有志操。年二十從將軍金順勦寇陝西、甘肅，洊保至都司。光緒初，復以戰新疆有功，擢游擊。西北底定，辭職歸，往來名山中，偕方士游，翛然無用世意。馬忠武公玉崐夙與公善，既督畿輔諸軍，累函招之出。

當是時，國家多故，海陸軍皆摧於日本，拳匪繼亂。公統偏師與外國兵戰，輒能以少勝衆，所至恃以無恐，由是益有名。河南巡撫調辦軍務，殲河、陝、汝諸匪，授河北鎮總兵，累擒巨盜張黑子、楊汝成，移南陽鎮。王八虎者，唐縣盜也，屢糾黨爲民害。公偵其元日縱酒，出不意馳往，捕斬之。又平燕尾山會匪，威惠大行。宣統三

（南）［年］革命事起，南陽處楚、陝之沖，敵軍在武昌、漢陽者，自南而北；其在鄖陽與陝西者，又自西而東。公分兵防堵，電請巡撫濟師不可得，兵乏糧。四越月，募紳商，無應者。未幾襄陽、樊城失守，人心愈駭。歲暮，新野陷，唐、鄧繼之，吏民逃徙一空。公知事不可爲，率兵出，思保裕州。既至，見城上樹五色旗，忿然去駐新街。是夕，州牧懷遜位詔及共和文牘至，公覽之大驚，曰：『事乃至此乎！』淚迸落，州牧退，召副將董懷振以兵屬之，使衛裕民。從容入衣冠，北向再拜，引鎗自擊死，時壬子正月三日也。

公在軍不妄取，事急復出金餉士，橐爲之空，至是無以爲斂。翌日，淅川廳同知趙景彬受代入省，過其地，見之慟哭，以旗裹尸，率公妻子疾趨，至襄城爲具棺，輦至省，醵貲送歸。裕人思公惠，且哀其烈，書事勒石。民歌之曰：『心莫如清，行莫如貞。公騎箕尾去，公賢於生。』又曰：『冷莫如鐵，熱莫如血。公騎箕尾歸，公名不滅。』公死時，年五十。有八子，一名某，方七歲云。

論曰：我朝由東北勃興，奄有中夏二百六十有八年，德至渥也。獨怪遷鼎日，立於朝而仗節死義者殊寡。公以武夫起什伯行伍之中，使當是時易所趨，以效用民國，取節旄固自易易。不然，棄官而歸，人亦未嘗不原之，乃必慷慨引決！記曰：『謀人之軍師，敗則死之；謀人之邦邑，危則亡之。』蓋義不如是有不安者，彼固皭然不欺其志也哉！

【校】

〔一〕本篇據安慶本補入。

湖南嘉禾縣知縣鍾麟傳〔一〕

姚永樸曰：曩怪宋、明末造，士之殉國者指不勝僂。我朝辛亥之變，乃闃焉無聞，豈人心薄於古與？宋、明之亡，其君或轉徙江海之交，或守宗祧以死，故薄海哀慟，思與同命。若清孝定景皇後知勢不可全，率帝遜位，其時居朝列者，或不忘舊恩，惟（隱）［引］去耳。然遐方守土之吏，當變生倉猝與城存亡者，往往有之，而湖南嘉禾縣知縣鍾麟事尤烈。永樸聞之同邑張皖光，皖光蓋聞之懷寧張必澍云。

鍾麟者，字夢星，巴雅拉氏蒙古正白旗人，世居遼陽。光緒癸卯成進士，以知縣發湖南，即用署桑植、永順，補瀏陽，調署嘉禾。宣統三年，武昌事起，湖南民軍應之。衆洶洶逼嘉禾典史何永清自經死。鍾麟聞之曰：『彼漢族也，官卑於我，尚乃爾，吾獨不能爾邪？』顧夫人曰：『汝將若何？』夫人曰：『死耳。』夜仰藥，未即死。有婢持燈增煤油，聞之手顫，燈落，油濺火，火作，延及內室。夫人趨火中死。鍾麟冠服，佩印坐堂皇，召二子，命各殺妻。二子從之，手皆顫。鍾麟厲聲曰：『易而斃之！』於是長子斃弟婦，長婦亦就叔求死，槍發仆地，又殺婢。鍾麟瞠目視，曰：『嗟乎！若女子則皆死矣，豈有男子不能引決邪！』手槍擊二子皆死，復呼三孫，則衆僕已擁之走，乃自吞金，久不絕，更覓刀刺胸，仆，血淋灕滿地。

初，鍾麟在官廉惠，嘉禾人德之。以民軍爭殺隸旗籍者，方思導之遠遁，至是奔救，已不可生。視長婦猶未中要害，輾轉地上，羣護之出，而斂各尸瘞之。以事告桂陽州知州查慶綏，慶綏委張必澍攝篆，蓋方爲州吏目也。必澍延醫，療鍾麟長婦愈，復得其三孫，送至桂陽。慶綏斂貲遣歸，必澍旋亦棄官返。皖光嘗詢何永清，第知爲四川新津人，又聞鍾麟死時，年五十有八。夫人宋氏，二子：崇賢、景賢。

【校】

〔一〕本篇據安慶本補入。

梁君巨川傳〔一〕

梁君諱濟，字巨川，廣西臨桂人。祖諱寶書，道光二十年進士，官直隸遵化州知州。考諱承光，道光二十九年舉人，官山西永寧州知州，兩世皆有廉名。

永寧君卒官，君方九歲，貧不能歸，依其戚京師。妣劉恭人授以經史大義，稍長，喜觀戚繼光論兵諸書，暨近世名臣奏議。光緒十一年，舉順天鄉試。時父執吳縣潘文勤公、濟寧孫文恪公皆貴盛，君不求通。迨孫公罷政，始一謁之。以大挑二等得教諭，改官內閣中書，遷侍讀，署民政部主事，陞員外郎。

宣統三年，帝遜位，遂辭職家居。明年，內務部總長邀之出，力辭，顧以時方議增官俸，而不籌及民事。上書言：『方今士大夫所當憂，有甚於一身之凍餒者，必各屏其私，治平乃可望也。』當事者不能用，而徵之愈急，卒不出。歲戊午，年六十，諸子謀爲壽，止之不可，乃避居城北彭氏宅。先期三日，昧爽，自投淨業湖以死，時十月七日。遺書數千言，告子及諸友謂：『己之死，殉清而死也，然非徒殉清，實殉所志。吾之志在匡世，使國果安，吾猶可不死。今數年矣，内訌不息，外患且來，吾寧以死激人心，全國性知我罪，我所不計也。』其惓惓者五事：曰民、曰官、曰兵、曰財、曰清室，區畫甚備。執友袁勵準聞於上，予謚貞端。

初，君常與游有吴寶訓者，字梓箴，蒙古人，從漢姓，嘗爲理藩院員外郎，聞其事，慟哭越日，亦投淨業湖同殉。

論曰：君耿介人也。錢塘吴君家棣嘗與同官内閣，爲予言：『自國變後，僅一遇之書肆中，見方購詞曲，頗怪之。既乃知此數年中，君慮人心日泯，爰取忠、孝、節、廉事，撰新曲，授伶人。觀者往往泣下。』嗚呼！如君者，豈猶計及身後之名哉！其欲救國與民，被髮攖冠不足喻也。不得已，乃出一死。世有仁人，其果無動於中邪！

【校】

〔一〕本篇據安慶本補入。

方君劍華傳〔一〕

方君諱鑄，字子陶，號劍華，桐城人。祖諱心簡，官江蘇常熟知縣。考諱奎炯，道光二十年進士，官四川打箭爐同知，有子七，君次居四，以叔父海雲君無子，同知君命爲之後。海雲君諱某，以貲爲四川知縣，因事議歸，旋卒。

君少貧，力學，由諸生舉於鄉，偕仲兄希林客左文襄公幕，文襄絶重之。既復從李勤恪公於湖廣。及文襄内召，以兵屬新疆巡撫劉公錦棠，瀕行，劉公求士，文襄曰：『文士易得耳，必緩急可恃，其惟方君乎？』劉公走書招君，君以李公待之厚，固辭。光緒九年成進士，授主事，分户部。聞仲兄疾篤，乃往新疆，至則兄卒，遺逋鉅。

君應劉公聘，資其俸以償，且返兄櫬。

君治事精勤，顧自謂不諳外國情，惟司內地諸箋奏。會俄民私購吾地，領事以書達巡撫，將不納賦，主者不能答。劉公詢君，君曰：『彼購吾地，不以告，非約也。盍以此詰之？』更檄迪化道，曰：『耕吾土者，卽吾民，當入吾籍，以吾法治之。於領事無與！若欲返彼國，聽有司備價贖田。』領事慚服，自是無復有越耕者。俄商販羊數千頭，食民水草，禁之不可。君告領事曰：『據約：汝國始至者必以食羊二頭餽吾吏，吏報之布二匹夫。』曰：『食羊則非貨矣。』又曰：『儻攜有牲畜，築圈以衛之。然則圈以外，苟有損失，吾不任衛。』事復解。其敏而有斷類此。故事，部屬出京，輒按日去資，坐是補缺常後。凡游疆吏幕，鮮不希薦舉，君獨無所受。人曰：『子非兩失乎？』君曰：『吾一身勢不能任二事，部之去資也宜。吾業受俸，更欲遷官，是兩得也。焉有君子而巧宦若是。』其後劉公乞終養歸，欲助貲爲改道員，分湖南，君卒不聽，竟反部，日從老吏之愨者詢部務，久之盡得要領。雖黠者，不能欺。尚書鹿公傳霖倚之如左右手，每出查案必與偕。户部改度支部，擢員外，晉郎中。宣統三年，以省墓歸。遜位詔下，遂不出。

其學邃於易及論語，各爲說若干卷。晚年兼通內典，謂道一而已，儒、釋何殊邪？己未秋卒，年六十有九。子億，早卒；孫疇。

論曰：予初未與君習。宣統初，客京師，始過從。君愛予亡兒煥，予因使從君受業，煥以文質，君評改不稍恕，意懇懇如也。及煥殞，君言及輒黯然。君卒前一月，予適歸，未及訪君，而君已叩門談所得於論語者，未幾遽病，能預知死日，語其孫曰：『吾所思者秦與蜀耳！』蓋君叔弟旭僑成都，秦者先壟在焉。由是，里人傳君不死，服僧服，往終南。語雖不經，觀人情敬愛如此，亦可以知君爲人矣！

【校】

〔一〕本篇據安慶本補入。

金君子善家傳〔一〕

金君諱家慶，字子善。先世浙江仁和人。明初，遷安徽之全椒，傳十世有諱光辰者，崇禎戊辰進士，仕至右僉都御史，以救劉公宗周，降三級調外。國變後，僧服終，事載明史。光辰生新鼎，出爲世父光極嗣。又四傳至玿，生湞，嘉慶己卯舉人，復出爲世父延譜嗣。湞生峘，同治甲子舉人，揀選知縣，有二子：長咸慶，次卽君，皆諸生。知縣君既卒，咸慶亦亡，君撫兄子承業、承緒如子，爲納婦。已而承業復亡，又撫其子。

初，君授徒安慶以養母，後徙居吾邑小龍灣。母卒，貧不能返柩，葬之懷寧。更徙居吾邑城中，遺承緒歸守先壟。贖先世田數十畝，使資以爲生。猶弗慊於志，將終，屬子承祚、承昌：儻他日有餘力，宜益取先世田之未贖者畀之。以君之窮，非槖筆遠游，無以贍朝夕，乃能推所以愛兄者及其遺體，久而彌摯。知君者，莫不歎息以爲難也。

君少銳敏，於書無所不讀，其後學益邃。善談名理，非其人則秘不言，工於詩，書法得晉、唐人筆意，畫仿王翬。顧懶不自愛惜，有所作輒爲人持去，遺篋僅有詩八十餘首。翰墨藏執友家，每從壁間觀之，往往有逸氣。性孤介，不以非義干人。吾弟永概嘗告侯官嚴幾道，幾道招課其子十年，相得甚。一日見君畫，勸定售格，將爲之延譽。君默然不應。幾道曰：『子無然。世之擁厚貲者，疇堪問其所由得？今君以所能餉人而取償焉，胡不可？』君竟寢之。用是京師畫客藝遠不逮君，皆歲得數千百緡，而君獨無一錢之入。君卒於辛酉夏六月二十三日，享年六十。長子承光、叔子承祜皆先君卒，承祚、承昌，其仲子、季子也。孫三：先庚、先甲、先邑。

論曰：吾鄉人稱君，多愛其詩與書畫。吾謂古之以藝名者，莫不有堅苦卓絕之行爲之本。如君不言而自飭於窮約中，求諸衰世可多得邪？予與君交數十年，申之以婚姻，故知之悉。因承祚請次其事爲傳。噫！方君之卒，舉家哭極哀。而兄子之婦至，欲持服與子婦等，雖羣以不合於先王之制，止之。然君之積誠，以育孤嫠而生，其愴慕者，未嘗不可於此驗之也。

【校】

〔一〕本篇據安慶本補入。

薛給諫家傳

薛君諱鼎臣，字式九，號海峯，江蘇鹽城人。曾祖渠，祖師孔，父健，皆以積善稱於鄉。君生而英敏，順治九年以拔貢生入都，爲司業曹公本榮所器。大學士范文肅公延課其子。十一年舉順天鄉試，考授秘書院中書舍人，世祖見所撰誥勑愛之，連進官至兵科給事中。

君感激知遇，悉心建白，不畏彊禦，嘗論時弊，畧曰：『臣竊惟今日欲求治平，以懲貪爲要務。顧所以懲之之法，有挈其綱領者，有列其條目者。夫挈其綱領，則行十兩流徙之典，未嘗不嚴；揭上下互訐之規，未嘗不善。而有司之貪黷如故，則以在官之實事，百姓隱忍而不敢言，大吏包容而不能禁也。夫有司之取於民者多端，莫甚於私報大户之弊；取於商者多端，莫甚於私派當月之弊；取於錢糧者多端，莫甚於私索常例之弊；取於詞訟者多端，莫甚於私罰贖銀之弊。夫所謂私報大户者，民稍有餘貲，則名曰「大户」，每借口地方公用不足，責令里甲簽報，俾納銀米，被報者畏累，多出金求免。既遂所欲，又轉報他户，流毒無窮。所謂私派當月者，小民經商，第權子母以爲生計，乃恣意婪索，於各行輪派其一，以備一月中所需，或微給價，或竟不給，久而折閲，因之罷市。所謂私索常例者，錢糧催徵，本非得已，乃正額外别立名色，謂之常例。在差役者曰紅票，在書吏者曰官錢，民力不遑，反致虧缺正課。所謂私罰贖銀者，民間詞訟，不論原告被告，或罰修城樓垜口，或罰修學宫官舍，每罰必估數百金，如數輸入，始批免究，仍罰紙贖，其銀兩申報者十之一二，肥己者十之七八。凡此積弊，乞敕下各撫按，轉行各府州縣立木榜通衢，永行禁革。又因察荒地，請於農隙舉行，免踐損禾稼。因各省協解兵餉，所欠甚鉅，請敕各撫按確查致欠之由。若係有司侵蝕挪移，則應求追比補正之法，果係積逋難完，亦應據實題明，勿徒累有司。』疏入，並下部議行。當是時，天下甫定，田多汙萊，加之饑饉，世祖勤求治理，議賑蠲無虚日。君推其本，尤汲汲以農田水利爲言。

十七年轉工科右給事中，會夏五月天久不雨，詔引咎自責，並諭羣臣極陳得失。君言自皇上親政以來，所頒諭旨，與廷臣所進章奏，所行事例，何一非懲貪剔蠹？何一非恤兵養民？然而治效未臻，災眚迭見，則以直省諸臣不能宣上德通下情之過也。因臚陳欺蔽之實，請嚴懲虐民吏，爲方來戒。得旨著吏部嚴察議奏。尋充湖廣鄉試副考官，既反命，復疏言江南河工辦法，與其積弊，皆中肯綮。

康熙元年以弟蓋臣卒，固請終養。里居十餘年，課耕自給，不輕入官舍。丁父母憂服除，遂不仕，卒年五十。著有疏草若干卷，柏鄉魏文毅公序而行之，謂馬、周、陸贄不過云。

論曰：君裔孫金釗言君在諫垣，疏百數十上，皆燼於火，今存藁自鹽城縣志中録出，僅十有八篇。永樸聞先輩言，世祖初親政，閲直省撫按彈章，見墨吏之多，語大學士曰：『士人平時非不知貪婪之害政，及當官復爾，皆利令智昏耳。』其後聖祖嗣服，遂詔舉清廉官。其時民生安樂，風俗醇厚，胥由於此。今觀君疏，何言之詳且切也！然則此十有八篇者，亦足考見當時君臣交警之實，其可寶豈待覩全書哉！

孫太僕家傳

孫公諱衣言，字劭聞，號琴西，浙江瑞安人。世有隱德，曾祖某，祖某，父某，皆以公貴贈如其官。公幼穎異，書過目輒成誦。道光三十年成進士，選庶吉士，咸豐初授編修，入直上書房，擢侍講。

會英吉利、法蘭西聯軍犯天津，京師戒嚴，公兩上疏請速定戰議，以言切出知安慶府。時安慶陷於粵匪，行省僑置廬州，公至，巡撫翁文勤公俾護按察使，尋以疾歸。及曾文正公總督兩江，安慶克復，馳書招之，遂權鳳潁六泗道。巡撫喬公松年治軍臨淮，倚之如左右手。丁母憂，擬奏請留軍，公力辭。服闋，乃應兩江總督馬端敏公之調，權江寧布政使。馬公爲盜所刺，詔尚書鄭敦謹、江蘇巡撫張之萬就讞江寧，有言緩其獄者，公謂封疆大臣被戕，非用重典不足伸國法，議始定。曾公繼爲總督，奏補江寧鹽法道。適有旨命保堪勝兩司者，以公應，擢安徽按察使，遷湖北布政使，調江寧。所至皆以廉勤自矢，每日黎明起，治官書，至夜分乃罷。

其在皖時，屢平反冤獄，馭胥吏尤嚴。嘗按一骫法吏，布政使祖之，公堅持不移，卒論如律。在江寧數年，綜覈鹽務釐捐積弊，中飽悉祛，庫儲充裕，數倍於昔。時總督爲沈文肅公，賢者也。其會試又出公弟蕖田學士門，然用法稍峻。候補道某希旨，每訊獄入多出少，公規切之，某大憾，搆之於沈公。會有殺人者不得主名，某執途人，鍛鍊成獄。江寧令疑之，以告公曰：『某君欲遷官耳，獨奈何殺人以求之乎？』急白沈公，而沈公先入某言，笑曰：『此宜非長厚者所樂聞也。』故事，人命案必由藩臬會詳，沈公以公持異議，乃徑下某論死。公以是與沈公不相中，内召爲太僕寺卿。尋以疾返里，而某擢兩淮鹽運使。及沈公薨，逾兩年，是獄眞犯以他案牽連發覺，後任總督以聞，某坐革職遣戍，而公以未會詳得免議。

公論學宗宋儒，爲古文辭，守桐城方氏、姚氏緒論，出入馬、班、韓、歐間，詩嗜山谷，詞嗜蘇、辛，尤喜考其鄉先輩軼事，嘗以黄太冲、全謝山宋元學案於永嘉諸儒猶未備，更搜補爲永嘉學案，又編其遺文爲永嘉集内外編，而別刊陳止齋、葉水心兩集，校勘皆精審，其所自著曰『甌海軼聞』，曰『遜學齋詩文鈔』。光緒十六年卒於家。

論曰：昔顧亭林、方望溪、劉海峯皆言文人不當爲顯宦立傳，爲之行狀，上史氏而已。吾家惜抱府君則曰：『唐時入史館者，必令作名臣傳一篇，以覘其才。』今史館大臣傳，率鈔録上諭吏牘，謂以避黨仇譽毁之嫌，而名臣事蹟，遂不可得見。然則私傳安可廢乎？丙辰春，永樸客京師，公從子貽澤因邵君伯絅以公之行述來乞文，爰論次之爲家傳，俾藏於宗祏。修史者儻欲求公之行事，則斯文亦可備甄採也。

閻母王宜人家傳

閻母王宜人，河南孟縣人。考諱近之，國學生。年十七，歸同縣封奉政大夫閻君諱清眞。當是時家貧也，奉政君業商郡城，家政操於宜人，凡烹飪浣濯縫紉之事，皆躬執之，久而稍裕。三十年間嫁女者二，娶婦者六，家門鼎盛，孫曾繞膝，聚處者五十餘人。宜人總持其綱，行之以公，濟之以忍，羣婦化之，粒粟寸縑，罔敢私蓄，室以大和。

又念民生在勤，而學爲之本，時時佐奉政君訓諸子，各有執業，戒惰游。光緒癸卯長子永仁舉於鄉，授内閣中書，旋游日本習師範。次永恭補縣學生，亦繼往習實業。次永輝習蠶桑，今爲京師大學校文科學生。餘皆分入各校，或仍從事商業，而永仁返國後，充省視學高等學校齋務長數年，復充省立女師範學校教員。少子婦淑華，亦充淇縣女校教員。閤氏子女咸競於學，家亦日饒，彬彬稱盛族矣。

宜人享年六十有九，其平居待人温然以和，有貧乏者必量力周卹，務使得所，以故族戚迄今莫不思其德而宜其福焉。永樸教授大學校，永仁、永輝奉事畧詣予，乞爲之傳，乃次其事貽之，且系以頌。頌曰：

螽斯振振，維男有百。鳲鳩七子，愛均食息。猗與宜人，勤以自克。獨恥一體，畫爲數域。是生六子，趨庭翼翼。子復抱孫，有愉無戚。室靡違言，人有恒職。自微而隆，繄誰之力？昔漢劉氏，撰次女德。萬福之原，邇觀斯得。孰謂家修，無與於國？爰述芳徽，以爲世則。

卷四　碑誌　雜記　哀辭

大名道尹姚公功德碑〔一〕

河水出龍門，而下無羣山迫阨，乃羨溢爲民害。濮陽界冀、豫、兖三州，實當其沖。漢元光中，决瓠子，梁、楚胥受其禍，武帝親臨塞之。歷晉迨宋，災無由弭。熙寧四年，澶淵之决，氾濮、齊、鄆、徐四州，神宗命歐陽修督治年餘，工乃竣。金明昌後，河徙而南，民獲蘇息者數百載。至清咸豐七年，决銅瓦厢，挾濟而東，乃再爲害。同治三年，徙金隄。六年復徙司馬焦邱，於是近習城，集地爲水經流，迄今未改。

昔賈讓論治河，以不與水爭利〔二〕爲上策，其中策在多穿漕渠以溉田，分殺水怒，而以繕完故隄爲下策。當時頗有難之者。蓋上古地廣人稀，山陵當路，禹且毁之，遑論田廬。後世民居稠密，徙民讓水，事匪容易。議開引河，亦視國力厚薄，而於增卑培薄之法，豈特不容廢，尤必視爲急務焉，亦勢使然也。

民國二年，濮陽雙河嶺水復潰溢，吾民蕩析離居，昏墊不治。前大總統命天津徐公世光督辦。八閱月合龍，未幾習城出險。徐公以桐城姚公聯奎起家河工，習於堵築，忠樸自將。宣統元年，濮陽之上游孟居村决，實賴公力，得完且堅，乃薦之中，俾總其成。公旣抵工，以勤苦爲衆倡，凡五閱月，漫溢所壞，悉完無缺，爰有大名道尹之命。初，濮有水患，惟恃民修，貲匱力殫，往往敗事。至是邑父老合辭呈請，改爲官修民守。經縣知事鄭君某轉詳，會省長曹公錕飭公議防守事宜，公據輿情上請，自七年一月一日始，凡北岸民埝悉如南岸，上下共設五汛，並派河營卒分段駐防。歲費銀十四萬圓，悉由官給。計濮陽北岸民埝，長九十三里有奇，又迤上長垣縣民埝，長五十四里有奇。地處上游，苟或不守，濮且受害，乃併爲一，由内務部咨國務院議準。自是民力既紓，埝有恃固，永永萬年。詩曰：『豈弟君子，民之父母。』書曰：『痌瘝乃身，公之謂矣。』爰伐石誌德，且系以頌。其辭曰：

何湯湯兮蕩無外，厥利溥兮害亦大。惟濮陽兮承其流，水洊至兮民用憂。人爲魚鼈兮田爲壑，老與幼兮奚所託？隄宛宛兮百里餘，官不助兮民自治。手足瘽兮薪藁竭，波浩汗兮不可活。惠我人兮皇天慈，姚公來兮險化夷。矢勤慎兮事用葳，資以國兮民力緩。維邦伯兮鑒民情，維邑侯兮佐厥成。世謳吟兮君子德，障吾民兮奠吾國。繼自今兮民無災，鍾宣防兮萬福來。

【校】

〔一〕本篇據安慶本補入。

〔二〕利，漢書爲地。

胡君瓊笙墓表〔一〕

宣統三年秋八月，武昌變起，各省民軍應之，於是雲南省治失守。布政使被戕，自總督以下皆遁。然旁邑小官，或猶效死弗去，如大關廳同知胡君其一也。

君諱國瑞，字瓊笙，湖南攸縣人。由光緒二十年舉人，應二十九年大挑，用知縣，發雲南。三十一年攝霑益知州，旬月中理積訟逾百，政聲流聞。三十三年攝彌勒知縣，彌勒多盜，易八令不能治。君至，告戍將勿請兵，我行公繼之，出不意，可禽也。如其策，獲況國玉，並斬雷珍、張朝安等。明年大潦，蠲租躬振之，民獲蘇息。宣統二年，補江川知縣，明年擢大關廳同知，皆未涖任，以修墓乞歸，既得代矣。會亂作，民軍洶洶將至，或謂君盍行乎？君慨然曰：『此邦之人於我厚，以我稍知兵，堅請助城守，我諾之矣。奈何事急委之去！』遂遣眷屬歸而獨留。未幾，有言京師破者，君聞之，戒從者治裝，期明日行。質明，汲者見署東井上雙履，白後令索之，則在井，已絶。遺言：『自經不死，故死於井。雖達人所不取，愚者終不失爲愚。』嗚呼！君於是時已無守土之責，第不忍於民而留。譌言甫至，儻歸杜門不出，亦足以報故君，乃必捐軀以殉世之衰也。視義恒輕，視死恒重，罕有舍生取義者若君之爲。其於義也，不啻飢者之求飽，倦者之求息也；其於死也，不啻膏（粱）〔粱〕之美，莞簟之安也。君自謂愚，正君之不可及也與？君既死，後令具棺斂之。明年，其子以喪歸，葬於攸縣某鄉某山之麓。

戊午春，湘潭吳君家駒以君子所寄狀示永樸，乞爲文，表其志節，予惟長沙爲屈子所自沈地，流風久而未沫，故當代謝之際，忠義之士常賡續焉。以與日月爭光，君庶無愧於曩哲。爰上其事史館，更彙書之，俾其子劇之墓上。

【校】

〔一〕本篇據安慶本補入。

馬節母光孺人墓表〔一〕

馬節母光孺人，永樸從母也。考諱聰諧，嘉慶乙巳進士，仕至直隸布政使，配吳夫人生一子旭，側室陳恭人生二女：長先妣，次即孺人。當孺人生時，布政公夢有贈菊者，花白而枯，因名曰潤。年十九歸同邑馬君萬珍，甫兩年而夫卒，無子，以弟萬祜子元烺爲嗣。萬祜亦娶於光，孺人從妹也。孺人撫元烺，娶妻生兩子：曰其超，曰其良。而萬祜客死天津，元烺復得心疾，療之不瘳。孺人更撫兩孫，今亦娶妻生子矣。

馬氏故大族。孺人舅諱伯樂，以進士官浙江歸安知縣，罷歸，囊無餘金，又遭亂，困甚。孺人初有奩田數十畝，以母家亦貧，返之，食貧自潔，卒持門户不墜。陳恭人自布政公卒，依先考江西。同治甲戌，先考引疾歸，未發而先妣卒，既返里。孺人迎居邑西曹岡，未幾徙城中卒，孺人葬之龍眠山小河口。又十餘年，孺人亦卒，享年七十有八。

吾邑自明以來，故家多崇女德。咸豐後稍衰矣。獨孺人黽勉繼之，言動必循禮法。時來吾家，勖諸婦以閫行，或道鄉先輩及外家遺事不倦。古之所稱女宗者，蓋不過也。初，永樸謁孺人於其家，孺人從容言曰：『吾老，旦暮且死。子困於疾，孫幼。他時骸骨寧易入土，若曹儻丐我錢，覆厝室以瓦，庶久淹無害。』永樸諾之。然以孺人在，不爲意。及孺人亡，追憶前語，乃知其哀！今孺人兩孫於困乏中措貲，以庚申冬十有二月十九日，葬之玉屏山先（塋）〔塋〕側，穴與其夫冢相望。意者孺人之靈默相之乎？

吾弟永概適在里，爲撰銘幽之文。永樸爰述所知者，授其超、其良揭之墓上，既抒吾痛，亦使吾邑爲人婦而遭變者，知所法焉。

【校】

〔一〕本篇據安慶本補入。

胡節母孫太孺人墓表〔一〕

胡節母孫太孺人，諱茂林，黟縣人。考諱伯達。年十八歸同邑贈文林郎胡君廷玉，甫三年而贈君卒，以遺腹生子元吉。

當是時，舅姑咸在而家貧。孺人仰事俯育，備極劬瘁。舅卒，姑因疾失明，求物緩得，輒加譙讓。孺人昕夕不敢離，聞咳聲，則起詢所欲。親故中爲姑喜者，以時招致，務求悦其心，如是者十年，而姑又卒，孺人哀毀甚。鄰里聞哭聲，咸曰：『胡氏婦之節可能也，乃其孝實難能矣！』

其於元吉愛之摯，而督之學則嚴。元吉弱冠，補諸生，聲譽日起。安徽布政使于公蔭霖、按察使趙公爾巽聘充敬敷書院學長。于公巡撫湖北，更延入幕。會拳匪亂作，各國聯軍入都，兩宮西狩。詔于公移節河南，元吉以孺人疾，遄返。甫入門，孺人槌牀切責曰：『于公待汝厚，此何時也！于公報國，汝當報于公，何以歸爲？』元吉翌日，復治裝往。于公知其事，歎曰：『賢哉母也！異於絶裾者矣。』和議既定，元吉爲教習安徽數年。趙公總督兩湖，舉以應求才詔，得知縣，分發山東，補菏澤，歲餘，武昌事起，敵軍洶洶且至，元吉方籌守禦，孺人遺之書，諄諄以上不負君，下不負民爲言，且曰：『事如不測，便當致命遂志，勿以我故，貽羞先人。』及遜位詔下，元吉上書大吏，請解職。大吏及菏澤民堅留，竟去不顧。於是海内士大夫聞之，莫不曰：『孺人所難能者，尤在善教其子。是卽孝也，亦卽所以爲節者也。』元吉歸，侍孺人九年。庚申冬十月四日孺人卒，享年七十有二。子一卽元吉。孫三：榮先、榮芬、榮萱，曾孫一，貴蓀。

嗚呼！婦人承夫者也，當孺人喪夫，於兩親，爲完子職焉；於遺孤，以養以教者數十年。卒之元吉能砥行立名，以光門户。易曰：『地道無成，而代有終。』孺人蓋協於茲義矣。永樸與元吉友，夙知其事，爰彙書之，俾他日刻之墓上，以彰懿德。辛酉春二月，桐城姚永樸表。

【校】

〔一〕本篇據安慶本補入。

邵母劉太君墓表

吾友仁和邵伯絅章、仲威義之母劉太君，諱葆貞，字莊蘭，清府同知子進先生諱順國之配也。父諱堃，由户部郎中出爲漢中知府，與同知君考位西先生交至善也。夙有婚姻之言，及兩家男女子生，而遂踐焉。

咸豐初洪、楊亂起，十一年杭州陷，位西先生時以刑部員外郎家居，殉之。同知君幸脱險，依曾文正公安慶，久之以府同知需次江寧。同治七年太君來嬪，十一年同知君權知六合，十三年以疾卒。時章三歲，側室張氏方震義，一門嫠穉，孤危靡依。夫友錢公應溥、曾公紀澤勸居金陵，而漢中貽書諭令赴陝，太君泫然曰：『以煢煢者寄異地，非智也；委遺骸卽安母家，非順也。』卒挈二孤返里，既葬同知君西湖集慶山，乃延師教子。書聲偶間，輒顰蹙曰：『兒豈不嗜學邪？』章與義自塾歸，必告以先世事，及家道盛衰之故，往往泣下，故二子爲學不督而奮。光緒二十九年章成進士，與義游學日本，先後畢業歸，章歷辦浙江、湖北、奉天各學校，嘗權奉天提學使，今爲北京法政專門學校長。義嘗充資政院議員，今由財政部編纂官，出爲河南國税廳籌備處長。聲譽駸駸起，咸以爲明德之後有達人，揆厥所元，蓋太君劬節數十年以育以教之力。

癸丑春三月太君卒於上海，章與義卜葬西湖二龍山。以先大父爲刑部君友，而永樸又相善也，授狀使爲文表之。永樸讀詩至螽斯宜爾子孫振振兮。韓氏曰：『母賢使子賢也，既醉釐爾女士從以孫子。』鄭氏曰：『天予以女而有士行者，又生賢智之子孫從之。』未嘗不歎母教之繫於世者大。自世道衰，凡經傳所稱婦德，鮮不以爲迂闊而莫之爲矣。今觀太君從艱苦中詔厥子，終宣勞於國，豈獨一家之光哉！昔敬姜以秉禮蹈義爲魯女宗，而告季康子之言，曰：『君子能勞，後世有繼。』若太君者，其深知此意也夫！爰不揣固陋爲之辭，俾揭墓上，匪惟慰章與義，亦將使世之處帷闥者知所取法焉。

趙君霞廷墓表

光緒二十三年解州趙君霞廷，客死浙江之嚴州。柩歸，弔者踵接，或貧不能賻，亦撫棺長號不忍去。過其門者咸詫曰：『是何人也？何所居之陋而致客多也！』蓋君少孤，其母李孺人守節，以養以教。既長爲州諸生，授徒以贍母，館膳或豐於供母者，則不食，地遠於母，亦不就。其教人以敦行爲先，苟行不端，文雖工必婉卻之，以是鄉之人欽其德，有爭者皆就質焉。君性篤誠而才敏，又能言，事無鉅細，爲剖其是非，兼及利害。愚者明，悍者屈，始若絲紛，終如凍解，然君第欲平忿息訌而已，未嘗受杯酒之酬。環所居數十里，終君身，鮮有投牒公庭者。君布衣耳，隱然敵一良吏云。

嗚呼！昔成周之世，自州長黨正以至閭胥比長，大抵選其鄉之賢者而用之。其導民以德行道藝，不率者輒擯勿與齒。秦、漢三老嗇夫，猶有先王遺意，故漢治獨爲近古。唐、宋後則不然矣，膺斯職者與厮役無異，卿大夫退休於家，或頗憑威勢以侮鰥寡，彼名列膠庠之士，而武斷鄉曲者，何可勝數！使人人皆如君之所爲，人心安得不純，風俗安得不厚邪！

君諱逢采，卒年五十有七。配咸孺人。子二：世愚、世魯。孫五：晉芳、晉英、晉葵、勃、晉□。晉芳，州學生；勃，優貢生，今肄業京師大學校文科，狀君行，乞永樸爲文表之，蓋君之葬有年矣。爰撮舉其概，俾持歸劖之墓右。

弓君紹庭墓表

弓君諱汝昌，字紹庭，先世由山西靈石縣，徙居直隸安平縣之西鄉臺城里，遂爲安平人。曾祖諱允升，祖諱省度，考諱毓華，三世皆以貢生候選州同、教諭等官，而君之考保加五品銜，誥授奉政大夫。君少喪母，哀毀如成人。既冠，補縣學生，旋食餼。光緒丙子科中式副舉人，考取正白旗官學教習，差滿例以教諭儘先選用，而君丁繼母憂歸。奉政君年高病痿，服食寢興需壯子，君日夜侍側不忍離，久之以過勞咯血卒，年五十有一。初，娶辛孺人，生子培。繼娶賈孺人。孫三，乃銘早卒，次乃稜，次乃銓。曾孫一，沉。

初，弓氏世饒於財，而自曾祖以下皆嗜書，所蓄數萬卷。他若鼎彝字畫亦稱是。及君益劬學，冀副先志，爲詩文清邃可喜，尤工書。其於從父兄弟中齒最長，讀書有得，必餉羣弟。會吾邑吳摯甫先生官深州，鋭意興學。安平，深屬邑也。吳先生罷官，復主講保定蓮池書院，故其門下多士，如武强賀濤松坡，其尤著者也。君遣羣弟從游，從父弟子貞遂精輿地學，與松坡友，聲譽藉甚。吳先生嘗過其廬，退而歎曰：『北方士大夫家，若武强賀氏、安平弓氏，求諸交游中，蓋未之多見也。』然子貞顧語人曰：『如汝恒者，何足算邪？吾兄紹庭乃眞讀書人耳。』安平近數十年來舉甲乙科者半出君之門，或官部曹若守令，往往有聲蹟，聞子貞言，咸以爲不妄。嗚呼！質行如君，即使文采不足自表見，世猶將重之，矧其學之被於一家與鄉黨者，固若是之深且遠邪！

乙卯秋九月，培以書來言曰：『先大父之墓，賀先生嘗爲文表之；先從祖斐安府君墓，吳先生亦爲之文，今劖於石。獨吾父之葬已二十餘年，墓碑尚缺，培從父弟垚辱居先生門下，敢因以請。』永樸覽其狀，慕君爲人，乃次其事以遺之，既以發君潛德，亦欲世之學文章者知有本也。

馬君慕蘧墓表

馬君諱爲瑗，字慕蘧，江蘇鹽城人，世饒於貲。考諱紹聞，喜施與，及君而家漸落。年二十二補諸生，爲提學使者黃公體芳、王公先謙所器，屢應鄉試不售，納貲爲兵馬司副指揮。在職兩年，截取知縣，發直隸。順天府尹愛其才，調辦平糶局事。

光緒二十六年拳匪肇亂，外國聯軍至，兩宮幸西安，京朝官多散走。君獨不去，迨事定，以所存米三百石，價銀二千餘兩，繳充善後局用。府尹異之，委署東安、三河、大城、寶坻諸縣。

時教民與土民相仇，屢釀巨案，君莅東安，會教堂燬，直隸總督李文忠公檄賠銀十萬兩，君力爭，竟減爲二萬。在大城，有匪徒藉教堂勢糾衆劫掠，君擒其魁置諸法。在寶坻，以教士迫民入教，民棄産逃。謁府尹與總教士辨，卒聽君所爲。君諭民入教與否悉從便，招流亡歸，凡復業二千餘户。二十九年補豐潤，捐陋規所入，設高等小學堂一百四十餘所，警察學堂一所，又設勸學所工藝局，咨送出洋學生十餘人，勸懇荒地四百餘頃，濬黑龍、還鄉等河各百餘里。諸廢畢興，敘勞以直隸州用。三十二年調薊州，會府尹命清丈民田，得五萬六千餘畝，歲入數千金，悉充學堂經費，而民不擾。明年回豐潤，旋以卓異引見，得旨以道員在任卽選。

宣統三年遜位詔下，棄官歸，既有薦爲奉天民政長者，已言於總統矣。總統故督直隸，知君，詫君入民國後未來謁。薦者走告，君笑曰：『老寡婦堪再事人邪？』卒不往。顧以旗民貧者多，往往盜先朝陵樹，思於近畿地開礦，助國用，亦以贍之。經營年餘，粗有緒，遽卒。享年五十有六。嗚呼！以君之盡心民事如此，求諸近世可多得邪！君配薛恭人，生女一。側室朱氏生子一，早殤，以弟子錫川爲嗣。

既没，其門人韋汝霖持狀來乞文。永樸於前兩歲始獲交君，知君廉直如狀不妄，爰次其事，俾劖於墓右，以爲方來牧民者告云。

太學生姚君墓誌銘

君諱聲，字振之，號澂士，姓姚氏，桐城人。惜抱先生鼐者，曾祖也。祖諱師古，父諱寶同，縣學生。自惜抱先生時，家故貧，及君而貧甚。數試於督學使者，不售，依永樸大父四川。

咸豐三年，粤賊犯桐城，君舉家遇害，獨與子被執，久之得脱。會曾文正公克安慶，求惜抱先生後，稍資給之。亂定，復依吾父於安福。吾父引疾歸，買宅挂車山。君居龍眠，嘗以歲之半來挂車。當歲暮，其子走書白食盡。君念吾家方貸粟食，不忍言。徐答其子曰：『吾策之矣，食盡則餓，餓不可忍，乃死耳。』吾父見之，笑曰：『何至是！』亟分所貸粟寄歸。自是君反龍眠。時稍淹，吾父念之，則曰：『寒人餓死矣！』寒人者，君晚所號也。

其後吾家反城東故宅，君亦葺城北廬居之。吾父自號寒皋，時同里蘇先生求莊，亦固窮君子也，居金神墩，自號寒知子。當春秋佳日，吾父輒以車迎蘇先生入城，與君會飲。當飲處有梅花一株，因戲名三寒會，而以破寒名其飲處之亭云。君少善飲酒，酒酣發長嘯，一座皆驚。性嗜茶，求貯茶及煎法甚備。慕君者，爭爲詩乞飲。作書愛王羲之，嘗得善本，日摹之，雖盛寒暑不輟。其高致類此。

君以嘉慶甲戌十月十四日生，卒於光緒庚寅四月十八日，享年七十有七。娶陳氏，生子永椿，孫四人：紀、蔚、翕、豫，蔚爲弟聞後。孫女三人。永椿以君卒之年十一月十二日，卜葬桐城北鄉唐家嶺，徵銘於永樸。永樸於君爲族子，侍君久，知之又悉，義不敢辭。銘曰：

默默者其身之隱也，汶汶者其窮於世之甚也。嗟彼闒茸兮，競車駕而駸馳也。獨君邈然兮，高所秉也。信以述之，後彌炳也。

秦吉帆先生墓誌銘

秦先生，諱汝楫，字吉帆，桐城歲貢生。世居西鄉秦家圩。爲人恭謹和粹，精制舉文，數應鄉試，不售，遂棄去。後生多相從問業，著籍門下者嘗數十百人。

同治甲戌，先考自江右引疾歸，永樸兄弟時十齡餘，延師不得。姊夫馬通伯言先生，値歲暮，走書求之，則已與人訂約矣。阮仲勉冒風雪，詣其廬，説以辭就之義，乃諾。仲勉亦先生弟子也。先生館吾家凡二年，善因事指引。嘗觀水，語永樸曰：『汝知之乎？川之大也，納細流也；功之崇也，因衆智也。』又觀鳥曰：『鳥飛戾天，魚潛於淵，而或取之，誘以所欲也。人可動心於外物邪！』一日，永樸得佳茗烹以進，遂自飲也。同學生求之不與。先生曰：『子過矣！』永樸招其人，曰：『來！吾飲若。』先生曰：『又益一過矣！嚮者吝，今則驕也。』或曰：『此事小，何咎之深？』先生曰：『不然。事之失，孰不於小者始？其始小，其末也巨，故君子慎微。』其訓諸生多類此。晚歲，創同仁社，敦行不怠。有譽之者輒面赤若無所容。仲勉性和厚，羣號爲善人。先生戒之曰：『士憂廉於德耳，名未可多取也。』於書無所不窺，易簀前丹鉛猶在握。著有四書粹言纂、易經粹言纂、書經粹言纂、蘧窩詩文集、日記若干卷，藏於家。〔一〕

光緒三十四年卒，年七十有九。配丁孺人，有子二：長曰宣，〔二〕府學生；次曰雋，〔三〕皆蚤卒，以弟之孫重光、重俊爲後。重光，府學生，宣統三年十二月某日，葬先生暨丁孺人於邑西之泛螺山，徵銘於永樸。永樸不敢辭，乃爲之銘，曰：

吾鄉在昔，師道最尊。苟不率教，輒擯諸門。羣師弗納，士習以敦。維時子弟，坐立必安。相遻於道，執禮循循。窮年綴學，有專無紛。雖届除夕，猶聞誦絃。由邑而野，人誰不然？迨乎季世，異古所云。懿哉夫子，典型尚存。自更學制，羣卽於新。或遠負笈，馳域外觀。謂宜勝昔，木鐸廣宣。如何一旦，嗣音且艱。青青子佩，佻達爲羣。安得莊士，鑄我後賢。卽事啓發，肫懇如君。爰述明德，以詔千春。

【校】

〔一〕著有句至此，蘧窩詩文集前三書名及藏於家為安慶本删。

〔二〕安慶本無曰。

〔三〕安慶本無曰。

潘君季約墓誌銘

君姓潘氏，諱清蔭，字季約。其先湖北蒲圻人，後徙四川巴縣。考諱某。家貧鬻楮，君幼襲其業，聞誦書聲則泣。母夫人憐之，令就學。中同治癸酉舉人，出南皮張文襄公門。大挑二等，署資州訓導，選達縣教諭。光緒戊子，文襄總督廣東西，召爲書局纂校。辛丑以截取，選山東濟寧州州同。逾年，奉大吏檄，爲山東大學堂監督。大學堂改高等學堂，君改爲庶務長，議敘同知。宣統元年，學部奏調補實業司主事，兼任法政學堂庶務長，升員外，晉郎中。辛亥武昌事起，遜位詔下，棄官歸。歸數月以疾卒於里，〔一〕壬子某月某日也。遺言用平生服斂，春秋六十有二。〔二〕

君之爲學，篤嗜朱子小學、近思録，慨然師其爲人。既出文襄門，兼治漢儒之學，徧讀乾、嘉諸老之書。〔三〕於說文音韻誦習通貫，而尤殫心禮經。購書數萬卷，求得鉶敦尊爵豆、籩之屬爲祭器。築祠堂於巴，以四時仲月祀先祖。居母喪，廬墓側，不飲酒食肉者三年。

君之在官，推逸就勞，勤敏而口不伐。嘗偕其友喬樹枏辦川東義賑，以轉運屬喬君，而自任散給。烈暑小舟，奔走悍石危浪中，活人無數。共事者或持酒食慰勞，即顰蹙曰：『此豈吾輩甘旨時邪！』其在學堂，未明而起，漏盡乃休，筐篋瑣細，必躬必親，待諸生義所不可，雖怨不避，十年如一日，諸生亦久而知『潘先生愛我也』。君雖少受知於文襄，官學部。時，文襄以宰相管部，自旅見外，未嘗私及其門。喬君時爲部左丞，與文襄言及君，文襄笑曰：『是固講宋學者邪！吾憶其人敘資當遷官。』喬君既退，不敢令君聞。未幾補員外，兼任編書事。

君之交友，始艱而終不渝，能匡責以大義。永樸爲山東大學堂教習，總辦周君學熙實招之，君初見落落，以爲總辦鄉人也。久之，過予齋，見所作文，大驚，手鈔以去。其後益親，將卒，猶戒子孫無忘先友，並疏姓名及永樸兄弟。光緒庚子，官京師者，以義和團變，多乞假去。喬君方官刑部，就君謀，君曰：『義不可離官職，妻子以付我。』遂護其家，由晉、秦以達蜀，攜其兩孫共乘一騾轎，猶日課之温經，解大義。山徑崎嶇，誦聲不絕，而喬君守官不去，每語人曰：『吾免負國，潘君力也。』

君三娶：曰張、曰劉、曰洪，皆封恭人。子六人，今存者曰：正僞，張恭人出；曰：正俶，洪恭人出。女四：長適梅際郇，次適王文燾，次適童顯漢，次幼。孫三：大勳、大煦、大烈，孫女二。〔四〕君所著有詩文集、爾雅輯例略、禮經異同表、宋元諸儒粹語。既卒，門人朱子雲卜葬君巴縣石廟田中〔五〕。正僞狀君行，請銘。永樸獲交君久，因與喬君共舉所知見者，補狀之不及〔六〕，而繫以銘，曰：

嗚呼！俗之衰也久矣！棄正路而日即蟊賊也。讀聖賢之書者已鮮，況其行之克植也。喬君有言：『如季約者，有必不肯爲之事，有必不可犯之色也。』斯兩言者，庶足括君生平之德與？吾論次其事，以遺其子孫。匪曰發君之幽光，亦將使來世知所則也。

【校】

〔一〕安慶本作歸數月以疾卒於里。

〔二〕壬子句以下至此，安慶本删為年六十有二。

〔三〕偏讀句為安慶本删。

〔四〕從今存者句以下至此，安慶本為曰：『正儁、正俶；孫三：大勳、大煦、大烈』。

〔五〕此句安慶本為葬巴縣石廟。

〔六〕安慶本此句寫作補之。

田母謝太恭人墓誌銘

癸丑歲，吾友田魯璵寄其母謝太恭人行狀於永樸。其詞曰：『毓璠先君少孤，吾母來歸，大母又前卒，躬膺百劬，佐立門户。先君嘗游贛，值粵亂蔓延，不得音問數載，薪米皆吾母鍼黹所易。時諸兄就傅，吾母日市餅啖之，促使入塾。間作糜粥，必先諸子而啜其餘。或勸詣族戚稱貸，則曰：「吾懼見人眉色，寧忍之。」終未嘗有所干於人。先君好施與，吾母恒質簪珥以應。先君無疾言遽色，於諸子亦然。吾母則濟以嚴，有過雖已冠，或嘗婚娶，猶督責如小兒，不避廣座。子孫聞誡久，夙興夜罷勿敢怠，雖童稚亦知定省禮，舉室慄如也。先君既卒，毓璠於光緒癸卯成進士，以知縣分安徽，署寧國，補太和，署六安州知州。吾母皆就養，被服自奉之具，不加於素。顧時喜出錢恤囚，毓璠退食，必問訊獄無冤否，聞決囚則欷歔不樂。毓璠去歲解官歸，吾母遘疾終於里，將以某年月日葬於山陽縣某鄉某山，辱知吾子，敢請銘。』

永樸不得辭，則謹叙之曰：恭人溧水謝公方瑞女，歸山陽田公某，有子四人：毓璋早殤，次毓珩，次毓璘，次毓璠。女三：長適趙氏，次適徐氏，次適謝氏。孫八：鑲、欽、錚、□、鉉、銈、鎏、鋆。女孫五。曾孫女三。恭人生於道光九年，享年八十有四。銘曰：

懿哉恭人介而惇，以勞成愛猛劑寬。是宜子孫多且賢，淮山有石德可鐫，千齡萬代保此阡。

鄭容甫先生墓誌銘

鄭先生諱福照，字容甫，桐城人。年十三，補縣學生。時方植之先生以文章訓後進，先生游其門，學詩，日有名。又學天文、地輿、算數於葉棠漢池。漢池卒，聞海寧李壬叔寓上海，棹舟訪之。壬叔固算學大師也，與語大驚，以爲孤士閉門，所得遽如此，豈可量哉！先生由是研之益勤，著句股術演、開方論略各若干卷。

吾邑自方位白、胡襲參、張待喬皆究心天算，迨漢池傳先生，前後相承，遠有端緒。其時西法入吾國甫萌芽也，今童子勝衣後，莫不攘臂而談。然以干禄之心爲之，亦罕有能深入者。使諸先生生今世，其所造當何如邪！

同治中，先考宰安福，延先生授永樸兄弟經兩年。及客於皖，先考亦引疾歸，時與先生唱和。先生詩清潔，以遭逢之蹇，音多峭苦。嘗用鬼語爲詞，極幽冷之趣。先考答以詩，相笑樂。未幾，先生卒，年四十有幾。先考爲刊其遺詩二卷。先生配光孺人，先妣從妹也，後十餘年卒。子二：長彝，次某某，早卒。光緒某年，彝葬先生桐城某鄉某山，光孺人祔。時銘未具，甲寅春乞永樸補爲之，銘曰：

嗚呼！寓形斯世，一彈指之頃耳，窮奚足悲？達又奚足幸邪？惟先生之學，異乎俗所秉也。辭以著之，庶與茲邱同永也。

吳君韞庵生壙銘〔一〕

歲壬戌，仁和吳君韞庵遘疾京師，自意不起，買山某所爲己藏。謂其友桐城姚永樸曰：『子爲我銘之。』予曰：『君年未甚老，今雖疾，何遽至是！』君曰：『子（母）〔毋〕辭。我晚交得子，惟子知我，願爲之及我之見也。』永樸遂不復辭。

君名家棣，字伯棠，韞庵其號也。曾祖諱以詔，贈朝議大夫。祖諱一德，贈奉直大夫。考諱宗麟，郡學生，廣東候補巡檢。以兄本鼎早卒，無子，命君爲之後。君幼喪母，巡檢君愛憐之，顧督之學彌急，年十五補縣學生。巡檢君卒。中光緒丁酉科舉人，數應禮部試不售，乃舉先世田給諸弟，已稱貸於親故，納貲爲内閣中書，署侍讀，補中書。以與辦德宗及孝欽顯皇後大喪典禮，擢侍讀。凡在内閣十餘年，撰擬制誥，詞旨典雅。

宣統三年，武昌事亟，同僚咸解體，君獨晨夕入署，勤懇如平時。及遜位詔下，辭職去。既有勸之仕者，君歎曰：『曩者，疆臣殉國若陸公鍾琦、馮公應騤，皆吾手擬諡以進。今更抱牘從諸少年後，不與初心大左乎！』會京師法政學校延爲學監，乃寄迹其中。校長屢易，莫不重君爲人。君既工文，精書法，於諸生化之以德，不事刻急，親愛者衆，爭就君求文字，揮毫立應，無倦色，人人滿其意以去。顧遭遇時變，抑鬱無與語，因自放於酒，竟以此得疾，久不瘳於是，君年五十有三矣。昔歐陽公稱尹子漸曰：『一憤樂死其如歸！』君儻其人邪！配張宜人，側室某氏，皆無出，以弟子道孚爲後云。銘曰：

噫！今士昧所趨行不足談，有餘德如君與世殊，事未央往，盍需耄期後歸茲墟？訊萬祀，匪陋儒！

【校】

〔一〕本篇據安慶本補入。

方母龔太君墓誌銘

太君湖南新化龔氏女，歸同邑方君步元，爲繼室。時方君年幾四十矣，數試於提學使者不售。太君入門，能治家事，不以攖方君心，前室亦龔氏女，有子鼎甲，恃質敏不悦學。太君誨之肫勤，淚隨聲下，鼎甲感悟，易嬉爲奮，未幾與方君同歲補縣學生。及方君卒，太君所出子二，鼎傑甫十歲，鼎英四歲，延師授讀，督之如督鼎甲。

先是家故豐，自方君之考喜施濟，貸人金不責償，方君循之，乃漸落。太君摒擋經營，以供薪水，有餘仍周親族貧乏，蓋終身未嘗以先世輕財爲悔也。凡爲嫠三十年，子若孫皆成立，一門之内，男婦各有恒業而無違言。其事佛謹，然不使僧尼入門，曰：『若輩豈知佛法邪？』鄉鄰有爭者，見必婉諭之，事多解。

太君生於道光庚戌某月日，以甲寅某月日卒，享年六十有五。方斂畢，柩停於堂，適比舍火，延燒數家，宅竟無恙，人以爲德感所致。鼎甲前卒。鼎傑自太君在時即治事於家。鼎英游學日本陸軍士官學校，畢業歸，充湖南岳州府教練科科長，兼第三師參謀官，今充陸軍部訓練總監監員。孫三：定濟、定沛、定浩，皆鼎甲所生，而定浩出嗣鼎傑。孫女一。鼎傑、鼎英以某年月日葬太君新化某鄉某山祖塋，桐城姚永樸爲之銘，曰：

衡湘之間有女士，善承厥夫翼厥子。猗嗟淑德疇能似，鑽石埋辭詔萬祀。

馬節母光孺人權厝誌

馬節母光孺人，永樸從母也。考諱聰諧，嘉慶己巳進士，官至直隸布政使。配吳夫人，生一子曰旭，側室陳恭人生二女，長先妣，次即孺人。孺人方生時，布政公夢有贈菊者，花白而枯，因名曰潤。年十九，歸同邑馬萬珍。甫兩年而萬珍卒，無子，以弟萬祜子元烺爲嗣。萬祜亦娶於光，孺人從妹也。孺人撫元烺，娶妻生兩子，而萬祜客死天津。元烺復得心疾，療之不瘳。孺人更撫兩孫，今亦娶妻生子矣。

馬氏故大族。孺人舅諱伯樂，官浙江歸安令，罷歸，囊無餘金，又遭咸豐之亂，故困甚。然終持門户不墜，孺人力也。陳恭人自布政公卒，依先考江西，同治甲戌先考引疾歸，未發而先妣卒。既返里，孺人迎居邑西曹岡，未幾徙城中卒，孺人葬之龍眠山小河口。

吾邑自明以來故家多崇女德，如吾族良隱府君妻，馬菱塘、胡襲參兩先生母，皆遭離荼苦，執義秉節，爲世所稱。道、咸以後風稍衰矣。獨孺人黽勉繼之，言動必準禮法，時來吾家，勖諸婦以閫行，或道鄉先輩及外家遺事不倦。古之所稱女宗者蓋不過也。宣統己酉永樸游京師，踰兩年，孺人卒，享年七十有八。

初，孺人以陳恭人故，嘗一至江西。時永樸尚總角，最喜親孺人。及先妣柩歸受弔郭外，母黨咸集，孺人見永樸哭之哀，召使前爲拭淚，出棗啖我，因徧指來者以告。今思昔事已四十餘年，不特曩時尊行畧盡，即外兄弟亦罕有存者。嗚呼！其可痛也夫。桐城俗重形家言，孺人以未得吉卜，故權厝於邑之某鄉某原。永樸爰流涕而爲之志。

西山精舍圖記

西山精舍者，吾家舊宅也。初，吾父自安福謝官歸，寓皖兩年，後以大母嗜静，更買宅邑西挂車山中，築精舍於旁，吾兄弟讀書其中。西北山巒峻絶，獨至吾宅乃平夷，其水石林木，清深幽靚，視龍眠、浮渡不逮也。〔一〕

然吾家居此數年，〔二〕大母年方七十，諸孫先後娶婦生子，孫女幼者猶未嫁，大母居宅西偏。庭中雜植梅、杏、荼蘼、丹桂諸花，一歲中紅紫常不絶。每風日稍佳，吾父必奉酒爲大母壽，永樸兄弟輒以次立，捧壺觴。或眺門外，則操几杖從焉。長孫女歲時來寧，則大母爲加餐，逮去恒愀然。永樸兄弟以事入城，届期反。反或日暮，大母輒遣人走迎數里，每行抵家，逾山角楓林，則見燈光熒然。所畜犬聞人聲驚吠，大母必隔溪遥訊，知已歸乃喜。其後吾父再任安福，大母猶康强就養，永樸兄弟皆隨侍。

馮君小白爲圖舊宅。今大母亡矣，顧披是圖而精神之寄於是者，獨歷歷若存，絶不意其爲十年以前事也。

壬辰夏，永樸授經旅順，去家數千里，宵深兀坐，愴思往事，而記其畧如此。

【校】

〔一〕本句視，安慶本作雖；不逮，安慶本作不能過。

〔二〕安慶本句首無然字。

靜觀草堂圖記

外大母陳恭人，始依先妣於江西官舍。先妣卒，恭人乃與從母馬節婦築室曹岡居焉。屋後有松百株，環以田，田之外爲平湖。〔一〕當春夏水漲，漁舟往來，歌聲與種秧者相錯。其風物清美，使人居之皆不知有世事。外兄光慎伯名之曰『靜觀草堂』。

先是，恭人在江西，先妣頻年被疾，永樸兄弟皆長於恭人，恩誼甚篤。自居曹岡後一年，吾家亦自皖移居挂車山，相距數十里。歲時永樸兄弟來謁，恭人大喜，時扶杖導往湖畔游觀。從母則貰酒肉魚蟹烹之。比歸，杯盤已羅列几上。恭人趣令食，食不盡，輒不樂。吾家或遣人至，值祁寒盛暑，恭人必厚餉之，故吾家諸僕及挂車山人，皆喜至曹岡。永樸兄弟面嘗瘠，大母蕭太恭人顧之，輒笑曰：『汝曹胡若是？豈久未之曹岡邪！』恭人居此十餘年。光緒丁亥，吾父再官江西，盡室以往。恭人乃假吾家城中舊宅。永樸兄弟每歸里，恭人見之大喜。已而將别，又泣下，竟以此遘疾而没。

嗚呼！永樸其何以爲心耶！馮君小白既圖西山精舍，乃復乞爲此圖，時展觀之，以寄予思。

【校】

〔一〕田之外，安慶本作田以外。

闇學廬記

光緒乙未，予與長洲朱仲武同客鳳陽。〔一〕仲武之考爲黟縣教諭，因家於黟。時爲予道黟之人才，其湛於經史者爲程君朝儀，若夫年少而有味於程、朱氏之言者，則胡君元吉。仲武世治許氏學，顧深契胡君。

予於是有意於君之爲人，嘗舉以告馬通伯。是年冬，吉林于公蔭霖爲吾皖方伯，既聘通伯課其子，又欲得士之端謹者，爲敬敷書院學長。通伯因首薦君。予始得見君於皖。時君年甫二十餘，於學無所不窺，而顧以檢身爲本。與予言，輒恨道之未成，兹之來也，雖與賢士大夫游，得擴其學識，然亦頗有人事之擾，安得衣食粗足？返故居讀書十年，以爲異時事業根柢。因自道所居山水之奇，予忻慕久之。其後，予客揚州二年。溯漢水以游於襄、鄖，而南至粵，東至齊。君則偕于公由武昌以抵開封，迄今年乃更相見於皖，予之髮漸白，而君齒亦及予始見君之歲矣。回憶十年中，予連有父兄之戚，君母夫人雖康强，然終歲羈旅，不獲從容侍養，時事日亟，內訌外侵，禍變不測，然後歎人世所遭，如浮梗於江湖，罔有定極，豈獨貴富非所敢冀，即安處巖穴亦有天焉，非人之所能爲也。

君所居在黟城中，近復搆精舍於蓮塘，距城五里餘，多竹木泉石之勝。本于公所贈語，名之曰『闇學』，屬予爲之記。昔詩人之思君子也，曰：『風雨如晦，雞鳴不已。』釋之者曰：『世亂則思君子，不改其度焉。』夫時至於今，當改者衆矣，而要必有不可改者存。觀君所以名其居者如此，則酬曩時之志，殆有日矣。予與君交因仲武，仲武長予二十年而弟畜予，今聞其客蒙城，益頹然老矣。君他日相見，盍以予言質之。

【校】

〔一〕安慶本本句朱字下有君孔彰三字。

鬫影圖記

同治中，先府君官安福，嘗偕署中諸子爲蓮社，約期賦詩。時兄閑伯及永樸皆總角，亦戲邀同里胡慤慎思爲蕉社。其後，府君引疾歸，屏居十餘年。光緒丁亥重涖故任，則慎思亡已久，而永樸兄弟各娶婦生子矣。明年，仲妹許字通州范肯堂，是冬就婚安福。肯堂才氣鋭發，老宿莫敢當其鋒。既至，獻五言古詩一篇，媵以舊作。府君覽之大喜，自是吟詠無虚日。

又明年修蓮社故事，所謂三釜齋唱酬小集是也。一日，府君取蘇子瞻十六快事，授山陰馮世定小白爲圖。於是肯堂圖平生所歷之境十有二，名曰去影，而名所題詩爲回風集。兄踵爲之，得圖八，亦各綴以詩。肯堂曰：『此之謂「鬭影」，其詩爲横風集可也。』是時，大母蕭太恭人年逾八十，府君連得兩幼子，兄妹侍側，永樸及伯姊、叔弟歲時來覲。安福頻年豐稔，案牘清簡，公餘惟以文藻相娱娭，頗極一時之盛，聞者歎慕。

自辛卯大母棄養，兄旋以喀血卒，庚子府君遂終於竹山，今服闋年餘矣。追思曩人，零落殆盡，而肯堂歸卧通州，經歲不相見，欲如疇昔從容文藝間，何可復得！人生聚散欣戚不常如此。然則兄之惓惓往事，烏能已哉！方圖之成，叔弟、肯堂、馬通伯各有記，永樸第撰詩一章。癸卯秋，從兄子案上重見之，日月幾何，遽爲遺澤，展閲之餘，畫然涕落。爰補述其顛末如此。兄所著曰『遠心軒詩鈔』，吴摯甫先生謂有冲澹之味，永樸與叔弟刊府君遺詩畢，因擇其尤勝者爲一卷附於後，横風集亦在其中云。〔一〕

【校】

〔一〕原文為横風，據安慶本改。

蜕私軒記〔一〕

昔永樸侍先考於南漳，先考訓之曰：『汝讀荀卿之書乎？其言曰「君子之學如蜕」。幡然從之。蜕者何，蜕其害吾德者也。害莫若私，故張南軒曰：蟬蜕人欲之私。今以「蜕私」名汝軒，其識之勿忘。』永樸敬受教。

歲辛酉，買屋先宅南，爰扁之楹間。嗚呼！年欲永，位欲崇，田宅欲廣，子孫欲衆，且賢人之同情也。或第求有之於己，而不能推此心及人，不得則忌人之得，夫是之謂私；不寧惟是，以其聰明才辨陵人，發一言，行一事，輒思人之同己，譽之則喜，呰焉則怒，若此者亦私也。夫古之聖賢未有必病乎己以爲德者，孟子曰：『夫仁，天之尊爵也，人之安宅也。』天下求之必得者，莫若德；爲人之所不爭者，亦莫若德。今惟衆所爭而不可必得者是求，吾未見其不病也。吾私屏矣，吾德修矣，彼人之所同欲者，天又豈於我獨靳乎哉！

永樸年逾六十，追憶過庭之訓，未克實踐諸躬，時用自疚。然聞道雖晚，儻卽炳燭餘明，遵而行之，庶先型猶可勿替，因爲之記以自策云。

【校】

〔一〕本篇據安慶本補入。

遠蔭亭記

漢昭陽縣故城，在今湖南寶慶府東，晉改邵陽，今仍其名。而自隋已移治邵陵，距故城七十里。縣東有都曰富陽，都有坪曰大茅，邵水自東來逆流而西，其下流爲甘棠渡，西南有召公聽訟故墟。載宋王象之輿地碑目，明時棠猶存，今則無遺枿矣。考寶慶於周爲南國，鄧湘皋氏郡志言之綦詳。縣舊稱邵陵，今曰邵陽，水曰邵水，邵召同字，殆以康公名與？坪後有山曰獅子，蓋衡山之脈，來自滇黔，其由祁陽之四望山而入邵陽境，東行至衡州者爲衡山，其分支起東北龍山，迤邐西行，至界江坳而向北行者，抵長沙嶽麓山而止。其由界江坳分支，逆轉而南行者，乃曲折至白鶴巖。獅子山者，巖之右峯也。故環坪皆山，而由寶慶往長沙及衡州者，驛道皆相距不遠，人士往來甚衆。舊未有亭，無以爲憩息地。吾友姚君平吾世居此，宣統元年其尊甫樹堂先生爰修之。

先是，先生嘗治團務，躬劬而心營，寸稽而銖積，久之得餘貲，爲茲村購田若干畝，及是復捐貲建此亭，名曰遠蔭。蓋將以爲旅人風雨霜雪之所庇，而茲村父老子弟亦得以時游其中，講信修睦，甚盛事也。先生嘗倡設蒙養義塾，延師訓導有年，惜無定所。亭成，且將於其後搆屋數楹，爲久遠計。其嘉惠來學之心，又何如哉！

是亭北枕獅子山，南面邵水，登亭而望，羅浮兩峯矗立雲表，左有九龍山，如屏，如幛，如華蓋。山上有翰墨池，爲周子洗筆處。下有濂泉，亦周子飲之而甘者。其遠者爲穀洞、耶薑、大雲諸山，明季王船山先生嘗遯迹於此。右則爲雲陽、霞光諸山，而彩山尤幽邃，中有龍牀、石鼓諸異蹟。永嘉蕭萼嘗以石鼓書洞四大字題其巖，蓋環於亭者，無非水光山色也。而詩序所稱召伯之教，明於南國者，其故墟一憑欄卽寓目焉。湖南爲文王德化所及，其後屈靈均、周濂溪復以道德文章賡續之，流風漸被。近百年來，曾、胡、羅、李諸君子，遂以書生戡大難。其時魏默深先生亦著書邵陽，所論述咸有禆於世。先生建斯亭，繼自今，士大夫過茲土者，覽其山川，思其人物，必有悠然遐思，睪然高望，而不欲以流俗自囿者矣。

永樸弱冠衣食於奔走，橐筆江漢之交，北至燕，東抵齊，南及嶺表，顧未至湖南。異日者倘得游平吾之鄉，拜先生於獅子山下，退而聆諸生絃誦，相與討論王船山、鄧湘皋、鄒叔績及默深氏之遺書，然後歎先生之教澤日新月盛，其所謂遠蔭者，固不僅在念羈旅之跋涉，供鄉鄰之讌游已也。

記太湖趙介山先生事

永樸曩閲安徽通志，見所爲太湖趙介山先生文楷傳，僅載承命錫封琉球國王不受餽遺事。後客上海，與蕭敬孚先生談及之，蕭先生曰：『昔嘉慶丙辰會試，授受禮初成，太上皇帝御殿閲廷試卷，仁宗及大學士和珅侍，定一甲一名爲先生，次汪守和，次帥承瀛。和珅欲羅致之，使人道意，先生與二公約，皆不往。至四年廣東學政缺出，和珅復以之啗三人，曰「誰來吾門，卽與之。」先生語帥公曰：「吾兩人衣食粗給，不自失易耳。獨汪君貧，未知何如？」卽詢汪公，則亦婉謝之矣。及命下，爲教讀和珅家之某翰林。甫出國門，而高宗崩。和珅敗，某坐休致。先生歎曰：「使吾三人有一躁動者，今且斥矣。利之不可歆也如是夫。」』

當乾隆末和珅秉政久，勢張甚，自錢南園、曹鴻書、謝薌泉三侍御外，鮮有論其失者，而恥趨其門者猶多。以永樸所聞，如長白英和公未達時，和珅欲女之，不可。蕭山湯公金釗初登賢書，聞和珅訪求，遂不赴禮部試。

和珅欲爲子延師，或薦餘姚邵晉涵二雲、大興戴聯奎紫垣，二雲聞之，辭官去。紫垣亦卻其聘。蓋當時士風之美如此。顧諸公事世多知之，惟先生事罕傳者。吾故發其潛德，又以見先朝自聖祖表章儒術以來，其澤之流及子孫者，深且遠也。

亡室馬恭人哀辭

亡室馬恭人，祖諱樹章，議敘典簿。考諱起升，議敘同知。兄其昶，予姊夫也。生而端靜寡言，言輒中事理。母張恭人愛之。年十七來歸，先考命偕嫂治家事。大母蕭太恭人以其少也，難之。恭人躬入厨調旨甘進，先考喜，謂有貧家婦風。居予室四十年，事予敬以和。予嘗貸從姊金，及其將卒，予客於外，聞之，屬先償其半。既得恭人書，則質簪珥全歸之矣。先考嘉其明決。其後先考官竹山，予及恭人從，先考與上官不相中，浩然投劾，而囊無餘貲，遣予至武昌，爲饔飧計。予行而先考疾作，遂終於官舍。變出倉卒，家無壯丁，代者日使人問行期，諸食於官者咸欲散去，爭慫恿奉柩先行。恭人不可，曰：『喪主未至，諸兒幼，道險且遠。儻有隕越，罪奚歸？且寧有子聞父喪，不星夜由間道來者？來不相值哀痛之餘，益以憂恐，將奈何？誰家無死喪事？胡喋喋爲？』衆乃止。當是時，予不能審先考氣體，而遽離左右，病不能侍湯藥，没不能視含斂。不孝之罪，上通於天，猶幸恭人識解堅定。待予及叔弟至，從容返葬。迄今思之，有餘恨焉。

恭人平居布衣蔬食，於華靡之物，嬉游之事，澹然一無所好。待僕婢有恩，佐予教子，遣之游學日本。光緒戊申長兒焕畢業歸，應學部試，中式得舉人，授吏部主事，調學部。迎恭人至京師，以孝欽顯皇後暨德宗升祔兩次覃恩，由太安人循例加級封太恭人。宣統辛亥次兒昂亦歸，就試得舉人。恭人意稍舒矣。會武昌事起，遜位詔下，焕退爲法政學校教習，昂爲審計院核算官。又兩年相繼没。予留京師，恭人率兩婦攜孤孫返。去歲予歸，見恭人治家勤劬如昔，意事漸久，思子可日損，尚得數年生也，孰知予出未久而遽死。悲夫！恭人享年五十有六，爰次其事，而綴以辭，以抒吾哀辭。曰：

與若居生子老身，於其死能無愴然？顧念吾自十三歲喪母，其後喪大母、喪兄，旋喪吾父，與吾子大故之至，皆間不數年。人之寓形斯世也，亦何異乎？驚濤之激，飄風之旋，故哀至極。轉若無哀之可言，羌靈魂其有知兮，應了然於生死之故，而又奚憐！

卷五　古體詩　今體詩

夏日罷讀出齋散步〔一〕

春序倏已過，窗草滋衆綠。掩卷出虚齋，翛然絶塵俗。高峯映霽暉，寒蹊蔚嘉木。時有新蟬鳴，清音復斷續。晚風從南來，微雨灑叢竹。湖海思暫捐，邱壑情彌篤。遐哉古之人，傳火賴簡牘。羨魚豈棄網，得珠自忘櫝。山川助神理，梯古在觸目。何必商山翁，即事成芳躅。

【校】

〔一〕此題安慶本作丁丑至西山精舍夏日罷讀散步門外。

夜起

雨過山氣涼，虚室夜增爽。搴帷忽窗明，孤峯月初上。林疏竹螢流，石冷壁蟲響。微風動高簷，暗香入幽幌。披衣下前除，悠然絶塵想。

雪中戲作呈大兄時將之湖口

人生聚散何所似，正如池萍闔復開。有時暫聚當痛飲，一舉定須累百杯。幽居况逢三日雪，山川皓潔無塵埃。老鴉不飛枯木折，寒月自照牆邊梅。天地不令生意絶，溪堂頓覺春風迴。快棄筆硯陳尊罍，低頭兀兀胡爲哉！明朝霽放射蛟臺，吾將舉棹江之隈，安得從容試緑醅？

醉中吟示三弟

我昔讀詩喜淵明，下簾夢想桃源行。醒來把卷又康樂，身在京華志邱壑。孱才未能躡兩公，發興自謂與公同。憶從章江掠彭蠡，趨庭十載西山中。今年兀兀山如醉，久晴便覺少生意。忽然三日雨灑空，頓覺峯頭有新翠。松風灑然來澗亭，水田漠漠秧浮青。朝陽欲霽村巷靜，深樹時有黄鸝鳴。人間清景能有幾，與子且倒沙頭瓶。倒瓶喜無客慁我，薄醉高吟無不可。六時伏案一優游，何必春蠶自包裹。

寫懷

我生窮達際，惟以浮雲觀。運艱戢林翼，時至振風翰。茵溷兩無心，外物何由干？勿言榮逾悴，泥塗非所安。古來賢達人，寧不饑與寒。

北山有鳴鴈，翼逐秋風起。非因稻粱謀，胡爲輕千里？天闊杳無羣，風霜苦未已。江湖阻且深，高騫欲何止？寄語聲莫悲，沙洲芳草美。矯首望八荒，南北何殊耳！贈□苟不逢，棲遲亦可喜。

龐公耕隴上，高操輕荊州。淵明棄官歸，負耒來西疇。遺安寡所戀，知命更無憂。遐哉避世心，曠代罕匹儔。男兒生世間，植志在千秋。榮華何足慕，飄然若電流。胡爲違己心？燕雀競啁啾。辭家行萬里，一飽無餘求。終當返故墟，山澤肆吾游。

曉起〔一〕

朝窗始欲曙，愛此空齋寂。微風吹客衣，時聞竹露滴。花密隕窗紅，鳥孤啼樹碧。故鄉不可歸，天涯此投迹。

【校】

〔一〕此題安慶本前有客天津縣署五字。

題安福試院酬唱詩後敬和大人韻〔一〕

積雨動連旬，沉沉山斂輝。朝來忽放霽，始知春早歸。柳色何青青，花香更微微。風來亦已暖，緩我身上衣。自從到章水，兩見征鴻飛。龍眠未嫌遠，過眼留清機。況復聯壺觴，高堂敞重扉。林花恣游賞，汲古時相依。人生貴適意，何惜故山違。

【校】

〔一〕此題安慶本作己丑春敬和大人題安福試院唱酬詩韻。

題馮小白世定為諸研齋祖望畫晨興一炷名香圖〔一〕

深谷雲開日光顯，繞屋皆花花露泫。是誰結搆此高樓，放眼春溪寒欲翦。

爐香一炷篆悠悠，清絶能教百慮收。人間邱壑本不少，惜哉境好無人留。

胸中有山腕有筆，寫得山居閒事出。灑然如見夫君心，能老空巖願已畢。

巖際春深燕子來，舍前舍後桃花開。山家閉户飯初熟，繞樹鳴禽唤夢回。

此時蕭齋幽意好，人静風微香不裊。不知仙境復何如？但覺青蒼入窓杳。

一家三載來炎方，故園松菊未全荒。丹青亦擬從君乞，畫我溪南舊草堂。

【校】

〔一〕此題安慶本馮小白前有山陰二字。

大兄圖舊所歷境得八幅曰三芝庵曰西山精舍曰鐘韻軒曰静觀草堂曰樅陽曰匡廬曰三釜齋曰鳳林橋永樸來安福出示命題因賦

吾鄉繞郭皆名山，龍眠挂車百里間。樅陽江上有白鶴，亭亭一峯聳翠鬟。

布帆兩度來章水，繞船更喜山光美。石鐘梅花雙劍瀑，奇觀次第歸眼底。

登山臨水幾春秋，浪迹何殊海上漚。丹青此日認泥爪，開圖使我心悠悠。

清景人間隨處有，〔一〕眼前坐失常八九。帆底無名邂逅山，花間薄味匆忙酒。〔二〕

當時心醉衹尋常，過眼相思事不長。陳迹何人逢妙手，衹餘方寸貯文章。

兄追往事如逋客，三山帆影金華石。樂意相關不可忘，生綃一一從頭繹。

後視今猶今視前，人生離合但隨緣。記取官齋今夜雨，他年應話對牀眠。

【校】

〔一〕「人間」，安慶本作「人生」。

〔二〕「花間」，原作「花前」，據安慶本改。

三弟繪西山精舍圖徵子題詩久不果成來安福兩月將往金陵留此寄之〔一〕

人蹤無定雲變曉，到眼風光處處好。若説稱心祇故鄉，男兒强半輪蹄老。

何人爲子畫西山，山中茅屋寬且閒。荼蘼滿架芭蕉茁，生意無窮尺幅間。

當年閉户那知久，山色溪聲皆我有。月明父子夜談詩，花發弟兄晨命酒。

從來勝事不可長，腸空催束客中裝。我游碣石君吳會，何意征帆又豫章。

豫章水清山亦邃，可憐骨肉如相避。春去秋來總別離，翻然始會畫中意。

龍不藏淵鶴戀林，名山不及畫意深。清溪繞屋流無盡，宿嶺閒雲住有心。

人間清景大地徧，留作露痕去掣電。當時邂逅祇尋常，境過方知難再見。

祇今兩月戀春暉，屈指君來我又歸。曉窗獨坐題君畫，安得偕君老翠微？

【校】

〔一〕此題安慶本作題三弟西山精舍圖時將安福往金陵。

大兄邀姊夫馬通伯其昶及永樸出安福南門至復古書院院為邑人鄒文莊公所建距今四百餘年矣敬瞻遺像畢輒賦一篇〔一〕

積雨生夏寒，春序疑未更。朝來放霽色，始聞鳴蟬聲。哲兄發奇興，鋭欲出南城。同行有馬子，相戒攜瓶罌。南城山色佳，遠近秧浮青。講堂何巍焕，傳聞建自明。偉哉王新建，陳説醒硜硜。東廓衍其緒，唱和笙簫鳴。我來瞻遺像，灑然塵慮輕。斯人不可作，曠代留餘清。憶昔過南康，鹿洞嘗一經。大賢留遺教，〔二〕先後同芳馨。世儒持門户，水火百年爭。不知始轍異，歸宿寧非并。立心苟不欺，純駁皆儀型。〔三〕胡爲競口辨，而反忘躬行。譬彼終窶客，異寶徒相驚。品評匪不當，何解屋無甍？我生志本富，阡陌求縱横。近來覺已侈，擬自心田耕。所期得良輔，導我以邁征。昆親勉文會，日月那可停。太息出門去，涼風襟袂生。

【校】

〔一〕此題「所逮」以下安慶本作「也敬賦一篇以誌其事」。

〔二〕安慶本「留遺教」作「垂教澤」。

〔三〕安慶本「純駁」作「匡俗」。

江行

大船鴉軋江中行，小船側銜如鳥翎。朝煙乍開麥送緑，遠水欲合山迴青。我游章貢歲頻换，景物到眼皆有情。船頭獨立久無語，微風蕭蕭江上生。

贈朱曼君孝廉銘盤〔一〕

海風吹島樹，當暑生寒姿。驚濤耀白日，游子亦何爲？孤鴈雲外翔，中夜起徘徊。瑶席念睽舊，樽酒睇新知。新知復何許？關山欲絶時。頫首我勞遠，舉翮君應思。

矗矗山上松，矯矯雲間鶴。長嘯驚四溟，秀色拔羣壑。固知君子心，萬類眼中落。横鵰扶海水，木榻遼東幕。一崖異百嶺，三山見兩崿。〔二〕處幽忽散懷，果爾洽素度。葉語證前聞，詞色感今託。

【校】

〔一〕此題後，安慶本增『時同客旅順』五字。

〔二〕此兩句安慶本改作『疇昔慕古賢，風流豈竟邈』。

題妹夫范肯堂當世**小影**

有莘丈人老巖耕，石室諸賢多逃名。感先慕後出意表，當時豈料人圖形。形人形己兩不惡，鑿井詎須忘六鑿。三十二相有如來，何必今無范無錯？青山東斷滄溟開，長鯨時駕三山來。萬家金碧樓臺際，烏帽青衫不世才。君不見漢宮蛾眉不自救，金錢能怒毛延壽。好將面目貯深山，留待文翁與教授。

贈鄭東甫比部杲

蜀山消冰雪，挈流入滄海。空碧靜無波，揚帆指渤澥。皇州春色滿，芳甸花絢彩。仰霄耀宮闕，俯壤匝磊嵬。客子地屢經，未覺雲山改。懽尋故武稀，交接新知每。誰將一寸心，尚友千秋楷。朔馬志未申，南鴻知戍亥。感物亟舒眸，惟漢康成在。

四維久不張，大雅誰復型。凌夷逮趙宋，天心遂篤生。道州開其端，關洛衍其行。薪傳及紫陽，玉振而金聲。譬如斷鼇足，天地乃不傾。就中識趣别，聃周同雷鳴。文雖絶地紀，風流汩天經。自從景運啓，追樸反自扃。誰能操一簣，力與江河爭。竊聞君子德，會朝見清明。

先人昔在朝，弼教鑄刑書。深秉生生理，惠心今猶敷。傳聞白雲地，箴語尚懸衢。古人治法律，實由至仁攄。失意及申韓，翻入術智途。恭維日中會，令德遭唐虞。上有囚車泣，獄折片言餘。願言登臺輔，翊漢過張于。

肯堂用山谷武昌松風閣詩韻為詩見示步韻酬之

胸羅列宿口爲川，至文不待筆如椽，千古萬古胡非然。上溯羲皇五千年，文采變化塞地天。日有精光月有弦，噴薄無盡山之泉。擊壺高唱彼何賢！雲錦片片落我筵，忽若白日天光懸。破暑涼我舊青氊，風巖月壑聽潺湲，霎時耳目生餘妍。苦熱連朝不能饘，得此可斷火與煙。濂亭西飲峨眉泉，蓮池咫尺難爲前。拱璧把玩今廢眠，百番不敢金繩纏。文章至味脱拘攣，報君深意如螺旋。

周紳之庶常學銘招飲作此酬之用松風閣詩韻

帝城東望少平川，曉日金鎞耀萬椽，車馬如水如龍然。珊鞭玉珮逐少年，誰家老屋參青天。幽篁風入桐鳴絃，井欄敗葉埋甘泉。堯城公子今好賢，行厨忽張櫻筍筵，書來招我驚庭懸。廣座亦設子猷氈，巖風落檐送潺湲，林花雜織日暉妍。銀盤不託金粟饘，珍禽下瞰破飛煙。君方瀛洲飲玉泉，夜半聯步宣室前。讓我眼花水底眠，五嶽待辨青行纏。他時此樂卜如攣，上車著作猶周旋。

謁吳摯甫先生汝綸〔一〕

枵腹牽浮生，歧途睽師友。湖海一爲別，歲月不知久。歲夜響高鴻，海月搖秋柳。耳目觸長思，眷言後堂酒。蕭蕭易水間，髣髴西河受。秋光凝日冷，花氣雜香飛。燕寢墮明珠，如寒授我衣。驅車出都門，落日當蓮池。卽此旦暮心，一燈無盡時。

【校】

〔一〕此題後安慶本增於保定賦呈二首七字。

肯堂昨招飲並和予松風閣韻詩今擬訪之以雪盛不果疊韻奉贈〔一〕

何人飲若虹飲川，醉倒不知雪壓椽，我今南來卽能然。何須遠説魏晉年，共道今年無凍天。紙鳶風響空中絃，正思君家再煑泉。豈料天公不我賢，似怪昨日虛高筵，舉杯不飲如磬懸。霎時衢術鋪白氈，縮脚何異雨潺湲，那敢走看梨花妍。案有樽酒釜有饘，家人圍坐紅爐煙。翁歸車聲如鳴泉，謂我思君冷難前。方今薄海抱寒眠，僵臥誰能解行纏。妻孥開甕坐如攣，勸君莫待三更旋。

【校】

〔一〕此題安慶本作肯堂昨招飲今擬訪之以雪盛不果疊松風閣詩韻

贈之。

薊州夜坐懷柯鳳孫編修劭忞鄭東甫〔一〕

積坱黤皋原，高雲耀斜景。海風一迴薄，寒色生俄頃。閒齋佇月波，芳樹倒池影。清夜不知深，孤興坐獨領。眷言大雅林，相思如汲綆。弱歲敦游好，寢饋依六經。〔二〕薄彼副墨子，無物徒爲情。謂言人海間，日月懸高名。五官郛衆説，六際歸中聲。玉綆汲古徒，果得開至聽。〔三〕木舌發微響，銅管垂芳精。如何竟良月，道閡不合并。瞻東白日旦，眷西浮雲征。冉冉警馳年，懷抱雙爲盈。

【校】

〔一〕此題後安慶本有「比部杲二首」五字。

〔二〕此兩句安慶本作「弱歲屏衆好，寢饋在遺經」。

〔三〕此詩「謂言人海間」以下至此，安慶本作「應有邁世英。一源探太極，六義歸中聲。茹古果得朋，高論豁我聽」。

朱仲武孔彰與子同修兩淮鹽法志於鳳陽四月以事返金陵賦贈

淮南江北山已稀，平原莽莽黃塵飛。蕭條城郭少花竹，小麥未熟大麥肥。江南卽今風景好，胡爲來此相因依。風流談笑波瀾闊，燦爛文采朝日暉。朱門燕寢不自闢，空向諸侯搴薜衣。方今天子重才傑，一榜三百皆珠璣。大弨豈能久挂壁，寶玉終見登黃扉。況聞四海横鯨鱷，斬蛟長劍世所希。行當一疏動聖主，社稷視汝爲安危。我遊江湖同苦饑，去住義命常兩違。去年海雪大如掌，時雜戰氣驅我歸。王公愛士寬禮數，開閤下榻容停騑。君從何處來，舉手搴吾幃。十年景慕見不得，一握如雨沐芳菲。幕蓮官燭坐相對，綱引食岸窮是非。餘情把酒展戲謔，若羆大胾甘蕨薇。何爲來朝欲命駕，捉裾出户不可揮。江波滔滔夏漲惡，梅雨颯颯泥没腓。火雲未盛勤踐諾，無使旦暮常相睎。

錢復初同壽**屬題華亭封筱溪布衣閉門養晦圖**

憶昔熙朝全盛時，四庫旁搜富典籍。儒風漸染到八荒，照眼高文與大册。競談許鄭薄濂洛，門户自矜守一脈。先生生值道光初，世事紛紜已非昔。荒江閉户一燈青，雲谷遺編珍若璧。人嗤人慕兩不知，自是胸中有奇癖。六十年來光景迫，陸走火車海煙舶。民智宏開豈不佳，舉世柯人寶舊澤。羽書滿目壇坫稀，似爾良時足可惜。

金箋生兆蕃**屬題其先德檜門總憲**德瑛**視劇詩册**

我昔服膺陽明言，今樂動人勝古樂。苟存忠孝黜淫哇，舞席歌場勿嫌濁。先生早值盛明詩，第一人蒙天子擢。遭逢有路到雲霄，災異無書紀風雹。閒情偶寄絲竹中，佳句清如玉出璞。銀鉤一幅世幾傳，珍護舟車徧南朔。書尾諸賢歷五朝，皮葉和詩仍數數。皮君錫瑞、葉君德輝皆三和摩挲遺墨感興亡，異代風流今已邈。清門不替還羨君，簡末綴名慚卓犖。

述懷示墉孫〔一〕

我昔充諸生，未及弱冠時。迨得京兆舉，漸覺鬢毛衰。一試於禮部，斂翮臥荒陂。平生耽書史，舍根獵其枝。寡用曷足貴，况非鼎與彝。膝前有兩子，無令效我癡。驅之游域外，徧探海山奇。學成返故國，跨竈庶可期。豈意同歲隕，慘若春花萎。痛深默自檢，内行良多虧。垂髫喪我母，音容不可思。教誨兼撫畜，惟賴我父慈。父老官上庸，杖屨我追隨。官罷餘空囊，欲歸歸無資。弓招來鄂渚，詔我往營炊。我行父遘疾，倉猝與世辭。戴星投旅殯，泣血青山陲。含斂不及視，養子亦奚爲？辜負罔極德，天罰甯妄施。汝生卽岐嶷，應是祖澤貽。三齡失汝父，呱呱始免懷。七齡大母逝，拜跪能如儀。入塾受論語，亦解誦毛詩。未敢喻雛鳳，要非常童姿。自從汝父殁，寒暑五度移。吾日與世接，談笑若忘悲。宵長夢往事，一一感心脾。顧聞汝讀書，悲去翻成怡。物情慈所出，此意詎爲私？上觀孔孟語，下攬韓歐詞。名聲昭日月，往往是孤兒。况在吾先世，此境亦有之。丈夫求自立，豈待人扶持。努力勖爾學，曩哲皆良規。

【校】

〔一〕此詩據安慶本補入。

聞仲妹將至皖作詩寄之〔一〕

吾女兄弟三，伯姊適馬氏。夫婿爲儒宗，更喜同閭里。季字懷甯陳，遺嫁尚有俟。遠行惟仲妹，家在狼山趾。范君天下才，囊空學則侈。高吟動江海，李杜近在咫。深閨互唱酬，佳句清如水。歡娛曾幾時，所天形忽委。人生寄斯世，何異風中蘂！安心涂自夷，任運理無詭。誰能執天權？順受而已矣。憶昔過汝家，前後兩度耳。初值門閭盛，三范名遠邇。再往大范亡，一棺寒雨裏。會葬傾東南，交親爭作誄。庸兒紛滿眼，斯人去何指。兩范况續徂，所幸有濟美。近聞抱曾孫，要是膺繁祉。古人嘗有言，未必自生子。汝夙明茲義，恩勤徹終始。營營哺諸嬰，責豈慚後死。五月榴花紅，汝來皖江涘。吾亦視吾孫，岸晴舟待檥。相別踰十年，相見眞可喜。懸知各驚衰，鬢髮非昔似。引領望南雲，轆轤情不已。

【校】

〔一〕此詩據安慶本補入。

予交海内賢士甚寡偶懷逝者得五君泫然成詠〔一〕

弱冠游白下，猶及見濂亭。作書蕉葉底，蛟螭逐腕成。詔予爲文章，著論未宜輕。中正或傷腐，偏激且召爭。此非有眞得，何以收遠名！嶽嶽吳夫子，於公爲友聲。自從相繼没，文壇誰主盟？巴曲盈我耳，啁哳不可聽。武昌張廉卿裕釗與吾邑吳摯甫先生同出曾文正公門下，爲同光中老宿。

鄭公人中豪，嗜古心如醉。六藝邃春秋，獨喻經世志。著書十萬言，往往規時弊。平生謂治經，首在信傳記。出門無梯航，萬里胡由致？餘事及詞章，亦能抽其祕。中壽未克登，遺稿我編次。儻假斯人年，發矇庶可冀。遷安鄭東甫杲卒後，予得春秋說於濟南，歸與馬通伯合其雜著、尺牘編爲遺書。

王君高蹈士，夙好惟耕桑。我讀所著書，探討何周詳！當年盤山下，種樹都成行。有園題問青，林壑足徜徉。辨道嚴蕘秕，奉身比圭璋。析津曾息駕，亦登相公堂。長揖返故居，冥冥孤鳳翔。脂韋俗以滌，介節爲士坊。蘇州王竹舫晉之著山居瑣言四卷，皆言農蠶樹畜之法。

江南有三范，家在狼山麓。叔仲亦清才，文史各洽熟。就中推伯子，高懷世罕覯。詩成泣鬼神，甯爲近代束。吾尤欽其人，温温如美玉。孝德式鄉閭，仁心逮煢獨。五十遽委形，未克荷天禄。遥想墓門前，亂蟬嘶古木。通州范無錯當世，予妹夫也，能文章，友人朱曼君卒，恤其遺孤甚厚。

單車向濟南，獲與潘子游。始焉淡如水，久乃瓊瑶投。我去情依依，攝影期長留。入都重相見，旋值遷鼎秋。竟棄一官去，浩然懷故邱。舉世圖三窟，營營未肯休。君獨箴肥遯，老死林泉幽。歸潔良可慕，得仁更何求。巴縣潘季約清蔭於遜位詔下日，賣屋載書而歸。

【校】

〔一〕此詩據安慶本補入。

方伯愷彦恂仲斐彦忱招游萊園〔一〕

主人臨流結茅屋，照眼山光看不足。新荷時送好風來，誰謂炎曦於我酷？故園且喜尨無驚，況是天涯歸客情。百壺倒盡出門去，林際亭亭孤月生。

【校】

〔一〕此詩據安慶本補入。

季妹歸陳氏為質言送之〔一〕

人生寓斯世，離合難預知。而況爲女子，于歸當及時。吾宗五百年，闔德爲世儀。孚威占義易，窈窕佩風詩。以茲適人者，罕貽父母罹。吾同氣八人，惟汝生最遲。漢上初設帨，衰親喜在眉。湯餅集賓朋，吾今猶憶之。呱呱甫三載，遽抱蓼莪悲。提攜恃有母，倏爾齒及笄。婉娩出天性，柔順協女規。今年二十二，侍母居京師。倉庚耀其羽，良辰慶結褵。裝送未云厚，差幸非愆期。德門仁可託，夫壻才尤奇。騏驥世所寶，安能避縶維。榴花照眼明，歸覲方在茲。君姑倚閭望，勢難顧恩私。好挽鹿車去，晨昏職勿虧。銘膺有二語，道在勤與祗。但能宜家室，卽慰母氏慈。吾豈堪久客，行當返故陂。汝家雖異縣，百里非天涯。言歸事亦易，行矣無相思。

【校】

〔一〕此詩據安慶本補入。

絡緯

疏簾半捲夜階虛，薄翼先秋送響徐。瓜蔓滿棚花欲瞑，一天星斗露零初。

寄懷通伯

寒風動巖谷，霜葉落紛紛。默坐空齋里，翛然獨憶君。林疏朝霧合，橋斷野流分。檢素淹良月，何時到白雲？

讀鄭容甫先生福照遺稿感賦

老去高吟鬢欲疏，十年曾記侍蓬廬。乾坤憔悴偏多感，歲月窮愁獨著書。東野當時飢欲死，羊曇此日恨何如。墓門宿草今應遍，淚灑晴窗一卷餘。

憶阮仲勉强詩以招之

此地雖幽僻，堪停長者車。春來種花竹，青翠繞吾廬。想子別予久，還應歎索居。不嫌無供給，雲壑共攤書。

偕方倫叔守彝常季守敦登郡城遠望〔一〕

獵獵秋風觸樹鳴，無邊暮色逼天清。亂山迴合雲屯寺，落日蒼茫水抱城。到眼關河成粉澤，永懷今古感平生。小安差遺同危立，寒徼猶傳戰鼓聲。

【校】

〔一〕此題安慶本『守彝』後删『常季守敦』四字。

送人之杭州

相送溪橋上，相逢約幾春。可憐橋畔路，一見一懷人。君到錢塘時，風高潮正起。欲識思君心，夜夜如潮水。

答人

春去山常好，清光比舊多。閒看苔上迹，知有可人過。松風月下吹，竹露煙中滴。開徑望君來，慰此相思夕。

惕菴叔祖爲霖**以讀先東溟集詩見示步韻和之**

先人夙抱平戎志，恥見烽煙海上傳。納欵竟聞從魏絳，投荒猶自感周宣。萬方珍幣來今日，一室高歌負壯年。寂莫海天殘雨裏，新詩讀罷一潸然。

海光寺觀醇邸閱兵感賦

畿甸星屯細柳營，名王講武析津城。天清日耀珠旂色，野曠風吹羽箭聲。憶昔翠華臨漢苑，頻聞楛矢貢周京。先皇神武殊方慴，或仗天靈斷海鯨。

敬和大人試院偶成詩韻

萬山爭入眼，高閣撫危欄。樹色明殘雪，鐘聲曳薄寒。雲霞天外起，花鳥客中看。何用懷吾土？春來逐處安。

敬次大人韻贈肯堂兼懷通伯〔一〕

君攜巨筆泛滄海，來向荒城共掩關。嗜古才眞過屈宋，哦詩句欲壓江山。春風此際情相許，故國當年興亦閒。何日更尋浮渡約，吟鞭上下碧峯間。

【校】

〔一〕此題安慶本作肯堂來安福賦詩贈之兼懷通伯。

安福試院有古柏鵲巢其上奉大人命詠之

老柏排空立，來巢怪此禽。衰榮憑地力，翔集見天心。過雨微茫色，臨風下上音。何心儕燕雀？高處看升沈。

敬和大人試院書感詩韻呈大兄及肯堂

十年重向武功來，杖履追陪攬異才。海大睡龍珠在握，天高老蚌月中開。山城夜共披黃卷，白下秋曾踐碧苔。杜甫已遥青眼少，酒闌拔劍莫興哀。

寄懷摯甫先生

當代誰堪導後賢？看公道藝萬人傳。談經成表標歧路，下筆如防障百川。官罷近開陶甕酒，田荒終澁阮囊錢。海光寺外春三到，坐惜歸帆燕鴈翩。

敬和大人韻寄懷通伯叔節

我逐征鴻章水居，武功山近皖山疏。故人不見生遥思，日日江頭盼寄書。柳色青籠一院煙，聯吟喜遇豔陽天。忽憐小弟衝寒去，靜數郵程到日邊。離緒千絲更萬絲，海雲江樹起遐思。夢中不識天涯路，况值瀟瀟夜雨時。

敬和大人積雨詩韻

聽盡一春雨，春歸雨尚寒。朝來開霽色，百鳥鬧簷端。草緑階前合，陰濃户外盤。長安書應到，白髮待心寬。

繞樹追涼日，宵深興不疲。廿年都長大，按迹憶兒時。燈火虚堂在，松楸永夜悲。斧封更何地？鄉樹想離離。時先母未葬。

將應江南鄉試肯堂先行詩以贈之

掃徑攜壺雪裏迎，虚堂日日起吟聲。春深啼鳥方求侣，宵短聞雞劇送行。六月雨添千頃水，扁舟人去一帆輕。秦淮把袂知非久，無那樽前别思盈。湘水文瀾皖水來，百年宗派後先開。一源斷續歸眞賞，六籍萌芽發異才。坐見君吞雲夢去，生平曾見海濤回。鴻飛鷁退尋常事，鵬翮終須萬里培。

峽江舟中憶肯堂

峽盡見人煙，停橈欲霽天。峻峰臨石郭，春市聚江船。南國鴈方北，故人書不傳。持觴誰與醉？長嘯舵樓前。

海上作

萬斛珠璣納海光，風檣陣馬動遼陽。射雕空嶼秋飛雪，牧馬沿邊夏有霜。鹿島月明傳羽白，魚頭天遠曳煙黃。殊方美酒流連醉，暗把陰符獨自藏。

自旅順歸舟中寄曼君

置我正宜居絶島，逢君翻喜見人豪。炫空筆底千年雪，捲地樽前六月濤。雲水但知催艦舶，文章誰遣醉蒲萄？相思萬古論交地，碧海青天月正高。

雨赴智圓庵

四面雲山僧舍外，數株楓柏小橋前。怪來疏雨添詩思，一徑寒花破午煙。

智圓庵晚眺

樵牧稍歸盡，禪關眺夕陰。飛雲沈斷鴈，殘葉落驚禽。人語催春急，林煙閉户深。何當得慧遠？長共虎溪吟。

過天津贈肯堂

雨雪初消柳拂波，煙艘又泊意如何？故人歸臥江南少，情話年來海上多。羣鴈依然思徼塞，春風底事別松蘿。少陵亦自飄零甚，苦爲王郎斫地歌。

贈族兄代畊穀

津門垂柳欲青青，二月征帆憶舊經。春色滿扶滄海日，客程常挂碧天星。衰時宗鄣思蟠木，廉吏兒孫例似萍。慚愧高情頻說項，朔風邊馬不堪聽。

贈徐椒岑丈宗亮

放眼乾坤幾賞音，先生老去尚浮沈。名山剩貯千秋業，滄海難量一寸心。未必向人懷抱盡，何堪客路歲華侵。絶憐賤子追塵日，負米垂堂兩不禁。

寄懷摯甫先生

先生清望稱三臺，牢落人間亦可哀。華國文章關世運，傳家德藝仗奇才。交游昔識龍門貴，賤子今隨鴈足回。西望蓮池三百里，管絃何日後堂陪。

族兄二吉虞卿**招課其子**景崇

江波初緑杏花濃，北向人隨去鴈蹤。少壯才名慚問世，艱難兄弟易相逢。薊門雪盡生煙樹，禁苑風高報午鐘。詞賦一家君自足，那堪師座許從容。

宿涿州

侵曉京華發，荒城此住鞍。馬嘶風色暮，鴉語夕陽寒。征伐懷前古，馳驅惜路艱。明朝逢哲弟，話應到更闌。

愓菴叔祖貽大人詩步韻

我去江南來冀北，羈愁萬斛付鞭絲。淋灕酒肉歡渾舍，荏苒年華餞一巵。高詠喜開塵外抱，長途翻起客中思。升沈同有天涯感，故里寒梅發幾枝。

通州道中懷劉仲魯編修若曾

海色動征鞍，出門曉月殘。雪增鯨浪暖，春入馬蹄寒。客路易懷友，平生稀久歡。想君蓮炬下，賴古與盤桓。

贈鳳孫

木天仙客聳青霄，藻采高華翊聖朝。常棣一時推武庫，蓬瀛五絶動文僚。竹櫑客至金貂換，蓮炬人回玉珮遙。早日曳裾從鄭驛，好修禰刺待君招。

七夕

高樹下銀鈎，新凉驀入樓。星河千苑夕，蟋蟀一城秋。天上有佳會，人生多遠游。向來薄猥巧，裹腹更何求。

謁王鼎丞觀察定安賦贈〔一〕

峽雨江雲接澧湘，南豐弟子况升堂。遺芳故事徵佳傳，濟世新猷見典章。此日清淮棠政美，春風白下藻思長。濠梁穎尾同沾澤，應許知魚樂兩忘。君游曾文正公門，嘗著湘軍記。

宏獎風流士所歸，江南遺韻豈應稀？泬寥天地神龍在，浩蕩江湖一鴈飛。雨雪中原勤説項，圖書燕寢夜觴章。短衣尺劍流澌道，造榻容狂或未非。

【校】

〔一〕此題安慶本作謁東湖王鼎丞觀察定安於鳳陽賦贈。

偕朱仲武遊龍興寺明太祖微時寄食處也翌日王鼎丞觀察以和王紫裳太守詠霓遊寺詩見示步韻和之

梵宮花氣破春寒，連騎追遊日未殘。正覺停驂逢境好，更欣近郭有山盤。荒陵落照驅車過，古寺穹碑剔蘚看。餘興滿懷紅燭下，眼明雲錦爲加餐。

憶昔龍興濠泗年，神功如日耀中天。關河再見新王起，父老空悲軼事傳。此日鴻篇憐勝地，當時鵑血灑寒煙。羽書旦夕還江海，北望中原又惘然。

王建菴廣文有詩見貽次韻酬之

磊落如公少，眞爲大國英。摛辭葩吐豔，敷教草爭榮。著作知無敵，絃歌已有聲。當途勤薦剡，會見擁專城。世事風雲集，人才江海歸。學慚於古遠，術易與時違。山邑來游子，裝囊換彩衣。所欣逢舊手，逸興尚遄飛。

寄懷何伯良農部聲煥仲吕孝廉聲灝

彩筆曾親捧玉皇，湖山假日奉高堂。緑窗繡虎停鞭馬，白髮扶鳩看蠟凰。金宅風煙喬木老，玉樓燈火簡編長。飛仙占盡人天福，始笑邯鄲秘枕方。

緑楊城郭畫樓開，賓館經年笑語陪。圖史露桃花下讀，文章仙桂月中裁。今來劉勰無眞賞，古誼侯芭後起才。猶有餘編沈篋底，歲深只恐積塵埃。近著尚書誼略已成。

贈梁節菴太史鼎芬

石室粗廬意若何？後堂千舍只絃歌。疏章舊説司勳重，墳典新來左史多。三楚澤雲藏虎豹，一江春月照黿鼉。劇思懷抱今誰惜，後進頻勞問字過。

新辭上堵浪花飛，山緑猶深舊染衣。柳色忽生漢陽郭，江波知到禹功磯。露桃花發鶯方乳，菰米春稀鴈未歸。多少朱樓簾盡捲，若爲海燕擇相衣。

題孫師鄭雄詩史閣圖〔一〕

功罪難憑是汗青，春過花鳥易飄零。金源事賴遺山筆，又見君家野史亭。

【校】

〔一〕此詩題安慶本「孫師鄭」前為「壬子秋題昭文」六字。

師鄭以自題詩史集詩見示時方有廢經之議有感於懷依韻和之

六經大義炳千秋，辛苦儒先繼續收。正恐菁英流海外，豈知淫遁出中州？力存詩教眞鳴鳳，獨抱遺編愧土牛。羸蹶劉顛殊細事，斯文將喪實堪憂。

坐守青氈困類奴，兒童音已變三吳。研經半世頭并白，弄筆長年袖盡烏。掣電難求千里馬，感秋空憶四鰓鱸。明明日月猶思毀，知聖何人又足吁。

寄懷皖中諸友

文字千秋肇伏羲，獨從費氏得師資。瀟瀟寒雨連江夜，風雅含咀又一時。馬通伯撰周易費氏學成，又欲撰詩毛氏學。

世事如今幻若雲，轂音萬竅出紛紛。刁調集裏多天籟，思有簫韶耳底聞。久不見方倫叔詩，甚盼之。

牙籤萬軸室中排，坐有奇書興自佳。共此天涯一輪月，清光料已滿高齋。聞方常季入國學社，圖書館在其側。

胡君著論息羣喧，百氏由來共一源。忘卻筌蹄得眞意，會心深處更無言。胡淵如遠濬寄近作數篇，皆精確。

藏身人海是耶非，好竹家山應未稀。試斫釣竿待迂叟，白頭只合坐漁磯。徐鐵華經綸來詩有『人海藏身未覺非』之句。

寄懷阮仲勉高仲撰念慈

少年惟慕新知樂，老去翻憐故侶稀。惆悵天寧莊外路，斜陽空照舊柴扉。兩君居天寧莊，今聞仲勉入山，仲撰入城。

往時風雪詣君廬，命酒虛堂擷野蔬。三十年來如夢過，青燈猶憶訂交初。予見兩君年甫十六歲。

寄懷方劍華鑄

先生官罷一身輕，白飯黃虀了此生。看盡人間興廢事，獨從習坎得心亨。君著有周易思半録，來書言白飯黃齏，已爲過分。

京華三載接清言，不爲塵緣昧道根。此日東岡陂可守，羨君先我閉柴門。君官度支部，武昌事起，遂歸不復出。

贈金子善家慶〔一〕

金君今傑士，入世若虛舟。道已成先覺，神惟與古謀。餘情寄詩畫，俗態看沈浮。十載燕山路，青燈照白頭。

【校】

〔一〕此詩及以下各首均據安慶本補入。

都中送通伯歸里

先輩高文日月懸，此中眞趣要人傳。孤懷落落誰同調，衰鬢蕭蕭是別筵。君已得珠寧守櫝，我如掘井未逢泉。不堪世事浮雲幻，客路相看六十年。

過皖悼石埭徐鐵華經綸

滄海横流古未聞，人間何地可容君？孝章年以憂難永，東野才惟古與羣。幸有佳篇存素抱，竟無遺胄嗣清芬。一壞宿草西風外，長傍忠魂自起墳。君買山近余忠宣公墓，既卒葬焉。

都中偕叔弟夜坐

滚滚年光若逝波，幾番秋月上庭柯。欲歸故里爲貧縶，未了殘書奈老何。道喪得人瀾可挽，才高如子眼無多。空階坐久童眠熟，靜聽蟲聲響碧莎。

族叔鉅農京受屬題書園讀碑圖

郘亭不作濂亭逝，石本多君眼底收。買屋能兼山郭美，揮毫欲與晉唐游。萬金散遺餘空橐，千卷安排待小樓。便擬拂衣歸故里，探奇儻許子云留。

自吾二子亡甫數載馬甥伯固根碩金君振夫承業及其弟枚生承光繼之皆俊才也感賦一章

幾載鄉邦失俊民，難從造物問前因。殘年多恨無如我，客路何心又感春。桂漆固知殊散木，彭殤要祇等浮塵。巾箱各有遺孤託，儻荷當時未盡薪。

方常季守敦贈詩次韻和之

耆英零落盡，疇有濟時心。薄海燕巢幕，斯人鶴在陰。春燈江館雨，秋葉故山林。回首釣游地，深情付短吟。

過皖留別倫叔

憶從少小日，相見卽情親。不覺青春去，都非綠鬢人。學深君得綆，道遠我無津。又是江干別，秋風起白蘋。

有感

依然春到鳳池邊，一水迴環出玉泉。淑氣不緣人事改，鳥啼花放自年年。

庚申五月出都由海道歸

哀情逢世亂，慘澹入孤吟。極目妖氛滿，乘舟滄海深。萍蓬羈客感，禾黍孑黎心。漸喜鄉園近，衡門尚可尋。

過皖晤仲妹

幾年約相見，勞汝候江干。乍覯驚容改，深情欲話難。杯長宵苦短，屋老夏生寒。明日又分手，離懷祇暫寬。

秋夜有懷

乍歸息塵鞅，一室有餘清。夜月人孤坐，秋風鴈數聲。思君甯得見，察始本無生。卻喜孫枝秀，應紓地下情。

早春過頤和園口占

山鳥輸新哢，林花遞暗香。那堪風日好，歲歲客他鄉。春風吹廣陌，不見翠華停。惆悵宮牆樹，猶先衆葉青。

馬怙庭振彪**招飲**

橐筆來燕市，淹留幾燠寒。渠渠仍夏屋，冉冉又春盤。顧我成衰叟，因君得暫歡。濟時誰健者，回首負儒冠。

寄懷陳慎登朝爵

君居江上復何如，閉户高吟鬢欲疏。學究形聲眞識字，家無儋石老耽書。莫憂濁世多豺虎，願息浮蹤伴蠹魚。辛苦儒先尋墜緒，幾人猶憶受經初。

登樓

鏡裏蒼顔不再朱，回思童丱祇須臾。時危寧復有長策，歲晚那知成腐儒。但使世無蠻觸鬬，未妨人作馬牛呼。閒愁撥盡登樓望，卻喜春山似畫圖。

陳伯嚴三立**索予近著賦寄並懷肯堂**

憶昔曾同江上舟，十年身世共沈浮。衆芳蕪穢佳人老，一葉飄零天下秋。微尚半生駒易逝，嚶鳴千里鳥相求。卻思舊日談詩侶，雞酒松楸奠莫由。予初遇君江舟，時皆往通州送肯堂葬。

自清史館歸誌感

一朝史筆萬年監，聖德神功那可芟？鳳翽寧非逢道泰，龍潛祇爲顧民喦。但令謨烈稽文武，豈必存亡辨楚凡？杜宇春深啼不斷，好歸江上荷長鑱。

過皖追悼鄧世白藝孫

皖公山下憶逢君，廿載追從龍與雲。挈榼秦淮頻探勝，挂帆渤海遂離羣。悠悠往事渾如夢，亹亹清言不可聞。風雨高樓生百感，人間寧有杜司勳。

為倫叔題湯貞愍公貽汾**畫卷**

先公晚税鐘山駕，曾過將軍把酒卮。誰料湘中賡恨日，正逢江上報恩時。百年耆碩輝新史，一幅池臺繫舊思。滄海橫流成二老，晴窗展軸淚如絲。先大父道光末與公善。

蜕私軒集跋一

姚永概

往歲吾與兄仲實同治詩古文辭挂車山中，其後客游南北，仲實專志讀經三十餘年，不立門户，視唐如漢，視宋、元、明亦如唐，博稽而約取，會通衆説，有不安，乃下己意。蓋傳經者必守師説，治經則取其通而已。或問遷安鄭君杲：『今世爲漢學者有幾人乎？』鄭君曰：『吾未見也。然如仲實者，舍書無他營，舍經無他書，虚心以求眞，是將終其身焉，其殆庶與！』仲實詩文馴雅有法度，可誦，皆有爲而作。其經説凡屢易稿，多至數十卷，今存者六卷。既老，居京師，教授久，從游者衆，人稍知之，而眞窺其涯涘者亦罕。近彙其詩文合付印，將待其人而與之。憶光緒壬辰、癸巳間，仲實客旅順，泰興朱銘盤見其書，大驚曰：『吴越士夫有此，早取聲名一世。君乃掩覆不肯襮，今日見古人矣。』因投詩訂交，而仲實意落落也。吾文不足發仲實所得，姑舉鄭君語及銘盤事，記於目後云。丁巳正月弟永概跋。

蜕私軒集跋二

周明泰

明泰受業桐城姚仲實先生十餘年。先生爲薑塢編修來孫、石甫提刑之孫。先公慕庭先生，同治、光緒中作令江西、湖北，所至有惠政，尤工詩。先生胚胎前光，少與兄弟以文章相切劘。既長，從鄉先輩游，復交四方賢俊，學益邃博，所撰著十餘種。明泰未能窺其藩籬，謹就詩文論之。竊謂先生性情摯厚，視世之聲華榮利泊如也。說經實事求是，無門户之習，論諸子百家亦然。與友朋暨後進書，辭意肫懇，所紀述大抵忠節之流與巖穴之績學力行者。若當時達官，非有勳績可指，則罕及焉。蓋古之立言者多如是。舊有印本於晚歲所作未及載。明泰就先生彙鈔之，梓行於世。覽者或不以爲阿其所好與？辛酉春三月門人秋浦周明泰謹識。

曩秋浦周氏刊拙稿五卷，今刪爲三卷，而續以癸亥後所作亦三卷。匪敢言文，姑存平生讀書所窺與耆舊遺事云爾。壬申冬姚永樸記。

蜕私軒續集

蜕私軒續集序

李大防

壬申秋九月，桐城姚仲實先生續刊詩文集曰蜕私軒集續鈔者，先以示余，且曰：『晚年相知之深者莫子，若宜爲我序。』余受而讀之，咸數年來所口熟而心悦者也。雖微先生之命，其能已於言邪！

遜清光、宣之際，先生都講京師法政專門學校，時監督是校者爲外叔舅喬損菴先生，數數爲余言先生乃當代兩經師之一。兩經師者，先生與廖季平也。喬丈且曰：『先生説經，雖以宋儒爲宗，而於漢、唐博稽兼採，無門户之見，是謂通儒。且世之治樸學者，往往不工於文，而先生則文與詩並工，且卓有惜抱家法，殆所謂華實兩勝者。』又言國朝自康、雍以來，父子祖孫踵爲大儒，著書之多，賡續至二世三世者，或有其人，如桐城姚氏代有著述歷三百年而未有已，則未之前聞，求之史策亦罕其匹。喬丈言時，並指架上書籍曰：『某部某部皆仲實先生疇昔所賜姚氏一家之書也。』余聞而心識之，思一見先生爲快。終以吏事羈絆，卒卒未果。

民國四年移官皖省。皖爲先生故鄉，意此行必獲一見，而先生又以纂脩清史，教授北京大學，留滯不得歸。余居皖久，凡此邦魁儒耆彦靡不奉手承教，惟先生則否。私心恆鬱鬱引以爲憾。甲子聞先生主秋浦宏毅學舍講席，亟馳書乞題余家三萬卷樓圖。越年，先生應東南大學之聘，道出安慶，余餞之江樓，即席賦詩，申惓惓之意，此爲余與先生訂交之始。踰兩年，安徽開辦大學，遂同教授於文學院，至今已閲五稔。晨夕晤對，驩然日親，縱論古今學術治術及持身涉世之道，意見靡不同。先生序余詩，謂余之覯君才六年耳，而相視莫逆於心。較諸往還數十年間者，有過之無不及焉。覩先生此言，足知余兩人之交誼矣。即此集所載之詩文，爲余作者獨多，蓋契合在神明之間，自不覺時形於文字也。

先生撰述至富，於經有易説、詩説、尚書誼略、論語解注合編、羣經考略、讀經記；於史有清史稿、清代鹽法考略、史學研究法；於子有諸子考略、羣儒考略；於詩文有惜抱軒詩集訓纂、文學研究法、蛻私軒詩文集，而數十年所聞之朝章國故及名臣名儒之軼事足裨世教者，隨時纂録，曰舊聞隨筆，尤所自憙。嗚呼！何其勤也。

余於先生所著之書，惟清史稿無副不及見，餘則徧讀之，則知先生根柢槃深。其流露於詩與文者，蔚爲大觀，自成一家之言，而義法謹嚴之中，饒有淵懿冲淡之致，此先生所獨絶，而尤爲余所歛手下心不敢平視者也。

抑余重有感焉。國學至今日，蕪雜極矣。海内號稱才辯之士，非經毁聖，敢爲猖狂無忌憚之言，而叩其所非之經，所毁之聖，則又懵懵然一無所知，或望文生義，自矜創獲，或斷章取義，誣蔑前人。其尤甚者，則憑空臆造，武斷自恣，明明有其人而指爲無，明明有其書而目爲贋。在言之者徒快一時之論，以駴流俗而獵浮名，而不知害之中於學術人心者至大且遠也。盍卽先生之書而三復之，則必有憬然而悟所言之非者，此又余敘先生斯集，瞻天四顧而有無窮之憂思與蘄禱者矣。開縣李大防。

卷一 序跋 書 贈序

大戴禮記訓纂序

大小戴之於禮，蓋各傳其所聞。自隋書經籍志謂戴德删劉向所校録者爲八十五篇，謂之大戴記。戴聖又删大戴之書爲四十六篇，謂之小戴記。馬融增以月令、明堂位、樂記，合四十九篇，後儒遂有疑小戴書卽取之大戴者。然以後漢書橋玄傳及孔疏引劉向别録、鄭玄六藝論證之，小戴原書爲篇已四十九，則謂馬融有所增，殊不可信，況其中哀公問、投壺二篇，今大戴書猶載之，經解與禮察、祭義與曾子大孝亦略相似。使小戴果取之大戴，不應此數篇不削而削餘篇。前漢書藝文志既以二戴並爲后倉弟子，豈必小戴之學出於大戴邪？

然則大戴書篇目之不見於今者，其爲散佚決也。顧就所存者觀之，精之在性命而顯之爲禮樂，於政教禆益實大且多，其可取不特夏小正一篇，古於月令、曾子諸篇載遺言特詳而已。昔人謂當與小戴書並立學官，合羣經爲十四經，良有以夫。注家始於盧景宣，然僅二十四篇，餘皆殘缺。唐宋以後習此者稀，近世乃有孔撝約補注，王實齋解詁，推究古義，亦云密矣。此外尚有十餘家，或釋義，或校字，互有短長，而精藴未盡發揮，文之譌脱或至百六十餘字，亦不能補。

榮成姜君叔明，年未三十，敦行好學，述造斐然。辛酉後殫心是書幾五年，參考衆説，擇其善者萃爲一編，都若干卷，又考佚文及諸家評論附於後，名曰大戴禮記訓纂，寄示且徵序。予嘉君當兵戈擾攘之時，猶能研究遺經。詩云：『風雨如晦，雞鳴不已。』殆近之矣。爰述其劬苦足以拾前修之遺者而歸之。

慎宜軒筆記題辭

予弟叔節詩古文辭夙爲海内賢士大夫所稱許，嘉興沈乙庵方伯嘗取其詩與馬通伯文並印行，謂『皖之二妙』。惜晚年諸篇未及載。古文弟手定，卒前一歲刊成。其讀書所記，多有禆世道，且詳考古人文勢語脈，更證之他書，故解說往往得微旨。以逐時涂改，朱墨狼籍行間。病中扃諸篋，既逝，予不忍啓視，逾年乃攜至建德，分四類鈔之，而附所聞於父兄師友者，名曰慎宜軒筆記，凡十卷。

初，先妣生永樸兄弟三人，其後庶母又得兩弟。伯兄績學早逝，弟才氣英邁，體亦視予爲健。自登賢書，數試禮部不第，疆吏欲薦而官之，輒固辭。鼎革後益浩然無用世意，偕予教授京師累年。會清史館開復，同膺編纂之聘。予短視，步恒趦趄，每適館，弟必肩隨予。館長趙次珊先生見之，迎笑曰：『吾年八十矣，儻與君競行，未知孰爲先後。他日君逮吾年，欲無顛蹶，其將若弟是賴乎？』衆爲粲然，予亦自念疲蹇，固當先弟終，平生所著或未編次，且託之弟，豈知今者乃於荒江窮谷間爲弟寫定茲稿。嗚呼！悕矣！

弟四十後嘗撰孟子講義、左傳選讀二書，於義理文法論之綦詳，正志學校已印行，世多有之，故是編不更採入云。乙丑夏四月兄永樸記。

顧氏讀史方輿紀要京省序詳注序

吾嘗論地理之學較之天文，彼於授時綦重矣，然以易傳所云『王公設險以守其國』者衡之，則茲學爲切焉。是以書載禹貢，禮有職方氏以下諸官，諸史因之爲專志，春秋於會盟征伐必書其地，通鑑遵之。夫固以繫於治國保民之道大且多也，顧講茲學，其難約有數端：古分天下爲州，而五等之封各君其國。自秦罷侯置郡，其後或以州統郡國，或改曰道曰路曰省，而以府若縣隸之，疆域攸分，犬牙交錯，地以代殊，同代又以世殊，一也。三國鼎立，繼以五胡之侵，南北之裂，迨於五季，割據者尤多，僑置之名紛然雜出，二也。山形千古不易，水則有因天運而盈虛者，有因人事而通塞者，都邑建置遂不能無更，三也。

近代李氏兆洛有地理韻編之作，於前二者譬之於絲，解其棼而治之矣。而桑、酈以來，代多釋水之書，若齊氏召南之水道提綱，則後出而名於時者也。由今觀之，二書考據雖精，而於古今建都之得失與夫饋饟行師之所由成敗，皆未有發明，惟宛溪顧氏讀史方輿紀要言之特詳，當書始出而通人咸相推許，宜哉！然顧氏於天下形勢了然胸中，鎔以全史，無不如意，讀者無其博洽，一句一字輒苦茫然，分而釋之，夫何能已？吾邑疏君通甫究心茲學有年，癸亥歲與予同客建德，初以當今地理授諸生，繼復取此書，考其沿革，參之諸家，爲通其旨，中有誤者亦糾正之，按諸地圖，瞭如指掌，凡所云三難，涣然冰釋。嗚呼！通甫之爲學勤矣，其誨人亦可謂不倦矣。

昔吾邑先輩多以經述文章相尚，然如方望溪宗伯、戴南山編修及吾家惜抱府君所爲文，於山川形勝罔不言之有條，如數室中扆物。自道光後，疆事日棘，士大夫輒喜談邊務。在吾邑者有先大父康輶紀行詳於西南險要，徐椒岑都尉[黑]龍江紀略則詳於東北。今通甫年才三十餘，學已淹博如是，更精求之，何可量耶！此書既成，長沙陳君慎登爲之序，通甫猶索於予。予嘉通甫之嗜學，且同客於此者三年，覩其勤劬，欲已於言烏能已於言也！乙丑冬十一月姚永樸序。

毛詩經世録序

使三家詩存，其説果異毛氏歟？以關雎、鹿鳴驗之，知異者多也。義視毛果短歟？此非可臆決也。顧三家説微矣，獨毛所傳序近古，世儒宗之也宜。自箋與傳頗牴牾，王肅申毛難鄭，後之人又申鄭難王，唐作正義，依違其閒。及歐陽永叔詩本義出，始合毛、鄭糾之。鄭漁仲詩序辨妄出且並序疑之。甚矣！衷於一之難如是夫。

吾嘗以爲孟子言誦詩必先知人論世，序者所據以知之論之者也，然其詞簡約，名宗序安必其不失序意乎？名不墨守乎？序安必其不有與序適合者乎？是故非宗序不能讀詩，非舍前儒失序意者之説且不能讀序。今生千載後，與古人邈不相接，惟當觀其會通，擇善者而從之耳。蔑古非也，泥古亦非也。

吾邑何君蟄存，夙精小學，於許氏書既融會而貫通之矣，由是治經，因訓詁以通詞章，更因詞章以求義理，著有毛詩經世録若干卷。丙寅歲從游者謀付印，予覩是編大旨，以序爲宗，於宋、元後儒者之説亦多所甄録，間附己意，言近旨遠，學者讀之庶可收通經致用之效。獨惜予孑處里閭，與君相望數百里外，回思往者晤言一室之中，翻悔不知爲可樂。今哲嗣子誠承君命索序於予，爰述其旨趣如此，知君覽之必欣然而笑，謂如覩其人也。

書朱子語類日鈔後

自兩宋後，鈔朱子語者數十家。此爲咸豐末番禺陳蘭甫先生所録，其序云：『朱子之學衰絶近百年，此編簡約，今以付刻。吾暮年所遭屯蹇多可悲，儻有因是讀朱子之書，以爲朱子之學者，吾且將轉悲爲喜也。』嗚呼！先生之望於世也切矣。

夫朱子之學，孔子、孟子之學也。欲求孔孟之道而不宗朱子，曷由階之而升邪？顧往者朱子之書家有之矣，而其心第以爲功令之所重在是。吾求科第，苟不於朱子是宗，勢必不可得，是其所以讀朱子書者已與朱子之心大相左矣，宜乎既得科第，上焉者易其轍於考據詞章以爭一日之名，下焉者則奔走勢利而莫之恥也。今科舉之廢已久，士不惟不宗朱子，雖孔孟之訓亦視若土苴，其故何與？蓋今所藉以遂其欲者更別有在，宜乎又舍之而趨焉，是其心猶往者求科第之心而無忌憚，乃彌甚也。

吾邑先輩爲學，其途不必同而立身皆以宋五子爲歸。永樸少聞於過庭之餘，恒兢兢乎此。是本乃馬通伯昔所贈者，別有札謂『當置於案以時玩』，復且曰：『吾輩今日皆古人成德之年矣，而碌碌如此，可慨可慨！幸彼此交勉，無負所期。』今先考亡二十餘年，吾兄暨叔弟又殞，通伯之齒逾七十，而永樸亦六十有六矣。丙寅夏從故簏中檢出，追思往日相勉之厚，默自循省，無一足副故人之望者，爲之悚然汗下。昔衛武公九十餘猶作抑戒自儆，吾願與通伯仍交相勉，及炳燭餘光，自勘於隱微之中以蘄補過，勿如趙孟翫歲愒日，其庶幾得朱子教人之深意也夫。

蘊素軒詩稿序

同治甲戌先考自安福引疾歸，瀕發而先妣卒，既返，寓於皖兩年。時科舉未罷，延師督諸子爲制義，於女使學針黹而已。妹倚雲顧好讀書，日取經史古文誦之，遇有疑滯，就詢父兄爲講説輒豁然。及先考卜宅邑之挂車山，以地僻，罕人事之擾，時時爲詩自娱。予兄弟因從事吟詠，妹亦與焉。

吴摯甫先生嘗見妹詩於戚媏家，爲之驚喜。會通州范當世喪其室，乃自冀州遺先考書，曰：『肯堂詩筆海内罕與儷者，君爲賢女擇對，宜莫如斯人。』先考以道遠難之，吴先生一歲中申言至七八，妹由是字范氏。其後先考重莅故任，肯堂來就婚，夫婦相得甚，閨中唱酬，如鼓琴瑟，肯堂寄妹詩歸，厥考蔭堂先生詑曰：『焉有女子能爲此者？非假於若父兄，即吾兒潤飾耳。』妹歸覲，知實已出，又喜曰：『姚氏舊門，固當有此女。』時肯堂兩親咸在，前室遺二男一女，妹仰事俯育，勤劬備至。公姑既没，佐肯堂治喪如禮，爲子納婦，而嫁女於義甯陳氏。今二子以文學名於時，諸孫成立，且有曾孫矣。

嗟乎！人代之遞嬗，歲月之遷流，忽忽遂四十餘年。伯兄最先卒，先考及吴先生又違世，肯堂亡亦二十年，伯姊叔弟復相繼淪喪，惟予偕姊夫馬通伯卧病閭巷中，妹獨遠隔千里。人生少稱意事，然求骨肉聚處稍久長，天且若有靳不肯與者，是可歎也。

妹詩曰蕴素軒稿，初附印肯堂詩後，顧不多，邇年更裒前後所作鈔存之爲若干卷，屬予題數語於首。予喜妹詩温厚爾雅，能協詩教，爰述平生德行之無憾於兩姓者與爲學始末，漫書而歸之，冀慰其意云。歲丙寅夏仲兄永樸識。

惜抱軒詩集訓纂跋

先兄閑伯嘗欲爲惜抱府君詩作注。甫屬稿，得疾而止，未幾卒。今存篋僅數十首，中有精覈語，惜未及整理。歲癸亥，永樸客建德，授經之餘，思竟兄志，取曩所嘗誦者爲之詮解，於原詩得其半，名惜抱軒詩鈔釋。先生來孫紀見之，深以能全解爲快。當永樸之爲鈔釋也，非敢有所去取，特因玆集爲篇既富，事料復醲鬱而難之耳！歸里後，人事較簡，乃不揣檮昧，逐篇搜討。既成，倣惠定宇注漁洋詩，更名訓纂。

昔先生在時，袁簡齋稱其七古雄厚，王禹卿又謂五古韻味尤勝，近時武昌張廉卿則以先生七律與施愚山五古、鄭子尹七古並推爲一代之冠。然上元梅伯言評先生詩云『以山谷之高奇兼唐賢之藴藉』。先生自謂可附虞伯生，豈伯生所可及哉！湘鄉曾文正公亦言惜翁能以古文之法通之於詩，故勁氣盤折，斯蓋綜其全言之也。吾師吳摯甫先生語永樸曰：『先生詩勿問何體，罔不深古雅健，耐人尋繹。彼自謂才薄，觀於詩，殊不然。』永樸於茲學所得甚淺，未敢妄議，謹述諸家之論以俟讀者證焉。

是集初名得五樓詩稿，嘉慶丁巳先生手定前十卷付梓，易今名，其年次井然不紊。後集出子姓所輯，多晚歲詩，而補遺中間有少作。今悉依原本鈔之。凡五閱寒暑，賴諸友匡助始獲卒業，獨恨吾兄早逝，叔弟淪謝，忽焉數載，遇有疑義，莫由商榷。書其事緣起於目後，盡然不知涕之流落也。丁卯冬十一月朔永樸謹識。

嘯樓詩集序

歲辛未之春，開縣李君範之裒其詩曰嘯樓集者示予且徵序。予曩游京師，數聞人言君之祖雨亭尚書與其本生考仲壺太僕，仍世服官忠勤而有惠於宗族鄉黨交游者甚厚，雖生晚未及奉教，心竊慕之。

時君方從政畿輔有名，亦無因相見。其後予南歸，君移官吾皖，累年且乞退矣，以四川兵未戢，猶居於皖。一日忽以所爲三萬卷樓詩寄予。是樓爲尚書公築於開縣以儲所購書者，中多宋、元精刻，寇至燬其大半。君痛惜之，屬丹徒韓君伯韋爲圖而綴詩於末，予次韻和焉。未幾，予游金陵，君餞之江樓，即席賦詩，予復和之而去。踰兩年，安徽舉辦大學，遂同教授於文學院。君寓廬距大學孔邇，晨夕過從，因得盡讀其詩與古文辭，下逮詩餘，然後歎其才力富厚，誠不可及也。君更示予在校所授周、秦諸子講義，其發揮精闢，往往有前人所未道者，於是又歎君之學有根柢，固宜其詞之工如是也。君爲詩由山谷入，繼學昌黎，兼涉東坡，而七言近體以臨川爲主臬，最後專服膺少陵，顧以爲人之少也，非力學古人則塗轍易歧，及爲之既久，又必自抒胸臆，然後詩中乃有我在。嘗與閩縣鄭君蘇堪論詩，鄭君詢其宗旨，君曰：『吾要當洗清面目，與天下相見耳。』鄭君深韙其言。

蓋君少所作，有雙清精舍詩、峽江、上谷、泝江、燕山、趙州、析津諸集，四十以後乃以『嘯樓』名。今於析津集以前悉置不録，而益以邇歲所作，分正續兩編都若干卷。予覽之，喜其味之眞，律之細，庶幾所謂精氣入而麤穢除者，良由平生祗守先訓，於世寡營，故胸次灑然，形之筆端，自與俗遠。予之覿君才六年耳，而相視莫逆於心，較諸往還數十年間者，或過之無不及焉。爰卽管窺所及者，書以歸君，并諗世之愛君詩者。　桐城姚永樸識。

歷代聖哲學粹序

辛未歲之春，秋浦周君緝之以書寄開縣李大防範之、長沙陳朝爵愼登、桐城姚永樸仲實曰：『吾道之踣久矣！　數十年來，舉國之人震於他族之富且强也，僉謂彼之勃興於百餘年間者，實講求技藝之效。其於技藝也，竭其耳目心思之力以鑽之，故製造精巧。以之貿易，則獲利三倍；　以之戰陳，則所向無敵。而吾國貧弱日甚，宜相形見絀矣，於是鰓鰓然益疑吾國曩者所學不適於今日之用。學熙不敏，獨以爲彼之富强固由於講求技藝，而其所以能如是之精巧者，要必有本焉，然後可以萃一國之人以興物而成務。夫所謂本者何？　道德是也。使不以道德爲尚，則人人狥私忘公，以所得之貲肥其家，以所造槍若砲交亂於域内，國焉得不蹶？　古人有言「國於天地，必有與立」。吾聖賢所以覺世牖民者，實行之億萬年而無弊，無論古今中外，胥不可少。顧其書浩如煙海，非盡人所能探尋，頗思提挈綱要，輯爲一書，以爲匡時之助。苦邇年多病，未克從事，諸君儻有意乎？』

李、陳二君商於永樸，議採經史百家中要語爲學說於前，而擇其人之能開宗派者編學案，卽宗旨之離合同異而得其會歸，總名之曰『歷代聖哲學粹』，復於周君，亦同斯意。二君既分任學案，而以學說屬之永樸。以永樸之檮昧，何敢任此？　第深感周君救國之苦心，義不得辭。竊維成周教民，不外德、行、道、藝四者，孔子述之，有『志道據德，依仁游藝』之語，而說大易又云：『形而上者謂之道，形而下者謂之器，化而裁之謂之變，推而行之謂之通，舉而措之天下之民謂之事業。』六經所載，未有不綜體用本末而言之者。自秦皇帝并天下，焚書坑儒，而樂經亡，周禮無冬官，儀禮無軍禮，他經及諸子列國史記並殘缺。蓋彼之策在愚民，故其焚書也，與墮名城收甲兵用意相等，猶幸漢、唐以後儒者，就所存於煨燼之餘者爲賡續發明，雖唐、虞、三代官司所傳歷象、聲律、水、火、金、木、土、穀、鳥獸諸學自垂，下逮公輸班、墨翟所造之器皆渺焉難稽，而治天下國家大經大法，固炳若日星耳。茲彙而輯之，凡學說十八卷，學案二十六卷，都四十四卷。

既成，二君屬永樸讀其事之緣起於卷端，而歸諸周君重加審定，以就正海內君子。嗚呼！是書所言者道德也，所謂立國之本也。古人有言『國將亡，本必先顛而後枝葉從之』。欲保國者烏可忽乎？雖然藝也者，德之輔也，本果立矣。儻有通才秀士更取他國之長技分而習之，以備國家緩急之用，又誰曰不宜哉！永樸謹識。

繫辭一得序

予嘗謂繫辭傳云：包犧氏仰觀於天，俯察於地，觀鳥獸之文與地之宜，近取諸身，遠取諸物，於是作八卦，以通神明之德，以類萬物之情。其下遂備載列聖制作，自網罟、耒耜以至於書契，所取於象以開物成務者凡十三卦，然未嘗及於卜筮也。

自周官大卜言掌三易之灋，杜子春謂連山伏羲，歸藏黄帝，而鄭康成又云夏曰連山，殷曰歸藏，考書載堯以天下授舜，第詢事考言而已。及舜授禹始有龜筮協從之語。洪範亦云『擇建立卜筮人，乃命卜筮』。夫天於禹治洪水，錫以九疇，連山之作，當在斯時。蓋洛書出於龜，其理與河圖相通，伏羲得圖而畫卦，禹得書而作易，用蓍龜稽疑，實肇於此，故傳云『河出圖，洛出書，聖人則之』。歸藏據禮運載孔子言『我欲觀殷道，之宋不足徵，吾得坤乾焉』。夫連山以首艮名而歸藏首坤，坤乾即歸藏也，且筮人載九筮之名二，曰巫咸。巫咸殷臣，世本稱其作筮，皆可爲證。史記龜策傳云唐、虞以上不可記已。自三代之興，各據禎祥。涂山之兆從而夏啓世，飛燕之卜順故殷興，百穀之筮吉故周王。王者決定諸疑，參以卜筮，斷以蓍龜，與鄭說略同。第二易今已不傳，孔子所述惟周易耳。然傳云：『易有聖人之道四焉：以言者尚其辭，以動者尚其變，以制器者尚其象，以卜筮者尚其占。』是卜筮特四道之一，易豈專爲卜筮而設哉！故又云君子所居而安者易之序也，所樂而玩者爻之辭也，是故君子居則觀其象而玩其辭，動則觀其變而玩其占，自王輔嗣以來迄於程子，皆謂易因象以明理，朱子必以卜筮爲本義，此特據其文體而言之，非謂易之功用盡於此也。

秋浦周君志俊嘗學於予，辛未秋寄示所著繫辭一得，大意謂易不外於明天道以處人事，卜筮特其一端。所見與余正合，其逐章詮發，皆得要領。君年方壯而學之精已如此，異時所得於諸經者，豈可量哉！爰卽往聖作易之源流備論之如此，以歸於君，期共證焉。

答李範之書

辱書以暑中爲諸生演講老子，見示大意，謂老子乃救時之書，而所救者二，曰文曰殺，其救文勝之弊正欲勝殘去殺也。微先生研究洽熟，何能言之精確如此，夫何間然？

大抵讀老子者，苟知其爲救時之書，於儒家自不覺其牴牾。昔孔子曰『虞、夏之文不勝其質，殷、周之質不勝其文』。是殷已較虞、夏爲文矣，而周又甚焉。及其末造，乃直以文相蒙矣。舉仁義禮智之説，悉借以飾其私，甚至爭奪相殺，猶曰我仁也、義也、禮也、智也。觀莊子譏田成子盜齊國，并與其聖智之法而盜之，其辭絶痛。老子小仁義，薄禮去智，意亦猶是。蓋彼悼人世之姦僞滋生，思一切掃去之而純任自然以爲治，惟道之體自然，德則已由天而人矣。若仁義禮智，則更有名可指矣。有名可指則不能無眞僞之分，僞則爭，爭則亂，故曰失道而後德，失德而後仁，失仁而後義，失義而後禮，而其惡智也尤甚，其曰無爲。此司馬氏所謂其術以虛，無爲本也。又曰無不爲，則所謂以因循爲用也。彼既由本達之於用，豈有能舉仁義禮智而去之者？特不欲樹之以爲名耳！何也？樹之以爲名，則姦僞生而去自然已遠也。

然道之自然，非忠信者弗能喻，惟忠信乃無僞，惟無僞乃自然，故五千言中於五常獨未譏及信。夫仁義禮智可分而指之，信則虛而無形，不可專屬一事。月令以爲土德而寄王於四時，彼四者皆必以爲質而不可缺。老子曰三十輻共一轂，當其無有車之用，信其四者之轂與！故孔子論人不可無信，亦以大車無輗，小車無軏，其何以行之爲說。又與子夏說詩素絢，因繪事後素而及禮後。

嗚呼！聖人以是四者治天下，不謂可不本於信也。及黠者竊之濟其私，老子乃專尚忠信，蘄返於淳樸之俗，而成太古無爲之治，用心良苦矣。

先生生今之世，發揮此書教人，其心卽老子之心。欽佩無量，謹就管窺申說之如此，仍希賜教爲幸。

與方孝博竑書

孝博足下：吾道之廢踣久矣，足下年未及冠，熟於六書已如此，豈易覯哉！尊公以大著寄陳君慎登，並屬永樸參訂。永樸衰劣，何足訂足下之書！雖然，不敢不誦所聞。

六書名出保氏，鄭注象形、會意、轉注、處事、假借、諧聲也。漢書藝文志象形、象事、象意、象聲、轉注、假借，造字之本也。說文序則云：一曰指事，二曰象形，三曰形聲，四曰會意，五曰轉注，六曰假借。名與序微異，然說文爲解字專書，又嘗博考通人，撰訂固當精密，且處事周禮疏以『各有其處，事得其宜』釋之，然則許氏易處爲指，正謂指其處以示人也。諧聲疏云卽形聲，然則其半爲形，而更於其半以聲諧之也。漢志雖謂六者皆造字之本，而於形、事、意、聲悉名曰象。是造字時，前四者實居於先矣。許氏以上下、日月、江河、武信、考老、令長爲之例，而各說以八字。保氏職文固未見，驗諸周易卦象，如乾、坤之純陽、純陰，震雷一陽在下而巽風以陰易焉，坎水一陽在中離火以陰易焉，艮山一陽在上兑澤以陰易焉。及其重之也，因陰陽之消長而爲十二月卦，非所謂視而可識察而見意乎？如井之象井，鼎之象鼎，頤之象頤，小過之象飛鳥，非所謂畫成其物，隨體詰屈乎？驗諸樂記，凡音者生人心者也。情動於中，故形於聲，聲成文謂之音。法言，言心聲也，書心畫也。中論引子思子曰：事自名也，聲自呼也，則知以事爲名，取譬相成之旨矣。驗諸左傳，於文止戈爲武，反正爲乏，皿蟲爲蠱。韓非子自營爲厶。背厶爲公，又可知比類合意，以見指撝之旨矣，豈臆造邪？惟轉注所謂建類一首，同意相受，乃指分別部居而言。觀周禮疏釋之云建類一首，文意相受，左右相注，故名轉注，是其説不獨起於南唐徐氏矣。若由祖義引而申之，與同聲通用，則括於假借中，故曰本無其字，依聲託事，一析其類，一廣其用，於義最憭。曩嘗怪段懋堂解分別部居云：許君於每部各建一首，而同首者則曰：凡某之屬皆從某，凡字必有所屬之首，五百四十字可以統攝天下古今之字。所論正與建類一首、同意相受二語合，而於二語必更引爾雅『初哉首基，肇祖元胎，俶落權輿之』同訓，始説之，不知即分別部居。許君所建部首，即建類一首，其曰凡屬某者皆從某，即同意相受，以遵轉注舊法，故勝諸家之相雜廁者。其後懷甯馬氏徵麟又和合二説，析轉與注爲二，謂轉者建類一首，許書分部之例是也；注者同意相受，爾雅釋詁之例是也。轉如宗法，由同之異；注如友誼，由異之同。然五書皆貫説此，乃判爲二義，已嫌獨歧，况説文以形爲主，而聲與義在其中；爾雅以義爲主，而形與聲亦在其中。雖道可相資，而二書非成於一時一人，言各有當，何必牽合？竊謂究不如賈、徐之説爲安。

足下春秋鼎盛，此學既抉其藩，正可藉之以讀經史。夫小學猶門也，經史中微言大義、宗廟百官之美富具焉，誰能入不由門者？然得其門矣，而不入其宮，又何貴有此門哉！昔韓退之言：凡爲文辭，宜略識字。夫識字曰略，則所謂閎中肆外者，必別有在。恃愛直陳，惟希省察。

馬通伯先生七十壽序

歲甲子，吾姊夫馬通伯先生客京師，九月二十四日爲七旬攬揆之辰，族戚萃於斯者，咸思致景祝之意，以書來徵言於永樸。

永樸竊以爲天之生夫人也，畀以五常之性一而已矣。顧才質則不能無清濁厚薄之異，豈有所私於其間哉！其使之出類拔萃者苟在上位，必開一世之治平，即迍邅坎坷不得抒所蘊，亦往往舉德慧術智，薈而爲書，以承先哲，以覺來裔。即吾鄉論之，如張文端、文和、方恪敏、勤襄諸公皆置身通顯，澤流斯世。若夫方密之、錢田間、方望溪、劉海峯與吾家惜抱府君、方儀衛之儔，或伏而不出，或出矣而未能行其志，然天輒予以大年，使立其言以垂不朽，謂非篤生不可矣。

吾通伯其繼起者乎！蓋其少也，刻意爲古文詞，初學王介甫，既乃由韓、歐上窺秦、漢。年三十游京師，聞有鉅人長德，必修刺走謁，取所長自廣，久而經史洽熟，文更閎博淵美。邇來悼世變之亟，復究心釋家言，所著自易、書、詩、禮記、大學、中庸、孝經外，旁逮老、屈、莊、佛之書，罔不有所詮解，讀者咸犂然當於心。其生平持己以敬，與人以忠。自垂髫至皓首，日手一編，於人世之所嗜淡然若弗喻其味，故涵養完粹，耳目聰明，無異曩時。吾姊于歸五十餘年，與之同德。有子四，長者才而早卒，餘子皆成立。諸孫雖幼，克岐克嶷，庶幾所謂蘭茁其芽稱其家兒者，福履之厚，殊未可量。

抑吾聞之，人之能壽人者，天恒報以過人之壽，而其心汲汲焉表彰前輩者，後之人亦必崇而仰之，欽而奉之。此感應之必然者也。通伯曩撰吾邑耆舊傳數百篇，於前賢闡揚備矣。今爲清史總纂，凡一代名臣魁儒遺文軼事搜討尤勤，此其功在天下，後世更何如耶！吾知造物者必錫以遐齡，俾得從容成此惇史以爲勸戒，而後之讀者默契其發潛德、誅奸諛之微意，必低徊感歎而不能自已。通伯喜治經，獨春秋無纂述，得茲二書，庶彌其缺歟！

昔詩之思君子也，曰：『風雨如晦，雞鳴不已。』而詠都人士又曰：『其容不改，出言有章。』永樸喜通伯當斯文絶續之交，爲世碩果，以繫海内後生之想望，故樂從鄉人之請，述其平生學行，援二詩以獻，通伯覽之或可欣然而進一觴耳。

周緝之總長六十壽序

歲甲子冬十一月二十六日，爲建德周緝之總長六十攬揆之辰。邑人暨賓友之萃於斯者，咸謀所以爲慶。君顧以壽序之興非古，且世事方殷，不欲受稱觥之祝，而衆情莫能釋，則徵言於永樸。

永樸以爲古人之敬其人也，恒以受天之祜期之，此非獨詩歌燕喜、書稱平格已也。觀士冠禮於三加亦以福壽爲祝辭，蓋當成人之始所陳已如是，况年臻耆艾，爲邦之先達而名著天下者哉！君之辭固協大易謙亨之義，然因以沮衆志烏乎可？永樸不敏，其曷敢辭？

周氏當唐初自徽州來遷，代有明德，至厥考慤慎公而益大，其勳業詳於惇史矣。妣吳太夫人孝恭慈惠，里號佛母，有子六，伯、仲皆以名進士歷官至道員，或署按察使。君次居四，少登賢書，由工部郎中以道員發山東，旋改直隸補通永道，署天津河間道，擢長蘆鹽運使，署直隸按察使。所至勤於其職，人親樂之。民國肇建，長財政部。當是時，公私掃地赤立，君廉潔自矢，疲神竭精，昕夕罔怠，用是國庫漸充而人不病，以世多故，辭職去。諸兄已卒，偕哲弟服勤子舍，只若童丱。慤慎公終，既營窀穸，則益思所以繼志者。先是，慤慎公於邑之老羸孤寡歲有餽遺，君建敬慈善堂，詳立規條，以永其惠。又因士習之敝，出貲修孔子廟，設圖書室，闢宏毅學舍，聚髦士於中，旁及鄰縣，延師訓誨，以成德爲本，達用爲歸。齒稺者別興義學，俾端蒙養，俗爲丕變。居恒視人疾苦如在己，聞四方水旱解囊恐後，詩云『淑人君子』，其君之謂矣！德配劉夫人克嗣徽音，諸子濡染家訓，敦行好學。諸孫雖幼，亦異常兒。福履之隆，一時名族或罕儷焉。

永樸與君交垂三十年，深悉素行，爰舉以告邦人，使知誕受多祉，其來有自。質於衆，僉曰『然』。遂用侑觴，且系以頌曰：

昔我先正，蔚爲民師。受天百福，德爲之基。君生清門，克承世澤。揚歷中外，譽聞四國。奚以報國？與道周旋。奚以理財？養民爲先。桑梓敬恭，恩及煢獨。我穤我稗，我餐我粥。同光以降，世漸歐風。弁髦舊學，淆我輿聰。君曰噫嘻，道甯終否？引之康莊，新故一軌。爰啟黌舍，羅士之英。山巔水湄，皆絃歌聲。士飫其教，民載其惠。天相其家，永永勿替。冬日可愛，懸弧之辰。觥籌交錯，洽我衆賓。爾肴既馨，爾福孔厚。式廣德心，以綏眉壽。

卷二　傳狀　碑誌　記　祭文

叔弟行略

吾弟永概字叔節，號幸孫。桐城姚氏吾族遷自浙江之餘姚，世有明德。曾祖諱騤，贈通議大夫。祖諱瑩，嘉慶戊辰科進士，官終湖南按察使，世稱石甫先生。考諱濬昌，以佐曾文正公戎幕，保知縣，終湖北竹山縣知縣。生我兄弟五人，伯兄諱永楷，績學早世。次永樸，次卽弟，皆先妣光恭人出。次永棠，次永樛，庶母張孺人出。

弟少英慧，年十八補諸生，二十有三應光緒戊子科鄉試，同考官南豐曾公道唯得卷大驚，薦之主試李公文田、王公仁堪，相與激賞，置榜首，謂必耆宿。撤彌封乃知其年，又悉先世，益喜。王公還都，輒矜於鉅公前，且曰：『昔石甫先生官吾閩，有遺惠，今乃得其孫。』然弟屢赴春官，竟不第，泊如也。

初，先考自江西安福引疾歸，買宅挂車山，吾兄弟皆少，先考嘗使爲詩，獨奇弟。先考還故任，旋丁大母蕭太恭人憂，家居貧甚，吾兄弟衣食於奔走。弟所主如長沙王公先謙、婺源江公人鏡皆當世名人，而依同里吳摯甫先生最久，得力亦最深。吳先生嘗稱其詩文才氣俊逸，足使辭皆騰踔紙上，雖百鈞萬斛而運之甚輕也。

其後先考改官湖北，卒於竹山，永樸偕弟扶櫬返，時先妣已前卒，附葬蕭太恭人墓右矣。弟周歷岡阜，更得穴以葬。兩弟及陳氏妹皆幼，教養婚嫁，吾與弟分任之。伯兄遺兩孤，亦相與提攜，今各入仕籍矣。惟稚弟資筆墨爲生，弟病中深念，言之流涕。其於安徽或本邑事有關於利害者，苟力能陳之當事，必盡言無隱。族戚有諉託，不以劬瘁辭，有爭則爲調釋，人咸倚賴焉。

自先考没，絶意進取，嘗以大挑二等選授太平縣教諭，又舉博學鴻儒，皆不就。入民國，總理段公祺瑞以高等顧問官聘，總統徐公世昌招入晚晴簃選詩，弟笑謝曰：『吾如處女，少不字，老乃字邪？』顧殫心教育，光緒末詔各省興學校，安徽大吏延充高等學堂教務長，旋改師範學堂監督。弟詳定規則，廣購書籍儀器，擇知名當世者爲之師，於中西無所偏徇，人才蔚興。後一應北京大學之聘，及蕭縣徐君樹錚築正志學校，延爲教務長，未幾易名成達，勢異疇昔，保護尤艱。又兼充清史館協修，分任諸名臣傳，每脱稿，同館歎服。弟少秉先訓。長博覽羣書，徧交海内賢士大夫。其論學不分門户，而制行一以宋賢爲歸。初擬巍科入都，先考猶在官，弟年少氣盛，顧恂恂自飭，無纖毫矜夸習。吾家舊風：令節若誕辰，弟於兄必四拜，兄揖之而已。及弟年老，相對鬢髮皆白，吾數止之，弟仍遵禮勿肯違。人第服其議論雄辯，爲文章浩博無涯涘，豈知檢身之密乃如是邪！晚年耽心内典，得趣頗深，所著有慎宜軒詩文集及讀書筆記各若干卷。其爲諸生編緝者曰孟子講義，曰左傳選讀，曰歷朝經世文鈔，曰初學古文讀本。

其疾也，患生輔頰，綿延兩年，竟以癸亥年六月十九日卒，年五十有八。娶徐氏，側室顧氏。子二：安國、充國；女三：長適馬根蟠，次字馬其昶，次生甫一歲。明年夏六月二十二日，安國等奉母命權厝其柩於邑西毛家河，將擇吉壤以葬。

方弟未終，顧予曰：『吾死，兄爲撰行略，柯鳳孫、馬通伯銘幽，陳伯嚴表墓，王晉卿作傳。』茲循其意，特述平生學行梗概如此，倘諸君子念曩時相與之厚，錫以鴻文以存其實，以詔其子孫，感且不朽。仲兄永樸泣述。

張君綺湖家傳

君姓張氏，諱宗忍，字雪樵，號綺湖。先世湖南長沙人，後徙安徽南陵。祖諱承裕，精醫學。考諱淦，國學生，以軍功敘官同知。

君少補縣學生，嘗肄業江甯鍾山書院，爲文尚體要，出之甚艱，既成，儕輩驚歎以爲不及。尤工詩，論者謂於白居易、陸游爲肖。光緒癸巳科試一等，例當食餼，適丁同知君憂，學官利其贄，屬緩報待補，君不從。其平生守禮類此。

顧自律雖嚴而不爲放言激論，人有犯者不校，尤殫心桑梓之事。族兄南勳參左文襄公幕，洊保道員，歷權秦隴要缺。將代君納貲爲縣令，君謝曰：『吾與仰食於官，甯服勤閭里。』會詔興學，承辦縣立儲材學堂及高等小學，九年成材甚衆。民國初建，充縣議會長、教育會長、財政局長，興利祛弊，士論翕然，更舉爲省議會議員。皖居長江中，權舉措關東南輕重，且行代議制度。未久黨爭尤烈，中更事變，議會絶而復續者再，而卒能不顛覆者，君調護之力也。其在會，嘗議鹽斤加價事，主加者多助官，主不加者又或不知官之困。君曰：『此視用途何如耳！儻爲民用而無利，於所入稍加曷傷？顧不可多，且事集卽當復。故先代每加一錢，疏牘往來輒盈尺許，其慎若此！今奈何藉口用不足以病民邪？』衆韙其言。卒年五十有七，甲子歲永楙客建德，君從子和聲持狀來乞紀其事，爰撮舉之以爲傳。

論曰：君端人也，世顧稱其詩，夫詩之精未有不本於胸趣者，如君不求仕而約身行義，天懷之高爲何如邪？予與和聲交有年，未獲讀君詩，然觀君爲人，其詩之工固不待覩而可決矣。

陳君棟臣家傳

陳君諱文宇，字棟臣，湖南長沙人。曾祖諱價英，乾隆乙卯科舉人，官山西解州知州。祖諱學賢，廪生。考諱洪鼎，直隸完縣典史。陳氏故名族。

君少豪邁，多藝能，中歲折節讀書，思有所爲，既試於有司，不得志則棄去，納貲爲典史，指分湖北，以才受大吏知，委辦糧臺文牘，兼理收支。時西北軍需方急，湖北釐税悉萃糧臺，與其事者稍於中騰那，獲利甚鉅，君獨如期發運，不私動一錢。已而大吏中蜚語，猝遣人代君，精鈎稽財出入書册完具卽日授代者，大吏奇之，更廉得實，益重君。旋署襄陽縣雙溝巡檢，會有寡婦拾麥被毆來愬，而毆者與大學士單文恪公有連，浼人夜懷金關説，期必責寡婦，君卻其金。翌日，召毆者予笞數百，爲文申令，言其家故饒，不以遺秉滯穗利寡婦，無仁心，已依毆人律懲之矣。單公方請老歸，令得文，大驚，亟走謝，則已聞其事，徐顧令曰：『若小吏乃伉直若此乎？笞固當。』孟縣有大賈載貨經雙溝，昏暮試火器，誤中村童，黠者教村人死童以持之，君察之，舁童入廨，躬督醫調治，竟活。賈得釋感泣。去歲大饑，民不能活子女，姦民操奇贏乘機籠買轉鬻，將無善所。君率役掩捕，召其父母悉歸之。光緒丁亥補保康縣典史，復值凶歲，令老且聾病，瘅不視事。君募米煮粥哺飢者，命男女異廠，自春徂秋，全活甚衆。嘗有盜夜逸，嘯聚山谷中，衆洶懼。君設策擒其魁杖斃，民乃定。在保康十餘年，後調署竹谿縣典史，甫一歲仍還故任，遂卒於官，年六十有一。子二：朝爵，縣學生；朝樞，雲南知縣。

永樸觀漢司農朱公初爲吾鄉嗇夫，廉平得民，卒遂葬西郭外，烝嘗到今不絶。其後梅子眞、仇香、崔斯立、孟東野之儔亦往往以丞尉譽流來葉。當君在保康，永樸游襄、鄖間，時聞人道君風采，隱若一賢牧令，孰謂微官不足爲政邪？乙丑春，朝爵出君事略見示，屬爲文紀之，乃參曩所知者爲之傳。

吳烈婦傳

烈婦姓黄氏，名其英，合肥人。祖諱某，仕至道員。父諱某，早卒。母守節，撫烈婦及其兩妹其訓、其芳。及烈婦年二十有二，遣嫁於同邑吳君伯康，逾二年而伯康卒，烈婦一慟幾絶，既以救甦，乃理家事如平時，母至慰之，亦不泣。衆以是不知其有殉夫志，喪事粗畢，竟吞金死。

烈婦少時，好讀書，能屬文，佐母教育兩妹，持門户。母嘗語人曰：『是兒有才智，吾倚之如男，不知爲女也。』既□於吳氏，事姑如事母。姑語人曰：『新婦來我家，婉娩聽從，終日依依不去側，吾以爲女也，不知其爲婦也。』故烈婦死，姑哭之尤哀。昔吾邑先輩論婦德，謂凡平居善事父母舅姑和於室人者，或所遭不幸，輒能堅所守，而不然者反是。蓋温厚者陽剛之氣所發，故遇變必惟義是循；驕暴者陰柔之質所凝，其遇變也，則惟狗乎欲而不知有義。舒慘之性爲淑慝之分道固如此！予嘗服其語之精，今觀於烈婦而益信。

巢縣董君質堅，其訓夫也。辛未冬授予烈婦事略曰：『方今吾皖重修通志，子盍論次以貽之。』又言黄氏之先當乾隆中有魯烈婦，嘉慶中有李孝烈婦。其生於黄氏者，道光中又有適董氏之烈婦名鳳姑與光緒中字於余氏之貞烈女，皆致命以遂其志。曾忠襄公爲兩江總督時，嘗彙其事請旌如例，稱爲一門四烈，而貞烈女之姪其驊，當光緒庚子八國聯軍攻北京，在籍，聞都城陷，北向痛哭投井死。其婦阮氏亦絶粒以殉。是其忠烈之行，皆發於天性，有與烈婦先後相輝映者。予既爲烈婦傳，爰本古人連類而及之例，悉書其人於末，上諸志局，無使湮没焉。

秋浦新修孔子廟碑

歲乙丑春三月某日，秋浦新修孔子廟落成，知縣事泰縣馬君彬甫暨都人士將建碑記其事，而請其辭於桐城姚永樸。永樸以事之重而言之無文也，固辭，既不獲命，則爲述其始末。

考周官大司樂掌成均之法，使有道德者教國子，没則以爲樂祖，祀之瞽宗，所以崇德報功也。先聖先師之名昉於禮記文王世子而未著其人，漢明帝時令郡縣學並祀周公、孔子。魏、晉以降，罷周公，以孔子爲先聖，顔子爲先師。唐初從漢，旋仍遵魏、晉故事，貞觀中詔以左邱明、卜子夏以下二十二人與顔子同爲先師。其後更祀諸弟子及子思、孟子。宋號孔子至聖。明嘉靖中遂合至聖先師爲號，以配享與從祀兩廡者，歷代遞增，改稱先賢或先儒，迄今循用。夫易象、詩、書、禮、樂，流傳萬禩，其原出於周公而成於孔子，惟春秋，孔子因詩亡而作，亦本魯史爲之所據爲褒貶者。周之舊典，禮經也，故中庸稱『祖述堯舜，憲章文武』。孔子且自言夢見周公，然自唐、虞以來去今數千載，羣聖人之心昭然若揭，非删訂之力不及此。朱子謂其事止於述而功則大於作，不誠然與？然則專祀孔子而尊仰周公以上羣聖人之意，卽寓於其中，斯所謂禮亦宜之者也。

秋浦城北，故有孔子廟，稽縣志：數十年輒圮，蓋重修者數矣。咸豐、同治中，遭洪、楊之亂，蕩然無存。光緒初周慤慎公捐貲興復，甫四十年，棟與楹又爲蟻蝕，勢且撓折。馬君至官既兩年，於教養殫厥心，政通人和，乃進邦人籌所以改築者。周輯之總長思纘前緒，出金爲倡，一時縉紳先生，輸將恐後。爰議用洋灰鋼骨，依新法建築，屬其事於歐陽君風斧。經始甲子歲夏五月某日，及茲竣功，凡閲十有一月，門廡廟寢，焕焉聿新，材美工堅，僉謂歷千百年可勿壞。釋奠之日，天朗氣清，官民咸萃。永樸方授經周氏宏毅學舍，亦偕諸友率肄業者往與盛典，禮成而退，靡不悅喜。

竊維秋浦於漢爲鄱陽、石城兩縣地，唐置至德縣，五代改建德縣，及民國始易今名。地有堯城與擊壤橋，舊傳堯嘗巡游於此，故其民勤儉，有陶唐氏遺風。自朱子崛起新安，流風漸染，大江以南率多經明行修之士，而秋浦當明末造如孔文忠、鄭太宰諸賢，往往以氣節文章焜耀史策。今馬君爲政，能急先務，而都人士見義勇爲，不辭劬瘁，皆有足多者。謹據實書之而綴以詩，俾鐫石垂諸來葉。繼自今儻有聞風興起而求所以自勵者，功效所及，甯止一邑而已邪！其詩曰：

大哉孔子爲素王，本茲六籍垂典章。宰制萬物網有綱，循之治平違亂亡。如何異説來遐荒，一國之人皆若狂。縱令彼亦有所長，幾見中乾外能强。海陵神君作吏良，思從積陰反孤陽。羣賢吹笙鼓其簧，飭材庀工新廟堂。漫漶盡易爲丹黄，筵日絜誠薦牛羊。夫子莞爾白雲鄉，子有授綏贛路襄。淵騫游夏環輿旁，天際翩然鸞鶴翔。神來格兮受我觴，是時觀者如堵牆。嗟予學道空望洋，誰言滄海蠡能量。而況德盛無與方，浩浩甯待腐儒揚。衹今寰宇皆膠庠，吉士要貴行有常。如金受冶木任梁，通經致用邦之光。

方君倫叔墓表

君諱守彝，字倫叔，姓方氏。先世居桐城魯谼山，曾祖諱護，祖諱松。考諱宗誠，由諸生以人才薦授直隸棗强縣知縣，加五品卿銜，世稱柏堂先生。有三子，君其次也。爲人沈厚，澹於榮利，論學宗洛、閩，兼及考據詞章，終身手一編，鍥而勿舍。

當咸豐、同治中，吾鄉耆宿永樸及見者，柏堂先生最爲先輩，吴摯甫、蕭敬孚、徐椒岑諸先生繼之，其後乃有阮仲勉、馬通伯、陳静潭、吾兄弟肩隨其間，然此數人者皆柏堂弟子，或又執贄於摯甫，獨君名聲早出儕輩上。始友摯甫、敬孚、椒岑，後更與數人者交，四五十年來仰跂俯引，賓禮恐後。以居皖久，鄉之英俊過必詣其門，甚至淹留旬月乃去，往往因之獲瞻海内賢士大夫，蓋極一時之盛矣。今國事孔殷，嚮之老成人殂落殆盡，吾兄既早亡，弟叔節去歲又殞，餘多窮老轉徙江海之交，而君之訃復至。嗚呼！永樸其能無唏邪！

君事親孝，柏堂先生得痺疾於皖，君晨夕在視，飲食寢處必求中意，嘗製小輪車躬挽於前，使子姓推於後，日游庭室中，如是者五年，先生竟忘所苦。兩親既没，喪葬如禮。悼伯兄逝，既刊柏堂集，并附遺文，事嫂如母。與季弟相友愛，老而彌篤。爲文醇雅，與人簡牘咸斐然可誦，而尤工詩，有調刁集二十卷。

憶光緒末，永樸過君讀之，歎其詩神似山谷，君曰：『子知吾爲此之由乎？吾初不能詩，一日持謁尊丈，顧大驚喜，促使多作，曰「君詩奇，他日當讓子出一頭地」。吾乃勤爲之。』今先考没二十餘年，君之詩果宏富若此，然吾尤服君晚歲究心釋氏書，而理家仍遵儒術。其將終也，處分井然不紊，殆真有得於中者。享年七十有八，官太常寺博士，娶王氏封恭人，先君卒。子四：時涵，直隸州知州，出爲伯兄後；時褧，江蘇常熟縣知縣；時簡，翰林院庶吉士，安徽實業廳長；時翮，國務院法制局編纂。孫幾，曾孫幾。乙丑歲某月某日葬於懷甯縣峨公山下，銘幽之文既有所屬矣，永樸乃摭其學術行誼之大略，俾揭於阡，庶昭茲來許焉。

徐君卧廬墓表

永樸客建德，嘗游邑東官田村，聞人談徐君卧廬事，詫曰：『此豈今之人邪？』既而詢於徐大令傳友，知爲厥考，傳友曰：『吾父亡二十餘年，葬亦且二十年，常欲得當世名人表其墓。幸從先生遊，敢以爲請。』永樸辭不獲，則取所授狀讀之。

蓋君高祖諱述臯，曾祖諱祖礽，祖諱登庸，三世皆以君考貴，贈資政大夫。考諱先路，由拔貢生朝考，以知縣用，洊保至道員。妣張夫人生子二，君其長也。繼妣張夫人生子四。君爲人慈孝，遜悌三歲失母，有語及者輒仰泣不能止。稍長，事繼母如母。

當咸豐中，粵寇蔓延江南北，觀察公挈家避於鄉，寇至，衆遂相失。君甫十歲，偕弟匿山間，弟斃於虎，乃尋其親。久之於東流得母，聞父在安慶，亟往，道墮水，以救甦，比至日暮，城已闔。時初克復，禁嚴不得入，會有乘馬來呼門者，知必官人，尾之僞爲圉人狀，始獲覲觀察公於城中。亂定，觀察公爲納貲得官縣丞，不赴，仍侍親側。光緒六年，觀察公終蘇州差次，君扶櫬返，事母益謹。延師課諸弟，旋爲納婦，而嫁其女弟三人，於是太夫人髮皤然白矣。君以遺田授諸弟使奉母，而自結廬依父墓以居，布衣糲食晏如也，年五十一卒。初娶朱宜人，生女一；繼娶張宜人，生子傳友，女二。孫三，孫女二。其葬也，在光緒三十二年，地爲官田村南紀家嵐，時朱宜人已別葬矣，以張宜人祔。

嗚呼！如君者豈非傳所稱庸德者乎？吾觀世之人以才自豪，不必及子孫而家聲已替，甚且禍國。君以孝謹聞，傳友承遺教，卒能蜚聲庠序，邇年知蕪湖、阜陽、貴池諸縣事，所至有名績，諸孫亦嶄然見頭角，較彼所獲孰爲少多？永樸以狀驗所聞，知不妄，爰撮述其事俾鑱之墓右。

姜君瑞甫墓表

歲丙寅榮成姜忠奎寄厥考瑞甫先生事略於永樸曰：『吾父之亡，在壬戌歲，即以是年葬榮成石島北。膠州柯君劭忞爲之銘矣，願更錫文以揭諸阡。』

永樸謹案：君諱麟祥，字瑞甫，先世由山東牟平遷文登之石島，雍正中析文登置榮成縣，石島隸焉，故爲榮成人。曾祖諱元信，祖諱丕田，皆縣學生。考諱毓梓，早卒。本生考諱毓桂，歲貢生，候選訓導。君少補縣學生，應鄉試不售，入貲爲鴻臚寺序班。其學邃於經史，嘗以爲經者天地之心，史則迹也，其歸在牖民爲人。爲人之道，莫切於孝弟，必愛親敬長，充之及民物，斯仁覆天下矣。既不逮事所後父，則竭力事其母。母性嚴，稍拂意必譙責，君輒跪膝前自疚，俟解顏始起立，由是母愛之甚。侍訓導君疾，累年不怠，執喪哀戚逾恆。同縣名儒孫葆田常稱爲真孝子。

自君曾祖以來喜周人之急，君趾前美。光緒初，海濱盜起，獨不犯姜氏。其後縣令捕盜，旁及無辜，君爲申救，全活甚衆。晚歲精推步之學，嘗以熒惑守箕，又繞心三星周匝，而後退舍私歎曰：『心，帝座；箕，后妃之府也，而熒惑犯之，國其有大恤乎？』未幾，孝欽顯皇后、德宗果相繼崩。辛亥後杜門不出，惟督子孫讀書，以爲世愈亂，學愈不可不講，若近時速化之術，於救國無當也。卒年六十有八。子五：忠塾、忠壁、忠奎、忠型、忠珪，並有文行。

永樸嘗見忠奎所著書，謂榮成邇歲得孫君提倡，宜有賡續之者，今乃知本於家學爲多。爰次其事，俾鑱之石，庶衆曉然於賢者必有後益勉爲善云。

劉君豫生墓表

君諱武謨，字豫生，姓劉氏。先世自婺源來桐城麻山，傳十世徙孔城鎮，又七傳至君。曾祖諱宿光，績學早世，妣吴氏以節孝旌。祖諱開，邑諸生，師事吾家惜抱府君，有文章名世，稱孟塗先生。妣望江倪氏。孟塗先生晚歲以修亳州志卒旅所，倪孺人聞耗痛甚，時惟側室蔣氏有一子，甫三齡，復得危疾，憂憤自經死，而子旋瘳。君之考也，諱繼，字少塗。妣亦倪氏，於孺人爲姪，生子即君。側室王氏，亦生子武烈。

當咸豐中，粵匪犯桐城，少塗先生奉蔣太孺人避河南，亂定而太孺人卒，乃奉柩歸。瀕發，君之母忽遭風痺疾，輿以從。君年十八，晨負母就輿，夕更負以就舍，衣食惟恐不中節，又以間慰父，冀釋哀思。凡兩閲月，行千數百里，既抵家，母疾劇，涎從口下，君以帕承頤而時易之。一夕偶睡熟，母失帕，展轉以求，氣幾不能屬。君驚覺自責，急刲臂和藥進，竟獲安。又數月卒。君執喪哀戚甚，言及母，淚隨聲落，見者以爲難。後十餘年，少塗先生亦卒。君念不得更事父母，則推其愛以愛弟。弟始服賈，損其貲，君爲之籌補，猶折閲，則分産與之。及弟客於外，槖漸裕，仍歸諸君，終身敦睦無間。

初，少塗先生懼先世事湮没，走四方，求阮文達公爲序厥考廣列女傳，梅郎中曾亮銘倪孺人墓。數十年間，節省館穀，舉遺書授之木，君益廣印傳世。會金壇馮公煦巡撫安徽，與布政使沈公曾植謀，奏請博採名儒著作備各省圖書館之用，急至皖上謁，傾篋獻之。兩公相顧歎曰：『曩聞孟塗之子少塗能揚先人之美，今乃又見豫生，劉氏家學有替賢矣！』其居鄉任卹之事甚衆。

歲甲寅某月日卒，年五十有二。娶吴氏。子二：

長輝曾，先君卒；次念曾。孫三。甲子某月日，念曾葬君桐梓山之陽筲箕腦，踰五年以狀來乞永樸表於阡。吾家自先按察以來與君家交已四世，知君事悉，爰撮要次之，俾鑱之石，爲世之爲人子孫者勸焉。

蕭敬孚先生墓表

庚午冬，永樸客安慶，同邑方君培卿爲言：『蕭敬孚先生之卒二十餘年，墓在邑南會宫鎮蕭氏宗祠西，子姓單微，碑迄今未立，子盍爲文表之？』永樸曩爲先生作傳矣，以培卿請之堅，爰更述其學行大略，益以今所聞爲傳未及載者，遺其族人，俾劖之墓側。

先生諱穆，字敬孚，桐城諸生。少從嘉興錢先生泰吉遊，錢先生言於湘鄉曾文正公，召與語，奇之，知其家貧。會上海設製造局，乃命入繙譯館校書。自是居館三十餘年，徧交一時賢士大夫，名聲大振。性坦直，與人言無隱，爲學長於考據而掌故尤熟。俸餘輒購書，所藏多異本，人未見者。當洪、楊之亂擾及，其居田宅契券不暇檢，顧背先輩劉海峯歷朝詩選稿本以行，寇尾之弗舍也。亂定，屬有力者雕板，並及吾家惜抱府君古文辭類纂，校訂譌字，人推精審。

遵義黎公庶昌偕先生至日本，見有吾國唐、宋時所刊古書十餘種，力勸黎公取而仿刻之，卽今所稱古佚叢書者也。日本人多研吾國文學，競質疑義，先生爲言其原委，析其同異，日本人欲傲以所不知而能。或告之曰：『蕭君學誠博，顧未聞其爲詩。』會游紅葉館，因以題詩請，先生立書數百言與之，衆益駭服。如臯冒君廣生，辟疆先生裔也，訪先生於製造局，不遇而返，途遇一人，衣布衣，挾書數册以前，度上海罕此輩人，猝然問曰：『得非桐城蕭某乎？』先生瞠目曰：『若。』詢彼何爲，冒君具述願見意，乃大笑，詣其旅次，縱談累日而後去。

永樸初學爲文，先生覽之激賞。弱冠後重見於上海，謂我曰：『子之文洵美矣，然不致力經史爲之本，而第於文求之，終弗能工也。』永樸從事樸學，實斯言啓之。其平生博聞强識而誘掖後進諄懇又如此。著有日記、桐城文録，卒後並佚，所藏書亦零落殆盡。嘉興沈方伯曾植、合肥蒯觀察光典爲輯遺文若干卷刊行，名曰敬孚類稿。子二：長壽謙，次小魯，今皆卒。惟一孫寄食銅陵順安鎮族某家，蓋壽謙所生云。

户部主事左君墓誌銘

君諱德恭，字敬夫，桐城左氏明侍御諱光先之裔也。祖諱行恕，早卒。祖妣氏璩以節孝旌。考諱其哲，諸生。君少貧，有鄭君者客福建，因有連，往依焉，至則他去。聞陝西王公寶珊知福州府，好士，投以書，果奇之，延司文牘。久之，歸應提學使者試，補諸生，及復往，而王公由道員擢廣西按察使矣，挈至任所。適有富豪殺人，謀賄免，幕客夜扣扉，挾數萬金至，君拒之，則怒曰：『若欲破此案邪？』君從容言曰：『某寒士，窮畢生力不能得此。第納人之賄以埋冤，我實不敢；洩人之私以府怨，我亦不爲。』客怏怏退。已而王公覺其事，窮治之，自君外無一不染指者，於是益異君，爲置酒延之上坐，語衆曰：『我與左君始遇於逆旅，已知其非常人，今果然。吾有眼不虛矣！』王公旋擢山東布政使，財出入悉委君，爲君兄納貲爲典史，而使其弟習錢穀。山東以此學佐治者，舊皆浙江人。自君弟學成，授徒友，由是吾邑繼起者衆。其後君官户部山西司主事，以居邑南花山同爨七葉，規條漸弛，歸整理之，增置族學。

年七十卒。配汪恭人。子二：長鈞，河南修武縣知縣；次誠，山東萊陽縣丞。孫五：長忠蓋；次超；次忠棐；次忠謣，河南候補知州署理直隸撫甯縣知事；次傑。曾孫一。玄孫一。而忠謣出嗣君弟之子某。方君之終，自言平生活人多罕知者，子孫庶無憂衣食。今數十年而家聲未替，羣以爲積善之多矣。乙丑，忠謣暨羣子姓謀葬君邑之某鄉某山，屬永樸爲銘，乃銘之曰：

嗚呼！左君德之和而能自強也，行之廉而於物無傷也，蔚茲佳壤君之藏也。既固既安，吾卜其澤之長也。

次子婦王氏墓誌銘

予次子昂之婦王氏，名菊英，廬江王君飛翹季女，母氏張，桐城人。予家與張氏爲舊姻，故其母白王君，俾歸於昂。昂少偕兄煥就學日本，畢業歸應學部試，皆得舉人。煥歸先於昂，以主事分吏部，調學部。昂值國變，未及授職。予家故貧，挈眷居於京師凡五年。歲甲寅，兩子先後卒，煥遺一子墉，予命兼承昂祧。既返兩柩，葬於縣西佘家冲。

越三年，予妻馬恭人復卒，予命長子婦金氏理家事而以王氏佐之。兩人者素和睦，所遭同，益相憐甚，時以代其夫養親教子交勖。金氏工繪事，王氏能詩，有秋蟲吟兩卷，間及往事，詞指甚哀，不獨予覽之（棲）［淒］然，雖宗黨中聞者亦莫不欽其節，愛其詞，而怪其性之温厚，不應賦於天者乃如是也。乙丑夏，省其母於廬江，忽得疾，及秋歸而劇，明年二月九日遂卒，年三十有八。其嫂痛之甚，請於予，凡附於身者與其姑等，且爲營奠與齋。卽以是冬十一月二十二日葬於縣北龍眠山陶家冲，距先曾祖父母墓不盈里。予衰老，迭逢死喪，悲愴奚如！爰拉淚次其事而爲之銘曰：

昔瘞爾夫，弟與兄偕。爾止於此，先靈是依。有山峨峨，有樹離離。幽宅既奠，後嗣永綏。

伯姊馬恭人墓誌銘

伯姊馬恭人，初在家，先考名之曰青雲。及歸同邑馬君通伯，年二十有三矣，通伯名其閣曰澤潤。於時舅姑咸在，姊奉養誠至，嘗刲臂療姑疾，弗瘳，哀苦幾不欲生。舅旋卒，佐夫營殯葬，由虞徂禫，罔不中禮。其治家勤以恕，六親稱焉。生四女，殤其一。方舅姑存，姊恆以未得男爲戚，兩喪既終，泣曰：『吾奚以慰尊章於地下？』則爲夫置簉，得劉氏。踰兩年未娠，又泣曰：『吾奚能久待？』更納韓氏。已而劉生根碩，韓生根偉、根蟠，最後劉復生根質，而劉又有女四。姊娶婦三：郭氏、楊氏、姚氏，姚卽吾弟永概長女也。先後嫁女七。乙丑歲八月十日卒，年七十有四。丁卯服闋，根質娶吳氏。時子若孫在北者衆，以兵興未得返，於是通伯卜是歲十二月二十九日，命根質率根碩子茂元奉姊柩葬於縣治北阮莊而瘞根碩冢側。根碩字伯固，敏而好學，嘗游京師，陸軍部次長徐君樹錚器之，以爲祕書，卒先姊七年，年二十有四。

姊之葬也，通伯將自爲誌，以病久難搆思，屬諸永樸。嗚呼！永樸其忍銘吾姊邪？顧姊之德不可没，且禮宜具也，乃述其略，俾掩於幽而系之。銘曰：

自姊□於馬氏之門也，人見其事姑，以爲女也，不知爲婦也。其惠及下也，以爲母也，不知爲君也。其承夫義以順，其於羣子女愛且均也。鬱鬱葱葱然，斯墳也，姊偕若子藏於此，庶有以酬畢生之劬苦而愉若魂也。

江蘇候補道陳君墓誌銘

君諱樹涵，字筱山，姓陳氏，世居懷甯西鄉之三橋鎮。曾祖諱某。祖諱某。考諱某，縣學生。咸豐時陷粤盜中，遣間約官軍將爲應，事洩被害。君年方少，痛父殞於義，刻苦爲學，補縣學生。光緒戊子由拔貢膺鄉薦，數試禮部不第，大挑一等，以知縣用，發江蘇。

時通州張修撰謇方規畫沿海地爲田，顧其地連通、海二州，民竈雜處，且環以防海各營，有所興作，每出而沮撓。以君才敏，白大府，俾董其事。君周歷曉譬羣情，胥協爲之。數年，曠土竟成沃壤。大吏嘉之，委權鹽城縣事，調上元，再調興化，爲縣凡七年。其在鹽城，地饒魚鹽利，民侈且惰，而盜賊時出没其間，號難治。君至曰：『吾知所以處之矣。』悉捕輕猾通盜者痛繩之，盜既遠迹，則設勸農工場以收窳不事事者，興學校以教其秀異者，俗爲丕變。泰山寺者，邑之奥區也。僧擁資鉅萬，婦女來禮佛，輒誘少艾閉窟中。過客裝厚，則斃其人，取其貨。君廉得實，率役捕之，僧逃，乃出婦女遣歸，而籍田與財，更建學以課士。僧故與要津通聲氣，百方騰謗謀撼君。會張文襄公署兩江總督，聞其事，歎曰：『焉有循吏而可誣者焉？有姦民而可縱者？』卒捕僧置諸法，君由是名益起，邑人繪像校中。在上元，往時官是邑者多以事上爲急，君曰：『國家爲民置令，非以爲大官役也。』獨殫心民事。在興化，地與鹽城接，民稔君治行，咸服其教，不勞而治。

先是，大吏來江南者莫不重君，洊保至道員，特以其才長於治民，猶使權縣事。及莅興化年餘，以齒漸衰，求去，不可得，則請歸道員候補。大吏委以礦政，時恩忠愍公巡撫安徽，又調歸總辦皖南墾務，以積勞遘疾卒，年六十有一。娶徐氏，副室朱氏。子三：傳琛，附貢生；傳球，京師法政大學畢業，天津地方審判廳民事科主任；傳璋，東南大學畢業。孫三。曾孫三。

君始與吾弟永概同舉江南鄉試，其後吾季妹適傳球，故兩家情好至密。傳琛後君幾年卒。歲戊辰，傳球持狀來桐城，請於永樸曰：『吾先君將以某月某日葬吾邑某鄉某山，非子孰宜銘者！』永樸不敢辭，銘曰：

嗚呼陳君！爲吏而良。勸農興學，措民於康。誰與稂莠？我其薙之。誰與黍稷？我其藝之。睦於族黨，我饘我襦。築室以教，顔曰念劬。惟此惠人，固宜有後。刻辭幽宮，用貽遠宙。

阮君仲勉墓誌銘

君諱强，字仲勉，先世有仕於唐者，由河南陳留縣遷桐城之㔾山，遂爲㔾山阮氏，十餘傳至明末有諱之鈿者，爲湖北穀城令，以拒張獻忠遇害，謚忠節，又數傳至君。曾祖諱傳裕。祖諱源。考諱桂馨，縣學生。本生考諱有良，國學生。縣學君早卒，君事所後妣許太孺人至孝，及國學君卒，其長子達老且貧，君舉縣學君遺産與之共。教育兄子若子，年二十餘補諸生，篤志於學，不妄言動，顧接人和易，遇貧乏者輒鬻衣衾以周之。

光緒元年，邑人舉君孝廉方正，力辭。嘗應合肥劉壯肅公之聘，主講臺灣書院三年。劉公將薦而官之，復力辭。迨歸，又欲酬以鉅金，恐不受，潛置行篋中。君覺亟反之。其後客四方，而依建德周慤慎公最久，其子學淵、學輝皆從受業。又嘗爲桐城中學校監督、省立第二女子師範學校長。其教人，始本程、朱氏學，繼更和通於王陽明氏良知之説，聞者感動。晚歲居皖，皖事關大利害，衆白當事，必推君爲倡，君亦引爲己任。蓋至於屬纊前，辛劬如一日也。

永樸與君交六十年，憶癸巳、甲午間同北游。當是時，外患已棘，而封内猶乂安也。士有文行，咸集京師，以予所知，講經史詞章者，有遷安鄭東甫，武强賀松坡，膠州柯鳳生，及吾邑馬通伯；其講心性之學者，有長白紹越千，壽州孫紹鼎，來安章幼叔，吾邑馬樾喬、方劍華，而君亦抵掌於其間，意氣甚盛。迨鼎革後，曩所與游殂落欲盡。予客歸，與君還，皆垂垂老矣。一日君從容語予曰：『孔子有言「朝聞道，夕死可矣」。吾雖衰，猶思及炳燭餘明，重研舊學，子奚以益我！』嗚呼，言猶在耳，而君遽溘然而逝，求爲我益者，甯復易得邪？

君卒於丁卯年九月九日，年八十有二。配金氏，旋亦卒。子一志岳，留學德意志，聞耗歸皖。人思君德，爲請當事，得卹金七百，於戊辰年某月某日葬君舒城縣南小百丈巖，以金孺人祔。孫二，孫女一。衆屬永樸爲銘，義不敢辭。銘曰：

我友阮君，德和以介。不歆世榮，而恤邦瘵。民之勞矣，緊誰康之。言之莠矣，緊誰匡之。如君之齡，天錫孔厚。以時需君，生詎爲久。宛宛茲山，有莊士墳。厥配同穴，永裕後昆。

沈君經文墓誌銘

歲戊辰，予授經安徽大學，長孫女宜澤肄業女子中學，兩校孔邇。有合肥女士沈清閨者，因宜澤持其父母事狀來謁，泣而請曰：『吾父卒已二十餘年，吾母時年二十有二，清閨生九月，吾母忍死教育，凡二十年而卒。微當世蓄道德能文章者錫之以言，吾父之志與母之節將湮沒無聞。今清閨力未能葬父母，敢請先生預爲之銘以待。』予哀而諾之。

案狀：君諱偉堂，字經文，本陸氏子，繈褓中舅氏沈君九皋未有子，乞於其父母以爲嗣，遂姓沈氏。幼讀書聰慧，考甚愛之，已而妣生子濟，才延師課讀，而命君學賈。君服勤罔懈，以孝聞。光緒三十二年卒，年三十有二。娶楊孺人，初入門，姑卽使異居，逾六年生一女，卽清閨也。

君既卒，孺人將以身殉，顧女泣於懷，歎曰：『亡者惟此女，我死，若呱呱者何？』攜至母家，母憐而收之。時兄與弟業商，孺人居肆中，爲執灑掃、縫紝、浣濯諸事，而肆旋以折閱罷，謀歸，沈氏終不見容，又未得返陸氏，乃勤鍼黹以活女。及清閨十齡，母家助貲，俾入小學，繼入中學，既先後畢業。顧合肥中學僅有初級，無高級，孺人欲攜往安慶省立中學而費鉅，母家力不能籌。合肥人高孺人之行而知所遭之艱也，又以清閨試於學，冠其曹也，議撥學款給之。孺人時已遘疾，强送之抵安慶，投考得入校，甫三日而孺人死，時丙寅春二月二日也，年四十有五。清閨斂而殯於安慶郭外，將俟學成後營貲返其櫬，與君合葬焉。吁！可悲也已。

初，清閨入合肥中學，孺人嘗得疾甚劇，清閨夜跪庭中，稽顙南極冀延母命，如是者兼旬，孺人竟愈。蓋距其死也三年云。予欽孺人高節，又嘉清閨之孝，爰爲之銘曰：

生世無異風漂籜，高下東西任所託。沈君才高遇獨窮，偉矣孺人詣(桌)[卓]犖。未亡人體亡人心，寶彼稚女逾南金。靡身碎骨匪所惜，惟祝長大無嶇嶔。他年旅櫬返肥水，地下逢夫應悲喜。悠悠歲月保茲墳，我銘懿德訊萬祀。

馬君通伯墓誌銘

君姓馬氏，諱其昶，字通伯。先世由六安遷桐城，曾祖諱邦基，贈朝議大夫。祖諱樹章，太常寺典簿。考諱起升，議敘同知。先是，典簿君兄河南汝甯府通判諱樹華，有二子，長霍邱訓導諱起泰，次諱起益。訓導年四十卒，無子，起益幼未娶，通判君命君嗣訓導。其後起益生子四，而同知君未別有子，及卒，君爲狀上安徽巡撫，請達於朝，願還嗣本生。以通判君在籍殉難，所給雲騎尉世職歸起益子其昴承襲，並遺産與之，俾奉訓導祀。

時君補諸生已十餘年，數應鄉試不售，嘗捐貲助河工，奏獎中書科中書。光緒三十四年，詔舉人才，巡撫馮公煦以君應授主事，分學部，補總務司主事。君勤於其職，莞部諸公甚重之。辛亥以國變去職，逾兩年，會修清史，館長趙公爾巽聘充總纂。君搜討窮昕夕，撰稿最多，褒貶矜慎。丙寅以病歸，己巳十二月十四日卒，年七十有五。娶姚恭人，吾姊也，先君卒。側室劉氏、韓氏。子四：根碩、根偉、根蟠、根質。根碩先君卒。女七，皆適士族。孫四：茂元、茂炯、茂書、茂穎。孫女三。

君自少才敏且密，僉謂宜有所施於世。顧遭遇屯蹇，晚乃得一官，既不克行其志，則畢致其力於學，博覽載籍，足跡所至，必徧交賢士大夫以恣採獲。撰述甚勤，於經有易費氏學、詩毛氏學、尚書誼詁、禮記讀本、大學中庸孝經合詁，於史有清史稿、桐城耆舊傳、左忠毅公年譜，於諸子百家有老子故、莊子故、屈賦微、金剛經次詁，其自爲之書曰抱潤軒集都數十卷。嗚呼，何其多也！其詮釋諸書皆考於古，無臆説，而抉微闡幽往往有前人所未道者。爲文章閎深雅潔，成一家言，又何其精也！

始君葬吾姊於縣北之阮莊，而自留穴墓左以待。庚午某月某日，根偉等遵遺命奉君柩安葬，而請永樸爲之銘。永樸與君交六十年，申之以婚姻，義不敢辭。銘曰：

曩問君疾，執手語予。謂檢平生，未與衆殊。顧志乎古，冀味道腴。由童迨耄，舍是蔑愉。予言君學，具所著書。爲之不厭，君其有諸。吾縣之山，蜿蟺扶輿。篤生哲人，訂譌砭愚。百餘年來，老學漸徂。君殿於終，卓爲士模。於縣之北，有冢巍如。埋辭詔後，中藏碩儒。

宣城縣教諭李君墓誌銘

君諱世虬，字幼龍，雲村其號也，桐城李氏。曾祖諱詳。祖諱玉書。其家故饒於貲，因兩世喜施濟，中落。考諱寅承，其後猶竭蹶行之。妣氏方，繼妣氏羅。

君少英特，由縣學生食餼，中式同治癸酉科舉人，常思有所爲於世，顧遭逢不偶，晚乃選授宣城縣教諭。蓋才之蘊於中者，百不一施也。里居久，於郡邑事之關大利害者，靡不視如己事。吾邑丁漕，舊由胥吏徵收出納，輒上下其手，又析爲宦畝民畝而贏絀之。同邑方君佐卿以爲病，就君謀，君爲畫策，白諸令，令不能决，則控之大府。雖胥吏與豪民結事未集，迨清末繼論者衆，卒改用士類，積弊以祛。

崇文洲者，在邑東，其課入爲培文書院及皖之敬敷書院諸生膏火所自出，而吾邑鄉、會試資亦取給焉。自豪民包攬，歲不以實報，由是洲日漲而課反日少。君與皖士控於大府，遣員丈量，改定畝數而革其包攬者。及選宣城教諭，將往，又有武人冀分洲利以潤己，倡言文武宜並重。君曰：『舊例試資惟屬文科，非輕武科也。良以武科必力能購弓馬乃得與，非若應文科寠且貧者之多也，且歲入止此數，若兩分之，將不能濟其一。』乃不之官，更與之訟，久之，大府卒如君言定讞。其後科舉罷，而皖之圖書館與縣中學皆賴之以立，非君心精力，果烏能利及於後若是之遠耶？宣城夙爲人文淵藪，邇年舉甲乙科者甚寡。君莅任，進諸生教之，是歲鄉試遂多獲雋者。逾年，丁羅太孺人憂歸。君事親孝，與弟世駒敦睦，終身無間。世駒先太孺人一年卒，君哀傷致疾，至是哀益甚，未及終喪，亦卒。時光緒十八年某月某日也，年六十有一。

配龍孺人有淑德，常以和平濟君之剛直，君每歎以爲能助己。當崇文洲之爭方烈，仇君者思要於路而甘心焉。一日譌傳爲所賊，孺人遽仰藥以殉。繼娶蕭孺人。子一德膏，光緒丁巳科舉人。女一，適貴池劉尚禮。尚禮早卒無子，爲立嗣，以善事姑稱，並龍孺人出。孫一相鈺，有俊才，年二十餘卒，更以從孫相璞爲嗣孫。孫女一相珏，適同邑餘光烺。某年某月某日，德膏奉君柩與世駒合葬於縣北黄泥岡保蔣家圩地基窀。庚午歲以葬時倉卒，銘未具，屬永樸爲補之。

永樸聞崇文洲之爲兩書院公業也久矣，嘉慶中嘗有欲奪之作他用者，君之祖力持之，議遂格。然則君之不顧利害，必起而與衆爭，其亦修先志與！爰爲之銘，曰：

嗚呼李君，儒也而俠。見義勇爲，不爲衆懾。功在邦邑，所爭匪私。儻仕更顯，庶溥厥施。矧君約身，動罔越禮。一門之中，藹然孝悌。有崒斯阜，與弟偕藏。摛辭詔後，明德以彰。

江蘇巡撫長沙陳公墓誌銘

公姓陳氏，諱國泰，字伯屏，湖南長沙人。曾祖諱價英，乾隆乙卯科舉人，山西解州知州。祖諱亮嘉，戊辰科副舉人，臨武縣教諭。考諱洪京，國學生，三世皆以公貴，贈光禄大夫。

公少英偉，由縣學生中同治丁卯科舉人，明年成進士，改庶吉士，授編修，轉御史，充陝西鄉試副考官，簡放山西大同府知府，調直隸大名府，旋調保定府，擢雲南迤東道，攝布政使。丁母憂，服闋，再補迤東道，調直隸通永道，遂權按察使，補安徽按察使，擢江蘇布政使，就遷巡撫。自通籍後在官四十餘年，爲人廉正，於事必嚴辨是非曲直而不顧身之利害。其爲御史也，疏數十上，皆關國家大計。既劾中外大臣之庸懦溺職者與侵蝕鹽税者，侃侃然無所阿狥。最後雲南總督、巡撫以辦軍務報銷屬所親賫金十餘萬，賄當路，冀售姦欺。公發其事，辭連軍機大臣、户部尚書某，得旨降黜有差，由是直聲聞天下。其守大名也，地與山東曹州府接，曹州故多盜，會順德府解餉過，被劫。公聞報，馳往捕之，盡置諸法。餘黨銜公甚，公藏印密室，一夕失去，閉城大索，得諸縣署堂上，詗知盜魁，以營弁處大名鎮麾下總兵爲所愚，不可與語，乃請於總督李公鴻章執而誅之，盜爲斂迹。及巡撫江蘇，鄉民以漕務滋事，梟匪乘之，數省騷動。公從容部署，事遂敉平。上海道某盜公款不貲，公具疏劾之，而某夙與諸貴人通聲氣，疏入，諸貴人摘其語之涉於外交者，奏請發交兩江總督查覆。公時方遘疾，總督稽其事，及公卒，乃飾詞上，某竟免議，天下士聞之，咸偉公之氣老而不衰，而惜其遽殞，志未得伸也。公雖貴，自奉清約，非宴客廚無珍膳，一裘數年，敝而後易，終身未嘗置田廬。嘗語諸子曰：『吾受國恩厚，無以報，忍自肥乎？』所至必交其賢豪長者，嘗建存古學堂於蘇州，延名宿課士。以在籍郎中曹元弼經術湛深，奏進所著禮經校釋，得旨，賞元弼翰林院編修，原書發交禮學館。蓋平生疾惡嚴，而好善之誠又如此。

其卒在宣統元年某月某日，享年七十有幾。配某夫人。子七：長剛己，次存恪，次繼鶴，次存厚，次謙益，次勰，次存莊。女五。孫十三。某年某月某日，剛己等葬公長沙某鄉某山，因公族子朝爵與永樸善，乞爲之銘，爰撮舉其事而銘之，曰：

公居臺諫，糾彼庸慢。彌國之患，帝曰賢哉！試汝吏才，所涖民懷。洊至開府，政無不舉。晚困狐鼠，遭時匪康。狂夫孔張，於公何傷！老身仕路，没猶寒素。清操永著，瘞魄茲邱。我爲銘幽，用詔千秋。

張君石卿墓誌銘

歲庚午之秋，予甥女馬君瑋奉其夫張君石卿之柩由上海返桐城，踰月以葬期告予於皖，曰：『願舅氏錫以銘，俾掩諸幽。』予維張氏自文端公以來累世爲宰輔卿貳,勳德載惇史。君諱家騮,文端公八世孫也。曾祖諱康伯,道光乙酉科舉人。祖諱紹華,同治甲戌科進士,官終山西布政使。考諱誠,光緒癸巳科舉人,官農工商部農務司郎中。

君少工詩文,而恂恂然不自表異。始侍郎中君於京師,繼又侍方伯公於直隸,於江西,於湖南。時吾國初議變法,湘中士大夫夙通敏,顧新舊角立論歧如沸羹,甚有造蜚語相中傷者。方伯公護理巡撫事,患之,君從旁畫調解策,諸務畢興而黨禍不作。其後所保全者半乘時取名位,而君終身未嘗形諸齒頰,人亦竟不知也。光緒甲辰遊日本,肄業早稻田大學。會郎中君卒於京師,君扶柩返里,並侍方伯公歸。未幾,方伯公又卒。君迭遭大喪,又值國變,頹然無用世志。皖人舉爲省議會議員,力辭,僑居於上海,卒年五十有四。

配馬君瑋,予姊夫通伯先生次女。生子二:長庚,殤;毓瀛有俊才,亦先君卒。女六:雲章、惠芬皆殤;畹秋適貴池王世鼒,亦早卒;擷蘅適同里馬慧正;擷芬、擷芳皆幼。吁!可悲也已。

當君疾革,自言有搴帷入者告以解脱法,在絶貪嗔癡,吾今徹悟矣。因賦詩一章,然則其了然於死生之故歟?其在湖南與皖人創設旅湘學校,後遷蕪湖,今所稱安徽公學者也。邇歲國家多故,南北軍過吾邑者道相望,供給不貲,君出巨欵濟其事。蓋平生勇於爲義類此。是年冬十二月十二日,君瑋率其女葬君於邑西鄉牛欄鋪保徐莊之原,以毓瀛祔。予次其事而銘曰:

嗚呼!人之寓形宇内也,猶籜之漂於風乎?墜茵與溷,惟所逢耳。況生華膴之族而值山河之改,能無窮乎?胡爲又失其良子也?然君證道臨終矣,尚藏魄茲土而神遊鴻濛乎?

嫂方安人墓誌銘

嫂姓方氏,世爲桐城望族。祖諱寶慶,官福建漳州府知府。父諱哲君,早卒,旋復喪母,育於祖母吳淑人。及笄,能嫻女教,甚爲族黨所稱。會先考幸餘府君自安福引疾歸,寓安慶。時先妣光恭人已卒,而大母蕭太恭人年高,中饋乏主,乃爲兄納采於方氏。嫂年十九來歸,入門兢兢祇修婦職，先考喜賦詩奬之。

其後吾家卜居邑西挂車山，凡七年，始返城中舊宅。及先考重涖安福，盡室以往，凡五年，而太恭人棄養。先考在官，廉於取財而厚施予，坐是囊無餘金。既歸葬，遂率諸子遊四方以謀衣食。

兄體羸，嘗得咯血疾，嫂封臂和藥進乃愈。至是客天津，又客（楊）〔揚〕州，舊疾復作，歸而益劇，竟不起。嫂忍死撫兩孤，爲兄營葬龍眠山。薄田所入，不足濟用，則治鹹鹾，製果餌，易錢以延師課子。其待師恭，未嘗以貧故闕禮。兩孤既長，永樸及弟永概商於嫂，遣之往上海習泰西語言文字，遂分入他國學校。民國肇建，皆畢業歸。長子充財政部秘書，改僉事。次子以陸軍上校充技正。迎嫂至京師，時已各娶婦，有孫讙嬉於旁，嫂意稍慰。性素慈厚，晚歲家裕於昔，見窮乏者必量力周卹，曰：『吾豈未歷斯境耶？』壬戌七月二十三日卒，享年六十有四。

兄諱永楷，縣學生，以捐貲助賑議敘縣丞，加六品銜。嫂封安人。子二：長東彦，次焱。孫四：均、圻、培、坊。孫女四。某年某月某日東彦等葬嫂於邑之某鄉某山，請銘於永樸，爰述嫂之德以慰其孝思。銘曰：

其始稱賢婦，其終爲慈母。夫早逝兮餘澤厚，藏於茲土兮永蓄厥後。

胡君竹薌墓誌銘

君諱傑，字竹薌。其先姓李氏，諱昌翼，唐昭宗子，出何皇後。昭宗遷洛陽，慮其爲朱温所圖，遣侍御胡君挈至婺源，遂從胡姓。十餘傳徙休甯，又二十餘傳徙桐城。康熙中有諱元彬者，乃筮籍懷甯居焉。自居桐城以來，世以醫學著，至君之祖諱家書始業商。考諱兆祥，生二子，長諱椿，次即君。初，君祖有兄弟皆無嗣，因命厥考兼祧，至是復以君兄兼承伯祖祀，而命君出後叔祖。

君少與兄習舉業，將試於有司，會粵氛及皖而止。亂定，兄謂之曰：『若勉竟所學，以商付我。』君不更就試，而博觀經史百家之言，求其旨趣所歸嚮在宋賢性理之學。間爲詩自娱，亦喜作字，於各體尤工楷隸，隸法師同邑鄧先生石如，楷法則以諸城劉文清公爲宗，神致逼肖，見者驚服，謂：『若去款識，更閲百年紙且故，誰知非二公所書者？』君笑曰：『子之譽我也過。吾勤於此，第欲心有所寄焉耳！』性剛直，然人有犯者，恒自抑不與校。澹於榮利，恥謁顯者而樂親方聞有道之士。初從同邑鄧守之、馬素臣兩先生游。光緒初，先考暨方柏堂、吳摯甫、孫海岑諸老輩罷官歸，寓於皖，君時就之談讌，最後與方倫叔、馬通伯交，且及予兄弟。數人者年少於君，君賓接如不及。自其兄重理商業，家漸裕而好施，諮於君，輒同意。晚歲董皖之清節堂事，晨夕監察，恐孤嫠不蒙實惠，人尤稱之。光緒三十年卒，年七十有一，贈通奉大夫。

配潘夫人，性沈靜，有儉德，年四十有九卒。子一遠勛，縣學生，祁門訓導，後君幾年卒。女五：長適阮志觀，次適舒鴻儀，次適丁濟仁，次適舒鵷儀，惟季字孫本佑，未婚，本佑卒，遂不嫁，迨君卒，絶粒以殉。孫四：宏恩、國鈞、國鏐、國澤；孫女四。曾孫十三，曾孫女八。玄孫三，玄孫女四。某年某月某日，君諸孫卜葬君於懷甯某鄉某山，以潘夫人袝。

其兄子遠芬持狀來屬銘，永樸不敢辭，乃次其事而銘之，曰：

亹亹胡君，行孰與方。生逢叔世，不耀其光。身老閭巷，興寄篇章。放懷自得，利名兩忘。惟所取約，餘澤斯長。一門四世，兒女成行。爰卜兹邱，厥繇告祥。銘貽遠宙，德人之藏。

桐城公園記

吾縣名桐城，始於唐至德二載；其築城於兹也，始於明萬歷四年。當是時，令若丞若尉之署在城北隅，而試士之舍與囹圄皆屬焉。縣之山來自西北，近治者曰投子，曰屏風，曰龍眠。水出爲溪，由城外南流，匯衆水爲湖，至樅陽入於江。惟城北觀野巖後毛溪之水，由膹溪旁分入北門之竇，繞署而南，折而西，又折而南，出城西南以入於大溪，志所稱桐溪塥是也。故觀於署後，則諸山送青而至，若排闥然；水環於前，繚而曲若帶然。論者謂吾縣築城莫宜兹地，而城之中又以官署爲勝，洵不誣也。自道光末，洪、楊揭竿於粵，咸豐中蔓延江南北，吾縣再陷，署燬矣。迨亂定，無修復貲，乃以民宅居官，獨尉署與獄未徙。民家於旁者因地之隙，歲月侵削，蔑有過而問者。

光緒二十九年，吳摯甫先生自日本考察學制歸，倡議就丞署及試士場建縣中學，延早川新次郎爲之師，越數年而早川君返其國。民國肇建，孫君聞園首董校事，既遴教習，復廣購書藏之，以資稽討。在校六年，造才頗衆。及其重至也，周覽令署故址，樂其軒敞，諮於衆，反所侵地以爲公園。誅榛莽，樹奇卉美箭，阜者亭之，窪者橋之，因溪穿兩池，堆石作東西地球形，鐫諸國名與山川於上，又由各國析爲吾國，由吾國而省，由省而縣，隨廣狹駢羅道側。經始於癸亥歲，至乙丑秋落成，旋以事復去，然游斯園者咸思君劬。

予嘗扶杖步緑陰中，聞蟲鳥聲與風泉相和，心爲之怡，幾不知人世之變遷與身之老也。吾嘗論先哲教士之法，散見載籍中而綜於學記，其言曰：君子之於學也，藏焉修焉息焉游焉，蓋不藏修則探之不深，不息游則無以博其趣。今君爲斯園也，士來學者入治其業而志不紛，出娱其神而情不蕩，張弛之術，兩得之矣。自官制更尉署爲縣議會，今歲獄垣圮，徙囚繫他所。會君歸，復諮於衆，以其地置幼稚園，俾端蒙養。其籌畫周密，尤有足多者。

是園君嘗自爲記，而潘君季野又記之。茲更索言於予，予不獲辭，乃考舊志與父老所傳聞者，述茲地之始末。其諸後之徵文獻者，亦將有取於斯與？歲戊辰秋七月姚永樸記。

祭伯姊馬恭人文

歲乙丑秋九月某日，仲弟永樸謹命孫墉以清酌庶羞之奠，致祭於伯姊馬恭人之靈。

嗚呼！予蚤喪兄，匡我叔弟。弟隕幾時，而姊又逝。人生閲世，如阪走丸。倏合倏散，甯足控摶。嗟我髫齡，失我慈母。沐我飯我，姊恩最厚。姊嬪名族，我亡聘妻。姊爲蹇修，夫妹我歸。自曩徂今，歲六十易。兒時嬉爭，宛宛在目。姊事舅姑，如事己親。姑病刲臂，哀動鬼神。兩更大喪，將之以敬。窀穸是襄，必誠必信。

夙興夜寐，以劬爾家。熊夢未占，顧影咨嗟。變彼兩姬，握手爲笑。以蕃我後，以全我孝。婦性忮忒，靡室不然。緩帶情急，實維姊賢。以姊之壽，已逾七十。子女或摧，餘猶繞膝。矧有衆孫，如桂如芝。既返其真，何慮何思？惟後死者，愴懷疇昔。一朝訃來，千春永隔。憑棺有待，負慝實深。臨風北望，涕泗沾襟。尚饗！

卷三　古體詩　今體詩

癸亥春至秋浦宏毅學舍贈周君緝之學熙

昔停薊北驂，今適江南野。緬彼宛陵翁，於茲振風雅。四山繞郭青，一水緣澗瀉。堂廡何幽深，園林亦瀟灑。人生若絮颺，但逐風高下。虛名爲身累，害多益殊寡。蘇子曾有言，此病天所赭。而况丁時艱，譁衆未若啞。故人忘我陋，深心望陶冶。豈知精已亡，識塗慙老馬。菁莪在中阿，樂有育材者。百朋焉能錫，寸心儻可寫。

合肥李勰宸寅恭屬題其先海珊參將世鴻甲午死事傳

富士山前敵騎來，遼陽戰鼓轟如雷。十萬義軍一朝盡，長羅定遠安在哉。淮山肥水有男子，百戰猶是偏裨耳。呼兒黽勉奉慈闈，我與將軍同日死。烽火蔽天身可捐，擐甲橫戈踵不旋。已如狼瞫善擇所，敢希先軫能歸元。泯棼此日綱解紐，遺民猶憶主恩厚。内閧甯堪號國殤，千載如君庶不朽。

開縣李雨亭尚書宗羲築三萬卷樓所藏半燬於兵其孫範之大防屬韓伯韋留圖之並詩寄示步韻題後

觀書如觀海，觸眼生奇景。甯忍離須臾，坐起身隨影。偉哉李尚書，味道腴獨領。貽謀惟竹素，笑彼田萬頃。如何烽煙頻，頓使古歡冷。韓侯真佳人，濡毫寫勝境。

慰君我亦欣，君詩同幽迥。抗懷儷二劉，奚論黃與沈。原詩以大癡石田比韓。人生閱苦甘，無異杯戰茗。風塵况澒洞，何處容孤艇。差幸皖公山，猶堪飽櫻筍。迎曦曝殘書，開軒訥羣嶺。蒲柳已無榮，敢誇松柏挺。莊生惜膏煎，蘇子憐木瘿。楚存凡詎亡，所貴蘧然醒。世事總空華，失固與得等。痛飲期他年，願爲十日請。

為方丹石壽衡**題其伯母光節婦姚烈婦傳後**

學風溯龍眠，權輿於何趙。明善益張之，德言世克紹。當時閨閣內，亦解傳心宗。清芬著高節，紉蘭儷孤忠。來嬪況多賢，行允爲時則。遭逢奚必同，所期在靡慝。昨晤丹石叟，示我冰雪文。從容與慷慨，今豈異昔聞。自從道德微，士罕循規矩。矢志無敢渝，惟彼君子女。吾觀兩貞婦，所值皆艱難。甯冀千載名，祇求一心安。多君重民彝，表章未肯緩。銀鉤書數紙，燦然擬彤管。桐山常嵯峨，桐水常瀲泓。樹茲帷闥式，曠代有餘清。

何公名唐，趙公名(鉞)[鈛]，其弟名鋭。方明善名學漸，著心學宗，清芬、紉蘭，其孫女也。

丙寅秋至東南大學贈校長武進蔣竹莊維喬**教授與化李審言**詳**上海姚孟塤**明煇

我昔游金陵，猶及見梅邨。濂亭與爲友，誘士言不煩。允升纔弱冠，洛閩夙好敦。仲武紹家學，能窺南閤藩。入燕晤柯鄭，造道皆逢原。復有新城叟，揮毫如瀾翻。平生遇屯蹇，多友亦天恩。飄零三十載，重扣白下門。屈指嚴事者，强半歸邱墳。蔣侯今鴻碩，儒釋通其樊。文彩李君最，博聞數孟塤。餘子並騏驥，智足昭衆昏。鯫生碔砆耳，視之匹瑶琨。飫此新知樂，何殊曩士存。自從微言絶，著説徒爲繁。守故蛙擅井，赴時蠹蝕根。斯民困戎馬，靡室能飽温。學黌失正鵠，鰥寡誰與援。吾儕騁筆舌，始微如泉源。涓涓流不已，勢欲湖江吞。是非庭户内，千輩騰口喧。於後雖悔之，即逝那及捫。所貴豪傑士，鑄人先慎言。庶掃六合翳，朗若升朝暾。臣精已銷亡，甯足康時屯。同調欣滿眼，竽瑟安可論。

潘允升欲達昭文人，新城叟謂王晉卿樹枏。餘見前稿。

晤胡淵如遠濬**於皖作詩調之亦自嘲也**

我老觀書如霧昏，爲君百言但一聞。相逢握手各大笑，君眼吾耳應相援。語君勿以聾爲憾，世論已異古所云。君多有眼我多耳，不聞不見甯煩寃。憶昔少年意飛動，雲夢八九胸中吞。白頭乃知皆客氣，詣到深處欲忘言。試登迎江塔頂望，誰云巨壑流無源。君讀南華會其趣，王駘奚爲衆所尊。當時魯國一兀者，從遊幾與闕黨分。德和感物固應爾，聾盲何礙天君存。

廬江劉健之體乾以所得孟蜀石經付印屬題

石經權輿於熹平，繼在正始與開成。孟蜀之後有兩宋，清頒大學資蔣衡。字體因時判同異，秉意要欲爲世型。遥遥相距三千載，陵谷移徙朝市更。搜奇非無好事者，飄零散落如飛英。偉哉劉君收蜀刻，論價不惜逾連城。周官外有春秋傳，字字觸眼皆光精。代遠文殘彌可貴，爰拓萬本存其形。曩在先朝隆盛日，峨峨髦士趨彤廷。詔征遺書同蒐討，七閣並建規橅宏。而今風尚殊疇昔，新學是競古義輕。豈知海客都彬雅，載歸吾籍聞充楹。國有與立焉能改？天喪斯文實可驚。石鼓所出徒聚訟，猶使韓蘇發幽情。而况六藝聖者訂，鴻寶忍令抛荆榛。感君寄我滄江上，篝燈夜對心神清。願藏諸篋垂永世，貽謀豈在金滿籯。徵題先後皆耆俊，綴名簡末甯非榮。

李勰宸屬題閩縣林畏廬紓遺札

京師稱人海，我昔逢畏廬。毅然閑聖道，不隨流俗趨。餘情寄詩畫，落筆皆瓊琚。如何纔（楫）[揖]别，忽焉歸幽墟。狎處不覺異，更索乃知無。李侯今傑士，亦嘗詣君閭。恩恩顔未接，懇懇意非疏。遺札出袖底，清芬盈坐隅。祗此尋常語，已足爲世模。相思不相見，把卷空驚吁。

過練潭作

我生少暇豫，時在羈旅中。此水如故人，奚啻百回逢。始照雙鬢緑，倏爾成衰翁。川流常瀰瀰，人事何恩恩。兹當歲雲暮，歸來稍息蹤。萬端付一醉，勿使櫻吾胸。

五弟視予於安慶旋聞九江之警復北去予歸賦寄

我往白門看秋柳，爲懼楚氛歸皖口。官閣停驂兩月餘，喜得君來共樽酒。金樽酒滿錦燈明，笳鼓能教客子驚。又興杜老看雲感，始識蘇公聽雨情。

為孫女宜澤題其外祖金子善畫册

我始逢君皖江上，客窗煑酒同傾觴。君醉戲評我兄弟，伯似冬木生意藏。叔子才等炎夏水，波濤萬頃流湯湯。惟爾介居二難內，温如藹如春載陽。我笑君言無乃誤，輒生於世當斗量。試以管蠡測盛美，歙彼鷹隼秋空翔。詩清書古畫尤妙，人祇一藝君三長。悲哉此語猶在耳，光陰疾若帆挂檣。荆花零落故人死，惟有遺墨傳芬芳。此稿君爲何人作？筆意直欲追沈唐。麓臺石谷叔季耳，而況俗手真蚊蝱。忽憶曩時君遺嫁，丹青堆滿兒婦裝。素練應是此中物，不然胡尚存巾箱。青山緑水紛入眼，扁舟蕩蕩蘆菰旁。或爲桃柳迎曉露，或爲梧柏負宵霜。四時景物皆可愛，得此勝地堪徜徉。吾家繪事推黃蘖，竹葉亭生亦擅場。但惜流傳半贋鼎，喜君真跡能充囊。梅開日暖瞻妙品，頓覺四壁生輝光。汝藏諸笥勤拂試，金玉甯如翰墨香。吾族開化公文燮，號黃蘖山樵。總憲公元之，號竹葉亭生。

漫詠四首

尼山祖堯舜，述乃盛於作。蹇蹇諸葛公，或謂逾管樂。儻以成敗論，勳業甯彼若。人生樹上華，因時爲開落。道泰雲從龍，運否泥蟠蠖。斷蓬遇飄風，焉敢較强弱。不朽道有三，樹立在所託。但能則天明，奚必要人爵。吾觀古之人，聲施常炳爍。末學仰遺書，未貫總糟粕。譬諸五鼎陳，味豈盡一勺。悠悠盈耳談，真解憑誰索。

扶杖游郭外，信足到田家。門前蔭高柳，籬角綴疏花。有叟擁榼坐，繞膝諸孫譁。中婦呼其兒，翁飯久未加。今晨漁者過，稍稍買魚蝦。慎勿分翁味，來啖豆與瓜。負薪大男歸，息肩日未斜。嗟彼朱門人，裘馬競豪華。昕夜征歌舞，揮霍金如沙。同室翻多忌，觸眼成創痂。何不出闉闍，來此暫停車。蚩蚩甯識禮，真樸自可嘉。

明月大如盤，每從他鄉見。皎皎中天懸，茫茫大地徧。照我輪蹄行，隨處皆繾綣。雖感素娥情，所惜非吾縣。今年役車休，舉觴向月薦。謂當麋鹿偕，從茲樂清宴。如何笳鼓音，入耳神爲眩。奚論溟化鵬，蘄殊幕巢燕。人非所值窮，當境恆忘怍。儻知天福謙，解甲勝鏖戰。今宵月又圓，中庭獨仰面。維彼任虧盈，終古光不變。

予少嘗摛文，用力殊未專。譬彼致師者，但能摩壘還。其後好樸學，遍覽經生言。章解更字詁，稽討窮歲年。雖云探厥本，所得何戔戔。揮毫宜寡趣，盈紙那足觀。美豈匵有玉，濇似琴無絃。三五摭華輩，筆勢翻濤瀾。吐奇互激賞，擯予若異端。予晚苦世亂，披吟强自寬。匪欲事雕琢，稍求飫芳鮮。嚮時學古獲，到此皆詞源。宿士既凋謝，謬廁壇席間。春去罕桃李，凡卉亦娟娟。西施目難覩，翻謂蓳母妍。得失寸心知，聒聒徒爲煩。譬有不虞至，毀或由求全。世事總如此，回思一啞然。

春日柬通伯

馬君平生樂多友，惟予兄弟先且久。憶昔少年意氣豪，睥睨千夫甯頫首。我竊微名鬢欲疏，獻璞王畿誰與剖。君亦顛躓棘闈中，晚膺薦剡獲垂綬。滯迹京華逾十年，眼看白雲變蒼狗。歸來相對都成翁，昔日玉顏今老丑。羨君文章吐不窮，光燄直欲射星斗。波瀾壯闊卻安流，盡擯陳言開户牖。更抉經心成巨編，造物賦汝抑何厚。鯫生總角愛摛辭，得心未易應以手。同懷且覺難並驅，宜對高文瞠乎後。矧今蠻觸尚交爭，遑求没世名不朽。東風解凍萬物榮，庭燦梅英窗挂柳。天心蕩蕩本無私，人事擾擾知誰咎。君今道岸誕先登，肯以浮華滋塵垢。頗欲相從學坐禪，心外於吾果何有。

墉孫得鄧完白先生銅爐呈予喜而作歌

憶昔先朝全盛日，研經六合皆同風。術以識字爲根本，六書在口無耄童。搜羅金石及三代，卷藏壁挂光流虹。偉哉吾郡鄧夫子，摹古不減冰斯工。曾寫許書二十本，參諸鐘鼎爲世雄。檠齋激賞時獨早，中朝諸老咸欽崇。其間稍有騰謗者，晚逢包李持論公。此鑪山人幾上物，静坐嘗收方寸功。擇伴最憐管城子，每從腕底瞻蛟龍。或言形頗欠奇古，兩耳三足與凡同。其腹雖鎸完白字，疑是黠賈欺愚蒙。吾謂道足不求異，外苟致飾中未充。而況地近奚必僞，摩挲欵識情無窮。山人曩嘗造一硯，精鐵鑄就置齋中。閒情更畜雙白鶴，清唳往往聞晴空。鶴塚尚存硯豈失，偶然得此真奇逢。薰以名香竟日對，精神怳與高賢通。墉乎玩此宜自勵，慎勿無藝等廢銅。躍冶亦干造物忌，年少涉世須藏鋒。勤誦文史游翰墨，庶能卓犖希前蹤。歙縣金榜號檠齋、涇縣包慎伯世臣、武進李申耆兆洛皆重先生書法。

春日感興五首

先廬在麻溪，栗岡實繼往。十傳始入城，來鼎事懷曩。亦園附郭西，山徑盤雲上。雁軒當其北，結宇頗閒敞。巍然樹德堂，於南得茲壤。初復堂又北，風景雁軒仿。最後舍之東，堂以中復榜。悠悠五百年，光芬託遐想。小子仍徙南，有園形如掌。地雖袛數弓，趣足使神爽。春風著意吹，花發香浮幌。晨窗聽鳥啼，夕林瞻月朗。儒因畝爲宫，僧亦室盈丈。容膝審易安，稱心奚必廣。所願甲兵銷，鄉閭無寇攘。笑傲此軒中，一椽可俯仰。

吾家初居邑之麻溪，八世祖葵軒公遷栗子岡，十世祖副使公入城居天尺樓，又名來鼎。亦園者，十一世祖職方公別墅也，後為張氏所得。十二世祖端恪公居雁軒，後售於潘氏。十三世祖羅田公居樹德堂，後售於張氏。十五世祖編修公、十六世祖春樹公居初復堂。十八世大父按察公居中復堂，及永樸徙今宅。

幽居意最適，枕上聞鳥聲。繞窗來百種，宛轉如嬌嬰。俄焉人競起，鳥散稀復鳴。乃知平旦氣，湛静諧物情。所以海上鷗，狎處能不驚。市兒那解此，惟向金籠聽。

我昔遊遠方，未明車已駕。計程戒僕夫，解裝無至夜。目送飛鳥歸，心恐頹陽下。入村過人家，燈火出窗罅。妻孥萃一室，笑言迎耳射。羨彼長團欒，愧予少閒暇。悤悤逆旅棲，拂牀如返舍。兩鬢倏已蒼，雙輪嗟未罷。骨肉亦時逢，別屢歸憐乍。而況逮今兹，所親半凋謝。差幸有孤孫，衰情得慰藉。生世甯自由，飲啄惟天借。曩苦雖若荼，餘甘或回蔗。聊誦南華篇，安時無怛化。

束髮就家塾，手取一卷操。文惟師班馬，詩必祖風騷。旋復稽經訓，自矜所託高。時名偶然竊，攬鏡驚霜毛。吾觀古之人，衣錦待絅韜。的然求駭衆，營營無乃勞。儻墜塵網中，何異蛾撲膏。卓哉魯顔闔，飯牛與世逃。

雲鵬慕天池，奮翼圖南徙。依依蜂與蝶，出入花叢裏。大小雖有殊，要各求所止。誰能執成心，是彼而非此。世有寠且貧，一金得便喜。脱令入朱門，乃知所得侈。又或乘高車，奔馳疲欲死。翻羨農圃人，終身安閭里。味自嘗苦甘，理難判臧否。達人通其郵，遭逢無歧視。隨地不解愁，少足固當己。宵眠一枕酣，晨飲百壺旨。

鄭靖侯輔東**至舍值雨留飲**

鄭叟嘗爲縣，能使野雉馴。歸攜詩千首，誰言囊橐貧。溯昔與君交，既久情更親。軒車昨過我，覿德温如春。談古驚河漢，觀世感淄磷。瀟瀟竟日雨，天爲我留賓。園蔬盤可薦，家釀味尤醇。人生逾六十，光景似奔輪。曩時挾策輩，寥落星嚮晨。況值風雲會，乘時各有人。若復不痛飲，甯稱鼓腹民。狂言和者寡，微君吾誰陳。

孫聞園於縣中學前築公園引水為池堆石作東西地球狀屬為作歌

吾邑山從灊霍來，繞郭嵐光青未了。官舍倚城城倚山，烽火一朝爲茂草。偉哉吳公闢講堂，思賡泮水樂芹茆。孫君繼之更作園，童冠嬉遊景物好。穿池已類溟渤形，鑿石尤徵意匠巧。殊方別種悉駢羅，對此知君有奇抱。或言山海要親歷，一掌焉能容八表？吾思古人談名理，喻遠於近大於小。試嘗臠味識全鑊，但懸羽炭分溼燥。木葉落知天下秋，蟻磨旋似地環繞。而況指點在目前，持較畫圖應易曉。我來茲地每忘歸，夕聽蛩吟晨囀鳥。春深牆角柳陰陰，雨過橋頭風嫋嫋。獨往近不藉筇扶，朋游歡且提壺倒。諸公題句比珠璣，照眼俗塵已盡掃。老逢盛事聊續貂，留與後賢供搜討。

為李範之題其所後母林夫人行略後

維昔劉中壘，秉筆載徽音。嗣茲君子女，德恆爲世欽。猗歟林夫人，來爲李氏婦。三載失所天，其齡方十九。豔陽桃李日，貞操儷霜松。忍死侍白髮，地道代有終。辛劬三十年，家政賴以理。慈孝身兼之，匪徒一端美。蔚然林下風，遠與道韞俱。儀型傳帷闥，感歎遍鄉閭。自從尚書公，藏書盈萬卷。遺澤及後昆，士彥女亦媛。夫人著高行，節並蜀江清。至性所鬱積，甯冀没世名。嗣君述其事，二姓光同耀。濡毫詠女宗，亦以彰儒效。

戊辰冬皖校放假以盜多由大龍山歸

勝地天所珍，十九遠都會。龍山鬱嵯峨，近皖風景最。豺虎盈道途，此中獨安泰。冬日送朝暄，湖水環如帶。竹輿連翩過，驚犬吠所怪。人跡向來稀，窈然出塵外。中夜臥禪關，那復憂聞戒。晨興覓路歸，松菊幸猶在。緬想上皇民，没齒無災害。儻得生其時，荷鋤心亦快。

為歙縣曹靖陶熙宇**題看雲樓覓句圖**

文敏昔歸自朝宇，雄村曾共惜翁語。翁後更爲序遺文，兩家交誼遠有緒。百年又見磊落人，登樓覓句秋復春。無窮景物來眼底，詩情畫筆同清新。黄山從古稱雲海，紛鬱輪囷發奇彩。君生其地興宜豪，一點俗塵那能浼？英傑代興值此時，白衣蒼狗須臾移。閒愁撥盡憑欄望，領取清光聊自怡。曹文敏公諱文埴，雄村在歙縣，詳見《惜抱軒集》。

昔年陳弢菴太傅寶琛**得王石谷溪山積雪圖金子善有摹本己巳春見於安慶為題一詩**

朝日蔽遥空，宵風裂危石。嚴寒襲人膚，照眼驚雪積。峨峨山失青，茫茫岸皆白。數舟蕩槳行，連騎過山脊。當茲栗烈際，來往爲誰役。老鴉凍不飛，林開翅忽拍。何人爲此圖，王翬留真跡。流傳到京華，乃爲弢菴得。金君偶見之，目與心俱適。遂乘客窗明，莫倣窮昕夕。饋至不暇餐，祇覺風生腋。儻令石谷見，驚歎宜避席。故人舍我去，泉路十年隔。展卷寒燈前，孤懷憶疇昔。

己巳夏由水道歸家範之贈詩有綠波白髮黄封酒醉看棕陽兩岸山之句歸後賦寄

去冬客歸繞龍山，爲愁蛇虎盈道間。今夏雨多途更淖，又泛棕陽百里船。瀕行故人貽佳句，羨我飽看湖光妍。我從綺歲涉江海，景物勝處常流連。山青水緑今猶昔，獨惜衰鬢無由玄。霏霏細雨風力緩，兩日纔得離深淵。岸邊一宿登輿去，到門飯熟餘炊煙。卻喜吾孫新得女，手抱迎置我膝前。吾舍不聞兒啼聲，僂指於今十五年。對之豈獨衰情慰，瓞緜椒衍茲其先。舉觴一醉肴核盡，家人環坐皆欣然。遥想百花亭畔叟，涼風應對北窗眠。

出郭

宵來微雨過，出郭看春耕。蝴蝶引車去，林鳩正喚晴。

有饋生魚雙尾者賦一絕酬其意

梧能卻熱竹醫俗，更對蓮花君子風。稱意雙魚來惠我，一團生趣畜池中。

菊花

看盡羣芳又此花，遲開遲落亦堪誇。亭亭那識風霜重，留與寒梅鬭歲華。

游梅公亭贈馬彬甫大令憲章

詩老昔爲吾邑吏，旋來此地賦陽春。山川悠邈餘名在，壺榼從容挈侣新。滄海横流終赴壑，飛鴻隨處可棲身。他時泛棹棕江上，憶否蕘城有故人。梅公初爲桐城主簿，後知建德縣。

周緝之築壽石山房成賦詩屬和

世事如雲撥不開，此身猶幸寄山隈。羣峯環列爭供眼，傑構新成待舉杯。泉石地增千載勝，絃歌聲自四郊來。障川知慕昌黎伯，會見狂瀾倒更回。

答姚慎思孟振用壽石山房詩韻見懷

佳句遥投眼爲開，勞君憶我玉峯隈。書中有味真堪老，客裏何人共把杯。濟世耆英如鶴去，依辰日月等川來。兩翁牢落朱顔换，故里相看攬轡回。

吴侑三邑侯觀光出示嚴幾道先生復寄札屬題

泰斗羣推四十年，每思客館對牀眠。抗懷常在千春上，著論能開萬士先。欲撫朱絃真賞絶，獨邀青眼使君賢。故園此日瞻遺墨，回首孤蹤一惘然。

陳慎登輯先德菊吾先生價英**殘稿並繪秋庭補書圖見示屬題**

寥落傳經感，蒼茫避地辰。篝燈千帙共，矩矱百年新。展軸懷前烈，拈毫切後身。相期勤秉燭，莫負析薪人。

喜湖口周藜青雍然**應予課孫之聘**

卜宅城南隅，花時慰老夫。舊書千卷在，虛室一塵無。況有朋來樂，相看德不孤。貽謨資誘掖，此日得良模。

慎登為作論語解注合編序賦詩謝之

墜緒茫茫未易尋，那堪兵燹日相侵。殘年徒切宮牆慕，曠代如聞木鐸音。寫定序邀皇甫筆，知深感並伯牙琴。莫嗤敝帚千金享，覆載尊親祝自今。

侑三將行送之以詩

與君論學夙相親，兩載龍眠晤語頻。方喜疲民蒙凱澤，又逢祖道動徵輪。天池待展垂雲翼，杯水難容橫海鱗。憶昨桑田勤命駕，歲除猶布馬頭春。

馬冀平振憲**輓詞**

浮生忽忽少趨老，世事茫茫海換田。我似蠹魚鑽故簡，君從龍象悟真禪。珠纓大士曾瞻未，頭角佳兒已嶄然。無限山陽思舊意，淒涼都向笛中傳。

通伯歸自京師以新著見示賦呈

海內故交風雨散，鏡中衰鬢雪霜侵。九原不作思難弭，三徑初歸感更深。文貴韓陵知有價，曲高郢市望同音。保殘守缺吾曹事，豈必神州竟陸沉。

將往金陵李範之餞予安慶酒樓贈詩次韻答之

君從山水窟中來，佳句囊看錦作堆。子美白頭於律細，嗣宗青眼向誰開。一樽同抱山河感，四座欣逢杞梓材。鑿谷架巖如有地，桃花擬約德鄰栽。

過鍾山書院舊址有感

當年盧葉闡宗風，狎主齊盟有惜翁。賦奏瑶華瞻彩鳳，書紬金匱陋雕蟲。摛辭已擅千秋譽，結侶都爲一世雄。文物聲明回首杳，衹餘山色夕陽中。盧抱經、葉書山皆嘗主講此院，吾家惜抱府君稍後而久，集中有聖駕南巡賦，嘗充四庫全書纂修官。

寄懷馬通伯方常季

鬢絲與林葉，客裏兩蕭蕭。秋水思千里，青山話六朝。樓臺渾似舊，烽火儻能消。天末翔鴻雁，傳書慰寂寥。

重晤泗州張燕昌啓後於皖賦贈

昔纂先朝史，春明累歲探。青編同冀北，黃葉又江南。天地常如醉，河山孰與戡。所欣逢石友，燈底可深談。

贈懷甯程總持演生時有泰西之行

高卧常思百丈樓，相逢應笑雪盈頭。蟲魚我竟成迂叟，瀛海君方作壯游。漠漠黑雲江外雨，蕭蕭黃葉客中秋。澄清禹甸資豪俊，肯息鵬飛伴鷽鳩。

贈潘季野田

君家詩教久逾新，曾採龍眠無限珍。運際兩朝終與始，交聯十葉友兼姻。江城秋老餘叢桂，河墅風流見替人。入耳荒雞鳴不已，甯因瀟晦罷司晨。君先世木崖先生居縣北河墅，嘗輯龍眠風雅。

題摯甫先生遺照

記初奉教析津城，旋向蓮池負笈行。室攬名材宋桷具，舟臨異域斗山迎。如公不愧援鶉手，有子能賡老鳳聲。曩日門生今白髮，遺容展對淚緣纓。

為通伯詠都中所得張魏公三省齋硯

先哲重躬行，因齋作硯名。允宜稱楚寶，奚啻換秦城？橐敢言裝儉，人能使物榮。不知紫巖易，泚筆幾番成。

寄仲妹

有妹狼山下，別離又四年。懸知頭更白，相望眼應穿。佳句曾添否？滄波思渺然。那堪江漢上，猶未息烽煙。

懷四弟

我歸自皖口，君尚客燕京。欹枕苦相憶，寥天聞雁聲。竹陰鋪地滿，梅影照窗横。遥想今宵月，光應兩地明。

懷直之農卿兩猶子

憶昔談經依日下，眼看滄海換桑枝。別來聞有添丁喜，老去思瞻解甲時。道德初心嗟已負，圖書他日願同披。憂來且覓忘憂物，獨對梅花倒酒巵。

寄懷柯鳳孫

膠州我識柯夫子，半世談經愛穀梁。詩翦浮辭歸六義，史循實録擅三長。分袪那易杯重把，攬鏡懸知髮盡蒼。鐘簴遷移壇坫冷，巍然獨見魯靈光。君與予同修清史，嘗撰穀梁補注、新元史，亦工詩。

懷王晉卿樹枏

君才不與俗同科，敷政摛辭兩足多。澤及流沙逾昧谷，文從慶歷溯元和。傳家能紹良弓業，飲市曾聞擊筑歌。試向幽燕數儒學，陶廬名早偶松坡。君直隸新城人，嘗官於隴蜀，終新疆布政使，著陶廬集，其先世多以文學名。賀濤，武强人，著松坡集。

寄懷邵伯絅章

先德傳經盛，孫枝引緒遐。旁搜書插架，高詠筆生花。望重雲龍會，交通孔李家。曾澆燕市酒，時枉蓽門車。潤物君膏黍，歸田我藝麻。頻年江海思，冉冉又春華。君爲位西先生懿辰孫。

讀史見歷朝治亂雖殊然天理民彝究不可得而滅因撰絶句十四首冀為世風焉

孝弟力田漢本秦，會稽防慝俗更新。遺書灰燼咸陽火，歸獄祖龍終失真。

士氣東京湧若潮，老瞞柄國已潛消。觀經獨喜熹平石，摹寫充街在濁朝。

魏武掄才識太偏，使貪使詐薄貞堅。高吟卻自儕微子，詞賦一家最足憐。孟德既有冀州，下令求不仁不孝而有治國用兵之術者。

五胡迭起擾中華，未見編殘自永嘉。北學深燕南簡約，到今兩派尚名家。北史儒林傳：「南人簡約得其精華，北學深蕪窮其枝葉。」

變夷爲夏政堪歌，誰謂元嘉勝太和？德較置郵行更速，益人神智祇書多。魏道武帝問博士李先：「何物益人神智？」先以書籍對，因大索書。

則天亦是女中豪，威福當年手獨操。不恨賓王馳討檄，翻憐宰相失英髦。

方鎮危唐竟變梁，五朝渾似網無綱。嗚呼屢見歐陽史，偏有堂堂王彥章。

弛甲修和大定中，四方又見太平風。名夸堯舜聞南國，最喜紫陽持論公。或言金稱其主小堯舜，朱子曰：「雖大堯舜，豈能禁彼不爲！」

淳祐崇儒異溺冠，再傳胡騎入臨安。須知亡國由奸佞，文謝何嘗負杏壇！

元代西僧禮獨殊，治民終與宋同符。試看趙許廉姚輩，仍爲儒林闢坦途。

龍興濠泗禮耆英，後嗣雖庸俗獨清。勿論薛王門户異，松筠總守歲寒盟。

先朝德澤被閭閻，薄賦輕徭吏尚廉。兩設大科鴻博萃，學風漢宋一時兼。

侏儺盈耳擯皇墳，新説而今異昔聞。畢竟歐風出希臘，東西德藝詎溝分。希臘如蘇格拉底、柏拉圖、亞里士多德皆重德育。

典籍流傳似寶龜，千秋損益可前知。翻窮二十五編史，應識周情與孔思。

柬通伯

我老書叢身似蠹，君探理窟道猶龍。經傳費氏兼毛氏，派合南宗與北宗。入世茫茫滄海粟，證心杳杳寺樓鐘。明年腰脚儻同健，飽看芳郊春色濃。

春日書懷柬方子和家永

殘書抛却起徘徊，繞屋梅花已徧開。鏡裏朱顔因酒在，枝頭黄鳥倩春催。惟憑煙景舒愁抱，欲振宗風盼異才。屈指素心人漸少，喜君晨夕曳笻來。

寄懷金壇王漢文炳章

耆宿清風世欲無，那堪同調散江湖。別來各有燕鴻感，詩好宜爲山澤臞。憶昔客窗同剪燭，衹今羽檄尚盈途。八紘儻得銷兵氣，鐵甕城邊挈玉壺。

寄懷金匱廉惠卿同年泉

走昔觀光到上京，喜君鄉牒亦升名。運移誰採新田芑，春至猶思舊苑鶯。不速冰霜來客鬢，無爭寰海賸書城。盧龍山色今何似，願託雙魚數寄聲。

中復堂槐樹

此樹相看久，垂髫到髮皤。舊柯仍偃蹇，生意足婆娑。鬱鬱風雲護，匆匆歲月過。希同松柏壽，枝葉望中多。

聞人誦徐椒岑先生署門語有萬里歸來猶是客一身老至又逢春之句悵然成詠

當年詩卷遠隨車，吟到巖疆鬢已疏。萬斛豪情消客路，一樽往事話歸廬。生前句有零珠在，死後名真畫餅如。獨喜徹懸猶治世，衰齡不伴虎狼居。先生詩文集外，有黑龍江紀略、歸盧談往録二書。

懷故方伯沈乙庵先生曾植

儒林耆宿禪宗傑，曾奉清言皖水湄。款款相期如竹垞，悤悤何意返蓮池。千秋青史憑誰補，一片丹心祇自知。我老愴懷鴒翼折，吟魂碧落儻追隨。先生於滄桑之感最切，嘗爲叔弟刊詩，又見予羣經考略，歎曰『今之朱竹垞也』。

通伯屬題碧梧翠竹山館圖

當年耆碩此憑欄，嘉樹蘢葱不厭看。無限人徂運謝感，都隨片楮入毫端。

芳樹

芳樹亭亭露滿梢，夢回往事劇難抛。多情誰似堂前燕，每趁春風到舊巢。

君去瓊樓已十年，人間泥爪幻如煙。藥爐經卷王維老，滿院松聲獨坐禪。

疏通甫以蘇藝叔行均**題金枚生畫詩見示因書於後**

金生畫淡如秋水，蘇子詩奇似夏雲。一幅冰綃來眼底，此中那許著纖氛。

栲栳山下謁先考墓誌痛

空作墓門祭，親亡邈不回。谷陵今日變，蒿蔚鮮民哀。巨石盤巖上，清溪繞樹來。奠餘未忍去，暝色莫相催。

湘陰郭復初編修立山**輓辭**

懿君與俗臼窠殊，猶憶燕山過酒壚。閉户詩惟題甲子，憂時道總念黃虞。竟教歧路成千古，欲睹遺書問二孤。彈指莫爲朝菌感，大椿持較亦須臾。

陳錚如妹夫傳球**以墉孫授室自皖來賀將去賦贈**

白髮懷先德，青箱啓後人。鳳鳴時值夏，燕喜室如春。爛漫忘身老，逢迎得所親。多情三日雨，爲我繫征輪。

偕劉耀之念曾**赴省飲茶車泉澗**

與君同旅食，又作皖江遊。日出青山曉，霜酣紅葉秋。清芬垂累世，雅志續前修。識取有源水，甘應舌本留。

宿遷臧雪樓增慶**過訪話及叔弟並贈詩步韻答之**

義和驅日那停鞭，忽覩高軒喜欲顛。鬢髮相看白到本，笑談敢與俗爭賢。時危作客寒江外，歲晚傾心舊侶前。原隰獨悲鴒翼折，知君翦燭憶當年。

和雪樓殘桂詩韻

我老江村似朽株，羨君詩筆眼中無。芳華未歇憐冬桂，萋萋長懷對碧梧。冉冉流光總如舊，欣欣生意那容孤。明年香應同薝蔔，試向枝頭認寶珠。

寄懷殷善夫兆元

故人來勃海，訪我皖江湄。扣户不相值，歸鞍甯肯遲。楚氛衷甲日，周鼎墮淵時。獨抱殘經老，悠悠欲語誰。

和範之戊辰除夕詩韻

人生百福不如閒，何事栖栖道路間。愧我霜華凝客鬢，多君詞賦動江關。誰言舊矩違時用？尚藉清修訂俗頑。雨雪連朝開夕照，春風又到盛唐山。

寄懷吴北江闓生

深造如君今日少，夙傳薪火過庭餘。一家作客歸甯易，萬卷韜身策未疎。搶攘誰知逢此世，衰慵祇合愛吾廬。卻欣春色回林表，爆竹聲中得報書。

懷故大司成德化劉君幼雲廷琛

當年槖筆帝鄉游，論學成均兩閱秋。方喜龍門御元禮，豈知虎旅换神州。下泉長抱周京感，遺草已無漢使求。牢落一翁又江表，青楓照眼雪盈頭。

懷故學部左丞華陽喬君茂萱樹枏

蹇蹇如君世所須，司刑名早擬張于。老薰士德成才衆，心憫人窮恨力孤。一自帝星沈絳闕，竟依佛坐覓歸途。當年曾共山公醉，猶記清言入耳殊。鼎革後，君退居佛寺，疾篤始歸寓。

聞寇陷徽州數縣得胡敬庵書知黟縣未破賦寄

聞說新安郡，半爲劫火殘。書隨詹鵲到，人共屋烏安。巨寇今雖殄，卮言未易刊。紫陽有遺帙，能障百川瀾。

次吴江金松岑天羽游大觀亭詩韻送其歸里

一亭高峙皖江濱，經始於今五百春。渺渺寒流祇依舊，悠悠往事竟誰陳。卻欣佳客來吾土，況有鴻篇與古隣。露白葭蒼且歸去，明年花發迓詩人。

方孝遠時簡與李範之酒肆論莊子各有詩因賡一首

人間萬事水中漚，入眼須臾那可留。莫以蓍龜煩鄭尹，且於胡蝶認莊周。途歧總爲俗言勝，世濁惟應虛己游。想得酒闌揮麈罷，風帆無數過江樓。

文學院諸君過午返寓惟予及耀之宿此賦贈

茲地曠如野，悠然俗慮降。車音歸客早，燭影得君雙。過雨彌憐月，連林不礙窗。依依終夕話，何處寺鐘撞。

己巳九月九日宜城觴詠社諸君召飲賦贈

又向江頭挈杖行，高樓眺遠眼偏明。吾生樂事惟多友，自古詩人最有情。歲月崢嶸如轉轂，關河蕭瑟總秋聲。一樽能使閒愁盡，況是龍山會衆英。

範之寓木芙蓉連歲少花今盛開日三易色

李君院落真香海，佳卉龍蔥倚檻前。時有衰榮誰致此？色分深淺總天然。我來頓覺詩情醉，老去甯羞花態妍。珍重曩人栽植意，儻邀詞客拂吴箋。

先考昔宰安福鄭子誼隨其父容甫先生來署與予兄弟讀書今六十年矣昨有詩見貽次韻答之

廓然堂裏曾聯席，記否宵燈影射紅？往事悠悠渾似夢，勞生草草已成翁。早憂横議胎兵禍，誰鑑陳編挽世風？櫜矢戢戈如有日，雞豚春會與君同。

和範之己巳除夕詩韻

高懷甯冀淺人知，一笑燈寒掩卷時。世擁書城良可羨，身離宦海未爲遲。眼中碌碌嗟惟我，天下紛紛健者誰？撥置閒愁且尋樂，從君徧讀嘯樓詩。

懷甯楊鑄秋大鈊作詩謝予贈惜抱軒詩集訓纂賦答

吾邑詩推惜抱翁，百年耆碩仰宗風。前薪後火傳無盡，野鶩家雞論未公。識小聊供來學考，參微且喜故人同。佳篇貺我光凌紙，字字珠璣入眼中。

贈南陵張和聲

往時黌舍記初開，泮藻陵莪聚俊才。愧我文章非六一，多君風義似徂徠。頻年遠客薊門道，此日重傾江上杯。春色不隨玄髮换，又看新燕入簾來。

辛未夏仲妹自南通歸喜而作詩

與爾頻年別，今朝喜爾歸。杯盤羅草草，燈燭語依依。且覓頹齡樂，莫驚故侶稀。他年身儻健，還扣海邊扉。

懷華亭錢復初同年同壽

我友錢夫子，超然古與羣。孤懷常灑落，萬態任紛紜。長伴山巔鹿，相思海上雲。最憐遷鼎日，寄語守先芬。

聞東北事急追憶蕭縣徐又錚樹錚

才高甯蠖屈，投筆起匡時。灑落交奇士，從容靖遠陲。長城胡遽壞，大廈竟誰支。北望烽煙滿，思君令我悲。

君由諸生充民國籌邊使，蒙古服其廉。既歸，爲忌者所害。

侑三重莅吾邑未久復去次其游龍眠山詩韻送別

吾邑青山郭外横，龍眠深處景彌清。固知佳客尋幽樂，且喜新猷照眼明。舉世誰爲來日計，浮蹤祇合任天行。陽春有脚應頻到，底事樽前別感生。

胡敬庵寄示滄州釣徒畫册屬題

憶自分襟後，悤悤十九春。衰容慚對鏡，大雅望扶輪。羨爾天懷朗，貽予畫卷新。商山真咫尺，恍遇採芝人。

緜竹曹纕蘅經沅**示予懷人詩中及弢庵太傅步韻和之**

往日相逢憶舊京，羨君筆底怒花生。何期渤海歸帆後，又向滄江共月明。雲影渾如蒼狗幻，冰心長與白鷗盟。摳衣我亦懷耆德，况對新篇客裏成。

丙子春孫壻臨海周白圭偕孫女宜潤來視予喜而作詩

吾孫姆教夙嘗聞，累歲相攸始得君。嘉耦百年宜靜好，良緣千里亦歡欣。瓶開家釀莫辭醉，才邁時流那易羣。他日還希頻過我，龍眠深處共看雲。

蛻私軒集補鈔

新修安徽大學碑

安徽自清光緒末停科舉，初辦高等學堂於省垣，繼有師範學堂之設，由是郡邑分立中小各學，然經營伊始，於大學未遑議及也。

民國十年，省長許公世英首倡建立安徽大學之議，籌備至十五年之秋，高公世續乃聘永樸爲校長，甫三月，值軍興而輟。十六年，陳公調元爲省政府主席，重召皖士設籌備委員會，以合肥劉君文典主其事，兼辦預科，明年遂聘劉君筦大學，假美利堅人所設聖保羅校舍，先後開辦文學、法學、理學三院，歷任校長新建程君天放、懷甯王君星拱、巢縣楊君亮功、廣安何君魯咸以建築斯校爲急，顧困於無址。及二十一年，懷甯程君演生蒞校，鋭意進行，請於主席吳公忠信，擇地菱湖門外，履勘繪圖，鳩工籌辦，越年以款乏，未及興修而去。二十三年，主席劉公鎮華苦心集款，延蘭封傅君銅繼之。君夙善造士，克勝艱鉅，遂偕襄理諸君昕夕從事。經始於是年六月，至十二月竣工，門廡堂室既整且堅，於是皖之人冀望於十餘年前者，至此乃獲償所願焉。

安徽處長江中樞，界連吳楚，自周秦迄近世先哲，以道藝事功焜耀史冊，代不乏人，流風沾溉，固宜人才勃興。今校舍既成，復籌增設農學院，規模日廣，吾知諸生必能感發興起，努力於學，以求有裨於國家無疑也。

傅君以永樸教授斯校有年，屬爲文紀之，爰不辭而述其始末如此，俾後之人有所考，庶不忘諸君締造之苦心云爾。

吳君侑三家傳

君姓吳氏，諱觀光，字侑三，世居涇縣茂林爲望族。十世祖諱尚默，明萬曆丙辰進士，官山東道監察御史，巡撫四川、廣東，終湖廣右布政，有循良名。曾祖諱聘九，山西吉州知州。祖諱植元，候選訓導。考諱鳴鑾，績溪縣訓導。

君少英慧，讀書目數行下，爲文章耆老驚歎，年十九肄業安徽高等學堂，監督侯官嚴幾道先生甚契之。時予爲教務長，每得君卷，輒持示先生，相與激賞。既畢業，獎優貢生，游四方，遍交一時賢豪長者，名聲大振。宣統中駐藏辦事大臣聯豫奏以參議，調藏任用，君於英藏交涉事多所建白。民國肇興，返都，官國務院主事，擢簽事。十一年皖長許君静仁召君，任以當涂縣知事，旋調桐城、蕪湖、合肥，諸縣皆大邑，號難治。君興利除弊，聲績偉然，而在蕪湖，值國軍過境，先後數十萬人，君籌辦餉糈，軍去而民不擾。在合肥，卻烟税陋規五萬金，人服其廉潔。在桐城，凡兩任。其始至也爲十四年，時隣縣匪充斥，常侵軼入境，君率民團防堵，且約隣縣會剿。當歲除大風雪猶宿郊外，既斃匪首陸剛於北鄉，復至東鄉捕陶國彪、鄒小八等誅之，匪爲遠迹。兩年中，民得安堵無恐。二十年再至，以輿情浹洽，益鋭於求治。時上官徵斂繁苛，民力弗堪，屢上書爲陳疾苦，雖觸怒不顧，然坐是調省。民送至境外數盈萬，有泣下者。君初買宅蕪湖，遂鍵户嘯歌不復出。其於書無所不窺，尤熟於文選，故善作賦，詩與詞並工，最後潛心内典，著有心經抉微、人生究竟、東方弟子廬叢作、柚香館聞韶録都若干卷。二十二年卒，年四十有五。

君兄弟四人，次居三。伯兄耿光早卒，今惟仲兄國光、季弟葆光存。國光長子逢恩，一名士羅，字筱朋，其英慧不（滅）［減］於君。弱冠時肄業北京工業專門學校，學成，應民國文官考試機械科，得優等，分交通部，旋由教育部選派歐洲留學生，入英國曼切司科大學，畢業歸，歷應北京、陝西、湖南、湖北各大學之聘，所至生徒悦服。又嘗至中央研究院討論吾國物産石質，著書多種，中外學者咸稱之。年三十有八卒。

當君卒後，國光以行略因南陵張君和聲示予，並附筱朋事，乞紀之。以君之惠在桐城，不敢忘，爰爲之傳，而撮舉筱朋事於末，俾刊諸家乘。

曾孫女好寶壙誌

予曾孫女好寶，爲予孫墉長女。母光氏生時，其祖父焕已卒，祖母金氏愛其慧，攜之卧起，所至必挈以行。性婉順，族黨見者咸愛之。自識字後，予授以古文短篇，甫數遍卽成誦，且了解其義。丙子冬十月二日殞，年八歲。方死時，徧呼家中尊長卑幼，雖遠出者不忘。吁！可悲也已。予葬之縣北龍眠山口，而書數言於石云。

李範之出示方槃君所書梅聖俞詩幅屬題

君昨購得何公字，巧合園名標寒翠。何公紹基聯語云：嶺雲放脚寒垂地，山麥掀髯翠拂天。恍如今日爲君題，妙蹟洵非偶然至。方子忽寫宛陵詩，貽君謂擬君爲宜。光輝頓覺生屏障，快事踵接尤足奇。我觀髯坡君所慕，江源況是同生處。而今闢園傍皖山，老看寒流向東去。君詩神與梅蘇游，君字寧復讓道州。千秋各有名世者，他日爭推李嘯樓。

予授經安徽大學九年丙子秋病歸寄贈李順卿校長諸同事同學

憶從總角誦遺編，兩鬢如絲七十年。才盡已無江氏筆，時艱誰著祖生鞭？幸歸故土逢先覺，能出新知導後賢。他日天池鵬翼展，巢林倦鳥亦欣然。

新營黌舍傍菱湖，眼底風光似畫圖。鼓篋羣看佳士滿，承筐那慮德隣孤？愧予待問殊鐘叩，因病閒居藉杖扶。猶有一言思諗世，通經致用莫云迂。

輯佚（手鈔）

桐城學堂開學典禮演説

周禮地官教士之法不外德、行、道、藝。而其所以爲藝者，又不外禮、樂、射、御、書、數，蓋皆求之於實事而無取乎空言。雖文王世子，有或以德進，或以事舉，或以言揚之語，計其所以爲言者，要必有裨於當世之用。是卽空言苟舉而措之亦無非實事也。自後世以文詞求士，而所求而得之者，又不免有龐雜纖巧庸腐之病。五六百年以來，積習相沿，士人心術因之日壞，智慮因之日減，無惑乎？太平無事之日，尚可苟安，一旦事變之來，遂茫然而無以應之也。方今時局艱難，朝廷深鑒累朝積弊，既變通科舉之法，改明以後之制藝而爲宋之經義策論，猶恐不足以得真才也。又詔京師暨各行省及府州縣皆創建學堂，合中西之學而兼肄。果承辦及肄業者，皆能循名責實，則今日所建卽三代以前所謂黨、庠、學校也。然則其教之之法舍德、行、道、藝四者，而何所從事耶？

去歲，吳摯甫先生自日本延聘早川先生爲吾邑學堂教習，俾諸生得肄力於東文。蓋將由東文以讀日本之書，而兼考彼國所繙譯歐美之書，庶用功少而收效捷，意至盛也。

若夫吾國之文聖經賢傳具在，第前此之學既與古之所學者異，則雖名爲讀之，而登其堂嚌其胾者實鮮。舉凡先正修己治人之道，胥莫窺其涯涘，尚何由見之施行，而外國之政教顧時有闇合焉。彼膠固者猶執攘夷之説，以相詆訾，固不免昧於事勢，而一二求新學者，其議論偏激，又幾若孔子之教不足以育今日之人才，六經之言不足以治今日之天下，而豈知世變雖無窮，其所以立國本而應萬變者，初無中外之分、古今之隔哉！

茲當斯堂開學之初，永樸不敏，竊隨諸君子之末而進一言曰：循名責實而已。果能責實，則讀經必能憬然於先王經世之大原，讀史必能曉然於歷朝用人行政之何以興、何以衰、何以治、何以亂，卽以之讀歐、美諸書亦必能取其所長而不致於膠固，去其所短而無事於震驚。培心術在此，益智慧在此，存舊學而祛晚近積弊在此，求新學而增益吾之所不能亦在此。管窺所及，試爲諸君陳之，未知宏達之士以爲何如？

余氏重修宗譜序

予歸自京師，適值樅濤余氏重刻其始祖忠宣公青陽文集，裔孫瑞生介馬君通伯來徵序。今重修宗譜，又來徵序。夫馬君古文名海内，其輯桐城耆舊傳，敘忠宣之事甚詳。今余氏諸君不問序於馬君而問序於予，既愧弗敢當，又誼不容已。因序之曰：

乾坤忠義之氣，作於一人，激於萬衆。祖宗忠孝之報，近在一身，遠及子孫。余忠宣公丁皇元之末運，有文武之全才，殉難皖江，全軍從死，成仁取義，俱無愧焉！史載公闔門殉節。安徽通志又載：公自刎，夫人及子女俱投井死。其如夫人滿堂氏子名淵，方襁褓，亦在井中。有杜萬户救之起，携往太湖。淵子受五贅於王氏，其後遂從外家姓，迄今洪濤山余王氏子姓蕃衍，皆淵公一脉所貽留也。予向讀元史，竊悲公忠孝大節萃於一門，而不能留一綫之延於後世。及閲安徽通志，始信忠孝之食報無窮也。

受五生子貞一、貞二、貞三、貞四。貞一、貞三各遠徙，貞二遷桐之樅川金環石，貞四遷桐之北關洪濤山。樅川之余王氏僅數十人，其環洪濤山麓而居者約千餘人。至九世祖月泉公創修宗譜，厥後凡五修焉。今余君乃賡謹齋，因中原之鼎革，懼族人之星散，更閲歲時益難稽考，會合同志，再議修輯，兩易裘葛，譜牒告成，其尊祖敬宗收族之義，可謂善繼善述者矣。

夫廬陽山水甲天下，至元而生公與從死諸民兵，其正氣之所鍾爲何如者？公既死節，廟食百世，而子孫復繼之繩之，益信天之報施善人爲不爽也。因援筆而樂書之。

清乙丑恩科舉人、京師大學堂教員兼國史館編纂、世愚弟姚永樸頓首拜譔。民國五年歲次丙辰季秋月上澣谷旦。

重印龍眠雜憶序

吾族虚堂府君興泉，桐城諸生，工於詩，以落花一首著名，人號落花先生。先大父按察公撰姚氏先德傳，稱其豐幹修髯，儀容甚偉。論詩以少陵爲宗。嘗游燕、齊、楚、蜀，周覽名山大川，故多雄渾高亮之作。今所著虚堂集、一枕窩詩集，雨中清夏，録諸書已佚，所載於徐先生璈桐舊集中者，僅詩二十首而已。獨客游作龍眠雜憶八卷，里人猶有鈔而存之者。豈其詞顯易，與所謂雄渾高亮者不同，故賞之者多歟？抑以有關於一邑文獻，覽之者得知盛時醇德厚俗，而足以助教化，實非尋常吟咏之可比歟？

歲戊辰，同邑孫君澤餘自滬歸，求得之，將付墨印，以序見屬。予喜府君書得廣其傳，而君思古懷舊之意，又可尚也。乃書數語以志顛末云。族裔永樸謹識於一九二八年秋。

姚永概集

江小角 點校

整理説明

姚永概（一八六六—一九二三），字叔節，號幸孫，安徽桐城人。出身於詩臣之家，姚氏乃桐城望族，歷代詩書隆盛。其父姚浚昌，字慕庭，歷任江西安福縣、湖北竹山縣知縣，頗具政聲，且以詩名世。其祖父姚瑩，嘉慶十三年進士，歷官臺灣兵備道、廣西按察使等職，在臺灣率軍民打敗入侵英軍。為文主張經世致用，被譽為『姚（鼐）門四傑』。姚瑩曾祖父姚範，乾隆時任翰林，與劉大櫆相友善，其詩文對後世影響頗大。

姚永概自幼受到良好的家庭教育。一八七七年，其父姚浚昌隱居桐城鄉里，親自授課諸子。姚永概一八八三年考中秀才，一八八八年在江南鄉試中，一舉奪魁，戴上『解元』的桂冠。後來四次參加會試，均落榜而歸。後任太平縣教諭，不久辭官，無意仕途。此後，姚永概走上了遊幕與授徒講學之路。

吴汝綸在保定主講蓮池書院時，姚永概師從吴先生治學，深得吴先生真傳。並結識陳衍、陳三立、范當世、沈曾植等詩壇名人，相互唱和，成為晚清詩壇上的佳話。

一九〇二年吴汝綸從日本考察學制回家鄉創辦桐城中學堂，姚永概被聘為學堂總督之一。安徽高等學堂成立後，又被聘為總教習。一九〇六年被公推為安徽師範學堂監督。一九〇七年，奉命赴日本考察學制，學習日本先進的教育理念。回國後，極力主張教育改革。

一九一二年，民國政府成立後，受嚴復之邀，姚永概任北大文科學長，姚永概、馬其昶和林紓等人倡導桐城派古文，與在北大任教的章太炎提倡魏晉之學相左，章太炎等人對桐城派古文大加抨擊，同時更受胡適等新學人士的排擠，姚氏等桐城派嫡傳弟子憤而辭職。一九一四年清史館成立，時任清史館館長的趙爾巽久仰姚永概之名，誠邀協修清史稿，擔任名臣傳撰稿任務，深得同行敬佩，『每脱稿，同館嘆服』。

一九一八年，安徽同鄉蕭縣人徐樹錚在北京創辦正志學校，聘姚永概為教務長。姚永概充分利用自己豐富的辦學經驗和先進的教育理念，使正志學校從教風到學風煥然一新，贏得『學風出京師諸校之上，天下無異詞』的讚譽。與兄姚永樸合編歷朝經世文鈔等講義。他自己親自為學生開設孟子講義、左傳選讀等課程，使正志學校譽滿京師。姚永概熱心教育事業，輾轉各地學校任職任教，多有開創、啟沃之功。

一九一九年『五四』運動爆發，陳獨秀號稱新文化運動旗手，因『言論過激』而被捕，姚永概等人捐棄前嫌，不計較他謾罵自己為『桐城謬種』，署名極力營救，讓胡適大感意外，發出『這個黑暗裏還有一線光明』的感歎。一九二三年姚永概因病辭世，享年五十八歲。趙爾巽聞之哀歎，謂：『今海內學人，求如二姚（永概、永樸）者，豈易得乎？』

姚永概一生潛心治學為文，博覽典籍群書，論學無門户之見，制行以儒家為尊，課士以道德為本，與人相交，披肝瀝膽，無不盡其所能。安徽、京城的各界賢能之士，無不欽仰先生卓行才絕。

姚永概自幼受其父浚昌的影響，而浚昌在曾國藩的引見下，曾拜鄭珍、莫友芝為師，姚永概在書鄭子尹詩中說：『生平怕讀鄭莫詩，字字酸心入肝脾。』後來姚永概的詩作，也受到吴汝綸的讚賞：『其詩文才氣俊逸，足使辭皆騰踔紙上，雖百鈞萬斛而運之甚輕也。』徐宗亮對其詩也有很高的評價，認為『吾邑二百年詩家，謂惜抱之後，精詩者為方東樹，方東樹之後為姚浚昌，繼浚昌之後而起者，莫如永概。』在臺灣商務印書館一九八〇年出版的桐城近代名家詩選中，選姚永概的詩較乃師吴汝綸還多。同光體著名人物陳衍評姚永概偕子善伯愷游北海萬壽山作歌詩『語言甚樸，唯臥韻差』，『入後音節蒼涼，極近遺山（元人元好問）』。姚永概參加科舉考試一再受挫，仕途絕望，寄情山水，寫出了工於刻鏤的山水之作，並以此來寄託自己懷才未遇的感慨。在書梅宛陵集後中，引梅氏詩句：『我思文字貴，在切時與己。要使真面目，留與後載視。』來表達自己的心情。晚年詩作，以古文之布局，來鋪陳其事，意境與思想俱佳，堪稱『後載』之作。所以汪辟疆讚賞：『其詩秀爽而警煉，沈鬱而能頓挫，早喜梅宛陵（堯臣）、陳後山（師道），晚乃出入遺山，語必生新，而志在獨造。』這一時期的作品語言暢達，剛健豪放，無纖弱窘仄之象，這也奠定了姚永概在同光體詩人中的地位。宣統間，嘉興沈乙庵官皖，取叔節詩與馬通伯文並印之，稱『皖之二妙』。其後，膠州柯鳳蓀與同里吳闓生論近賢詩，盛推叔節先生，固有『通伯文章叔節詩』之語。侯官嚴幾道謂叔節萬壽山、天壇古柏詩可與杜公比。

姚永概作為桐城派後期的代表作家，深受桐城古文家法的影響，文章結構嚴謹精巧，文字順暢雅潔。如范肯堂墓誌銘、吳先生（汝綸）行狀等，充分體現了這一特徵。還有一些狀景敘事之文，融情於景，借景抒懷，借物明志，意氣超遠。像堵河記、西山精舍記、方氏讀書小樓記、游三祖寺記等文章，言簡意賅，篇短情長，不單純以寫景取勝，在敘事寫景之中，常見議論。因此，近代學人錢基博評價：『現代作者，其昶文追惜抱，而永概乃法望溪。』這一評價是極為中肯的。

受晚清社會思潮的影響，姚永概在辦學過程中，極力主張教育改革，推廣新知新學，和嚴復、王星拱等人一道，排除阻力，開啟民智。在范肯堂墓誌銘中，他說：『學堂令下，君已病肺，慨然強起，以助國家長育人才為己任。迂儒老生極口訾嗷，致投書醜詆，君一接以和……』。雖然是在寫范當世，但也是他本人心境的一種流露。馬其昶在其卒後，稱頌他：『君為人孝友篤至，其教士必根本道德，以文藝科學為户牖。與人交，披肝瀝膽無不盡，廣坐高談，音響震越。安徽數更大吏，咸欽君才望，有大計，輒就決於君，是非得不謬。』（見姚叔節墓誌銘）可以說，以姚永概為代表的後期桐城派作家，深受吳汝綸先生重視教育、重視西學思想的影響，關心國是，關注民生，潛心教育，啟沃民智，為安徽乃至中國近代社會思想的發展，起到了推動作用。

姚永概詩文集包括慎宜軒文集十二卷、慎宜軒詩集八卷、慎宜軒詩續鈔一卷，均以民國排印本為底本，參校它本。

姚永概詩文集整理，曾被列爲『全國高校古籍整理委員會項目』，得到資助，在此表示感謝。

江小角

二〇一四年三月

目録

慎宜軒文集卷五

慎宜軒文集卷六

慎宜軒詩集卷三

慎宜軒詩集卷四 …… 四〇八

慎宜軒詩集卷五……四一六

慎宜軒詩集卷七 …… 四三八

慎宜軒詩集卷八 …… 四五〇

慎宜軒詩集續鈔

附録

慎宜軒文集

序

甲寅之歲，得識馬通伯先生，又因通伯識姚仲實、叔節。三君者，故皆桐城宿儒，崛起於斯文絕續之交，毅然以提倡宗風為己任。竊嘗以為天下之物，特患其不貴耳。物之貴者，秘之愈久，其發之亦愈光。孔孟之文、希臘之學說，其為暴君污世所焚坑而斥禁之者，可謂極矣。乃不數傳，而其道之光明昌大，又加熾焉。譬之日月星辰之明，浮雲一過，特俄頃間耳，而於其明固無毫末損蝕也。莊子曰：『魏王貽我大瓠之種，匏落而無所容。』『鵬之圖南，斥鷃非而笑之。』古之君子於舉一世所不知所不容之會，獨抱其絕學孤詣，翛然自適於廣漠之野，扶搖之天，此其故非偶然爾也。

今叔節為古君子之所為，毀之而不顧，鍥之而不舍，以為文字之業與天地相為終始。苟無文焉，則乾坤幾乎熄，而萬事萬物皆棼然莫得其統紀。故曰：文以載道，文益工，則道愈顯。大旱流金石，大浸稽天，而不濡不熱自若也。余既稔聞叔節之論，又盡得其生平所為文而讀之，兹又出其近作若干篇，屬余點定並為之序，以道其志業之所在。

詩曰：『風雨如晦，雞鳴不已。』既見君子云，胡不喜值此斯文將喪之秋，得叔節其人者謦欬其側，吾之喜蓋有甚於詩所云者。而叔節者，以仲實為之兄、通伯為之友，晤言一室之内，而抗懷千載之上，其為喜更不知何若也。

新城　王樹枏

慎宜軒文集卷一

辛酉論一 上古

周之衰，文勝質亡，仁義禮樂之說，雖存於天下，而機詐日生，戰爭無已。有道之士痛其禍之烈，著書立論，稱述上古，思一反於無為。老子曰：『小國寡民，使有什伯之器而不用，使民重死而不遠徙。雖有舟車無所乘之，雖有甲兵無所陳之，使民復結繩而用之，甘其食，美其服，安其居，樂其俗，鄰國相望，雞犬之聲相聞，民至老死，不相往來。』莊子曰：『至德之世，其行填填，其視顛顛。』當是時也，山無蹊隧，澤無舟梁，萬物群生連屬，其鄉禽獸成群，草木遂長。是故禽獸可係羈而遊，鳥鵲之巢可攀援而窺。使上古之世誠如此，則聖人立五倫，制禮樂，稱仁義，果為多事而毒後世之民。人與萬物並生，無爪牙以自衛，弱肉強食，朝出而不能必其暮反，惴惴焉莫保一日之命。有智者起，迺始知造兵矢，連徒黨，戰萬物而勝之，禽獸害除，人類之爭又有甚焉。弱肉強食，朝出而不能必其暮反，惴惴焉莫保一日之命如故也。聖人者出，迺始教之宮室，教之衣冠，教之稼穡，以養其生。教之禮，教之樂，教之以相親愛之道，教之以尊君父之儀，然後民得宅爾宅，田爾田。禮讓興而爭奪息。蓋非獨一聖人之功也。自伏羲、神農、黃帝而至堯、舜，其道乃備。自堯、舜、禹、湯、文、武而至周公，其法乃詳。故孔子曰：『鬱鬱乎文哉！吾從周。』子思曰：『仲尼祖述堯、舜，憲章文、武。』孟子稱堯、舜，而荀子法後王。

今也鑒世及之弊，而去君臣之倫，亦第廢其名而不世及耳。然其效既若此矣。甚者，又欲去父子、兄弟、夫婦，滅絕彝倫，下等乎禽獸。易曰：『有天地，然後有萬物；有萬物，然後有男女；有男女，然後有夫婦；有夫婦，然後有父子；有父子，然後有君臣。』五倫之道本乎天地，而夫婦居首。大者為虎豹，小者為燕雀。各有匹偶，不相瀆也。故得保其類以存乎今。惟犬豕牛羊不然，非不知也，為人所畜，喪其權也。至於慈孝之意，乳哺之恩，不異乎人焉。惟其不知推，故無上下，人得而役之、食之、驅之、放之焉。奈之何取聖人所以存人道之具欲棄絕之，而禽獸之不如乎？然其倡為是說，未嘗非貧富之太殊有以激之，故不憚為偏至之說，反於上古也。

百餘年來，外國之士殫其精神，震駭宇宙，號為文明者，殺人之術，居其大端，惟恐不多，惟恐不速，惟恐不慘。次則奢侈之物，引天下無涯之欲而放之，所稍利者，交通之便而已。然其為利也少，為害也多。向也外國爭鬬乎一隅，而吾國不知焉。今則一國有變，而天下動搖，吾又不能不歎老、莊二子有先知也。

辛酉論二 五倫

人之生也，有夫婦焉，有父子焉，有兄弟焉，而後有其家；有朋友焉，有君臣焉，而後有其國。此亦自然之倫紀，非聖人所能強也。易曰：『父父、子子、兄兄、弟弟、夫夫、婦婦而家道正。』孔子告齊景公亦曰：『君君、臣臣、父父、子子。』孟子曰：『欲為君，盡君道；欲為臣，盡臣道。』聖賢之言五倫，使之各盡其道。故雖有上下而無不均平。天合者，主愛而以敬為極；人合者，主敬而以愛為歸。二者交相用而不窮。初無專制不平之患也。秦承戰國之敝，既一天下，定法制，君益尊，民益卑，大反先王之道。獨懼儒者之議己也，乃焚詩書，坑儒士。自漢以降，雖曰崇儒術，罷百家，而其實則一用秦法。賈生、司馬遷蓋反覆道之。古者，人君立而聽朝，臣拜而君答也。三公坐而論道，天子養老，袒而割牲執醬執爵，又烏如後世之君臣哉！

今也不誦詩書、考傳記，反以暴秦蔑古之行加之聖人之道，甯非誣與？韓子曰：『君者，出令者也，於文從尹，握事者也，從口以發號也。』故其名可通乎上下。天子臣諸侯，諸侯臣大夫，大夫臣其家臣。易曰：『家人有嚴君焉，父母之謂也。』庶人之父母且有君道矣。今也變君臣之名，而國之有總統，部、省之有長不能去也。事之不能無主也。若網之必在綱，乃有條而不紊。君總其綱於上，臣分其紀於下，自然之理也。有其德者，居其位。德盛者，其位尊。書曰：『撫我則后，虐我則仇。』孟子曰：『聞誅一夫紂矣，未聞弒君也。』聖賢之言君臣，視乎得道失道以為衡。

冠禮者，父之所以敬其子也； 昏禮者，夫之所以敬其婦也。古之時，昏禮未有其視女子也若貨生口。然強暴之男侵淩貞女，蓋多不欲而強從之者矣。華落色衰，遂相背棄比比也。聖人重之以親迎，而後夫婦之倫立。夫婦之倫立，男女之權始平。夫以私暱為歡，其始合也易，其離也必速。夫婦道苦，詩所以載谷風也。故重之六禮，將之媒妁，受命於父母，親迎奠雁，御輪三周，先歸以俟，同牢合巹，同其尊卑，上以事宗廟，下以繼後世，敬慎重正，而後親之，恩義篤矣。故能白首相保，終始不渝。聖人為夫婦計至深遠也。

古者，冠禮筮日筮賓，行之於宗廟，冠之於阼階，醮之於客位。見於母，母拜之。見於兄弟，兄弟拜之。聖人之於子重之也如此。孔子對哀公曰：『妻也者，親之主也，敢不敬與？子也者，親之後也，敢不敬與？君子無不敬也。』夫位之有尊卑，分之有上下，勢也。各盡其道而天下平。

五倫者，先王所以聯屬天下者也，取而破裂之，群斯散矣。且無君臣，則天下之任百職者，皆不秉命於其長； 無父子，則天下之幼少，皆無所得其教養； 無夫婦，則必朝合而暮離，羽毛鱗介之不若。臣侵其君，子叛其父，婦乘其夫，是之謂倒植。賈生所云：『頭顧居下，足反居上者也。』烏足以云平哉！是故世及之法可變也，帝王之號可去也，君臣之精義不可無也，而況父子夫婦乎！

辛酉論三 原孝

中庸曰：惟天下之至誠，為能經綸天下之大經，立天下之大本，知天地之化育。鄭君謂大經指春秋，大本孝經也。吾嘗疑之。大學云：『壹是皆以修身為本。』中庸言本不應殊科，及讀孝經，首曰：『夫孝，德之本也。教之所由生也。』終曰：『聖人之教不肅而成，其政不嚴而治，其所因者，本也。』然後歎鄭君果為知本之言，而孝悌之至，通於神明，光於四海，無所不通，非溢辭也。

人莫不有身，身莫不有所自出。大傳曰：『上治祖禰，尊尊也。下治子孫，親親也。旁治昆弟，合族以食，序以昭穆，別之以禮義，人道竭矣。』故先王制喪服，不外乎上推下推旁推，而皆以身為本，以父母為始。知有父母，而後知有兄弟。知有高、曾、祖而後知有群從。子姓推之得姓之始祖，而同姓親推之同類之祖，而中國親推之人類之祖。而四夷皆親推之同出之天，而鳥獸昆蟲草木皆親矣。故孟子曰：『古之人所以大過人者，無他焉，善推其所為而已矣。』張子曰：『天地之塞吾其體，天地之帥吾其性。民吾同胞，物吾與也。』然其端皆不出乎孝父母。父母之慈其子也，殆若天命。然草木之護其種，昆蟲鳥獸之保其卵胎，非有教之者也。天道布順，人事取予，食其恩而不知報，雖在朋友國人賤之，而況父母！是故親親而仁民，仁民而愛物，行之有序，是為有本。有本者，人共信之。

若夫居中國，去人倫，而曰吾於四萬萬之國人皆吾兄弟也。彼於生我者，且不知孝，姓氏不通，言貌不接，取涂人而骨肉之，此無根之談，不可以欺五尺童子也。夫誰信之？或曰：人之所以不知有國者，以其有家也。子初生，易母而養之，子不知其父母誰何？父母不知其子誰何？夫然後知有國。今夫富室委其子於乳媼，厚其錢帛，豐其衣食，以接其心，尚有不慎而喪亡者焉。何也？無相愛之性也。奪諸父母之懷，托之不知誰何之手。幸也，其說之未行於吾國也。使其至焉，神農、黃帝之遺胄，其殆絕滅也夫，其殆絕滅也夫！

辛酉論四 從眾

書曰：『三人占，則從二人之言。』傳曰：『善鈞從眾，誠善矣。』一人之見，自不敵二人之詳且審也。

今者，改君主為民國。民國所重，首在議員。選於縣，選於省，于于而來，宜乎其皆善矣。故國之大事，取決多數。雖然，不可知也。何則？選舉之法，患在民數之非實實矣，患在所舉之非自書自書矣。苟有權豪，挾勢以臨之，懼其勢不得不從也。多賄以賂之，貪其賄又不得不從也。三者有一焉，則所選者，善人少而不善人多。即舉三患而悉去之，而智不足以別良否，善不可得也。中於恩怨之私，善尤不可得也。故曰不可知也。

夫謀及庶人，洪範載之矣；選賢舉能，禮運言之矣。古之人豈不知其法較糊名易書？以虛文求士者善哉。然而重之者，誠見其弊多而匪易也。嗟呼！賢者少而不肖者多，智者少而愚者多，無國不然。今取決多數，萬一不善之數多於善人，則是智者，聽命於愚；賢者，受制於不肖。大事從違存亡攸托，使愚且不肖決之，危亡無日矣。

今有和氏之璧、隨侯之珠，棄擲埋沒於泥沙礫石之中，雖寶也，無用之器也。而人且惜之。國之有賢知，千萬人不可一遇者也，幸而有之，又困於眾多之口，無以收其用。夫豈特和氏之璧、隨侯之珠云爾哉。悲夫！

辛酉論五 誼利

董子曰：『正其誼，不謀其利；明其道，不計其功。』近世之士，謂中國所以貧弱者，董子斯言道之也。吾以為不然。誼者，宜也，非無利之謂也。得其宜，雖貴為天子，富有四海，人不曰利，而曰義。道者，道也，非無功之謂也。由乎道，則功蓋乎天下，澤流及子孫，人不曰功，而曰道。人之為情，爭利競功，與有生以俱賦，不待教也。惟其知利而不知誼，則其為利也少，而害多且大。知功而不知道，則其為功也近，而失巨且遠。聖人以義為利，所以教後世謀無害之利也。以道為功，所以教後世計不失之功也。

吾不敢遠徵古籍。人且曰古之事不適於今，請以近事明之。李完用之賣韓也，彼不以為國雖亡而我獨利乎？然而韓人疾之甚於寇讎。出門無備，劍擬其喉，深居獨處，捲舌藏頭。日人視之輕於俘囚。召之不敢不赴，索之必應其求。財寄人庫，不得自由，終之一死，魂魄含羞。由此觀之，犯大不誼，利何有乎？德皇之戰也，陰謀狡計，蓋數十年，利器精巧，毒燄絳天，覆比殘俄，所向無前。自以為不世之功在指顧間。然而法人抗禦，英犄於旁，死咋不得入，美且來援，田不得耕，士無飽餐，寡婦滿室，民憤且怨，國人逐之，逃竄他邦，赫赫雄國毀於一旦，數十年之耕不能償其喪，數十年之生不能補所亡。由此觀之，失其道矣，功奚得成乎？

中國之聖人則不然。堯、舜、禹、皋、稷、契，都俞一堂，所行者仁誼，所講者道德。洪水既平，教之稼穡。契為司徒，人倫爰立。皋陶明刑，教得以弼。干羽舞階，三苗來服。當是時也，鳥獸率舞，民安耕鑿，子孫迭為天子各數百年，股肱周天，仍集大命於元首。由此觀之，利莫尚焉，功莫京焉，而其所求在誼與道耳，不求之利與功也。三代以降，雖有英君哲相，皆中於功利之説，苟且為之。是以民不見太平之治，然以此較彼，猶為得道者必興焉，略放於誼者存焉，斯不亦明效大驗與？

黠者據一倉之粟，為之機焉，内殺鼠雀，外防鄰里，自以為智矣。不知富者露積物，果其腹，人拾其遺，雖不校而無傷，猶非至富也。至富者，人皆足而不我求也；物遂生而不吾盜也。利之相去倍蓰，世顧不之信。悲夫！

辛酉論六 政教

嗚呼！三代以降，不見太平之治，固有由矣。古者，聖人之治天下，教而已矣。制為天子、諸侯、卿大夫、士，以定其位。分為都、鄙、邑、里，以定其地。設為水火工虞，以定其事。豈特禮樂為化民之具哉？凡所以經紀國家，無非教也，教之不率，迺明刑以弼之。豈特於國内之民先教後誅哉？雖鄰國之君亦然。故孟子載湯之伐葛，遺之牛羊，分之耕夫。葛伯虐更甚，乃始伐也。豈特施於鄰國之君哉？雖諸侯於天子亦然。湯進伊尹，文王進膠鬲，桀、紂終不悛，乃始放弑也。聖人之心，以為己獨賢，而不忍天下之皆不肖也。己獨智，而不忍天下之皆愚也。思有以易之。易之之柄，非匹夫所能操，必有天子之位，次者亦在諸侯，於是嚴君臣之分，別上下之等，豈顧私一己之威！亦曰必如是，庶幾乎民之知者可以皆賢，而其愚者亦不失為善人也矣。是故武王曰：『作之君，作之師，惟曰其助上帝。』伊曰：『予將以斯道覺斯民也。』此其公天下之心為何如乎？

後世區政與教而二之。雖有師儒之職，博士之官，然其任已輕，所及者尠。況如唐陽城、宋胡瑗者，蓋寥寥也。一二好古之君，臨辟雍，幸大學，謁孔子，出於偶爾希名之心，禮畢而已厭倦。故其效不著。適為講功利者之所黠嗤。孔子曰：『道之以政，齊之以刑，民免而無恥。道之以德，齊之以禮，有恥且格。』使孔子得尺寸之柄，豈能舍政刑而不用哉？

然必以德為教之本，以禮為教之用，而聖人之效始大暴於天下。漢之賈生明之矣。其言曰：『禮者禁於將然之前，法者禁於已然之後。是故法之所為易見，而禮之所為難知〔一〕。若夫慶賞以勸善，刑罰以懲惡。先王執此之政，堅如金石。行此之令，信如四時。據此之公，無私如天地耳，豈顧不用哉？然而曰「禮云禮云」者，貴絕惡於未萌，而起教於微眇，使民日遷善遠辠，而不自知也。』惜乎其所以教文帝者，首在改正朔，易服色，猶區區於其末也。是故絳、灌得以擅更高皇帝，劫制文帝，使其道不行。向使賈生第從容與謀，立學校，重師儒，脩之宮廷之中，風乎四海之內，得其本矣。即政刑之大悖古者，次第損益之而已。文帝之資，猶可企及也。繼賈生而窺及聖人者，有董子。董子所值者武帝，其去文帝也遠矣。文帝重造作，而略近乎王。武帝喜更張，而去王更遠。其故可思也。而宣帝乃曰：『漢家自有法度，本取王霸雜用之。』痛哉言乎！漢之政較暴秦為仁耳。彼豈知王道為何物乎？

吾懼今之人不明先王所以仁育斯民之意，執後世之政教而誣聖人，故特表而著之。

【校】

〔一〕此句漢書為：『法之所為用易見，而禮之所為生難知。』

辛酉論七 真偽

真偽之別，奚自乎？別之於其心。心不可知也。亦曰吾以其行定之。言是也，行亦是也，斯為真君子。言是也，行非是也，斯為偽君子。

嗟呼！言與行之相副，而不授人隙者，惟聖人為然。持此術以衡天下，天下無一君子。孟子曰：『孔子不得中行而與之，必也狂狷乎！』其言狂者，則曰：『言不顧行，行不顧言。』其志嘐嘐然，則曰：『古之人，古之人！』果若是，是聖人之所取，而今人之所偽也。是故荀子教人化性而起偽，孟子亦曰：『堯、舜性之也；湯、武反之也；五霸假之也。久假而不歸，烏知其非有也。』豈特五霸偽哉？雖湯、武之反，亦得以偽被之。中庸曰：『或安而行之，或利而行之，或勉強而行之，及其成功，一也。』君子之教人，皆由勉強以進於自然。是故易之為卦，盛於中孚，而始基於復。彼小人者，惡君子之不便乎己，思有以鋤之，而無以名也。於是誣之曰偽。詆朱子為偽學者，韓侂胄也。指真德秀為真小人，魏了翁為偽君子者，梁成大也。且人之初為君子，豈能遽安且利哉！其行必多可指摘者，一切以偽絕之，避偽之名而不敢為君子，勢必舉天下為無忌憚之小人。今有人焉，貪未能絕於心也，而苞苴之來有所憚而不受。好色未能去於隱也，而越禮犯分之行有所憚而不為。今有人焉，公然納賄於大廷，曰：『吾不敢欺也。』公然縱其淫欲，曰：『吾自率吾真也。』二人者，孰為君子？孰為小人？

嗟呼！仁皇帝在位六十年，以義理之學為天下倡，海內之士皆一於正。雖有一二奇衺之人，不敢肆也。及至純皇帝時，諸老先生負聰明，居高位，享大名，以博為事，號曰漢學。然所謂實事求是者，第在訓詁、考證之間。遺乎躬行，實踐猶非實也。其賢者，立身猶有本末，不過鄙宋、明之空疏。其不賢者，則乘其機而毀儒者為偽，以便其私。百餘年來，士承其說，以道學為詬病，著書盈尺者，雖行大反乎聖賢，亦得揚眉瞬目，自列於大師。人心既喪，外國交通，挾其藝術以震駴。我吾國之士中無所主，不擇是非，不訊端末，欲盡棄先王之道以從之，亦既數十年矣。學於彼者亦至夥矣。匪惟無以淩跨乎彼，盡得其術者有幾人乎？徒挾怪異之談，以禍國人，弱益弱，貧益貧，何也？不敢為君子，而不恥為小人。豈復知有國與民哉！假之為一己之利而已。是又非曩者諸老先生所及料也。范文正公曰：『性本忠孝者，上也；行忠孝者，次也；假忠孝以求名者，又次也；反道敗德，惟欲是從者，下也。人不愛名，雖有刑罰，干戈不可止其惡也。』彼真君子之心哉！

辛酉論八 儒釋

孔子之自道曰：『我學不厭，而教不倦也。』子貢曰：『學不厭，知也；教不倦，仁也。仁且知，夫子既聖矣。』吾嘗本斯言，以讀大學『明明德』者，學不厭也；親民者，教不倦也。中庸曰：『率性之謂道，修道之謂教。』論語首篇曰：『學而時習之，不亦說乎？有朋自遠方來，不亦樂乎？』其終篇曰：『不知禮，無以立也；不知言，無以知人也。』蓋聖賢之道，不外乎成己成物，而以止至善為極則。至善之原同乎天，故中庸首言『天命之謂性』，論語曰：『不知命，無以為君子也。』又曰：『人不知而不愠，不亦君子乎？』夫依乎我而起愠，非無我也。依乎法而起愠，亦非無我也。

佛之為學，以自利、利他為旨。自利而不求利他，終不成佛，而其為術曰斷我執法執期，無明淨盡以反真，如斯不亦大同也與？

孔子曰：『性相近也，習相遠也。』孟子道性善，荀子言性惡。性也者，天與人參合者也。自其純乎？天言之，則曰善。自其純乎？人言之，則曰惡。自其初交未離言之，則曰相近。佛之曰真如，性善之說也。曰無明，性惡之說也。曰無明，依不覺心動，不覺心起，不離本覺相近之說也。斯又言性之同也。

雖然，孔子、釋迦之學也同，而其用則異。孔子不離乎家國天下。其於人也，先富之而後教之。釋迦則見人欲之横流，生死循環於惡穢之中，莫由自脱，非使之盡契真如，固無以得自救。且己之道未至究極，而思拯人，未有不先溺者。故遺其家國天下而專攻焉。孔子欲人人皆為聖人，釋迦欲人人皆能作佛，其心同也。中人以上，可以語上。中人以下，不可以語上。非獨孔子然也。佛講法華，及門五千，皆退席焉。斯固無如何也。夫處家國天下之中，誠意正心也難，離家國天下而契真如也易。然苟無聖人者出，而治平天下，必且戢戢大亂。佛之道亦無由施，獨是儒者言正心誠意止矣。佛則剖析心識，細及豪釐，使學者得所依據以為程，讀佛典矣。

反觀吾聖人之經，尤昭晰焉。乃昔之為儒學者，詆佛為夷狄之教。今之為佛學者，又謂儒為不了義。吾皆疑之。惜也，知不足以知聖人孔子、釋迦，固未敢議其高下也。

商鞅論

商君之治秦，為儒者所羞道。後世難言之。然吾觀其時，朝無倖位，野無遊民，貴不下厭，功必上聞。故開關而戰，諸侯崩角，閉關而耕，禾粟穰熟，且其令民也，勇公怯私，大義昭也。同室內息有禁，羞惡明也。平斗桶，權衡丈尺，姦儈絕也。是以身雖車裂，名聲大虧，其法行於秦，更歷數君，卒莫之變。終以混一區宇，為始皇資。然則商君之罪，在行之以恣睢之意，非其法之不便乎民也。

吾獨怪夫王安石者，誦周、孔之書，懷三代之心，一旦得君乘執，行其所學，天下紛然不便，一成一敗，曾商君之不如。蓋嘗反復於二人之設施，而知其無足怪也。商君之令，疎節闊目，豫定於數言之中，既成而莫之增易，行之五年，秦人富強，天子致胙。然後東敗魏兵，徙都大梁。安石之謀宋也不然，均輸未已，繼之青苗，青苗未已，繼之保甲、保馬，至於方田、均輸、水利、募役，手實雜然。並舉一令，未善一令，旋集精敏之吏困於奉行，椎魯之氓駭於予奪。民未富實，遽開熙河、南江、瀘夷，一時騷動。此其取敗道塗皆知，不待賢知。矧商君之言富強也，在秦地小而易舉；安石之言富強也，在天下廣博而難周。又以侈心將之無素定之見，徒逐逐於苛細，蓋困於無略而好事也。

世儒每言三代之得天下也以仁，故歷世長久。秦之得天下也以暴，故二世而亡。是又非也。夫與秦為敵者，非六國乎？六國之君虜使其民，極宮室、狗馬、鐘鼓、美人之好，爭城奪地，日驅之鋒鏑之中，未嘗減於秦，而其使民退得安耕，進得戰勝，父子聚首，室家完好，去秦相萬也。四方之士西面入秦，秦必顯其身而用其說，雖太后、穰侯之親貴，皆可以一言而奪之位。其君之英偉，豈六國比？六國之君，有賢而不用，用矣而不專。公子無忌、樂毅、李牧之徒終以讒廢。且秦之所患在六國之從。蘇秦一日去趙，而天下從解。此其執不折入於秦，固不可者。論者不究秦與六國主之不同量，猥曰得天下以暴。夫天下果可以暴得也，無怪乎有逆取順守之言也，是亂天下之道也。吾故因論鞅事，而附著之如此。

苴杖削杖說

禮問喪曰：「為父苴杖。苴杖，竹也。為母削杖。削杖，桐也。」白虎通曰：「竹者，蹙也。桐者，痛也。竹斷而用之質，故為陽。桐削而用之加人功文，故為陰也。』孔穎達謂桐為同父之義，又引竹節在外，桐節在內之說。又或謂竹圓象天，桐方象地。

永概案：此所謂望文生訓者也。要其實苴杖削杖之分，系乎斬衰、齊衰，而不系乎父與母。古者，父斬衰而母齊衰，故杖從服而有竹、桐之異。後世父母服並斬，冠裳之制畫一矣。獨於一杖不然。則竹陽桐陰之說，誤之也。斬衰苴絰。斬衰貌若苴，並取苴惡之義。此之苴杖固應從同白虎通。撰輯諸儒之說，蓋有聖人遺言雜乎其中。其曰竹斷而用之質，桐削而用之加人功文，與斬齊用麻升數之等相符矣。惜乎不專明斯旨，又以蹙痛陽陰云云也。丘文莊嘗致疑焉，而不敢斷。呂氏坤乃於夫婦之杖創為用槐，徐氏乾學嘗駁之。是皆因古人曲說致有此謬。然則釋經者，其可不慎之慎之歟？

竹山府君祔廟說

宗法者，周人之道也。尊尊也，以君臣之義，裁制父子之恩者也。何以言之？殷道親親，親親者立弟。是支子可以傳天子、諸侯之位也。未有身居其位，不得用其禮以祭者也。周道尊尊，故無子立孫，孫傳天子、諸侯之位。伯父叔父皆其臣也。孫傳大夫、士之位，伯父叔父皆其家臣也。諸侯不敢祖天子，大夫不敢祖諸侯。故曰支子不祭。封建世祿之法廢，而宗法不行，其勢然也。何以言之？宗廟之制，各有品秩。古者，世及創一廟可傳之子孫。今也父為大夫，而子無一命者，比比然也。是廟不可傳也。嫡無位而支子驟貴者，從古禮與？則支子不祭，是祖宗有貴子，反因嫡無位，不得一日之祭也。支子居貴位，不得伸追榮之恩也。故今制立廟，但視己身之品，不問為嫡與否，是廟不可傳也。古者，宗廟創於始立之祖，傳其位斯傳其廟。今也位不可傳，則廟中制度，易世而皆不可用。是廟不可傳也。禮，始為大夫者，不在遷毀之列。古者，子孫傳父祖之位，故有始為大夫之人。今也非世爵世祿之家，苟為大夫，皆始得也。向使十餘世均為大夫，則十餘世之廟皆不毀乎？故今制惟親王世子、郡王貝勒、貝子宗室公之祭，於高祖以上，有始封祖之文。其餘自一品以下皆不及，誠多窒也。既無始封，廟何由傳？是廟不可傳也。然則父以何品立廟，子品苟巧與之合，得承用其廟乎？是又不可。子當自用應得之制立廟，非承自其父，各不相屬也。是廟仍不可傳也。吾故曰：『宗法不行者，勢也。』

光緒丙子，竹山府君於居宅東，用五品制立家廟，祀高祖考妣，以次於今二十八年。竹山府君既沒，將祔廟。元兄石孫府君已前喪矣。以周道論，廟當傳於石孫府君長子佐燧，祧去二代，升祔竹山府君、石孫府君。惟佐燧無位，於制不得廟祀。但可祭於寢。永樸、永概於制可立廟。已就教職八品，五品廟制不同，且非嫡長，又皆非傳竹山府君位者。然則從佐燧毀廟，遷祭於寢與？吳氏榮光曰：『父為大夫，得建家廟，則廟固父之廟也。子安得而毀之？』從永樸、永概而改建八品之廟與？子又安得而改父廟也？揆之古禮，既不合。按之今制，又多窒。反之人情，殊不顧三者，又何居焉！然則世之立宗祠，合祭其大宗以下。立支祠，合祭其小宗以下者。殆深知先王之意也乎？世祿廢而選舉，尚賢也。於是擇族之賢者為長，以主宗祠之祭，擇支之賢者為長，以主支祠之祭，亦尚賢也。況國朝天位且不傳嫡而傳賢哉！

今謹改家廟為支祠之制，上設五龕，自編修府君至竹山府君位焉，下設五龕。石孫府君位其中，虛其四，以待吾兄弟焉。後世子孫祔其旁，別為龕焉可也。質諸吳先生汝綸、徐先生宗亮、馬通伯其昶，皆曰：『可。』謹記以貽將來。

雜說

吾有耳目也，人亦有耳目也。萃千百人之耳目而觀之，其長短肥瘠，無一同也。耳目之不同也，以人各有耳目也。人亦各有心也。吾烏能同之耶！君子之心喻義，小人之心喻利。其心之不同也，其好惡又烏能同耶？而不甯惟是，君子不能以君子之好，強之君子；小人不能以小人之好，強之小人。今夫芻豢，人所同好也。而既當飽飫，則有厭棄之者矣！嗟乎！好惡若此之紛紛乎，則修於身者，又安能期人之必好乎？夫不能期人之必好，則特立獨行，不惑流俗，以是為歸，遑計其他哉！

富人之養子也，居乎廣廈，耳皆清泠之音，目皆姣好之容，卒與之之郊原，見牛馬熊豕，遂驚悸成疾。貧者，日飽藜藿，游於糞壤，視以金玉，終日而目不瞚〔一〕。嗟呼！見所未見而驚，聞所未聞而疑者，皆富人之見牛馬熊豕，貧者之見金玉也。陋矣！今有人告我曰：人有生而二首者，吾信之。又告我曰：馬可以化而為人，吾亦信之。何也？天下之變，誠非可以吾一人窮也。故孔子於怪力亂神不語而已，未嘗斥其無也。夫斥其無，而一旦有之，則人愈紛紛疑矣。

【校】

〔一〕莊子庚桑楚：「終日視而目不瞚。」

慎宜軒文集卷二

讀秦風

吾友王伯唐兵部嘗云：死生契闊，與子成說；執子之手，與子偕老。道平居之情致為佳耳。獨奈何發之踴躍用兵之日，民氣如此，尚堪一戰乎？每怪秦人風俗尚武，婦人女子相勉以義。車鄰、駟鐵諸篇，讀者為之氣壯，果何道以致此者！

永概曰：尚哉！其所由來者，漸矣。非一朝一夕之故也。自公劉、太王、王季、文、武、周公以道得民，民受其教，且數百年，周轍雖東，此風未替。平王避犬戎之難，苟安於雒，不獨失山河之險也，並累世所含濡之遺民而棄之。國之寶也，視如草菅，曾不顧慮。嗚呼，悲夫！

秦人乘遺業逮及孝公，商君用之，挫魏、韓之師，遂以坐大，勇於公戰，怯於私鬭。此豈倉猝之間，持狹隘酷烈之政所可自致乎？吾是以知此必文、武、周公之所留也。秦人不善用之，雖能滅六國，成帝業，而教化日微，祚不久長。此則商君之過也。孔子編秦詩於車鄰、駟鐵、小戎之後，繫蒹葭一章。序云：『未能用周禮，將無以固其國。』用意深矣。若曰斯民也，秉周禮以用之，王天下，致太平可也。豈僅區區雄霸而已耶！

世之言政治者，其必使人民有秦之風，又必用周禮以固之。戰勝於當時而國不傷，非求旦夕之效者所知也。

讀封禪書

太史公感武帝之事而作封禪書。世皆識為刺譏之文。予既高其辭，復切究其指意，蓋封禪者，古嘗有之。舜之巡狩是也。非天子不能行是禮，故齊桓公欲封泰山，禪梁父，管仲稱受命。然後得封禪，既不可，乃設之以事而止之。非致太平，雖太子亦不暇封禪。故曰武王克殷二年，天下未甯而崩，爰周德之洽維成王，成王之封禪則近之矣。且古聖王之巡狩，豈嘗淫於鬼神，祈福祥善事，有長生久視之想哉！

重城深宫不足以遠攬也，必之乎五嶽四瀆，與天下君侯士民相見，而後極聰明之用，盡興革之宜，而不致壅隔否塞，以孤獨其身也。由即事希而儀，堙滅諸儒，不能辨明其事。方士又爭托於神仙。齊人丁公曰：『封禪者，合不死之名也。』嗟呼，惜哉！此太史公所深痛者也。後世皆知神仙之妄，而不知封禪實古聖帝明王之大政，乃絀神仙而並絀封禪，太史公尤深痛之。故其書首曰：『自古受命帝王，曷嘗不封禪？』復引尚書以徵信之。見巡狩之典，舜如是其重也。自漢以後，惟唐高宗、玄宗，宋真宗常事登封，它無聞焉。豈以天子之出千乘萬騎，重為吏民累歟？而又非古之制也。

然予謂太史公書全發耑於封禪。觀其自序甚明。當秦、漢之際，古今興絕一大際會也。詩、書、古文既殘缺，群儒又拘於見聞，不能推明其真，失先王之意什蓋七八。封禪則尤分面而馳，故談、遷父子之間，既病且死，執手流涕，以相詔誥，以論著為兢兢云。司馬相如遺札言封禪事，其文辭至高，翔虛集無，而首徵之書曰：『元首明哉！』『股肱良哉！』終之曰：『舜在假典，顧省厥遺。』彼亦有所見而云哉！彼亦有所見而云哉！

讀荀子成相

荀子成相篇有曰：『世之儒，惡大儒，逆斥不通孔子拘。展禽三絀，春申道綴基畢輸。』楊倞曰：『言春申為李園所殺。其儒術、政治、道德、基業，盡傾覆委地。』世之論者，遂謂卿以春申與孔子、展禽相提並論，猶揚雄之頌莽也。以余觀之，殆不然。

卿雖用於春申，第一令耳。於卿之學，初無所施其萬一。春申相楚二十餘年，死而後卿廢。度卿必以王伯之業數數進言之，不見聽。惟朱英、李園之徒時就謀議，又暱園而疏英。卿之成相，其諷諭之作乎？不然，則春申死，追傷辭也。孔子之拘，展禽之絀，皆卿以自況不用。卿言是綴道矣。蓋曰：道之綴者，其基則必輸也云爾。

抑吾讀至終篇，臚陳堯、舜、禹、湯辭讓天下之德，更反復於讒夫之害。其言危痛迫切，疑即指李園之事言之。古之帝王與天下授受，曾無毫末之私。而今也，圖人敗殘之國，出牀第醜媟之中，略不自作，甚矣哉！迷惑失指，故曰：『欲衷對，言不從。』又曰：『托於成相以喻意。』卿不啻自釋之矣。嗟！我何人，獨不遇。時當亂世，卿蓋自傷其隱於當時。孰知千歲之後，其意仍幽約黯昧而不白顯，又非卿之所及料者哉！

讀項羽本紀

項羽殺卿子冠軍，救趙破秦，以成霸業，而義帝被弒。夫卿子冠軍之見殺，由於待秦、趙之敝，羽得因而生心。以卿子冠軍之智，能知武信君之必敗，豈不能知羽之足以破秦？迺留四十六日送子相齊，置酒高會。何也？

蓋羽之破秦，非義帝之福也。卿子冠軍知之矣。意其必與義帝及諸老將計，故逗留羽，使沛公得先入關，而假他事以誅羽。故下令曰：猛如虎，狠如羊，貪如狼，彊不可使者，皆斬之。雖然，羽之殺卿子冠軍，即在此令。彼未能即收羽，制其死命，而先暴揚於衆。此所謂有謀人之心，而使人知之者也。又值天寒大雨，士卒大饑。羽益有以藉口，然以羽之虐戾，殺一卿子冠軍要不繫此。

嗟呼！羽既破章邯兵，略地而西。沛公新降咸陽之威，尚俛首聽其分地。羽至此，其可臣哉？使沛公得先距關，而羽負約失信於天下者，卿子冠軍也。義帝當沛公命懸羽手之時，猶報羽曰：如約。豈真以羽為能遵其約束耶？

書非國語後二首

子厚之為是編也，大抵斥其神怪愚誣之說。其言曰：『聖人之道，不窮異以為神，不援天以為高〔一〕。』故孔子不語怪與神。』江端禮、虞槃皆著非非國語。余未之見，見張子與蘇子瞻所論。余以為子厚之旨，與昌黎、左氏浮夸言合，而其辭頗碎，間有過當者。世遂以聖人之畏天命折之，至其論料民、神降於莘、穀洛鬬，歸本人事，固未可廢也。且聖人敬天云者，非以天道高明廣大為可法則也哉。至於山崩川竭，日月薄蝕，懼而修省者，蓋聖人固有之。特觸外以益內耳，使必待是而後修省。無是數者，其不修省耶！左氏又喜載龜卜之言。吉凶之應，日月不爽，或預定於數世之前。果若是，是皆有定數，人何必皇皇自苦，以為君子與聖人敬天之意適相背也。自王安石倡天變不足畏之言，宋受其禍，故攻子厚者亦益力。昌黎之辭簡簡，則不予人以疵。今子厚反復言之，宜乎有溢辭矣。

子厚駁屈建不薦芰，仁人之言也，孝子之心也，無悖道者。蘇子瞻非之，謂建也，有所大不忍，而奪其所忍。吾滋惑焉。古者，宴享有加籩。今以父臨沒之言誠哀誠敬，而加芰於籩，使後世傳曰：是楚屈建不忘其親之所貽也。雖聖人復生，不得斥其過。使到也，如陳乾昔之屬其子使二婢子夾我，則是有害於義也，傷其親之名也。謂其大不忍也亦宜。文王嗜菖歜，曾晳嗜羊棗，聖與賢皆有所嗜。到之嗜芰，庸胡傷際而薦之，又胡傷？子瞻又曰：『子木之違父命，藥石也。』夫藥石，朋友之道也。孔子曰：『朋友切切偲偲，兄弟怡怡如也。』以朋友之道，施之兄弟且不可，子瞻乃忍以施之死父乎？

【校】

〔一〕柳宗元集中華書局一九七八年版『援』作『引』。

書經義述聞讀書雜志後

高郵王氏父子，以小學名於乾隆、嘉慶之際，海內推為碩儒。余嘗讀其經義述聞、讀書雜志二書，能抉發千載之滯鬱，使讀古書者，變絀曲為大通，豁然若疾病之釋體，洵乎弗可及也。然非生當太平極盛之時，父子繼業，居高明之地，而竭畢生精神，不能若是之宏且富。

顧余猶有疑事三焉。王氏著書之例，採唐人說寥寥矣，宋以後則絕不之及。

然其說無祇悔之祇訓，多先庚後庚，先甲後甲，謂古人吉事喜用庚甲日干，則朱子語類皆已詳言之。他與項安世、吳澄輩亦時有相犯者，貶而絕之，顧不能不雷同於其說，抑又何也？其可疑者一也。古書訛脫至不可讀。好古者搜採他本，或類書注語之，引及者讐校而增訂之，於是書誠有功矣。若其書本自可通，雖他書所引間有異同，安知誤不在彼，能定其孰為是非哉？王氏信本書之文，不及其信太平御覽、初學記、白帖、孔帖、北堂書鈔之深，斯乃好異之弊。其可疑者二也。古人屬辭，意偶而辭不必偶，往往有一字而偶二三字者。王氏每以句法參差不齊為疑，據類書以改古本，不知類書多唐以後人作。其時排偶之文務尚工整。故其援引隨手更乙，使之比和。況古人引書，但取大義，文句之多寡，字體之同異，絕不計焉。從王氏之說，是反以今律古，失之遠矣。此可疑者三也。

余非好毀先儒也。大抵其書可取者七，而待定者三焉。讀焉者慎之而已。

讀抱樸子

葛洪所著抱樸子，其自敍云：『內篇言神仙、方藥、鬼怪變化、養生延年、禳邪卻患之事，屬道家。外篇言人間得失，世臧否，屬儒家。』一人著書，忽儒忽道，漫無所宗，此可怪也。且神仙、方藥、養生延年，自藝文志已列於道家，以洪博覽，不應昧此。

余家藏抱樸子，題吳興慎懋官校，頗多訛奪。獨首有惜抱先生手記，謂洪蓋才智之士，生晉世，值世胄躡位之時，風俗偷敝，不勝憤慨，著書略同王充、王符之比。主於論世事而旁及神仙道家。蓋憤嫉有托焉耳。良為知洪者。又謂此書非盡洪所為，本非有內外篇，殆晉、宋間妄道士取其書分晰之，而又雜采邪妄之說，及諸符記悉托之於洪。

以余觀之，內外篇詞氣如一，決非他人有所羼入。洪自云：年二十餘，迺計作細碎小文，妨棄功日，未若立一家之言，乃草創子書，會遇兵亂，不復援筆十餘年，至建武中乃定。蓋洪少時曾為將兵都尉，有戰功，未嘗無用世意。天下大亂，不得已隨嵇居道至廣州，避地於南，乃借神仙以自晦。洪之於神仙與阮籍、劉伶之於酒，皆有所托焉者也。其譏刺時政風俗，外篇言之痛絕，故別為內篇，極陳金丹大藥必可成。以猖狂之詞，掩其本意，實有不得已者。洪又為神仙傳十卷、隱逸傳十卷。隱逸者，正也；神仙者，譎也。

嗟呼！士處亂世，不敢與人競。至於隱居放言已至約矣。而仍懼吾書之行，人猶莫之釋焉。斯其意尤可悲。千載之下，能於幽隱中測其微旨，非賴有知言之君子乎？孫星衍氏得道藏本，校栞内篇，入平津館叢書，而外篇不之及。彼殆真以洪為神仙家與？

駁汪中女子許嫁而壻死從死及守志議

明歸有光作貞女論，後世士大夫往往喜述之。汪氏此議尤博辨，而其害道也尤甚。不可不論。

汪氏謂親迎同牢，見舅姑，而後成婦道。納采問名納吉，請徵請期，是禮所由行，非禮所由成者，是也。夫禮既由是行矣。將之以父母之命，傳之以媒妁之言。國之人皆知某氏女將為某氏婦也。不幸而壻死，藉口於禮之未成，以遂其改易之計。此自常人之情，本無足責。其有生死不相背負，指天誓心，或從死及守志，斯固烈女子之為，與志士殺身成仁何異？烏得以非禮被之。且人何可概量，世固有未膺一命而激動忼慨，以死公家之難者，君子未嘗不許。其仁未聞，以不在其位，不謀其政，退之也。匹夫一言之細，尚不肯自食，況女子以身許人，生人之大端乎！魯人欲勿殤童汪踦。孔子曰：『能執干戈以衛社稷，雖欲勿殤也，不亦可乎？』今貞女或從死，或守志，事舅姑，而立夫後。雖欲謂之婦也，不亦可乎？

汪氏所徵女未廟見，而死不遷於祖，不祔於皇姑。壻不杖不菲不次，歸葬於女氏之黨，為女死言之也，非為夫死而女有貞節者言之也。執此文，欲以律女必改嫁，毋乃倍乎？曾子問曰：『昏禮既納幣，有吉日，女之父母死，則如之何？』孔子曰：『壻使人弔，如壻之父母死，則女之家亦使人弔。父喪稱父，母喪稱母。父母不在，則稱伯父世母。壻已葬，壻之伯父致命女氏，曰「某之子有父母之喪，不得嗣為兄弟，使某致命。」女氏許諾而不敢嫁，禮也。壻免喪，女之父母使人請，壻弗取，而後嫁之，禮也。女之父母死，壻亦如之。』夫無論壻之父母死，女之父母死，不得嗣為兄弟之言，必待壻家之致命則是。女既許嫁，必聽命於壻焉可知也。壻弗取者，新免喪，不忍從吉，所謂禮辭也。而後嫁之，嫁此壻也，非改嫁也。一再辭讓而始成婚緣，孝子之心而為之節。故曰禮也。汪氏據此以斷：凡請期之後皆可改嫁，殆失之不深思與？

吾謂既嫁夫死而改嫁，未嫁夫死而改嫁，被出而改嫁，皆可也。恒人之情也。至於守志從死，則非常之人乃有之，旌而異焉，可也；詆而拒焉，不可也。而況所許之夫未死，如袁庶吉士之妹、鄭贊善之婢，乃責其當從父母之命而改嫁，執志不移，備受窘楚，為愚不知禮經，果有既許嫁復奪而他適之禮乎？歸氏曰：『女子在室，惟其父母為許聘於人，而已無與焉。純乎女道而已。』夫許嫁之初，命非出自父母乎？不從其得禮之命，而從其失禮之命，世固亦有從其父母之命，而為賤辱之行者矣。君子亦許之為純乎女道耶？國朝乾、嘉諸老，炫其博聞強識，以剖擊義理之學。當時顯達莫如紀文達昀。然紀氏筆記於忠臣、孝子、貞女、節婦，猶津津稱道之。汪氏則既言未嫁，壻死可以改嫁，並推之壻未死而不肖，亦可以奪而改嫁，且並絕不肯改嫁者，於禮何其悖哉？何其愎哉？

慎宜軒文集卷三

胡氏譜序

胡君調燮自里走保定，抱其家譜若干卷，乞序於吳先生。先生既為之序，調燮又介先生命永概綴辭於後。永概曰：吳先生之文，世不數見者也。子既以先世之故，獲所願而歸，尚何取於永概戔戔者為？調燮則曰：吾族自五代時既占籍桐城，北宋以前不可譜。今譜自宋南遷始，元天曆至今，凡七編矣。乾隆之譜，君家惜抱先生弁言其上。道光中，君祖又寵之數百言。今之來也，求吳先生而適又遇君。吳先生盛稱君之文章，以為吾邑後來所罕似。吾胡氏之譜之成，嘗與君家文人相值，而兩姓之交率因茲譜若有相之者焉。君又奚辭？

永概嘗聞桐城諸族，阮氏之來也獨早。逮吾交仲勉詢之，果然。蓋當宋之末造，即有解元公者知名於時，其後有以族人抗元兵而不克者，遺令子孫不得仕元。終元之世，阮氏無讀書應舉之人，至明乃大顯。今胡氏之遷不後於阮，而族近萬人，亦與之相埒。阮氏入國朝，科名人物稍稍衰矣，獨仲勉篤行力學，畏於友朋，化其鄉黨。胡氏則自有譜以來，讀書之士聲聞庠序，登巍科，絓仕版者，相望也。夫名宗巨族之始遷也，大都在盜賊蹂躪、饑困奔走之間，而子姓漸蕃衍，由一人遞至數百千人，或萬餘人。由一時無聊賴之播越，垂及於數百年幾千年之久，豈非其始之一人者，有淵懿雄傑之姿，深隱不可測之量，庇賴其後嗣者遠且厚歟？而千年之久，又必時有人賡續而涵育之。曆歲已邈，子孫受享覆蔭，或不自知。然觀於他族之或崇、或替、或暫來而即去，流走而靡常。然後慨然景望於我之先人，所以得有此者，蓋非偶然也。夙嘗以語仲勉，今與胡君言而韙之。

抑聞桐城諸胡大抵出巢山，後各自為譜，不合并。檢其卷首，猶可覆也。胡君之祖修譜時，或勸以並諸胡為一，則辭以難稽，不許。順治舊譜前多載附會之說，一切削去。不稍徇俗，議其為人，沉毅有識有足重者。胡君又承先志，纘為此編。其世世有人可概見。余雖不文，未敢謝也。巢山者，在桐城東南際江，去縣治百里而強，與阮氏之凹山實相首尾云。

秦君詩序

江南古稱多佳山水。匡廬、白嶽、黃山、九華，皆峯巒際天，根據數百里，幽窅雄奇，變化萬端。晉、唐以來，騷人遷客之所睥睨而傷心也。迤至吳中，地漸坦夷，山始平秀，港汊繡錯。士生其間，面目多潔皙，姿性穎慧，無粡鄙質野之習。達者掇科第，登公卿，為東南冠冕。窮躓之士，則引筆著書，或作為文詞，遊遨談說，取聲名於一世。昔歸熙甫常言：吳中自來先後輩相接引，故文學淵源，遠有承傳，非它郡所及。今更數百年，而流風未衰也。吾常以為晉元帝南渡，中原士大夫相從而來，薈蘗於荆、吳之間。宋高宗都臨安，浙東西又為冠蓋所叢集。故宋、元以後，東南文明遠過西北，實由於此。豳風首言求桑之文，至漢、齊三服官，冠帶天下。今組織之利，惟吳、越是擅，耕植所獲亦百倍於北人。國家漕粟賴以仰給。先聖之良法美政，皆隨人而南。況區區之空言乎？

秦君鑑庭世為無錫人，而淮海之子孫也。與余同客揚州運使署。署中賓客數十人，皆親愛秦君。秦君能畫，喜吟詩，出其稿二帙相視，且徵序於予。讀之，清麗秀絕，誠近今之傑者。夫以秦君之才，苟得一二名公巨人出齒牙之餘論，揚之於當途，雖不富且貴，其必可以譽望暴起，無疑也。豈先輩接引之無其人耶？抑秦君薄之不令之見耶？將時乎未至，求者懷者，兩未之值耶？吾不能為秦君解矣。爰舉以訊之。

丹陽魏氏忠義錄跋

忠義錄凡若干卷。咸豐十年三月，粵賊陷丹陽，魏君毓鰲偕其子純罵賊，不屈被害。亂平，其孫念先裒錄當時所為傳、誄、碑銘、詩贊，以及祠楹、榜語而成此篇。念先有子有聲，與余同舉戊子鄉試，逾年成進士，授部職，官安徽，補和州守。出以見示，屬為之序。

明之亡也，以一諸生捍衛鄉里，捐身破家，雖荒陬小邑，必有數人焉。論者以為當時學術既正蒸，為風俗使然。國朝士夫崇尚漢學，鄙棄宋儒，舉程、朱、陸、王氏之說，一切削去不道，故持躬嶄然不苟，多不及元、明諸賢，然第小節而已。至於忠孝大端，尚未敢破壞也。故狂賊猝起，蔓延十三行省，勢幾滔天，而正人碩士知其旦暮必滅，以人心之不附也。是以曾、胡諸公利用之，刊平大難，致中興太平之蹟，垂四十年，則學術人心之有關於世道，詎不偉歟？

今天下才傑之士，喜為驚奇可喜之論，自謂兼採東西，儒者所長，救國之危亡。然真能深通其說，立言矜慎無流弊者，不過二三君子耳。其餘類都不揣彼己之不同勢，昧其所長而衒其所短。不肖者得之，據以為自營之便利。凡百新政，他國行之而利者，我皆適足以自困，非此之故乎？

今余頹然荒落，無用於世久矣。夫不能望之於天下者，未嘗不可必之一身。詩曰：『無念爾祖，聿修厥德。』吾與閬屏交勉之哉。

宣統元年八月，桐城姚永概跋。

重印錢田間先生詩文集序

吾邑田間先生，明季為諸生，負氣忼慷，中遭黨禍，避難吳中，妻子被禍。已而從亡閩、粵。思立功名以濟世難，故其詩多激昂之音，文則指陳利害，深切事理，不第以著述自見也。天眷既定，聖聖相承。向之負嵎抗阻，冀延祚命者，均已冰解而雲消。先生亦知事不可為，遯跡髡緇，竄歸故里。荒江之上，閉門課耕，乃都集生平之所著，整理編次，蔚為巨帙。

先生之書為詩學、易學、莊屈合詁若干卷，又復自訂所為詩文，名之曰藏山閣集。顧詩、易、莊、屈四書，生前已栞行。今其家祠尚存原版，歲一印之。且四庫著錄流傳海內久矣。而藏山閣集，則先生與余佺廬書云：將分為兩種，可行世者為存稿，餘為藏稿。康熙中，崑山徐氏助資雕板為三十卷，實只存稿。詩則吾家開化同知文燮為序而栞之，曰：田間集者十卷，乃先生歸里後之作。光緒戊申上海排印先生藏山閣文存六卷、詩存十四卷、尺牘四卷。云出自蕭先生穆所藏。其文都非徐刻所有，似即藏稿也。詩分為過江、生還、行朝、失路諸集，皆姚刻以前之詩。故欲讀先生集者，必合此數本而後生平乃全見。今夏先生族裔品三以書介方君守敦，謂將出其家藏全集付印，且引先大父曾序其家白渠先生七經概事相敦勉。余既歎徐、姚兩本世頗難得，而上海新印本亦缺而不完。今苟能合而行之，則晦之二百餘年者，將一朝而顯。此固海内願讀先生全書者所欣幸。況鄉里之末學哉！

先生之文才氣俊發，不可控抑，一掃有明之習。詩尤傑出。劉海峰歷朝詩選，於吾縣之詩，只登先生一人。顧余竊有感焉。先生遯跡江濱，名聲在一世，曾三至京師，所游皆豪傑。既不如顧亭林之遭仇係，復不如李二曲傅青主之被徵求，翛然物外，以大年終。回視少壯，殆如隔世。是固幸逢寬大之時，抑亦先生之善於自處也。世述先生事多不翔實，因發揮大旨以歸之。俾讀者有所證焉。

宣統二年七月，後學姚永概謹序。

五瑞齋遺文後序

右先府君遺文凡三十二首，兄子煥將印行於世，而請記其原起。

謹案：府君少遭離亂，刻苦自立，雖得一官，而輕財好施，不為後顧慮，故屢棄屢出。獨喜為詩，詩之工不讓古人，而絕不自表襮。惟張濂亭、汪梅村、孫琴西、吳至父諸先生知之而已。其於文尤不肯作，偶爾為之，亦隨滅其稿。今所裒輯，大抵從所刊書序、跋及諸子私錄，合成一卷。故不能多。然詞雅氣淵，謹守家法。讀者自能得之於筆墨之外。其中賑饑告示，曾文正公見之，歎曰：『異日殆復為循吏乎？』是時府君尚居文正府中。其後歷湖口、安福、竹山、南漳，所至民安，去久見思，亦不屑矜異以見知於上吏。蓋天性如此云。

府君嘗誨諸子曰：『所貴於學問者，為其有得乎己也。僕僕然炫其一得，以求聲名於一世，與孳孳求利祿何異？吾竊恥之。古之李白、杜甫、韓愈、歐陽修、蘇軾、黃庭堅，工於是矣。使其有人之見者存，必不能若是之大且遠也。得於天者厚而修於己者專。故後之為者終莫之及。或謂彼數子者，身前之名已自昭著，故後世傳讀其書，而知其誠工也。是固有幸有不幸。求譬於今日無聊之口，與求知於千百世不知誰何之人，皆不免有人之見者存也。』永概不肖，不能窺見府君之萬一。

府君見棄已十三年，追慕感愴，悲不自勝，因煥之請，謹記府君平日之語，並以告後之能讀府君書者。

壬子十一月一日，第三男永概流涕敬述。

裴伯謙詩序

余嘗謂文章之成也有三：賦之自天者曰才，造之於人者曰學，惟境也者，天與人交致而不可缺一。天予以特殊之境矣，或不勝其艱困，無復聊賴。甚者墮其氣而隕其身，不善於承天足以昌其才與學者，轉自負之。是豈天之咎與？天寶之亂，杜子美以稷、契自命，而流離饑寒，卒不得一效。故發為詩歌，光怪變幻，不可方物，冠於有唐。其後蘇子瞻以宰相之才，安置黃州者五年，已老復有儋耳萬里之逐，故子瞻之詩文，亦以海外為極盛。向使彼二子者，不能亨其心以順天，則其境固非生人所堪，亦與尋常之徒太息悲憂，以至於死而止矣。烏得有鴻博純麗之文以見於今乎？余又以知有境乃可成其才，亦惟有學乃可用其境，則義理之不可一日去身，即求之文章而亦然也。

霍邱裴伯謙以名進士，出宰粵東，才略頗見於當時。乃迕大府意，羅織之且不測，既不得罪狀，猶逼償巨萬金，謫戍新疆，行更寒暑乃到。一僕又中道斃。戍數年而後赦歸。歸值國體變更，而伯謙已逾六十矣。是其境與子美、子瞻略同。

余初聞伯謙名於姊夫范肯堂，伯謙亦因肯堂而知余。甲寅初夏，始相遇於馬冀平座上，伯謙出其生平所為詩，曰吳船、嶺雲、西征、化城、東歸、風泉諸集，以授余，且使為之序。余屏百為讀之，窮十日力乃竟，起而歎曰：嗟呼！如伯謙者可謂境不負才矣。吾聞伯謙家學以宋儒為根柢，其赴北庭也，著河海崑崙錄，於山川、道路、風俗、政教考之綦詳。而余之所服膺者，尤在其處憂患之中，不忘省察克治之方也。然則伯謙之不負其境不更以學乎哉！伯謙詩於古人無所不學，其得力於杜、蘇為多，吳船、嶺雲兩集，才氣已為極盛，至西征以後，光氣發見，尤可喜可愕，足以追古作者。惜乎肯堂已前死，不及見也。

柏堂遺書坿録序

方柏堂先生所著文，曰前編、次編、續編、後編，都幾十幾卷，既槩行於世，其中子守彝復分類編目，以供讀者之便檢，又取師友所為序、跋、題辭，及分篇評語彙録之。而近日諸家選本所取亦附載其目。嗚呼，可謂勤矣！甲寅夏，持示永概，使綴言於後。永概既卒業作而歎曰：先生之學一本程朱，其為文不屑屑矜能於字句間，而鴻懿開放，讀之可想見其人，官雖止於一令，而所規畫常及於全省。文中所上諸狀是也。

當光緒初，直隸旱，棗強首發災狀。總督李文忠公每得先生論列，頒行屬邑以為法。同僚多妒且忌，而先生不顧也。其後永概客保定，先生前歿久矣。宗人錫九君適署棗強令，因從詢先生治蹟。其言曰：『吾至其邑，問祠宇、廟廨、書院，誰所興造乎？曰先生也。城郭、道路，誰所修葺乎？曰先生也。鄉賢誰所表章，其遺書誰所校刻，孝子節烈誰所舉聞乎？曰先生也。取先生之文，考其實行，蓋有遺而非誇也。然則如先生者，真可謂篤行程朱者，與以視夫空疏而乏明效者遠矣。』錫九君之言如此。

嗟呼！當先生為令時，中興名公猶在列，上之政教未紊，而下之人心未漓也。故得發其所蓄，自見於天下。使今日有如先生者，必為世所醜排惡詆，不止取忌同官而已。然今日之中國視昔何如？不待智者可決也。學術之繫於安危顧不重哉？此永概讀先生書，而不禁喟然者也。

兵法新棋說略序

天下之大利，莫善乎因人所樂而導之。因人之所樂，則無用之物皆有至用者存。夫偶居而群飲，吹竹而搏缶，野人之樂也。聖人制為賓主百拜之文而禮行焉，節之以六律五音而樂行焉。先王治天下之具，孰大於禮樂？而其始也，群飲而已耳，吹竹搏缶而已耳。苟惡其鄙，倍而絕之，則人情有所不樂，而禮樂之用不行，固不若因而導之之為利溥也。古者，嬉戲之事有博有奕，而皆用棋奕，即今之圍棋、奕棋，見於左氏傳為最古。又有所謂象棋者，或疑即招魂之『菎蔽象棋』。或曰非也。彼固六博之棋爾，要之二者，皆有寓於戰。圍棋之用在占勢而破人之目，當必不得已之時，寧棄少以全多，合於兵家之權謀。象棋則以食敵將為勝，其用不盡合於理，又少俚焉。昔司馬君實嘗造七國棋，今圖譜間存世，顧不肯習。然第足以考古，於今無所用，而象棋則好雅者恒卑之。余嘗病焉。

徐君又錚曩遊海外，通知近日各國之戰術，創為兵法新棋圖，且說之。其篇有六，曰局、曰子、曰能、曰約、曰律、曰理，舉凡進退之道，攻守之利，器械之能，習熟之，皆可以知其用而不窮。迺者將廣其傳於將士間。出以見示，余讀之，深歎其能與聖人因人所樂而導之者合。寓教戰於嬉戲，且適用於今日。故樂畢其說，以綴篇末云。

乙卯孟夏，桐城姚永概序。

諸家評點古文辭類篹序

古人之立言，期傳吾說於天下後世而已，初非有意隱且艱也。自言有古今之殊，文有高下之別，而章句、訓詁之學興。章句、訓詁，高材者或不屑焉。然舍此二者，古人之言亦奚以明？況微言孤旨有匿於文字之外者乎？自周、秦迄今，綴文之士眾矣。其文愈高，則其旨愈隱。讀者各以其見而為評。評有所不盡，乃復為圈點以別之，於是有圈點之學。其所得深者，則其評點亦愈精。古之為是者，亦第記其甘苦而已，非欲以示後人也。後之人乃爭相傳錄焉，坐一室之內，手盈尺之書，熛乎見古人之所屬思，姁姁乎若詔吾以前趨精合於大虛，豈非至樂之事與？古文評點，自宋已有之。真西山、茅鹿門後，以方望溪、劉海峰為著。

惜抱先生古文辭類篹有二本。康刻全載評點，吳刻承先生意，存評語，去圈點，而世顧多以康刻為便，而吳至父先生又自有評點，往往出於三家之外。徐君又錚既印行吳氏史記評點，復及此書，以姚氏為主，旁采諸家以翼之。又錚於文事可謂至勤，嘉惠當世，意尤公也。

昔莊生載輪扁對桓公語，謂『君所讀書乃古人之糟粕』。彼且以讀書為無用，況此區區者為！然莊生之說存至今者，亦正賴書在也。去糟粕而精意奚寓乎？吾國之學大氐窺及至高，不知由卑以基之。不能戰勝萬國，而為萬國絀，皆莊生糟粕之說誤之也。又錚年壯而材高，見用於世，嘗顯矣，乃孳孳操文儒之業若是，賢者固不可測也哉！

畏廬文續集序

各肖其人之性情以出而後其言立。古之為文者，性情萬變，面目亦萬變，不相似也。其相似者，法度出於一軌而已。雖其純雜高下之不同，要無偽焉存乎中。後世之士塗飾藻采以為工，徵引詳贍以炫博。彼固無性情之真，方且不足以自信，又烏足信千百世不知誰何之人乎？文章之不能反古，其道多端，而此其大要也。

宣統庚戌，余始識閩縣林畏廬先生於京師，及壬子、癸丑共事大學堂。既而皆不合以去。臨別贈余文，且媵以畫。今年又同應徐君之聘，教授正志學校中。畏廬長余十四年，弟視余，余亦以兄事之。每有所作輒出相示，違覆而不厭。故余知畏廬深，其性情真古人也。

畏廬名重當世，文集已嘗印行，人士爭購取。雖取法韓、柳，而其真不可掩閟。一日手巨帙示余，且曰：『吾兩人志業頗同，序吾文者，非子奚屬？』余發而讀之，竟日夕，累欷而不可止。私念與畏廬生際今日，五六十年來所聞見多，古人未嘗有獨區區守孤詣，於京師塵壒之中，引跡自遠，白首辛勤，日與群童習，博金錢以豢妻孥，甘心而不悔。然則序畏廬之文不我屬，又將誰屬也！

陶烇生詩序

乙卯之秋，余居京師。泗州陶生漁以其大父烇生先生詩，曰名勝集者二卷乞余為序。余取讀終篇，山則岱、衡、千佛、華不注、勞、嶧、之罘、金、焦、蒙、峴；水則洞庭、洪澤、大明湖、趙北口、錢塘之潮、嚴陵之灘。凡齊、魯、燕、趙、吳、越、荆、襄名區，遊必有詩。詩多豪壯之音。信乎其縱於遊也。

余少讀徐霞客遊記，以為彼生當明季，盜賊充斥，獨脫身棄妻子，裹糧萬里之外，投足人跡不至之區，辛苦紀述，冀後人之或知性情同也，而乃自苦如此。果何所蘄哉？豈非愛好之篤與？不然，則有所不得已於中者存也。

先生生咸、同之間，與霞客所值不同。然其北遊也，天下未嘗平也。其果真放志山水者邪？觀其自序曰：『余家四壁蕭然，而壯遊之心不已。每遇一卷之石，一勺之水，輒流連不能去。室人交謫，兒女牽衣。余獨卬天大笑曰：「加我數十年，窮百歲以遊，可以無大憾矣」。』使先生及今存，吾知其襆被策蹇，長往而不返也。

陶廬文集序

光緒壬辰、癸巳間，吳至父先生方主講蓮池館。我於院中昕夕縱談，則聞北方文學巨子，首推新城王晉卿、武強賀松坡。久之，松坡自冀州來，相聚十餘日，為余題西山精舍圖以去。晉卿先生則官蜀、隴、新疆。余尋亦南歸。國家多故，變亂相尋。自念生平傾慕之人，不知會合在何日也。

乙卯春，余來京師，晉卿先生方任參政，因得相見。先生誦余文大喜，為之序。悉發其槖中文，已刻若未刻，凡數十篇。余讀之，光氣發見，萬怪皇惑，而一準以規矩，尤工為長篇。蓋先生少善駢偶之文。自交吳先生，索觀其古文，笑曰：『此非晉卿之文也。』先生始不服，已，取太史公書以下治之數月，試作數篇以示吳先生，乃曰：『此真晉卿文矣。』於是盡屏駢偶，專治古文，而先生之文成。松坡既歿兩載，相國徐公為刊其遺稿。松坡之文斂其才於學之中，先生能發其學於才之內，信乎皆豪傑之士也。

始，吳先生官直隸也，以興學為務，尤重擇師。其知冀州，欲得先生，而黃子壽方主修通志，倚先生，靳不肯與，騰書互爭，李文忠公和解之，令先生居冀與志局各半歲乃已。而同時教於冀者，為通州范肯堂當世。先生既去，繼之者則松坡。松坡教冀士最久。肯堂弟子之尤者為李剛己，剛己得進士，令山西，死年未四十。趙湘帆衡者，先生及松坡弟子也，文亦雄健，名重於世。

今先生門下士將葺先生未刻之文，續刊以行。先生屬序於余，因舉數十年北方文學之承傳以為言，亦以見先生之文關於盛衰之故者，大也。

馬冀平詩序

詩體至唐而大備，户牖亦至唐而全具。子瞻取徑劉、白，加以奇逸。山谷則用杜之生樸而恢張之。宛陵得白之真淡，孟之質野，然則，雖謂宋諸家皆出於唐可也。明尚模擬而多唐音，有清講性情乃用宋調。學詩者欲自引於古人之外，其亦難矣！吾謂格律聲色之間，古人能奪我也。苟吾之胸襟學力能與境相赴，而有可立之言，取古人之格律聲色驅策之，不求與之同而自同，不必與之異而有異者存焉。何也？吾之言為吾所自立也。孔子學韶，三月不知肉味，學琴而見文王精神在中。可以貺諸千百世後之人，詩之道與樂，其有合焉者乎？非天下之至精，其孰能與於斯？

馬君冀平承器之、元伯兩先生之家風，學於泰興朱曼君及吾兄仲實，才氣奔軼而一軌於法。嘗與余談詩，每欲求所以自異者。余以前說質之，冀平不余非也。今將擇其所作印示人，乞為之序，因本此以為言。雖然，余嘗學詩不能有可立之言者也，每讀冀平詩愕眙驚服，幾欲卻行已不能至，益深有望於冀平云。

毛詩學序

通伯於易篤信十翼，而主費氏；於詩篤信小序，而主毛傳。易費氏學成於合肥，詩毛氏學則成於京師。嘗舉以告永概，曰：『吾之業是經也。每得一解，以告他人，多不曉。惟與子言，甫發其端，即能竟其緒終。將以序屬子矣。』通伯既南歸，比將印行，又以書來相敦促。

竊謂六經之初訂也，名物訓詁，儒者咸能言之。至微言大義，又多親承於夫子，不待解說而明。其後各以所學相傳授，懼其失真乃為之傳。然去聖未遠，但下一二語，經已可通。故其辭甚簡。時愈曠遠，先師之傳或斷或續，匪特聖人之經不能明也，即所謂傳者，本以詁經而已，先多不解者矣。毛詩最後出，專行於世。傳文簡奧精深，世不能盡知，康成箋之時亦別下己意。自是諸儒或申毛或申鄭，至唐正義依違兩家意，實主鄭而毛傳愈晦。清陳氏奐作疏，始一廓清之，誠有功於毛氏矣。然所疏者，類偏於訓詁制度，於大義未能全發也。毛義未明而詩旨猶晦。竊嘗病之。往者，鄭東父為永概言：『古人聰明豈下吾輩，烏有吾輩皆知，而古人乃故作拙謬不可通之解以立為傳，且何以為大師乎？故視為拙謬之語，苟肯精思，豁然通貫，而經旨乃明。』

通伯是書，雖為專家之學，而搜采宏富，既博既精，至於微言大義，每思之及旬，寢饋若迷，久始冰釋，所獲較陳氏孰大且多，覽者宜自得之。永概昔治詩，未之有得也。然讀通伯書，可以彌宿憾矣。故不辭而序之，且載東父語以告後之讀經者。

丙辰五月姚永概。

吳摯甫先生評點漢魏六朝百三家集序

惜抱先生嘗言圈點啟發人意，有愈於解說。吾每篤信斯語。夫讀書者，由目而納之心。句讀焉，圈識焉，則更以手助吾目也。故平生所讀凡加丹黃，異日視之如逢故人，意味倍摯。苟得先輩手筆必取臨錄，以為其益有三：吾生也後，不見先輩也多。今得其所讀書，便見當時屬思所在，不啻謦欬吾側，其益一也。文章窾奧一一評之，每嫌繁複，故古人評文多舉一隅，而圈識則可逐篇周至。況評有不易明者，皆可以圈識明之，其益二也。書經點讀則眉目易見，精要斯得，可省目力而娛神明，其益三也。吾鄉先輩評點，望溪主義法，其失或隘。海峰主文藻，其失或寬。惜抱持乎中矣。先生合三家之長，斷以己意。吾所得先生評點三國志近惜抱，五代史似海峰，而史記乃先生精神專注之書，實有過歸、方處，非阿好也。

嘗游保定，先生館我於蓮池書院二年。每晨則相從出郭三四里乃歸，午飯後，先生必出坐大石，蔭高樹，縱論文史，不覺日影之移。故先生之學得竊窺一二焉，而獨未聞百三家評點本也。辟疆偶出此書，又錚愛之，印傳於世。書中所錄凡七十二家，董生以次多遺未入，非屏削也。先生無選訂之意也。今凡下筆者無不錄，全文無者不敢妄增。辟疆之於先人慎之至也。

臧君磵秋校既竟，屬為之序。因思先生沒已十餘年，而吾已及先生蓮池之歲，曩者辟疆十五六耳，今亦四十矣。日月不居，時勢遷運，獨此文字長存天地間以待來者，玆可慨也。乃記所懷，以質之當世好文君子。

張石夫遺書序

銅山張石夫先生少頗不羈，年三十八，遇豐縣岳封叔，告以聖賢之學，讀四書、反身錄，至獲罪於天，無所禱章，不覺汗下。逾二年，又讀理學宗傳。由是刻厲為己以終其身。其所自著，自戊至丁十年為一集，自責極嚴，與二曲為近。今所存者，五集至七集也。他曰八子精微、先儒粹語、曆數圖者，又十餘卷。

徐州雖隸江蘇，而地接齊魯，士多勁樸有氣，不類南人。先生生當咸、同時，能讀孫、李氏之書，守之畢生，實踐而不怠，洵豪傑士也。天下之患莫大於無是非。充無是非之心，毀聖滅經而無復忌憚，舉先王經緯人類功垂數千年者，昌言棄絕之不顧。根於自便之私，成其鄙倍之說，曹好所在，遂無有人焉敢持正論以救之者，洪水猛獸，人名其為禍也。是非亡則禍福易。向縱有君子，孰從而聽之？先生所讀之書，今日之所不讀也。所言之理，今日之所不言也。而在當時，則固群信以為是者。

先生從孫少浦持以屬序，既誦其言，益悲斯世，因述所見以歸之。先生名介，封叔名保瑾，能淑身以錫，類其君子人與？

歷朝經世文鈔序

言所以達意，文所以飾言。言者意之表也，文者言之精也。是故國於天地，必有文字載其政教，由近以之遠，本今以垂後。文字不存，國云滅矣。方今諸宇交通，學術紛雜，勢不能不兼收眾長，副時所急，而學子之於文藝，力分則難工，時簡則不給。近日學校，或主張華靡，體尚齊、梁，或倡言簡易，力趨傖俚。吾謂華則不實，靡則費辭。隋文詔禁，深鑒其弊，而詞氣鄙倍。曾子攸遠，文不雅馴。史遷難言，身厠士林。乃為市賈牧豎之語，君子羞之。爰與兄仲實擇秦、漢以下到今，得文六卷，都一百七十首，名曰歷朝經世文鈔，以教授於正志學校。

顧其選錄之義可得言焉。鄒忌諷齊威王，見戰勝有本也。觸讋說趙太后，見言語有術也。仲連論攻狄，見勞苦必以身先。韓非諸難，見智識不為古囿，望諸君明去就之則，賈長沙識興廢之由。和平悱惻，莫純於劉向之諫外家。戇直樸忠，莫切於鮑宣之責哀帝。康成詩譜序，知讀經之方。司馬上通鑒表，知讀史之益。至於葛、陸、韓、歐，詞高義古，采其明顯，俾便諷尋。然易於則傚，厥有四家：蘇氏之辨縱橫，朱子之氣剛正，陽明之詞俊爽，湘鄉之規宏遠。論事陳言，取資已足。若夫淵博鴻麗之篇，淡遠微妙之旨，斯文章之極境，非學步所易窺。其他鉅製，昭爍古今，篇幅既長，暫俟異日。

嗟呼！苟得講師善誘，學子勤求，則所錄六卷者，可以養德性，長志氣，助波瀾，起觀感。磨礱乎文章，發揮乎事業，且根本已立，塗轍粗備，加以博覽，不入旁岐矣。茲編去取，妄參鄙見。分析評考，吾兄之勤為多。選鈔甫竟，序其所懷，大雅君子，或不舍旃。

戊午三月，桐城姚永概。

周蔆生醫學二書序

惜抱先生嘗言，醫之為道至精且厚，苟非慈明篤厚之君子，不能究其義。雖有篤厚慈明之心，苟不世業而少習，猶不能盡其曲折變移之理，審其幾微，而察其離合。余因慨夫中國士大夫視醫為曲技。習之者，往往挾負販之心，作身口之計，故其道益微，其術亦因而寡驗。自西方之術入中國，藥物器械，居處飲食，皆精好，有法度，用之亦多效。群以為中國醫術不如遠甚，又孰知夫聖人之制久而失傳，習之者又多非其人也。使得明王在上，博求慈明篤厚之君子設科而世守之，因其遺書博稽精研，而取證西方之術，於先聖之業，縱不能驟明，十可復五六焉。

長沙周郢生大令嘗宰吾邑，間為余稱其弟蔆生中書通說文，工小篆。大父少呂先生故名醫也。中書盡得其秘，余心識之。今年與大令相遇京師，出中書二書，曰靖盦說醫、雲隱醫學實驗，乞余為序。其詞斐然，有根本，又多得於躬驗。豈所謂慈明篤厚之君子世業而少習者耶！惜乎君已前卒。余也寡陋，不能如惜抱少覽方書，無以窺見君之所得也。乃述往者私懷所蘊，書以歸之郢生云。

己未仲秋，桐城姚永概。

讀經救國論序

吾嘗以為聖人之道，本之身心，推之家國天下，上合乎杳冥不測之天，旁及乎昆蟲、草木、鳥獸，固萬世之極則全得焉，則臻太平偶合焉，亦可立國於天地。夫誠意、正心、敬天、愛人，釋迦、耶蘇、墨翟之說，不能外也。黃、老之清淨，申、韓之名法，孫、吳之兵，李悝之盡地利，皆括其長而無其弊。斯道也，由伏羲、神農、黃帝而集成堯、舜，由堯、舜、禹、湯、文、武而集成仲尼，時閱數千年，人更十餘聖，非孔子一人之私言也。故曰『述而不作』，『信而好古』。

今夫富人之貽子孫田宅、貨財、金玉，不足言也。必有所以起家之本。子孫冥頑，而後田宅、貨財、金玉不得保，不知咎在失其本，顧反以為先人貽謀之未善，甯非大愚不靈者乎？

光緒之季，有倡廢經之論者，學部集諸人議之。孫君師鄭奮起力爭，事乃暫止。然當其時，諸老先生多存，翕然以師鄭為是也。十餘年來，怪說愈熾，不可爬梳，而師鄭又有讀經救國論之作，分載經文，坿之以說，言多沉痛，亦間采及鄙說。既示余，復乞為序。余言何足重！顧聞外國近頗知中國典籍而研求之，吾恐聖人之道將潛奪於他人，而為其子孫者，且不止於一敗鬻田宅，如子瞻所云也。嗚呼！

朱氏譜序

吾邑西諸山以屋極嶺為大。自嶺而南皆坡陀綿屬。其水大率東流，合掛車河，又東以達於練潭入湖云。練潭西北地，曰新安渡者，居河旁有山，曰棠梨。朱氏當明之初，自新安鄱陽再遷居此。子姓繁衍，立祠修譜，數百年矣。己未冬，朱生集成與余同客京師。一日來請曰：『吾族續修宗譜，今將告成，族人之意，皆欲得先生一言為重。』余謝之而未得也。

古者，大學之教以修身為本，而先王制服准之，以上推下推旁推，故孟子曰：『推恩足以保四海，不推恩無以及妻子。』由是而仁民，由是而愛物。旁皇周浹，彌滿宇宙，胥此道也。然其道必自孝始。舍跬步無以至千里，棄晷刻何以成萬年。堯、舜之盛，史臣紀之。首曰以親九族。此固吾中國歷聖相傳，經緯天下之要道，畔而去之，則人道相親愛之端先絕，國焉有存焉者乎？

朱氏之譜成於茲時，亦足見先王遺教隱然與人心相通，而有不可泯者矣。然吾聞霍山吳竹如侍郎，先世居新安渡久。侍郎少時嘗試於吾縣，已而反霍山。當咸豐間，侍郎與倭文端、曾文正同講學京師，其後皆為名臣。朱氏固大儒後裔，其必有慕侍郎之風，以求朱子之學於舉世不為之日者，吾且因茲譜之成而卜之也。

里人姚永概序。

論語述義序

論語之書，孔門弟子所錄。其體亦如程、朱語錄云爾。然其辭何簡雅也。語錄用俚俗字，亦曰懼失其真而已。今取二十篇誦之，孔子之聲音笑貌蓋宛在焉。奚必雅辭之不可以見真乎？第惟簡也，不得不有待於發揮；雅也，不得不精於訓釋。自漢以來，注疏、集注之外，凡百餘家，或詳於訓詁，或詳於義理，或古說太簡，為人所忽，賴後儒精思，一旦大明於世，要之皆有可取。

吾兄仲實授正志學校諸生以斯經，先取張文忠公直解刪節之，以教小學。顧其書一宗集注，於古訓及朱子以後諸儒之所發明者，皆不能備，不足以稱其意，於是博稽群解，精研而慎擇之，成論語述義十卷。然後訓詁義理既不偏重，且訓詁當而後義理因之以明，義理安而後訓詁賴之以定。誠斯經之善本也。

獨今日者異說朋興，雖未見嬴秦焚坑之禍，能讀孔子之言者益鮮，況漢、宋諸儒遺說乎？然斯道之在天下，昭乎如日月焉，浮翳塞空何傷於明！人類不滅，必且有復。姑記斯語於目後以待之。

庚申十月，弟永概敬書。

有獲齋文集序

堯、舜既歿，三王德不及古。各因乎時以為教。及其末也，敝生而有賴於後聖之互救。孔子既歿，漢、宋諸儒不及孔子，各因乎時而為學，曆久而亦敝。後儒出而匡之。匡之者欲其正且全也。然以因乎時，則其說不得不稍過。過則敝生，此固由於人事乎？抑且有運會也。秦火以後，遺經發於灰燼之餘。訓詁通而後大誼可得。大誼得而後可修身以及天下，宜也。曆久而風氣成。漢則守一師之談，唐則專尚箋疏。聖人之大義微矣。宋代大儒起而救之，昌明義理，宜也。曆久而古說又湮。古說湮而大義亦從之微。夫漢儒何嘗不重義理，程、朱亦何嘗盡屏箋疏乎？火之傳薪，至末而光必小，理也。又奚怪與？有清諸老崇尚漢學，以救宋、元之失，固亦不得不然乎！然其敝也，至以道學為詬病之名，噫！亦太甚矣。

安陸李遵王先生道平，當嘉、道時，著書甚多。周易集解纂疏已刊行於世。傅君芷薌持先生所為文，曰有獲齋集見示，徵序於余，讀既畢，歎曰：先生之學殆為己者乎？其於易雖本漢學，而四書采朱注以外之說，名曰『外義』，詩則述小序，並述集傳，且取河間獻王至陸清獻三十七人，編為理學正傳。使當時講漢學者皆如先生用心之平，何敝之有哉？先生論文不喜宋人，然概竊以為先生之文純雅似穎濱，姑抒肊見質之。芷薌並竢後世讀先生書者擇焉。是集杭州譚獻編次，已有序道其生平，故不具。

辛酉三月，桐城後學姚永概敬敘。

海日樓集序

瑞安孫琴西太僕與先君子友。光緒初，先君子奉母返寓安慶，太僕適為按察使吾鄉。嘗以元日來訪，聞余兄弟誦書聲，驚賞之。是時，余兄弟皆幼，而太僕有賢子曰詒讓。先君子每舉以敦厲。其後四十餘年，從京師得見孫氏群從多才賢，顧皆太僕之弟止庵先生子孫也。先生早達，方貴顯，用言事斥，不復起，年八十四卒於里。其孫宣奉先生遺書曰海日樓集者，乞余序之。

太僕父子所纂述，余嘗讀之。今又得見先生之詩詞，幸矣。太僕所作雅有法度。先生既罷官，放言於山水交遊間，無意於求工，而自稱其胸懷也。當中興之隆，李文忠、沈文肅兩公皆名臣，一言足取信於天子，顧皆先生分校會試所得士，然不敢言先生，以先生蕭然無再用之心也。嗚呼！是可以傳矣。因述所得於先生書者以歸之。

辛酉三月，桐城姚永概。

蛻私軒詩文經說跋

往歲，吾與兄仲實同治詩、古文辭掛車山中。其後客遊南北。仲實溥志讀經三十餘年，不立門户，視唐如漢，視宋、元、明亦如唐。博稽而約取，會通眾說，有不安乃下己意。蓋傳經者，必守師說。治經則取其通而已。或問即墨鄭君杲：今世為漢學者，有幾人乎？鄭君曰：『吾未見也。然如仲實者，舍讀書無他營。舍經，無他書。虛心以求真，是將終其身焉。其殆庶與？』仲實詩文馴雅，有法度可誦，皆有為而作。其經說，凡屢易稿，多至數十卷，今存者三卷。既老居京師，教授久，從遊者眾，人稍知之，而真窺其涯涘者亦罕。

近彙其詩一卷、文四卷，合坿印，將待其人而與之。憶光緒壬辰、癸巳間，仲實客旅順，泰興朱銘盤見其書，大驚曰：『吳越男子有此，早取聲名一世。君乃掩覆不肯襮。今日見古人矣。』因投詩訂交，而仲實意落落也。吾文不足發仲實所得，姑舉鄭君語及銘盤事記於目後云。

丁巳正月，弟永概跋。

書正志小學修身教科書後

伏生大傳稱：古者致仕歸鄉里，大夫為父師，士為少師。平明皆坐教於門塾。餘子畢出，然後歸。夕亦如之。由是而言，古之為小學師者，皆備九能之材也。蓋本之不端，不足以受大成之教。故教有次第，而師無高下。風俗美，人才多，胥由是也。後世之士，學行稍尊，即恥教小子。況乎榮顯篤老退休者哉！雖然，師不得而得其書，猶不失耳。朱子小學，許文正信之如神明，敬之如父母者也。顧或猶以為高，非童蒙所驟曉。

吾兄仲實應正志小學之請，復成斯編，凡為卷六，為目十八。自『立志』以至『改過』，正心修身之本也。自孝父母以至居官，則家國天下之本具焉。大端一宗朱子，而綱羅較宏，文簡而辭易了，於小學書為善本。或疑其目既異朱子，迺與大學同，得毋躐等耶？則應之曰：大傳不又云乎？十五入小學，見小節，踐小義。十八入大學，見大節，踐大義。大小所殊也，節義所同也。小學為大學基。烏得有二道耶！苟教者毋忽其卑近，勤授而詳說之。受者毋諉曰幼稺，篤信而力行之，庶幾根本既端，國之興也有日矣。庚申三月。

慎宜軒文集卷四

答謝秀才書

前足下來，僕適小疾，不可以風，比讀足下見贈大文，慨然太息，以為足下能見及此，真吾黨厚幸。而僕兄弟之交足下非無故也。

今歲秋試，僕同里諸君子，疏者不具論，其親於僕者十數人皆不獲售。僕年最少，幸而獲之。豈文之有工拙哉！毋亦遲速之有時，遇合之有命耳。然僕之得此，殊非素望。嫉而謗之者且不乏人。謗者固不知僕，即代僕喜者，亦非真知僕者也。昔梅伯言先生譏北夢瑣言、文昌雜錄、唐摭言等書，以為其人皆當戎馬倥傯、國祚顛沛之時，而沾沾於人士之一第，豈非廉恥道息而為無學識之尤者哉！

方今天下何時也，詩曰：『未堪家多難，予又集於蓼。』此成王、周公所以懼其飄搖風雨者也。無其才而不求所以救時之具，是謂忘世。有其才而不求所以明哲之道，是謂忘身。兩者俱失，災必及之。僕竊夙夜念此科名之得失，誠不足以為榮辱。因足下言，聊報己意，希觀覽焉。勿示人。

上陳京兆書

月日，某再拜：謹奉書六舟中丞閣下，日者，進謁得侍清光戀慕之忱，豁然頓釋。昨霍山黃從渾來，言聞之閽人，明公以某剌不當用有望言，詰以何指，又不能詳，惶惑思維，中夕不寐，欲嘿而息，則某之用義無以自明，是以敢卒布之。

戊子鄉試，公為監臨。凡中式者，俗例當以師生禮見，而公朱書榜堂皇，以為監臨向無師生之例，戒閽者勿納，公卿不知古義久矣。今幸遇之自公，豈尚敢循俗以獲罪於公前乎？故其時謁剌更無門生云者。既不用之初見之時，則今此之不用更無疑也。

先祖以嘉慶丁卯舉於鄉，與尊光祿公為同年。公之見某首以垂詢，意氣懃懇，有逾他人。今茲之來，始敢援以自處。蓋發之自公，則為篤故；發之自某，則近干貴。公已德劭位崇，而因先世之故，待某也如此，某何嫌何疑，而不用兹禮見哉！某士人也，兹之進謁為先誼往，不為貴官往。故亦不敢用安徽舉人之刺進，非敢亢也。恃公之不自貴貴，故某亦自忘其賤也。伏維公恕其狂愚，以成天下養士之風，倘別有故而教其所不知，謹俯伏以聽，不勝大幸！

與某君書

前得來書，卒卒作復，未盡所懷。高生麟洲，其人思沉，有不凡氣。因足下而得之貧匱中，如獲精金美玉。足下之貺我厚矣。麟洲既數來，因麟洲益思足下。足下近選文章，意欲加宏富於姚、曾之外，志不可謂不擴。

雖然，愚執之見，竊有所貢不能。嘿嘿姚選類篹，分析門類，各舉其至者，以俟學人之自悟，固非謂盡天下之美於此也。曾氏隘之而為雜抄，又自苦太富而為簡編。以今觀之，其括之以著述、告語、記載三門者，是也。其子類篇章增益，則有不盡當於人心者焉。六經之訓，昭如揭日月而行，溯文章之原，謂皆出於經，求其類以自附焉，可也。姚氏序目推比言之足矣。取聖人之所已定，若者錄，若者不錄，則是聖人之言，吾有時進退之也。聖人之所論訂，吾有時改易之也。自有六經以來，疑其偽者有矣，疑其脱簡、錯簡者有矣，從無肯操筆專輒以進退改易之者。蓋忌憚之心有以束之，而深慮後世無知之，夫因吾說而流為放也。然曾氏之言曰：『涓涓之水以海為歸，無所於讓，則是援經以自尊其體耳。』

足下與麟洲書乃曰：『吾書成，學者除四書、詩經外，皆可不讀。』不知一時自憙之辭，遂失之易乎？抑中心誠有是見存也。天下學術眾矣。雖聖人不能造一書，囊古今百物於其中者，勢也。故天地陰陽著之易經；紀人倫著之禮，敍述政事著之書；興觀群怨著之詩；人神受和著之樂；定名分，撥亂反正著之春秋。後儒杜、馬之倫，肆其侈心，始有通考、通典之作。然彼臚列往古政要到今，供學者采獲而已。其書要為博大，非必束天下於吾書之中也。明之永樂大典、國朝圖書集成，雖一蓺一長，亦分類並蓄。儉者既不可得，博者得亦不誦。蓋天下之美必不能以一書賅，必欲以一書賅，則必至如永樂大典、圖書集成者，又勢也。僕今歲與通伯言，欲通錄古今來名臣大儒有關政教之文為一帙，不專以文字論，而特不錄經與史，與足下異。司馬遷、班固、陳壽、歐陽修史之嶢然傑出者也。不讀四人之史，豈可號為學士大夫，何為紛紛若是？曾氏摘姚選奏議，錄漢書三十八首，詔令錄漢書三十四首，為不能盡屏諸史，是不然，彼固漢君臣之辭，班、范載之，姚氏錄之等耳，豈可與史傳同科乎？姚氏固未言，凡文入史者不錄也，烏可緄哉！且錄史傳者，錄其文耶？錄其人耶？如第以文，則馬、班、陳、歐陽之外，可錄者絕少。如以人也，則高安朱氏史傳三編，亦既區而薈之，更無煩勦襲為！

足下才豪氣猛，欲以此推排公卿，馳驟當世，而僕輒以戇辭進，蓋業同者，不惜商量盡美，況僕之於足下哉！秋氣中人所患，當已平，慎食飲，輔醫藥。深思鄙言，無忽為幸！

與陳伯嚴書

伯嚴仁兄執事：去歲冬中，同舟一譚，深用傾寫。春初晤仲林，迺知別後兄遭大故，闕然未有一字奉唁，悚惶無似。比想大事已畢。甚念！甚念！

方今朝廷煥然圖新，詔立學堂，兼通中外。此誠志士振奮之時也。湘中風氣久開，辦茲較易。竊疑各州縣遍設小學堂，恐非旦夕可卒就也。學堂全恃教習。泰西文字、學術，今日習者多似是而非。苟聘一下材，全校受病。況中學之精者，亦誠未易得六七千人散教天下也。私意以為但就各府直隸州先設學堂，以造中小學校之師，聘選佳教習。入學者分為數級。每縣酌錄若干人。富縣自立者，聽庶財力易集，將來教習不患其乏。敝縣在江北尚稱名縣，且無力興舉。遠所山澤之區談何容易耶！

鄙人兄弟學文二十年，至今全無用處，時復自笑。差幸經史及儒先之書，少焉讀之，與沈潛之。近亦略通中外大勢。竊謂甲午以前拘於錮蔽，稍自激卬者，輒拒外來，若遇仇敵，於時大患在西學之不知。今三數鉅公倡於上，通達之士和於下。風聲大行，明詔嚴切，驅以利祿，慮亡有不攘褱搤掔而談西學者，則此時所患正在中學之全棄耳。

夫中國之所以見弱於外國者，政也，蓺也，非道也。六經之訓，程、朱之書，韓、歐之文章，忠臣、孝子、悌弟、節婦，至性之固結。文耀如日星，渟浩如江海。由是則治，不由是則亂。雖百千新學奇幻雄怪，而終莫之奪也。中國今日之失政，與蓺其末也，易於挽回者也。道，其本也，不亟亟焉講明，而昌大之政與蓺無所用之也。假設中國商務、海軍如英吉利，陸軍如德意志，君民傑鷙、地勢東西包如俄羅斯，變法自強如日本，學校衆多如美以美，而臣皆貪污，將皆畏葸，兵不用命，士不重廉恥，能自立國乎？必不能也。不待知者而知之也。假設以中國諸葛公治民，衛、霍之徒治兵，張衡、祖沖之輩巧思製造，富弼、洪皓輩使於四方，黃霸、卓茂為牧守，鄭君、朱子為祭酒，不足立國乎？抑必能也。又不待知者而知之也。蘇氏之告宋神宗，以結人心，厚風俗，振紀綱為先。朱子之對孝宗，亦不越乎正心誠意。此數言者似空談何補，不知其裨益於冥冥之中，如人身之有血脈，不可一日不流行於肌膚筋骸，稍虧焉者弱，全絕者立死。

永概所言者，非毀新學也。以為必知吾說，而後可期其成而致之用，正以相贊益耳。蓋過猶不及者，聖人之至論也。因時救變者，君子之苦心也，亦不計其得罪於天下否也！

與陳介庵書

介庵仁兄執事：損問知南皮公召永概往教諸孫，永概雖承家學，不克負荷。往者先君子赴官竹山，謁公，將退，索及拙文，因謹寫十餘首上呈。及遭大故歸里，而公曾以電召，比因營葬，上書自陳不圖。隔年尚煩記憶，且感且媿，皇悚無似，分當擔書就道，藉報知己。豈復更有猶疑乎？

顧事有不能者三焉：故人陳伯嚴聞永概買山已得，待期奉窆，因約至金陵，以諸子相托，已應之矣。南皮公為天子毗藩，天下士之所輻湊。伯嚴則窮居失勢之人耳，舍賤而趨貴，義有未安，不能自解者，一也。南皮公所與之俸過於伯嚴且倍，棄少而取多，尤乖本志，不能自解者，二也。況伯嚴之約，先於公者兩月，毀故而即新，不能自解者，三也。用敢上累執事婉轉代陳，以成匹夫區區之諒。幸甚！幸甚！

或有謂永概者曰：南皮公之好士可謂至矣。既久而猶思，己拒而益切，士之求公一顧而不可得者比比。何用守小分，以鄰於傲而觸公怒乎？永概則應之曰：南皮公大賢也，方將以道德風義養育天下之士，縱所執稍過，猶必獎勵之，以為天下風。此宜喜而不宜怒也。子之所言未為知公者，既以是答，並附述於執事。不宣。

復羅君書

永概白羅君足下：損書辭旨甚美。兩及門而不相值，殊媿悚也。邵君詩有苦思，今世所罕。足下為我道其為人，尤今世所罕矣。僕少學詩、古文辭，今且衰老，自信且不敢，況敢輕重天下士乎？靦然言之無益，適見貶耳。嘗謂肯堂詩縱橫開闔，而法度不倍於古，為有清第一。聞者疑為阿私，因益閉口。徐秀才既為肯堂高第弟子，邵君從之遊，僕又豈有加於是！雖然，邵君欲得僕言以自壯，僕何足以壯邵君！若欲發其所懷，則區區者，又未必當邵君之望也，無已姑略陳之。

竊嘗謂詩之門戶唐賢備矣。宋諸家皆莫能出其藩籬，而況後世夫不求之古人，則斷港絕潢，終不至海。求之古人而僅讀其專集，不求其所致力之途，猶之未求也。杜陵熟精文選，今之學杜者能精文選耶？昌黎非三代、兩漢之書不敢觀，非聖人之志不敢存。今之學韓者，能守此二語耶？古之學杜者，無善於玉谿、山谷、放翁，然各得其一體。學韓者無善於永叔，永叔之文不似昌黎，乃真似昌黎也。其詩則頗似矣，而非其至也。雖然，今世之士未窺古人門戶，即曰不立門戶，才豪氣猛，亦如滔天之水不可灌溉，燎原之火難用蒸炊。古人之門戶固無矣，亦未見己之有門戶也。夫變化於規矩準繩之中，乃真才也。軼而出焉，是舍規矩準繩以求成室，豈不難哉！東坡所云『狂花客慧』，正指此耳。

來問詩者不少，大率求譽。僕固不吝齒頰，終不若正以告之，不違吾心，且不負友。足下曰邵君有志也，聊因足下以致之。不宣。

復海城于君書

永概雖承家學，而才力不足紹述前人。晚遊京師，一二朋好阿譽，濫竊能文章名，殊自慚恧。足下信辟疊語，既求得拙文，復損書，示以大作。讀之光氣鬱勃不可遏，而井井有法度。海城自古用兵地也。足下崛起，獨為古文，為之又工若是，豈非豪傑之士哉！

昔惜抱論文有陰陽剛柔之說，湘鄉廣之以四象。永概以為四象，猶四氣也。足下之文，蓋得夏氣者矣。夫得乎春者，其文和雅，其敝平衍，無嶄絕之觀。得乎冬者，必醇厚，敝則遏抑而不肆。得乎秋者，高潔整肅，其敝也狹。得乎夏者，昌盛而光大，然放焉不善持，敝乃適與秋反。昌黎兼夏與秋，故多長而少敝。臨川惟得秋之美而已。明允、子瞻蓋多夏氣。孫可之自謂得昌黎之秘，喜用生字創句，祇覺槎牙紙上。豈若昌黎奇崛而自妥帖哉！奇崛者在意與章，字句抑其次也。湘鄉兼取漢賦以入文，取其氣可也。若字，則有可以入文者，有不可以入文者。不可不察也。然亦惟漢賦而止矣。魏、晉以下必不可。何也？氣卑而字未必古也。

足下才可學韓，苟思用可之法，宜取作文，須略識字語。觀乾、嘉諸老小學之書必有助焉。雖然，足下毋謂文人不足用世也。司馬遷、班固、韓愈、柳宗元、歐陽修、王安石、蘇軾，彼豈一文人低首於文字而已哉！第知有文而已，其文必不足長久。聊貢狂瞽，幸有以教之。通伯已南歸。大作辟疊所評都當，評之亦無以過。稱謂太謙，不敢當！不敢當！率候不具。

與馬通伯書

通伯姊夫足下：大著周易費氏學刊成見示。伏讀數日，多所開悟。兄之益我厚矣。

竊謂夫子十翼，皆所以明易也，而序卦、說卦、雜卦，意在明條例，文言祇釋乾坤，彖、大象限於一卦，小象限於一爻，惟繫辭能綜易之全體，繫辭不明而易不可見。解繫辭者，各有所長，而皆不能融會貫通，使之昭晰無疑。何也？其文至高，非通於文而肯深思者，未易窺也。兄獨分析篇章，犂然當乎人心。雖使孔子復生，亦必見許。故永概以為有功前聖，衣被後世。當在乎此一卦一爻，雖多碻詁，在兄猶為餘事。永概既讀尊書，妄有所記，兄乃取吾說，改訂『離卦』。夫虛懷不遺一善，君子之公德也。有所知而見錄於君子，亦小人之幸事也。

惟初爻，兄因『相見乎離』一語，以為士相見禮，尚覺未安，敢備陳之。相見之義乃合全卦而言，不第在初『離』為日，為火，人君之象也，故二言朝，四言刑，五言新君即位。上言出征皆人君之事，不應初獨言士。故永概以為冠冠者天子，諸侯亦有之，特其禮亡耳。左氏傳曰：『國君十五而生子，冠而生子，禮也。』郊特牲曰：『諸侯之有冠禮，夏之末造也。』孔穎達曰：『古者，五等並依士禮冠子，夏末始與士異。』故大戴有公冠篇。玉藻云：『玄冠，朱組纓，天子之冠也。』鄭注云：『始冠之冠，然則冠而責以成人之道，當上通於天子冠。』義曰：『見於母，母拜之。見於兄弟，兄弟拜之。成人而與為禮也。玄冠、玄端，奠摯於君，遂以摯見於鄉大夫、鄉先生，以成人見也。』以此推之，天子、諸侯既冠，亦必有見宗廟、會族屬、朝群臣之事，冠而與天下相見，故曰『履』，錯然責以成人之道，故曰『敬之無咎』。不敢隱默，仍希教之。永概再拜。

贈高仲葵序

處鄉里之中，目所見，耳所聞，心思智慮之所及，皆不異於人人。獨與其友一二輩，慕篤行之風，敦孝弟之節，修於身，行於家，稱道於鄉之父老，雖無賴子弟亦不忍犯之。此所謂十室之邑，必有忠信者乎？然或與之論古今而道當世，批卻中窾，機發風生，則有遜退不能者矣。德合於古人，而名沉於里黨，終其身而無所可用者，多矣。是豈人情喜標榜而薄實行哉！抑其所學之不足，不能以自章也。

吾友高君仲葵，孝弟性生，意思至到。惟恐親志之不得，遇疾侍湯藥尤謹，雖小事必親焉。居家一以朱子小學為準。其躬行有人所難能者，獨不喜為文章，亦不多讀書。予始見君時，蓋年三十餘矣。夫石之蒼然潤者，中必有玉。水之油然媚者，中必有珠。士君子苟仁義充塞乎中，德輝洋溢乎外，雖一時有通有塞，終能出類而遐彰也。今之自飾以欺名者，所在多有。乃或矯其弊，而於一切聲華之著，視之浼焉，宜也。遂至讀書講道，亦以為務外而絕不為，毋亦過乎？吾既深嘉君之為人，而欲更勉以學，因舉此告之。

送仲兄之湖口序

予家當戊寅、己卯間，漸貧不能館師於家。予方習制藝，凡文之塗徑、詞藻，一惟仲兄言是依。兄亦口講手畫，無稍厭苦。予為文，或甫成草，狼籍不可辨。兄取視，予從旁誦之乃解，或即握筆點竄，必當乃已。善者喜而稱之，劣則摘缺以告。予性卞急，時因自恚。兄必解曰：『人作文，甯能無不善耶！且自有善者，努力可也。』

近年家益貧，負債逾千金莫償。兄遂有湖口之行。湖口去家僅數百里耳。兄之是行，雖有經年之別，固亦未為久也。然吾兄弟少而相處，未嘗有一月離。每晝共處一室，既夕則共鐙讀書。當其縱論今古，俯仰之間，怡然至樂，何嘗有離別之感攖其心哉！人至中年以往，衣食之謀，妻子之累，環而交訌。往往奔走，各出孤行遠遊，欲求如幼時之依依聚處，何可復得！然則吾三人異日之游，方將自兄始矣。此予所以不能無感也歟！

兄行抵湖口，授經之暇，登臨山水，遠眺故鄉，必將慨然有不適於心者。夫晨昏省視，居者勉之。兄抱疾未盡痊，願自愉以保身，其即以是寄慰於親焉，可也。

贈何生序

古之文章出於一，今之文章歧而二。謨、誥、訓、誓，非深明其故，未可卒通。當時敷揚殿陛，陳說草野，皆能曉之，未嘗苦其奧衍。兩漢君臣命對，猶斐然可觀。降至於宋，格律雖殊，要無有傖俗鄙倍之辭雜乎中。傖俗鄙倍之辭雜乎中，其自元、明始乎？於是文之用二矣。行世之文，貴於明白而曲暢，使人讀之敖然以喜，勃然以興，皇然以失。上自君相，下逮編庶，莫不惟吾說之知，而文之能事畢矣。若此者，世恒有之。至於陳述政治，序列善奸，扶植道教，質以淪華，法以御奇，則非根六經，揖兩漢，攀企姬、孔之籓，蹈籍淵雲之囿者，不能操筆吮墨於其間，斯謂傳世之文。或一代數人，或竟無一人，誠哉其難之也！

望江何生范之，始從余兄仲實學為科舉之文。今年詔廢制藝，又從余學為古文。余告之曰：生年甚少，且席累世之業，必將有以自見。則行世之文，其亟焉者矣。雖然，是特古今之不同耳。而尚體要也，則一生得其一端已足。泛應於天下，若兼能之，斯真豪傑之士哉！今有人北行者千里之外，已見冥山也，及期升其巔，罄糧，足重繭，迺適至乎其足。生其勉於學哉！字之勃之！若唯恐揉之。習之久之，神化於守之，極人世之樂而無以偶之。吾告生止此矣，無忽於見冥山之易，而廢於升之之難也。

送沈乙庵方伯序

古者，國家之患在賢者不得位。賢者不得位，則雖有捄世之策，而無從施。今也不然。賢者在位矣，知其事之因革緩急，熟視太息而仍無如之何，有位與無位等是。奚為而然哉？其故起於內外之相疑，雖任以職，而其心不孚也。於是賢者，或得罪而去，或不得罪而自憤其無補於世而亦去。而不知賢者皆懷潔身之義，長往於江湖而不返，是更國家之巨患也。

往者，安徽得金壇馮公為布政使，嘉興沈公來權提學使，既而馮公遷巡撫，沈公遷權布政，一進稱極盛焉。甫一年，馮公以開缺去，沈公今又引疾繼之。凡安徽之群士無不蹙額疾首以相告，若有重憂之在其身。今夫水，庶民所恃以保晨夕者也。十室之落必有井焉，雖旬不雨而無傷。今責井曰：爾蓄水於私，不如放之江河之為大也。甕漏而瓶，羸落之人其散矣。易曰：『井渫不食，為我心惻。』又曰：『井收勿幕，有孚元吉。』永概於公之行也，烏得而無言。

贈張仲韓序

明、清以經義取士，凡五百年。士負聰明求用於世，不得不先工經義。二三好古者欲治古文，大抵喜眉山蘇氏父子。夫法乎人者不及，則遞下持蘇氏所作，與司馬遷、韓愈較去之遠矣。故兩朝作者之盛每不逮古。余少治經義為之不工，竊好古文，初亦取法蘇氏。已而乃知蘇氏非文之至，有慕於昌黎。思昌黎所自出在非三代、兩漢之書不敢觀，非聖人之志不敢存，以為欲師昌黎，當求昌黎之所師。惜乎已老而卒無所就也。

銅山張君仰韓與余共事京師學校中，朝夕見，初不知其能文，偶為數篇示余，氣盛而有條理。余大異之。仰韓未嘗為經義，又不喜蘇氏，日讀昌黎、河東集，固無二者之病。生近中原大河所舊經，宜其才之特殊也。余年二十餘，以文謁吳至父先生，先生獨賞其氣俊逸，期以必成，顧今已及昌黎將歿之歲而止如此。惜乎仰韓生晚，不得起吳先生而師之也。爰書以贈之。

外舅徐椒岑先生六十壽序

光緒丁亥，外舅徐椒岑先生將之黑龍江，寄書江陰告永概曰：『吾生平足跡徧天下，惟東三省缺焉。此行良自快。』永概聞之起曰：『先生非常人也。其胸中有所韞伏，徒自計不能事貴人，又不可離世獨立，困躓流播，垂老而遠行萬里，是固丈夫未遇知於時者所有事也。』

黑龍江為列聖經營故壤，國家要害重地。鄂羅斯與我犬牙繡錯，好人怒獸，時思逞志，噬嚙中國。接馭之者率皆庸媕微尪之夫，浸尋喪失，尚不自奮。今先生雖負雄略偉志，又託於幕府不得其職意者，不能行之於身，將親臨周覽，一發其積弊所在，垂之空文，使當世識時務之士，咸曉然知中國與彼強弱之故，固自有可挽者，則先生生平志事亦可白之天下，不徒使二三親知與後生小子，悵然於先生之未遇知於時已也。逾二年，先生歸，果成黑龍江述略六卷，讀之深切至到，議必附事，事必稽實。徒友或為棃行，人士爭購取之，幾盈海內矣。

抑又聞：先生少時遭勇烈公變，被髮徒跣往來兵間，上書言得失，嘗受知於胡文忠公，欲奏而官之，則又自痛不就，而亦病痱臥床席數年，發憤讀書，作為詩、古文數萬言。病起，亂亦漸定。諸公貴人爭邀致之。故近則江浙、湖南北，遠則滇黔、粵、閩，西北則甘肅、陝西，中原則河南、山左右，以達京師，無不遊。其興革大政無不與知。諸公貴人根柢好尚，無不洞剡其隱，往往鄙夷不屑，使氣折之，善逆事成敗言輒中。諸公貴人則大驚服，先生即謝去曰：『吾言讐，彼面讋，心忮我矣。吾豈可居耶？』或疑先生難與人合，不知其智足自全也。

今年九月某日為先生六十之辰，永概與先生咸在北方，既為徵詩於吳先生、及其友劉乃晟、李剛己、吳鐙輩，乃自述昔年往復之語，並所聞於父執者，謹稱於前，以為壽云。

方母蘇太恭人七十壽詩並序

吾聞之即墨鄭君杲，昔者吉甫作誦以慰山甫，昌黎贈序實始因之。故其辭多風，不有誠於其人，必因其人而有規於當世。予因類徵之詩七月之篇稱『彼兕觥』，閟宮之什令妻壽母。今之君子以文為壽，彼施非其人，或名必公卿貴富，導虛諛而貢夸辭，其無謂也。苟德劭歲富，日吉辰良，述既往之勤，勉將來之善，於以保世永祉。孰謂其體卑，而有道者不為之與？

光緒丙申九月之吉，實為方存之先生繼配蘇太宜人七十之辰。先期哲嗣倫叔、常季逆永概而告之，且曰：『吾母躬素儉約，不欲費酒食而勞親賓進。家人子婦申誠至再至三，守彝、守敦未敢違。惟吾母生平懿行，實欲求蓄道而能文者載述一二，以紀家慶，示子孫。子其勿避。』永概與倫叔、常季交垂二十年，又受業於先生之門，申之以婚姻。歲時道郡城，必主其家，升堂拜太宜人。知之深，則言之烏可以已也。謹仿風人之意，上以昭太宜人之美，下以申誦禱之，私且為倫叔、常季啟承勸，獻詩一章，凡二百九十八言，其詩曰：

猗惟宜人，世稱碩門。周有司寇，理民罔冤。末降淑媛，纘配大師。來妃之初，宗鄗曰宜。災遘元二，蛇豕突蟠。有城弗居，舉族依山。外供親朋，內撫襁褓。式飲式食，惟宜人是保。危既安矣，先生官矣。卿相騰薦，輝漫漫矣。奴僕廣矣，群息長矣。匪曰長矣，賢且朗矣。吹之煦之，以身嫗之。教之督之，以身則之。昔也瘁反寬，今也愉仍約。不敖不矜，惟宜人自若。昔蒞東強，歲云告凶。先生勤外，宜人亦瘁於中。孰有子弗子棄置，道周行收，厥鬻饘粥。內謀節婦，曰陶孝女，維王請旌之朝，迎入署堂，衣以絲布，哺以餌湯。忽懷金闕事，拒以義方，曰予惟敬爾德，爾胡弗自臧！猗惟宜人，行茂於宮，化敷於宗，祉集於躬。蔭委於孫、曾，如龍山之固，罔有騫崩。酒馨盈甌，鞠芳秋朝，親朋萃止，烹羊擊牛。躋拜升獻，上壽千秋。子子孫孫，俾述俾思。夙夜奉承，勿替引之。小生婣鄙，行玫文咨。敬載彤管，奉颺懿徽。

鄧繩侯母疏太孺人七十壽序

光緒初元，先君子謝官歸皖，時與懷甯王子誠先生相過從。鄧君繩侯，先生表侄也，亦數數來。余兄弟猶兒耳，繩侯長十餘歲，英采傑出，顧樂親之。數年先君移居山中。余兄弟就試安慶，繩侯每見，深談狂論，交日益驩。嘗戲謂余：『異日必為陳同甫。』其後余兄弟奔走南北，遇皆不遂，學亦無所成。乃因興舉學堂，皆輟遠遊，聚於鄉里。每與繩侯執手道故，初不自意，忽忽老大便都四五十歲人也。

一日，繩侯過余曰：『明年正月，吾母屆七十矣。族之人相率致慶，且有遠自二百里外至者。雖吾母不欲為壽，而不可無以觴。姻族埶孫略述吾母數十年艱苦，持門户與所以教不肖者，乞朋友為文以張之，埶孫志也。』

永概受而讀之，竊歎鄧氏世有賢母，而太孺人辛勤鞠育，克承家風，德至厚也。繩侯少孤，家居白麟山中，有田數十畝，課種、分租、庖廚、雜作，自春徂秋，朝至日昳，皆太孺人一身當之。故繩侯能孤行其意，窮達不累於胸中，保守完白山人之遺澤。世徒敬繩侯之學行過人，孰知皆太孺人之所錫哉！

今之君子痛女學之不修，以為教育之道必自女始。然其為說終以造就賢母、令婦為準則耳。或者乃謂天生男女均平齊一，舉凡男子所能之學術事業，皆可於女子期之，不知女道修於門內，則一家之事，男子可弗問焉。出其身以為天下謀，公益極其成就，謂女實居其半可也。豈必事出於己乃為功乎？吾觀史冊所載，偉人名世，其得益於母者尤多。考之西籍亦皆符合。若夫邑姜之列十亂、木蘭、冼夫人之治軍旅，近世維多利亞且君長英國六十年，是又間世一見者也。夫不可以常者，不足為公法。向使女子取男子所應為者一一代之，然則閨闥之事轉以屬之男子乎？必不可矣。況萬物傳續之道，乃天所以專賦於女也哉！

繩侯閱歷於教育也久，又躬秉太孺人之教，試取余言，歸獻一觴可乎？

曩者，歲暮風雪，與繩侯值於大龍道上，堅約過其山莊，不果，至今以為恨。今余僑居皖城，相去三十里，肩輿造訪，拜太孺人堂下有日，先持是言以為券云。

秦吉帆先生七十壽序

光緒乙亥，吾父攜家寓郡城，聞吉帆先生於馬通伯欲延教諸子，介阮仲勉冒風雪走二十里，叩先生門以請，先生欣然許之。是時余兄弟皆少，而余尤稚。視先生貌渥丹慈和可親，終日無妄言笑，獨樂依焉。逾年移家掛車山中，館先生於鄰祠者半歲。先生去，而余幾廢學，先生聞之時惘惘也。其後余稍知刻苦，為文章，先生大喜。然自是奔走，未得時奉杖履，獨依戀先生之心猶少小耳。

今年在京師遇周君質存，為言先生七十之辰將屆，猶子兆松欲召親朋為一日之敬。余心怦怦，欲升階預奉觴之末，將客揚州，不果。仲兄又遠侍於南漳，謀所以為壽者，仲兄則命永概為文以獻。伏思先生孝友之行，雍肅之德，至敦篤也。而教子弟最有名。其教也，不專主舉業，時時示以立身之要，又謙不自居，曰：『吾非能使懦者起，而窳者良也。有古人之書在，譬奔馬焉，吾為之策。譬送丸焉，吾為之括而已。』學者爭求著錄門下。既老屏迹家居，挾筴相就者尚不絕，户不可楗。

吾鄉自明以來，文章氣節名於天下，而伏處之士往往負淹洽之學，絕意仕進，不汲汲於著述，專以誘掖後生小子為事，故士之成立易於他方。由先生以前，其可知而述者，蓋十數人焉。由先生以後，則未聞有紹先生之風者也。

猶憶少時，先生教諸生於銀皮山。余一日襆被往謁，留與兆松共學匝月乃歸，其狂憨之狀，至今思之多可笑者，而先生顧之獨以為樂，則執筆追寫二十年來之情事陳於座前，吾知先生覽之，必掀髯大笑而加爵也。

嚴先生六十壽序

壬子冬十二月，為侯官先生六十之辰，其門人思乞言以祝，而先生曰：『得姚叔節為文，金子善書之，足矣。』永概辱知先生久，其敢避！

先生幼在蒙塾中，竊取架上漢書點誦，師責之，然視其句讀皆不謬，乃大驚。十四而孤。時沈文肅公方創船政學堂於閩，選高材生，聘外國人併日教授。先生既入選，每試冠曹偶。文肅公大器之，畢業登練船，周歷太平洲洋島，已赴倫敦游學。然先生雖用海軍起，至其閎識孤懷，則欲捄中國於危亡之中，措之太平之世，不僅為一時計也。居外國數年，其所學則以哲學為本，政治為用。其所覃思，則在中外各國數千年遞衍遞進之故，而所規畫常及乎百年以外。故論説出，不知者瞠眙怪駭。其知而好之者，亦第相與歎慕流連，究莫能用其身而行其言也。

先生既歸國，李文忠公檄辦北洋水師學堂，二十年所成就者千數百人。今之效用海軍者，大率皆先生弟子也。先生在北洋久，多所建白，皆解決根本之圖。既不見用，先生亦無意進取，因取外國名著，凡可以轉移痼習，矯正人心者，譯以雅言，餉遺天下。其天演論未出，先示吳冀州。冀州大服，為序而行之。先生之書布散宇內，人人能讀。今者創建民國，革三千餘年之政俗，欲與列強競，究其設施能合於宜存否亡之理，權衡乎利害禍福之間，從容以蕆其全功，保中國於不敝。則有識者於先生之書，不能不低徊太息也。

永概嘗與先生語及身世，先生戲舉孫寶語，曰：『不遭者，無不可為。』永概則謂方今國體初更，固宜旁攬世界之政治學術以自助，而中國之所以立國者，未可昧也。昧則不適宜而將亡。若先生者，可謂閎博深遠之君子矣！天佑中國，黃炎遺裔必且大昌。然則先生之説行且見用於天下，請以是為先生壽。

熊子京六十壽序

光緒之季，余於上海嚴又陵坐上遇南昌熊季廉。又陵告余，季廉奇士也。其後又於江舟遇其兄曰簡叔、弟曰季貞。時季廉臥疾上海。簡叔、季貞往視之，與之言，乃知其兄弟八人，群從子弟繁盛，且多才俊。余心嘆羨之，不能忘。其後季廉猶子慕韓來安徽為財政監理官。余時長師範學堂，又得相見。已而國變，余客京師，時時聞慕韓兄弟以才效用中外。今年之冬，慕韓尊父子京先生暨其配盧夫人年屆六十，乞余一言以為壽，且曰：『異日文必入集，勿棄也。』

蓋先生為季廉之從兄，陳弢庵先生督學江西，取補縣學生，逾年再試，取補廩生，以歲貢候選教諭。然侍母盧太夫人不忍跬步離，故至老不出，撫其群弟盡敬盡愛，亦至老不衰。嘗與弟刱心遠學校於省城中，遷家塾於廬山，分遣子姪就學外國。南昌濱江堤，歲久不修，春秋江漲，潰決田隴，沒者數萬畝。先生慨然請於大吏發帑金，集父老出錢以繕之。躬親督役，晷無寸棄，財無銖遺。賦丈計方，不避風日，而功以訖。每秋獲米及豆棉之屬，凡數百萬石，疲氓以飽，里人歌頌之。曩余聞吾鄉先輩仕宦徧天下，其兄弟必有一二人焉家居，以盛德聞。故出者宦成名立，退而有所歸。其子弟則讀書植品，有繼起之具。此所以世族相承，往往至數百年不替也。此義也，今則稍衰矣。然則先生之畢生於里閈，豈徒孝思所迫已哉！殆天將啟熊氏之門而大之耳。

盧夫人與先生強健如四五十歲人，而盧太夫人於母家，實盧夫人之姑也。今年八十有二，神明不衰，然則先生一門之內已極人世難得之遭，又何羨乎其外，固充然有以自娛矣。

季廉昔服膺又陵，因自名曰『師復』。慕韓與兄慕蘧更希蹤伯玉、稚圭。夫稚圭值有宋之隆勳，名流千萬歲，而伯玉在衛國屢亂，進退不失其節。孔子稱之曰『君子』。慕韓兄弟之志亦可知矣。余乃追述十餘年往還之跡，並徵之吾鄉故實以薦觴焉。其庶為先生之所樂聞乎？

王母李太夫人九十壽序

戊午孟冬，為新城王晉卿先生之母李太夫人九十之辰，於是晉卿亦七十矣。其門下士趙衡等十八人，敘太夫人賢行，徵文於世。吾觀古籍所載：賢母孝子稱美人口者，大率出於憂患之中。獨老萊子斑衣奉親，處至樂之境，為千古羨。然則吾徒其可無言乎！

太夫人年十七歸重三先生。次子松舫先生重親在堂，薄田僅給，服勞奉養，鞠育勤劬，太夫人妯娌凡五，不謝勞於人，晝躬執炊，夜事紡績。及松舫先生兄弟先後領鄉薦，貢成均，而晉卿成進士至大藩，太夫人處之一如平日。當祖姑在堂，時翁姑皆逾七十，五世子姓凡數十人，婚嫁喪葬，靡歲不聞，處其豐約，咸得所宜。節縮餘資，惠及族黨。言家法者，必舉為式。由是觀之，太夫人七十年中，足以銷鑠精氣者多矣。而母躋大耋，子杖鄉國者何哉？德有以主之而已矣。

夫神明者，非外境所克震撼者也。四體之勤，嚴恪之意，皆可固筋骸而益性命。今世倡言衛生之術，自奉無微不全。然日馳逐乎得喪忻戚之途，悖天理，逆人情，悍然不顧，使果保血肉之軀長生久視猶不足貴也，而況所以喪其神明者已極，徒恃飲食居處為自衛，奚足恃耶？中庸曰：『有大德者，必得其壽。』不其然哉！

晉卿居京師舊治，人士來必造廬起居。文學為大師，自言少時太夫人篝燈織，執卷讀於傍。松舫先生言其文進，則喜；否，則歎息終日。今日所就皆母教也。太史公敘老子曰：百有六十餘歲。或言二百餘歲，而附老萊子於中，曰：『著書十五篇，言道家之用。』終之曰：『以其修道，而養壽也。』蓋疑為一人云。老萊子之年如此，則其母可知，因舉以為太夫人壽焉。

星五叔父六十壽序

吾族自餘姚遷桐城垂五百年。自參政而始顯，至端恪而乃大。端恪有子五人，三祀鄉賢而兩祀名宦。今者，五房子姓百有餘人。雖不及其初之盛，而讀書仕宦猶不絕。此衰而彼興，不可謂非祖宗所留貽者遠也。永概少時，先君子嘗詔之曰：『世族之起必有門風，守而勿失，乃可長久。吾邑前輩大都忠厚，故世族也多。獨我先人世世相傳者，守難進易退之節，無矜己誇物之風，德過乎名，施優於位。此為子孫者，所當夙夜念茲也。』永概敬受命，因思人處困約之時，猶每眷懷祖考，及身顯意得，或忘其先，而不知江海不竭以有源耳。源苟絕焉，涸亦可待矣。

今大名道尹星五叔父，實為我端恪公第五子、朝邑公之六世孫。少嘗貧，客中州，立志堅卓，由幕府而為小吏山東，辛勤河工十有餘年，乃署濟寧州事。即分其俸廉買義莊，以惠五房之貧者，且為外家立後、置產，遷其先柩之旅殯者而歸葬焉。叔父生於豫，宦於齊魯，未嘗歸也。余聞而欽之，恨未得見其狀貌。又數年，乃遇於安慶，坦白無城府，君子人也。其後數見於京師。嘗告永概曰：『吾生平未嘗干人，及得官也，往往會有天幸。』因述其得之之由，則功績遠過乎人，而所酬尚未稱也。今者之官大名，叔父先已退居濟南、青島之間。久無用世意。會濮陽習家集河再決，當事以其熟於河工，強起之，工成，遂不聽去。今歲十月之吉，為叔父六十之辰，叔母陳夫人亦五十有六矣。

蘊山弟曾官法部員外，以奉養左右，不求仕進。有子四人，長者已見頭角，將上壽於官舍。而叔父方捐金修族譜，為詩四章，敘其思歸之意，且以祖宗清德勉其後人，寄永概讀之。詩曰：『樂只君子，福履綏之。』又曰：『樂只君子，保艾爾後。』夫惟君子而後能綏此福履，用保厥後也。端恪公子孫在北方者，凡十四人，咸思稱述盛德。吾兄仲實乃命永概為之辭，爰謹述先君子遺訓，以為侑觥之獻。竊謂叔父與先君子雖未及見，而行誼略同。豈徒頌禱云爾哉！將使族人子弟聞而知勸也。

馬佳母曹太夫人九十壽序

永概少喜讀宋、元、明儒者之言，年二十一，客王益吾祭酒江陰署中，校勘續皇清經解，因窺乾、嘉諸老考證之學。及計偕入都，同里馬君月樵仕京師，方提倡陸、王學說，不諱言禪，勸余舍文字業從之。既別，復抵書千言，申其說，余愧未能也。

惟聞月樵稱述同志之士，有馬佳公者，為儒而無門户之見，庶幾篤修君子。心竊慕之而已。其後貧，游江甯，從魏君季詞，稍稍問學佛門徑。季詞之言曰：『佛之教人無方，從入之途亦各別，而惟淨土可據依。』因求經論數種讀之，茫昧不甚曉，旋即棄去。

久之再入京師，時國事已變更。曩時故人多宿草，而京師方盛譚佛，乃復取而窮焉，始略通其大旨。於是又聞馬佳公之母曹太夫人年八九十，日誦佛名至十萬聲，時見庭室作黃金色，歎羨不能已。馬佳公先世與吾伯祖伯昂閣學有通家之好。余與公昔曾一往還，後公日貴，而余性疏嬾，不復嗣見。

今年十月為太夫人九十之辰，公乃徵文及余，得知太夫人淑慎端默，相夫子，撫遺孤，處約而能寬，在豐而不盈，用享太耋而神明不衰。由其中之沖和靜一也。夫日誦佛十萬，蓮池大師猶以為難。太夫人乃優為之，非過人之力，曷克至此！獨念太夫人方且志生極樂，而造彼不生不滅不增不減之域，則世間之長生久視皆小年也。又烏可以尋常頌禱測其大年乎？惟昔月樵聚同志講習，時余兄仲實、姊夫馬通伯及公，蓋數數會，而余獨未與。今者躬親太夫人期頤之預慶，得從眾賓奉觴行暇，其榮大矣。通伯、仲實咸謀所以致敬，聞述鄙見，皆曰：『子之言是也，非可以尋常頌禱進也。』乃不別為之辭，屬永概書之以為獻。

秦紹觀母王太淑人八十壽序

黃河入塞，甘肅首受之。土厚水深，其民敦厖雄傑。雖婦人女子亦知敵愾同仇之義。漢書趙辛傳贊，所謂歌謠慷慨，風流猶存也。顧去京師遠，余生江南，相去益遠，交遊所接甘肅士大夫獨少。光緒之季，太和王建侯令君，甘肅人也，有循聲，以事來省會。予時監督師範學堂，因得相見。建侯言新政多微辭，尤不以改建學堂為是。未幾膺上考，顧棄官歸，臨別求予詩以去。

乙卯、丙辰間，予來京師，從新城王晉卿，得識秦君紹觀，接容顏，知為君子矣。紹觀以進士官御史，國變後有屋一區，分其半以居晉卿。以晉卿之賢，與紹觀為客主人，則紹觀之為君子更可信也。庚申冬，紹觀母王太淑人壽登八十，將歸里，而以侑觴之辭見畀。於是又知太淑人之孅行，而紹觀之為君子蓋有自也。紹觀之言曰：太淑人之歸於先公也，先大父母持家嚴，黎明而起，夜分猶集子婦談古人事之可則者，太淑人能曲得歡心。咸、同之際，饑饉盜賊，轉徙流離，得米供甘旨，往往磨榆自食。亂稍定，先公為學官，望瀾補弟子員，猶貧。太淑人操餅師業以佐饘粥。望瀾為御史，言事獲譴，回民政部署，則慰之曰：『顧所言無媿耳，故官非君恩乎？』嘗一至京師就養，不久即歸。諸子迎居蘭州，亦不久反里。蓋太淑人素儉，不樂繁華，而神明強固，至今能於燈下讀細字書，持女紅。由此觀之，太淑人之壽未可量也。

自予客京師八九年中，所見聞與古大悖。獨於其親生日遍徵詩文，肆筵受賀者不絕而來，乞余文亦不乏。惟晉卿之母李太夫人以九十之年，子孫眾多且賢，於文無媿辭，於義為至允。今太淑人八十矣。紹觀兄弟承累世家法，秉太淑人之教，克自樹立，貽厥孫謀。或者聖賢典型淪亡於江海四通之衢，轉在紹觀之鄉，未可知也。姑持斯言以歸，進稱於階下，且留為異日之券。其亦可乎？

王母賀太安人八十壽序

永概嘗從吳先生得聞北方世族，有深澤王氏、武強賀氏，兩家互為婚姻，家法可比古之顏、柳。既而得見王西渠孝廉，年少有文。未幾又得見賀松坡先生，同居數日，松坡時已魁然為文章鉅子，曾受業於吳先生。先生以友待之。顧獨親愛余，所以期許甚厚。今三十年矣。世變屢更，吳先生及松坡、西渠皆已宿草。余老客北方，乃又得見西渠之兄勤生於吳辟疆坐上。西渠貌秀而體弱，類南士，而勤生則豐富樸厚，見勤生如見松坡也。

勤生來言曰：『維歲八月，吾母八十之辰，欲得君文以歸為壽。』於是乃知太安人為松坡先生之姑，持家數十年，一秉古則，子女僕妾六七十人，事必稟命而行。晨起參家長。長者坐，少者立。室不能容，雁行布階上下。每食同室，坐以輩，輩同以齒。親友初至，見之以為異。久亦以為固然，皆慨焉歎慕。夫人必得禮而後安。是故先王之治天下，道之以德，齊之以禮。禮失於一家，則囂凌起，於天下則爭奪興。勝殘去殺，非禮莫由。今者人情日趨乖異，聖哲精意，弁髦棄之，禍無寧日，靡知所屆。獨太安人之家，猶能保古昔盛明之風，斯不可為奇祥異瑞也與？

永概聞之詩曰：『彼都人士，狐裘黃黃。其容不改，出言有章。行歸於周，萬民所望。』又曰：『彼君子女，謂之尹吉。』蓋彼之者，非此之云也。詩人處道喪之餘，追想承平，辭婉以深動乎人心，至欲為之流涕，而何意得親聞斯世，尚有其人乎如是！永概安敢以不文謝，乃敘其所得於中者，俾勤生歸獻於堂上。若太安人之懿孅，固非茲文之所能盡陳云。

贈殷何疏三君序

桐城諸山自西來，將入縣境，由灊之夫子嶺，南趨起馬鞍山，迤東窮於大小二龍。北曰洪濤山，東行入廬江，盤紆數十里，復入吾縣為大凹山。南達樅陽，與大小二龍峙。其間平原曼衍，臨松山，嬉子諸湖水皆出樅陽合於江。說者謂人文之盛，亦山川使然。

然自明以前史策無傳人，至明而始興，及清乃大顯。何與？豈山川之氣開闔有時？而曩者諸老先生披榛莽，立堂構，辛勤貽後人至可念也。望溪、海峰、惜抱三先生之學，橫被海內。獨其鄉里至今日能讀三先生之書者甚寡，抑又何與？夫文章公物也。父不能必之子，兄不能傳之弟。山陬海澨，苟有人焉，斯負之以行矣。

然吾於鄉得一人焉，曰殷君兆元；通伯得一人焉，曰何君汝賢；吾兄仲實得一人焉，曰疏君達。三君之於學，懇懇乎將追古人而及之，乃獨暱於予兄弟與通伯。吾三人者，所謂容貌祿位不能過人者也。然則，三君之志遠矣。殷君、疏君體少弱，何君差強。夫贏糧而萬里可行也，強身而大業可致也。三君勉乎哉！吾喜得三君，而卜吾縣山川之氣未衰也，於是乎言。

慎宜軒文集卷五

記先妣逸事

嗚呼！永概八歲而失吾母，形容仿佛百不能得一二焉。蓋恍恍如夢寐，幾與生本無母者同矣。傷哉！

追念兒時從塾中歸，先母與大姊坐窗下論家事，旁置茗一甌。永概乞就飲之，頞蹙。母笑曰：『兒畏苦耶！何吾嗜之不覺也。』一日，母與家人納涼後院。時七月既望，人家焚楮錢，火飛在空欲墮。永概以為星落，大駭哭。母呼抱入臥床上。永概夢中猶依稀聞母與外王母共笑兒之愚也。安福縣丞家饒於財，其子嘗於新歲來謁，衣冠都美。永概兄弟羨之，請於母。母怒曰：『不聞汝見人學美而羨，第見衣美而羨也。』母嘗與家人言：輒願歸桐城閉户安居，上奉大母，下教諸子。今吾父棄官歸矣，而吾母之志乃不及遂。痛哉！

自母歿後，兩兄及永概先後補學官弟子。今年九月永概又將授室。回思吾母音容，其猶可記憶者止此。於是泣血書之。

記外大母陳孺人事

陳孺人，吾母生母也。先世當塗人，賈桐城居三世矣。至孺人父某而始貧，遊於浙江，困而歸，生三女，皆長。其二已字行嫁矣。一子甚幼，已病腰不起，輾轉無計。中夜就縊，家人救之得甦。孺人則自悲痛，請以身粥金，嫁姊育弟，父母泣不許。既而貧益甚，計無所之。當是時，外王父方伯光公宦湖北，聞之喜，遣人來言。孺人又匍匐以請且泣。其父母亦泣曰：『孝哉！吾女。』乃許之。既歸光氏。光氏長幼且數十人，莫不稱其賢且敬也。

孺人無子，生二女，長吾母，次適監生馬萬琛，以節孝旌。咸豐初，粵賊犯桐城，侍外王父赴浙。外王父旋卒，吾母乃迎孺人來養焉。吾母故多病，又多子女。吾兄弟鞠育之恩，孺人實參其半。吾母既歿，從母筑室曹岡，迎孺人去。其後吾父亦攜家掛車山，距曹岡七十里。

永概時時往焉。孺人老矣。一日持一折足鐺，言曰：『往吾用此作糜，以餔若兄弟也。』因備述昔事。永概聞而悲之，請為文以紀。孺人曰：『凡吾之所為，欲存吾弟，延陳氏祀爾。粤賊之亂，吾弟卒以餓死，吾之志既不遂，紀何為者？』永概曰：『孺人之所自盡者，全乎人也。而卒不克濟者，囿乎天也。君子之論人也，以人不以天。』因記其大略如此。

記馬氏二節婦事

馬氏二節婦者，其一姓光氏，永概從母也。父諱聰諧，年十八歸馬萬琛，三年而夫死，則呼號不欲生。家人晝夜環守之，而節婦求死益堅。馬氏故有左孺人者，於節婦從姑也。年十八夫死，亦以節著，乃泣語曰：『吾夫死久矣。吾豈偷活者！顧念尚有親在，死適違亡者意耳。』於是節婦乃起侍舅姑。由此與左孺人益相憐甚。

當是時，粤賊犯桐城，節婦侍舅姑走河南，貧甚。補紉、浣濯、饎爨，朝夕與諸姒分任之。其後節婦嘗語永概曰：『自吾喪夫子，晝則操作家事，夜與從姑同室寢。每夜婢嫗等皆垂頭睡，獨吾兩人相對黯然，或絮語通曉也。既亂定歸里，舅姑卒，乃與夫母弟萬祜侍養汪孺人。』汪孺人者，萬琛生母也。居數年，左孺人老矣。一日告節婦曰：『吾夜夢至一堂，諸婦女甚眾，迎我，啖我二梅子。何也？』翌日卒。節婦具棺殮之，買山近村葬焉。自其生時及死，無一不賴節婦力者。又數年，汪孺人亦卒。喪畢，節婦乃築室，迎其生母陳孺人以居。兩節婦皆無子。光孺人以萬祜子元烺為後云。

二僕傳

古者，奴婢皆鬻身於主，世世服役，若家人，故其情通而分嚴。舊史所載李善之徒多矣。今世執賤役者，皆計日以受錢，名為人奴，實則傭耳。一旦辭去如途人。故情不屬，而分有時，而窮則臨患難而不去者，宜不數睹也。

吾家有朱僕者，桐城人。當粤賊之亂，隨吾父避賊山中，輾轉赴福建。時吾兄弟未生，惟大姊纔二歲，盛以竹筐荷之，從達於閩。久之，聞外祖在浙。吾母念甚，又遺之赴浙。至則外祖適卒，乃取外大母書以返。方是時，往返千里。時時經賊境，又用屢絕，乞食以達也。朱在吾家至六十餘始辭去，又數年死。

有李僕者，名玉，江西人。吾父官安福時來事，及罷官盡遣諸僕，獨玉不行，跪請曰：『玉事官人多矣，未見有如主者。如容玉，則值不受。』父乃義而許之。玉識字喜書。吾父檢書時忽不得，詢之，則玉方竊讀也。吾兄弟應試必攜玉往，試次高，玉必大喜，曰：『吾主家郎應如此。』甲申春，遣之赴江西，至湖口，疾發而死。

朱僕、李僕之死，獨有高僕尚存。高僕名貞，其父母皆事吾祖父，故貞自幼育於吾家。粵賊之破桐城，吾父因取宗祏，閉於賊中，惟貞從。賊來，則詐為兄弟。賊去，則主僕之分秩如也。貞嘗病渴，吾父取茶與之，貞猶強起，跪而受。賊脅桐城人出，貞從吾父至舒城，宿旅店中。店主鳳叟者，知為名家子也，私問貞。貞與鳳謀，閉吾父與貞於廚中。賊去乃脫歸。貞今六十餘，居金陵。吾每鄉試，貞猶來。鳳叟後來吾家，至九十餘，乃返其家以卒，吾兄弟見之，皆呼為『鳳老』云。

周烈婦傳

烈婦方氏，甘肅靈臺人。夫周雲瞿，會稽諸生也。客遊至靈臺，贅於烈婦家。未幾去之蘭州。雲瞿性固少合，久而益困。鄉人同客者復擠之。蕭汝霖者，亦會稽人也。以選會寧令，遇之，攜雲瞿去。自雲瞿之出凡四年，烈婦晝夜紡績，每月以金米饋其夫，寄書慰勉之不絕。已而雲瞿死，蕭訃於婦。婦家閟不使聞。婦久不得書，已怪之矣。問無告者。

靈臺俗臘日群集縣廨，禱神卜休咎，有神降曰：『周烈婦宜如其志，否者必殛之。』於是烈婦始聞夫喪，請於父，設奠佛寺。是日召夫諸故友，畢集，烈婦哭夫已，向眾拜且泣曰：『吾夫客死，吾必歸其櫬。公等皆生與吾夫交，誰助予行者？』眾皆愕眙。久之，有李先生者，年七八十，慨然許之，且以義責婦之姊夫某與偕，婦起哭謝，請即日發，遂之會寧。汝霖見婦至，深重嘆之，因曰：『一女子攜櫬走數千里，如之何？吾不久且歸，曷稍待乎？』婦曰：『諾。』居會寧二年。汝霖自請改教諭，攜烈婦與周櫬歸紹興。行抵錢塘，婦問去會稽幾程矣。或告以渡江即紹興境者，婦笑曰：『吾事畢矣。』一夕舟門啟，失婦，覓之得於水中，尸倚舡尾而浮，汝霖為合葬之。

姚永概曰：烈婦事實，予得之山陰諸君祖望，祖望請予記之。予以婦人死其夫難矣，乃不倉猝自徇，歸夫骨數千里外，難，孰與先死多。蕭汝霖獨何人哉！振周生之窮，成烈婦之志，其殆古之風義士歟？李先生亦賢者也，軼其名，惜哉！

馬烈婦傳

烈婦姚氏，桐城人，年二十餘為馬順卿繼室。又一年而順卿死。馬氏故盛族，中落。順卿兄早卒，其妻亦寡居。烈婦性嚴毅，罕笑語。自歸夫家，與姒異行，人已怪之矣。

光緒戊子，順卿之官浙江，死於道。烈婦聞報，即斷食飲。姑強勸進之，甫入喉即吐出。餓數日竟亦死。當是時，順卿有叔父某與其姒倡言：『姑在而死，非孝。屍，吾不斂。』姚氏走訴其族，於是其族人出錢，就為之殯。殯之日，內外宗長幼數十人皆往襄事。令丞以下皆來祭弔。里黨姻戚相知者，咸嘖嘖誦烈婦賢。其姑亦感泣，舉身向棺拜，姒亟止之。姑曰：『是吾家賢婦，烏得不拜？』遂竟拜也。始順卿赴至，烈婦終日哭，無一言，親族集其家議喪事。烈婦忽出帷，向夫族弟其昶再拜。及死，獨其昶經紀之。

姚永概曰：自秦皇帝尊寡婦清，會稽立石，斥倍死而嫁者不貞，曠二千年。世益競尚節烈。搢紳家幾無更嫁之婦。然烈婦之奮志一瞑，而不顧也，人皆悲之。何哉？烈婦於吾為族姑，死時予在江西，及歸里，聞烈婦事甚悉。故為之傳。

彭節婦傳

節婦姚氏，桐城人，惜抱先生鼐之孫女也。先生晚居金陵，以節婦字六合彭氏。彭氏，六合士族。節婦之夫為諸生，名德魁，字近杓。節婦嫁時，翁姑皆存，已老。病矣，一刲股以療其翁。翁愈，又刲股以療其姑。姑亦愈，又再刲股以療其夫。一效一不效也。

當咸豐三年，粵賊連破安慶、江寧，沿江州縣盡糜爛。德魁攜家避之清江。已而德魁病，旋死，遺孤汝江僅數歲，倉皇急難中，家無百錢之儲，節婦盡賣衣飾，殯德魁而葬之清江。晝夜紡績，以活其姑而哺其子，凡十二年，始反六合。為汝江娶婦，生子從龍。數年而汝江死，其姑亦死。節婦殯斂畢，卬天呼曰：『吾不歸夫骨，待呱呱者何時乎？』顧其婦曰：『若善撫兒，吾當行矣。』走白夫弟某，某咍之。節婦曰：『若以吾婦人，不予助，事終尼乎？雖然，吾志決，非死不止！』與婦共截髮市之，得二金，遂行達清江，謁故鄰，伐冢取骨。節婦私意骨至重，非婦人能任也。既拜謝鄰，己舉骨祝之，輕若未負，抵六合之彭氏祠，延宗老數人，泣謂之曰：『始阿叔咍我，今幸歸矣。然尚有姑與子三喪未舉是在。』諸父宗老莫不泣下，卒為買地葬其姑，以德魁、汝江祔。

節婦故知書，自教其孫。孫年二十許，已補學官弟子矣。汝江之婦亦賢，汝江死時年甚少，即矢志不嫁，時從姑擔糞、種木棉、織布以為生。六合人言『彭氏二節婦』。姚節婦今年八十，汝江之婦年垂五十。

姚永概曰：節婦，予祖姑行也。光緒辛巳，侍大人至江甯，節婦渡江來，髮皤然白矣。戊子秋赴鄉試，節婦又來，且言曰：『我生名門，常恐貽祖宗辱。今年八十，幸免矣。』嗟乎！當乾、嘉之際，惜抱先生獨兢兢義理之學，厥後粵賊破桐城，先生之孫寶同殉難死，婦孺皆入井、投繯，而節婦又以奇行光於六合。儒者講學之遺澤，其效固若此哉！

李結傳

李結，字綠實，江西廬陵人也。家世賈鹽，居揚州，與四方豪傑長者相識，好為駢儷之文，詩法漢、魏，而刻意嶄險，時時出語苦冷，類長吉。長老或怪，頗戒之，弗止也。以優貢生鄉試，中辛卯科江西舉人。冠其曹，赴禮部試，不第。

安福謝涵能詩文，性狂徧，不自檢勑，操土語，佶屈難通曉。家貧，婁躓於試。鄉里少年群謾之。出門它適，輒齟齬，無見禮者。一日遇結於試屋中，語合意，往還流連，各賦詩為別。結既中試，涵復斥，結貽書慰涵，且資之錢財。涵既困久，得結，益自發抒，踴躍狂喜，逢人道李結不釋口。

其友桐城姚永概從習結名，心異結之為人。永概以甲午冬來揚州，遇歙縣許德凝，詢謝涵，叩其何以識涵，則結乃其姊夫。結往往與言涵善屬詞也。方大喜，謂可因緣見結，則泫然曰：『結死矣。』年二十有六，一女，無丈夫子，詩文多散佚。其友仁和邵召棨其一卷，曰李舍人遺稿。其弟約復胠其橐，得數十篇將重棨之。

姚永概曰：當結之生，豈欲以是詹詹者示天下耶！年弱志橫，方思排軼一世，使後君子無我見絀焉，而卒不幸，不稱其志。今所存者，決非結之自喜者也。悲夫！士貴有以自見耳。才足追志，命不可常。永闔黃壤，無異牧牂。斯固誦讀之子怛焉同傷者哉。爰列厥遺事，冠諸篇章云。

記儀徵孝婦

孝婦儀徵人，不知內外族氏。夫死，有翁病久於牀。婦不忍更嫁，留事翁。居止一室臨市。自廚竈、牀几、起居百物，胥在其中。日潔羹飯以飲食翁，夜則搔摩扶掖之寢息，溲勃弗避也。夏則燂湯請浴，背挼而爪翦，弗避也。冬夜深寒，溫衾待暖授翁，弗避也。人或疑焉。一夕儀徵大火，翁不能起，負之無力，婦不忍捨去也而守之。鄰舍之逃火者咸聚露次，覆之無婦與翁。僉曰：『嘻！熸矣。』又僉曰：『嘻！是禽處而獸行者，熸胡傷！』火既滅，前後左右廬屋赭絕。翁婦一屋獨存，無毫毛焦爛。於是群適適然驚，乃曉然於翁婦之無私純孝之見祐於天也。儀徵知縣躬來驗之信，申文大府，請旌於朝，立坊直其門。經亂坊毀，臬猶存儀徵。人過猶指之，謂其旁為孝婦廬也。

永概從而詢之得狀，歎曰：是非之喪真也久哉！里之人有女侍其父疾三年，衣不解結，父疾以愈。諸母有淫行，嘗見誚於女，因揚於眾曰：『世乃有自奸所生如此人者。』里之人不察，共和焉。女孝不彰，反蒙醜聲終於家，無問名者。然則孝婦因火而見異，因見異而孝大白，亦其命之幸耶！

吾獨怪末世人情，雖士大夫往往防比無根之談，遞述遞增如目覩然。究其所自來，則曰：吾有所受之耳。再極而究其所從受，則亦曰：吾有所受之耳。繆悠紛糾以成口實。如孝婦尚不過關一人事也，乃或身繫天下之重，橫受謗撓，多方阻遏，使其設施不得自盡於平時，已可惜矣！倉卒變起，又不能自建，襮一潰而不可收，又舉重責以罪之，是徒快無稽之口舌，終於受敗而不知厥端也，抑何心哉？

陳偉卿傳

丁酉孟秋，侍遊竹山，夢故人陳君揖余，告病瘉，視其貌，削於平時，顴加赤，心憂其根株未斷絕也。既醒，行起繞牀呼曰：『偉卿殆死矣！』逾月，訃果至。君名時彥，余嘗銘其父墓者也。

其為人外和中介，文辭雅淡，書學敬使君碑多逸致，與人交有孺子心。其族自高祖以下，無次丁，少失母，比冠失父。嘗挾相墓人登陟山阜，求地葬兩喪。體故弱，不勝勞，十步輒一躓，率勉強行，日三四十里。盛暑寒雨，首焦足濡，不以為瘁。既買地葬矣。賣者迺豪族，群言洶洶，不顧藉是非道理，狠戾尋仇，君知不可校，即更求他所移葬。賣者亦竟不返其值。君遂以積勞病，病遂至於死，其命也夫。

君舉戊子鄉試，與余同試禮部，寓邑館京師。每偕登小樓，望西山暮色，至無所見迺罷。其後君歸，余留北方，寄余書，日思葬親，擇地一區，種桑百株，不求進士矣。後值試，果不來。噫！世之人業同相聚，號為友生者，平居時云爾。至於死生之際，非真性面結，膠附不解，奚暇及朋友，烏能脫暱愛，輕千里，夷其江山，以感發於精爽間乎？昔范蔚宗著元伯巨卿之事，後世讀者為之揮涕。以君之見別，知古人不遠。惜余非其人也，傳君行，實祇自愧焉。

書曹州知府襄陽知縣

光緒丙申，余客揚州鹽運使，有連二人，曰姚晉鷩、姚舒密，鉅野人也。余與之習，因詢曰：『爾曹之守毓賢，善治盜，方略如何？』二人者笑曰：『吾守故號為能捕盜，其如盜愈熾，何也？』余愕曰：『說可詳與？』二人乃曰：『曹以多盜名天下。然其魁率居夏屋連阡陌，驟視之無盜跡，儼然巨室也。黨與亘數縣，殺人掠財物在數百里外。若是者，吾守不敢捕。時其魁生日，諸小盜來賀，殺牛羊，召優伶，聚常千人，且投書延總兵及知府。總兵怒，欲提兵往。吾守固止之。唯小盜三五人或十餘人，聚空宅中，謀有所劫。吾守蹤得之，即短衣乘馬，躬與之搏，悉獲以歸，張皇上聞。然吾曹屬縣得盜，守必取悉縱去，曰：「若皆非盜。」意曹州第太守能也。以是諸縣視焚掠閉城而已，不敢捕盜。甲午、乙未之間，與日本遘兵，曹幾亂。吾守乃曰：「曹無盜。」曹縣知縣見事急，通詳聞中丞，得兵數千人乃小定。太守大怒，譖知縣於中丞李秉衡而劾去之。前後大吏交章薦，吾守取大官矣。』蓋兩姚君所言毓賢事如此。

其後三年，余過襄陽，聞王喜硜者，劇盜也。總督名捕之。襄陽營千總之鄉，聞饁者呼曰：『喜硜來飯。』叩其姓王也，即拘之去。移縣訊之，知縣梅冠林見喜硜一謹願小兒，不類。其鄰族奔走救之。愈疑非是。千總日訴於襄陽道，道惑其言，欲與千總同邀得盜功，枉殺之。冠林持益堅。道大怒曰：『若知此人非真盜，若能得真者耶！』冠林即曰：『何為不可？』十日而獲王喜硜，一訊即服。提督大慚，以軍法誅千總，冠林奔入營，叩頭為乞，僅免死。又數年，道言於中丞于公，劾罷冠林。冠林，長安人，年且七十，伉直有氣。喜硜事在官民間聞，其劾皆曰：『得毋以此得罪於道耶！』道者，朱其煊蕭山人。曹縣知縣忘其姓名，以進士得官，年尚少，姚君云。

余感毓賢與冠林禍福之相反，而盜之不可治也。因漫記之。毓賢後至巡撫，卒以比匪釀大禍，得罪死云。

曹烈婦吳節婦合傳

烈婦方氏，夫曹貴，張氏僕也。張氏，吾姑家。粵賊之破桐城，張氏與吾家俱避地龍眠，相距數里。而貴病篤，烈婦知不可救，即取藥和金屑吞之而死。越一時，貴亦死。貴有母在吾家。其夜，吾父與眾納涼，見前山有二火，散為數十，光如電，尋合為二，咸異之矣。既而知烈婦狀。曹烈婦事在咸豐十一年龍眠山中。

光緒間，吾父攜家掛車山，而知鄰有吳節婦也。吳節婦齊氏，農家人也。夫死年二十許，即矢志不嫁，撫孤兒。其邨故少貞婦。或有誣節婦者，節婦披髮泣血設誓。未幾言者暴死。吾家居山時，節婦踰六十，有三孫矣。時時來，自述其少時聞盲者唱詞，有『烈女不嫁二夫』語，因慷慨自矢，或耘田間至勞苦時，即謳吟其語以自慰也。吾父適舉行總旌節孝事，因入節婦名，而曹烈婦亦旌。

姚永概曰：曹、吳二婦，其生皆微藐然，一邨中人耳，卒自樹立，何愧禮義家人耶！彼其心冥然無知也，苟其知之守，死不回較。詩書之子蓄理多，而操行轉迷者，其一與二之不同也歟！

孫烈婦傳

烈婦趙氏，桐城人。夫孫某，當粵賊之亂，某降賊授僞職。咸豐十一年，賊破桐城，某戴黃巾，著杏黃袍，揚揚乘馬來迎其婦。烈婦見之大罵曰：『汝非我夫也。父母遣我嫁時，乃大清之孫某，非作賊之孫某也。汝既讀書為士人，豈不知孫氏望族文武仕宦不絕？而失身降賊，意氣自得，我不忍見也。』痛哭起投塘死。其子數齡亦從母死。某惶然去，卒不悟。後大軍圍金陵，其黨爭權殺之。烈婦之死，鄉人多見者，往往感泣，稱道不衰。而孫氏諱其事，不欲人知。故至今未旌云。

姚永概曰：吾幼時即從人聞烈婦事。今年與人言，族父麟書瞿然曰：『是我從母也。』因述其臨死之語如此。嗟夫！孫某當承平時為諸生，文章容貌甚都也。一旦自碎其身，至並烈婦之名而沒之。悲哉！

蘇太恭人傳

蘇太恭人，桐城蘇君求恒女，五品卿銜直隸棗強縣知縣方先生宗誠繼妻也。恭人生三歲失父，稍長忍饑操作，能佐孀母成立。族祖徵君惇元每奇恭人，而與棗強為忘年交，因主婚嫁與之。

棗強前妻甘太恭人遺一子培濬。棗強弟子曰培聰，周晬失母，皆撫如己出。咸豐三年，粵賊破桐城，棗強避居魯谼山中，聚徒友於所謂柏堂者，講學論文。恭人治脫粟，種園蔬，以待客。直歲饑則采榆皮，掘蕨根及蒿荼之屬給朝夕。其後棗強攜培濬、培聰客山東，恭人獨與培濬婦徐及所生子守彝留。賊去來無定。輾轉窮崖絕壑之中，卒免於禍。族戚相依者，咸視恭人為左右。恭人得米，又時時分食之，益相從不去也。久之賊平。棗強客河南，始迎恭人。而棗強遂以曾文正公薦得官，恭人所以贊治者甚具。邑大旱，自為糜以活婦孺，日凡數百人。雖盛暑不委奴婢。有棄子女者皆收育之。比棗強謝病歸，邑人猶頌之不置也。

棗強寓居安慶，恭人二子曰守彝、守敦，皆好學有行。孫七人，曾孫四人，蔚然巨室矣。而恭人處之甚約。每戒子孫毋忘柏堂時事。棗強既卒，恭人惟一女，適孫又卒，恒鬱鬱不樂。遂以光緒二十七年正月卒，年七十五。守彝、守敦述恭人事以授永概，永概故嘗問業於棗強之門，而恭人孫女實字猶子葵，乃撮其大要箸於篇，以為家傳云。

高君家傳

高君名鴻，字羽卿，世家浙江山陰，後遷為仁和人。祖觀海，父攀桂，皆諸生。君其第三子也。生三歲而孤，性聰穎，好讀書，年二十補縣學生。家故業賈。君悉諉之人，己誦讀不輟。以是大損其貲，負金鉅萬。或謂合賈贏縮共，雖折閱可無償也。君卒鬻產畀之，家益大困。

會廣州、連州猺亂，上命總督盧坤視師，君從幕府留粵。久之，遂以府經歷候補廣東，署潮陽同知。同知故事，濬河道前官漫不加省。君獨舉其職，行旅告便。潮俗好械鬭，官莫禁，禁且受辱。君開敏尤給於辭，大吏檄君往，往即應時解散。三署潮州府經歷，府中及海陽縣積案皆委君代聽，人咸稱平。而署興甯縣事，尤廩廩有聲。興甯民好訟，積案尤多。君初至佯不為理。民怪謂吾官孱也。君察得其情，乃與吏民約：某日縣令聽事矣。乃坐堂皇，集吏民縱觀，取諸訟者決，片語悉中。更三日，積案七十餘悉清，民以大和。君性廉介。初至縣，富族訟爭產，浼人饋萬金為說，君笑卻之。又巨族以事介尉干君。君不許，曰：『徇私壞法大戾也。君何強污我！』尉大慚去。既居數月，案幾無訟牘，輒與邑人士唱和，詩成帙，臨代去。士民匍匐遠送，有泣下者，已為設主祀之家，又刊君所唱和詩，曰齊昌宦橐。齊昌者，古邑名，而君宦橐無他物，獨此帙也。大吏奏君能蹟，以知縣升用加三級，而君遽卒。

子十人：傳禮、傳勳，廣東巡檢；傳均、傳經、傳典、傳信、傳忠、傳馨，候選同知光煦、候選訓導傳薪。孫幾人，曾孫幾人。始君之在盧公幕也，值端州大水，盧公開硯坑，活饑民。君往監，因何傳瑤硯辨一書，考索補輯，為繪圖名硯譜，行於世。

姚永概曰：今之為吏者，動謂不久任，則不暇設施。觀君之所至，率未滿歲，其可稱述已卓卓若此。吏患不自盡其才耳。光緒丁亥，予與仁和邵君順穎同客王益吾學使幕中，邵君與君有連，出其狀示予，且屬為之傳。予乃論次其大略如此。世之久宦而澤不下逮者，夫亦可以思矣。

高氏兩世家傳

吾友高仲葵，其先世合肥人，大父諱國興，以賈來桐城，娶王氏，生一子諱寶成，年十四而孤。王泣撫之曰：『汝今為無父之兒矣。甯傭於人以活乎？抑欲獨成門户也？』寶成對曰：『人貴自立，不願仰食於人。』母子晝夜勤作，家日以起。

先是，國興兩姪延成、玉成留合肥者來相依。王撫之如子，為娶婦。延成無子而卒，玉成生二子，曰德元、德魁。以德元嗣延成。王思畀以田。德元意少之，盡竊其田廬契約以逃。時粵賊踞桐城。德元使人謂王曰：『若不三分取一與我，我將獻之偽官。』寶成請於母，謂：『是雖吾母子辛苦所得，然身在，何憂無産乎？聽之！』王好施與，嘗夜行見遺金，守而還之。寶成性方正，曾拒鄰女私奔，撫孤甥成立，授之以田，鄉里頗愛敬之。而寶成再娶於魏，亦能承姑及夫志，多盛德。前娶盧遺一女，側室夏遺一子。子嘗病，調護無間晝夜。女自夫家歸，見之大感，曰：『母如是視弟，弟與我不視母如所生，是殆非人。』德元既以挾得資旋死。其母鄭孑無所依。魏仍奉之歸，一忘前恡。德魁瘦痼疾亦死，有子甫七月，將鬻之矣。魏聞之曰：『吾家門户單弱，奚忍聽之？』亦引之歸，撫育成立。其行事率類此。尤愛重讀書人，攜仲葵移居仲勉家，見仲勉所為，則大喜。故仲葵終身事仲勉如嚴兄，而師事柏堂先生，友倫叔、常季、通伯、及余兄弟，懇懇乎質行君子，不敢背母訓也。

今仲葵老矣，母終葬已數年矣。時時泣思詳述兩世事實，授永概使記之。因撮舉大端著於編。獨是永概少失母，先君子免喪亦已數年，教訓在耳，行已多負。視仲葵之舉足不忘其先，負媿曷既？讀其敘兩世事略，發汗沾衣也。

趙孺人家傳

興化李詳有賢妻既卒，為事述數千言，詞曼而悲，授桐城姚永概傳次之。

詳有文學而家貧，年二十六始娶於鹽城之趙，詳母姪也。趙年二十五，在室佐父母，已嫁兩妹。父母欲治裝飾遣之。趙堅謝不受。婚夕，詳衣布絮袍，因舉桓少君事，趙喜：不意我乃同古人也。黄侍郎體芳督學江蘇，拔詳補縣學生員。王祭酒先謙繼之試，詳第一，補廩膳生。兩公皆名人，詳名亦起，而貧如故。質瑣屑家具，奉母應官賦。趙出其私物助之。風雪中操作體僵，夜中乃溫。詳又述王章事。趙笑謂：『方今秦南倉人，誰如審言者！今作慰藉語，何鄙也。』秦南倉屬鹽城，詳所居鎮。審言者，詳字也。

詳有嫂喪夫，又殤子女，每哭則詈趙以洩哀。趙事之如姑不能得。雖不與校，然日處拂逆，因得䐜脹病，而詳素病喘，乃不敢自言，力作如故。方詳病幾危，臥草舍，突厦絕煙火。趙思舉藥先之，顧念衰姑，又四子幼小，且飲者再，卒不果，翦臂肉飲詳，深夜拜斗，匍匐露中。其後詳病稍瘥，遊亦稍遂，次第贖田七十九畝，計足終歲糧，有宅一區。四子已兩娶婦，皆趙力也。病遂革，卒年四十有九。

姚永概曰：士方際窮阨，得一言之善，感之畢生不忘，況結大義，同苦甘，甫立門户而遽死。勞苦數十年，曾不得一日享，宜審言痛之之深也。審言著書自足行世，不待余文。然余不敢辭者，樂善也，朋友之交也。

邵節婦家傳

節婦氏劉，諱葆貞，字莊蘭。世家仁和，今為杭縣。父諱堃，以户部郎出守漢中。方娠，結言歸邵君某字子進，實為位西先生之嗣。位西先生以咸豐辛酉杭州城陷，殉於家。妃息逾年乃得脱險。執友曾侯以撫以翼，一隨以遷。故子進先生用同知，需次江甯，權知六合，甫及再朞，暴疾告終。節婦時年二十八，有子曰章，側室氏張，年十八，有子曰羲。載抱載震。夫友錢公應溥、曾公紀澤勸居金陵，漢中貽書諭令赴陝，節婦不可，卒經營扶護奉櫬歸里，窀穸既安，聘師教子。每泣歎曰：『邵氏興廢在此二孤矣。』書聲偶間，必遣嫗詣館，窺兒何為，得毋嬉乎？先是位西先生藏書滿廬，頗多善本，經亂散佚，猶有存者。子進先生復蒐補焉。節婦護惜勤至，故二子受經，即無坊市訛奪之病，至稗官埜史，禁勿寓目。夜分稍暇，則援引古事，或先正遺聞，反覆訓譬，故章、羲並起，為時聞人。而節婦以辛丑二月終於上海，年六十七。

邵氏自位西先生顯名當世，晚遭變故，士夫莫不憤歎。子進先生繼起，方共幸之，不究所施以卒。論者竊疑天道之難知，而節婦辛苦再造邵宗，使賢者有後。砥節修行之士咸聞而增氣，其有功獨在邵氏已哉！

永概辱與章交，先大父與位西先生友也，以事略授使為傳。因謹敘其大者如右，系之以頌。頌曰：大易列象，乾始坤成。孰云巾幗，不繫危傾？婉娩德人，溫恭以則。譬彼大木，蘇枯俾殖。論次女德，爰始更生。竊取斯義，彰著休明。

記程伯麟

余之知程伯麟也，以倫叔、靜潭，因數與偕赴禮部試。為人短小善言，能記長篇文字。海舟中無聊，余引枕臥聽伯麟縱聲誦昌黎平淮西碑、杜陵北征諸詩，纍纍無誤。舉者相與大歡，笑以為樂。

其家極貧，嘗報罷，困不能歸。時范肯堂在天津，余通書肯堂，肯堂為辦裝迺行。戊戌二月，余將北上，冒風雪出邑東門，見有擁褎坐肩輿中，大呼叔節者，伯麟也。既而同落第。伯麟又不能歸，欲有所待。余留錢贈之，不能多也。逾年，聞伯麟竟客死天津。則余之愧於肯堂者，何如哉！

伯麟自言初應江南試，節衣食費，買資治通鑒以車載之。已徒步歸村中，見者多匿笑。伯麟獨閉户閲之三周，由是熟於漢、唐之事，欲有所論撰未就云。其弟子鐵嶺多祥好學有文，伯麟時時向余稱之。伯麟名仁著，霍山人。

慎宜軒文集卷六

王重三先生傳

王振綱，字重三，直隸新城人。道光十八年進士第一，終身不仕，讀書養親。侍父疾，帶不褫，目不交，及歿，守古制廬於中庭，居喪三年，鬢髮純白。母老痺不能行，每舁肩輿坐母以遊園中，間至里閭。夜侍說書史，母心大懽，壽登百齡，見曾、玄孫，以五世同堂，奏旌於朝。居家凡三十餘年。曾國藩總督直隸，重其學行，聘主保定蓮池書院。

振綱之學，其始也，兵、農、禮、樂、河渠、地理，旁及釋老、卜筮、相墓家言，靡不詳究。後讀朱子大學、中庸序及近思錄，乃爽然曰：『學不本於居敬窮理，而遽談國家之事，其知之必不真，行之必無序。居敬徒矜持於儀容、動作，猶外也；窮理徒泛濫於名物、象數，猶末也。必戒欺慎獨，身體而力行之，以能改過為歸。』嘗書顧甯人『恥作文人』、王白田『戒為名士』二語於壁。故振綱生平能謹言動，忍嗜欲，勞體膚，入孝出弟見於實行。其於弟子亦本此為教。每評試卷，有所抉摘，必極言其所以然。著錄門下千餘人。年七十一卒於書院，返葬新城。門人咸服衰麻，遠近奔赴。貴筑黃彭年往會葬，道中相逢皆赴喪者也。彭年歎曰：『嗟乎！郭林宗、陳寔，何以異哉？』

初，振綱成進士，總裁為大學士穆彰阿，方秉政有權，覆試一等，殿試二甲，例可入翰林，而朝考詩中誤讀『祇』為上聲，遂以歸班用，穆彰阿深惜之，面謂振綱別試中書，振綱不可，則留教其子弟，又堅卻之，徑歸不顧。逮國藩至，乃應聘主講。人服其識。

初，大清河受西北諸山水，岸深流急，易溢，亦易退，田反加泥尺許，肥饒收倍蓰。俗諺謂之一水一麥。自永定河置金門閘，分水入清，清受濁水，時被停淤，旁溢為害，始築隄以捍之。河與隄歲歲爭高，一旦潰決，勢如建瓴而下，新城以下諸州縣始受水害無虛歲。直隸總督李鴻章議開蘆僧河，建閘蓄洩，以殺清河之勢，詢之振綱，振綱謂：『兩河不並流，蘆僧水大，則奪清河正溜，清河力弱，下游必淤。水小則蘆僧弱，下游亦必塞，且土質鬆懈，水至閘必圮，不則齧閘旁潰。清河隄工歲費大萬計，不若廢故道，引由蘆僧行，使定興諸水專歸雄縣於地勢便，即受水之區，築隄捍外水，建石閘，開引河，反可收水田之利。』議不果行。其後清河果淤，復大治之，而蘆僧閘再壞，卒閉不用云。

振綱著書曰禮記通義二十卷、群經筆記二卷、先儒粹語四卷、地理擇言十卷、大學、中庸說各一卷，所說經無門户見，尤邃於禮。

子五人，次銓，字子衡，咸豐五年舉人，性孝，母病禱以身代，不飲酒食肉三年。治詩，又嘗因病學醫，著醫藥家棖六卷，卒年四十七。銓子樹枬，光緒十二年進士，仕至新疆布政使，有治蹟，著書尤多，為北方大師。

魯夢霆傳

魯震，字夢霆，懷寧人。先世有南莊、星邨兩先生，兄弟也。南莊能詩，星邨善畫。大父常以舉人官睢甯訓導。粵匪亂，城破，賦詩投泮池而死。父驤嘗為縣尉，到官數日，不樂自劾去。君為諸生，外和而內有守。朋友咸推敬之，作文高古。叔父鵬、兄說同歲舉人，而鵬成進士入翰林，故君以官生應鄉試，久不售。光緒戊子，李侍郎文田主江南試，得君文器之，又疑為崇禎人稿本文字，不敢取。君遂以諸生終。

君性肫摯。父喜飲酒，君日侍飲陶然左右無違。余獲交君，因得謁堂下，見其父子從容一室之內，肅雍可羨。然自遭父喪，遂絕不飲酒。叔父官江西知府，無子。君老矣，時時往侍事之如孺子。叔父病臥，誦經書自遣，或不能誦，君即坐旁，誦以娛之。叔父有二妾，君寢於外室，呼即趨入。中夜無倦怠。君有一子甚才，年二十四死於贛水，遂亦無子。然君處之廓然。君讀書能見古人深處，每論事偶發一二語，人咸滿意以去。

光緒中，新學甫萌。君每倡言助之，及其說盛行，即閉口不言。喜相墓家言。好遊，嘗客關東，樂其山水，有遷居意。自關東歸，盜尾之行數日，君偶與言，盜驚曰：『子，長者也。吾雖盜，曷敢侵長者！然自此以往，程三日，不免有吾輩。當謹護子行耳。』其誠動人多類此。君卒於宣統二年，得年五十七。

姚永概曰：余知君垂三十年，所得於君者如此。蓋東漢獨行之君子也。世顧不之知古今所尚殊耳。每思述君遺行，以告後世。今年自北歸，槩君為言：懷甯將修縣誌，子曷為傳貽之？余不敢辭，於君行雖不詳備，然亦足得君之梗概云。

高仲葵傳

高念慈，字仲葵，桐城縣學生。少孤，事母至孝，終身如孺子。母在名萱，母卒乃更今名。君傷其先世多隱德，而窮阨不彰，因為狀求交遊為文字，日日拜其廬，人多不忍違，及文成，每日必莊誦數周，流涕被面。故皆可倍誦，無一字遺。見人有文學，傾慕出肺腸。自外歸必求所嗜以為餽物。無論豐儉而誠意盎然，令受者媿無以答。

始君與阮仲勉同居，親愛如兄弟。兩人質行略同。仲勉晚而有子，今七十，體猶健，得孫矣。名聲遠出君上，而君勤瘁非人所堪。兩子，一不惠，又皆早死。不得已取合肥族人子撫以為孫，未及婚而君得疾以卒。豈福善禍淫固不足信，如劉孝標辨命之論耶？抑釋氏所謂因在夙世者耶？是固不可知也。

君所師者為方先生宗誠、秦先生汝楫，所友者為阮強、馬其昶、方守彝、守敦、姚永樸。君名不顯於世，觀其師友，可以見其人焉。永概辱與君厚，因為之傳，以存其人於後世云。

方澍園叢園家傳

方達字澍園，桐城人，世居縣南之會宮。會宮方氏，在明有侍御震孺，占籍壽州，以剛直聞，事載明史，而本籍顧少通顯，然多讀書君子。

君少就學，日誦數百言，為諸生教授，士遠歸之，隔江之銅陵尤多。有名於其邑，半居君門。鄉試屢薦，不中式，君亦不屑意。辛卯已畢初場，忽賃驢，遊清涼山、雨花臺，賦詩嘲入場者如楚囚，及撤闈，知四書文已為主試所錄，索二三場卷不得，人皆惜之。君反笑曰：『吾送兒來耳，豈計與少年爭得失耶？』

伯父善安公無子，以君為主後，事嗣母許太淑人孝謹。太淑人卒，君嘗服母衷衣於內，曰：『吾不忍離吾母也。』本生母王太淑人以君兄弟三人食指眾，令析產，集族戚，為三鬮，各取其一。君不肯。子荃方幼在側，族人迫代取之。君呵荃曰：『吾兄弟不忍者，汝乃忍耶！』先世有遺地，或偽造券，欲占之，將成訟矣。君獨念累世無與人訟者，反好謂之曰：『汝券偽，不能有此地，非吾券不可。』卒寫付之。其篤行率類此。子三人：長荃，光緒丁酉舉人，官貴州知府；次蓉，少聰穎，讀文選，日可千言，早卒；次國棟。

方運字叢園，達弟也。少應童子試，四不售，遂絕意不試，而盡心宗族事。授徒於家，凡期功不受一錢。會族人議建宗祠，君獨任其勞劇。時當隆冬，往來冰雪中，七晝夜不寢，不脫革履，如是三年而祠成。君體故羸，遂得痼疾，亦不悔也。每春日攜子弟上塚，必歷指示之，曰：『是為某世某公某孺人，慎毋忘。』又醵金為報功會，俾歲歲上塚者皆得醉飽，以期永久。族婦陶氏，夫死守節，翁利人財，奪嫁之，以松子塞口，舁而往。君聞即夕遣婦女數十人至其家，守不令辱，卒償其金，而以陶氏返為置扁旌之，以堅其志。光緒末，詔廢科舉，立學堂。君首合族人立族學，族學成，三載而君乃卒。

君兄弟友愛至也。雖奉令析居，獨存數椽，名曰杏花書屋。聚子弟共讀，曰：『勿使他日如途人也。』妻朱淑人亦賢孝。君之建宗祠也，突煙無停時，淑人在竈下竟日夕不怠。及祠成，咸謂淑人有力焉。事姑偶獲譴，而進甘旨如平時。姑怒每為之解。君好施，力不足，或舉子錢，而淑人無異辭。

姚永概曰：余聞吾邑往時長老行義，率類兩先生。往往終身伏匿，多隱德於鄉黨。故自明迄今五百餘年，宗族根據深厚不解散。同、光之間，其風稍稍衰歇矣。世方逞異說，年少學未成，奔競求財爵不以為恥。甚者，至欲舉先王宗法盡破之而後快。兩先生顧不可謂難能者與？叢園治田，凡町畦之欹曲，必準以繩令之直。人笑迂之宜也。然澍園無心於名，而子卒顯於世，棄於人者天終予之耶！荃與永概交，因請為家傳如此。

山東鹽運使朱君家傳

君諱慶元，字梓楨，江蘇江甯人。其先明宗室也。曾祖廷芾，貢生。祖甡，候選縣丞。考雲連。比三世以君貴，皆贈一品。咸豐癸丑，江甯陷賊。大母孫夫人自經，考率子弟殉。里稱孝子。君少孤，兼祧叔父雲逵，刻厲力學，每以利濟為懷。

同治初，參山東巡撫閻文介公軍幕，又為丁文誠公掌糧糗，積勞保知縣。初權榮成。榮成號難治。君守法而輸以情，境内從化。其後島民肇亂，君去任六年矣。巡撫張勤果公將以軍往。君時在省，力爭之。勤果公乃命君。民聞君單舸來，懽呼釋杖，懲八人而事解。移權掖縣，補利津，兼攝武定同知。時鄭工竣河，東徙利津，被災眾。歲又大饑，縣凡三百六十村，君上書得蠲二百九十村，發廩賑之。不足，則馳書南中善士乞義賑，設所平糶，收棄嬰，瘞道殍，集流亡，墾闢淤荒，疫癘不作，亂萌潛消。移權博平，調滋陽。中日事起，南北軍行由滋陽，日需馬供運。君與有馬者約：三傭其一，計晷戒途，次第更承，自積芻秣，民用不擾。大府嘗檄辦民團，君獨進曰：『軍興以來，淄川則劉團謀反，博平則胡團焚署，朝城則張團戕官。團亦生變者也。團長不得其人，誠厲階耳。』識者韙其言。回利津任，利津居河尾閭，南嶺十六户工屢決。巡撫李忠節公以堵久無效，召君戟手語曰：『吾聞勞民必先得民，得民莫若君。』便以工事相屬。君受命，躬駐決口，跣足先民趨，督諭如父子。未數月而工竣，自利津以西田萬數，皆及時耕穫。初，利津城東圮。君慮水隘且入城，因捐俸修之。以治河法，部署築廂埽焉。未幾河果決，水至城下，眾憑廂埽以守，城得全。忠節公薦山東循良第一，調菏澤。菏澤為盜藪。長吏某公事以武健為治。君意與不合，因謝不赴。而君亦以勞晉知府。逾年擢道員矣。

君精吏事，而居山東久，習知治河，督辦上下游工，繪河形勢曲折為圖，張於壁，日日觀之。嘗謂禦水如禦敵，至乃圖之晚矣。每先事完堤釃渠，及汛至卒賴不潰決。風雨湍悍中，往往棹舟戴笠出，將吏、徒役皆懍懍如君在左右。李文忠公行河稱君曰：『能。』其後巡撫周公馥將遷民三遊，亦曰：『非朱君，誰任督耶？』所遷災民數萬户，授地安宅，皆忘其遷。

宣統二年，掌南運兼權鹽運使，君已七十餘矣。懲蠹劾猾，節存公款五十餘萬。鹽綱文書最繁賾，不可爬梳，某事在某冊某年，君皆默識能口舉。吏懾伏不敢為姦。三年七月乞休，又二年卒舊治。民多私祭，且立祠堂焉。夫人梅氏，文穆公玄孫女，副室氏韓、氏張。子：士煥、增祥。孫三人。

姚永概曰：表弟方家永久作令山東，持君子士煥行述乞傳於余，因次第其犖犖大者。述又曰：君老猶夜治官書，與僚佐商得失。或謂何乃自苦如此。君曰：『自古官苦，而後民不苦。』仁哉斯言也！數十年所至事辦，去則民思，由此心耳。夫世之疢專制者亦曰：民自為之勝於帝也。奈之何有心於民如君者，顧未之見也。嗚呼，悲矣！

巴雅拉郎中家傳

君名文祐，字保吾，晚號謝蒼，滿洲鑲白旗人，巴雅拉其氏也。曾祖額爾成額。祖玉柱，驍騎校。考瑞恒，驍騎參領。君幼孤，以工部筆帖式，肄業同文館。嘗夜齎奏赴闕，代長官聽宣呼。祁寒風雨不稍息退，即赴館，未嘗息。久之為副教習，又以館試第一，官總理各國事務衙門繙繹，洊保郎中，加四品銜，改度支部。

光緒庚子，拳匪縱横京師，凡通外國語者悉讐視。君所居又近教堂，不為怵。兩宮西幸，外國兵毆人於市，兵目反來詰責，勢張甚，君以外國語譬曉之乃去。李文忠公奉命議和，君傳語，譯文書，殊有勞格，不肯自言。外國兵恣取内庭物，君言於美國將率，得悉反所掠，而遣人護宫禁。内務府大臣世續深重之，而君亦不肯因以干之也。

君事兄謹，伯官陝西，每寄書必端楷。仲從使外國得瘻疾，賴舒公春舫力得歸。君事舒公終身以父執。好左氏傳、國策，兼及古文歌詩，酒酣輒誦之不釋口。教子嚴而喜周人急。每曰：『待富而後濟人，其何及也。』宣統庚戌五月卒，年五十五。子五人：塔齊賢、花沙納、霍順武、湍齊賢、伊勒圖。以霍順武嗣兄仲。孫五人：

志馴、志銘、志樸、志驤、志繼。

姚永概曰：乙卯歲，余游京師，得交塔齊賢。塔齊賢字式古，端謹人也。間為余述曰：『吾父之教不肖，必曰「能抑己」。且曰：「此汝祖之訓也。汝祖廉退，不與人校，顧方鯁家貧也。嘗病疽，同寮欲饋以金，不敢言，私留薦下去，汝祖發得之，仍求而追還焉。」不肖不敢自棄承父、祖志也。』又曰：『吾父病亟，目不能視，望孫切。不肖生男甫落蓐，命抱至，撫其頂，淚涔涔下曰：「惜乎！吾不見兒之狀也。」』式古言至此悲甚，因請為家傳。余哀其意，為敘而歸之。

汪太夫人家傳

太夫人汪氏，桐城汪某之女，施雨寬之妻也。生四子：長為兗州鎮守使從濱，次從澧，次從善，次從雲。雨寬既卒，諸子咸稚弱，有田數畝。時粵亂甫定，生事窘迫。太夫人晝夜紡績，每飯必諸子畢食而啜其餘。鄉里乞者過門，分半與之，再乞再分，往往停餐以待夕食。嘗曰：『吾非好施予也。顧處困不能不憐其同情耳。』

從濱稍長，奉太夫人命從軍。時總兵吳長純與施氏有連，往依之，積勞得官。光緒甲午，從赴前敵，或傳從濱已死難。太夫人曰：『死亦軍士分耳。然以天道言，吾兒必生。』已而果然。從濱為營長，迎養太夫人。從禮多病留里，從善、從雲侍，皆欲從戎。太夫人不可。從雲弗聽。太夫人歎曰：『從雲志高而性激，倘信吾言，猶可免，今殆死夫！』聞者疑其已甚。後從雲為十八標二營管帶駐灤州。革命事起，從雲和之，遂及禍。人始服太夫人之識。

光緒三十年，日俄事起，從濱當遠戍，意不欲行。太夫人正色誡之，曰：『忠孝一也，汝為國能忠，即所以孝我。況我年逾六十，可以死矣。』因祈於神，果病，自檢曆視之曰：『某日大佳，可去。』且命從濱異日給足，必惠鄉族，施氏先祠享堂及柏石廟先塋宜捐田，以期永久。又曰：『某所山田可葬我。』及期果卒，從濱後捐田如命，延相墓人視某山果可葬，遂亦如命。

姚永概曰：己未之春，余始識從濱於京師，長七尺餘，坦率人也。湖南師潰，以奉上官令失機宜，爭之不得，及事敗，終不肯自列，尤人所難云。民國既成，凡死革命者皆號為烈士，於是從雲給卹，例可立祠堂，然非太夫人旨也。從濱述先德乞為家傳，余乃感而敘次之。

書姚氏三節婦

節婦吳氏，父曰文煥，歸姚興崟，年二十六而寡，有子二人，耕織且教，卒年七十二矣。子支高娶徐賡揚女，二十九而支高卒，有子一人，曰鴻祥，娶吳聿懷女，三十而鴻祥亦卒。徐氏卒年六十二。吳氏卒年六十九。

三節婦之生皆當乾隆時，國家豐亨豫大。桐城壯縣，姚氏又望族。三節婦以弱女子伏處閨闥之中、蓬蓽之下，遭值不幸，志意皎然。數十年如一日，彼豈有希後世之名哉！向使為丈夫處國顛危，必可以托孤寄命，臨大節而不奪。其必不至反顔背負，或脂韋求容決也。昔吾邑陶氏有四節婦，方明善先生傳之，名列明史，三節婦又奚讓焉！

其裔孫茂棠以事略乞文，謂三節婦甘貧約，雖至困，不肯向人言。嗟呼！此乃所以克成其節也。

楊君家傳

君諱國藩，字鎮五，世居江蘇溧水。明季避亂，遷阜甯之東坎鎮。鎮居阜甯東北裏下河，要衝地也。

君少好騎獵，有大志，以功名自期。既不能遂，乃一意於鄉里。遇人一善必稱道，而游食者必戒之，然必為籌所業。里有紛難求排解，或走數十里，廢旬日，未嘗以家事辭。江北多盜，阜甯尤甚。君以為盜生於貧，而阜甯可墾之地三：曰後灘，曰葦蕩，曰養馬。惟葦蕩易治。君上書當道，格於議不行。後灘、養馬皆濱海。君請築堰。總督劉公坤一委員勘丈。時盛暑，君偕往不避。或曰：『中無楊氏尺寸地，何自苦乃爾！』君歎曰：『吾豈為家計耶？』堰成，而出水之道曰孟公河，宜疏導，費無所出。君稱貸而事以濟。方築養馬堤十餘里，適連歲大水，繼以國變多盜乃止，君嘗恨焉。

光緒丁亥，八灘匪掠吳家集，距東坎近。君匹馬召鄉民，乘夜平之。宣統辛亥革命軍起，駐白沙七套防勇假義軍名，行掠及東坎。君素習連長左維周，曉以大義。

維周曰：『餉安出？』君曰：『吾任之。』又曰：『吾軍安駐？』君曰：『吾有肆屋在。』維周率軍至，而鄉勇亦集，四鼓合噪攻之，斃三十餘人乃遁，而東坎以全。市人設商會，僉曰：『非君，孰任？』君設商團警察，籌餉械。會革命再起，江寧獨立。君已臥疾。一日匪黎明卒至，市人爭避。君強扶杖起，督商團與鏖戰，久之匪始退。君因與團卒同臥起者月餘，而疾以劇，逾年遂卒，年五十六。里祭巷哭如喪私親焉。子五人，潤南舉人，浙江通判，洸、濟、源、澤。

姚永概曰：古諸侯國，大者百里，小五十里耳。今大縣所治，或逾古小諸侯。然則君澤所被在古及一國矣。祭法曰：『以死勤事則祀之，以勞定國則祀之。』君行應祀典矣。潤南今為國會議員，子菁華從余遊，以狀及鄉人所紀來徵傳，余獨敘其犖犖大者，以為觀此而他行可從知也。

高老愚傳

君諱汝璞，字韞甫，號老愚，無錫高忠憲公有兄字鳴陽，君其十一世孫也。六歲喪母，事繼母有至性，守忠憲主靜之學，安貧約，未嘗一日有戚容。每造友必覽鏡，正衣冠，久之乃出。年六十三卒於里。疾革召家人曰：『吾生平無愧心事，庶幾全先人遺體乎？』

既卒逾年，里人議上私謚。有起而言曰：『君無華貌，無雕辭，其口吶吶，其步徐徐，而介然有廉隅。殆荀卿所謂愨士與？』又有起者曰：『吾見君少為句讀師，不苟言，不苟笑，有師道焉。入而侍親姁姁孺子，舞且蹈也。初以為有童心，閱十年猶然。及親之存，出未嘗不告，反未嘗不面，寒進衣，晡進食，疾風雷雨未嘗不在親側，終其身如孩也。請以「孝愨」謚君可乎？』僉曰：『信然。』君子二人，曰文彬，曰文海。

姚永概曰：余於君父子初不相知，庚申春客北方，文彬、文海以書抵余家求文，不得報，再書抵京師。其辭益切，並寄他人紀述甚眾。余閱之瞿然，以為今世固有斯人乎？古之篤行君子又奚多焉，乃本其鄉人謚議述以為傳。

薛渦陽傳

薛元啟，字雲錦，泌陽人。道光季年，以供事議敘縣丞，分湖南，改湖北，居襄陽讞局，以廉直聞。攝其丞，又攝穀城知縣。襄陽府經歷羅遵殿為道奇之，令率襄勇防剿安陸，有功，保知縣，攝宜城、棗陽、光化皆有聲，遂攝黃岡。時咸豐九年也。胡林翼初以人言將劾之，遵殿為解得免。及林翼過黃州，見其治狀，乃歎遵殿知人。元啟在黃岡，軍書旁午，諸帥絡繹過境，奔走迎送，舟中猶視事。謁大府，退即決獄。

十一年昌軍樂兒嶺失利，黃州無守兵。元啟先率團卒出，倉卒未及反，城陷革職。林翼召謂之曰：『城破非爾罪，好為之，吾當白爾。』元啟率練勇籌糧濟大軍，收降人劉維植，城因克復。而林翼先卒。李續宜赴安徽，奏元啟自隨。旋與曾國藩會，奏復其官。遂留安徽，攝桐城。桐城陷賊十餘年，公私赤立，懲姦撫瘡痍。邑人誦之。值縣試，所拔後多取科第。而吳汝綸第一，卒名於世。

六年攝渦陽。渦陽治雉河集，張洛刑巢也。洛刑既禽，設縣治之。元啟至，凡城廨、學宮、賦役、倉廒，或因或創，斟酌中度。丁憂去官。十一年攝霍邱。元啟為吏有材能，剛潔強力。在湖北攝縣五，皆直軍興。安徽攝縣三，皆久戰地。及新立縣所事皆名將不堪事，不得一日留，然皆重之。每去任，士民送出境，多泣下。既卸渦陽，巡撫連奏請，補三人，部議連駁。十二年，英翰乃奏元啟在渦陽二年有威惠，至今耋稚望其重臨，請破格畀之，上特允焉，會元啟卒。霍邱人取元啟所愛假山石，刻文紀去思，移置翠峰書院，名曰『雲錦石』。

酈孺人家傳

孺人姓酈氏，名永平，浙江紹興人。父諱昌言，邑名諸生，凡生三男一女，以孺人聰穎，獨憐愛之。每督諸兄弟讀，或施榎楚，孺人幼也，必從旁泣，父為霽其威。年十九喪父。逾年歸車君志城。將嫁前二日，鄉俗祭父，釋喪服，易吉服。孺人悲痛不自勝，至於昏眩。故既嫁而多疾。

車君時游學上海，不能歸問醫藥。孺人無怨言，顧反慰車君，謂：『丈夫當自圖樹立，毋喋喋顧兒女子私也。』車君以工業專門卒業，而孤潔與俗鑿枘。同學者多得志，車君獨困，孺人則又慰之曰：『士以行脩為本，與其隨俗浮沉，毋寧安貧信道。』故車君與孺人為夫婦十七年，敬之如畏友。孺人無子，每欲置簉，車君堅不可。孺人曰：『君為大宗，大宗不可無後。吾既不得為君舉子，必為君得媵因之。』母氏陰求之未成，而病甚遂卒。彌留中猶以為恨。孺人事父母、舅姑孝。其得疾也，以父喪未終而嫁。其卒也，以連覲母與翁之喪云。

姚永概曰：猶子菼以車君所為孺人事略來乞余文，詞悲苦，誦之惻然傷心。夫成室家，鞠育子女，人道之常，不幸以疾廢，非女子之過也。然婦人之望子恒過於丈夫，乃必欲己出，寧絕夫之宗，而不能容眾妾，是無他，第為身計。而不知一人有子，三人緩帶，詩所以錄螽斯也。孺人之賢遠矣。車君深慟而欲傳之，宜哉！

李太夫人家傳

太夫人張氏，父諱友功，浙江鄞人也。年十八歸候選同知鎮海李君嘉清。同知君父曰：『知府君舍官為商，以貲雄海上。既卒，大折閱。同知君用孺術匡救，竟復其財，更富於初。』太夫人佐之，數出金巨萬，為惠利子孫多且材，年七十六告終。有子八人，孫四十二人，曾孫十人，凡內外男女，自太夫人出者，今百四十餘人，可謂盛矣。

太夫人性慈厚，臨事有識。嘗居里，傭婦夜遺火不可滅，太夫人從容舉姑，奉先人遺象，殿家人出，焚失巨亦不究造禍者。同知君居母喪以毀致疾，而鎮海旱甚，太夫人亟請於兄公出義倉穀平糶。猶不給，饑民匈匈，譟其門。太夫人扶同知君間道辟去，卒免驚恐。疾以日起。姦人誘貨良家子外國，道出鎮海。太夫人聞之，遣子徵五商於海關稅務司，可贖矣。寧紹台道緩之，船駛去，太夫人大恚，更命子雲書偕徵五走上海，集鄉人大會，電告外國紅十字會，遣人賚金之南洋，歸四百餘人。

先死不歸者十餘人耳。

光緒壬寅，浙東大饑。太夫人命子購米數萬斛，分糶列郡，平市賈。既至寧波。寧波方議禁米出境。紹興人爭之不得。太夫人歎曰：『吾為浙東也，寧私吾甬耶！』諸商感其言，乃弛禁，紹興人頌之到今。雲書兄弟嘗承命建學校四，設燈塔普陀山巔，他行誼衆，非其大者，不可勝書也。

姚永概曰：螽斯序云：『后妃不妒忌，則子孫衆多也。』太夫人事父母、舅姑致敬孝，撫庶吳有恩，吳先卒，無子，命己子為持服期。夫不妒忌在男子，即秦誓所稱一個臣保我子孫黎民者也。反生口異域，捄鄰郡饑不規規焉，私一鄉里量誠遠矣，皆此不妒忌之心所推耳。吾惜太夫人之僅處閨闥也。雲書以年譜，徵家傳，迺敘列歸之。

署江西巡撫江西布政使李公家傳

公諱桓，字叔虎，湖南湘陰人，李文恭公第三子也。以縣學廩生議敘知府。文恭公薨，天子追念其勞，以道員發江西，署廣饒九南道，授督糧道，署按察使、布政使者二，遂授布政使，署巡撫。同治二年督辦陝南軍務，行抵武昌，中風痹告歸，以南康許高鴻事降二級，以捐餉賞還二品頂戴。光緒十七年卒於家，年六十有五。

公在江西，直咸豐軍興，屬郡邑時陷時復。主客軍餉多取給公所司錢穀，而能持大體，恤民瘼，給諸將帥而民不傷。故皆感公不忘。初署按察也，雪武寧盧朝發之冤。乙卯冬，九郡皆陷賊兵，餉匱竭，布政使欲借房租錢兩月。強公會詳，公不可，謂：『城中户口十六七萬，今聞警逃避，已減八九萬，且兩月租錢不過二萬，稽催苛擾，勢必趨之去耳。公欲空此城耶？』布政使乃專詳，巡撫是公議止之。士紳聞之集錢二萬以輸庫。平江軍攻撫州不利，改守貴溪，道省城，二千人突入撫署索餉。巡撫避匿，布政使病篤。公任督糧兼支應，獨入慰諭，給五千金乃去。而新平江軍復以統領閣餉，入署大譁。公亦解散之。省標三營時方登陴，屆給餉期。布政使以九江三營將出征，移餉給之。省標兵皆走散。公適至城上，但見三營將大驚，責以大義，力任餉不缺，乃乘城如故。

是時賊四集，微公幾不守。江西廳、州、縣七十九，地丁正耗一百六十餘萬，浮費二三錢至六錢。有漕廳、州、縣四十九，漕折九十余萬，浮費二三兩至七八兩。公任督糧時，欲核減而州縣多賊據，未能也。辛酉冬，公署布政。曾文正公督兩江，納公請，改訂地丁一兩，收銀一兩四錢八分三釐，解藩庫。正耗一兩一錢，津貼軍餉一錢。漕米一石，收銀一兩八錢五分四釐，解糧庫。一兩三錢津貼，軍餉二錢，餘為州縣官吏火耗。解兑及府、司、道辦公經費。壬戌再議，地丁一兩五錢，漕折一兩九錢至二兩一錢二等，凡歲增軍餉銀三十六七萬，減浮收銀一百八十余萬，核減多，逋賦少，歲入過八分。民士懽悅，官吏頗怨。公去位，曾公乃從後人請，改公所訂章云。

公既奉命赴陝，馳回長沙，募勇千人。自捐兩月糧。師次岳州，得疾歸。許高鴻者，南康無賴子也，署縣令。周汝筠有軍功，薦保道員，留縣任如故，信倚之。令查封逆產，多網良民，破家縱勇勒捐，民怨甚，不敢訴。汝筠擢糧道，請假歸。南康民乃赴省自理，日辭數十紙，列名千人。沈公葆禎時撫江西，謂公曰：『汝筠虐民甚，然有功劾之，何以勸後？』公曰：『虐民非汝筠意也，其爪牙耳。若懲一二人，而以沒產還民，怨宜可弭。』沈公屬公手書，致後令石昌猷密訪之。凡三人，而高鴻為魁。高鴻父觀國又訴高鴻不孝，乃斬高鴻。汝筠既復出，觀國忽訴前辭為昌猷所逼，汝筠助之。沈公入奏，朝命曾公理之。觀國已死，昌猷不服抗辯，因褫職，刑訊，卒戍昌猷新疆，而指公手書為授意得罪云。

姚永概曰：公與曾公鄉里雅故，始則相合，終更違異，而公遂廢。知公者頗為公惜。夫錢漕改章，公意專壹在民。曾公殆謂吏寬而後可責以廉，兩賢所執殊耳。曾公身負天下重，一獄之失，原不足累，而在公則不可不詳也。吾應公子輔燿請，作公家傳，為之慨然。

慎宜軒文集卷七

吴先生行狀

曾祖太和，候選府經歷。祖庭森，縣附生。父元甲，縣附生，咸豐元年孝廉方正。

先生諱汝綸，字摯甫，世居桐城之南鄉。吴氏自元、明之交，由徽州遷桐城，凡數派各自為宗。先生之宗，以所居名曰高店。高店之吴分二支：曰寶慶，曰榮華。先生之支曰榮華。寶慶多科甲仕宦。榮華則有生甫先生者，先生族祖也。以古文名於京師，與方侍郎苞同時，餘則不顯。父徵君居鄉里，孝友任卹，勇於作事，不顧藉利害。先生猶其風類也。弱冠中同治甲子科舉人，乙丑成進士，以内閣中書用。曾文正公見先生文於方先生宗誠所，大奇之。又聞徵君善教，遂延教其孫，而奏留先生於幕府十餘年。

文正公薨，李文忠公繼之，復致禮焉。世傳曾、李奏議，多出先生手。當文正公辦天津教案時，從容謂先生，曰：『吾大臣任國事不當計毁譽。子年少，名甫立，盍稍避乎？』先生笑不應。及李公用事，其所經畫皆前古未嘗有，而當外交之衝，操縱應付，尤驚駭世俗，非庸人所易知。先生佐佑其間，竭思慮自効，不肯諉謝。故二公深相倚重，大疑大計，悉取資之。

嘗補深州直隸州知州，丁父憂，服闋，署天津府知府，補冀州直隸州知州。乾隆時，方恪敏公為總督。下教建立義倉，世傳畿輔義倉圖者是也。方公薨，倉儲寖壞。咸豐兵燹以後，乃盡耗矣。同治十年，錢敏肅公為布政使，復修方公倉制，先生在深州獨進曰：『不可復也，又且擾民。』錢公曰：『何謂也？』先生曰：『方公當國家全盛，上下交足，名器貴重，故給七品以次，即爭納粟。今富人亡慮皆四五品矣，安肯為勸其積也，必箕斂，甚者威之。其儲也，責之倉正耗減取償焉。其散而復斂也，敦率之不還。若息不足，必句攝而敲樸之，故曰不可復也，又且擾民。』錢公曰：『子之言然。』深州獨止不復。其在冀也，開渠四十餘里，導積水入滏，商旅既便，田得河流，洩鹻氣斥鹵，變為肥沃，又少水潦患，民大便之。

而先生在二州，尤以興學育才為汲汲。深州故有賢牧張杰括境內廢廟田，得五千四百四十餘畝，增立義學至二百四十五區。然久之遂為豪民私攘而學廢。先生以為學散在四境，官難遍知，又無良師長重之，名為村村有學，實乃連數村無識字之民。於是言於上官，請檢視學廢者，沒入其田於書院，厚給師生，買經史圖籍恣高材者覽觀。生徒問業四面而至。其於冀也，亦然。又聘王樹枏、賀濤、范當世為之師。三人者，文學皆天下選也。然先生去深，豪民攘田者，間入京師，交通御史，劾奏先生破壞義學，下總督遣官按治，頗復給還，而兩州之士自此彬彬嚮文學，其尤著者，南宮進士李剛己、武邑進士吳鐙、舉人趙衡，凡十餘人，為畿輔冠云。

先生在冀數年，一旦謝病去，李公聘主蓮池書院。先生博極古今中外之學，於事物無所嗜，獨喜蓄書，日手一卷不輟。評論得失，一以文辭高下為準。蓋先生浸淫於古者深，以為文章者，實吾國歷聖相禪之至寶也。苟具閎博精偉之識，其為文未有不燦然可觀。獨古人之文，或其辭高，或拘束時忌，微言孤旨往往匿於篇章之中，非好學深思者不能發也。然豈果空談不足周世用哉！深於文者識必通。方今海宇新學，日出不窮，吾苟能兼收並畜，皆足助我化裁損益之道。彼深拒固絕者震駭，以為不可幾及者，皆由識之不足。其於文事或未之深造也乎？先生以是為學，即以是為教。所與遊皆一時豪傑。外國名士每過保定，必謁吳先生，進有所扣，退無不欣然推服，以為東方一人也。庚子之亂，先生避地深州，人士日夜追隨不去。其後法兵卒至，先生為籌應待之策，州卒無事，乃修補故所，嘗纂深州風土記，於兵事一篇三致意焉。居數月，李文忠公奉命修和議，先生入京師，文忠公薨。先生決策南旋，直隸搢紳魏鍾瀚等千二百人上書請留不顧。

會朝廷詔開學堂，命吏部尚書張公百熙為筦學大臣。張公親過先生客邸，請相助，不可，則扶服固請，仍不可。張公則逕入告得俞旨，嘗加五品卿銜，派充大學堂總教習。先生不得已於張公，則請往日本考察學制以報其意。遂以壬寅五月東渡，日本故習先生名，長崎、神户、大阪、東西京所至，集會歡迎，一言一動傳錄報紙相誇尚，傾其賢豪。先生雞鳴而起，夜中始休，親歷各學攷詢，又之文部聽講。間則與彼教育家往還筆談，有餘隙，則求詩字、商經史者麕至，隨宜應之，人人意滿。先生居日本三月，深知彼國教育，自幼稚園以至大學院堦級井然，教者易施，而受者易領悟也。吾國欲興學堂，勢非由蒙養立其基不可。然獨苦於無師，勢非各行省、府、州、縣遍立師範學堂不可。循此而計之二十餘年，乃有人才起供國家之用，而世變已極，豈可更曠日久遠俟之二十年以後！然則為今茲計，亟擇年力合格而中學已就之才，分入各科專門，三五年即視其所學而任以事，此又貴乎力破故例，以求實用，不可但給以舉人、進士等虛榮已也。既以是復於張公，又集錄所得為東遊叢錄，以歸餉國人。初東遊時，即請於張公一過故里，至是攜日本教師一人歸桐城，集父老創立縣學堂，欲實驗其說云。乃以光緒二十九年正月十二日卒於里第，春秋六十有四。

先生居官俸祿所入，悉以給昆弟朋友，飲食被御至簡薄，未嘗狐裘。平居早起，喜周行原野至七八里，然後歸而治事。雖為曾、李二公所知，不肯受薦舉，其官直隸州知州乃中書所應得也。子一人闓生，有文行，能世其家。

先生所著尚有寫定尚書、尚書故、易說、詩、銘碑、論書、雜文、筆記、評論諸書。闓生偕門人方編次栞行。

先君子與先生為故交，至葬，先生錫之銘，去卒僅三十許日。闓生少嘗奉先生命從余遊，來請撰述。伏念先生歷官行事，道術文章信於天下，見尊於外國，實為國家光榮。謹就闓生所述，參以見聞，稍加撰次，以待名公卿上聞，付史館垂編錄。謹狀。

先大母行略

先大母蕭太恭人，宛平人，年十三歸於先大父。事曾王母張太夫人、大母方淑人，委婉盡歡，生子二人：孝殤，次即吾父。吾父生數歲，大父官兩淮鹽運使矣。冬夜偶俛見太恭人著複褌，衷無木棉，乃曰：『汝尚未棉耶？』太恭人曰：『南方燠，殊不自覺冷。』然方淑人故甚愛太恭人。大父之官四川也，太恭人從。方淑人每製衣履寄給之。咸豐初，粵賊起，大父以軍勞卒於湖南。方淑人旋卒。吾父奉太恭人避亂福建、江西數年。用曾文正公奏薦得官。太恭人就養十年而歸。歸十三年，吾父復官江西。太恭人八十二矣，猶健能往。又四年棄養於安福官寢。

太恭人慈和肅重，族姻婦女爭樂就之。所在必滿孫婦。或邀之去，無何復集，問之，則曰：『吾但覺老人辭貌可親，不能自忍也。』外大母陳恭人依吾父，與太恭人處十餘年，未嘗幾微相失。僕婢或偶觸忤，見者呵詈之，必解曰：『若愚人爾。』生平於樗蒲、葉子及諸婦女嬉戲事，一無所為，寡言語，不喜道外事。吾父在官，樸責罪人，聞之必曰：『官律我不知，汝但勿冤可也。慎勿濫刑人。』同治五年，覃恩誥封宜人。光緒十六年，再遇覃恩，晉封恭人。孫五人：永楷、永樸、永概、永棠、永樛；曾孫四人，俱幼。

太恭人之棄養也，永楷、永棠、永樛在側，永樸、永概在里。聞訊犇往，然已不及見矣。痛哉！光緒癸巳葬於烏石山陰陳智舖楓樹凹。長孫壻馬其昶為之誌，永概謹追維終始，質辭紀述，昭示子孫，使知太恭人盛德云。

先府君述

府君諱某，字孟成，號慕庭，晚號幸餘。世為安徽桐城人。曾祖某，府學增生。祖某。兩世皆以考貴，贈通議大夫。考某以進士起家，官至廣西按察使。

府君幼稟庭訓，持躬宅心，一準粹溫。甫弱冠連遭考妣之喪，又更粵匪亂，輾轉窮山間。以姊夫張匯待次福建，因奉生母蕭太恭人至閩。援例以府經歷，候補江西，委解軍械。至曾文正公營，文正公一見，歎曰：『若名家子，烏能以小官奔走風塵間乎？』問所業，得感事詩奇之。調留幕府，從至祁門、東流、安慶，以克復徽州，保升知縣，逮金陵克復，已補湖口縣知縣矣。府君乃稱曰：『吾本無宦情，徒以老母在，不得不從事於此。今得一城可治，足矣。大官何為？』曾公亦曰：『吾為天下留一循吏。』乃聽其去蒞湖口。未逾年，調安福。是時江西巡撫為沈文肅公，風采威嚴，屬吏惴惴，獨愛重府君，嘗命閲書院課卷。故事，率召即用知縣八人。至是獨以府君參之。文肅公親臨告曰：『若輩毋以進士傲姚君，姚君所學，非若輩望也。』府君内明外恕，每聽訟委曲導之使言，不肯以口給輕折人詞。嘗曰：『愚氓至官府，十言達五止矣。官又恃聰明以壓之，則情何由通？』相驗人命，必親揣其淺深堅軟，或遇暑月，尸腐敗，親屬皆卻立斜視。府君既臨驗，又牽其手，令自試之，皆叩頭曰：『官詳審過於所親，不敢異說。』

初至安福也，前令舟過王氏村，村人嘗被冤，婦女叫罵，或投沙石。前令怒，欲以窺劫解庫款興大獄。府君力持不可，杖三人而事解。邑中姦民多誘鬻子女，甫下車，即嚴懲之，其風遂熄。期年引見歸。復涖安福，於是大興壇廟，倉廨之毁於兵者，費廉而功舉。孔子廟春秋祭奠，禮儀缺略，籩豆、樽俎、佾舞皆不具，乃捐錢置購。士子與祭者，咸感動肅恭。及三至安福，已為後官所壞，復整理如前。邑有復古書院，舊僅恃官獎賞，無膏火費，府君前後捐錢三百萬以為之倡，於是課額膏火始備。鄉、會試中式者不絶，大率書院高等弟子。其後又創育才書院，試經解古文詞。丁卯大吏檄修縣志，府君手創大例，稿成上之。時會稽趙之謙在總局，謂人曰：『江西諸縣志稿率蕪陋。知體要者，惟安福一志耳。』前明易公寬祀鄉賢，傅公應禎祀昭忠。易有孫如松，傅有孫鴻崑，皆孤童子，無以自立。府君資之讀書。如松卒為邑廩生，鴻崑以戊子舉於鄉。大府欲調府君臨川，又欲調廬陵，皆以素號肥缺力辭。偶因義倉事，上議不合，請疾歸，買屋掛車山中，奉親、讀書、教子以為業。然性好施與，甘義勇行，不計有無。嘗栞先世菊潭、松岩、援鶉、中復諸集，又以龍溪李先生威嶺雲軒筆記四卷、建甯張先生際亮思伯子堂詩二十二卷，皆託稿於大父，承遺志悉栞之。胡伯良淳者嘗為大父弟子，病卒安慶，府君為之殯殮，攜其子愨教養成立，俾有室家。鄭容甫福照於府君婭也，授永楷兄弟經，病且卒，屬其子彝與寶、鏞，府君月給錢，至彝長乃已。彝娶婦嫁妹，葬父母，又重資之。且栞伯良先世碧波詩選，及容甫潔園詩詞。世父嘗負邑肆錢三百萬，主來索，子孫無以償，府君粥田代完之。既為從兄子丙林援例得巡檢，仕宦不遂，歲仍仰給於府君。

嫁再從姪女二，三從姪孫女一，迎從兄濟光柩於閩，撫孤甥張傳申至成立，為之娶婦，有三子矣。給錢十五萬，令之閩反其父與姊骨，而歸葬之。自以幼為方淑人鍾愛，於諸中表皆曲意敦篤，又贈山葬舅及妗。在官時分族戚錢逾百萬，及罷官雖稍減，然亦不能過損也。自解安福組，囊中不及千金，期年而罄，因粥先世遺田且盡。蕭太恭人春秋高，甘旨漸無所取給，府君喟然歎曰：『損吾親口體之奉，圖養已節。古之貞介者，或不如是，吾其仕乎？』起病謁選。

復蒞安福，至則詢邑中利病，皆曰：『征漕為難，雖盛兵役勤撲繫，常苦不中程。』府君笑曰：『是擾民也。民勞官吏且不足，安有餘完逋乎？』悉罷減前令所為，征常如額，歲亦屢豐。彭、李二姓械鬬，李氏死者八人。事更八年，彭氏亦瘐死二人矣。兩姓皆以赴京與省交控，破家無算。府君曰：『案不及今定，其何以堪？』擬論如律，兩姓皆服。其後官南漳日，安福民有被枉者，裹糧奔訴至南昌，遇邑人李道南。道南曰：『姚公固知女冤，豈能越境代理之乎？』其人乃沮喪以返。邑生謝涵好為詩歌、古文，性狂褊，一邑排擯，抱所作上謁，府君得之喜，教以立身之方。涵慙服曰：『吾師愛我。』遂往來門下如子弟。丁蕭太恭人憂，服闋赴選，得湖北竹山知縣。縣在萬山中，前一歲秋霖為災，民藏悉盡，更春死者萬人。府君至則辦理賑事，民大蘇息。總督委候補道張煜林來巡鄖陽，歸言竹山最，調署南漳知縣。南漳故多盜，州縣官捕得一二脅從，率用大木籠盛之，立懸以死。死者愈多，盜愈熾。官反以幹治遷擢去。府君曰：『漢酷吏雖慘，然所捕皆魁宿。今且反是，吾不能為得其渠一人殺之，臨受代又得一人，後官至，一蹈故轍，盜大起至傷游擊臂』云。襄陽道朱某，故相子也，紈袴喜趨承，與府君故不相協。府學官左質謙詐南漳學生五百金不遂，詳黜之。府君白其枉，因搆於朱。會中丞于公蔭霖初至，密飭道府甄別屬吏，因列府君下考。于公故聞府君名，疑之，不舉劾。朱反以是大恨于公，而府君亦回竹山本任。府君之去竹山也，連二令積案遂多，府君早起治文書，餐罷決事，率午而出，竟亥乃退。或遇狡獪民糾葛，案下父老輒呼斥曰：『汝自識事來，幾見官為吾儕勤劬若此！况吾官髮白矣。夜已分，忍不以情白耶！』皆俯首聽決而去。府君亦自覺憊甚，因請假歸，甫受代一日而疾作，遂以光緒二十六年二月二十九日終於竹山縣署。嗚呼痛哉！

臨卒神明不衰，手一卷授長孫佐燧，則所著慎終舉要、里俗糾繆也。府君清介絶俗。少雖受知於曾文正公，嘗曰：『公貴人也。吾當以師古人者師之。』曾公知府君意，一日笑謂曰：『吾為子得師。』即命騶從，親介於獨山莫子偲，故府君於莫先生執弟子禮。三之安福也，過天津謁總督李公，李公舊與府君同居曾公幕中，朝夕見者也，問家事甚悉，歎曰：『作州縣二十年，乃貧至此耶！』既出，鄉人咸咎府君不求李公一書，抵江西，調大缺。府君曰：『吾少年不肯在湘鄉前道此字，今乃向合肥張口耶！』生平不治產業，引疾歸也，賃屋而居。先營家廟於縣城。逾年，始買屋山中，粗蔽風雨而已。獨創春榮軒以奉母。南漳多富民，每秋收佃租畢，即攜銀至城搆訟，爭入苞苴，求直以為榮。黠吏至，兩利俱納之，寖以成俗不相怪。府君一切刮絶，訟既驟稀，市銀為大減。解地丁銀，不足輦錢，至樊城買之焉。南漳間歲一更牙帖，官入可千金。府君至適值舉行，乃慨然曰：『吾得千金，僕隸且倍之，市可擾哉！』力斥罷之。府君之卒也，至無以歸。竹谿紳王士瓊曰：『吾往來竹山，知姚公清也。吾具一舟載公柩。』竹山民亦爭具一舟載眷屬，始達河口。

府君於經，邃於易；於史，晚好通鑑。官事餘，朱墨不釋手，或誦之竟夕，於朱子及元、明儒書，嗜之尤篤。不著書，獨喜為詩。詩多且工，不事表襮。少惟莫先生及忠州李士棻知之，中年後始為江甯汪士鐸、武昌張裕釗、瑞安孫衣言、壽州方希孟、同里吳汝綸、徐宗亮所推重。光緒庚寅，永楷等嘗栞行十二卷，非府君意。晚年自定為十二卷，永樸等又編遺詩成九卷，集抄日記為十四卷，合讀易推見三卷，慎終舉要、里俗糾繆藏於家。

原加同知銜，誥授奉直大夫，再加運同銜，覃恩晉授朝議大夫。配先母光恭人，同里直隸布政使光公聰諧女。先府君二十七年卒，附葬大母蕭太恭人墓左，府君自為之誌。生三子：永楷附生，候選縣丞，先府君四年卒；永樸甲午舉人，候選訓導；永概戊子舉人，大挑二等。二女：長適同里馬其昶，次適通州范當世。孫四人：東彥、菼、煥、昂；孫女二人：長字方彥忱，次幼。自光恭人歿，府君獨居十五年。永楷等力請，始納庶母張，生二子永棠、永槮，一女，俱幼。嗚呼痛哉！敬述。

伯兄行略

兄諱永楷，字閑伯，少有羸疾，姿性端一，視世之穎異者或不逮也。志欲以人一己百、人百己千之力，蘄與並己之賢方造乎古，蚤莫鍥鍥，不能不止。故其心常若有所迫，而其氣未嘗一日舒也。始治制藝，則專精於昔人之工者與近之獲售於試者，與朋儕偶爾一日之能者，皆手抄之若干冊。又讀宋、元、明、國初諸儒之書，因分別其淵源同異，采掇其語之最精者，手抄之若干冊。又博觀於詩歌古文，取所忻誦者，手抄之若干冊。見人一評點本必手臨之。雖諸弟說亦細字傳寫不遺。蓋兄之堅固虛敏如此。嗟呼！年不稱志而遽死也。悲夫！

初居先母喪，兄尚幼也，哭泣盡禮如成人。事父祇恭，惟恐逆恉，偶見譴，惴慄可憐之色見於顏面，及死，父為之慟曰：『吾兒真孝子也。』蓋供使巧給，弟或差勝，而至誠終莫及兄。補學官弟子，鄉試凡七，不售。甲午侍父客天津，臨當赴順天鄉試裝就矣，值日本遘兵，聞警即罷裝，送庶母、兩弟南歸，曰：『我豈妄冀不必得之名，而不慰親意耶？』及仲兄以是科順天中式，兄大喜，無毫髮自失。

兄每言吾家居鬱鬱，思外遊。永概客揚州，因偕兄來，未一年以病歸，旋卒。今永概復至揚州，跡觸故館，問來友生心傷曷持？迺謹述生平大略，以貽後人。兄嘗類抄先世文示子弟，曰聰聽錄，未成，仲兄為卒之。有詩二卷，為吳冀州、范伯子所稱。子二：東彥、菼。

慎宜軒文集卷八

胡慎思墓碣

予父官安福時，予兄弟皆幼，亦知學詩論文矣。所交數人，而胡君慎思最密。慎思之父伯良先生與吾父交，客死安慶，吾父既為之殮而歸之。故慎思嘗依吾家，性高潔。嘗學律，凡數易其師皆不中意，時時棄去，學魯公書，頗有筆意。忠州李士棻工書，不輕許與人，見慎思書乃亟稱之。

予兄弟讀書齋前，有芭蕉數株。每當春夏，綠陰映軒窗。兩兄因與慎思聯蕉社吟詩。予時六七歲耳，亦間作小詩。慎思見之輒喜，持以告人。予兄弟嘗戲謂之曰：『與君交如此，生平想無過之者矣。』慎思笑曰：『我何足云。君姊夫乃讀書能文，有高志，君歸交之，勝我萬萬矣。』當時頗訝其言。及歸而見我通伯，果如慎思言。慎思凡來吾家十餘年，既而贅於贛州某氏。年餘，吾父棄官寓吉安，慎思攜其婦來，生女矣。吾聞慎思新婦亦工書，頗為之喜，已而別去。及吾父攜家返安慶未三歲，有人自江右來者，道慎思病癰死矣。葬於贛州之某山。久之聞其女亦死。

吾幼時居安福所狎處者，蓋二十餘人。及今歷記之十已八九死矣。慎思交最密而死獨早，予尤悲之。予既習為古文辭，今年慎思又屢見予夢，乃為文紀之。他日若有人往贛，當使之鑱諸墓上。慎思名懿，桐城胡氏族甚微，慎思死，其五服無一人云。

汪貞女碑

貞女姓汪，世家桐城。幼喪父母，童歸於姚，待年未婚，十四而夫死。舅宦江甯，姑病風痹，臥床席間不起。貞女則毀飾啼泣以請，曰：『昔為舅姑婦，今為舅姑女。以代亡者職。』爰起敬起孝，內外帖帖，咸服以綏。

既而舅權六合令，賊烽告逼，經營防守，用勞卒官。江甯旋沒，將屠吏刳士民，積屍紛藉如麻。貞女先期奉姑以下逋遁免禍。乘隙葬舅及夫，以避焚暴。舅妾不安於家，私挈女逃嫁，追之河舟，竟以小姑返，曰：『饑飽有命，是為我冑，若令漂淪，懼為婢賤，余則大戾。』時姑及叔不逾十齡，依嫂若母，以哺以教，忘其自生。貞女善繪花果禽魚，人高其節，復歎工妙纖幅，便面胥介貨求，賴給饔飧。亂定歸樅陽，假戚丁屋以居，粥畫杭州，往返營養。姑卒於里，貞女聞，疾遄歸，已不及事。諸丁弗待既殯移柩，出委在野。貞女則之柩所，號叫出血，露次不歸，鄰里走觀哀感雨下，諸丁惶駭，叩頭謝罪，伐木編茅，卽柩成屋以棲人神。買山營石葬姑於鄉，迺始返室。

先是小姑年長，有匪人伺貞女出，甘言誑誘，姑老悖弗察，受聘聽載以去。貞女歸，曰：『是必有詐，何不相待也。』偵及大通，入門問小姑夫壻何人，則恍惝支吾，莫可指名。卽遍訴市人，辭色壯直，共為索婚書，復載小姑返。論婚士族，叔聘里張氏，生三子，以一子後貞女。叔甫三十，客死南康。張事貞女若威姑，然亦有懿節。貞女以光緒十九年卒於桐城，年六十，葬某山。

里儒宗老共聚悼歎，曰：『凡貞女所為，雖垂鬢列眉號為丈夫，或未之逮。不僅勵清白，足膺朝廷旌已也。斯可謂女宗矣。宜樹石刻銘，以示永久。』永概曰『然。』越五年，乃敢銘，銘曰：

江流滔滔，與海通潮。高阜岧嶤，帝子射蛟。山川淑嘉，實產人豪。男秉程軌，女潔持操。祁祁貞女，來配我宗。夷艱負巨，匪徒矢躬。志以困顯，才為德融。泛涉千里，弗異處宮。貞女之夫，以清其名。上溯七葉，旁無弟兄。支系墜續，賴此孤煢。天相厥家，三子以生。莘莘我門，代有貞淑。良隱之妃，大理之息。少節冰霜，老壽松柏。文傳爾雅，圖摹古佛。遺芬被嗣，惟貞女儔之。高藝餉時，惟貞女仇之。有曹有龐，人以文留。我辭罔飾，庶紹前修。

劉少塗墓表

君諱繼，姓劉氏，孟涂先生開子也。孟涂先生有文名當時，客死亳州，君甫生。嫡母倪孺人縊以殉。君稍長，卽抱父書遍走四方，謁先世所交名公長者，得阮文達公元，序廣列女傳；梅郎中曾亮銘倪孺人墓，於是人皆知孟涂有子少涂。

君窮年奔走，以父書為事。比老不怠，雖殘文賸義，無不收拾傳布。言論有豪態，喜振人危急，摧淩權富。嘗游河南，有里人來依其族某，某顯矣，屏之幾困餓死。君於集宴時面數之，聲騰氣放，理與辭赴，某惶汗謝服，立出金周之。君又自出金，而為人倡者數十事，凡鄉人流落在外，遇君敵一貴人。君自以少嘗為父友光方伯聰諧、馬郎中瑞辰及先按察所撫教，每自外歸，必過此三家，必拜廟主，終身不失。

初，君始冠，見包先生世臣，告之曰：『尊君交半貴，若以孤童子上謁，慎無自折其氣。』故君往來公卿，率敝衣冠，岸然長揖抗禮，待稍慢，即奮髭質責，不謝而去，曰：『吾少受教於包先生，若何等貴，豈抵阮儀徵、曾湘鄉耶！』而輒如此。

年六十餘尚健，時獨游江淮間，忽感微疾，卒於家。子二人：某某。

噫！如君者，真可謂不忘其親，終歲旅遊，卒舉數十卷書傳於世。至好義，有俠風，則尤古人所貴，非末世所恒見者也。表君之阡，足以式浮薄矣！

方恭人墓表

恭人方氏，桐城進士、福建漳州府知府諱寶慶之女，湖北督糧道、贈太常寺卿、賜謚勇烈徐公豐玉之冢婦，候選主事、世襲騎都尉宗亮之妻。方氏故望族，自漳州君以上十世數，皆以才位學行顯名絓史冊，書藏秘府，又重於方氏所謂中一房者也。

恭人四歲失母，漳州君再娶於吳氏，實為恭人再從母，迺以不及事所生者事吳太君，能使終身恃賴忘非己出，迨歸都尉君，事姑張淑人一如事吳太君，能使張淑人不愛兩女，而愛新婦。勇烈公殉難田家鎮，都尉君徒跣走兵間，依湘軍諸帥，時與家不相聞。恭人奉張淑人崎嶇荒山中，間道泝江，窮漢水，至留壩，依姑夫張君。是時張淑人不知有子，都尉君亦以淑人賢可無顧慮也。都尉君常病風痹臥不起，念生平所欲自見者，略不設施，因恚憤輕重辱詈恭人。恭人忍泣無言，一衣一飯必手進之。宵中日晡轉側扶持，新生兒棄不哺。友人甘紹盤候疾見之間曰：『君有賢妻如此，它日必悔也。』都尉君感其言，迺作文章自遣，口占恭人寫之。久之疾竟瘉。親知賀者一口曰：『非醫之能，恭人實生之耳。』都尉君遊多當時名士，每過從連日，恭人治饌豐潔，逾於它人。蕭君穆每喟然曰：『禮無哭朋友妻之文，然異日吾過方恭人之墓，而不傷心，非人情也。』吳太君晚與恭人居鄰，先恭人七年卒。都尉君經營葬之。恭人卒於光緒甲午九月某日，葬於邑西栲栳山下，時丙申十一月某日。男子子二：惠疇，江蘇候補巡檢，賢而早世；調鼎，直隸候補吏目。女子子四：壻曰方文煦、姚永概、張兆頤、張傳聲。

先是恭人嘗謂都尉君：『我先死，必得君一佳誌。』既葬四年，都尉君悲不能銘，迺次其事，以授永概。永概遂揭而表之阡。

貤封奉政大夫許君墓表

徽州居江南萬山中，更宋、元、明之季，他州縣被兵糜爛，徽獨晏然，富庶自如。洪楊之亂始涎其畜，久據不去。是時歙許君方奉大父母、父母，挈弟妹、子女，避匿荒岩窮谷。饑寒癘疫，屢遭大故，躬殮十二喪，倉皇盡禮，又求食以活其生。君故少失母，至是繼母臨絕，以所生子文銑為屬，君泣受命。君自有男女子五，以餒亡其三，僅存一子，曰學詩。每得升合必先文銑，而後學詩，得衣亦然。其後亂定，為營娶也亦然。

君嘗憤鄉人困賊久，多隱忍從者。一日見賊毀祠主為笑樂，怒欲爭，賊擊以刃，賴救獲免。已而官軍駐祁門，復休寧。君迺挈家走樟樹鎮，聚鄉人子教授以自活。久之賊平。補縣學生員，以貢候選訓導。君既瀕百死，以保其家，遂不求仕進，一意擴張公益，期有補於鄉黨宗族，與族人雲門者，葺祠宇，纂譜系，鈎稽契約，規故啟新，全宗溉德立敬，宗小學，端本女學，教族中子女。會孫承堯通籍入翰林。國家方罷科舉，君益督之興郡邑學。徽州學最先立，最有名聲，以得承堯故，而君實開其先也。

君諱恭壽，姓許。祖廷烺。父政祥，五子，君次二，少與邑人汪仲伊師儀徵程可山。汪以博學聞，君名不逮之，至質行君子，非汪所及也。君以光緒三十四年某月日卒於家，年七十五，將以宣統元年某月日葬於某縣某鄉某山。承堯與永概習，自京師寄狀，以表墓之文見屬，狀稱父名，義古而詞信，不敢辭，謹系而表於阡。

桐城姚永概撰。

徐鐵華墓表

君諱經綸，字鐵華，石埭徐氏。家世儒素。少聰穎，能為駢偶之文，肄業敬敷書院，為山長余中丞誠格所知，名稍起。會詔立學堂，余公薦君司書籍。而余適來教授諸生，見君詩大奇之，因勸讀古大家集，勿徒守近人門户。書院故多藏書，既廢，悉納之學堂。君盡發而讀之。逾年詩大變益工，駸駸追古作者。惟君亦以紹文學之傳，而大張之為己任也。光緒壬寅中式江南舉人。民國既立，君為師範校長。生徒因事與官吏爭，當事者欲嚴懲以立威，君爭之不得，遂退廢家居以卒。

君家貧無子，抱羸疾久。弟早死，遺一孤侄，悲傷門户，病遂篤，為詩二章別知友，且曰：『丐我以錢，葬於大觀亭側。歲時登臨，枉道酬酒於墓，厚意死不恨。』及卒皆如其言。初君病，或有求詩草議傳之者，君報之曰：『吾才非不如古人，而所為止此，體累之也。設不起，殘章斷句附公等集中，後世知有斯人足矣。掬所有以出非吾志也。』君詩僅足自立，而言顧如此。既葬之二年，故人姚永概乃為文以表墓上。

俞君墓表

君諱佩印，字漢符，鳳陽俞氏。少而家貧。生九年乃入塾讀書，凡十一年盡通群經，為學使羅公惇衍所知，補縣學生員。咸豐癸丑粵賊陷鳳陽，屢被掠，皆能以計自脫，遂參軍事。

時皖、豫之交，賊棼起，持兵者或持兩端，懷觀望。君日以忠孝大義陳說府主，府主聽之灑然動，卒以殉難聞，君之力也。將某據滁、和，雖已授總兵，性暴喜殺，遣客賣鹽以給軍名，實為自利計，欲鉤致君。君聞顧曰：『是豈不可為耶！儻得從吾言，暴庶幾少殺。』至則救一部將，後期者匿之數日，待其怒減，與俱謁得免死。世家子某為將賣鹽有效，將喜。益令轉販它貨物大耗，不敢歸，將欲逮其家人罪之，君以百口保，躬護之，抵蘇州，世家子卒償所耗金，感君義也。咸、同間，因佐軍事起家，至大官者相望，縣令最卑矣，君不依附干乞，故僅敘勞授縣丞，加五品銜藍翎而已。

俞氏群從多以武顯，而君好儒，日讀書，蒔花木，恥言軍中事。兄佩玉戰死明光集，無子。君亦僅一子錫疇，命兼祧焉。從子某嘗陷賊，出巨金贖之，負君錢力不能償者，每焚其券。故君卒也，里人皆會哭甚悲。曾祖中含，縣學生。祖景懷。考光庭，六品頂戴，候選縣丞。配嚴，繼配唐，皆封宜人。君卒年五十有八。

錫疇與永概交。丙辰冬同客京師，持吳縣曹允源銘來請曰：『吾父久葬矣，欲得文表墓上，敬丐於子。』永概既讀狀，念錫疇有文行，而深自韜抑，殆猶君之風類乎？因敘次而歸之。

桐城姚永概表。

張君墓表

君諱友儀，字仁山，先世當宋、元之際，自寧化遷上杭，居七世，再遷永定，又八世曰光德，學行著於鄉。鄉人私謚為恭穆，旌孝子。孝子有子曰萱，年百歲，見其玄孫，倡捐修城，獎縣丞、五品頂戴，是為君大父。縣丞有子曰天錫，歲貢生，四品職銜，是為君考。歲貢君善草章奏。當道、咸時，遊名公卿間，為上客。

君少讀書異常兒，厭薄舉子業，求有用之學。侯官林文忠公撫江蘇，君侍父居幕府，因從毛嶽生、吳德旋、魯一同諸老遊，交口以為賢。文忠公撰聯贈歲貢君，誇其有子。先王父赴臺灣也，招君往，一時賓僚多才儁。建甯張際亮亦閩人也，又同姓，君齒不相及，能與齊名，號『兩張子』。張先生臨海悍風濤，題詩謝歸。君亦以親老不久去。壽陽祁文端公視學江蘇，與歲貢君友，見君擬試士題文大驚，納為弟子。迨入都馳書召君，君乃肄業國子監，溥志窮經，尤精三禮。通小學，辨論形聲不倦，而持躬嶄然，一以洛、閩為準。詩文峻潔澹雅，一蓺出，儕輩傳觀嘆服。胡侍讀焯、俞編修樾、何比部秋濤、陳太守喬樅，皆折節與交，聲譽日起，而君省親於常德，遽以病卒，年三十四。京師諸友為位以吊。文端公尤慟惜，作哀辭，比之李觀、李賀云。初，歲貢君從楊勤勇公芳客常德，樂其山水，買屋居焉，有終意，因葬君常德東門外官家汊。其後配陳夫人卒，亦葬長樂村鳳皇山，相距數百步。而歲貢君之卒適反里，因仍葬閩焉。子：曰焜，三品銜，湖北知府，加一品服；曰勳早卒。孫：超南，布政使銜，四川候補道；民國既建，官肅政史。起南分部郎中；道南分省知縣；選南候選運判。

君既卒，曰焜應京兆試，謁祁文端公，仍命列弟子。後超南以光緒壬辰中式進士，座主祁文恪公世長也。三世俱出祁氏門下，世以為奇。永概遇超南京師，述先誼，往來甚親，持狀乞表墓，因敘次其行略如右。

丙辰冬桐城姚永概。

胡府君墓表

胡君元吉，自黟移書京師，告永概曰：『先曾王父歿已六十年，始克葬於城南先塋之次。時元吉官荷澤，未得負土。今歸又數年，而無文字以垂久遠，深懼湮沒，益增疚戾，謹記大略，求表墓之文，子其勿避。』

按狀：君諱國泰，字昇平，姓胡氏。胡氏自晉新安太守育愛黟縣山水，卜居橫岡。明初再遷杏墩。世有隱德。曾祖肇周、祖奇譜、父德興，皆不仕。徽州居萬山中，土田少，不足給食，力不能讀書取科第。大氐為賈，子弟生數齡，即走大市，習計贏絀，年二十迺歸娶，後率三五年一歸，故通都巨鎮每多徽人。雖其天性，然亦勢所使也。然其人類工較量析利，事至秋毫，迺得富實，而君長身鵠立，坦率顧義，不問利如何，坐是困約終身以死。

配吳氏樵蘇以佐，衣未嘗知紈綺，飾未嘗知金玉。君死久矣，子設肆馬當，家稍裕，嘗寄一羊裘奉母，至則吳太君已病甚，忻然強起著之，又念君生平無此也，感極一慟，遂卒。

君生乾隆癸巳，歿於道光己酉，得年五十六。吳太君生於乾隆壬戌，歿於嘉慶戊辰，得年六十七。子三人：學潮、學瀚、學濟；孫五人，曾孫九人，玄孫十三人。元吉，縣學生，以大臣薦官山東齊河知縣，調署荷澤知縣。遜位詔下，自劾歸不出。元斌，縣學生，某官，皆君曾孫也。元吉與余友，而元斌嘗從余遊。

丙辰十二月，桐城姚永概表。

貴州威甯鎮總兵方公墓表

公諱致祥，字心齋，桐城方氏。曾祖鯉，乾隆某年舉人，江都知縣。祖庚，候補布政司理問。考林昌，縣學生，皆以公貴，贈建威將軍，妣皆封一品夫人。

公幼遭粵匪之亂，與家相失。貴州聶公桂榮撫為己子，遂用武達始從聶公後，隸淮軍轉戰大江南北，積功至總兵。嘗守廬州之扈城，陳玉成率賊十餘萬圍之數重，相持月餘，糧絕彈盡，夜以千人突圍出，殺傷過當。嘗從程忠烈公攻嘉興，忠烈受創，公憤激先登，矛貫左肘不顧，卒克其城。而蘇州、宜興、溧陽、常州、湖州、長興、廣德、漳州、漳浦諸城之復，公皆在行間，有功授遊擊，賜花翎。江南定，又從李文忠公平捻，晉參將，加副將銜，遂留防山東。張文襄公撫山西，奏調練新軍，補太原營參將，署大同鎮，掛印總兵。遼東之敗，公以三營從程總兵克昌北援，已而軍罷，李公秉衡，奏公回山東，署曹州鎮總兵。朝廷簡授貴州威寧鎮。李公又奏留，改署兗州鎮總兵。公在山東久，凡十餘年民懷威信，盜賊不敢犯堂邑。屯田民變，公輕騎往，民羅拜聽令，事定所全無算。民國立，公以宿將與年少伍，時鬱鬱不樂，迺自劾罷。居濟南，以乙卯八月某日卒，年七十五。

吾邑自王勝從明太祖戰死鄱陽湖，封太原侯，其後少以武顯者。淮軍興，程忠烈公最有名，公其部也。同時有程春萬者，以農家子從軍陝甘、新疆，官至甘肅河州鎮總兵。周南壽者，以淮軍官貴州古州鎮總兵，殉越南之役，顧其子弟不知紀述功績莫由知，而馬復震官廣東陽江鎮總兵，姚靖戎亦以記名總兵，補鎮江營參將，皆先公卒。

公事親孝，居職廉，待宗族有恩，垂老遭逢國變，宜其中之不自得也。公病篤，自作輓語，以鄰強民困為憂。又嘗曰：『吾貽子孫無長物，惟匣中一劍耳。吾與世無仇，惟盜賊耳。』嗚呼！可以見公生平矣。夫人劉氏，幼所聘也，生子午，山東知縣；石氏，聶所聘也，生子鏡，候補知府，出後伯父。孫二：某某。兩夫人終身無間言。公初蒙聶姓，貴乃復姓方氏，將葬，午以墓內外之文來請，永概於公大母外家兄弟也。為介得王樹枏、林紓之銘矣，而午請不已，乃為之表，俾揭墓道云。

清封通議大夫酃縣訓導何君墓表

君諱秉淵，字貫之，湖南郴縣人。宋淳熙間，有諱俊明者，以都統由江西遷郴，至明族遂大，文簡公孟春，其尤著也。君曾祖嶲，縣學生。祖繇吉。考希傑。自祖至君，皆以君次子桂森貴，封通議大夫，妣皆封淑人。君慷慨有為，少補諸生，屢試不得舉，則用意於鄉里，而持家有法度。嘗署武岡州酃縣訓導，加同知銜，年七十二卒於家。

當咸豐初，粵亂起郴。孔道也尤岌岌。君出家財，募丁壯，具旗械，分守要隘。旋命長子道樑督鄉練，奮厲殺賊，屢被創。嘗為賊掠，行七百里，用計自脫歸。君益勉以大義，閭里恃賴，而君亦以是疾。其官訓導，倡經史有用之學，士風一變。嘗知武岡某生寃，力爭之州牧，得雪，故去武岡，諸生涕泣送及百里外。家故饒，至君益富。然不增一疃，不易一椽，衣布衣，飯脫粟，六十矣，僅御一敝羊裘。窖藏金多。子孫不知其處。何家橋者以木易圮，君築石代之。增育嬰堂費，生女者歲賦錢穀，而溺女之風息。每春夏之交，出藏穀，減市值十二三糶之。歉則取半值。族姻貧者則給之。貸於君，貧不能償，往往焚券。其散財又如此。七十後中夜猶扶杖起，周視庭戶，子孫三十餘人，年逾三十即出分之，教以自立，延師訓子必得名宿，而曲盡恩禮。卒於光緒己卯十月，逾二年葬於鳳德鄉之攸谿。配鄧淑人附。

嗚呼！吾嘗求之古，別子為祖，繼別為宗。有爵上者，無不分也。一夫受田百畝，餘夫二十五畝，庶人亦無不分也。彼守國家定制，故人不以為薄耳。後世無法以經理士民之家，為父母者又不能本先王之意，早為子孫謀，以至兄弟自析而和氣乖。世徒見其乖也，遂以分為衰惡，不知勢有所不可也。且奢儉勤惰，人異其性，儉且勤者畜之，奢且惰者耗之。鬩牆之釁基於此矣。縱使賢者無此，而損賢以豢不肖，亦非人情之至公。吾見今世兄弟之乖離，必其未分者也。其好樂者，必其已分者也。

此蓋父母之責也。

戊午春，君曾孫清華以狀求表君墓，乃次第行誼，以為君之分子，殆可為世法。君子四人：道樑，縣學生；桂森，附貢生，工部營繕司員外；道梓，候補州判；道楢，太學生。孫幾人，曾孫幾人，類能守家法。而清華嘗畢業繹學館，獎舉人，外交部七品小京官，今為交通部主事云。

桐城姚永概表。

黃子壽先生墓表

先生諱彭年，字子壽，貴州貴筑人。祖諱某，某官。父諱輔辰，陝西鳳邠鹽法道。先生以道光乙巳進士，授翰林院編修，歷官湖北布政使以卒。以嘗主講關中、蓮池書院，士論翕然。在官尤以養士為先。故天下之士，無識與不識皆稱黃先生。

鹽道公奉命歸治鄉團，先生已通籍，告養侍，行貴陽長寨等二十餘寨，苗漢不相能，先生得漢民侵欺狀為伸理，單騎入羅家寨，山峻，馬不進，諸苗爭負馬腹以達，其感服如此。駱文忠公督四川，聘鹽道公自助。時川賊藍大順等方熾，石達開由滇至雅州，駱公命劉公蓉督師，先生佐其軍，建策撫慰黎雅各土司。已而賊使果至，土司縛以獻，卒賴其力擒達開。劉公巡撫陝西，次巴州，時大順與粵匪結，先生設間，約兩悍酋為內應，大順因斬兩酋，勢頓衰，軍以安行。抵省治，劉公欲疏先生功上聞，力辭。同治元年特詔起用，又力辭。主講關中書院者三年，時鹽道公方宦陝，鹽道公卒乃去。

李文忠公續修畿輔通志，聘先生任之十年，成書三百卷。主講蓮池書院，創建學古堂，設立學規，課諸生，為日記久之，成書三十二卷，購書三萬三千餘卷，存院中，設官書局，集各行省書，以便諸生市讀。簡放湖北安襄鄖荊道，時先生年六十矣。既至鄂，先署督糧道。江夏令誤笞一武員，軍中皆甲先生一言定之。襄陽多會匪。前官以嚴治，擾及鄉民，民爭入城如避寇。先生至，取二魁斬之，示令受匪符布者繳焚，悉原宥，民大安，復其業。因購書數萬卷藏鹿門書院中，親教諸生，以官兼師。遷按察使，設館課吏讀律，平反巨案十餘。遷江蘇布政使，設學治館，護理巡撫懲貪墨，尚樸素，立學古堂課諸生。調湖北布政使，是時張文襄公方督兩湖，與先生故人也。銳意興作，規模張大，用財無校量。先生每以為不可靳之，意稍齟齬，不自得，遂以風疾卒於位。臨歿前一夕，猶手書致糧道，論漕事也。

先生卒後，文襄公與李文忠公合疏先生治行，亦曰：『彭年覩鄂省空乏，遇事每往復憂見於色，云先生愛文好士，然執法不阿。京山丞張福璜者，以掘堤漂溺人民廬墓逮治，或以其詩文進，冀末減，先生持不可，卒論如法。』

配陶夫人，生一子國瓚，某官，出後伯父；劉夫人生三子：國瑾，侍講銜，翰林院編修；國璪，太學生；國瑄，直隸易州知州。兩夫人皆賢孝，皆先卒，封皆如例。先生事蹟詳在史官。今獨著其大者以表於墓。墓在某縣某鄉某村，距葬已幾年。

戊午十一月，桐城姚永概表。

陳玉几先生墓表

先生諱昌垂，字紹嶢，一字南屏，晚號玉几山樵。先世自閩遷浙江象山之東陳村。高祖諱懋壬，縣增生。曾祖諱士謙。本生曾祖諱士培，貢生。兩世皆以後貴，封贈奉政大夫。父諱嗣賢，貢生。妣氏鄭。

先生少孤，持門户，不治舉子業。然好讀書，於經則易、詩、書，史則資治通鑒。宋儒言則小學、近思錄。凡所讀書皆加朱句讀。尤喜正誼堂叢書，日必盡三卷，雖甚劇不輟。書法褚遂良，間為詩文自娱而已。既卒，子漢章乃編遺著一卷。

先生持躬嶄然，而深匿其學，不欲人知之。多盛德於鄉里，饑則給米，暑則施飲，寒則與衣，疾則饋藥，死則助櫕。撫族姻子弟至成立者數人。象山田濱海，多為碶，禦潮畜水東陳村獨無之。先生相度土宜建碶，曰永潤，捐田五十餘畝，助育嬰、普濟兩堂。象山鄉試士故無會館，群以為病，族母孔孺人願出貲，先生為走省城，購地庀材，任其勞苦，館以落成。台州盜黃金滿既就撫得官，餘盜豔之。時時出海上，入村落，劫人為質。一日至東陳村，擁先生去，將登舟，村農爭集求代，盜雖不許，然知先生善人也。已而盜首被誅，守者潛送先生歸。其感人率類此也。光緒二十七年某月卒，年六十一。

配佘氏，繼配許，又繼配李。子四人，漢章，光緒戊子舉人，廣東直隸州州同；畬，光緒癸卯進士，工部主事，調吏部員外，出後弟某；得中殤；得英。女五人，皆嫁士族。孫六人：慶騏、慶粹，漢章出；慶廷、慶延、慶建、慶迴，畬出。以畬貴，先生得誥授奉政大夫，晉贈中憲大夫。配贈宜人，晉恭人。葬象山靈長碶之北，以佘恭人、許恭人祔。

漢章與永概友，學問醇博，慶騏能紹家學，來求文以表墓，永概以為世之號為漢學者，輒鄙宋儒，然東漢清節之士，其躬行何減於宋？第知考據訓詁而已，豈足云漢學耶？先生父子博約雖殊，皆能誦之口，修之身，真孔子徒也。又何漢、宋之別乎？因敘列歸之漢章，藉以質於後世。

辛酉十一月，桐城姚永概表。

慎宜軒文集卷九

江待園墓誌銘

桐城江待園先生既卒二十餘年，貧未克葬，友人徐宗亮謀於天津，介通州范當世言於合肥李公子，立出白金百兩，屬其役於永概，買山於樅陽戴沖保連城之麓，以光緒壬辰十二月辛酉葬。將葬，召其嗣孫與族人會事，僉曰：『茲役也，匪公子之資，其曷以濟？』永概曰：『吾未獲見先生，而於先生為故人子，嘗讀其遺詩。今觀諸公之不能有忘於先生，則先生之為人其可定哉！』爰買方石系而銘之，埋於壙前。系曰：

先生諱有蘭，字待園。先世世居桐城樅陽鎮。樅陽故佳山水。海峰劉先生晚居之，以文術詔後進，再傳而為張勗園。勗園有弟子四人，先生其一也。勗園之詩藻繢百態，窮極博麗，聲放色張。先生既得其傳，嗣聞方植之談詩，刊浮落豔，一繩削以法律，掐心抽思，毫髮不以浪才假人，則又大喜，投贄門下。時時出遊，嘗客止浙江西湖上，賦詩數章，友朋咸歎美之。或稱為『江西湖』云。

先生少補學官弟子，遭亂困甚。曾文正公至安慶禮餼之，相國李公之克蘇州，又贊其幕府，以保舉得教諭，署黟縣教諭。未久謝歸，歸數年卒，年七十。無子，以兄子嗣，孫三人，曾孫二人。始勗園弟子其三人者：曰文漢光、戴鈞衡、童二琴。二琴早卒，漢光、鈞衡當粵賊亂，上書言兵不見用，遭禍抑鬱而卒。獨先生享大年，再睹中興。其詩熙愉澹泊，無險弼陗薄蹇苦之思，稱其胸懷焉。有集六卷，已栞行。又善書，有古人姿度。李公子名經方，嘗受書法於先生者也。銘曰：

樅陽之濆，連城之麓，壤不盈畝，厥碑四尺。藐柏與松，詩人是宮。水泉弗逢，卜利厥宗。

候選直隸州知州陳君墓誌銘

君諱耿光，字廉甫，姓陳氏，世為桐城人。自其高祖無塵，以資雄鄉里，累世好施予，至君而家遂貧。又數遭諸父昆弟之喪，抑鬱無聊賴，乃走河南、陝西，以習律佐人治獄，得金養母，長育子女，凡二十餘年。母、妻皆卒，於是攜子奉柩而歸。歸數年而卒，卒數年，子時彥以縣學生中戊子舉人，將以光緒甲午年十一月某日葬君桐城西鄉烏石山之麓，以妻張宜人祔。時彥好學有文行，丐銘於永概。永概其敢避！

君性剛直，雖終身居人幕下，未嘗幾微絀所守以徇人意，人亦久而信之。其肫厚出於天，非強為也。有典史單濂溪者，宦陝西，死回寇，嘗以女托君，君撫為己女，嫁之生一女，而夫死，又為經紀，其家比去陝西而後已。有知縣歐陽雋嘗授時彥讀，有老母，無妻子而死，君為殯葬，而奉其母如己母。比其卒，又為棺殮之。君有叔父三人，曰文馥、文選、文丙，相繼早卒。文馥之卒尚未婚，妻汪氏不肯嫁，君歸而迎養之，屬時彥無得失禮。時彥承其志，至今不衰。

桐城自前明以來，士大夫以文章氣節著天下。雖錄錄無所知名之人，考其行義亦往往敦篤，有近古之風。自更咸豐之亂，耆老物故，後生小子不見前世，放恣邪僻，比於荒裔。宦於外者，率聯婚姻，營邱墓於他土，志不欲歸，道及故鄉，輒蹙然聳懼，若虺蜴之不可與處，日滋月益貧極而瀰，是可哀也。故君之歸，恒閉門不出，獨以先哲遺行教其子。里中人罕知其賢者，予獨心重其為人。

曾祖諱穎，祖諱魁，父諱樟，以君候選直隸州知州，贈奉政大夫。其上世在明，有諱仕文者，以舉人官陝西耀縣知縣；有諱珊者，以舉人官湖廣沅州府知府，後皆不仕。張宜人祖曰聰慧，嘉慶庚申恩科舉人，四川長壽縣知縣。父曰訓詮，邑庠生。宜人節儉恭謹，遇事有斷制。咸豐末，粵賊將至桐城，君遠客在外，宜人急葬舅姑於先墓側。君後時時謂人曰：『使我不陷大戾，宜人力也。』生子一人，即時彥，女三人皆殤。銘曰：

維古時平兮，德多等夷。孰換俗弊兮，摯行斯奇。
黄耇罕覯兮，髦士莫知。我銘幽墟兮，昭示將來。

徐茱岑先生墓誌銘

君諱宗亮，字晦甫，晚號茱岑，以光緒甲辰七月某日卒於里，踰年附葬太平橋保范家岡祖墓西數武，孤調鼎屬銘幽之文於君之次女壻姚永概，永概未敢辭。

謹案：徐氏，元末自徽州遷桐城，分東西二宗，東曰曉嶺，宗最繁，蓋近萬人。西又分二支，其別支在明洪武時，有陝西左布政使良佐，國朝有六襄先生璥，以進士起家為縣令，文學名當世。君之支則自太僕始顯。太僕於君祖父也，諱鏞，嘉慶己巳進士，選庶起士，官終太僕寺卿，生子一為君考，諱豐玉，以貴州黃平知州，歷官湖北督糧道。粵匪之亂，督兵守田家鎮死之，贈太常寺卿，賜謚勇烈，給騎都尉世職，敕建專祠。

勇烈之遇禍也，君甫冠，徒跣走兵間，謁諸帥，上書言事，志欲滅賊報仇。其議論風發霆震，譏刺貴人無顧忌，氣棱棱壓其上，一時皆畏君口，猶是得狂名。然而君狷者也。其初出居胡文忠公、李勇毅公、李文忠公幕府，三公屢欲奏而官之，謝甚力不就，以文章遨遊公卿間，至窮老不悔。晚有兩子援例納金得縣尉。或謂君苟以己所應得勞格，言於府主，移與郎，君高可至道府，下亦不失一令。君笑應曰：『吾甚惡夫己則名高，又為子弟營求以居利者，小人可鄙也。』太僕公有田數百畝。君葬先世未葬者十一喪，又選工與材，建勇烈祠堂，甚壯麗。嫁一姑兩妹，遂盡粥之，而躬率妻子賃屋而居。君長子惠疇早卒，無嗣，次調鼎有子亦殤。君客天津，配方恭人寓書永概，勸君市妾，君以其未朝嫡也，與居數月無所私，妾涕泣求去，君立遣之。君在幕府數十年，府主以十數義所不可必爭，爭不得必去。其料事是非得失甚悉，不從君言亦必敗也。君老矣，而境愈窘。鄉人或在大官，邀君往而心憚君廉直，不敢請以事，君辭去，餽贐至厚，力卻之，則扶服固請，君曰：『世有得無義之錢不羞者二，盜與倡耳。公欲以此待僕耶？』乃不敢言。

君文章雄健有法度，武昌張裕釗、同里吳汝綸皆絕重之。然君自四十後即棄不為，曰：『是皆無用空言耳。』居黑龍江三年，考其山川、風俗、政治利弊，證以案冊，著書數萬言，頗自喜。其後俄、日爭於東方，君言頗讐矣。所著詩文合若干卷，歸廬談往錄若干卷，黑龍江述略若干卷，皆栞傳於世。然君志行凜然，所守絕介特不苟。其殆古之所謂難合自重之士乎？知君者當取此，不取彼也。

初，太僕用文學侍從，敭歷中外，雍容至公卿，勇烈繼之以忠節聞，君再世卿門，承德趾美，卒守布衣終，文章議論在士大夫間。論者謂徐氏三世長，各因時不相襲也。方恭人先君卒，別葬。永概嘗承君命為表矣。茲不具。銘曰：

有偉丈夫，偃處是中，不滿七尺，藐焉其躬。殉無金玉蘊，孰云匪豐？更億萬年，地岌天穹。發者讀之，無毁此幽宮，或更植以封。

范肯堂墓誌銘

太史公曰：『詩三百篇，大抵皆聖賢發憤之所為作也。』豈不誠然乎哉！詩體至唐而大備。然世之論者，每稱李白、杜甫二人者塗轍不同，其憂時嫉俗之情則一。厥後以詩鳴者至多，而蘇軾、黄庭堅、陸游、元好問為之最。四子之為詩，猶白、甫也。自是以降，兢兢於格律聲色，公然模襲，其發憤也不深，則立乎中者不誠，中不誠則氣不昌，氣不昌則不足以震動而興起。孔子曰『詩可以興』，興於發憤也。惟我聖清載逾二百，五洲交通，蓺術競勝，僅恃一國窳敗不振之故習，不足敵彼族之方新，而朝野之論又斷斷不可合并，故釀為甲午、庚子之再亂。於時范君起江海之交，太息悲傷無所抒洩，一寓之於詩。其詩震蕩開闔，變化無方，讀者雖未能全喻精微，無不知愛而好之。以一諸生名被天下。噫！何其盛也。

君諱當世，字無錯，號肯堂，世為江蘇通州儒族。祖某、父某，皆不仕。君少出語驚長老，壯而益奇。武昌張先生裕釗有文章大名，客江寧，君偕張謇、朱銘盤謁之。張先生大喜，自詫一日得通州三生，茲事有付托矣。其後君弟鐘、鎧相繼起，世又稱三范，而稱君為大范云。吴先生汝綸官冀州，見君與謇、銘盤唱和詩，貽書鉤致。君亦樂依吴先生，遂之冀，而張先生亦來主講保定，益相與論，定古聖賢人微言奥義，學更大進。是時君方喪前夫人，吴先生為介聘吾仲姊，因就婚先子江西安福署中。先子故能詩，吾姊亦嫻吟詠。君往來二年得詩益多。其後吴先生居保定，吾往從之。君方攜吾姊客李文忠公所，見即飲酒賦詩，詼諧間作。別十日不見君寄詩，即寄聲誚責以為樂。迨甲午戰敗，文忠公得罪，君與吾皆東歸，不復北遊。視曩時遊醼如易世矣。

君初在冀所教諸生多為通材，知名於世。家居及道塗所遇人士，有一語之善必扶植之。其經承君講授者，悉有成就，收科第者相望。兩弟一成進士，為令河南。一拔貢，朝考一等，為令山東，而君卒以諸生終。學堂令下，君已病肺，慨然強起，以助國家長育人材為己任。迂儒老生極口訾嗷，至投書醜詆，君一接以和，面論文諭使有端序，而病益篤，就醫上海，遂以光緒三十年十二月初十日卒，年五十一。踰年葬於通州東門外范氏之阡，前夫人吳之右。

吳夫人生二子，罕、況皆諸生，有文學，足以推大君志，以況為弟鐘子，一女適義甯陳衡恪，早卒。後夫人姚君所為詩，嘗自寫定為十八卷，合文十卷，藏於家。

方今海宇學術棼起，雲變川增，治斯事者，材力已患不給，而吾國文至緐奧，習之尤費時日。議者乃欲更張之，就淺易。君詩雖至工，真知其意者，無幾人。況數世以後，又孰能測君所用心乎！然巴比倫、埃及之古碑，希臘、印度之詩史，西士好古者，搜釋之不餘力也。以吾國文字精深微眇，實有不可磨滅者存，意必有魁傑之士寶貴而研索之，殆可決也。於君詩，又何憂乎？君事親教弟極於孝友，待朋友有始終。將葬，弟鐘來問銘，未敢應也。既久，乃寫所得於君者，以抒吾哀，而系之以銘。銘曰：

猗與仁人，世有范君。大本既立，發為高文。若最其行，以儒而俠。友死孤穉，娟娟者妾。君引任之，以濡以沫。囊無一錢，求者踵門。計子而貸，汝褌汝飦。胸中恢恢，齊其仇恩。欺不汝疑，背不汝怨。有李生者，嘗為人言：豈大姦與，不即聖賢！何姦何賢，有蘊弗宣。吾銘未信，曷讀詩篇。

徐代農墓誌銘

君諱惠疇，字代農。曾祖鏞，翰林院庶吉士，仕至太僕寺卿。祖豐玉，湖北督糧道，咸豐間以守田家鎮殉難，贈太常寺卿，賜謚勇烈。父宗亮，世襲騎都尉，候選主事。

君少倜儻，與馬其昶輩交，踔厲不群。比壯援例捐典史，分發江蘇，以河運勞，加六品銜。都尉君有盛名，游多公卿貴人。君又材，大吏爭付與以事。侍郎黃公體芳、祭酒王公先謙，先後督學江蘇，蒞江甯知府，必委充巡捕。二公交口譽之。最後鄉人有得釐金差者，邀君往，往而妻大病江寧，賃屋主人恐，馳信白君。君即附外國船返，未至，可四十里，火發船燬，焚者數百人，君先以赴水溺死，妻固無恙，且不知君歸也。弟調鼎既迎君喪，及嫂抵里迺告之。故遂大慟求死，家人守之堅，竟以毀卒，距君死不及二百日。君死之日，鄉人晨見君，訝就詢之因，忽不見。妹夫姚永概時阻風彭蠡，夜夢君談笑極驩，起別去。噫！異矣。

越七年，光緒戊戌十一月都尉君命調鼎葬君龍眠山之東吳家灣，以妻葉安人附。安人父曰挺，江蘇海州惠澤司巡檢。事舅姑，處叔娣小姑，無幾微迕，為夫婦二十年未嘗面赤，以無子為君娶妾，二年亦未乳，將待弟子而後之。

初，桐城人同官江寧者，聚謀求君尸，方燮手一蓋，買小舟，冒夜行，竟得載以返，待調鼎來成殯，急患難義不可忘。銘曰：

葬君者父也，返君骨者弟同母也，銘君者妹夫也，偕君臧者婦也，以材而遘閔兮，伊誰之咎也？

贈鑾儀衛經歷馬君墓誌銘

君諱星曙，字仲榆，桐城人。祖宗璉，嘉慶己未進士。父瑞辰，嘉慶乙丑進士，工部都水司郎中。仍世皆以經學名重當時。都水君中歲罷，居家楗户治經，方遣長子出仕，少子求舉進士，門户一以委君。

君踔厲有芒角，喜事自將，不因勞怨怯。邑中凡有營治，自令以下，必曰屬馬君，雖長老亦斂退，而君頗自如。如重修聖廟、城垣、令署，創建試院、豐備倉。其尤鉅也，附城東南門外石堤，關縣利害，君督役，人不敢欺，至今屹然完固可賴。咸豐中兵事起，君偕邑人議城守，遂以癸丑十月十四日城陷殉之。子諸生登瀛亦被害。其後都水君罵賊，死於唐家灣。君弟三俊集鄉團助官兵，戰死於舒城之周瑜城。事聞均賜卹廕如例，敕建專祠，而君得贈鑾儀尉經歷。由是稱忠義門者，又推桐城馬氏云。

子幾人，某某；孫幾人，某某。將以光緒辛丑十二月癸丑，葬君於某鄉某山祖塋之次，來徵銘。維先大母方淑人與君母太夫人兄弟也，實不敢避。銘曰：

馬氏本初，出固始祝。一遷曰趙，卜居於六。在桐茂衍，大自太僕。君材甚侈，施約於鄉。遂死其難，以忠褒揚。是為可書，永閟厥藏。

李母錢孺人墓誌銘

甯鄉錢維驥有賢姊，既卒將葬，狀其事屬桐城姚永概為之誌。

按狀：孺人年十九歸湘陰李桂生，未久而夫死，有遺腹，不育。孺人幼故好學，能詩及駢偶文，至是皆不措意。終身未嘗劇談歡笑，自言夫歿二十餘年，意恒凜凜，欲使亡者有知己無愧焉而已。然每博覽書史，尤喜曹大家女誡、劉向列女傳。嘗謂大家傳其父彪齊魯詩章、懷太子注班昭傳，輒證用毛傳，非是，且訓詁太略，因別撰集解一卷，又撰列女傳箋釋十五卷。在母家教諸弟如嚴師，族姻子女亦多就之學。

錢氏當光緒之初，積財五六十萬，所適李亦富族也。姻眷往來相過從，率用珠玉紈綺誇尚。一簪至直千金。孺人與之處恂恂無言，而被服布素意不屑也。年四十六卒，族人哀之，為立主後曰琪官。銘曰：

維驥有言，吾姊之生。父夢丈夫，介而冠纓。伊女之懿，躬士之行。敦詩習禮，室家是程。惟命之蹇，傷母弟情。礱石刻辭，慰彼九京。

兒稻壙銘

予故居掛車山東，渡河百餘步有塚，封不及尺，姪女蓮之殤塚也。蓮殤時，予年尚幼。越二年始婚，逾年生兒稻，生九月而殤，遂埋之於其側。兒之生也，能學語矣。未死前夕，予一抱焉，諵諵語不絕，家人群指為笑，遽知疾一夕而殞也。是可哀矣。銘曰：

西山之原，土潤且乾。魂從汝姊，利永安。

亡女得弟墓碣

女得弟仲兄之三女，生二年而余撫之。又十年得寒疾，不汗而死，葬頌嘉嶺之南麓。女慧，識字三千餘，讀范魯公戒從子詩、王伯厚三字經，能解大意。時學作小札寄人，辭僅可屬，又能佐母辦治家事，故父母皆愛之甚。其死也，傷之過所生女。嘗私謂人曰：『吾侍母日蔬食，父歸乃具肉，而吾食益加飽。』今歸而女不見。窗壁間，時有塗鴉，欹斜作行，便成亡迹。嗚呼悕已！因書此刻之墓側，以抒吾哀云。

馮君墓誌銘

吾邑方荷浦先生有長女蘋香，讀書通大義，選於人人，得烏程馮君而嫁之。君諱某，字某。父諱某，與荷浦君俱官山西。君少好學能文，既就婚，夫婦相敦勉，鋭欲取科第，慰兩家親望。再試順天，皆報罷，復自廣曰：『吾學其未至耶！』益肆力不懈，竟坐得疾，卒於光緒庚寅之秋。是時荷浦君方守潞安，女適歸甯，聞報奔赴，誓欲殉夫。荷浦君百計閑之，於是請於舅姑，依父南旋。又數年，君父母相繼卒，蘋香復奔赴山西，貨嫁時衣飾，殯送如禮，選宗支為嗣，遂迎君喪來桐城，買山魯𢁨之內，以甲寅冬某月日葬君，將待己終而同墓焉。嗚呼！是可哀矣。將葬介而請余銘。余與方氏為文字交五世矣，遂銘。銘曰：

或騰以蜚兮，或躓而疷。秀而不實兮，宣尼所悲。葬於桐鄉兮，寡婦之思。我銘其石兮，千載無虧。

兄子煥昂同葬誌

煥字叔有，生於光緒乙酉三月；昂字藏之，生於光緒戊子三月，皆吾兄仲實之子。而煥以甲寅三月某日、昂以甲寅八月某日相繼得疾，卒於北京之寓舍。煥娶全椒金家慶女，生一子墉，三女，殤其一。昂娶廬江王飛翹女，婚未及周，無子，以墉兼祧，將於乙卯三月某日同葬於桐城西鄉佘家沖口癸山丁向。

煥生多疾，稍長劬學，日夜鍥鍥不已，事父母孝謹，身任勞苦，不以委弟，年十八偕昂赴日本游學。昂甫十四也。逾七年，煥卒業早稻田大學政治經濟科，歸試，以舉人授吏部主事，而學部得其教授講義，明白純正，即奏言：臣部初立，宜得人材以備任使，請以吏部主事姚煥改歸學部，報可。而昂亦以法政經濟卒業，歸試，得舉人。是時辛亥秋矣，民國既建，煥遂退為教授，入法政專門學校，生徒翕服，他班生爭求坐席下不能得，則私寫其講義傳習之。而昂為審計院核算官，以能重於長官，乃皆不盡其材而早死。悲哉！

初，煥游外國久，心獨愛古學，嘗手抄春秋左氏傳，一筆不苟下，於先世遺書整理秩然，高、曾以次忌日，修祭敬慎不忘。而昂熟於日本語言，在彼國每遇大會，談論宏放，大隈伯重信博士、有賀長雄、浮田和民等皆拊手驚贊，廣交遊，以適用自喜。及煥卒，昂已病篤，伏枕上大慟，謂幸不死者，當終親天年，撫孤姪成立，雖萬痛苦及無息不恨，然竟不可捄。嗚呼悲夫！將葬，仲實謂余曰：『汝宜為銘。』銘曰：

其生也俱材，天似偶之也。其死也相踵，則又蹂之也。吾今銘若，寧足慰若父母也。煥乎！昂乎！吾方祈天昌若後也。

和森兩殤碣銘

辛亥十月，余舉第三子和，又二年癸丑七月，舉第四子森，皆不周晬而殤，瘞於其姊得弟之旁。和之生也，秀而體弱。森壯碩，甫八閱月如兩歲兒。家人每謂易育也。其病篤時，他人抱皆反側不受，惟暱就余，迨將絕呼之，猶強張目，淚墮余懷中。余近五十矣，連歲遘此，胡能不傷也，乃買石銘之。銘曰：

慧畀之，生慳之；哀衷結，疇刪之。

莊思潛墓誌銘

君諱澤諴，江蘇武進人。武進多先哲，莊於其縣又名族也。考諱某，福建霞浦知縣，世稱仲求先生。有子二人，鍼其所闕，字君曰潛，而字其季曰緘。

君年十三，已通十三經，十八以監生應江南鄉試不薦，既送弟應學使者試，偕入場，為黃侍郎體芳所知，補弟子員。君工制舉文，試久不得意。光緒戊子嘗一薦矣，又被黜，遂遊浙遊閩，無所遇。會陶公模巡撫新疆，招君，以貲罄，中道返，往來江淮間。余方客揚州轉運使署中，而君亦來同居署園。園久荒穢，庭有梧桐數株，竹萬箇。君至則除腐曲，掃地陳几，作擘窠大字。間與余談先輩文章、風節之盛，而傷今者之不繼，唏噓命酒，每至夜分乃罷。余偶無言，君必曰：『子得毋怒我耶？』一日家書至，對眾發之笑曰：『又舉一雄耳！』因傳示人，其坦率如此。然君不久即去之熱河，一年又之山東，乃以河工勞，因故所納貲之藩經歷，保知縣。同保有不合格者，部方議駁。或告君宜稍賄部吏也。君不為意。已而不合格者竟議准，而君被駁，聞之第一笑而已。

庚子拳匪亂，兩宮西幸。江督劉公坤一委解餉赴行在所，而君少時學文師薛君紹元適客死關中，君經紀其喪，護之歸。旋以通判分湖北，總督張文襄公屬吏過千人，銜參不易見也。久之按察使梁鼎芬為言，乃召入幕，稍稍見知矣。而君病酒以卒，年四十五。君性豪邁，喜交遊，不計有無。每稱貸數十金，求者至，必分與之。劉編修葆真嘗戲之曰：『使汝多財，不能守也。』余別君久，偶於江船見有酷類君者，顧若不相識，因呼曰：『思潛，何易忘耶？』其人愕然起，曰：『殆吾兄友乎？』蓋即君弟思緘云。是時思緘宦已遂，君不足每取給焉。及卒，妻子皆任之。

君生於某年月日，卒於某年月日。先聘於吳，未娶而卒。後娶亦吳氏，生子三，曰年、曰澈、曰權；女三，未字。葬於某縣某鄉某山。乙卯，余與思緘再遇京師，來言曰：『銘吾兄者，非子孰宜？』余曰：『然。』銘曰：

五步一硎，十步一洳。彼澤之車，其行趦趄。坦兮有餘，左酒右書。脫阻就墟，乃歸太虛。銘是幽居，渺兮愁予！

誥封一品夫人許太夫人墓誌銘

太夫人，鳳陽許氏，處士德純之女，年十八歸同邑贈光祿大夫胡公某，生三子。其季為建樞，以同治癸酉舉人，仕至山東巡撫，因得贈其三代。

太夫人之初歸也，侍姑劉太夫人疾，三年如一日。贈公兄弟三人，伯早卒。仲驕放，不得父母歡。劉太夫人病篤，執太夫人手言曰：『有此屋，良不易，如仲何？』太夫人泣受無一言。及劉太夫人卒，喪葬畢，仲果逐弟。贈公不與爭，賃屋以棲。太夫人粥嫁時衣飾，佐贈公貿易自給，久之稍裕，有屋一區，田百畝矣。而粵賊陷安慶，贈公感憤捐館舍，太夫人葬之祖塋旁。而鳳陽又陷，因挈子女避琉璃河，賊復掠其二子。時自賊中逃歸者，必先之官吏所受詰。太夫人冀子歸，日往偵視。或遇雨，衣襟漬痕與淚相雜也。已而二子竟得出，生計絀。又值大旱，遣長子就食妻家，次子習賈於五河。賊去來無定，故鄉不可居，乃之五河依次子。賊旋襲五河，奔避浮山雙溝。久之乃稍定。次子工籌算，日負重行數十里，獲利倍蓰。太夫人勤苦作勞，而家以立，為諸子授室，得孫四人。建樞與長兄以同治丙寅同補縣學生。癸酉建樞中式江南舉人。太夫人乃稱曰：『我年近七十矣，流離辛苦，誠不意有今日，祿養非所期，汝曹勉為善，毋忘汝父卒時可也。』以癸未八月卒於里。遜位詔下，建樞棄官寓天津。太夫人葬久矣，思所以永其親者，因介同邑俞君錫疇以狀乞銘，狀質而哀，因追為之銘。銘曰：

傾或可起平由頗，溯原本功母為多。變易日月旋山河，中丞皭然志不磨。忠孝之家天護呵，更千萬世永無他。

慎宜軒文集卷十

廣東布政使蒯君墓誌銘

君諱德標，字蔗農，先世由江西遷安徽合肥之北鄉。少與李勤恪、文忠遊。道光甲辰舉於鄉，大挑選青陽教諭，署滁州學正。咸豐間，粵亂及安徽，歸從兄治鄉兵，閭里恃焉。庚申下第。袁壯敏駐軍臨淮，君過謁，壯敏留之。君必得父報乃許，以功保知縣，而父母先後卒於里，久之乃聞，君奔喪歸，哀毀不出。

同治壬戌，李文忠公督師上海，移檄招君，始間關赴之，歷辦船廠、軍需釐捐各局，鉤稽精覈，吏不懷姦，用以饒給，疊晉至道員，加布政使銜，於是督湖北淮軍後路糧臺監，新關稅務不加科擾，歲溢六七十萬。授武昌鹽法道，擢按察使，逾年擢布政使。楚俗狡詐，縣上大辟，獄囚至必變前辭。君每招原讞官覆訊，坐於旁察其詞色壯餒，以知冤否。囚無往復道路之困，吏亦不擾。江夏令誤杖城守把總，軍士持械出，執令抶之，毀督標中軍署門，聲勢洶洶。同官不敢出，出或微服。君獨排仗謁總督，軍士露刃環市立，皆曰：『蒯公好官也。』總督用君言，亂以息。調臺灣布政使，再調廣東，請疾歸。光緒甲午卒於里第，年□十□。配劉夫人，先君卒，合葬於合肥西大王村。曾祖諱希，曾妣韓。祖諱紓，妣李。考諱廷球，妣鍾。以君貴，考皆贈光祿大夫，妣皆贈一品夫人。子二人：光黼，某官；光黻，某官。孫七人，某某。

初，湖北有縣令與君同縣，資當敘補，君持不可。及君去鄂，乃得房縣，將之官，巡撫于公蔭霖試以牘，不能辭，撤停之。新關委員張某，君所用也。後新關積弊上聞，命左文襄公查辦，某獨無所染，世乃服君用人之慎。君孝於親，友於兄弟，平生廉介。其赴廣東也，入覲至天津，京師貴人冀君賄，使人風以意。君笑曰：『吾老矣，乃以財求榮乎？』遂移疾歸。李文忠公贈之聯，歎為有守。既葬之幾年，子某來問銘，乃追銘之。銘曰：

中興將帥，維淮與湘。淮首李氏，程、劉、周、張。各以武達，雲起龍驤。君用吏材，功與頡頏。年位未極，渺然高翔。委蜕於兹，終焉允臧。欲求其績，視此銘章。

程壽一墓誌銘

君諱鶴齡，字壽一。其先出休甯之篁墩。康熙初，始遷桐城。曾祖宗洙，廪貢生，英山教諭。祖德茂，江蘇候補州同。考樹初，贈奉直大夫。妣氏劉、氏姚，皆贈宜人。劉宜人生君三歲而卒，教育於姚宜人，宜人，惜抱先生孫女也。君事之孝，故獨親姚氏。少遭亂，比定，年已長。家貧不能讀書，然厚慈質直。晚近號聞人者，其私行或不逮君遠甚。吾縣長老婚喪遺則頗近於古，君能諳習。鄉鄰大事，咸就詢咨。

先君子每過孔城，必主君家。君跪起，執外甥禮維謹。癸丑夏，余亦過君宿，猶從容述舊事，欷歔相對。時君子衎烈用商致饒給，起故宅弘敞。余謂君待八十，當來為壽，君屈指曰：『五年耳。』乃以丙辰九月卒，年七十八。子二：光宇，縣學生，早卒；次即衎烈。女子二，壻曰鄧玉衡、張錫麟。孫四：夢颸、夢騏、夢驥、夢麟。曾孫一：天牖。衎烈將以戊午某月日葬君北鄉吉沖嶺之陡岡，來乞銘，且曰：『遺命也。』君他行甚備，余獨删要，兼取所知補之。銘曰：

神聖垂教逾千齡，國俗崩亂餘老成。雖曰未學敦以仁，納身軌物世無營。閟此幽隧保元貞，後欲求之考斯銘。

李剛己墓誌銘

君諱剛己，字剛己，直隸南宮人，年十三應冀州試，州牧為吳先生汝綸，而賀先生濤長書院，范先生當世在幕中，方倡文學教士，得君文大驚，曰：『此天材也！』錄冠其曹，召居署，從范先生游久之。吳先生棄官主講蓮池書院，君居院，每試輒第一。時試於院者皆高材，年皆長於君，莫不翕服。中光緒甲午進士，以知縣分山西，補大同，歷署代州知州，靈邱、繁峙、五台、靜樂知縣。

君所至求民隱，刻己矯俗，以能政事聞。在靈邱也，新政方厲行，費不給，君不忍苛小民，取舊例規費，平餘悉以興學，士皆振奮，靈邱遂名多才。善折獄，鄰縣疑獄不決者，大吏悉以檄君，數語即服。君性高潔，不屑附上官。雖補大同，反連署它僻縣不得上。辛亥變起，大同亦和應，事定而境内凋弊，暴民横起，軍志反側，同官引為畏途不敢往，遂以屬君。君笑曰：『平時如鴟耆鼠，今視大同乃如弓，何也？』卒奉命往。既抵官十餘日，淮軍變，焚殺連六日，總兵、知府怯不出。君集士紳創善後聯合會，亂者就撫，市肆迺安。復立地方銀行，財用流通，民獲甦息。都督、民政長交譽君，且薦可大用。君三請，卒歸不顧。晉人杜上化方為省議會長，乃歎曰：『牧令中有李君在，今日真馬生角、天雨粟也。』君歸教於保定，遂卒，年四十三。

君文閎壯有法度，才棱棱出儕輩上。既作令不得一意為。前時所作，又漫不收拾，故多散佚。既卒，其孤蒐錄得若干篇刊焉。北方文學自賀先生後，惟君能張之，而享年不永，不克極其才之所至。悲夫！昔歐陽永叔集蘇子美之文而序之，曰：『斯文，金玉也。』君文雖不多，固金玉也。余識君於蓮池，君既官，遂不相見。子葆光來請銘其墓，乃敘而銘之。銘曰：

古之聖哲，孰不多文？條理不達，政烏能聞？余初知君，文章而已。仕宦廿年，蹟乃可喜。天澤易位，群亂如麻。懦夫縮足，君往若家。是惟大勇，儒者有焉。我銘斯石，詔億萬年。

陳太夫人墓誌銘

湖南常德官家汊，福建永定張君仁山之墓在焉，距數百武曰長樂村鳳皇山者，其夫人之墓也。葬於光緒丙申，越二十一年丁巳，其孫超南求銘於永概，將追納壙前。

夫人永定陳氏，父諱尚德。少讀孝經、内則、列女傳，能通義詁。既來歸為冢婦，而君父子皆遠遊，累書或不得報。夫人事姑處娣姒，柔以有則。姑嘗稱曰：『諸婦中惟若樸訥，然酒漿、筐篋瑣碎無不治，得我意者若也。』君早卒，夫人年未三十，慟絕不欲生，既而曰：『親老子稚，吾能死乎？』仍起上堂視膳，退而課子。偶有過，垂泣誨之，不忍箠也。同治初，粵亂及閩，一昔賊至，焚所居。時姑病劇，夫人倉卒背負逃入山，徒步數十里，匿深林中。然枯枝，采野蔬以進，又值雨寒甚，解衣溫姑，山農見而憐之，假茅舍棲止卒免。夫人素羸。當是時，踵裂血流道上，屢踣屢起，壯如男兒，不自知何以勝此，殆若天佐佑云。亂定，楊制軍昌濬疏聞之朝，得旌。子曰焜貴，累封至一品，及超南貴，又贈如例。夫人受之顧不樂，曰：『婦職宜爾，甯邀榮耶！』命服未嘗御，布素終其生。既老，超南之官湖南，乃欣然曰：『爾大父墓在是，吾得依焉，幸矣！』光緒乙未卒，年七十有三。

其後超南以事返永定，鄉人爭詢起居，皆曰：『某也孤，夫人撫之。某也昏喪不舉，夫人助之。』又曰：『某也老且鰥，夫人嫁以婢，今有子矣。夫人死耶，皆流涕被面。』子二：曰焜、曰勳。孫四：超南、起南、道南、選南。曾孫男女十三人。張氏歷官世系，永概嘗為君表矣。茲不具。銘曰：

門内之行庸少詭，千文一律無殊軌。遘危見義斯奇矣，論德況復有終始，我銘其藏詔千祀。

清封中憲大夫姚君墓誌銘

君諱源清，字澄海，號湛庵。先世自江西撫州遷黔之貴筑。曾祖文智，祖玉德，考廷輔，皆以商為業。黔之初闢，撫州人最先至，貿布販脂，無大商也。其後南昌人挾貲雄於黔，撫州人遂貧。

君考少孤，育於大母，稍長，行沽日進百錢而已。君生十歲，佐人摘瓜，更數年乃自接於園公販之，久益以它物寄人簷下賣，以至能設廛。君質訥墨墨如無長，而善操贏絀，日營於市。兄伯主家事，嗜酒。嫂從積私財不足，乃日短君於翁，翁意憐伯，不肯言也，時時怒君。君倉卒莫由喻指，惟長跪抱杖乞哀，而翁愈怒，鄰里集勸教君進財自贖乃已。數十年齋粟如一日。每歲莫必上所贏，偶值色愉，退語人曰：『今日樂甚，能博吾親一笑也。』嫂與鄰婦爭言，鄰婦自裁，君傾貲解之。母財盡失，於是贈公乃出分君，君獨身假貸營業而家又起。仍月課奉兄。贈公既卒，伯夫婦亦老病。一子學巫又逃去，一子早死。君乃迎歸家，兄弟白髮相對，怡怡如初，遂皆卒於君所。子華成進士，官京師，迎君出。光緒三十四年覃恩封中憲大夫。君少未學，既老，偶作大字，自然有漢碑意。國變後杜户不出，以丁巳某月日卒於京師。

配雷恭人早卒，生一子殤。繼室熊恭人能配君德，贈公性嚴，每盛怒，得一言即解。華從恭人育，生十餘年不知非其出。副室費恭人生二子：長華，次鄰。鄰與兩恭人皆先君卒。孫四，某某。女孫四。曾孫某。華有文學，官學部主事。既孤，交遊知君行，共上私謚，曰『孝憲』，因以狀及謚議來請銘，曰：將奉喪於某月日，葬於貴筑某山，君所自卜也。雷恭人別葬，久未敢啟，以熊恭人祔，乃為之銘。曰：

條葉分布，共出一根。矜愚責賢，親恩攸存。君明斯義，起孝起敬。困極亨生，一旦大順。躬此至德，天佑寧虛。彼瘁我榮，華啟其家。匪華啟之，維君有之。亦匪君有之，親篤厚之。凡辭所述，君不忍言。不忍而載，薄俗是敦。老終於京，歸骨故鄉。萬禩無圮，仁人之藏。

贈光祿大夫陳公暨配周夫人墓誌銘

公諱華崇，字正揆，世居懷寧之柘澗山。祖某，父希干，皆有隱德。公秉教自持，篤行孝友。咸豐初，挈兩弟渡江避粵賊，輾轉流徙，凡十餘年不相失。亂定歸鄉里，兄弟歲時命酒聚飲歡洽，以逮白首如兒童年。鄉里敬慕，咸化敦睦。柘澗山在大龍之陽，陂湖泓演，富有魚稻，號佳山水。公日乘薄醉，肆遊其間，性正以和，未嘗見疾言盛怒。少年桀敖遇之，皆斂手避去，毋敢以非禮干，遂以老壽終。臨絕，召季子際唐戒之曰：『吾畜銀三千，毋厚葬，待凶歲以活貧民，迺吾心也。』其後鳳、潁、泗大饑，際唐奉遺命出以助賑，巡撫恩銘上聞，給匾旌門。

夫人同里周氏，克配公賢，逮事祖姑，曲承微旨，門內雍肅，不聞讙聲，教子有大義。公以光緒某年月日卒，年若干。夫人以某年月日卒，年若干。生子四：秉鈞、志鈞、立鈞、際唐。際唐仕至新疆布政使，贈公光祿大夫，夫人封一品夫人。孫幾人，曾孫幾人，玄孫幾人。以某年月日葬公於懷寧某鄉某山，以夫人祔。

初，太湖王念祖善相墓，嘗往來懷寧得一善地。際唐孤，因舉屬之，為封窆而去。論者謂公與夫人德盛弗曜，際唐服官處鄉里勤厚，聞於人人。今雖不出，天將大其後云。既葬，際唐以銘請，迺為之銘，曰：

吾未見公也，而獲交於際唐。兩家之子亞也，故聞公行獨詳。際唐遠跡於海上，每鬱唏以慨慷，有隆其山，有坦其堂，天道周則必復也，行降祉於兹藏。

安徽直隸州知州署桐城縣知縣劉君墓誌銘

君諱啟文，字蔚堂，浙江嵊縣人。曾祖本召，祖從良，考漢昌，皆以君故，贈資政大夫，妣皆夫人。

君年十三補縣學生，考沒家貧，北遊保定，習法家言。剛毅巡撫山西，求才於君所師陳君，陳君以君應，君為佐，遇事持大體，不以尋常幕士自期也。丙戌夏，汾水驟溢，灌太原。巡撫方閱兵塞外，官民莫知所為。君曰：『事急矣，何暇待府主？』因與司道籌堵禦，開倉廩，草疏請振捐。太原駐防地窪下，懼漂沒，奏移城東高地，圖以進，得旨嘉許。比巡撫歸，部署已大定，而君名動一時。以此居山西十五年，更數巡撫不聽去。光緒乙亥乃以知縣分發安徽，歷署懷甯、宣城、青陽、建平、桐城知縣，所至皆有蹟。而於懷甯凡兩至焉。

君之署桐城也，歲辛亥春也。自順治中，桐城革糧差之弊，用士人子徵收，名曰里書。閱二百餘年而弊又甚。有宦户、民户之分，所納差或數倍。士紳集議欲更張，上言巡撫。巡撫知君老吏，檄君往，而里書二百餘人文卷、户籍皆藏其家，急且投水火。君至先為籌生計，因悉鈎致，乃議漕米若干，丁銀若干，官費若干，地方費若干，宦户所增少而民户大減。至秋變起，潰兵絡繹抵城下，輸入過於平時，賴以保境不擾，君之功也。潰兵之過桐城者七，而江防營為暴，挾礮圍城勢洶洶。君獨出謂之曰：『諸君非與城為仇讐，欲得財耳。然城小，又供前兵，誅求儲偫空矣。不得已當悉力。』眾環君求入城。君曰：『吾為民父母，能率君等以駭民乎？死則死耳。城不可入也。』眾知君不可脅，乃請以一官長偕君反，集紳民，自一錢以上來納，凡得若干。君謂之曰：『此君所親見力竭矣，奈何？』江防營乃去。君聽訟精健，邑利害能以身任，大吏詰責，侃侃爭不顧。少居大幕，有名聲。常以先生長者自居，不悅君者亦眾。然民愛君甚，亦無如之何也。壬子冬，受代，未幾復任。先是邑人陳澹然著書言閘源子巷，開吳家嘴引河出土橋，可得田數十萬畝。及君乃用其策，鬨成，先築天定圩，墾田四千畝，而君以疾去，歸卒於嵊。年五十有九。

配裘氏，封恭人，生子頌清，某官，先君卒；　次籥清，某官；　次濟清。副室王氏，封宜人，生子華清，殤。孫男五人，某某。君卒逾幾年，籥清將葬君於嵊之某鄉某山，來乞銘。惟君治蹟在桐城者，皆所目睹，乃為銘以歸之。銘曰：

矯矯劉君，以能吏鳴。不戁不竦，終亦不傾。來令我鄉，持危定難。如何歸休，長寐弗旦。良也君戚，莠也君讐。渾潦歸壑，終顯清流。我嘗謂君，恢奇多智。君亦笑我，以文自棄。石埋幽宮，名在世間。吾文不泯，君行長傳。

清封榮祿大夫吳君墓誌銘

君諱國弼，字輔臣，先世在明季由河南遷湖北之保康。高祖某，當嘉慶時，教匪陷城，集鄉勇敗之，城賴以復。鄉民被脅，為白其冤。父某，道光中歲饑，煮粥活民，捐田為貧士應舉費，教授生徒不受贄，撫族子十餘年，為娶婦嫁女。君承世德，益盡力於鄉里，終身不倦。垂歿，子孫環列，猶諄諄以繼先志，毋忘為誡。

君生六歲，侍祖父疾，能聽醫言作憂喜。稍長讀書，兼通武略。咸豐六年，率鄉民破賊歇馬河，一邑恃固。同治初補府學生，旋補廩生，貢太學。母老，乃家居不出。光緒二十二年，鄖陽淫雨，民食缺。君出藏米二百石平糶。無錢者不索值，而日率家人食饘粥逾年。春倡捐巨資，赴鄰邑購米以濟，故保康無殍者。嘗三修東山書院，創高等小學，為官學籌費，代寒生贄。病者予藥，涉者造舟，死者給棺，道路崎嶇者鑿而平之。宣統辛亥，盜賊橫肆，君與余化龍、方壽榮邀，於開峰峪潰之，乃聯鄉團，清戶口，民以甯。一族人貧者招養之，買婦生子如一家然。或反背敖，亦不怨責。

先娶李，生子三：　元恩，附貢生，母喪毀卒；　元澤，附生，湖南候補道，今為陸軍部諮議；　元鈞，附生，三品銜，四川補用同知，陸軍騎兵上校，歿公，給卹。繼娶方，生一子，殤。孫六：　士修，近畿第二鎮管帶，入民國夜巡落馬，卒，追贈少校，給卹；　士讓，陸軍步兵上校；士崇，湖北師範畢業；士特、士悉均肄業學校；士燔早殤。曾孫四：逢堯、逢舜、逢綬、逢孝，而逢綬後士修，為主後。君子姓衆多，皆以學堂進身，或遊學日本，歸効用於軍事。張文襄公總督兩湖，君年七十，贈之聯以『王曇首一門文武』相況。君歿於京師，為某年某月日，年八十有幾，以元澤故，在清三世皆封贈一品。士特從余遊，以狀乞墓銘。銘曰：

楚之南兮近巴蜀，山如劍鋩兮水清如玉。中有異人兮安危所矚，亂膏我刃兮饑飯我粟。福彼山民兮三世續，子孫繩繩兮天寵獨。安此幽宮兮奚不足！

徐葵南先生墓誌銘

先生諱忠清，字葵南，江蘇蕭縣人。同治癸酉選拔貢生，以教諭改直隸州判。未嘗就官，教授於家，勤懇有法度，從遊日衆至數百人。光緒丙午四月十一日卒，年七十四。原配馬太夫人先卒，葬縣之醴泉村，先生墓在其東若干步。繼配岳太夫人後先生十四年己未三月卒，年七十九，葬先生西十許步，三塚相望也。季子樹錚乃述生平，乞追銘之。

先生少遘洪、楊之亂，轉徙廢誦讀。亂定，補學官弟子。考卒，奉母畜弟資藉束脩，有田有廬，俾諸弟耕作。仲叔相繼歿，季數揚言：『吾不得佃兄田。』先生知其意，奉承母旨，舉腴田、居屋畀之，與妻子賃宅別棲。四五年中，凡六七徙，始克築舍。舍成時，樹錚弱小，已見頭角。先生授牋令作門榜，為大母歡。故事，試拔萃者，一日七藝，例仰助同試生，非富莫辦。先生既無金錢謝人，獨不假借，文藻爛然，竟以中選，名聲愈起。學使者及道府爭辟致先生。先生以母春秋高，性嚴毅，篤愛少子，婦岳太夫人雖起敬起孝，仍慮失旨，不敢遠違，故終身不出。樹錚少嘗有子弟過，或勸先生戒之，笑不應，已乃曰：『改過必由自悟。吾儕少時甯須父兄責耶！』樹錚方給事過旁，微聞語汗下，遂刻苦向學，期立功名自見。其善教率類此也。

岳太夫人事姑謹，遇呵譴，屏息聽命退，上食益恭。樹錚已貴，服御不加靡，嘗詔諸子曰：『汝前母來歸數年，一日方臥疾，而汝父在郡城，訛言賊至，季母趣家人委之去，驚駭以卒。汝父既反，一痛而已。自吾入汝家，朝夕恒惴惴。今老矣，得終先姑大事。汝季母物故，季父事嫂如禮，可以見汝父於地下矣。』臨卒，浣濯更衣，從容如平時。

初，岳先生瑾名能相士，器先生，以女妻之。先生終不遇，岳先生歎曰：『孝友且文如此，而吾女克佐之，奚必人爵！然不遇於其身，必在其後。』里之人亦皆曰：『先生非獨内行茂也。官府歸高，無一紙入公門請事，可謂真儒矣。』王考諱某，妣某氏；考諱某，妣某氏，皆以樹錚故，封贈如例。子三人皆岳太夫人出，樹銜、樹鑛、樹錚。樹錚以儒生通武略，今為上將，才足濟艱難。孫七人，曰某某。曾孫一人曰某。銘曰：

行完潔，文光輝。配厥德，有淑妃。坎以伏，士增唏。躬粥粥，嗣則蜚。兆異卜，同一畿。更萬年，世受機。

清資政大夫候選道馬君墓誌銘

君諱復恒，字健甫，桐城馬氏。曾祖宗璉、祖瑞辰、考三俊，皆有名於天下。咸豐初，粵賊東下，桐城設團練，馬氏父子主之。城陷，君祖、考先後殉，而君為賊得，甫十齡。賊將愛其狀貌，欲子焉。君瞋目大罵，賊將怒，以几抵之傷顱，會有他救不死。逾四年乃脱歸。

時君兄陽江君從軍已貴顯，而命君學文。君顧不樂，時時從人學技擊。李文忠公初規創海軍也，先有操江一艦，命陽江君統之，因與籌海軍大計。陽江君早卒，文忠痛惜，因署君代兄任。時君方以巡檢需次直隸，一城皆驚。君憤中國軍政權操外國人，乃習日星曜度測量、駕駛諸法。一日自朝鮮歸，颶風作，輪不入水，外國人亦束手。君起部勒士卒悉引帆上檣，舟得風稍正，遂抵煙臺。文忠聞大喜。其後駕駛竟責成管帶事權乃一。海軍既立，文忠檄丁總兵汝昌為統領，以君為佐，遊學外國諸生畢歸國，爭言利害事力排君，左遷海鏡艦長。後又去海軍，會辦旅順魚雷事，君已累晉官候選道員矣。大東溝戰敗，殘軍回旅順。汝昌乃強君出助。或謂君不預其福，何必預其禍？君不可。文忠奏用為翼長。君以為旅順天險也，惟貔子窩間道可登陸，宜檄陸軍增戍，汝昌不為意。日本果由此登旅順，不守，走劉公島，綏鞏軍潰，日本據我礮臺以臨我軍。君猶設策潛毀祭祀臺礮機，而用魚雷與日本相持。時起恭忠親王督辦軍務，知海軍雖叢謗，然實苦戰，又習知君才，將授海軍提督，由軍機處傳旨召見，君已受代，念汝昌孤危，不忍去。汝昌仰藥死，君亦從之得罪歸，復出贊宋忠勤、馬忠武軍，得風痺，臥疾十二年，遂卒於里。

子三：振儀，進士，歷官江西、山東知縣；振理，貢生，今為交通部僉事；振憲，翰林院檢討，改弼德院秘書，安徽高等審判廳長。長女適通州范罕，餘幼。孫四人某。君既歿幾年，將葬於桐城之某山，振理、振憲來請銘，余與君世姻也，誼不可辭，乃據狀序列之。銘曰：

論與事違，多口所歸。大勢且蹶，遑言是非。維其孫子，與其鄉里，不忍長湮，克綜終始。龍眠之原，中起高墳。鑽石同藴，吁嗟乎君！

清光祿大夫兩淮鹽運使江公墓誌銘

公諱人鏡，字蓉舫，安徽婺源人也。曾祖寬位；祖之紀，進士，歷官江蘇昭文、金匱、常熟知縣；考磐，皆以公貴贈光祿大夫。公生八歲而孤，十一歲試於學使者，愛其文，不欲速成之，期以大器，第奬譽之而已。逾九年，補縣學生，中道光己酉順天舉人，名第二，考充覺羅官學教習，授內閣中書，充國史館、文淵閣、方略館編纂檢校。旋為軍機章京總理各國事務衙門行走，擢內閣侍讀，記名御史。凡官京師二十年，熟於掌故，有所撰擬，下筆立就。恭忠親王長軍機，日深器之，京察一等，授蒲州府知府，調大同、太原，擢河東道，署按察使、布政使，護理巡撫。凡在山西十二年。

其官河東也，鹽池廣袤數十里，資烏龍堰宣洩水潦堰壞，池鹽久耗矣。議修者率曰：『非大萬莫辦。』公躬督役，晨往暮歸，費二千金而堰成。時值嚴寒，左耳因之失聽。其署布政使也，曾忠襄公方撫晉，值晉頻大饑，被災州縣七十六。忠襄一倚畀公。公籌賑撫，發倉穀，勸捐助，留餉金，設局轉運，三年迺定，活民無算，餘銀二十餘萬，召紳給之為善後計，至今晉人歌思不絕。退居保定，修畿輔志，稱貸以炊，人尤難之。三年乃起授湖北鹽法道，調漢黃德道，擢兩淮鹽運使。

先是，公在京師，與張文襄公故人也。用飲燕笑語相齟齬，文襄撫晉，疑公不附己，遂奏開缺，送部引見。及中日事起，文襄移督江南，而公在兩淮。時兩公皆已老，無復壯少意氣，懽然相得，乃奏公兼管儀徵鹽棧，且謂兩淮不可一日無公。故公居任凡十年，卒終於位，春秋七十有八。

配姚夫人，生子一：忠抃，兵部員外郎。繼配金夫人，生子九：忠振，光緒戊戌進士，江蘇知府；忠賡，江西補用道；忠沆，江蘇補用道；忠淦，浙江補用道；忠搩，分省知縣；忠拱，鹽大使；忠播、忠擴、忠括。女七人。孫幾人。曾孫幾人。公葬婺源某山，已幾年。忠賡遇永概京師，以銘請，永概常從公揚州，公以先誼故待之有加，禮追維疇昔，良用惋歎，乃為之銘。曰：

公拊晉人，以腹以羽。晉人戴公，如子依父。不翼且飛，三年在野。再陟監司，考終官下。昔居幕府，飫我酒漿。今銘玄宮，系具績章。報施何常，維德不爽。松柏永保，孫子之慶。

馬甥伯固墓誌

馬甥伯固，既卒逾年，已未冬將葬於桐城某鄉某山。其父母老矣，悲子之材而早世，使余書其事而系以銘。

伯固名根碩。祖某，父某，生母劉也。初，余姊有四女，及伯固生自育之，勤過其生。伯固戀余姊，雖所生有弗逮也。稍長從師讀書，慧甚。暑日罷讀歸浴日昳矣。父取所抄漢、魏以下古近體詩四巨帙授之。及秋已畢，能曉其大義。初未嘗為文，縣人立小學召試生徒，伯固亦求試，操筆向紙成數百言，觀者皆驚。雖其父亦出意外，時十齡也。不幸得羸疾，稍稍愈矣。隨父游京師，為陸軍部秘書，從次長徐公奔走道路間，中夜草文書不以為困。方喜其身健耐勞苦，竟以是卒於京師。徐公為請卹，給車送喪歸里。方其病未篤，為書訣所親，辭頗怪，若久知不祥，且死有所之者，然自力起坐以寬其父，得年二十有四。娶湘陰郭氏，父曰立山，生子一茂元，女一巽保。子未晬也。銘曰：

嗚呼！其來也徐徐，其去也于于。權實孰司，而竟止於斯！

節孝馬母光孺人墓誌銘

從母光孺人，年十九歸同邑馬萬珍，兩年而寡，無子，撫夫弟萬祜子元烺，娶婦生二子，元烺得心疾，則撫其孫。六十年中，艱難支拄，匪人所堪，而處之從容中禮。以宣統庚戌二月二十六日卒，年七十有八。父諱聰諧，直隸布政使。舅諱伯欒，浙江歸安知縣，内外皆名族。孺人跬步循禮法，為里女宗。

鄉俗有喪，或不肯服妾斬衰，以為先輩所傳，嚴嫡庶也。孺人聞之曰：『是非古也。蓋或妾少無子，懼不終守，乃不服之，不名其為妾也。不名為妾，斯可以嫁矣。若妾為家長，斬衰古禮，今律未之有改也。』長老皆歎服。孫曰某，曾孫曰某，以庚申十二月十九日葬古塘玉屏庵祖墓之麓。時兩孫遠客，元烺疾廢，經營之者，其婦方也。永概適歸里與視窆，乃為銘以封。銘曰：

豐於德，坎於躬，是為吾從母之宮，維柏與松，宜敬且恭。

山東嶧縣知縣姚府君墓誌銘

君諱廷範，字疇九，桐城姚氏。祖莆，陝州直隸州知州。考琨，贈資政大夫，生二子：長為霖，官直隸獲鹿知縣，次即君。君少而家貧，贈公北游，兄弟自挽車，奉母以從。及得官，每過所宿旅舍，必為人述曩時狀。獲鹿君性坦率，容貌甚偉，卒於官，囊無多財。君精悍周密，初補固安丞，晉知縣，為張勤果公所知，補嶧縣知縣，再起再躓，遂不復出。壬子京師兵潰，至保定，剽其所藏，乃亦窮困。以己未十月某日卒於保定，年七十一。配吳宜人，生子一振，女二，適富順陳氏、合肥張氏；側室李生爾扶、爾楫、爾掄，女一。孫永祺，孫女一，皆振出。爾扶生女一。

君於余為大父行，光緒壬辰余下第，客吳至父先生所，始相見過從，飲酒謳吟。獲鹿君耽詩運思深苦，而君得句獨易。逾二年，獲鹿君試署青縣，余過之留三日，為詩數篇乃去。後數年，聞獲鹿之喪，今君又卒矣。追思昔遊，捷若夢寐，可慨也夫。君既卒，兄子茂誠來請曰：

『叔父遺命，不得君文勿祖。』君考妣皆葬保定，乃預為之銘以待。銘曰：

生境丁順爛朝赮，逆者或若風揚沙。日方中忽側以斜，百年易縱難要遮。身後名與身孰多，文字附石石可磨。一念返真即太和，君知此意安山阿。

豫河候補同知張君墓誌銘

君諱仁廣，字溥原，銅山張氏。先自浙江紹興遷江南徐州。明季有諱垣者，官歸德通判，殉國。四傳至朝錦，江寧縣訓導，於君為高祖。曾祖諱隨，始由蕭縣遷居銅山。祖諱省齋，提舉銜，鹽運司知事，蕭、銅山皆祀鄉賢。考諱達，候選知縣。曾祖妣滕，祖妣朱，妣金。

君少篤謹，既屢試不稱意，納貲為通判，分河南。光緒丁亥，鄭州工興，管西壩進占事，調收發，又調錢廠轉運，皆繁碎，無晷刻息，君不告勞，無一錢錯謬，亦不以一錢自私，工竣保同知。在豫三十年，未嘗乞貴人函致大府，空無時亦不假人一錢。讀書作字，恃課吏獎錢自給。或諷以從時者，君笑不應。客退，寫淵明『紆轡誠可學，章以見意時』。時歸侍父母，既居喪，值徐薦饑。君任賑，勘災户日歷數十村，染疫疾，累月羅穀，至濟甯，夜半車覆，幾不測，皆不顧。銅山令稱君用錢少而得穀獨多。辛亥變起，遂不復仕。庚申十一月初六日卒於里，年六十九。

子四人：伯英，光緒庚子、辛酉併科舉人，某官；銘讓，某官；猷讓，某官；循讓，某官。孫十三人某某，女孫十二人。曾孫某。君弟仁從嘗謂：『吾兄諸子，伯英得其學，銘讓得其勤，猷讓得其慎，循讓得其淡。至於志行堅卓，兄所獨也。』伯英等既以庚申十二月壬申朔越十三日甲申葬君於王樓之原，猷讓前卒，遂從葬。來求銘，永概與伯英友，又嘗得見君，乃為銘。銘曰：

山崇崇兮微子之里，河湯湯兮既東徙。河可徙兮山不磨，老成凋霣兮涕泗沱。君安於此兮永無他，人為禽兮將奈何？我銘君兮幽憤多！

節孝胡母孫孺人墓誌銘

黟縣胡元吉官荷澤知縣，值國變，棄官歸里，奉母孫孺人九年以壽終。既逾年，葬於其邑某鄉某原，乞銘於其友姚永概。

孺人諱茂林，年十八歸同邑胡君廷玉，閱三年而寡。元吉方在娠，上有重親，而祖姑病盲，性嚴切。孺人先意奉將，時致所喜，親故常使愉悅如是者十年。元吉既補縣學生，有名聲，安徽布政使于公蔭霖、按察使趙公爾巽，走書聘為敬敷書院學長。于公巡撫湖北，移河南，以元吉從，聞孺人疾，走歸。孺人怒曰：『兩宫西狩，中原告警，此何時乎？于公報國，汝當報于公。不去，吾且不藥。』元吉行反豫。于公歎曰：『母子處兹皆賢也，而母尤難能。』趙公總督兩湖，應詔薦元吉得官。辛亥秋，孺人寄書諭之，曰：『危不可去，變不可從。』遜位詔下，元吉乃歸。孺人生七十二年而卒。既卒，親賓咸嗟悼，乞者過門亦泣。子一：元吉。孫三：榮光、榮芬、榮萱。曾孫一：貴蓀。銘曰：

母之懿媺彰以子，子之大節全以母。生於斯里歿斯里，有石完完其永久。

金子善權厝誌

余之知子善也，以懷甯魯夢霆。二人者，志行大同，中表兄弟也。夢霆為文高淡，顧不常作。子善多藝能，書似香光，畫仿王翬。然皆不見知於時以卒。

子善諱家慶，先世由仁和遷全椒。崇禎間右僉都御史光宸，其八世祖也。曾祖廷譜。祖溳，嘉慶己卯舉人。父峘，同治甲子舉人，揀選知縣，生二子，長曰咸慶，次即君，皆諸生。知縣君與咸慶皆早世。君授徒四方，撫兄子承業、承緒，蓋數十年，既成家室，而承業又卒。君長子承光繼之。逾二年，而君遂亡矣，年六十，是可悲也。君雖不遇，而客侯官嚴又陵家十餘年。又陵深知君，嘗勸君鬻畫京師。君笑不應。又陵曰：『是何傷！食己力，非不義也。』強為定酬價。然君閉門絕交遊，間遇名公貴人，談讌讙呼，瞠不發一語。朋好故舊來求畫，輒不索錢，故貧如故。君病歸，又陵寄資，且曰：『吾在，決不令先生向陶胡奴乞米也。』既卒，復厚賻。逾三月，又陵亦卒。

初，咸慶篤信宋儒，承業能紹父風。君父子遠遊，承業留教家兒，中歲買宅桐城，贖全椒先世田之半，遣承緒歸守墓。臨卒，遺令承祚異日梢給，必全贖以畀之。君卒於桐城，遂權厝於東門外烏石岡之原。子四：承先、承祚、承祜、承昌。承祜亦早卒。孫三：先庚、先甲、先邑。承祚來求誌，乃為之銘。銘曰：

材則豐，遇則窮。譽罔隆，心克通。利嗣人，其永逢。

慎宜軒文集卷十一

西山精舍記

光緒丁丑，吾父既棄官，歸寓於郡城，乃營西山之屋而居之。西山距郡百五十里，而距邑三十里。屋十數間。踰年，於其西復營屋三間。軒窗開豁，雜植眾卉。為大母居室，而名之曰春榮軒。東有隙地種麻，西為菜圃。前臨大堤，屋居堤上南向，前門東向。門旁草舍三楹，則予兄弟讀書之所也。室不盈丈，朝夕其中，如在小舟焉。隄下田數頃，田下有大溪，自東而西，復折而南。每夏秋之際，盛雨大漲，潒然如發萬輪。屋後柿一株，栗一株。春榮軒前柏一株，杏二株，垂柳一株，梅一株，而茶蘼尤盛，花時高出垣表，隔溪行人望見之，其他櫻桃、芙蓉、白⿰木禁，及四時雜花皆具。

由吾屋而東，行半里登山，則方植之先生之墓在焉。由吾屋而西，行半里，山徑絕，亂石矗立，中有泉，漫流出瀷，停薄常滿，味甘冽，宜煮茗。予以其出自石孔也，名之曰洞泉。凡西山精舍之美具此。

自丁丑春來居，至甲申冬，凡八年，迺葺中復堂故居，移入邑城。自居城中三年，家日益貧。予兄弟日益壯大。仲兄既去天津，而予與伯兄復將繼之。非特西山之朝雲夕霏、林谷異態，徒存胸臆間，即負郭龍眠、投子諸山，亦將不復時親矣。異日者，遠涉江海，孑焉孤游，悵望故鄉在幾千里外，回憶昔日西山之居，予三人者共處一齋，仰而望山，俯而讀書，論古今之得失，弔往哲之遺墟者，蓋益將恍惚於中，而泊然如不在予之世也。於是慨然執筆，及今而記之。既以陳於伯兄，並寄仲兄以為何如也？

丙戌十月，姚永概記。

鬫影圖記

歲辛卯六月，兩兄偕通伯自安福赴試江甯，買舟泛贛水而下。余省親安福，泝彭蠡而上，會於南昌章江門外，留三日。大兄出畫八幀，示余曰：『此馮君筱白為我圖，三十年以前快事也。無錯因其所為去影圖而題其端，曰顧影。余賦詩八章，則又因其所謂回風集者，而命曰橫風。通伯有記，仲弟有詩，汝奚宜嘿哉！』余曰：『謹諾。』九月皆歸，葬先母於桐城，既畢功，大兄復出斯圖，則已裝治成帙矣。

余猶憶昔者，與兩兄由南康趨九江，過白鹿洞，瞻拜朱子祠堂，慨然遠想聖哲之風教，登吳障嶺，借宿僧庵中。翌日大雨，白雲坌起，上與天沓，經梵清響，悽亮襲骨，相與追念掛車、曹岡遺跡，靡往弗甘，轉覺此生負纇，殆不可述，涕洟者久之。已而大兄言曰：『人惟既過而遷，則往昔事事可喜。』吾不知更數年後，其將有追憶此日，渺若皇古不可幸及者乎！

今者聚首相娛樂，追思昔語，誠有如兄言者，又時在丙子，亦三十前事，遂以是復命於兄，記之於後，於時無錯赴相國李公之招，金匱王令亦郵書速通伯行，余與仲兄方擬北遊也。

方氏讀書小樓記

光緒戊戌，將之揚州，道出郡城，小寓於故人方子之家，常季讀書樓上，因一造焉。樓距城中小山上，開牖南向。城堞下俛，萬屋呈脊。風帆雲岫，盈耳極目。剪江分山，供翫几席，於時樂甚，已復慨然。

憶昔癸未之春，余與伯兄應童子試，借樓之北屋寓焉。時柏堂先生新自北歸，年逾六十矣。日坐樓下，點讀通鑒數十翻不倦。夜則召余兄弟，縱譚鄉先輩文學師承，及生平軼事，洪聲大口，鬚眉開張，率夜分迺罷。後五年而先生卒，余亦奔走四方。雖間與倫叔、常季過從，思追曩景，曠終弗嗣。

初，余自江右歸，九歲耳。倫叔輒器余，常季後歸，亦喜就我異它人。先生嘗言我有用世才，今先生卒又十年，茲言恐終為知人累。

竹山城西小潭記

竹山，古上庸也。城居萬山之中。四望若大環，堵水繞城而北去，所謂上堵吟者即此。大人謁選得斯邑，以丁酉六月到官，永概侍焉。

前一歲，秋霖為災，山崩，田漂，没民，死者萬計。大吏方督州縣賑之。八月又雨，民大恐，大人躬禱於神，幸以無事。是秋有年。故自九月以前，官廨中無宴飲之樂，相見皆愁苦狀，若負隱憂。雖有連山長林，巨石大壑，未嘗遊也。

十月既望，始出西城半里，有田數丘，竹樹蔥蒨，芙蓉初華，傍山古廟數間，一壁已圮，供世所祀二郎神像，蜀守李冰子也。復沿山行，聞幽邃中水聲淙然，曲折尋之，得小潭，不盈畝，瀑下注，清澈可喜。有鳥翠衣朱喙，見人驚起，東西投，久之上搶集岩石，向人鳴不已。潭中有魚，藏石隙，轉石求之，倏爾他逝。因坐潭上，澹然忘歸。時聞小舟槳聲，乘水下駛，指顧已遠。

同游者，都勻任在心、族父麟書、姪佐璋、佐辰，皆曰：『茲遊也，數月中僅得者。』歸而欲記之，未果。越三年，己亥冬在揚州憶及，迺追述焉。

堵河記

堵水出竹山西南萬山中，逶迤北行而達於漢。其旁皆大山，矗立若牆。船自下逆牽而上，若登牆然，故曰堵。竹山，漢上庸地，即尚書之庸，庸亦牆也。鄰曰房縣。山至此平夷，多水田，蓋若房然。

堵水清淺見底，時淺時深，淺多細石平沙，或抵於大石之下，潴為深潭，搏擊奮怒，上噴作花。舟行將届，即聞硿磁之聲，震駭魂魄，則停舟增顧二三十人，約束繩索，必戒必備，先是行縴，但一竹繩繫桅杪而已。至是則加二繩於桅根，各以十人曳之，衝犯怒濤，與水角力。乘者皆下，從縴夫行。徑在石壁上，至手足交用僅可度，呌號之聲與水倡和，稍不慎，縴斷桅折，人鬼分焉。及其既過，釃酒相慶，若獲更生。大率每十餘里即逢一灘，其最巨者曰葉灘、觀音溝、門樓溝，而其小者不可勝數也。八石梁有石横亘水中。舟行轉折如法，乃可避。皮鼓灘皆碎石，土人疊石成小溝，纔可通舟，水稍退即阻。自堵口至竹山縣治三百六十里，上水率用八日，或十許日。下水二日而已。

由縣治上四十里，至田家埧，竹山一大市集也。人户過於縣治，産桐油、紙、漆。漆多最良，每歲直銀二十萬兩。遠賈每於四月中挾貲來，至秋收漆東去。其後賣者益狡獪，以藥投其中，漆驟溢逾倍，纔至河口，桶裂漆流而敗，於是遠賈不來。竹山人自攜漆泛漢，而至漢口。遠者至上海、寧波矣。然得直遂減。田家埧以上，石益奇，舟益小，至官渡而窮。

硯記

通伯藏古硯一，形橢方，從今尺六寸，横三寸有五分，博六分，色中分作黄緑，云得自外家張氏。匣有文曰『御賜交泰硯』。或曰：『此端溪材也。』端材以黄爲上，青次之。

余讀宿松朱字緑杜谿集，有入殿紀事詩三十首，其第一首注云：『康熙四十三年十二月十五日，掌院學士傳旨，命臣書直武英殿校寫佩文韻府。』其第三首云：『臣書獲賜一硯，上黄下緑。』其第九首注云：『硯出松花江。』然考佩文韻府，開載職名中無書名，纂修兼校勘官下，有日講官起居注、翰林院檢討臣張廷玉。蓋書嘗與戴名世交，而序其集。南山集禍發，書雖前死，免議，猶削其名，事固應爾。今此硯質正與字緑所紀者同。文和公實與斯役，其為同受仁皇帝之殊恩可知也。

然則硯固出於松花江矣。字緑詩注又云：『有御制硯記。』當是時，國家方隆盛，發祥之所，山禜川孕，毓靈貢奇，特頒天章以寵之。一時儒臣簪筆舐墨，獲承際遇已可幸矣。況文和公歷事三朝，謀謨啟沃，有房、杜之褒者乎！崇運告謝，物極起災。東三省洪荒以降，伏藏弗宣者，悉拱手授枋於他人，天旋地轉，宮車將返，而武英殿又見災祝融，累朝銅棗雕刻已難訊厥存亡，則兹硯流落人間，得通伯寶貴而什襲之，固非獨一石之幸也哉！光緒辛丑七月姚永概記。

游三祖寺記

潛山縣治北三十里，谷中有古寺焉。在唐曰乾明，宋曰山谷。今稱三祖寺者，以燦大師所開也。山上有大師塔，云黃魯直少讀書寺中，婆娑石牛洞上，集中時時稱青石牛，故山谷之名特著。

光緒庚子，余將有事於灊山，過山下，土人導余往遊。寺有屋二十間，距山巔，野僧主之，無復昔時崇甍傑閣之勝矣。循山足左轉，小溪自谷中來，兩岸無高崖而多石，石有尺許。平者皆為人所題名。時初冬，水落溪底，石亦見刻字，披讀之，自宋天聖至元至正最多。昔外王父光栗原方伯嘗游茲山，記其題字於隨筆中，凡得一千一百十三字，以今校之，十已二三滅矣。所謂李翺題名，外王父時，雖為後人掩刻所壞，可見者尚十七字。今求之不可得。厓石亦時有崩落者，溪中石則多為水所齧，映日影彷彿覩焉。悲夫！

士蓄懷抱稍異於人，人未嘗不思垂名於後世，功名際會不必得而屬之文，文又不必盡傳，因託堅石藏之深山，可謂知矣。然而風雨之所崩陊，藤蔓鼯鼪之所纏擲，樵夫跛牂之所毀傷，後生俗子之所磨掩，又時時有也。究其歸，與至愚曾不少異，豈不悲哉！身後之事誰能憂彼也。時同游者外舅徐椒岑先生，因偕之上海，探北方兵事消息而歸。

慎宜軒記

昔歲讀書掛車山中，先君子呼而詔之，曰：『汝知出話之道乎？當發而宿之，不欲其捷也；當縱而止之，不欲其盡也；當雝而重之，不欲其輕也；當怠而振之，不欲其慢也。非獨禍福之召胥介以言，士君子之詞氣固宜爾也。昔蜀孟光解「卻正慎宜」，不為放言，今以「慎宜」名汝齋，毋忽余言。』已而又曰：『宜之為道大矣哉！天地之氣，有剛有柔；人事之行，有當有不用。失其宜，則參苓可以斷人命；苟得其宜，則奴虜可以勝王侯。三王所由以循環，相捄五德，於是有代興之秋。莊子知之，固稱時為帝。孟子知之，乃謂孔子以時為聖之尤大。易曰：「義以制事」，義者，宜也。大學之道「親民、明明德」，而終之以「止於至善」。至善云者，亦宜也。此其為說閎博而微眇，非小子所驟曉，然亦不可不慎之於初矣。』永概跪而敬受之。其後移居縣城，奔走四方，忽已四十餘歲人。先君子終已十載，惟訓詞尚謹藏於中心耳。

今年始葺小齋於居室之南，列置書冊，種竹數竿，而以校事不得時居。惟寒暑假日一歸，盤桓其中，追念前訓，流涕而言曰：『痛矣夫！先人言之深切也。小子無狀，不能稍副教訓，有所樹立山林乎？朝市乎？進乎？退乎？何所持而可以免於今之世乎？詩曰「既明且哲，以保其身」。又曰「明發不寐，有懷二人」。轉使我四顧渺茫而未知厥宜之所在也。』嗚呼悲夫！因謹記先訓以自儆云。宣統二年七月。

校史圖記

太史公書，自歸熙父、方望溪各有評點，而吾邑吳至父先生窮數十年之精力，又自下己意圈別之。先生既歿，門人用鉛字印行，頗多譌奪。讀者苦焉。先生子闓生重加校正，且錄其初本評點，及先生所采諸家之說坿於後。蕭縣徐又錚再印行世，而屬其役於宿遷臧磵秋。磵秋居京，師事旁午，不得息，獨屏百，為反復讐校，無一字誤乃已。書既成，磵秋頗自喜。閩林畏廬為畫校史圖。磵秋屬余記之。

昔魏董遇善左氏傳，更為作朱墨別異人。有從學者，遇不肯教，而曰：『必當先讀百遍。』由是諸生少從遇學，無傳其朱墨者。余意遇之所為，蓋即評點之權輿，獨怪漢、魏士習敦厚，尚以多讀為苦。而磵秋乃鍥鍥為古人之所不為，何也？且今日之中國危迫甚矣。有志之士類皆扼擘而談捄世，聞磵秋之行，無不大駴狂笑以為怪。

然欲吾國之久存，必當圖所以存之之道。不知吾國之史，則求其道而無由。自尚書、春秋以降，太史公號為良史第一，秦、漢之際，盡革三代之舊，而世一變。更幾千年而至今日，而世又將一變。太史公通古今之故，發憤著書，文辭至高，多隱而未發。雖以歸氏之篤好，猶謂五帝、三代本紀時，不免陋。今取吳氏所評點讀之，第見其奧衍閎遠而已，烏覩所謂陋焉者乎？然則微言孤旨，世或不盡曉，苟能深知其意，用之今日，儻亦有足裨益者存乎？世聞余言，其大駴狂笑以為怪，視磵秋當又倍之也。

乙卯三月晦，桐城姚永概記。

鏡心室記

予往讀莊周書，竊怪其多精諦之語，以為決出自孔氏，繼讀韓愈文，稱周之學出於田子方。子方嘗受業於子夏，授受有因，前疑非妄也。其應帝王篇云：『至人之用心若鏡，不將不迎。應而不藏，故能勝物而不傷。』是即孔子絕四之旨矣。孔子生平見南子，遇陽貨，周旋於衰君亂相之間，罔非應而不藏之道。晉、唐學士大夫往往歸心釋氏，而其扼要之言，則曰：『應無所住而生其心。』陽明王氏倡心學於有明之世，皆頗合於莊周，而不背乎孔子，敧而喪中流，而不思返，遂乃逃絕三綱，猒忽人事，又烏知斯道之可以入世哉！

太湖徐芷帆編修思逃於佛，問於予。予舉莊生之言告之，欣然若有得也。名其室曰鏡心，且屬為之記。夫心逐乎物則為奴，奴斯小矣。不逐乎物，則為君、為主、為龍、為虎，變化而莫知其所處。瞀乎？寥乎？萬物為莫而我為朝乎？人皆不足而我獨嘐嘐乎？又何世之能見招乎？

墨莊記

劉氏墨莊者，為宋磨勘工部府君藏書之所。書經亂散失，五世孫清之與朱子為友，復聚書如數，而請朱子記之。至八世孫金谿，自得自宏，復請吳草廬為之後記，而墨莊之名大顯於世。

乙卯之春，余來京師，與怡宣遇於廠肆，問姓名，已而相過從。一日來言曰：『海涵，工部後人也，築室於白龍潭上，思繼先人之志，網羅四部，留示子孫。且今日者，異說沸騰，不可刮絕。雖吾先聖先賢之道，終將皦如日星，而時事不可知。盡吾力所及，而保存之，亦士君子之責也。子曷為我記焉！』余竊謂：自古藏書之家，籤軸盈架，矜多鬬奇，其志不在讀也。間能讀矣，子孫之賢不肖，又不可必。往往聚之畢生，而散之一旦。於是為達觀者曰：『吾子孫苟賢，何患無書？與其散於不肖子之手，何如及身散之之為愈也。』是固有概於中之說，豈篤論哉！

工部府君之孫為公是公，非兩先生，而自清之先生以至怡宣，時逾千年，傳數十葉。每聞風興起，思有以紹之不可，謂非善於貽謀也，獨念此區區故紙，雖不與金玉象犀同為俗子所歆羨，而一遭時變，終不免於武夫、悍卒、盜賊、牧豎之手，故清之先生之所藏，已非工部之物，而怡宣所聚者，更非金谿之物，則怡宣之欲保守於今日，其志雖宏，而其事未可必也。異日者南歸，過信陽，訪怡宣於潭上，盡窺其所藏，則非獨怡宣之幸，抑亦天下之幸也與！

詩廬記

鉛山胡君朝梁，徵集並世名公、處士、緇流、女子，及日本詩人，各寫所作，有行必載以自隨。入其室，几、壁所陳，無非詩也，因名曰『詩廬』，而乞余為記。

人莫不有所寄。自有文字以來，而詩歌最，先古之作者，既與不傳者俱往矣。若夫面目可相接，聲問可相通，其世同，則胸懷之所寄應不異焉。

君之勤勤懇懇，惟日不足，殆推吾之所寄以求證於人與？不然，今人之詩，吾未見其有以勝古人也。君之詩亦未見其下今人也。何其篤好之甚至於此耶！昔唐盧仝自江南載書到洛，孟郊喜而賦詩，乃有巢經於空虛之說。郊之意，蓋謂聖賢微言大義，類非世士所曉，與其瀆慢於狂俗，毋寧歸諸太虛之為潔也。今之世，去唐遠矣。匪特經之不明也，區區文字之業，知而好之者，又幾人乎？

君寄於詩，因求夫同寄者以自壯，固其宜矣。雖然，上棟下宇，以避寒暑，為身謀也。而君則以廬其詩，有廬而錫以名者，蓋欲期永久也。君則賃屋而居，南北不能自擇。然則自君觀之，盡天下直寄而已矣。

丙辰六月姚永概記。

飛鴻留景記

丁巳之秋，余過安慶。曩者學堂諸生數十人更留觴燕，而師範學堂諸君又假浙江會館，用泰西法攝景為別，因取子瞻詩語題曰『飛鴻留景』，而屬余記之。

余嘗讀易至渙之六四，曰：『渙，其群元吉。』喟然歎曰：『大哉！聖人之道通於萬世矣。』夫國之所以立者，群也。渙焉而得元吉，何也？蓋渙自否來，三陰居下，未渙則比進為否，六自二往，居四陰，斯渙矣。安得不元吉乎？孔子曰：『君子群而不黨。』君子之群，大群也，同人於野之象也。小人之群，黨焉而已，同人於宗之象也。推於野之義，則張子所云：『民吾同胞，物吾與者，乃極其量。』知宗而不知野，必析其大群以為黨，私恩相煦，微利相結，擠其所不同，日鬩而無休息。此韓非之稱蚘耳，不死且敗矣。然其勢方比也，亦足以顛倒是非，使正論雍閼不此之渙，而其群能保者，未之有也。

余昔與諸君共處一堂，切磋之益實鮮，別六七載，久而不忘，古之君子又奚以異？余老矣，今往京師，以經術教授，於舉世共棄之餘，此剝之碩果也。諸君子各以所學效用於世，庶幾中國剝極知反，應朋來無咎之占乎？余深有望於不遠之復也，乃書於景後以質之。

景凡三十三人，張君家翰、孫君吳，皆故時教習，餘三十一人皆嘗肄業於堂云。

慎宜軒文集卷十二

弔卞和文

光緒己亥，大人將解南漳之組。永概自里省覲，於時二月，自沙洋陸行四百里，春心斯陶，孤懷靡悽，濃黛直矚，修巒造天，披文詢獻，蓋即南條荆山也。因有感於卞和之事，作文以弔之，曰：

眄荆山之峨峨兮，迺有寶而在兹。蘊於石而不自見兮，惟夫子其知之。懼匹夫之懷璧兮，向荆王而陳辭。一見刖其左足兮，再見而右足以虧。既無足之可刖兮，猶抱璞以漣洏。嗟寶玉之無知兮，常得葆厥天真。非躍冶求鏌邪之金兮，又何必皇皇焉以忘其身！豈果有迫而不忍兮，玉與夫子又奚親。彼藺生之入秦兮，欲以身而市璧。前睨柱思俱碎兮，後解衣逕趨鑊。不惜士而貴璧兮，吾固知秦而愚趙。矧夫子之所行兮，毋迺輕身而重寶。曰天地之菁英兮，雖含章而必宣。苟信美終莫閟兮，縱九死其不遷。抱至忱之款款兮，吾亦不知其由然。孰計較夫利害兮，孰逆億其艱難。人不知而吾知之兮，吾不言其遂已。彼夏璜與周球兮，固不待於吾言矣。

重曰：敬弔夫子兮，於漢之濱。我思不見兮，感激輪囷。世豈無玉兮，誰為剖陳？吁嗟夫子兮，迺古之人。

告伯兄文

光緒丁酉二月，永概侍父游鄂，聞伯兄之喪，驚怛哀號，星夕奔歸，憑棺永訣，心崩肝摧，口不能言，言不成辭。逾三日壬午，成服在喆朝，乃始揮淚援筆，告於兄前，曰：

嗚呼！吾與兄手足之分，遽止於斯耶！兄長我六年，而我生十年以前，未知兄弟之樂也。逮知之而至於今，凡二十二年耳。中間道涂之奔走，隨衣食而東西，其得與兄肩隨以出，並行以歸，觴詠雍容，蓋又中分而去其半，孰謂天倫之中，惟兄弟為久長？吾與兄乃不及親交之周旋，妻孥之密邇也。嗚呼慟哉！

兄有清才懿德，行誼推於鄉閭。所為詩歌，逼似古人。每恨體弱，不足自起。吾知兄之不能遠遊，而以身口之故，置兄於揚州，逼近歲除，吾又歸而兄留。兄之疾實發於斯時。初不自覺，歸迺甚。又以吾言，力治文事，竟至不起。毫毛不謹，禍同邱山。後世舉不悌之人，當以吾為戒矣。嗚呼慟哉！

歲在庚辰，昭文潘子之喪，其父來赴，立言中禮，大人舉示永概，曰：『是可以為法式，汝其藏之。』孰知一時之細言，越十有八年，乃為兄之讖也。嗚呼慟哉！

聞之嫂云，兄歿之時，似有無窮之言而不能達者，已含斂而目不瞑。或祝以有老父與諸弟在，毋以妻子為念。雖暫瞑而旋開。吾知兄素孝友，又能知弟者，豈復有牽於諸孤？兄其以六十之老親，平生愛憐之諸弟，皆不及一訣而為此也。嗚呼慟哉！

使聖人鬼神情狀之說為信然，則兄之精魄常在左右，待百歲之一日，與兄長相從於沖漠，亘萬古而不離，更何有疾病之為祟，形體之隔閡，壽命之永促耶！嗟呼！此亦情悲意極，而作此無益之幻想而已。明明斯世尚不克相保，乃期之茫茫不可知之域耶！嗚呼慟哉！

今諸孤朝夕哀父之聲，寡妻搥胸追恨之語，日在吾耳。繐帷白几陳於堂前，兄長臥其中。平生吟詠不可聞矣，癯身削面不可見矣。遺書收束，室空改觀，庭階日臨，心碎如剖。嗚呼慟哉！

吾本思守兄百日而後去，徒以老父遠宦，兩弟弱小，恐不能開散懷抱，留而不去，陷於不孝，決然遂離，實加負兄。徘徊兩端，勢將復忍於吾兄也。嗚呼慟哉！欲言萬端，實無一語。哀迫而已，兄其鑒臨。

告靈文

維光緒二十有六年十月己亥朔，孤哀子某某等謹具清酌庶羞，昭告於先父竹山府君之靈前，曰：

嗚呼痛哉！音容邈絕，已歷三時。山川肅滌，霰雪斯下。人有室廬，可避寒酷。靈魂陟降，定誰止依。遠維明器，載於禮經，塗車芻靈，古人不廢。爰命匠氏，造作棟宇，自宮徂門，垣墉四周。牀几庖湢，雞犬鵞豬。童僕婢妾，悉書故名。佐以衣服，金銀泉布。生人所需，莫不畢具。惟憑哀誠，禱於城隍，辟除凶鬼，俾安幽房。屏僧道士，恭承遺制。

嗚呼痛哉！瞻隨無及，攀號空切，如何可言，鑒此荼毒。尚饗！

祭徐代農文

嗚呼代農，君今何為？親老恃汝，蓄志終睽。病妻在牀，弱妾處闈。君竟如此，我奚不悲？追我見君，猶嬉而童。君試方黜，郡城之中。厥後同居，掛車山下。我入君出，笑語恒寡。兩試白下，君宦於斯。蹴屋市物，惟君是依。君才如刀，可切白玉。屈志卑官，能不錄錄。俯首事貴，曰命實然。我白反黑，彼脆能堅。去歲仲春，言赴京師。君書抵我，期我同趨。我既諾矣，而君實違。載笑載言，永隔在茲。阻風廬阜，夜雪燈昏。夢君就我，憑案敦敦。孰知已死，煢煢孤魂！嗟我與君，交近二紀。匪止姻親，實亦知己。敬我如兄，蓄我如弟。君鬱而唏，見我則霽。骨相如君，豈堪大歲！一跌九幽，司命所制。撫棺長慟，我愧深情。嗚呼哀哉！侑此盤觥。

祭陳太恭人文

月日，外孫姚永概謹以魚牲酒果之屬，奠於外祖母陳太恭人之前，曰：

烏虖！我之不得見吾外祖母也，於今實已三年。自我初有識，知吾母已歿，惟見恭人與大母撫我而纏綿，及我既壯，臨當遠出，每先期顧我而悁悁。我氣方盛，中雖結轖，妄意可報吾母者，獨賴恭人之存焉。孰知數年之間，恭人既委蜕，而大母亦長逝於黄泉。而不肖之零落如此，但有霣之如懸。今祇一姨存耳。魂其有知，尚錫以無極，使我稍贖其百千萬一之僭。嗚呼哀哉！言只此矣。縱多言亦奚益？而吾悲終莫由以宣。尚饗！

祭王蘇州文

月日，門生姚永概客天津，聞座師蘇州守王公之喪，驚痛，為文寄奠於公前，曰：

公之知我，在戊子年。我聞公名，髫稺之先。公官翰林，入直禁闥。出載星軺，弋彼在穴。名聞煇美，一世所臧。僉期令僕，翼我王明。京口之城，臨江峨峨。奸宄雲屬，夷漢齟齬。守難其人，疲不鎮叵。吏請之朝，帝曰公可。徒友嘆嗟，爭惜公陊。公曰不然，帝其試我。兩年江鄉，厥化大流。移劇首郡，共知公優。奈何微疾，壯景奄遒。公之在官，士唱女謳。公翩哉去，農戚商憂。公捐逝矣，萬淚橫流。昔公得我，李公是諏。棘闈萬士，用超等倫。發覆知名，走書告儔。姚侯名德，天借茲讎。面纔七接，歲恰五周。三躓禮部，辱公拔尤。陳狀未返，公駕弗留。不撫公棺，不唁公子。遠愧古人，私恨曷已？維昔便坐，顧我言瘽。校士於南，獨失范君。今我為文，范君實書。公應鑒此，侑以牢蔬。大江滔滔，下際海潮。公魂可招，我心怛忉。

祭江南昌文

嗚呼君乎！君在江西，當官有聲。信於上司，譽於編氓。晚因教獄，與外族爭。不圖何辜，竟殞厥生！傾城奔走，老壯婦嬰。交口曰冤，白梃作兵。憤氣旁洩，延及他人。釀為國際，君冤未伸。嗚呼君乎！國執不張，命等雞騖。禍逮冠纓，豈惟白屋！繼今以往，人懷斯辱。士農工商，以學為鵠。上自樞廷，降及輿皁，皆知國強，命乃可保。苟或不然，死猶一草。國強有要，其端在公。一身縱死，魂魄猶雄。義之所在，億兆同膺。爭之有道，甯昭毋聾。國度至此，鄰望退避。君雖九死，固安在地。喪舟西來，丹旐翩翩。嗟我邦人，有淚如泉。有酒盈樽，灑之柩前。匪伊鄉里，公誼在焉。文告死者，兼厲群生。君魂有知，稍駐霓旌。嗚呼尚饗！

陳澗磐哀辭

陳德銘，字澗磐，世為霍山人。霍山東南隩區，古稱南嶽者也。峯峻淵潔，土產茶竹。閉户足給，居民淳樸。雖有魁碩長老，往往伏匿不出。咸豐間，吳竹如侍郎始以學行知名當世，貴顯於朝。侍郎卒後二十年，澗磐始以光緒壬辰中式進士，又二年甲午，朝考一等，授庶吉士。又逾年春，遂卒於家。霍山父老皆曰：『澗磐篤孝於親，友於兄弟。其容貌豐厚，操行淵美，志趣不群，必能設施自見。維吾邑之不幸，乃喪兹賢。』永概聞而悲之，曰：『若澗磐者，豈直關一縣之廢張耶？是乃吾徒善類之替也矣。』澗磐以戊子與余同舉於鄉，始相識，未親也。壬辰遇於京師，造其館，問之霍山人，告我澗磐試甫畢，得家書，言母病，即日南矣。因道其居家狀，余心敬之。甲午春，再見京師，交乃益驩。已而余報罷先去，聞澗磐入翰林，甚喜。九月，澗磐過天津，與余流連者旬日，自是不復嗣見。

國朝士大夫以翰林為榮。近今仕宦途雜，雖翰林亦多窮困。然車服言論，大率隱自矜異。霍山荒僻，得澗磐尤罕絕。歸里之日，布衣小車，不異諸生時。嗚呼！可謂賢矣！陳澹然曰：『澗磐在京師，既引見歸，顔色甚戚，仰屋長歎，詰之終無言，同年生多怪詫之。』嗚呼！孰知其中之大異乎人哉！乃撰辭以哀之。曰：

彼逸豫者何公侯，連臂錯踵近盈朝。獨此下士命不侔，將興復跌伊誰尤？嗟匪人跌兮職實天操，受命不長兮弗揚厥鑣。聞信狐疑兮繼決乃駭，人之云亡兮吾道其殆。山雲春生兮秋葉還飛，幹為野土兮精爽罔違。二老垂白兮遺孤式微，朋無顯者兮責將胡歸！嗚呼在遠兮徒鬱而唏，哀涕淋浪兮攬筆矢辭。

兄女杞哀辭

杞，仲兄之次女，生於光緒癸未六月。先是，兄有女蓮殤，杞生又多病，幾危者數矣。幸而不死，年二十歸方彦忱。彦忱母與仲嫂，兄弟也。杞姒馬，又舅女也。杞生而靜默寡言。在家、在父母家，未嘗出户閾。與之食，則食；不與，不求也。與之衣，則衣；不與，不欲也。歸方八年，年二十七得疾，醫不效，竟死。死二十一日厝南城外齊莊。嗟呼！聰明才慧，天予人以自存之具也。而聖賢之論必曰：尚德於女子，則尤重焉。獨無如喜才敏者，生人相接之恒情苟絀乎此，雖天屬之好，亦第心傷之，而未有以助之也。若杞者，其德頗合於古之所云，幸而托於懿親之家，不幸早夭，究少憾焉。惟其死，父與弟均遠遊，書來甚悲，因作辭以哀之。曰：

瓊漿玉食兮腐等秕糠，被文服纖兮朽視敝襠。馳暉不駐兮巧拙同行，殤子豈短兮百年豈長。河岳有時而失勢兮，日月有時而改光。生奚知其必樂兮，死奚知其不康。尊章寬慈兮夫子懿良，兩弟哀哀兮老父悽惶。我解以辭兮，固匪孟浪！

慎宜軒詩集

慎宜軒詩集卷一

春榮軒　庚辰至丙戌

短臘將完春意動，掃空山翠撲前軒。雲移岫出雨初過，鳥踏枝垂風亂翻。枯木架藤依砌立，小鑪瀹敬茗花蹲。老人扶杖倚門坐，看綻寒梅雙瓦盆。

鄧繩侯藝孫**索詩口占絶句**

寫盡人間千萬景，邵從何處賦新詩。不如杖策穿雲去，與爾同觀山水奇。

小雨

喧豗新漲沒前汀，細柳垂枝覆野亭。小雨如絲雲不散，遠山濃墨近山青。

紅樹

野色當秋迥，疎煙帶雨籠。山中霜信早，一樹已先紅。

倚樓

坐憐春色遍人間，更上高樓破旅顏。落日忽明天外樹，暝煙漸合隔江山。不辭爛漫追松羨，那復嬉敖戀市闤。北望二龍無百里，萬芙蓉裏閉柴關。

雪中寄澂士伯父聲

去年一冬少雨雪，風物清和似春節。屋頭鳥語欲親人，窗外山光真可悅。天上人間春又來，豈知一變為寒洌！黯黯長空白雪飛，垂垂四野彤雲結。當門林木久模糊，繞舍溪山倏皓潔。山村竟日行客稀，茅簷卓午炊煙絶。丈人居枕龍眠青，石徑無人扉晝閉。青鞋藤杖懶出遊，破帽羊裘甘養拙。遙知此際匡牀上，雪深獨聽兒童說。困眠不計突無煙，夢裏時聞竹微折。黃花一醉直至今，屈指已將三月別。渴思煮茗到山堂，一甌同向春風啜。

戲作乞茶詩寄澂士伯父

枝頭侵曉聞晴哢，寒巖活活春泉動。哦詩茅屋舌本乾，坐想椒園慰渴夢。赤銅茗椀斑斑花，好事風流誰最佳？丈人七十猶煎茶，澗底春風來日夕。龍眠新芽漸可摘，遠緘香篛寄春碧，齒頰苦澀待公釋，春色已深忽不樂。

偶檢涪翁觀化七絕刻意效之

桃杏開齊柳欲肥，春光無那滿書幃。酒香浮甕白蟻滑，花氣撲簾黃蝶飛。杏花遠近紅藏隖，麥隴高低綠接山。一川風物無人會，輸與先生自往還。屋頭百舌語不歇，枝上黃鸝真可憐。想見江南更妍暖，故人長醉杏花天。意行意住隴間游，笑問旁人會得不？半樹紅桃圓似玉，一溪碧水净如油。菜畦疊疊傍山邊，農事將興人在田。長欃短笠歸家去，暖暖茅簷上晚煙。紙窗斑駁上花影，奈此夜深明月何？散髮倚松摇玉露，提壺坐石泛金波。憶得去年寒食節，鷓鴣啼起四山雲。酒尊詩卷江樓上，坐對滄波鷗鷺群。

出山

山盤磴轉不知勞，空羨巖菴結構牢。歸路忽從天際落，回頭始覺向來高。霧氣連山向曉生，半含春雨半含晴。箯輿暫借巖頭歇，倦倚茅亭聽水聲。

由九江至孤塘行廬山麓四十里村景佳絕

異書欲就輿中讀，卻喜山光復掩之。石聳半天流爽氣，日高諸有忽成奇。喬松白鶴誰堪撫，絕澗青虹卻倒垂。太白去今已千載，屏風張疊似當時。

九江中秋

佳節登臨古所歡，憑欄孤客且盤桓。去年那識今年事，山月不如江月寬。燈火幾家聞鼓吹，樓臺何處不清寒。遥知此際高堂上，把酒應憐行路難。

十一月十五日發金家嶺寄内

今夜天邊月，團圓照旅人。淒涼臨野闊，清切映霜新。過雁呼群急，寒雞報曉頻。不知閨裏夢，曾否到風塵？

十二月朔從王益吾學使之江陰二十一日辭歸省親丁亥正月十二日復赴江陰感事抒懷得詩八章寄兄姊丁亥

客子苦思家，初客情尤重。況我有高堂，歸心愈難控。千里非咫尺，幸借煙艘送。郡城有故人，邀我酒盈甕。抵安慶阻雪，倫叔家二日。歸途百廿里，忍饑踏堅凍。郡去縣百二十里。抵家忽大笑，一任雪如霧。

入門上高堂，喜極忽成疑。平生外大母，鞠育多恩慈。念我日百復，見面翻無辭。坐久撫我言，爾今豈知之。勿謂爾長大，我視爾猶兒。歡言迎大姊，談笑同春姿。暖湯濯足臥，猶夢在途時。

嗟予與仲姊，失母年尤早。概九歲，姊十一歲。每於昆季中，相憐情更好。南方水土薄，營葬事難了。饑驅不得安，相對日百謪。一阡何日成，搔首青天小。

在家日已少，早作行裝備。補紉與浣濯，良為室人累。親故聞遠行，壺觴日相事。流連故人家，莊言雜詼戲。此腹常便便，自笑太豪恣。平時日日親，那知此不易。小別不必悲，男兒有遠志。

大母八十二，那忍別諸孫。臨別不肯辭，含涕聲獨吞。親友重初別，皆來敘寒暄。就中抱潤子，顧我尤煩冤。平生手足誼，攜手出邑門。吾輿發已遠，猶聞珍重言。大兄送出南門，乃悵悵返。此別詎離歲，有約梅花繁。

到家十五日，惝恍如一夢。歸裝未洗塵，又見別筵送。出門雪未消，茫茫白無空。停輿入田家，茅簷樂聲閧。咄哉爾何福，骨肉長年共。朝耕暮還家，不解離別痛。感此倏回首，龍山清可控。

龍眠山百里，吾邑山之麓。敝廬城東門，日與山光觸。綵戲重闈歡，書共諸兄讀。顧此豈不樂，饑寒忽相逐。仲兄北海去，伯兄跡且續。大兄二月擬赴天津。今予又嵓征，僕僕何時息。山氣沈暮寒，此心如轉軸。行經天林莊，旁有故人宅。重是經年離，叩門揮短策。是日訪仲勉、仲葵，於天林莊留宿。相見互傾倒，欲停苦無隙。留我雞黍飯，白日忽復夕。鄉井共難安，各有萬里適。兩君將遊臺灣。歡言不忍散，更就聯牀宿。雞鳴催客醒，前路看已白。

寄送外舅應黑龍江將軍恭鏜之聘

先生五十鬢毛蒼，萬里青春去故鄉。入幕上賓聊自許，長年旅食或非狂。飛雲出塞沙場白，孤月當空海氣黃。出餞一尊無處所，天涯極目斷人腸。

遇仲勉戊子

阮公何落魄，吾道起真非。一病將鄰死，經年見汝歸。天涯知己少，邑里故人稀。愁對長空雁，冥冥何處飛？

樟樹鎮阻風寄兩兄及范肯堂姊夫己丑

寒波生空江，雪後北風作。蕩蕩旅舟搖，昏昏白日落。公等共嘉會，逍遙一何樂！酒食恣流連，文章互斟酌。夜談忘更鼓，晨眠遲鈴索。焉知遠遊子，旅病肌膚削。夜闌或夢見，仿佛似如昨。薨薨一宵事，雞鳴又阻格。愁心何處散，蒼茫付寥闊。

上海

客遊倦風潮，稅駕來海疆。海疆古下邑，忽復富且康。浮雲切天起，蜃樓鬱相望。廚館辦豐饌，東西列名倡。皓齒發清謳，婉轉隨風颺。千金娛一夕，為樂誠未央。長衢平若水，車馬何煌煌。琉璃隱飛電，明月慙其光。清寒鑑毛髮，照影生淒涼。繁華冠當世，氣象破古荒。居者厭他適，行者忘故鄉。酣嬉送白日，歡笑故有常。不知深憂者，何事苦遑遑！僕本寒鄉士，一覽三日強。慷慨臨東海，願逐鯤鵬翔。

渡海

志士平生心，無由寫豪雄。暮附申江舶，朝臨滄海中。碧水際蒼天，邈然四無窮。天光忽下映，鏡面磨青銅。白鳥何處來，翻飛逐我篷。既無棲定所，孰辨來去蹤？長嘯散幽懷，琅琅響天風。耳目寄清曠，恍惚聞笙鏞。我欲摶扶搖，下視九州空。不然魯連子，高蹈聊相從。二者都不得，懷抱與誰終？冥冥方結想，忽過成山東。

贈鄭東甫杲

京華冠蓋著斯人，十載相思夢寐親。日下論交文舉少，門前載酒子雲貧。西山雲起成朝雨，北地花開過晚春。便與先生期白首，扁舟同採五湖蒓。

大人與武陵陳蒲仙紹興諸硯齋肯堂康平篤生士宜及兩兄試院聯吟二姊率甥女淼猶子佐燧亦頗有詩因集為三釜齋唱酬小錄一卷永概六月自都門歸始發而讀之敬綴一章

范子天下才，壺腹貯琳瑯。來為姚氏甥，冰玉得益彰。若耶舊樵客，武陵老漁郎。燈火古安成，會合天南疆。機深嗜欲淺，吾宗有老康。攢眉覓新句，結想存陶唐。珊珊玉樹姿，阿英與阿璋。正如雙飛鶴，參差追鳳凰。伯也詩語清，好句夢池塘。仲也才溫溫，美玉出崑岡。更有雲霞手，欲織天孫裳。提攜兩稚子，亦解搜枯腸。秋蚓思弄笛，春鶯學調簧。老人公事暇，試院春風長。戲出斲輪技，引之使其昌。雄窺李杜窟，秀擷屈宋芳。雷電下光怪，沙水忽微茫。頗似蘇長公，白戰聚星堂。豈讓謝太傅，兒女解篇章。是時概獨遠，單車之朔方。邑人無狗監，何因獻長楊。天閽虎豹守，茵溷隨風颺。一擊果不中，逝將返故鄉。去時雪山白，歸日炎山蒼。楚南多暑雨，窗户生新涼。柳枝覆書榻，芭蕉壓短牆。雖誦聯吟詩，長瓢挹天漿。如何詩中人，南北又遑遑？雲山因乖隔，後會安可量。誰令萬里遊，失此百日光。再拜綴此辭，聊以解慚惶。

大人復宰安福之三年民家生竹一科三莖以牒來報翌日劉生又以並蒂蓮獻命概作詩誌之

剛傳美竹連科出，又見新荷並蒂開。綠弄晚風搖碎玉，紅迎曉日鬬雙腮。昔聞先德南安守，郡有嘉禾報瑞來。會與兩朝成故事，潁川鸞鳳可追陪。

老柳行

兒時種柳當檻前，舞獅蠟鳳爭喧闐。十年一去不相見，愁對黃鸝與紫燕。昨來復買章江棹，陳跡茫茫已堪吊。官閣春深舉酒杯，落花舞絮心空悼。當時手種一尺強，而今離立參天長。朝煙凝翠暮煙紫，春風吹綠秋風黃。柳枝深處棲烏侶，朝飛暮飛還相語。借問烏飛爾何語？老烏不食子報乳。嗟哉爾烏爾有母，哀哀孤兒涕如雨！

馮小白世定**為予畫西山精舍圖成題後三首**

西山在何許，灊皖萬山中。繞屋花侵路，當門瀑挂空。烹茶拾松果，選饌下魚筒。欲識春歸處，荼蘼一院紅。

鳥語回清夢，山居事事幽。偶從兄問字，閒看婦梳頭。疑義高堂析，新詩阿姊酬。故人乘興訪，更破索居愁。

補漏茅為屋，編籬竹作門。圖畫仍世久，經史託身尊。雨散雲留脚，潭空石見根。七年雲壑意，漂蕩與誰論？

二月庚寅

二月垂楊漸可攀，御溝澌動已潺潺。鳳棱玉户春空到，龍馭瑤池宴未還。仗影穿紅歸北苑，泉聲引碧出西山。李謩若傍宮牆聽，法曲應知異等聞。

出都過通州訪外舅留三日乃去

飲馬燕郊別帝京，停車潞水入春城。衰年杜老猶賓客，早歲徐公負盛名。三月天涯華髮換，百年心事縹囊輕。青衫潦倒從人歎，白酒縱橫慰旅情。

哭外祖母厝室

謝公亦有言，中歲傷親故。昔聞今身遭，古人言匪誤。年年西山中，歲歲曹岡路。篠輿夜叩門，烘烘銀燭曙。中間曾幾何，境往情難住。人生信如夢，此夢況多苦。大覺在須臾，百年因已悟。獨有平生親，欲挽春暉駐。性命不由人，哀哀向誰訴！

今年北上時，準擬經故鄉。誰使十日雨，滯我百里裝。未歸亦偶爾，遺恨千尺長。旅懷成噩夢，左車牙脫牀。心知象分離，骨肉故有傷。龍山隔車轍，海水輕帆檣。一面永無因，已矣魂茫茫。

去年北方歸，病起幸未厚。今年北方歸，魂去骨已朽。入堂素帷徹，奠野清風吼。痛哭碧山根，黃泉得聞否？九齡失恃兒，年年困奔走。鞠育報已空，今惟一姨有。姨也病且衰，相守那能久！昂藏二十五，骨肉恩常負。成相愧袁公，奉生慚劉母。悠悠百年心，念此中腸剖。日落背山城，荒厝誰伴守！

哭澂士伯父

吾宗已寂寞，又況失斯人。話舊今誰共，傷心老更貧。蟲侵茶竈石，鼠篆竹牀塵。敢惜憑棺慟，平生我最親。異時精舍好，就我碧峯隅。眼淨書能寫，身強杖懶扶。山中留點允，林下媿瞻乎。何限人琴感，寒泉薦束芻。

次大兄韻留別

日月飄蕭易涼燠，吾獨有愁能不掃。投身世網望江湖，一葉虛舟風水浩。嗟哉大母八旬餘，精氣雖強固已老。腰痛行需孫子扶，齒豁焉知鵝鴨好。高堂六十漸衰來，弱弟戔戔未離抱。諸兒頭角雖長成，正藉昏燈與論討。去年仲氏返巢棲，予也今歸奚不惱。婦病經營那可遲，柴門布置何堪少。昨宵喜得故鄉書，已兆牛眠宅蘋藻。艱艱門户要人支，去住閒愁未許道。孤鶴蒼茫別故儔，一聲清唳落天陬。破車殺馬終難留，且對江山盡此甌。鄱陽萬頃浪花遒，明年可來兄勿憂。

舟行感懷用肯堂初到安福之韻示韞輝

一夕灘聲客思饒，悁悁情愫筆難描。交游南北飄零盡，骨肉東西悵望遙。雲擁斷厓迷遠樹，風和湅雨泊荒橋。重簾綠幕高堂上，愁聽寒更那復聊！

千絲萬縷比蠶多，祇恐情深被佛訶。細語卿同消永夜，長途天遣放高歌。往來道路經三載，今古賢愚共一科。為問寒沙新雁侶，明年春水定如何？

將至吳城投王丈柳橋維新

丈人憔悴鄱陽上，直道長令志士疑。頭白自昌當日氣，眼青能記故人兒。百年膏澤留人口，一斛齏鹽負盛時。最是宴歸紅燭晚，半行分照至今思。

吳城阻風

湖水落半槽，歸櫂趁急溜。雲中五老人，吐氣彌宇宙。萬舟阻不前，添纜相看守。掠野龍虎遭，發空笙竽奏。羲和迷朝御，星斗失夜宿。吾聞灌嬰井，浪動知風候。肩輿欲往探，畏與嚴寒鬭。寄言匡俗君，見戲毋乃驟。平生愆尤多，無德神其宥。思取卦書占，苦無靈符呪。詩篇日日吟，酒椀時時齅。南風固難望，波平儻許遘。

翌日舟行泊渚溪

小雨殺風稜，開程放朝溜。長年理篙槳，寒霧塞四宙。匡君羞見我，故遺玄雲守。予有短綠章，欲向仙人奏。排空叫帝閽，奇語驚辰宿。西隴青蓮才，東籬黃菊候。性剛嗟世忤，道危與命鬭。徒使千載士，趦趄失步驟。我生逢中興，天下欣在宥。廷半鸞鳳棲，户無雞豕呪。魚筍飽旅餐，橘柚供清齅。高足如可追，屯邅庶免遘。

過南康

雲開一老出，濕翠如潑溜。斑駁隱寒暘，奇情壓宇宙。我舟出南康，永懷古賢守。曠絕一千年，清調無人奏。峨峨白鹿洞，名若經天宿。前年過講堂，鞠躬致啟候。群兒持半簇，妄與大師鬭。坦道停輈輪，荆棘困馳驟。惜哉爾何愚，墮落神豈宥！嘵嘵不肯已，何異小巫呪。平生有微尚，思飽椒蘭齅。江山政如此，佳客未易遘。

屏風山下

望歸旅思集，歲晚北風高。一峯障天末，背水繫百艘。蛟龍氣逼人，白晝吹腥臊。匡君挾五老，欲棄坤輿逃。正恐二神山，向我索六鼇。誰云一氣力，能使萬竅號？賈人逐倍利，竹屋編江皋。陰森石壁孔，向來宅鰒魛。水落民聚來，出入如猨猱。網師登白鯉，持我易錢刀。對箸不能食，枉使釜鬲膏。妻愁奴僕歎，我安弗鬱陶！

孤塘

微雪趣朝晴，西風張半席。五老列寒空，一夕鬚眉白。面面入舡窗，顧我不速客。關門雙旗紅，津吏恣呷唶。日高慵未起，連纜不聽釋。大孤浮屠尖，蒼鷹所窟宅。安得劉郎弓，石八卬天射！

湖口

石角向水撲，連峯撼大湖。皇皇丁將軍，仗鉞守要隅。國家立水師，本以行天誅。功成無所置，用防奸宄徒。事變匪人意，乃自同萑苻。王法棄不問，商旅嗟何辜！悵望雙石鐘，瞪目久驚吁。舟人報風健，期斫吳江鱸。

以楔草一本贈金子善家慶繫以一詩

貴人買花不惜錢，楔草雙鉢費十千。遂教空谷美人種，胡繩綑載來市廛。朱欄玉砌豈不好，俗氣毋乃花憎嫌。可憐全椒金夫子，閉門往往突無煙。數椽老屋友生借，小庭寂寞花芳妍。新詩投我乞名卉，負君諾責經三年。鄱陽水落放歸船，風平艣趁皖山前。致贈一本聊寄意，莖葉雖瘦神猶全。莫言此物殊戔戔，政取伴子琴無絃。

楓冲辛卯

離恨經年苦不禁，筕輿衝曉出寒林。垂簾弗忍看山色，恐引秋光上客心。

四時詞用東坡韻

曉寒翦翦侵簾幙，芳院生憎吐紅萼。東風似識主人愁，正遣花開復吹落。沈檀香桁罥春衣，那有心情護玉肌！年年辜負時光好，露葉風枝卻恨誰！

雨過蘄簟生微冷，夢見通衢南北永。喧喧車馬汗如漿，日高風定黄塵靜。薄羅衣袖自輕勻，長眉不解鏡中嚬。芭蕉葉大楊枝細，愁煞當時手種人。

西風策策鳴枯竹，吹碎高紅並遠緑。牽牛引蔓蜀葵開，深院沈沈照空屋。斜光未入掩重扃，草色如雲自上庭。雙鳩不管人離别，猶作尋常唤雨聲。

楚南十月霜初落，尚有芙蓉出籬角。采之盈把欲遺誰？嗟爾雖妍顔色薄。歲歲花開鬧晚霞，可憐人信不如花。銀缸夜照金錢卜，不覺高樓叫早雅。

慎宜軒詩集卷二

出都至天津遇仲兄留三日送之旅順壬辰

御溝柳色不留人，送我征車出帝城。豈料津沽三日酒，得傾坡潁隔年情。路邊紅頰從人說，故國蒼顔入夢驚。興盡河梁又分手，成連好去聽濤聲。

到保定二十日作詩二十四韻奉吳先生汝綸

龍眠去浮山，百里青可覿。三十六洞天，一一藏深巘。年年發憤遊，欲往羣每鍵。山中大有人，疇昔侍繾綣。小時未知羞，袖文不盈卷。亦思持鼠腹，竊飲河流遠。公出齒牙餘，譽之情婉婉。望舒嗟幾圓，耀靈忽易晚。豈知了了者，轡騁足屢蹶。六月出燕京，黃塵沒車幰。謁公蓮池間，風柳鳴蜩蝘。十載望見忱，悦如客得返。公清猶故頎，我荒非昔娩。玄雲出太行，千里垂黝黕。急雨挾清風，頓失連朝濊。館我樹石間，笑談去畦闐。矜莊雜恢諧，亹亹復蜿蜿。乃知培成心，意氣最雄穩。吾鄉百遜昔，人才運未蹇。逝將奉公歸，築堂臨廣坂。龍眠照户牖，浮渡作囿苑。百年將墜業，肆力追逋遯。殷勤秀苗實，芟彼草蕁蕁。願公勿棄捐，吾言乃至悃。

調李剛己

李生不横行，局促守燕郊。徒然鬱豪氣，上與雲雨捎。烏睹天下麗，浪結江南交。何不從吾去，流觀一解嘲！狼山跨海矗，范子昔所巢。呦呦新緑軒，猶留一把茆。泝江到京口，金焦儼以庨。朱欄淩飛鳥，笑語壓潛蛟。蒼翠堆百疊，群舒山周包。龍眠接浮渡，步步逢林坳。石泉清可飲，澗蔬妙能肴。野花紅破蕊，高竹青抽梢。復多能言鳥，弄舌欺管匏。雄奇擬龍虎，纖巧類蠨蛸。往往絶谷中，五石大瓠拋。呺然不世用，笑聽群言呶。乃知山水窟，人富地豈磽！裹糧儻將許，知我非嘐嘐。

夏日遣懷

浪作幽并客，悲歌與孰群？一池滄海水，半堵大行雲。鄉思馮書解，羈愁賴酒分。更含千古意，欲吊望諸君。

書笈從衣襆，遙憐絕島人。海光侵葛帔，潮響入蘆帘。經術與時背，文章來世瞋。由來廉吏後，合采楚山薪。仲兄時客旅順。

南樓高且迴，便欲望西山。古樹寒蟬發，層城落照殷。孤懷起昭曠，奇興想登攀。近喜多文士，相從日往還。

佐食淘槐葉，清游坐藕花。午行看圈鹿，曉夢警飛雅。碧玉初裁果，紅糯乍擘瓜。江南多勝事，莫向此中誇。

疊韻酬楊佑甫寅揆

昔忝生同里，通門識紀群。今來居比舍，淺學愧淵雲。玄語應同受，黃金孰肯分？無煩倚長鋏，已見孟嘗君。

先生古耆蔡，名論厭天人。室儉餘穿榻，堂高不掛帘。清歌知爾俊，狂語豈吾瞋！驥子真奇特，他時與荷薪。

永叔歌菱石，東坡賦木山。片峰依竹碧，千竅篆苔殷。倦易連裾坐，登無著屐攀。羈棲真得此，鄉夢那須還。

弱柳垂低葉，高荷作大花。出窠跳聚鼉，占樹鬧爭雅。塵土宜焚芰，風光近設瓜。天孫如可乞，同向柳州誇。

疊韻酬李玉度

落落李公子，栖栖與我群。金貂多舊雨，蒼狗變朝雲。屋已東西並，牀寧上下分。庭中楊柳老，清德想劉君。尊人宦此，亦居園中，即玉度今憩之室。

娟娟好池館，靜妙便南人。水滿宜浮艇，風涼欲下帘。叫呼從我樂，斜眄任旁瞋。絕勝長安客，空教桂作薪。

君家阿弟秀，南望隔江山。晏坐室生白，污人塵自殷。龍文應可舉，虎步幾時攀。亦有徽欣樂，浮游未可還。

來日槐初葉，於今滿地花。經過馴柵鹿，黑白熟枝雅。旅食初嘗豆，鄉心又薦瓜。但慚持布鼓，未敢過君誇。

玉度屢疊韻索和兼憶及通伯不得已再次酬

昔者山林客，甘心鹿豕群。高風乘渤澥，盛暑攬燕雲。西上書徒獻，東方肉未分。江南芳可採，何必九州君！秦淮千古水，無地著愁人。看月同浮棹，聽歌妙隔帘。已成蕉鹿幻，竟使芧狙瞋。去去爾何恨，安知非積薪！

王令愛新客，招攜過惠山。名泉春椀碧，官燭夜窗殷。耆舊事皆往，風流若可攀。似聞習鑿齒，已為著書還。

爾自身如瓠，吾慚筆未花。共成流汗驥，莫逐帶陽雅。世論求儷李，戎機易剖瓜。鴟夷能散髮，獨向五湖誇。

荷花用昌黎杏花韻

大荷如霞燒遠空，小荷出水嫣然紅。扶持萬葉玲瓏碧，明妝寶蓋搖清風。平生水國見聞慣，綠蘋紫蓼村村同。燕南趙北陂塘少，何人經始為汝功。沈沈下視影深黑，疑有怪物藏其中。我欲投竿作巨釣，鱗甲躍出千花叢。呂公任子不世出，極目江水涵青楓。嗟哉手無五十犗，深臏太息心無窮。夕陽已浴咸池底，朗月忽起扶桑東。江南秋漲遠到海，刺船早去伴鼂翁。

送客

雙旗夜駕鵲橋旁，羈客登臨忽憶鄉。天末逕凌東海碧，眼中已見楚山蒼。江南晚稻剛抽穎，水國新鴻漸作行。君去若逢兄弟者，歲寒吾得共深觴。

曹岡

箯輿軋嘔曹岡路，寒風日暮吹枯樹。當時紅白二株桃，根翻葉蠹今無處。桃下青帬白髮人，蓬科永臥龍眠墓。平生親義那可忘，三匝團焦不忍去。

出門 癸巳

平時萬里別，不及此番難。藥裹抛妻病，松楸戀墓寒。家貧徒有壁，親老那堪官！安得一囊粟，從教盡室安。

四月

此生去住未容論，兩載春光滯薊門。客裏朋來每驚座，酒邊愁解似招魂。榆遮户牖風增力，萍合池塘雨少痕。團扇襌衣成底用，天涯四月木棉溫。

江南會館後院有竹一叢甚茂北方此物絶少喜詠四十字

竹本江南種，誰移植近畿？不愁冰雪重，只怕日風欺。土燥宜輸灌，梢長與護持。月明深院靜，或有鳳棲枝。

憶姊

吾家大姊四十二，貧家門户多生愁。帨縭長女行及事，囊槖夫婿思遠遊。恨無宅相慰袁祖，祝願功名到馬周。中宵苦憶起對月，孤光流照天南頭。

贈錫九疇九兩族祖 為霖廷範

長者憐疏放，華堂召舉巵。王瓜寒有刺，豌豆嫩留皮。客味春從減，鄉心酒不知。今宵歡動意，一為少年時。

青蒼北郭外，好是古郎山。買地終成隱，栽松莫漫還。文章片石在，邱壟萬年閒。但使子孫長，何須鄉里間！

肯堂寄示詩一卷中多嘲應舉求官者流兼及予出門詩以為笑謔乃次其口字韻以問之

我誦子詩略上口，有酒真堪下一斗。子詩卅首在我前，子心與我相回還。我心區區子不見，託之宏農會稽間。冠蓋紛拏九天上，玄珪夜投人不賞。如子縮手真聰明，我今況並無連城。朱門陛戟渠有命，豈與木槿論朝榮！我聞藐姑仙人冰雪似肌膚，綽約若處子。縱令插足到人間，不逐市兒爭慍喜。潭潭相府夏生寒，有書可讀棋可彈。西瓜斗大南魚美，賓朋絡繹相追攀。子今享此亦云泰，夢中曾到黃泥山。

藤花久謝暑雨中忽開數枝吳先生邀賦

憶從三月來，藤花已如摽。雖有一兩枝，離披不能好。正如筵欲散，八珍任顛倒。賓懷就別心，主有無窮抱。畿南困霖雨，濃雲壓城小。螭龍懶不歸，出門泥沒轑。誰開青羅帔，忽放紫綾襖。眾芳各退位，晚出更窈窕。東牀王家郎，鸛碧冠群僚。南宮李生者，楚楚北方寶。秋風長安來，端為兩人兆。仲子久藏珠，曾事歐陽老。或分四壁餘，布席為灑掃。公儻是我言，長歌聊作禱。

薄薄酒一章和肯堂

薄薄酒，不如茶。故山封寄黃金芽，色碧香清沁兩頰，夢回時聽松風譁。醜醜婦，不如花，嫣紅姹紫整復斜。秋庭風露少人跡，相對婀娜如嬌娃。吾家持門有好婦，亦有新蒭可釀酒。江南萬里未能到，不與先生供門口。坐飲茶，起看花。年來漸解此中趣，莫持子趣向吾誇。

聞兩弟將來天津

卯君頭角已修修，應比寅君放一頭。夢裏於菟垂兩耳，望中撲朔豁雙眸。別離皖北三春雨，談笑畿南八月秋。藤葉千枝槐百本，阿兄端為此勾留。

寄韞輝

昔我西山居，自謂百事足。長風忽吹散，江海馳輪輻。五年古安成，官舍飽粱肉。仰看垂白親，簿責厭敲朴。京華三上書，未肯解汝璞。哀哉大母恩，一旦歸窀穸。饑驅事奔走，年少不容戚。更使雪盈顛，來依相公食。子年日以壯，親境日以蹙。因茲中宵寐，感歎忽起立。苟得老親懽，遑計一身俗。溧陽困東野，葉尉絆山谷。儻獲百里宰，絕勝抱關辱。親庭既宴喜，弟兄罷行役。吟成四十字，歷歷在篇牘。不敢示他人，寄我手足屬。或疑變初心，漸與紛華逐。嗟哉此何語，五衷血可瀝。對面成九疑，孤懷難再述。生平冥鴻心，豈為一官束！ 雖然作此想，世遇豈可必。枉道吾不能，吾久矢皦日。故山有茅屋，故園有松竹。我雖不把犁，灌畦可課僕。子雖不上機，養蠶可代織。充腸不滿升，裹體不盈匹。衣食須幾何，唯爾知吾臆。浩歌攄激烈，遠寄深閨讀。

蠅

殘暑未肯退，秋陽驕群蠅。翾飛窗户間，未曉已薨薨。俯食必緣背，仰讀遂沾膺。孤行猶闖隙，群來意軒騰。屢揮暫避去，停塵即相乘。汝時亦已過，涼風行當興。汝命無百日，何苦還自矜！

次韻和肯堂自壽六首

聲名潮正起，歲月日方中。文富身知健，詩成道未窮。調高遺外物，靜勝息交訌。獨有多情處，難教綺語空。

挂車一茅屋，八載去留心。石瘦動潭影，林深發鳥音。閣晴春碾茗，山雨夜停針。繡户今仍在，仙源或再尋。

聞道畿南雨，連旬不肯停。萬夫疲畚鍤，百室歎飄零。細誦蓬瀛句，直成太乙星。魚蝦落燕席，鷗鷺泛前庭。

飛騰心欲倦，傲睨衆人間。海内三君在，高堂二老閒。因君奇獨擅，使我淚横潸。萬歲青楓嶺，陰森墓户關。

道路三千里，何由隔此心。舟車徒自遠，江海忽無深。杳杳龍蟠野，翩翩鶴在林。幾時能會合，瓜李共浮沈。

秋淺漫思睡，天高那可希。紗窗新月透，羅被夜涼宜。棲鵲爭枝杪，啼螿滿水湄。山公今已醉，拍手笑群兒。

肯堂用宫字韻寄通伯邀同賦

離别長年侶漸空，看花那復故人同。情多無耐杯中緑，愁極全消頰上紅。秋色蒼蒼連鵲岸，短衾夜夜夢牛宫。魚簑馬棰從公好，逆水衝風有二蟲。

讀后山集秋懷十首依韻和之

今年四十日，倒海瀉飛雨。灶頭遊蛙黽，屋上鳴機杼。司農黄金錢，歲發不可數。哀哉羽淵君，獨觸虞廷怒。

槐柳城郭暗，蒲葦江湖荒。蜩枯疎韻失，燕老歸心忙。獨有隨陽鳥，知時投江鄉。寄聲山中子，蘿薜吾未忘。

生女當學織，生男當學耕。耕織身事足，不希身外榮。搖毫矮屋底，帘外春風深。群公動色喜，已失平生心。

寒月上屋山，榆柏陰滿院。莎雞不促織，催我把書卷。惡之去恨遲，我喜乞如願。古人有至言，一洗恩與怨。

東方隱金馬，子雲困天祿。豈如東籬翁，歲晚掇佳菊。置身六合外，醒眼看蠻觸。強者雄牙鬚，弱者甘為肉。

我從吳公游，稍知識圓方。乞我飛霞珮，衣我芙蓉裳。公如籬外菊，晚節高花黃。賤子菊根草，永依到冰霜。

一鵲聲送喜，尺書貽遠道。告我近栽桑，科目心已槁。葉大蠶可飽，葉落炊可掃。得失江海間，心跡胡自倒。

吾友馬季長，問學思過半。矻矻詩書心，百折終不換。俗士罵應爾，譏嘲出同伴。濯濯芙蓉花，可親不可玩。

曉鼓烏四出，落日烏先歸。豈無多樹邨，啞啞戀此為。君看挾彈子，孰敢窺此池！我自避機辟，君問果為誰！

養文十年事，速化非真仙。端須乾舌本，吐出千青蓮。文字浩萬萬，著眼力必穿。是身蠹魚蟲，早結鐵帙緣。

肯堂戲擬陸魯望漁具詩十五首而吾姊擬襲美添漁具詩以足之肯堂寫卷子索和大兄先成十五首清妙獨絕與肯堂之悲峻相敵不能復有加也乃效吾姊作五章聊報督和之意

漁事有旦暮，結庵豈辭遠？彌天風雨來，獨守一龕穩。有魚即投竿，無魚且上樋。素心兩三人，就我同羹飯。漁庵

秋水一片石，日日把絲綸。甯知坡陁上，古有龍虎人。大釣在天下，小釣安一身。風期已千祀，江海渺無垠。釣磯

披裘吟中澤，不能却溪雨。織草以為衣，稱體輕易舉。閒讐農父借，或與牧兒語。晴明即掛壁，珍重有時取。蓑衣

白日照萬物，一笠如雲橫。雨來打頭上，千杖交鏗鏘。團團三尺下，鬅鬙自崢嶸。持輪淡忘返，晚作溪中行。箬笠

游魚須俯窺，拳躬伺蹤跡。笠影不到處，編篷承其隙。任從風日烈，不作龜文坼。智者創物心，竟為一身役。背篷

道出青縣錫九叔祖留宿即贈甲午

運河斜抱古城東，清署投驂午日紅。客子喜聞新政美，主人兼有笑談雄。纖纖麥壟思陰雨，短短桑條困野風。情話今宵殊不惡，可憐鴻燕俱悤悤。

阻雨青縣和錫翁喜雨之作

谷底憨龍不自由，起驅鱗甲出潛湫。使君已慰豐年望，客子遑興官道憂。際海風光連北闕，如雲黍稌卜西疇。巫尪自暴胡為者，真使巫咸下九州。青縣一老人，自暴烈日中，誦高王經三日而雨。

雨霽登閣歸而主人小宴

五月風高不墮地，登城始覺袂翩翩。輕帆帶日猶遮樹，積水如湖可種蓮。萬里親知稀更好，一尊心事醒無傳。官衙且可明高興，鴨美豚鮮爛滿筵。

武邑觀津書院絶句

雨洗娟娟晚叢，午葵占砌各西東。憐渠已過春風日，縱有香姿只自紅。

瓜條菜把聒鄰牆，父馬童牛哄早埸。恰喜今朝逢五集，亟呼奴子數錢忙。

伯子詩如江水清，去年漁具最知名。元明何日偕山谷，桐梓樅陽一艇横。

無盡長明燭九幽，東坡詩卷到今留。炎天冰雪澆腸冷，最是黄州與惠州。

長年辛苦發遺經，三十塵衫未脱青。朱雀金花我無訣，相從祇恐髮星星。

懷仲兄也，用東坡詩意。

和肯堂濯髮飲瓜汁之作

頑雲潑空不可敵，雷車隱隱藏雲底。天公似厭人世污，欲倒天河為人洗。赤脚粗童打我門，新詩一紙拾遺體。不將新沐思彈冠，但説餐瓜如啖薺。吾儕入化偶為人，只有虚空是根柢。已嫌口腹累吾真，况乃貪癡戀甘醴。秋毫非小岱非大，莊叟微言中肯綮。九州號物人處一，有似太倉數稊米。昨宵酷熱今宵涼，惡比仇讐好兄弟。生者相逢喜在顔，死後應知各含泚。出門不辨骨誰收，猶詫門前賜幢棨。吾欲從天問是非，又值鴻濛方拊髀。君今高興日為詩，迫我連番傳急遞。狂言遇君一吐之，聊破支眶無限涕。

感事次熊錦孫姪婿道鑫來自大名見和之作即送之應順天鄉試

孤注奇冤堪墮涕，萬里雷州走迢遞。豈知巨敵要人摧，斤斧由來用寬髀。時平大郡何所為，幕府哦詩輝戟棨。多君興到百紙盈，渾渾眾流弄清泚。結交不肯胡越分，情投四海皆兄弟。津沽一舸經月留，更欲長安往索米。文章應舉小技耳，未必微言經肯綮。連歲察舉天下豪，置之明堂設甘醴。詎無一士萬人中，草脚離離見深柢。但愁甘帶與嗜鼠，正味不知荼當薺。近聞東征健兒出，似為全軀保支體。北門坐鎮老萊公，日望凱歌兵馬洗。群童妄意恣彈射，何異墟黿拘井底。行行努力對明光，阿唯之餘口無啓。

梅花嶺謁史公墓

江左區區未易存，傷心半壁不堪論。公才那復輸王導，遇主何曾得晉元。孤阜漫憐神有托，四圍聊借樹為藩。何人好事栽梅補，攀折長條欲斷魂。

登北固山最高樓

南徐昔作中原鎮，北固今為攬古場。世局自需人料理，江山空使客悲涼。迎年臘雪寒初凍，近海橫風晚更狂。孰使吾身遽遲暮，寥天一雁入蒼茫。

狼山乙未

長江日夜來，遙與海相會。茲山正突兀，勢壓九州外。諸僧巧招募，樓閣起雄最。鐘韻迎春潮，經聲落蒼靄。走昔泛滄溟，頗知天地大。歸來對江水，直若衣上帶。眠借松根牀，饑餐石田糲。湖陰挾微雨，自遠疑飛塩。歸興忽超然，身謀亦云泰。

通州水心亭

野水隔城市，人來須小航。亭臺初不見，但有千垂楊。道人拂巾出，高冠危且方。不語自微笑，聽客高踞牀。玉蘭當堦植，醃醦新開房。淹留午到夕，茶荈繼壺觴。新月始有稜，光輝猶未長。迴艫蕩小槳，撥刺驚鳧翔。却顧所來逕，暝色含煙黃。

月憶仲兄鳳陽

風潮長夜涼，竹影自蕭散。悠悠離別中，七見清光滿。清光故亭亭，別意行款款。去年江頭送，買酒雙盈椀。却顧稚子嬉，悽腸冰不暖。吾儕坐呻吟，大類鄭人緩。手足不自救，別長會每短。勿言斗筲者，硜硜何足算。黃金高似斗，更取北門管。

贈陳靜潭濬然

有田不能耕，有屋不能住。七尺不貲軀，竟為漂泊具。昨日金陵潮，今朝瓜口路。眼中三百里，未必當虎步。天門蕩蕩開，白日昭宿霧。帝旁玉女多，妒此修眉嫭。山廬鮮芳草，江徑饒蘭杜，著述百千言，蟠胸猶鬱怒。呼叫千秋亭，癡人愕相顧。信陵骨已朽，肝膽向誰露！但取意氣傾，錢刀何足慕。

江潛之編修雲龍**自都門來示其新詩三章同游梅花嶺史公祠次韻奉酬並柬靜潭**

臨海忽不渡，徘徊惜此身。羡君天上客，瀟灑作閒人。虎豹今猶在，蛟龍未敢親。匣中書與劍，尚有御街塵。

世亂誰愚哲，都如泛海船。孤城垂破際，竟死汝真賢！懷古一朝事，憑欄半日緣。新詩唐氣韻，莫漫與人傳。

昨夜中庭月，亭亭窗外過。風情疑戀樹，雲意忽成波。二子別離久，安知懽會多。便從今日數，到老更如何。

贊化宮潛之讀書於此

精廬遠市氣能清，侵曉追涼入舊城。出屋高花含遠態，迎風老樹總秋聲。暑消不用驃姚逐，慮遠寧煩口舌爭。機事盡忘餘習在，猶將高論壓時名。

不寐

雨過雲開斗自横，高梧猶作夜窗聲。背牀燈焰愁無定，逼枕蟲音聽更明。新法若遭清議格，國仇誰遣壯心平！金繒竹楗俱難了，又報西方動甲兵。

偕通伯宿仲勉宅話別丙申

草色初回碧未深，故人家在水西林。人因就別成新聚，天與微閒得小陰。一宿不嫌供草具，百年爭忍負初心。却憐少日真癡絕，竟月婆娑漫不琛。

陪外舅登金山妙高臺

長者華顛興不群，要余臺上對斜曛。蜀江春水當簷下，東海潮聲入座聞。地險登臨多客感，名高彈壓要雄文。欲將剷嶂鎚樓意，徑與開元二子分。

清明陪外舅游中泠泉舊守王公筑方池輔以二亭憩客

清明日靜天無風，步屧喜與尊者從。棕鞵桐帽自輕容，柱杖不市蜀賈筇。芳洲平綠草茸茸，問名莫辨蘴葹芎。小桃婀娜張輕紅，何來亭閣洲當中？板橋度客彎作弓，僧雛出迎能鞠躬。道我鄉井故守同，守昔作吏如黃龔。督築陂堰煩水工，縱有小旱收仍豐。不復拜禱龍宮龍，祇今守亡已四載。感歎無間婦孺翁，聲首異口出一宮。此泉脩飭乃餘事，想見爾時蕭灑胸。我聞僧語已太息，酌泉飲之更沾臆。當時謬蒙一日識，不亞廬陵得轍軾。淒娑歲月頭空黑，寥落江山永相憶。公如此水千丈清，我如舊井渫不食。

次日游竹林寺遇雨送外舅歸里

良覿既匪易，三載一合簪。曠然春江上，言作招提尋。側徑背江轉，數峯碧沉沉。屢問始見寺，一登已澄心。簷端走山鼠，竹裏鳴嘉禽。上堂見羅列，酒椀夜光琛。旁有西域人，顧語多差參。僧云適於此，殊族竭群臨。乃知清絕地，胡越同一欽。東風挾海氣，吹雲漸作霒。出門已有勢，中道遂侵淋。入店翻成笑，解衣各倚衾。明朝丈人歸，諸女繞衣襟。弗愁言語竭，持此敵更深。

徐芷帆編修德沅以詩見懷次韻寄之

我已心期事事違，兩年賓館鎮相依。交如蠛蠓因風聚，別類鳧鷖背隊飛。江上流傳雲錦句，山中辜負芰荷衣。早知行止原非一，祇共娟嬋千里輝。

次韻寄和肯堂游狼山之作

日月遞積新故年，至人有宰任汝遷。升坑墜谷巧作緣，禍福自已安在天。七十二沽春風顛，長橋丹碧跨平川。輿轎擾擾蓋田田，大馬獢怒如龍然。君潛幕府聊自全，我擁諸生享餐錢。肥癯雖異俱遊仙，此樂政未知誰先。回頭陳跡雲煙旋，飲酒莫辨聖與賢。相公周遊環海壖，名王傑相爭相延。君傍名山伴枯禪，我媿旅食愁蹇連。眼穿不見明珠懸，空對新語味娟娟。

連日水味甚劣戲咏遺之

揚州井水斥滷兼，汲江稍可供烹煎。官衙日費役百肩，黠奴智出符竹先，往往鹹苦螫人咽。吾家群舒山四連，石泉漫流聲涓涓。松枝燒火青生煙，縷縷吹出山家簷。人生細故隨運遷，但取少許莫忿悁。君不見大甕滿盛惠山泉，隔江輸送煩吳船。一滴不到酸儒前，肥腸日用澆腥羶。

遣悶

風雨初來冷布帷，拙鳩啼處濕雲垂。華桐葉滿飄香乳，新竹梢長過舊枝。槁坐穿槃殊易透，山谷詩「木穿石槃未渠透」，言校試卷也。叩門乞食計良癡。一家骨肉都羈旅，愁絕揚州梅子時。大人候選京師，二兄修書金陵。

輓王少蓉茂才仁堉

賓館偕依一歲餘，隔牆時聽誦聲徐。病抄秘籍從人借，貧賣奇書出舊儲。秋葉深紅當故檻，晚雲淡白照前除。如何身世同風過，蛛網閒生閉綺疏。

君病中見先援鶉堂、惜抱軒詩，手假抄之。又因母老，賣所藏精本書以供饍。

送姚麟樵宗隲**暫歸鉅野**

秋風動征騎，斜日背淮歸。客路宜中酒，還家莫掩扉。光陰三月易，談笑寸心違。再到應懷我，郎山碧四圍。

為湯定之滌**題其曾祖貞愍公手書小卷**

風流名節旨遙深，千載湘纍共此心。結習未忘聊筆戲，閑情賦裏與知音。

投老當時蔣阜旁，壺觴往復見篇章。漫援孔李通家誼，來讀先生墨數行。

遺疏能邀聖主知，楚南孤節至今悲。精靈各自迴天地，一卷興亡好護持。

慎宜軒詩集卷三

記夢丁酉

伯子歿後夜夢之，吾與仲也左右隨。心知伯在目不見，手把虛若無所持。肝摧意絕淚漣洏，一人朱衣皤金絲。擁桉頗具神官儀，謂我既死質早萎。生者陽氣如朝曦，由來分背路各岐。我拜且祈邀神慈，神官顧我慘不怡。手指案上丹成池，磨丹塗目庶可窺。何人驚叫醒我夢，情景一失無由追。晨星落落曉風飔，湛湛江水向東馳。百年會有相聚時，伯其待我無參差。

過鹿門山

微尚平生在，輕帆挂此朝。灘聲喧客枕，山色度船寮。孟子何曾死，龐公若可招。寥寥二千載，未覺素風遙。

習家池

落帆依淺渚，遵徑得名區。愜素心自賞，窺古意有殊。山木左右次，嶺勢東西趨。障陂因漢舊，鑿池開晉蕪。高閣敞受風，清泉寒鑑鬚。鬬堂祀往哲，結宇棲僧徒。憶昔習文通，攀附龍鳳軀。灌田百萬頃，作富方陶朱。漢水日侵蝕，遺址非故模。誰能築金隄，保有此膏腴？何況下流廣，更納百川輸。平時稻粱地，巨浸漂菰蒲。深者宅魚鱉，淺亦飛鷗鳧。年年費金錢，塞決非良圖。清游起時感，返棹徒長吁。

隆中

我來襄陽道，訪古得隆中。停舟過三宿，留客西北風。初行平沙際，漸進山巃嵸。田田白水滿，村村喬木逢。中塗僧憩我，前代梵王宮。三里入山口，微徑依長松。山開露萬瓦，甍棟施青紅。此行意不在山水，就中曾蟄人中龍。龍行豈復戀遺穴，樹石彷彿留餘蹤。岡後三顧堂，羅列牡丹叢。岡前抱膝亭，楄字脩椽雄。張濂翁所書。草廬遺址在，絕頂巨像鐫。石高穹窿，山深地僻人到罕，欲打百本知無從。肅然心敬起再拜，忽有萬古來心胸。老奸得志難爭鋒，江東立國運方隆。但取荆益作根本，坐令炎劉基業崇。息心待變觀天意，一出兔脫收全功。隆中所對年正少，指陳已似開鴻濛。荆州一蹶上將失，欲向宛洛無由通。嗟爾孝直抑又死，何人得制主上東。當時君臣號魚水，齟齬不異遭凡庸。英謀老策喻者寡，鄭昭且爾況宋聾。後來知己有承祚，深心傾倒諸葛公。史傳刱例入集目，一字尊與典謨同。微文帝蜀避典午，紛紛千載受誅攻。是非自古喜茫昧，孰有巨眼著方瞳？下階太息取徑去，風霾落日塵沙蒙。

望武當山

青蒼無數重，天畔吐芙蓉。大似逢秋霽，江南九子峯。更聞盛宮觀，雲隙流疏鐘。好待西風起，藍輿相過從。

入堵河

一水穿雲出，輕舟抱嶺行。樹多圍屋長，石有絕流生。馴犬搖饑尾，雛雅半乳聲。凶年今幸過，稍喜麥場盈。

泊葉灘

風響兼溪響，縱横集夜舟。安眠親喜健，枯坐客多愁。兄殯三千里，離腸一萬周。天河今夕影，不肯向東流。

寄尹白河昌齡同年

聞道白河宰，當官譽正隆。菩薩心作雨，霹靂手生風。精力推黃霸，鋤強擬葛豐。曾同賦秋鶚，垂翅讓君雄。

寄熊香海

九江詩人熊香海，我聞其名已十載。每過潯陽不一逢，匡君笑爾容顔改。東林西林我舊游，白鹿洞口泉巖幽。但恨不到秀峰寺，夢中想見銀河流。君家令子吾家婿，為說阿翁有殊契。時時挾卷向山僧，借屋吟哦倏經歲。佃租收了酒盈鐘，霜林紅葉多行蹤。姚家叔子督行李，報在匡廬第幾峰？

九日招客登梯雲閣小宴傅丙初崐用杜韻即席次之

侑觴不籍筦弦哀，起看嗷鴻色已迴。流水有情環郭去，秋山無數入城來。但須佳客同重九，豈必悲歌上吹臺。不見湘西舊漁父，耽吟辜負手中杯。丙初，湘陰人。

古佛洞竹山治

削壁當水會，架閣平洞脣。植欄拊歸翼，開牖驚潛鱗。茲邦近蜀漢，青山多嶙峋。偪仄鮮開豁，久處眉常顰。今朝正少事，招攜及良辰。曠然耳目間，故謝忽生新。白鷴集灌木，毛色姣以鈍。永辭樊籠苦，高下率吾真。

寄梁節庵太史鼎芬

大江流湯湯，楚山與之長。遊子開風帆，昏旦相低昂。事業滿乾坤，百鳥有鳳凰。客塵消壯歲，容顔易為蒼。傳聞郎官湖，伯牙素琴張。古事豈在茲，標榜成遺芳。知音不可求，過者每徬徨。寒磯黃鵠月，夜洲鸚鵡霜。流景入奇抱，著眼皆文章。念茲想我友，四顧何蒼涼。惟有武昌城，遠在征鴻旁。

杳杳雲間日，離離漢陽樹。秋光照飛葉，載滿行人路。行人未出門，高望多所慕。舉足尺寸間，無復猛虎步。登高盼四海，雲物日以暮。征鴻為我鳴，蛟鱷屢相顧。跫然誰足音，欲喜且復懼。千帆月送霜，一雁江沈霧。客途易懷人，意想平生遇。

南天有客星，曾是瀛洲人。探籍到木天，前席窮鬼神。平生憂國意，多由侍從臣。龍鱗偶批拂，遂為諸侯賓。滔滔江漢水，遲遲愛日春。波濤納群流，不遺土水身。臣壯不如人，慚荷一山薪。趨庭移急棹，造榻成別辰。歸舟望大別，斜陽照行塵。白雲蔽襄鄖，轉眴念衰親。

舟行口號

人家隱約石林中，夾岸陂陁漢水通。柔艣一聲山轉處，麥芽吐綠柏敷紅。鄖陽過了又均州，霜氣初濃曉夢幽。漫啟蓬窗放朝日，武當寒翠壓船頭。層臺巨礎想雄風，不見當時靜樂宮。惟有負碑雙贔屭，供人憑弔夕陽中。均州靜樂宮，明永樂十六年建，今只二碑亭存，餘皆焚盡矣。夜泊寒沙夢不成，起尋殘卷讀縱橫。遙知背燭垂羅帳，倚枕無言數客程。黃鶴詩篇竹樓記，表靈自古待名流。穀城山色漢江水，空負人間霽景樓。樓在河口，丹碧壯麗，瞻顧雄拓，而無盛名。漢皋亭俯漢江濱，江上風光日日新。打槳唱歌多女伴，不知誰肯解珠人。羊杜遺風未覺孤，峴山待我城東隅。不辭清淚為君墮，只恐碑才一片無。一日輕舟下五灘，歌呼不覺堵河難。却思六月來時路，百丈牽江逆怒瀾。輕雲避日開霜霽，賓雁驚寒作晚啼。今夜夢魂雙繞處，桐城東下竹山西。東風釀雪作微寒，鄉夢初回月滿灣。喜報朝晴送雙槳，推窗飽看鹿門山。樓銘價重比瑤函，開府能知客不凡。那用投文弔黃祖，於今爭憶畢靈巖。用汪中事

贈高麟洲 多祥戊戌

少年喜文字，直往剡其肩。編簡扶弱志，因與泛滄溟。子師吾所友，與我道固一。臭味不嫌岐，在藥譬烏術。秋風揚州郭，虛館無足音。子來通吾門，一見起我瘖。深言移短景，狂語回星斗。甯與愈修翔，勿居籍湜後。吾鄉文章藪，要惟天下公。豈如彼釋子，開堂振宗風。小知目一孔，安生分別見。古來聖賢人，是爾相遞禪。青青東海山，磊磊桐子國。會合自昔珍，贈遺各努力。

戊戌秋中書感

孤月驚揚已斂煇，紛紛狐鼠煽陰機。虛傳天位能移易，不信人間有是非。新議欲親豐沛種，募兵近隸相公麾。臺垣封事朝朝上，到此何人血灑衣。

此變乾坤古未逢，旰衡唐漢略相同。早知訓注才非正，無那膺滂死本忠。失水神龍堪一痛，垂涎禹甸有群雄。腐儒難繼陳東跡，中夜悲歌和朔風。

書憤五首用杜公諸將韻有序

月在荒落，人客廣陵。感沂水之新聞，觸膠澳之舊恨。陶元亮，桓公遺胄，心抱孤忠。陸放翁，宋室小臣，詩多積憤。適安定書院山長發此題校士，輒仿其格，成句如左。

東迴鐵橛指勞山，渟峙天成海上關。藏壑樓船空域外，負舟積水自人間。龍旗不分連營拔，犀火無端照浪殷。辛苦中朝談攘外，竟貽憂患變宸顏。

巍然廟貌遍名城，俎豆堂驚駐旆旌。不見金絲傳舊壁，豈無尺一詰驕兵。泰山拔地終知仰，滄海橫流久定清。太息諸生群上疏，忍將粉飾換輸平。

三年兩見報邊烽，蕩蕩青齊殺氣重。東呂未勞三箭定，琅琊難用一丸封。要盟早識秦先背，伏罪猶辭許不共。十萬羽林誰健者，黃金虛擲困司農。

太守聲明杭峻標，萑蒲小醜自言銷。丸探赤白存魁宿，轂轉朱丹位夐寥。齊魯山河歸畫戟，沛豐門户總金貂。攀鱗子弟今心腹，莫遣强鄰徑扣朝。

海外名王小隊來，東朝宴見事堪哀。漢宣曾館呼韓邸，周穆虛成西極臺。宰相橫磨誇利劍，書生新恨付深杯。世間那得桓司馬，捫蝨徒憐景略才。

紅巖寺屬鐘祥己亥

紅巖寺前風景多，箯輿薄暮相經過。雜花時發照人豔，好鳥自轉當春歌。淺溪抱村作詰屈，小山戴石成陂陁。炊煙晚起道旁店，解裝一飯心神和。

曲江觀濤詞用三江全均並序

廣陵之濤，舊說多異。惟汪容甫先生之言為確。其引山謙之南徐州記、蕭子顯南齊書注，尤足見古今情勢之變。枚乘七發，自晁无咎謂為諷諫之作。近張濂亭先生復推其意，蓋乘本以諫著名，則斯言不為無因，而於觀濤一篇詞意尤顯。其稱濤勢之勝，以喻漢兵之雄，所謂折其邪謀，故曰發蒙解惑不足以言也。然則，此太子者，非景帝提殺之太子，乃與王濞同反之太子也。今輒用汪氏之言，以定濤之所在；用晁氏之論，以著文之本旨而盛賦之，卒歸於懷古，庶合今日之實，非逞淫侈之觀者比也。

有客訪古來名邦，秋風著岸停吳艭。昭明選載枚叟筆，廣陵濤勢傳曲江。天長以南甘泉域，西山澗窄才通矼。低田禾稼高田黍，人家籬落垂紅豇。紛紛下垂競作莢，名種廣雅收䟲𨇅。村徑依微尚可步，沙町散布猶能稯。今時平壤昔巨浸，張融賦海稱江洚。迂生不知陵谷變，每逢論辨心先㦙。東海桑田已三見，仙人來往從群娏。正如夏陽才一葦，漢家辛苦費甖缸。會稽掌故欲奪取，稱說伍相辭徒厖。錢塘有潮不自饜，更思旁攫毋乃惷。謙之南徐舊著記，江乘郭外浮煙䉶。春秋分朔輒應候，由南激北濤飛淙。江乘揚州正相值，斯語妙息群言哤。南齊書志出蕭顯，索解更可祛黮䵨。刺史年年有故事，海陵秋出擁旌幢。單文孤證人不信，得此能令吾言雙。詞游理絀不足難，縱有巨筆誰敢扛？憶昔吳濞受封日，招致賓客聯騆駹。煑鹽擅海久莞利，鑄錢鑿山或逢邦。築宮自用青連瑣，除吏都乘赤畫杠。東山府滿盛珍怪，長洲苑廣鐃蘺茳。謝病竟蒙賜几杖，邪謀蓄腹終未降。是時鄒枚老賓客，彈冠不類空谷跫。秋獵常攜白羽箭，夜宴時明金碧缸。苦言至計逆君耳，忠肝熱血填臣腔。引秦為喻意惓惓，奏書以諫心悾悾。七發辭緣太子疾，正欲拔彼枘與椿。振聾須奏靈鼉鼓，詞危何異聲龘龘。到今披讀有生氣，想見濤勢橫天撞。初如白鷺翔未下，草根蘆末鳴蜂蛖。進如車馬著縞素，迴旋眩惑雙眸矓。起如泰華高突兀，落如大隧虛谾谾。遠如營陣屯萬騎，近如官舍傳千梆。旁搏恍扶烏獲鼎，飛騰類上都盧橦。朱汜無涯忽泛濫，赤岸失勢徒崆峣。大聲轉地武夫噪，盛怒薄陸長矛鏦。垓下圍堅取困籍，馬陵道狹收窮龐。錢王鐵弩難射落，何當遠聘羿與逢。少焉散漫變平衍，跳珠亂捲猶瀧瀧。發音清異絕凡俗，江妃玉佩交琤瑽。傾聽駭睹蕩魂魄，躊躇莫進獨踣躚。衹今擬似境尚爾，何況當日眾所瞠！正逢四海為家日，閭閻安宴無驚尨。岳陽可泛洞庭水，嶺外不險昌樂瀧。覽勝招朋策小蹇，讀史乘暇開晴窗。山川已變陵谷改，惟有懷古情摐摐。

送周味西觀察學銘**之京師並寄仲勉**

交親兼道義，相送意難任。獨鶴淚清宇，饑雅戀舊林。子持千乘器，余抱一邱心。坐看閒雲出，將為何處陰！

津沽昔日儔，似水東西流。尚有阮夫子，還從哲弟游。境空遺迹象，道勝等薰蕕。不見斯人久，寄聲渤海頭。

寄方常季守敦

樓上朝霞映牖明，倚欄清興定横生。予情遠共青山色，直渡寒江更過城。

龍井關辛丑

兩崖峙若門，微徑緣其間。泉高春壑震，石厚摩天頑。誰歟役物智，斷險築雄關。眉題益陽公，規畫窺一班。殺伐本為民，保全出痌瘝。數武忽開朗，溪水隨田彎。桑麻被平麓，雞犬帶闤闠。兹地當咸豐，不見賊旗殷。屋含太古意，女多盛時顏。豈伊險可恃，亦非偶免患。向無多李徒，連營甲書擐。誅焚那弗至，何得長閑閑。自古國在人，撫今雙淚潸。

自笑

自笑生涯渾似蟫，頭顱已受二毛侵。直須下視九萬里，安用勤繙十二經？夢寐鄉關山歷歷，江城風雪歲駸駸。憑君買盡高樓酒，澆破胸中偪仄吟。

贈歐陽潤生年丈霖**即題其真**

走昔謁翁在揚州，天寒欲雪雁叫洲。滄溟濁浪高山邱，腥風掀簸翻蛟虯。北門之管危繫斿，飛芻漕粟徵貔猻，一隅牽動東南舟。翁長八尺膽如斗，架上詩書座上酒。揮髯談笑天下豪，好士風流世罕偶。說我真能不容口，瞥然未見六春秋。昔歲直馬今直牛，翁居桃葉古渡頭。我亦萍梗適然投，覩刺倒屣問所由。家國百變餘恩仇，平生四海一羊裘。天球不琢金百鍊，風采奕奕開生面。索我題詩慰繾綣，想當壯年宰壯縣。區畫雞豚賣刀劍，父老謳思兒女戀。祇今老矣才猶健，冠冕江南衆爭羡。江南千里一葦杭，朝發建業夕鄱陽。翁雖宦遊如故鄉，郎君新卸日本裝。咄哉車輕馬又良，新法政爾須紀綱，父子宦遂聲名揚。行取將相宗鄗光，吾徒不遇夫何傷！

陳伯弢銳見示哀考籃文戲贈

四海投身正多門，姝姝勿守三家邨。驊騮萬里悲晼晚，雅雀九衢爭啾喧。春風冷斷小儒夢，秋雨夜哭大官魂。老漁不作得魚想，醉眠一聽筌亡存。

懷挂車山廬

西山濃翠擁衡門，雞犬圖書聚作邨。麥釀辭牀迎鼻暖，竹輿迓客壓肩喧。風波不信留今日，死喪無端黯舊魂。垣長紫苔窗出菌，猙獰禿柏為誰存？

和賓南寒雁均柬伯嚴

汝從北極別金門，江北江南無限邨。畢竟雪霜來較晚，其如儔侶衆猶喧。欹斜慣寫天中字，安穩深棲月下魂。繒繳漸稀菰米大，舊時鸞鳳數誰存？

袁綬喻户部緒欽別於天津酒樓金陵重晤痛談今昔疊均奉贈即送其明歲北行

妖星睒睒照師門，烏鵲南飛各覓邨。忽漫相逢兵甲淨，翻思盛會酒杯喧。變衰莫醒長酣夢，歌哭難招未定魂。車騎待隨春共北，五陵佳氣許終存。

離離

離離瓜實出青門，忽漫聯翩天上邨。抱蔓不堪逢再摘，移根何計弭群喧。播糠眯目誠戎首，飄梗隨風是斷魂。至竟紫微輝御座，高高九廟百靈存。

義甯陳策六言伊州每橘一株歲獲錢千枚若種千株當得千萬矣欣肰作詩

萬株江橘繞柴門，那得饑寒到此邨。一卷騷成終見頌，千頭奴擁不知喧。黄柑子厚成林願，丹荔東坡去國魂。二老奔忙良為口，從來種樹有書存。

去年游灊山石牛洞寺僧言早歲金陵有人攜拓工到此宋元以前題名悉打本以去今冬晤繆小山編修荃孫談次即其與劉鉅卿觀察世珩徐積餘太守乃昌之所為也漫賦一篇贈之

天柱峯前蘭若門，石牛洞口野人邨。何來巨手剜苔蘚，頓令空山文字喧。豪舉定非俗客辨，疑團喜破隔年魂。便教著録進歐趙，江北風流賴汝存。洞旁有山谷寺，土名野人寨。

館夜

簾幕翻翻風到門，柝聲嬾漫夜如邨。最憐桂樹蜷枝蠹，微覺芭蕉敗葉喧。秫酒醉消蠻觸戰，芸編深護聖賢魂。年來憂患侵雙鬢，湖海豪情百不存。

鍾山紫霞洞觀瀑偕宗受于家錄梁公約菼方孝深時涵 壬寅

窄徑掛石齒，連磴升雲峯。入門一衲古，到耳千杵舂。窮幽牆佛背，大叫與奇逢。乃知昨夜雨，孕此雙白龍。垂髯下絕壁，噴沫濕長松。雖無千丈勢，已豁平生胸。何時二三子，杖策永相從。

謁明孝陵

元氏殫兵威，靡堅當不脃。況此殘宋餘，掃之安用彗？偏設行省司，撫有幾百歲。斯人淮泗起，乘彼運方敝。遂率徐常徒，保我黃炎裔。英風淩九區，遺澤延十世。所以先皇興，每過親致醊。煌煌豐碑上，猶留兩聖製。我來屬孟夏，草木青蔚翳。不見金碧宮，但存塼石隧。東南岡若環，直西闕無衞。旁難置萬家，殊乏深雄勢。何必奪誌公，毋迺損明叡。緬古起壯心，睇今隱悲涕。人材數廊廟，不及啟禎際。睢盱列群強，眾狼囁一彘。測後未知終，方前無比例。國權去漸空，民命危若綴。誰能奮羽翰，吾欲從茲逝。

游靈谷寺飲八功德水

運會有污隆，懷古悲橫作。不如招提游，且就清閒樂。松光泛眾嶺，竹影專一壑。鐘杵裊餘音，嵐光釋新縛。席薦澗蔬香，鐺煮石泉活。吾聞茲山上，有泉名一勺。名高動貴人，軍持爭求索。又聞雨花臺，日供諸衙酌。每當秋賦時，門有走卒格。豈若茲谷靈，神龍於焉宅。量腹擇所受，不論石與龠。日斜風徑涼，攬袂下僧閣。巖桂秋芬時，重來亦不惡。

濮青士太守招同外舅徐茮存先生游張楚寶觀察士珩君子居直雨歸賦

主人雖不在，客到許開關。竹鶴健方乳，茶奴樸自閒。樓顛依獨阜，木杪覽諸山。二老豪殊甚，爭誇戴雨還。

壁上徵題字，猶多長者書。瑞安今已矣，順德後何如？孫琴西太僕為先子故交，李芍農侍郎，吾與楚寶座師也。寥落一身在，荒茫萬事疏。生涯付天演，不爾向空虛。

馬車路上望鍾山雲氣

雨餘夾道柳條長，壓堞峰巒一倍蒼。直悟世間無靜物，白雲何事也奔忙？

陳師曾衡恪**為畫西山精舍圖賦謝**

陳郎知我苦憶山，弄筆戲向宣溪白。須臾掃出好林巒，便已置我當時宅。此中有屋雖不多，頗闢隙地安書冊。當門百頃著意青，南流一水無心碧。陳郎陳郎君知不？樂事不數公與侯。堂上大母杖白頭，種花一院蜂聲幽。家公四十官罷休，督率兒子詩禮修。往來文行皆顔游，時時貸錢買江舟。西登匡廬南莫愁，秦人枉向桃源求。此中樂事誰與儔，十年江海同漂浮。盡捲歌笑歸山邱，惟餘雪涕不可收，冰幅展似縱橫流。春風新芽茁雙井，東傾彭蠡浸晴影。前有涪翁今爾翁，山川信美吾心省。陳郎何不持此筆，寫爾故鄉清絕境。

次韻贈王紫裳太守詠霓**兼題其鳳陽唱和詩**

先生白髮舊郎官，曾覽滄溟萬里寬。奉命副持蘇武節，馭民深薄惠文冠。篇章每屬孺人和，筆研時煩小吏安。猶抱閒情為樊素，繡衾悵對昴參寒。詩多悼小婦朱作。

淮甸微茫思禹功，奔流下注古今同。重臨爭喜東坡在，臥治群推長孺工。入幕佳賓胥上選，當關詩客許晨通。最憐國是無人定，都付新編感事中。

掣電芳華卅六過，班生素願竟蹉跎。虛名未可占南斗，洗甲長思挽玉河。涉世眼看朱作碧，終年人與墨相磨。校量亦有堪雄處，接席平生長者多。

郭外清江作帶留，浮空嶽翠照江舟。棲遲竹裏開羊徑，款段田間羨馬游。學校喜還三代盛，楩楠坐見一時收。皋比慙愧分餘席，碧水丹荷送早秋。

用吳先生韻謝為先子作墓銘

先人富貴等鴻毛，老絓微官不告勞。獨以詩篇寄芳抱，從無盛譽闃秋濤。淒涼坊墓成今日，寂寞瀧岡待異朝。賴有平生風義在，銘章痛抵楚辭招。

過女得弟墓女殤年十二癸卯

廿日前猶記繞裾，誰教弱骨委溝渠。文章騎省哀金鹿，歲月昌黎誌女拏。守墓荒樵能護汝，映山松響似呼余。他年縱有成行樂，到此猶應慘不攄。

江閣觴早川東民方荷齋旭**即送荷齋赴日本**

鬱鬱羈懷久未開，今朝欄楯得徘徊。春知花柳縱橫甚，晴見江山復沓來。東國名儒專几席，西川賢令共罇罍。蓬瀛此日風難阻，浮海居夷願子陪。

立秋日宿分水嶺

歲歲經過識姓名，折蔬開甕主人情。風翻木葉秋先覺，雲近山根雨易成。追舊忽驚餘後死，依人強半過勞生。夜闌懷抱誰同盡，自就匡牀看月明。

即事

殘暑真如酷吏箝，那堪日日逼虛檐。濕蠅黏背殊難掃，好雨成風又謬占。隱隱轟雷車走坂，明明新月鏡開奩。濃雲只傍西南嶺，不向江城逐暮炎。

七夕偶賦呈方倫叔王滌齋源瀚**徐鐵華**經綸

口開不合語常箝，豈有清風自墮檐？鵲尾盼傳天上巧，蛛絲浪費女兒占。蕭條桐徑陰垂檻，的礫荷房子滿奩。畢竟商飆能解熱，未須冰飲已驅炎。

將之通州先寄肯堂並追弔吳先生

死快當時謗者心，生存一舸漫相尋。年來白髮鑷未鑷，望裏青山深復深。海國秋潮傳雁信，江天暮雨起龍吟。書生枉下窮途淚，如此神州豈陸沈！

歸營建縣學堂未及十日仍赴郡冒夜行午到原潭鋪感賦

青山半被驛塵遮，百里征程一日賒。已坐迂疏甘谷底，仍將勞苦送生涯。招風欲解崇朝霧，引水思栽異日花。東望七陵西五管，却愁襟帶未堪誇。

和倫叔生日用姪女符曜韻之作符曜為吾炎姪所聘

文書垂世欺君耳，要妙曾無百一傳。歲月堂堂頭並雪，情懷落落酒如川。深山何處能安屋，小海成歌且扣舷。風韻兩家到兒女，自將樂事付蠻箋。

次韻和早川東民感事

陰符長劍伴孤眠，突兀儒冠欲著鞭。峭險可邀秦帥路，孟諸誰道楚人田。猶存寸舌生殊足，未溺餘灰死或然。終是虢虞同命日，共招大烏待調弦。

遣興

林檎一株光燭天，祇有西府許鬭妍。龍眠百本蕙爭放，豐臺芍藥藟應圓。門庭寂寂春相映，大婦衣衫小婦鏡。問君何以不思歸，欲買桑田待將迎。

宣家店

店惡不堪宿，山邨無別棲。蔬盤來鼠雀，人榻伴豬雞。守舍叟半僂，看場婦盡黧。誰將養生理，一為化群黎。

懷肯堂

安能如俊鶻，一瞬見通州。化我心成藥，醫君病使瘳。夢通終覺遠，書到祇言愁。白髮憐吾姊，諸甥又浪游。

慎宜軒詩集卷四

質言五十韻贈桐城學堂諸子甲辰

盤銘重日新，易首強不息。況當板蕩時，競存最激烈。急起猶恐後，稍縱勢將脱。學校三代規，渺矣風久歇。利祿導孫宏，科舉自唐設。從茲天下士，奔走救饑渴。煌煌聖人言，躬行為之的。奈何上下間，剽襲兼割裂。吾道等倡優，傷哉那忍説！環球數十國，風氣日騰踔。生民利用事，一一自學出。厥初已驚駭，猶疑但實業。富強雖有餘，根原或不足。孰知造微際，精神有教育。或稱忠愛心，或曰團結力。經營貴公利，保國重元質。器與道俱進，標共本不失。凡吾經典言，及吾先王法。我或視為迂，彼行盡無窒。所以明哲士，對之五中熱。罪言達九重，哀痛詔屢發。母子矢一心，此寧不迫切。生機一綫在，莘莘學子室。吾縣五百年，文章與名節。聲名冠天下，老輩傳心血。東國得名師，經濟及法律。蒙養設今年，春芽行可茁。又開師範議，漸變書院轍。南楚暨東瀛，負笈踵相躡。鄉老改夙心，鄉儒起敬色。消息豈不佳，深慮轉反側。毅力生有恒，自由出守秩。坦道儻不由，或趨入荆棘。平權便私圖，競爭逞私鬩。公德嗟已微，私意紛然熾。詎知東西邦，學校重秩則。德慧因困生，藝術由苦得。豈其舍己田，而芸他人域。豈其忘己愆，而責他人慝。豈其絃歌地，而聞喧囂沸。豈其精進心，而為怠惰掣。人尊由自尊，植人先自植。少壯真可喜，勿負好資格。勿忘國家仇，勿使名譽缺。謗者日伺旁，奈何授以隙。人才本學問，要各盡厥職。智勇本深沉，人喧勝以默。熊虎耽四鄰，決非徒手搏。雄飛會有時，努力養羽翼。鄙人無聞矣，再拜陳胸臆。

題王伯唐兵部鐵珊遺墨

國是誰顛倒，相看盡哺糟。無聊捐俠骨，有恨托柔毫。主辱臣能死，官卑論自高。於今數廊廟，忽忽又卿曹。

斯人吾所暱，不意竟千秋。潦倒郎潛底，佯狂燕市頭。伶人司計錄，紗服當春袠。意態眼中見，遺文未忍收。君嘗為予言，不能會計，昨召某伶為勾稽一歲之用，又嘗以三月著紗袍見訪，相與一笑。

憶女

墳上離離草，今年應更青。愁來須一痛，恨甚祇孤醒。汝母涕常墮，吾衰鬢欲星。固知生本寄，所惜在韶齡。

苦雨（遺）［遣］悶

瀟瀟春雨長江波，賴有深杯助睡魔。一覺隔城聞浪駭，夜深氣舶鼓輪過。春光彫蝕三分二，風雨無端不肯晴。桃花已分隨流水，苦筍何時與長成？趁潮魚鱉故喧豗，倒海移山勢盡迴。可憐袖手任公子，長怕波濤壓屋來。經旬下簾不出堂，一任風雨自顛狂。祇恐雨收雲散後，風狂不可更禁當。

錢復初同壽屬題華亭封君閉門養晦圖封講宋學多藏書兩世不應科舉

雲谷編函照古今，龜堂詩有國家心。不知門內客何養，但見苔花一寸深。科第從來屬俊髦，那容風漢姓名叨。憐渠司户還多事，爭似先生自策高。儒者久為俗詬病，宋明尤與世相疏。堂中藏目須抄借，好校人間不急書。手澤杯棬先世恩，楹書定有注丹痕。勸君移著山深處，海水年來恐到門。

題胡敬庵元吉蓮塘圖

萬山迴合結茅茨，玉黍新春可療饑。莫種桃花臨水次，人間漁父恐教知。抑齋程先吾所敬，朱生少坡亦多聞。好持胸中三千載，山堂同話一窗雲。程名朝儀，朱名師軾，又君近深史學，編課本甚勤。鱗鱗淮浦作邊城，陸子謾言老太平。今日春風許常在，不妨自守短燈檠。『生長兵間老太平』，放翁蓋謾言耳。君談河洛從戎事，眉宇猶傳萬里心。祇恐繞籬新竹筍，未容相伴住山林。君嘗從於次棠中丞河南練兵。

方劍華鑄返里談次感事

春歸有客帝城還，為說風光異等閒。不管興衰總蒼翠，無情畢竟是西山。

送劉葆良觀察樹屏之上海兼問夏穗卿曾佑

與子相知十載前，皖江蹤聚倏三年。人才新舊將誰恃，國病膏肓敢望痊。夏雨每為山約束，晴雲喜逐海迴旋。未秋巢燕辭梁去，落照離帆倍惘然。臨別無端意不忘，談詩一夕小池塘。爭知格調宜天寶，其奈情懷近晚唐。菡萏有房心未吐，梧桐無淚織空張。因君舉似錢唐客，或有微言醒我狂。

平生

虛窗不寐檢平生，持比前賢略可名。魯國朱游羞見吏，江東羅隱本名橫。高懷未敢逢人盡，濁酒猶堪使氣傾。華髮漸多玄髮短，從知無夢到公卿。

寫憤

弱肉難禁餓虎饞，書生敢說我王孱。數杯濁酒不辭醉，一片殘陽尚戀山。橫議何心憂族類，輪平浪覬保河關。王官谷裏千秋恨，爭奈人誇疏皓閒。

有感二首

徑寸山苗不耐風，只期澗底有喬松。那知攘臂高談者，處士諸侯罪略同。

大廈原非一木支，林宗早計本無奇。高高乾象吾難曉，人事於今已可知。

鷺羽潔白西婦用其首髦為冠飾華人爭羅以逐利數年來環吾縣數百里此種殆絕七月赴郡過練潭見一鷺於湖上意態閒逸如逢故人喜與感並遂成小詩

天意存茲種，今朝眼忽明。江湖秋水闊，好待羽毛盈。虐爾豈他族，吾為萁豆悲。不知援繳者，何事苦相夷！

寓陳伯嚴宅即次其集中見寄之韻

三年不見如痟首，連夕傾談抵報書。寒水依然未增減，名花猶是略蕭疏。輸攻墨守都無敵，城火池殃或警予。兀兀短檠緣底事，可憐非馬又非驢。

江甯晤魏季詞繇**訪其新居不得却贈兼感其近事**

聞道新移處士家，大中橋畔訪仍差。笙歌隔水飄燈遠，草樹連城入望遮。謁帝應逢閽似鬼，出門未辨馬如蛙。戔戔粟肉從增減，一卷疏簾香篆斜。

贈朱仲我〔一〕孔彰

湘鄉死矣好士誰，長洲朱翁老涕洟。家寄淮水身孤羈，兀兀坐守破書帷。憶昔中興奮鼓鼙，四海新拭舊瘡痍。幕府充溢皆權奇，猶復羅致古鬢眉。翁時年少聲已馳，抱持家學能鑽窺，公獨一見卵翼之。秦淮風暖春漲漪，賓從絡繹盛光儀。白門柳色玄武陂，至今想像涎流髭。大星中隕將佐隨，國無人焉勢不支。況彼新學競恣睢，以故方之風坐雌。斯賓達文互騰躍，盧梭孟德爭醇醨。六經諸子且束閣，那復肯顧翁所知？我謂如翁未可訾，士才各有宜不宜。譬彼秦漢逐鹿時，淮陰自擁大將旗。亦有伏生保闕遺，一朝右文求儒者，門生都起作大師。翁今七十何所為？分當避舍年少兒。絕學一線默護持，高咏懷賢百首詩。仲我有懷曾文正詩百篇。

【校】

〔一〕姚永樸集「我」作「武」。

贈吳彥復葆初

吾家墳墓大凹山，與子分占東西間。山巔出雲散四宇，飛灑南北何由還。十年遇子丞相府，綠鬢朱顏各華嫵。飄零海上再相逢，吾衰甚矣君何取。

贈嚴幼陵復**即送其赴倫敦**

先生老矣心猶壯，落筆能傳異域書。欲發天聲通國教，肯巢遺籍向空虛。二句皆用東野詩。相逢已過此生半，深語寧嫌識面初。淮泗古來豪俠窟，風雲今日定何如？末即嚴所深語。冀守風流不可攀，雄文絕識許君班。論才欲合東西海，歸隱知無大小山。白雪楚歌屬和寡，黃金燕市築臺慳。大招挂壁無人彀，近喜翩翩肯受彎。

來滬數日肯堂亦就醫到此吾姊偕行相見喜贈

別來幾日鬢都白，我到中年子應衰。歌哭隱含三古憤，文章自寫一秋悲。尊前骨肉須勤問，後世淵雲未可期。莫道委形從物化，有身端合付靈醫。

由郡歸舍途中感懷

兒在江南親帝里，歲寒同返此途中。山頭臘雨成微雪，道上堅冰變野風。衰面不因村飲熱，童心無那戀歸悤。九年事往都陳迹，處處經過恨未窮。

凍梅歎二詩皆聞肯堂訃作

牆根老梅手所栽，天葩照眼當風開。十五年來共肝膽，惟汝於我無嫌猜。

今冬暄暖花仍吐，特闢軒窗原為汝。如何一雪閟陽春，使汝飄零不自主。

伐桂歎

窗前老桂性所愛，直幹撑空無媚態。深宵霜露飽與嘗，高秋精爽誰堪配？死去根猶徹九泉，焚之香可揚青天。世間草木芟不盡，嗟哉桂僕淚如迸。

題倫叔調刁集

方子吟詩老愈耽，江樓日日看朝嵐。人言儀衛傳家學，自說曹溪一滴甘。君為余言，生平學詩，由先子之一言。懊惱君詩似建茶，每從苦硬見風華。不須持示安昌輩，骨鯁妖邪性本差。三十年交我最深，送行憶遠費長吟。不知髯也何多事，如此疏頑許賞音。

除夕

除夕一杯酒，臨歡不盡觴。年來何物多，親故淚成行。吴徐所嚴事，蕭君父執良。如何兩歲内，各各歸山岡。我友有大范，情好等潘楊。海上三日聚，竟為永訣埸。飄風天際起，胡雁還高翔。豈惟桃李落，松柏亦摧傷！胸中可著人，漸如曉星光。逢迎但俗物，眼底殊荒唐。

喜仲勉歸自天津賦贈乙巳

阮公抱高懷，威鳳翔天際。瑞采仰賢愚，清明動奴隸。子產畜生魚，心許悠然逝。季世校人多，百欺不與計。回首三十年，締交從弱歲。見必引義爭，退輒服深詣。古之真人與，披胸秋月霽。默數親知中，惟許大范儷。前年別我北，走應周侯幣。今年忽南歸，老矣思就憩。乾坤一空囊，家國雙流涕。小男書當學，猶子户可替。田園忍荒蕪，棺椑勤瘞窆。男兒生今日，深淺隨揭厲。君看范夫子，蓬科了一世。

寄李健甫孝廉松壽

太白源風騷，杜陵兼頌雅。鬱勃忠孝懷，流轉饑寒踝。此義遺山來，到今鮮作者。豈乏深雄才，境或不相假。觥觥通州范，奮起百代下。同時張與吴，不自居陶冶。意氣無韓蘇，沈憂類屈賈。屯蹇五十年，一棺戢荒野。公子嗜好奇，愛古勤搜把。更作千秋謀，雕印出廣廈。抱潤筆真雄，素園經世寡。平生三不如，欲以名廡厊。儻是吾言乎，斯文金玉也。

偕子椿兄三芝庵展墓歸宿西山精舍

淒涼始甯墅，寂寞浣花村。當時兩賢者，白首負前言。惟餘詩卷上，磊落大名存。至今讀其詩，山水縈清魂。我自江上來，入山甫兩日。墳墓寄庵僧，柴荆開舊室。椽芝檢漏瓦，壁字徵先筆。兒童競繞前，問年十六七。殷勤屈指計，盡是別來出。烹雞飯顆腴，爇炭茶香溢。中宵大雷雨，倏作四山秋。青燈照不寐，檐溜聽颼飀。吾父與若父，昔年互唱酬。此景時共之，兄亦偶來留。於今兩孤兒，追述梗茹喉。世豈有仙人，百年若雲浮。聖賢與豪傑，一一歸山邱。丹霄本難至，蒼生何足憂。山田稻已下，廢堵茅當求。吾家老兄弟，好作一身謀。

高等學堂本敬敷書院舊址吾家惜抱府君曾主講於此睠懷今昔不能自默成詩一章

皖城枕長江，入城山蜿蜒。書院有遺址，據阜獨茂圓。吾家惜抱翁，講席聚群賢。經亂鞠茂草，廢棄三十年。疲民架小屋，學官利租錢。遂使文明區，過者每慨焉。國家際艱危，欲救若無緣。近仿四裔製，遠追三代前。分縣徵俊髦，按科纂新編。所學期致用，不在鞶帨妍。鯫生亦何挾，擁此高堂氈。仰頭愧家學，縱眼驚運遷。維昔乾隆時，威稜澹窮邊。天子右文史，群公矜古先。長老守閭閈，後生賚管絃。繼聖得嘉慶，盜連陝湖川。命將旋誅夷，國勢猶完全。奈何到今日，繫絕難再縣。手足既斬削，腹心日以穿。我聞同室鬥，纓冠不為愆。救火白大人，毋乃太佪儃。垣墉徹四周，積雨方纏綿。畚築既未具，又缺棟與椽。誠恐後時智，不及車薪然。永懷吾家翁，所遭竟異旃。

雀麥

野田有黃雀，麥長矜芳菲。羅者四面集，庖者畜眼睎。銅歷為汝棺，火光為汝衣。汝群不足恃，汝肉徒自肥。智不如玄鳥，營巢知所歸。鷙不如鵰鶚，秋空展餘威。此田亦云廣，恐非汝彊畿。此麥亦云美，不許汝啄嘰。汝今不自奮，左右避辟機。終然類殄滅，感物淚長揮。

太和王建侯大令樹中仙人掌開花作圖徵詩

太和令君明且慈，一身作官兼作師。堂上壽母堂下兒，四境歡喜笑發眉。政成譽美上官宜，封章早達天子知。生祥下瑞到花枝，掌上忽吐嫣然姿。瓣如山丹稍剛硬，色如菡萏分葳蕤。寫圖示我徵作詩，我詩豈是國風遺。放此和氣塞兩儀，奇鬼不瞰民無疵。不數麥秀誇雙歧，更云漢室宣房芝。

有感

平生文字任吾真，漫與安知世重輕。師德固應乾面唾，田巴何惜禪鴻聲。胸期浩浩論千載，俗議悠悠閧一秤。天柱峯高泉百尺，徑思長往濯塵纓。

慎宜軒詩集卷五

雷丙午

疾雷破柱太無端，涼燠輕更號令難。已分菜花殘夜雹，更教桃蕊避春寒。披猖玄武真乘勢，惆悵青陽也失官。雅雀紛紛來復去，從今一例作凰鸞。

德國克虜伯廠鑄李文忠公像在上海徐家滙祠園内四月偕倫叔瞻拜歸而倫叔有詩和之

卅年危局仗斯人，一像崔巍立海濱。風采略殊平日接，江山已改戰時塵。檻前異卉多新種，室内名花過晚春。園中皆外國花，芍藥二盆在室，尚茂。公是公非今定矣，橫流滄海共傷神。

送王紫裳太守上池州

池州又得詩人守，不負雲端九子峯。久宦帆開江路熟，清游尊許故人從。一壺聊勝東坡寄，百感橫來杜牧胸。若見才如吳次尾，為言雙壑待喬松。

游武昌各學堂梁節庵廉訪鼎芬以詩相迎次韻酬之

樹蕙滋蘭世有人，垂楊祇數武昌春。花濃到夏知曾遍，種好非君定孰因。六載雲煙過眼速，百年霜雪上頭新。清吟迓我真成感，欲和深慚筆未神。

陳介菴同守樹屏招登黃鶴樓感舊用前韻謝之

一舸曾為泛漢人，江花江草不知春。忽逢騎史能將命，頓覺歸裝喜有因。風景不隨流水逝，山河常對夕陽新。共憑危檻淩高鳥，述往悲今只愴神。

寄懷賀松坡刑部濤

北方盛文學，惟深與冀州。兩州先後間，臨菑得吳侯。養成鸞鳳群，一一和鳴球。深州子自出，冀州子所游。王良調驥騏，子實佐其輈。癸巳客蓮池，相逢談笑展。相許在韓歐，題我西山卷。一別十三年，海水嗟清淺。國運同再興，朋交艱一眄。長沙今大賢，持節皖山前。袖中出鴻文，乃子贈行篇。上陳根本計，下敘應求緣。篇尾綴及余，甚慙故人專。吳侯棄斯世，子亦厭人事。獨抱胸中書，老臥燕都肆。惟有長沙公，憐君暮憔悴。聚必授衣餐，別猶勤贈遺。遠矣此高風，人間未易致。鐵梁絕大河，軌道南北直。山川失險阻，迅奮等羽翼。子老不能南，我懶無意北。朗咏雲龍什，惜哉長相憶。

詠常季庭前萱草

階前忘憂草，乃作黃金花。六出向我笑，鬚端綴粟芽。君持杯謂我，所憂胡瑣瑣？酌酒對此花，自計未為左。我思植瑤草，灌以醴泉流。枝葉日茂美，佩之百疾瘳。世間閒草木，那得解余愁！斯言儻不遂，願逐盧敖遊。

五月十六日微陰訪倫叔值其將出觀荷小語即別已而荷花三枝新詩二章並至次韻酬之

訪君君欲出，猶喜在門逢。莫阻清游興，須乘日未紅。

新詩與花到，如雙美出冪。久對轉缺然，扶持少葉碧。

和徐鐵華五月十九日雨次韻

徐君示我詩，颯然却炎暑。鋒能擊鷹隼，氣可吞龍虎。君居市囂外，石磯臨江擧。門前萬里江，東流未肯處。小船如鳧鷖，張帆呼其侶。大船若鯨鯢，鼓輪恣激吐。聲響倏不見，但有煙一縷。君猶歎物逼，譏嘲蚊蝻聚。何況闤闠中，市兒所歌舞。腥羶眾爭嗜，競進緣門户。我能飭六丁，捕逐出在所。但恐魑類盡，鸞凰反愕顧。不如天公仁，沛施三尺雨。群蟲各收囂，終穢潛下土。階前鳳仙花，娟娟似好女。沽酒已滿瓶，買米欣開庚。瓜瓠壓頹肩，喜色到老圃。與君易了耳，何事愁旁午。

仲勉子善同集倫叔齋小飲余戲拈首二語邀倫叔子善同賦

前庭有修梧，後院有高竹。是惟詩老居，鬚眉交映綠。阮金古衣冠，頗饜新學術。與我成四子，吾道固不獨。坐久索壺觴，交深忘邊幅。從來坦宕人，最喜披胸腹。蚊老有奸心，畜口伺閒隙。亦時挾其朋，轟然雷起谷。茲地隔世囂，涼階露如沐。幺麽蟲豸耳，秋風來不速。

倫叔既作長篇又和余原韻再來徵和

前日余戲言，發難起梧竹。遂動詩翁興，抒懷借新綠。長篇寫狂字，馳慣走橫術。和章復挑戰，不使余守獨。猶存勺園意，一日成數幅。當時吟嘯儔，回首痛在腹。二十三年矣，豈止駒過隙。古云江海下，所以王百谷。盤匜苟未具，頭虱何從沐。不如從公言，平視運遲速。

歐陽笠儕觀察述用前庭有修梧韻三首索和

肉山肥若瓠，髯苗森似竹。子善體胖，倫叔美髯。江城六月中，偕我就寒綠。五言互酬倡，藉作逃暑術。固知冠蓋中，有人妬此獨。笠儕詩家豪，一夕和連幅。發君桑梓思，羨我藜藿腹。髯也本好客，瓜豆歲趁隙。近來學縮頭，閉門擬深谷。為公當破例，握髮不待沐。遣童立行沽，我詩代公速。

笠儕以詩來憶及揚州過從之好倫叔和笠儕詩頗有謝客逃詩之說再疊韻奉柬二公

浪跡托使府，荒園但篁竹。風雨少人經，兩梧當軒綠。同客陳先生，哆口縱橫術。君偏暱就我，微徑步成獨。江城七年歸，帆影看幅幅。有語每不吐，納向槎枒腹。況髯嬾飲客，窺甕苦無隙。逃詩如逃官，在城等在谷。大龍圭角奇，昂首若新沐。公且謀秋游，筆墨焚當速。

四疊韻酬笠儕倫叔

悔交文字友，督責勝符竹。新作連翩來，明珠間結綠。才高勇有餘，韻盡搜多術。彭澤對賢妻，舉案觴不獨。笠儕來詩，作於夫人生日。髯臂頗苦風，稍稍纏斜幅。迂生近厭事，飽飯自捫腹。負我不斸渠，容卿正多隙。吹毛不落手，枉費題炭谷。吾欲投虎豺，世且三薰沐。好惡盡如斯，得酒何待速。

送田魯璵大令毓璠上甯國

山民遭瘡痍，休息四十載。客主每相猜，調御神君待。況當詔興學，其奈閭多駃。爰居饗太牢，未習望先駭。民富德可新，民智愚乃解。文翁造蜀士，千古欽風采。山虞與林衡，或宜彼嵔廆。田侯讀書人，出作山水宰。美錦得良工，刀尺動光彩。五月江正深，渺若泛渤澥。一事最羨君，上堂猶著綵。政成國人稱，壽母榮應倍。侯無求我規，聊歌動邦寀。

題濠州去思集奉懷筱彭警丞裕厚

先生昔在京華日，喜與吾鄉數子游。誰料一麾江海去，却教兩郡詠歌留。濠梁詩已裒丹帙，天柱人思刻翠璆。儒者當官識根本，睢陽應有泰山儔。公所至以興學為急。

北看河間士馬雄，當時猶盼使君東。朝廷自識尹子兄，音況郡邑難羈黃次公。東閣梅花懷雅宴，西風桂樹報秋叢。衹餘昭諫棲遲在，悵望雲霄恨未同。

調常季

我昨訪君君面墨，把扇大搖口默默。試問君憂胡自生，強笑知非出胸臆。忽然怪我前日詩，不肯為君加點劾。君詩沈摯動鬼神，我已望風甘退北。豈其見怒疏未諫，故作斯言反相逼。不然強效丁敬禮，乞取臨淄與潤飾。妄欺後世誰相知，此意不誠非悃愊。何況與君生今日，欲舉九鼎知無力。那有心情博世名，聊將筆墨抒心惻。君諳此理久矣夫，自命便許千秋得。李杜毋非我輩人，屈宋何妨來侍側。行庖釃酒月明中，款婿兼呼老饕餮。

常季來書言酷暑觴客為虐政必欲相迫者請於日中臨市樓烹羔以待蓋譃語也再以一詩柬之

袒裼相從禮數空，不妨鵝鴨出家籠。月明自有清風至，何必高樓日正中。

學務處樓可見江南山色秋日婆娑其上感題

宿雲猶在似餘酲，曉上高樓百感生。經雨老蟬偏激切，望山秋眼尚分明。喬良難得民齎盜，巫祝爭陳吏祭晴。羅霍風煙方浩蕩，江淮潦水正縱橫。

書梅宛陵集後

梅集六十卷，買自武昌市。刻者明嘉靖，宋君巡按史。屬工宣城令，字大殊可喜。惟其訛謬多，又闕數十紙。借得道光本，彌月事校理。所闕抄使完，其訛難訂矣。我思文字貴，在切時與己。要使真面目，留與千秋視。時為何等時，士為何等士。當其入微妙，不在文字裏。閱歷助胸襟，天姿加踐履。（四）[世]事不關詩，詩固待此美。俗士動誇古，終身寄人里。一體效一家，自矜工莫比。乞人衣百寶，寶也殊足恥。揚眉譏杜韓，況說宋諸子。告以先生詩，笑口或大哆。孰知六一翁，低首直到趾。古貨真難賣，病在古人髓。東坡尚嫌酸，餘賢可知爾。椷之笥篋中，我歡獨在此。

和胡淵如聞詔之作

一詔喧傳墮九天，歡聲先到海隅邊。從來影正端由表，須信冰清必是泉。不向人寰分九等，誰堪法界任三權。君尊民貴因時用，聖者原非雨露偏。

淵如以長篇辱贈賦一律酬之

多君耿耿心如月，照我茫茫鬢欲秋。逝水從來要東注，馳光誰與挽西流。直輸巧舌辭皆矜，義感迴腸悒稍瘳。半世交情今老大，祇宜共泛菊花甌。

送陳伯平方伯啟泰上江蘇

早年清望動朝端，諫草流傳遍八寰。乍接談芬沾上酒，幸瞻旌旆皖公山。交情潭水深難比，高節龍門峻莫攀。莫怪臨歧倍惆悵，書生誰更恕疏頑。一詔驚催車騎東，別離容易惜悤悤。到時官閣梅初白，去日寒江葉始紅。吳客聲華天下少，大藩財賦古來雄。公餘文讌招奇士，定憶朱游一畝宮。

淵如示尚志學校菊花詩戲答一章

胡先作詩詔其徒，勸爾作菊莫作蘆。蘆花飄揚乃易枯，菊情澹定清且孤。蘆聞斯語叫何辜，我體雖輕潔不污。遠隨鳧雁起天末，近傍漁釣宿陂湖。無用之用古亦有，荒寒寫作秋江圖。近年山民耕無所，多闢江地成膏腴。當其沙水隱茫際，惟我最早盤根鬚。世間毒中蓋萬萬，斷腸墮指傷肌膚。又如當路長荊棘，能使坦道成畏塗。蘆也方之功罪殊，先生過貶胡為乎？姚子止蘆勿不娛，菊花誠主爾說奴。含酖蓄刺妨人者，法當鋤去爾則無。

九月二十六日送外舅葬至范岡雜感

中興俠少年，江海舌端吐。老厭世間機，堂堂入此土。侯高嫁女時，不取文書矚。成此一段奇，冰清映寒玉。霜空星逾明，光采當頭大。雞鳴天漸高，一棺松影外。葬公吾事了，尚有冀州存。熱血酬知己，平生祇此恩。

入龍眠

烏桕丹殘著子肥，故山景物慰新歸。白雲冒石疑龍駐，黃葉從風似鳥飛。蘇軾買田良不易，劉伶荷插豈全非！君看壑壑豐碑滿，何處青山便許依。

和倫叔六十書懷

君方少年我猶兒，懷栗相從文字嬉。歲華悤悤我四十，君已六十夫何為。白波作山江雨恣，蒼巒侵昊寒雲癡。太玄覆瓿無人惜，寄語方髯漫自奇。

那問兒郎臧與穀，會須智辨一身周。雷聲虩虩原非雨，雲意濛濛總是秋。往代高賢談避世，如今閉户也無籌。君家翁媼同陶翟，或許山人耦緑疇。

生女

吾年四十一，得女敵得男。姻黨助我喜，兄嫂樂且耽。頽肩走百里，雞果饋盈擔。老妻臨妾房，一日四五探。却憶昔生兒，在己及廿三。當時意氣悍，那作顧影惔。四方交豪俊，世變稍稍諳。常抱種族慮，奴隸非所甘。斯民苟日智，勝彼長戈戡。辛勤營壇坫，久覺力不堪。終當避賢去，不負山中菴。女為伏勝女，吾其老書蟫。

丁未六月過遂園熙伯索詩漫題三首丁未

結屋山城裏，而無市井喧。雜花時覆堵，喬木自成園。子誦九千字，翁能三百篇。我從江上至，疑此即桃源。

數典徵前輩，為官早罷休。時時買泉石，一一會春秋。亂起跡如掃，機過事若流。園林又在眼，信美勿多求。

厝火論全勢，人知旦夕非。我栽他日樹，君饜此山薇。當寧停朝見，諸侯備裀機。周身須辨智，養拙欲何依。

初秋小陰偕倫叔造夢霆約登東城循堞至北城而下穿菜隴訪阮岑之時雨忽至岑之留食湯餅

魯君夢霆者，今之申屠蟠。惟其小異處，乃不居山間。魯家非無山，無錢不能買。時時登廢堞，獨立清風灑。地偏客不到，蓄為一姓私。今朝秋意動，三人忽共之。煌煌熒惑星，出斗復入斗。毒癘流江國，戎機伏杯酒。惟余三人者，不問蒼生危。仰頭看雲山，垂目見町畦。秈稻已就穫，荷葉仍滿池。蒙籠紫葛花，罥彼灌木枝。陰深不可測，遂動魯君悲。謂我風人言，百歲歸其室。應喪樂生心，豈伊衾枕恤。下城漸入市，言叩故人門。客饑湯餅具，客渴山茶溫。飛雨集花葉，翩翩向我翻。花間鳴數鳥，音響若相存。髯翁說茲游，最勝東北角。來守值名賢，行見施輪桷。超然侔壯觀，雪堂謝前樸。翁言實過矣，翁計毋乃癡。縱遇蘇夫子，為驩能幾時。歸掃魯家山，勿作千齡規。

舒儀生廣文疎爽好客藏古甎二分其一贈余甎為壬寅江甯土人發墓所得文有永康元年廿日缺一字**丹陽**以上為一行在左側**揚州秣陵王氏製作**以上為一行在右側**質作紅色甚堅古考孫權置揚州治秣陵權又改秣陵縣曰建業晉太康三年復置秣陵縣漢桓晉惠年號均有永康此殆晉也賦詩謝之**

皖上舒生意氣遐，書堂隔斷市聲譁。兒能磨墨供佳客，婦解治蔬作儉家。寶晉名齋真不忝，輕裘贈友欲同誇。獨憐嘉惠成虛辱，深媿風人賦木瓜。

何事人間見此甎，不堪回首永康年。人疑帝座成虛器，變有星妖應上天。千載廢興固若此，一卷顯晦豈徒然？摩挲閒物生真感，未若支頭竟日眠。

方玉山編修履中**屬題貴州石刻王陽明像**

陽明洞中講學處，龍場驛裏悟心時。自將方寸好料理，豈意功名百代垂。鄱陽縛濠如縛豕，思田撫賊若撫兒。儒生誇雪無用恥，豈與此老增毫釐。君看方屋古鬚眉，猶是人間老講師。編修持圖趣我詩，為道生平興慕思。男兒三十早通籍，雲起龍驤會有期。

九月歸里常季招飲

門巷翛然雀可羅，暫歸且喜得頻過。今秋中稔米猶貴，往日少年鬢欲皤。花徑傍城人跡少，竹林當户雨聲多。誰家牆外方塘水，試借春栽十丈荷。

至長崎

海客倦波浪，見山心已融。衣冠多舊製，屋宇有唐風。裹飯童趨校，揚旗賈獻功。驚思遣唐使，今古意何窮。

神户布引瀧

截水蓄冬瀑，依橋結野寮。山花迎户媚，小妓向人嬌。景物須安置，山川未寂寥。及時勤管領，歸欲獻芻蕘。

神户月夜乘快車侵曉抵東京新橋姪東彦焕昂馬氏兩甥女及其婿來迓

聯翩車走健如龍，修道蜿蜒抱海東。天淨竟無雲點綴，山開喜見樹玲瓏。平田稻刈猶餘本，遠屋茅低頗類艟。犯曉橋邊甥姪迎，異邦情話勝鄉中。

不忍池有懷摯父先生

盈盈不忍池中水，曾照吾邦白髮翁。風采能令殊域慕，忠誠難化舉朝蒙。危樓高詠悲王粲，薄俗虚名累孔融。長夜漫漫無計旦，可憐陰翳永浮空。

日本報端論松花江船事徵引外舅徐茮存先生黑龍江述略甚詳感題一詩

書生籌國托空文，豈備東鄰采異聞。司馬遺書無使問，茂陵寒草沒孤墳。

舟過瀨户内海作歌

自我到日本，未作汗漫游。箱根日光足不踐，比谷山野纔一周。千葉樓上見富士，屋然而高方山子。彼都以此擬泰華，其顛半埋冰雪裏。吁嗟江户川，當春士女來喧闐。櫻花不見見枯樹，一水將枯十月天。公家事有程，嚴寒迫伏臘。陸生誰贈越中裝，管寧難設遼東榻。

神户初過始放船，忽有奇情集眼前。沈沈碧海不測底，無數青山插兩舷。圓如覆釜尖如筍，平若削桉簇若蓮。偶然横阻疑無路，忽復開張境又遷。人與衣裳都緑淨，碧空飛出團圞鏡，似將萬類納汞中。欲化魚龍共游泳，捕魚巨艇滿海中。五色燈光相掩映，終宵貪戀久忘吾，霜氣沾濡不辭病。我聞蓬萊方丈仙所都，於今已信仙人無。但覺塵世那有此境界，反疑天帝偏愛東南隅。兹行快事此第一，作歌聊且娱其娱。

慎宜軒詩卷六

病戊申

六合競青春，蜂喧花葉盛。士女集茲晨，山川鬬明淨。而我亦何為，書堂空臥病。萬事不得理，一冠嬾自正。已矣復何言，存亡任天命。

春風緣隙至，料峭不可干。初來尚不覺，漸入腠理間。寒熱聽彼使，涔涔頭若山。藥來未必愈，況向醫錢慳。吾終為病死，念此摧心肝！

日出可力作，日入安我牀。當此將頹日，令人增惋傷。挽之苦無力，不挽心旁皇。何況西來雲，侵掩難禁當。區區一身謀，豈少燈燭光。其如天下黑，相率犯淋浪。明朝縱有日，不得共舉觴。智者徒自苦，勸君安閨房。

送孫純齋發緒赴潛山視學

往時襆被入舒潛，景物逢秋潤可拈。矮柏著丹遮屋角，修篁引碧到山尖。别來泉石應如故，此去風光想更添。為問窨麻春竹地，可能容我突常黔。通伯及余三數姻友，有造紙廠在水吼嶺。

君行便道游山谷，谷裏今無百丈松。丹嶂舊藏禪祖骨，白雲時起漢家封。巖題剝蝕文能讀，法宇蕭條佛缺供。惟有石牛堪負重，八風不動自從容。

送方玉山入都

玉山舍我去，正值春風時。連宵動雷雨，蛟龍起深池。昨日枯柳枝，今朝黃金絲。物色換新態，君行那得遲。金門多故人，為我略致辭。少壯不如人，況增口上髭。臨行一尊酒，勿作兒女悲。努力樹功績，丈夫當伸眉。

題許冀塘吉士承堯黄山詩卷即送其北上

吾嘗教黟人，不一履黟縣。聞人說黄山，流汗慙滿面。把君詩過眼，如作黄山游。千峯入襟抱，萬壑供雕搜。黄帝鼎成去，遺薪盡龍虬。瀑布似珠簾，千載無人鉤。不知白虹裏，果有仙人不？君材清且敦，去去金馬門。廟堂重圭瓚，林谷宜蘭蓀。詩篇當付我，努力康時屯。

海棠

海棠花媚本輪囷，四十光陰快轉輪。高燄燭天張錦幕，飛英貼地展芳茵。綠章通奏憐狂客，黄鵠移根歎逐臣。何似鄉園對嘉植，百年老屋共昏晨。歸來暫喜得盤桓，不厭花前盡日看。欲借壺觴消永日，那堪風雨集春殘。良辰易避佳人眼，逝景難溫烈士肝。老去顛狂無處訴，且憑詩酒敵清寒。

有懷外大母曹岡舊居

松徑柴門對綠疇，外家湖畔聽漁謳。歡情苦挽隨年逝，往事回甘逐想留。春草有時迷舊徑，夕陽何意照寒流。雖無去國衣冠感，已使元郎悵晚楸。

練潭道上書感

棠梨花密杏花疎，物色風光慰病軀。官道著泥晴尚滑，春山藏靄淡如無。種桑日望當攀采，佩玉知難利走趨。驚撫頭顱空老大，竿船真欲泛松湖。

次玉山留別韻重送之

瓊樓玉宇不勝寒，一日春留盡意看。此去君宜乘海運，從今吾不悔儒冠。桃花浪穩河方靜，榆葉風溫路豈難！為問陶然亭外水，年來應已定微瀾。

倫叔用前韻譽余詩再次答

君家詩律鬬堅寒，正味森森本耐看。齊客漫誇吞若夢，騷人自許岌余冠。孤懷不惜三言隱，常語終輸一字難。堪笑吾衰才筆退，文章今已卷波瀾。

雨中過倫叔值月霞上人

蕭蕭梧桐雨，涼潤沁坐席。言訪老詩豪，邂逅今禪伯。年來契真如，欲出彼火宅。徵心悟楞嚴，起信超利益。輕雷天外行，浮漚階下拍。師有翠微峰，更從築寒碧。月霞近營精舍於青陽翠微峰下。

馮夢華中丞煦奉命開缺余適在里寄送十四韻

俗敝崇儒效，時艱仗重臣。公持天子節，獨立大江濱。昔歲妖星動，當時眾論狺。從容定奇變，寬大體皇仁。結主途原正，經邦術有神。薦賢搜谷秀，轉粟活饑民。惡草鋤當路，芳蘭種及辰。樹人百世利，起廈萬間新。本計培風背，封章犯逆鱗。謳歌千士口，賢佞一尊身。追趙情何極，留恂願未伸。漅湖波浩蕩，天柱石嶙峋。永叔終懷洛，杜陵每憶秦。一杯山嶽重，此意竟誰陳？

九日倫叔招觀龍湫遂至太乙山莊謁存之先生墓留飲醉歸倫叔有詩亦成二十韻報之

城居久不適，出郭意始軒。偶逢故人邀，遂款龍祠門。是時正重九，積陰天際屯。微陽間穿漏，終被層雲昏。神像肅冠冕，血酒階跡繁。想當歲少雨，祭賽千夫奔。飛瀑嶺上來，蜿蜿若大蚖。中道成坎窞，匯作玻璃盆。鬐也贊龍德，名盛由實敦。笑彼落帽人，虛華匪道根。君看七年旱，樹焦山石燔。胡不早作計，救此暍死魂。何況彼蛟龍，有無難具論。潛占幽險地，竊尸雨澤恩。古來豪傑士，得時救元元。不得固有命，文藻被後昆。軼事載風流，豈伊人所存！高壟在數武，是我平生尊。宿草展一拜，留客豐雞豚。酩酊竟齊物，與君掃舊痕。

陪周玉山尚書登迎江寺塔同游者郭子華重光**韓古愚**慶雲**兩觀察洪澤臣**汝闓**倫叔通伯月霞是岸兩上人**

傑搆岧嶢勢半傾，共憑絕頂俯寰瀛。歸雲飛鳥同千里，落葉暮蟬無數聲。投老尚書腰脚健，出塵尊宿鬢眉清。吾曹試看堂堂在，送盡斜陽意未平。

感事

廟謨深遠費疑猜，甲帳如雲向日開。已説貸金揚國武，更煩除道待兵來。撫綏應困喬良吏，廉恥終思頗牧才。愁絕江城三日雨，可憐足繭馬虺隤。

送葉玉澄錫麒**之官四川**

班生投筆走西域，手定漢家卅六國。葉生少日與之同，十載窮邊供幕職。買婦教蕃邊部種，爭山徑奪強鄰色。志大每遭時所棄，功高翻歎賞猶嗇。有才無命可奈何，誓欲歸耕十頃坡。自向江頭結茅屋，桑葉青青蘆葦多。蘆花飄蕩易迷處，養蠶絲薄難當絮。辛苦京華六月留，一官又向西川去。西川嚴武今人豪，蓄眼虛心待俊髦。祝君晚達如高適，莫學溪堂杜甫高。

宿繩侯山居值雨

少小許經過，一諾三十年。吾生固有涯，此會詎偶然。寒雨起遙山，偕我及門前。罏火倍多情，伴聽溜涓涓。

白魚登近溪，甘釀破家甕。臘梅蘊古馨，嘉蔬抽雪蕻。晼晚美人惜，瑤華君子重。清芬可百世，語奴窮勿送。

高樓貯手澤，插架多琳瑯。主人時出門，負此好山光。諸郎秀眉宇，往往瞰扶桑。勿恨大男拙，為君守家鄉。

東坡謫黃州，歲作岐亭客。平生陳季常，萬里共幾席。況我與夫子，縣界一水隔。雞鳴風雨晨，從今勤命屐。

正月十日偕金子善馬季平振憲**游浮山方伯豈**彥忱**為主人未陪行而命人治具待客**己酉

茲山奇絕處，不肯立江濱。野艇抵崖足，微徑侵石唇。方志備掌故，劉記狀嶙峋。謝絕車馬客，留與漁樵親。方素伯有浮山巖洞志，劉海峯有浮山記。

和州張進士，鍊藥輕棄官。丹竈有遺跡，白雲護深巒。一朝得要玅，兩翼生羽翰。吾欲求斯人，高風千年間。張名同之，宋仁宗時人。

昔聞浮山遠，名頗閧佛子。或云歐來遊，惜無文字紀。參得九帶禪，涪翁語近似。此去石牛洞，不能三百里。

山巔一泓水，清澈鑑雙瞳。欲移華山蓮，十丈栽其中。五月雲雷興，往往見蛟龍。江湖渺在望，潛此安能雄。天池。

嶄絕朝陽洞，陽明有寄題。鑿厓納半足，緣葛當層梯。憶彼甑山老，能開此邑蹊。儒生真有用，端不負鹽虀。王陽明二詩，乃張甑山先生所刻。吾邑前明理學傳自甑山也。

外束作巖城，中呺疑大甕。當頭巨穴明，飛瀑落兼湅。刻壁紀游年，低遭水磨礱。埽苔求得之，聊供一笑哄。滴珠洞。

簷灑晴巖雨，廚傳曲洞風。主人真好事，饌此待游蹤。雞酒破僧律，笑談開客聰。因悲讀書子，行上點蒼峰。李光炯曾讀書金谷巖，今將應李仲仙制軍招赴雲南。

會勝連金谷，題名半宋明。大書籐宛曲，細字髮鬡鬡。聞有孟公句，堪為方乘榮。未知何石是，睇壁獨含情。謂孟郊題詩

勝游留小憾，未到此藏軒。老屋緊荒草，遺書傳後昆。學風開一代，老境遯諸髡。却喜藏山集，於今漸許繙。方密之先生老著書於此藏軒。近上海印行錢田間先生藏山閣集，則先生浮渡前後集行可出世矣。

半生夙賴了，餘興上檣山。樵路藏石罅，客冠礙洞顏。絕頂轉寬博，井竈蘚花班。世亂民依阻，吾偷此日閒。

題嚴幾道江亭餞别圖

都門萬車轍，來去自成隊。嚴侯數遭逢，了不異常輩。玆行果何為，寫圖寄深慨。殷憂啟聖明，群士盈冠佩。訏謨宜仁者，昌言開蕪穢。不伏光範求，豈無後車載？奈何蘊不施，腸熱跡反退。圖中著西山，壓堞横微黛。登高望皇都，夫子豈不愛！坐令秦無人，不聞周有賚。此事又十年，舍君吾奚憨。

送胡鞠生令君汝霖移合肥

漢代重循吏，時被文法傷。三輔號難治，其民多豪強。吾邑富禮教，先輩留芬芳。胡侯來一年，倥傯束行裝。父老從四郊，爭集縣庭旁。問侯何為去，蓄意各皇皇。大哉漢宣詔，治久吏斯良。好惡不在衆，惟在否與臧。況今譽侯者，市井逹窮鄉。此豈不足與，令胡不更張。柳條已青青，江流行湯湯。合肥亦壯縣，往矣載春光。

途中

棠梨淡白野桃紅，春暖村園興倍濃。接壠菜花黄似海，香融鼻觀午輿中。

新柳千條復萬條，遠連芳草碧無聊。春波欲動漁舟起，鴨子湖邊魂欲消。

題魏默深詩

游山記廣徐霞客，登嶽吟狂魏默深。辛苦當年陶謝手，枉雕肝腎避哇淫。

幼時居挂車山中嘗作小詩為先君子所賞途中憶及因追存之

微風送春雨，一徑入松竹。何處焙茶香，隔林有茅屋。日落群峯陰，灑然涼風作。獨攜古硯來，向此溪中濯。

送方玉山江湘嵐峯青**吳季白**傳綺**入都**

何人夜半負山趨，臥榻容酣計太疏。徑奪燕支無去病，能迴趙璧望相如。臨江已見傾城送，攬轡先聞偉論攄。試把圖經考興廢，五松元是漢家輿。

蕪湖赭山滴翠軒袁太常官皖時所修以祀黃文節公袁死庚子難後僧移主占作戒堂宣統元年三月余偕倫叔仲勉澤臣吳守一汝澄**陳魯生**文藻**同游以告今署道郭子華飭僧還其舊而太常賜謚之命適下倫叔有詩次韻並呈子華**

涪翁江海士，遺跡說茲山。篤古自成癖，孤忠總近頑。高文千載遠，國論一朝還。使者今人傑，風流前後間。

和倫叔摩字韻再呈諸公

巨刃高揚天可摩，群公詩思壯如何。故緣時局推移甚，頓使文章感慨多。盜寶宜從陽虎得，却環肯讓國僑過。區區一僧何難折，豈直瀾翻口似河。

趙伯遠編脩曾重**既和余前詩又別用銅官二字各作詩徵和適余歸舍臥病一月重來則此議將決矣勉次其韻**

平生心事薄嚴終，羞仗虛文動帝聰。長羨冥鴻避輕繳，焉能騎馬挽強弓？抗顏坐上深慚愈，覆瓿身前已等雄。何況經旬仍病酒，空尊孤負杖頭銅。

先朝侍從戀長安，書憤千篇未覺難。赤電頻呵原有主，白雲飛占太無端。似聞璧已隨人返，終恐珠難比昔完。兀兀腐儒愁底事，漢廷仗下立千官。

通伯屬題戴文節公臨壽道人秋江送別圖圖後有張穆書顧萬唱和詩並自為詩時通伯將赴合肥

儒生丁未季，正類蟲著網。悠悠彼何人，悵悵吾安往？當時顧與萬，送別秋江爽。寫圖寄深衷，詩篇勤贈枉。山川非昔人，今古閱虛像。焉知太平年，風流動遐想。戴畫與張書，駸舞欲齊鞅。乾嘉重漢學，風尚誇無兩。爾幸值聖明，雨露徧堯壤。方矜日正中，倏已煙生莽。飲河滿鼠腹，擘華待靈掌。勤勤薦菊盞，規規守書幌。一朝抉藩籬，九域來魍魎。虛文與實學，無用同飄蕩。扶風寶此卷，隙塵偷微賞。示我索題詩，更發新秋榜。

章錫卿教諭家祚**今年游奉天高麗至日本考察學制歸而上書大府數千言頗蒙激賞出示索詩**

章生五十著儒冠，不肯低頭苜蓿盤。躍馬經探邊塞險，乘桴真覽海天寬。想因求野悲周禮，聞道投書動上官。甯向伊川期及百，為戎今有萬千端。

題沈乙庵方伯曾植**寒林坐臘圖圖後自書病僧篇**庚戌

萬木蕭椮人跡絕，春氣潛藏根似鐵。枯莎敷座洞門深，寂滅更無言可說。僧病非身亦非心，異香成穗繞雙林。却憐八表同昏際，願放光明破闇陰。

用山谷游王舍人園韻題天柱閣

築閣行省司，地直龍山陽。天晴西北望，嶽色不可藏。自古賢政策，在暇不在忙。沈公有道氣，官居等寶坊。論徵古典籍，坐集儒衣裳。時流老成淚，或焚燕寢香。去年江淮饑，稻黍不芬芳。庫藏又久空，安得化金方？貸粟監河侯，救此災剝床。憂多公膳減，孤負數百觴。世方競炎熱，誰解心清涼。赫然聲利場，照以明月光。橫流波浩浩，正色天蒼蒼。潛霍有佳境，中開天地房。宛委古藏書，待公與意量。其男多樸野，爭席魚相忘。其女半高髻，未知時世妝。公令四境安，容我接輿狂。沈公據易緯，定宛委為霍嶽。

嘉興方伯招朱仲我孔彰**李審言**詳**來皖開存古學堂未成而去位秋日無聊邀兩君登長嘯閣遂各有詩次韻**

高樓出市酒如川，檻外群峰各獻妍。正許狂吟傾座上，未妨秋色逼尊前。風高鷹隼翔寥闊，水落蛟龍思廣淵。試看新洲鋤可把，陳登應不薄求田。

赴省

行李出東郊，風光淨不囂。馬蹄乘晚疾，鷹背負秋高。喬木留殘日，荒村具濁醪。漸衰便高枕，湖畔問漁舠。

倫叔以詩賀余生子答之

舉雄常事耳，聊慰老大情。親賓各有攜，走賀傾山城。雞豚龍眼棗，花冠間錦綳。方翁獨以詩，韻險苦難賡。祝兒繼前美，長髯復崢嶸。吾知翁有喻，勿墜門風清。區區襁褓物，敢冀千人英。積德世過三，試啼頗喤喤。生年正值戌，三甲俗所驚。能如犬子不，作賦開都京。文字還照世，已足慰生平。嘗疑洗兒篇，必非坡手成。無災斯可矣，何取公與卿！

宿彰德府大月先寄樛弟焕昂兩猶子

電掣風馳二千里，徑渡黄河飲漳水。燈花照眼綴釵蟲，念汝明朝迎我矣。明月明朝應更圓，兩翁相對寓堂前。高燒紅燭照夜飲，一別京華十二年。京華事事都非舊，重城不閉夜如晝。纖兒欲碎好家居，窶空強隨富奔驟。此行擬作半月留，新詩可散經年愁。清光分照東西海，異國還知憶我不？四弟、大侄在日本，二侄在倫敦。

劉仲魯大理若曾**招游萬牲園賦贈**

不踏京塵十二年，重來猶喜是堯天。眼中騏驥垂垂老，望裏鵷鸞一一遷。獨立期公為底柱，狂談容我醉華筵。康成宿草今何在？更欲相從問墓田。末謂鄭東父。

西山寒翠壓修垣，猶說當時帝子園。新綴樓臺招笠屐，遠羅飛走集籠樊。過時好菊開差晚，得地高松勢轉尊。噀水雙獅無一事，森森銀竹自繽繙。

贈通伯

與子少年交最暱，知子胸藏活國術。行年老大補一官，猶復低頭守經帙。上書天子不得達，空有雄文懸白日。懿親分掌銅虎符，後王所是能為律。司徒銅臭衹等閒，臥榻容酣何足惜。度支歲入二萬萬，突過先朝應充溢。猶聞仰屋困無謀，錙銖聚得泥沙出。吾儕生命付大化，行止皆天何得失。殿前獻賦古所貴，時非康乾世論黜。季路底傷伯寮訟，子輿焉懼臧倉尼。四海賢豪頗見知，相從便類膠投漆。男兒得此足自雄，豈異齊王驢百鎰！藏身人海政爾佳，歸去吾將樂圭蓽。

上協揆華卿先生二十韻榮慶

日月雙懸舊，風雲百變新。重來瞻紫氣，萬感集丹宸。軌道嚴城徹，高樓御水湮。小儒空踧踖，元老故逡巡。昔忝陪春宴，今容接後塵。士依通德里，國賴老成人。與立全由禮，偕來必在仁。大同焉可冀，小雅痛將淪。眾論當衷聖，群材應辨珉。真成一鬨市，誰作九方歅。聖祖乘乾會，諸賢啟泰辰。外交通北徼，修曆借西鄰。家法崇濂洛，嘉謀用李陳。安溪、澤州。四方無不服，萬國盡來賓。詞欲重華就，規宜往憲遵。衣冠方會合，草莽自酸辛。一德期伊尹，三言望宋神。別離已近紀，瞻對忽逾旬。久分溝中斷，甘為積下薪。公能調玉燭，長遺白鷗馴。

和王晼香太史蘭庭見贈韻送之返六安辛亥

榮官夙願薄中民，長欲汀洲採白蘋。守我林泉安素分，看君談笑繼英塵。文章未剪籠中翮，章奏期批頷下鱗。何事相逢說歸好，豈緣秋興動安仁。君以御史記名。

酒座呼傭取大盆，狂談不避市人喧。才非捭闔心空壯，膽抱輪囷血尚溫。草草詩篇記陳跡，茫茫歸棹破江痕。他年重會知何地，恐似蘇門阮訪孫。

得方小泉丈希孟書却寄

家國艱虞日，平生父執稀。一書來遠道，萬里喜生歸。游記應傳世，高吟更入微。分明江漢路，愁絕十年違。

論自分朝野，人難定否臧。都成一鬨市，誰是百夫防。滇嶺春無綠，遼波遠更黃。感時同有淚，揮灑入篇章。

寄懷沈乙庵先生

憶送歸艎火正流，山城花鳥到今愁。清尊談笑才經歲，白髮江湖又早秋。袖裏長閒活國手，樓前應掉看雲頭。近聞東馬聯翩召，早晚朝廷起范歐。

寄懷馮夢華中丞

芳樹盡從白傅種，嗷鴻重待次公收。愛花人去空惆悵，憂世心長轉繆悠。淮塞近開疏道議，國貧難作重輕謀。青溪秋色如招客，欲問江干下水舟。

題子善秋景

柳老西風作意驕，孤蟬猶自抱疎條。不知更有春來否，到眼秋光太寂寥。

次韻甯州中丞大觀亭巡視廣濟圩二詩

西來雪浪抵危欄，亭傍孤忠拓舊觀。新種竹梧聊補翠，略加塗堊不施丹。茫茫白水無平地，蕩蕩青天有暮寒。且喜江城兵氣靜，萬家恃爾定波瀾。

山泉江漲雨如綿，一線蜿蜒勢待穿。盡屏軒游來宿野，却憑畚鍾竟回天。金堤波避王尊勇，武衛心隨蘇軾堅。江北江南鴻百萬，欲從召父乞豐年。

示韞輝

輕霜食鬢過書蟫，往事依稀爾我諳。似水華年將半百，如弓新月又初三。墓門衰草秋藏雉，山墅枯桑舊長蠶。會學襄陽居士法，無生話就一茅庵。

題鐵華詩卷

徐君天性是詩人，通介遺風絕世塵。臯廡自容梁案舉，盧船許救孟巢貧。鵂鶹有恨顏驚瘦，龍虎相遭句倍神。可惜惜翁虛後死，奇才見應解眉顰。

嘉興吳芥子受福藏摹本馬湘蘭聽鸝印卞玉京寫經硯柳如是菱花鏡李香君小景硯卞硯亦刻玉京小像又求臨柳像附鏡後題曰板橋殘照徧徵詞詩因成一律

唐鏡菱花秦篆章，硯端玉貌繫興亡。三吳士女多風雅，六代江山易夕陽。紅粉每邀名士顧，白頭知借法華藏。如何潦倒汪容甫，舊院投文比弔湘。

題子善畫

怪石成堆醜竹研，荒寒高樹暮江邊。何人與結茅亭子，護取疎枝絕可憐。

劉蔚堂令君啟文聽鸝圖

男兒當少壯，銳作萬里游。仕宦既云遂，時時懷故邱。願為境所縶，欲歸難自由。深衷托圖畫，如病對珍羞。劉侯家剡谿，山水天下幽。卅年百里宰，一官今白頭。江南與江北，遺愛處處留。去年來吾邑，頌聲滿道周。國賦去蟊蠹，山城免戈矛。開篋徵題詩，似有蓴鱸謀。大地在天宇，滄海著浮漚。何者為故鄉，胡越肝膽侔。不觀漢司農，雞豚賽春秋。桐鄉勝子孫，有德無不酬。況今臘未盡，寒氣塞春柔。千門萬户裏，不復聞嬌喉。願侯姑置之，且盡按上甌。

慎宜軒詩集卷七

壬子三月偶作壬子

春歸何處尚沈陰，買醉愁隨酒盞深。鉤喙已能為九鼎，客軀仍自養千金。學妝癡女依孃櫛，解語嬌兒識父吟。家室依然渾是福，白頭兄弟遠關心。紛紅駭綠滿庭中，花思難禁睡思濃。無賴春風狂似虎，不妨老子道猶龍。杯柈興減疎朋過，几榻塵生任網封。獨有南窗新竹筍，怒乘夜雨恣橫從。

巴縣潘季約郎中清蔭君子人也與余兄仲實交久矣庚戌秋數晤於京師今歲北來聞其賣屋載書歸里作此寄之

西南迢遞計鄉程，獨抱圖書別鳳城。江闊豚魚休作浪，春歸杜宇倍關情。浮雲易逐驚塵起，白日終依故國明。早晚茅堂親檢校，萬山深處嘯歌聲。

出門

我老倦行役，其如世變何？已無鴻鵠志，深恐虎狼多。苦縣書空著，甘陵部未和。兵驕誰召汝，不敢怨天瘥。

犬子周方再，秋來體漸強。扶輿能送我，索餅自依孃。果熟無多啖，風高好與防。嫡慈深護汝，寬此九迴腸。

上海逢沈乙庵陳伯嚴陳介庵陳劭吾惟彥及倫叔

忽忽前塵夢裏除，是非難執舊詩書。生涯土偶憐桃梗，事業工師棄社樗。谷底已無巢許迹，海濱都作望夷居。相逢莫問今何世，燈火蒼茫海氣初。

雜詩

出門何茫茫，了不似人境。豺狼當衢術，騏驥步不騁。寒雅雜亂啼，占此西頹景。結陳塞遙空，意若流光永。惟雞具五德，中宵發深警。不改風雨聲，聞之祇悲哽。

洪鈞運大化，萬物仰其神。稟氣立恒幹，自然有彝倫。燕鴻別妃匹，蜂蟻知君臣。烏鵲亦何智，群飛集昏晨。斯理忽破碎，物否況於人。哀哉父子親，不及虎狼仁。

孔子諾陽虎，亦欲應公山。苟能假斧柯，庶幾奠區寰。躊躇終不往，豈不惜時艱。成功未可期，禍患如邱巒。所貴從吾身，留此萬世閑。

長嘯出國門，大道生秋草。秋草日以多，行人日以少。繞朝贈晉策，勿謂秦無人。夷吾不世出，江左遂沈淪。我欲求英豪，恐在渭水濱。爭名市朝裏，或者非伊倫。

跖也膾人肝，橫行天下苦。展足如大箕，發聲似乳虎。仲尼欲說之，再拜辭不吐。爾生雖美好，乘時恣剽虜。不自諱其行，覺爾風猶古。

少年抱秋心，老至轉蕭索。幽燕氣早寒，八月霜侵幕。慨焉推客枕，起步西南閣。天河無客槎，何處招飛鵲。北斗無酒漿，何以成斟酌。西風海外來，狂葉紛紛落。

客從海外來，遺我千黃金。人生貴快意，行樂當及今。美車澤可鑒，駟馬馳駸駸。趙李日經過，絲管多哀音。黃金易消磨，白日易蹉跎。酒債積如山，焚巢將奈何？周赧豈足法，暴秦一何多！

日落群動息，夜分氣轉清。如何當此際，各抱淺深情。志士惜光景，徘徊倚前楹。狹客睠佳麗，酣歌彈鳴箏。光景不可留，容顏有時更。臧穀羊俱亡，未知誰虧成。不如華山叟，睡達東方明。

六籍不可信，古人多余欺。辛苦好家居，碎之由纖兒。六合同一塵，霧重白日述。焉知天漢上，自有精光垂。千春若流電，況此隙駒馳。猛虎矜牙爪，更為蒼生悲。湯武誠可薄，舜禹吾知之。

驅車薄言遊，遠訪黃金臺。蕭條易水上，萬古悲風來。昭王既不祿，樂毅被嫌猜。曠世得一賢，棄之若輕埃。燕丹自秦歸，大勢去難回。發憤遣荆軻，餞別歌聲哀。明知事不捷，勝彼王建駘。謀國需早計，於丹奚責哉？

良史不可見，但採勢利詞。伾文與涯餗，鋭志扶傾危。惜哉功不遂，甘心就屠夷。文宗任傑崩，順死尤可疑。徒觸宦者怒，永為後世嗤。希文一篇論，玉谿數章詩。千古弔冤魄，大義稍維持。竹林七子賢，沈湎糟與醨，二豪議蜂起，誰知我心悲！

昭明著文選，録陶衹二三。後來悟其工，表章勤點勘。猶疑閑情賦，白璧致微憾。湘君湘夫人，千古意同暗。所以東籬旁，惟希瓶與甔。

杜公入夔湘，詩境老逾妙。持較雅頌篇，駸駸與同調。意至多苦詞，光沈無客耀。晦翁頗知文，於此昧厥照。不如山谷深，片言握玄要。

團團柏如蓋，裊裊花如帶。先人有敝廬，溪流南北會。冬圃摘寒菘，秋田收霜穲。到枕無雜聲，松風伴谿籟。秦桃落人間，商芝非世外。吴魏爭雄時，此地駐旌旆。山林失深窅，何處無患害。惟有白雲閒，蒼蒼布秋靄。

老鳳西山棲，辛苦育衆雛。衆雛毛羽成，不得報勤劬。飄蕭將倦翮，自作稻粱圖。念此五中熱，頗欲效馳驅。我友胡不諒，嘲我逐時趨。自抱風木慟，吾轡未敢紆。友墓草亦宿，舊盟今不渝。遺詩日在眼，把卷闔且吁。白日照山海，精魂定有無。

鳲鳩將八子，一子落海渚。雌雄相和鳴，青春出麗語。一朝飄風起，中道折佳侶。文采非昔時，猶為壇坫主。綢繆營户牖，拮據支陰雨。平生鴻雁行，隔絶今何所。虚傳黄耳書，會面終成阻。明年春江漲，歸翼幸勉鼓。丹穴尚依然，竹梧仍楚楚。

去年當鼎沸，不意得一兒。六月漸解笑，家人頗憐之。暑從北方歸，一病不可醫。甯無父子恩，垂涕埋山陲。今日已大難，來日更可知。辛勤到八尺，所值又何時。察始本無生，莊周道足師。

幽蘭生絶壁，偶被樵夫採。擔荷入城郭，市人爭求買。芬芳固絶倫，精氣已潛改。花時一已過，棄擲牆隅在。徒令深山中，年年無全蕾。

有情常苦悲，無情太枯槁。悠悠濁世中，誰從解意表？朝來攬鏡看，不似少年好。天運有秋冬，何必惡醜老。但願平生歡，白首永相保。共此須臾光，那不惜素抱！

人皆願不死，不死夫何為？交游中道變，恩愛座上離。湛湛案前酒，騰騰鼎中脂。但養新少年，不養舊聾疲。聾疲不適用，少年空復奇。奄忽流光去，綠鬢終黃泥。同隨大化盡，到此又焉施！

偶懷梁節庵胡漱唐思敬

治世能臣亂世奸，許生早自識曹瞞。甘蔗已逐風霜盡，往事空勞修竹彈。上書不報拂衣去，絕類西京梅子真。最痛篇終陳苦語，異時逆耳更無人。

偶題

西風吹雨似輕埃，零落殘芳尚亂開。秋蝶向花無意興，繞叢三匝卻飛迴。

偕子善伯豈游北海登萬壽山作歌

紫微垣昏無帝座，金鰲玉蝀行人過。白頭宮監尚守門，得錢引我恣游臥。萬壽山即遼瓊華，樹石葱蘢少塵堁。高宗記有四國文，築亭蓋覆碑豐大。嵌牆法帖石稍殘，承露銅人盤未破。雕蘭繡柱半傾頹，玉几珠簾隨蕩播。皆云庚子乘輿西，外國兵屯任點涴。長松幸未作薪燒，宮花豈免當芻莝。

當時敷設直千萬，捆載徑行那敢邏。於今皇帝法唐虞，持較元明猶足賀。崇陵壞土惜未復，誰與招魂歌楚些。刑餘尚抱犬馬思，公等能言勿辭愞。

我聞此語已淒然，含情復續悲填咽。吾曹額本三千外，今日凋零衹一千。舊餐官米久停放，月領公家銀四錢。太液龍舟曠不御，昨來偶為將軍牽。

欲求恩澤不敢說，得即歸家學種田。西山落日半輪縣，宮闕依稀在暮煙。枯荷折葦鳧雁集，秋風吹雨如吹鯀。山陽安樂以愚全，唐十六宅尤堪憐。

世局原隨士議遷，眼前推倒三千年。但使西鄰無責言，阜財利用國本堅。虞賓自爾安不顛，咄汝刀鋸法應捐，吾亦偷生何憾焉！

方伯豈仲斐招游天壇觀古柏作歌

天壇鎖鑰放三日，士女長安空巷出。琉璃廠内鞭影驕，正陽門外車聲疾。方生邀客及衰朽，微醺莫放斜陽失。未到先驚勢駿雄，入門已覺情蕭瑟。繞壇一碧皆種柏，羅列駢生咸秩秩。元耶明耶世不知，百株千株數難悉。陰森奪日色淒涼，慘澹生風寒凛慄。怪根直下渴重泉，霜皮縐裂蟠修繂。真宜虎豹據為宫，恐有狐狸攫作室。旁幹猶承累葉露，中枝折為前宵颶。無情樹木尚如此，繫日長繩知乏術。祈年殿上望西山，金碧依然暮靄間。王氣已隨龍虎盡，夕陽衹見雁烏還。往聖千秋垂教澤，嚴祀昊天威百辟。彼蒼視聽悉依民，精意分明存簡冊。大道原為天下公，此心不隔耶回釋。齋宫肅穆水環垣，想見千官助駿奔。中夜燔燎半空赤，連營宿衛萬夫屯。五千運過蒼天死，更聞開作公園矣！吁嗟乎！倚天拔地之古柏，留與游人勿輕摘。

偕錢唐戴蘆舲克讓子善伯豈仲斐張屏臣家翰東彦煥兩姪游法源崇效二寺

法源寺裏松猶在，二十五年重與對。幹老能禁塞北風，陰濃奪得西山黛。毅軍半占僧房居，放我閒行了無礙。豈緣大士是龍象，果有聲名存海内。君不見旃檀苑本與屋亡，天甯隋塔望門退。出門迤邐西南行，清曠漸與市囂背。棗花亦是唐佛宫，老僧種花當種菜。牡丹一株百廿朵，花開酒肉聯車載。不是花時挾眾來，我比東坡尤襬襶。壁誌猶存王仲堪，西來小閣全荒穢。摩抄翁記想朱王，詩史風流成異代。後來視今似昔無，橫流未必侵嵩岱。文章光燄自千古，老死書叢吾不悔。

國子監改歷史博物館戴蘆舲招往欲觀監中舊存古銅器至則館長因小雪鎖庫歸但敬瞻辟雍及孔子廟觀石鼓而歸

國子無先生，館長鎖庫去。守門兩白頭，招邀縱游觀。辟雍水生蘆，風過怨如訴。屏風立殿中，寶座昔當御。璀璨金碧坊，直前無百步。憶昔盛典舉，普天同悅豫。觀聽近萬人，惜哉吾不與。更老禮竟廢，驕心已潛據。譬彼木千章，外盛中舍蠹。旁有三岐槐，尚說文正樹。元氏崇僧伽，淫毒及陵墓。兵氣崢嶸中，講席尚容布。國亡教猶存，豈非斯人故！民心苟不死，英主固易悟。大哉孔子宮，率土知欽慕。帝王有百易，孰敢改此度！前年換黃屋，未竟功忽駐。雖無上雨淋，恐被旁風仆。流涕向階前，久立空欠㰦。吾聞東方學，西漸勢難錮。奈何同族類，自滅鮮顧慮。石鼓在門內，置柵與之護。摩挲剝蝕餘，幸免荒原露。煌煌告功文，運往目誰注。進士例題名，茫如在煙霧。飛霰集客衣，驚心動歸屨。獨有柏千株，虬枝猶鬱怒。

鉛山胡詩廬朝梁伯嚴弟子也以詩卷相投題贈一章

終年鵲噪烏啼裏，洗眼今朝見此詩。日星有夢寄山谷，塵土無痕到牧之。世論繆悠懷抱惡，生涯浩蕩語言痴。便約散原成三笑，一醉沈冥百不知。

贈吳辟彊闓生

醉翁意氣薄雲霄，曾許升堂廁俊髦。嗟我見龍徒片爪，看君於鳳得全毛。平津閣裏秋風勁，皖伯臺前夜夢勞。好向燕然求石待，漢家行事固能豪。君為總統府秘書，欲歸葬不得，時有用兵外蒙之議。

余摹得惜翁小像穗卿題詩感喟深至次韻時教育部方討論尊孔事

莫笑荆高是酒人，悲歌燕市豈無因？不傳死矣猶留影，吾道非耶孰見真？今日泰山安可仰，異時滄海恐全淪。九洲寄向虛空裏，萬代千齡跡總陳。

膠州柯鳳孫編修劭忞**與辟疆論詩及近賢盛許拙作因有通伯文章叔節詩之句而君近著元史不出贈詩謝之**

老抱雄奇續馬班，荒園小屋意閒閒。一編識我風塵外，廿載游余父子間。回首觚棱渾似夢，閉門史槀積如山。天南地北終惆悵，已有歸心起白鷴。

舊除夕作

此夕深杯酒，年年得共嘗。歷移成舊俗，客遠異歡腸。兒女依燈鬧，雞豚入饌忙。故鄉猶在眼，莫怨隔風光。

由京漢鐵道南歸途中寄仲兄

春北冬南逐雁忙，白頭相對暫分張。霜風曉揖千門柳，冰雪宵粱十里黄。詩酒興能留壯節，兒童音已變他鄉。如龍如虎飛騰過，醉倚車窗看太行。

偕仲兄登陶然亭癸丑

萬竅爭鳴昨夜風，西山全在混茫中。重來客鬢驚新白，一笑花枝似昔紅。僧換難尋高士宅，官尊能奪梵王宮。飄零杜甫傷春慣，衹恐清樽酒易空。滿州覺羅炳成居龍爪槐旁，去亭不遠，僧言廟為陳京兆所占已久，炳成死亦不知其居處

題通伯碧梧翠竹山館圖

山城斗大枕龍眠，文獻相承五百年。入座鬚眉多古貌，充囊述作半名篇。傳中耆舊音誰嗣，畫裏園林意可憐。書史滿前梧竹好，幅巾來往雪盈顛。

槃君五十甲寅

江城執手記猶童，問字交承杖屨蹤。詩禮幸逃秦烈燄，衣冠誰保魯章縫。百年中半體猶健，二月方春花正濃。農事待興兵事遠，會攜茶鼎和巖松。

歸來

歸來理舊窩，書冊喜無他。洗竹潤添幹，問梅香滿柯。英雄王霸少，天地戰爭多。却顧三雛子，吾衰奈汝何。財匱雄籌困，時危佛救難。不眠據高枕，無術媿儒冠。吹角千山靜，繁霜二月寒。天心與人事，翻起百憂端。

題通伯所摹惜翁像

先生已千載，遺像喜猶傳。貌有枯松古，形真社櫟全。江山全盛日，壽考太平年。莫怪湘鄉羨，今瞻更憮然。

得三姪哀問誌痛

隔歲不相見，詎知永別離。開椷腸寸斷，望北淚雙垂。天道寧如此，浮生焉可知？高堂有白髮，辛苦久如絲。汝貌懸吾目，吾今見汝難。百年方夙駕，十口寄長安。手種花如錦，舊批書滿丹。回思車畔送，忍說死生看。

到省倫叔留宿兼賦二律次韻題其近詩

會合原非人力致，兩翁天遣一堂來。相逢髮短猶遮鬢，莫惜杯空更倒罍。春水波濤歸闃寂，高梧日月絕風埃。蓮花七寶生堪羨，任爾風輪次第推。

多生慧業知難盡，況有名區助異觀。謝傅祠荒情浩淼，夏王陵古勢拏盤。青山長往却腰健，白髮孤吟天地寒。媿我讀書三十載，案頭螢火浪教乾。

贈葛溫仲 溫仲乃繩侯女壻末二句謂繩侯新葬

葛子溫溫者，風棱内不群。買山得水石，築室通風雲。自學養生訣，能逃濁世紛。十年如一日，竚立羨夫君。竹輿乘首夏，相值皖江湄。偶出宣城紙，求書舊日詩。朝來晴定未，老矣去何之。不見新阡起，蒼茫使我悲。

贈宿遷臧雪樓增慶

我友半為子所友，初逢便作故人看。山城夜雨添江淥，幕府清風生夏寒。埋骨孤軍懷舊烈，論交千載有新歡。堂堂留得鬚眉在，莫媿當年管幼安。雪樓叔曾祖牧庵先生，咸豐中援桐城，殉節城南，有碑。

次冀平見贈韻

君才抝怒不可律，下筆蒼茫百憂集。縱橫大句在長篇，清婉閒情歸短什。自憐已作秋蟲悲，近抱尤如春蚓曲。平生老友舍車翁，騷壇盟主久無敵。閉門獨草子雲玄，斷句似讀連山易。鐵華弢庵周代文，淵如季野商人質。西海足供夸父飲，不周敢效共工觸。昨者索詩今者來，見譽過情戲太劇。我今忍辱學菩提，巨浸不濡肯從溺。北望猶餘一念存，未等彭殤時太息。三舍自甘此日避，十年更養垂天翼。不須窮我使添愁，再說橫戈當衢術。來詩云：「不然寢甲更十年，飛艦航空假予翼。呵斥八極等微塵，再伴天人談戰術。」

再次前韻答冀平感近事

市人雅鵲聲同律，白璧無奈蒼蠅集。豺虎猶知不受譖，巧言自古垂風什。我持故山雲腴來，澆子詩腸令回曲。不圖招得伏波軍，據鞍顧盼萬人敵。素箋兩日已三疊，句健安能一字易。昔者皋比真濫擁，虎皮非分蒙羊質。易世謂宜江海忘，深文未許藩離觸。蜉蝣朝暮我易待，蠛蠓蔽天渠已劇。儀舌雖存早倦游，韓灰不然胡用溺？大官迺與腐儒爭，正如張楚臨凡息。故人不作青白眼，力任解紛予卵翼。君不見道旁驕犬喜咋人，雲裏冥鴻智多術。

長沙陳慎登朝爵**榜寓齋曰不繫舟胡淵如為書之皖中士夫各贈歌詩余與慎登同游迎江寺慎登歸成詩索為賦之**

我見慎登貌，記在辛亥前。我讀慎登詩，倏復甲寅年。君貌頗如枯松古，君詩乃作幽蘭妍。四載波濤揭天地，蛟龍百怪垂腥涎。疾雷破山水飛上天，轟闐而起忽闐止，變化不可言語傳。慎登處之心寂然，一舟不繫隨風旋。還鄉作客平等視，因物付物忘家禪。胡子大書壁上懸，群公投詩爭後先。中間豈少黃花曲，恐泥跡象非真玄。昨者聯袂浮屠顛，江山清麗洲邈緜。歸成俊句更督迫，提毫復閣心煩煎。方叟格高抗杜叟，程生長律殊芳鮮。新知老友各如此，敢對巨敵橫戈鋋。雲收驟暖衣汗黏，陰晴不定吁可憐。哀駘麗姬何有焉，幸君早解〈南華〉篇。

次趙春木繼椿**見贈韻**

高齋下榻更浮觴，共看秋雲沒太陽。蕭瑟留聽三日雨，從容與展一生狂。當時杜甫思除草，此日陶潛悔種桑。藜杖偶因行散出，投詩翻累故人忙。前半乃辛亥秋事。

春風簾捲吟紅藥，早擅才華似牧之。重倒清尊拘客飲，喜無橫氣見君機。雲煙作態終成幻，邱壑藏胸未厭奇。少讀殘書猶未了，閉門已悔十年遲。

鐵華因病戒詩為余來特賦一律次韻奉酬時端午無龍舟故末語及之

已分空山枕石眠，又來郡郭看雲煙。江波不與英雄逝，塔影依然霄漢懸。興發故交為破戒，酒酣今日是何年？湘纍未許揚雄弔，簫鼓無聲白浪顛。

鄧叔存以蟄**哀治尊君繩侯先生家訓成冊屬題深夜繙讀感歎成詠**

燈火虛齋向案青，故人細札語丁甯。僧虔誡子惟勤學，高密傳家有舊經。士龍行看松矗矗，門材喜見玉亭亭。百年清德承何易，渾潦終存世典型。

去年晤蒿庵先生於滬出示新詩余亦以拙作呈覽辱蒙題詠近始獲讀奉懷一章並寄乙庵先生

去年謁公歸，梁燕初引鷇。今年思公時，牆榴紅吐綯。篋中百韻詩，七十公自壽。歷敘平生踪，傷今復悲舊。我有草根吟，正思有道就。辱荷薦蒼璧，遂掩鹿皮陋。昔者德星聚，歲在未申候。公與沈嘉興，旌節欣輻湊。陋邦得大賢，士氣若饋餾。龍歸雲亦散，天意昧難究。小草尚依山，大招不思彀。春渚少潛鱗，曠野多哀獸。永叔思洛陽，良時不可又。

喜雨投劉令君啟文

三王德既邈，横目無人憐。牛羊任肥瘠，所賴牧者賢。珪璧郊徂宮，此義載詩篇。奈何逞横議，壇坫廢牲牷。去秋三月旱，數省民無饘。春麥久待刈，又傷寒雨連。吁嗟一線命，望此秧入田。三分方插二，龍睡無人鞭。有時玄雲興，微點霏輕煙。風來吹釃之，欲訟誰司權。劉侯中宵歎，朱榜張市廛。禁彼羊豕屠，逝將告吾虔。精誠果上通，簷溜鳴奔泉。想見四野外，白水滿新阡。邦人視吾侯，久如家人然。願待百寶成，築亭記豐年。

次潘季野洄移居韻

辛苦遺經無地巢，數莖白髮等閒拋。喜君有屋能容膝，何計成氈費刮毛。早晚看山休獨往，歌呼隔巷許相招。種花買竹終吾世，未必秦人策始高。

賁初居士贈貓索詩

禮重迎貓等祭虎，虎食田豕貓捕鼠。春來鼠擾不成眠，買得貍奴頗魁伍。十日嬉遊一日歸，飽輒酣聲動前廡。倒甕翻盆百不知，但勝朱泚獻同乳。

故人憐我數篋書，五世丹鉛寄辛苦。覓將俊物與護持，文采班班照環堵。便似尼山得仲由，鼠輩從兹莫余侮。

贈裴伯謙景福即題其詩集

萬里黃河寫入懷，如君蹤跡頗奇恢。世傳南海多神異，人羨東坡有吏材。夜靜虹生顛米舫，秋高風起粤王臺。一官丹荔黃蕉底，十五年前似夢回。

走馬昆崙雪壓鞍，懸腰孤劍與爭寒。山川雄異開詩境，身世蒼茫到筆端。君幸生還看世變，我從死友得新歡。太沖賦自三都貴，作序何須待士安！

張子駒家騮**今年鋭志作詩出語驚人辱荷見贈久未有報又承招飲次其重九均贈之**

我老遭陽九，豈任中風走。長安歸兩年，周旋賴親友。藉彼珠玉華，掩此藜藿醜。浩歌送日月，頓忘窮居久。斯文如大澤，百獸依其藪。量腹隨小大，各自滿升斗。古來聖哲徒，一一開户牖。麗有漢都京，奇稱元測首。悲憤少陵什，醇淡淵明酒。光芒耀天地，不與浮榮朽。道衰文獨昌，翻幸天予厚。張生相業餘，家風承五畝。篋藏叔皮書，耦得康子婦。書堂新展拓，雜植具花柳。向來不作詩，一出驚富有。此才更十年，吾軍能左右。時時袖巨帙，令我避居後。夜吟醒醉眸，朝諷開笑口。腥臊野戰龍，妖變天墮狗。寒儒愁浪抱，將軍腹空負。和詩更就君，今日醞佳否？

通伯近收吾縣方水邨先生隸書東坡和陶詩三章後有方植之東樹**朱歌堂**雅**吳正恂**庭輝**馬元伯**瑞辰**及外王父光栗原諸先生題詩裝為卷子屬題方先生名應乾明季遺老嘗捨宅為金粟庵自號金粟頭陁**

淵明自抱羲農慨，百世東坡識此心。出處不同風味似，固應山谷是知音。捨宅為庵擬半山，白頭更寫和陶篇。低徊二百餘年事，過眼風燈憶昔賢。道咸諸老遍題詩，學行文章各擅奇。自把深情書卷尾，盛衰微覺異當時。

慎宜軒詩集卷八

到京三日送方孝遠之寧夏並寄許冀塘 乙卯

噓氣鬚成冰，十年寒未有。我來君戒行，離腸寫杯酒。君行更西北，萬里單車走。黃羊飫冰盤，白鹽堆雪阜。古來邊荒地，今已同户牖。所托況親知，辛苦應未負。儻逢許丁卯，為問詩多否？我老憚長塗，羨君好身手。

贈李曉耘 國柱

李生曉耘者，貽我一卷詩。披讀到深夜，昏眸捕蛟螭。壬子詠史章，字字皆瑰琦。欲曉苦不易，此語耐百思。弱冠已如此，後來自可知。妄譽信尊匏，摳衣質聾疲。前日期市樓，卒卒竟忘之。師丹固老人，今未及彼時。我豈武安哉，君亦非魏其。文字異勢利，知不成嫌疑。相忘在江湖，古心照肝脾。

乙卯脩禊十剎海分韻得同字

辛苦一涔水，照我少成翁。堤柳數十株，青意仍濛濛。言懷永和人，勝事千載同。賓主集高樓，履舄翔虛空。簫韶音久絕，豈有日再中！今辰不自樂，誰為開余衷。陋哉王右軍，胡獨感無窮？

徐又錚填詞圖 樹錚

君年十四為諸生，當時鄉井早知名。作文屢驚學使者，拔送高材不肯行。十八投身入軍府，上書萬言動府主。多多益辦本天成，一見知非噲等伍。懷藏韜略世不如，七年猶問海東居。朝騎富士山前馬，夜讀睢陽架上書。詞人宛轉情依舊，按譜翻成皆錦繡。玉田工整少精奇，白石森嚴遜華秀。歸來天地入蒼茫，竦身直上雲霄旁。腰間如斗高官印，襟上銜花殊錫章。畏廬老人頭半白，淡黑圖成舊吟宅。危樓百尺水邊明，高柳千枝風裏碧。卷中題詠多耆耈，馮鄭皆吾昔者友。徵詩也復到鯫生，豈具黃鐘思瓦缶。大范胸羅十萬兵，碧雲紅葉尚多情。從來虎嘯龍吟客，不廢雛鶯乳燕聲。

述懷三十四韻贈王晉卿樹枏**裴伯謙**

吾年十四五，趨庭西山中。挾書從兄讀，大義時多矇。伯也獨早世，抱志恨未終。遺經仲篤嗜，白首寶殘叢。漢宋說紛如，一一會其通。兩姊適馬范，范詩馬文工。小子都弗如，培塿配華崧。門内顧尚爾，敢當天下雄。去年遇裴子，一見情先融。出詩逾千首，噴薄萬丈虹。高者窺少陵，次亦蘇長公。謂我盍序諸，既成心忡忡。新城富篹述，名久聞至翁。季冬到燕京，幸得談笑同。不請序我文，假借語胡豐。賢者豈溢與，子或自由衷。吾親有盛德，絅外錦在躬。高文表遺壟，巨石行求礱。惟此兩君子，昔同貢南宮。吏名南北齊，所至活疲癃。新城帥諸侯，裴翩翦不翀。握手銅駞陌，那計遭汙隆。江南舊解元，分止王群童。樂事專師友，東鐘應西銅。大范後吾伯，墓門長蒿蓬。生存勤會合，爪惜泥上鴻。吾如泛海人，適遠資桅蓬。舟師肯佐佑，待吹六月風。泰山忽傾頹，涇渭流交潨。樂亡禮又失，生民將為戎。吾非孟韓徒，可息群言訌。師彼嗣宗慎，捲舌深閉嚨。人生哀長勤，翻羡逝者侗。會合誠足喜，亦復悲無窮。

乾隆時常熟孫訥夫先生以知府從征準格爾遘母喪不得歸哀毀卒於土室中初先生得異石名曰佛雲伴喪歸里咸豐時失於兵裔孫雄裝池先生小畫成冊求林畏廬李梅庵補畫其石附之徵題

家山在萬里，作畫當看山。奇石忽飛去，補寫青玉環。畫山忠孝人，補石兩蒼顏。嗟爾石可補，補天知已艱。

師鄭又徵題翁文恭公手蹟

老去虞山獨閉門，相公功罪不堪論。殘箋剩墨風流在，留與千秋伴淚痕。

吴少畊廷佐**五十徵詩次諸人韻**

五十居鄉雖未杖，逢人庸敬半呼兄。青春得酒無奢望，白髮聞歌有異聲。從古空山增鶴力，幾時世議定螗羹。我歸試述燕京事，易水今無古慶卿。

知本無涯生有涯，偶然托足便為家。征廛幸守先廬小，榷酒難從私釀賒。明月蚌胎天道在，春風鳩杖母餐加。只愁問事煩他日，挽到鬑鬑短可嗟。少畊須少，故以相戲。

次磐君淩寒亭韻亭前立雲石是張氏勺園故物

閱盡興衰二百年，亭前片石獨蒼然。梅簷花繞天孫錦，竹徑枝鳴帝子絃。北嶺生雲疑屋上，西風鑿暑去尊邊。公能老此寧非福，只盼霜清稻熟天。

蘇穀叔行均**去年以詩題余近作次韻**

少抱秋心不受憐，吮毫欲到古人前。三千詩滿牛腰裏，五十精銷蟻磨邊。此日樂憂兒輩覺，當時墨費老夫研。故人期我黄花候，相伴東籬一粲然。

次雪樓喜再見韻

南歸已負看花時，握手重裁歡喜詩。幽處共期修竹節，深情欲續斷荷絲。驅車海内多岐路，學易君家有大師。不食那能妨井渫，勿教吾水等閒兹。牧庵先生有易學。

聞胡敬庵近狀作此寄之

世與吾曹風馬牛，先朝老令又何求。校書事恐羞元亮，賣藥人猶識伯休。春醅宜將雙料酒，酒出黟縣。秋風莫憶五湖舟。石魚舊約年年負，笠屐吾終與子儔。石魚山在黟縣。

過孫文園吴

去年食君梨，虛腹得軟飽。今年過君家，枝頭淨如埽。君言鄰少惡，每伺天中昴。緣牆捷類鼠，瓦墮夢被攪。行修憎多口，味甘爭探爪。混混一世中，何用矜美好。

磐君題六安何子翔乘飛艇俯大海攝影五古讀之有感

鳥亂於天魚亂淵，深山麋鹿不成眠。君知禍水由茲否，棄智同尋大願船。

寄李光炯德膏

遙岑吐明月，照見湖中廬。閉户聞天籟，鳴榔和讀書。不妨神冥合，甯與世長疏。欲涉無津水，思君情有餘。

高養祉景祺乞作其大母毛太夫人賢孝詩

璧珪從吉習，雷電感金滕。忠孝神攸許，天人釁若膺。焉知匹婦節，上有古人徵。弱質遭多難，衰姑病未興。藥憐丹鼎竭，翦向玉肌扔。堂上春初轉，牀前豎又憑。微詞通碧落，夜禱對金繩。香與魂俱返，鸞隨馭上昇。妾身甘瓦碎，夫命得川增。運祚門今大，朱丹轂競乘。人心疑禍福，帝謂報雲仍。列女方編傳，名應青史登。

題師曾槐堂圖兼寄散原老人

蜩翼無聲葉半脫，空庭容得老槐活。其旁醜石兩三拳，瘦筠依之氣不奪。風塵何處有斯堂，陳子借自武昌張。哦詩作畫輒竟日，但怕夜寒更漏長。散原先生今老矣，青溪屋破西風裏。三年未見一書無，想得高懷如止水。昔君為我圖西山，西山今在有無間。君家崝廬歸不得，人生適意無南北。收用遺山法，改半山句。

題填詞第二圖

徐侯閉户覓佳句，句成林叟命毫素。畫中庢屋淨無塵，隔谿尚有樓堪住。徑絕風雲自往還，前圖臨水後圖山。雞蟲何與猿鶴事，便欲相從老此間。

舒彬如鴻儀宜園本克勤郡王物燬於庚子之亂彬如購而葺之自為之記

老言自勝強，多欲無一可。項王蓋世氣，田父紿之左。城西舊朱邸，樹石殘兵火。舒侯得一角，經營成婀娜。自言勤樹蓺，那計食其果。但令還舊觀，人得吾豈叵？君賢誠遠矣，及此非瑣瑣。内重外自輕，萬物皆么麼。不見有虞氏，天下何與我。受堯乃付禹，鼓琴二女婐。

又錚畏廬磵秋詩廬及張少浦伯英**塔式古**齊賢**張仲韓**慶琦**梁次楣**上棟**陶仲芳劉紹松**汝柏**林奏丹**凱**以余五十邀泛淨業湖觴於昌邑陳明侯寓中翌日畏廬作圖記之又錚賦花犯裝卷相贈諸公績有詩文因賦謝七章**

匯通北枕淨湖限，水有菰蒲岸柳槐。兩代興亡消得否？西涯死後幾人來。

帬屐風流盡世英，偷閒邀作泛舟行。當筵頗有鬚眉古，却喜諸賢愛老人。是日並招朱仲我、馬通伯及仲實。

畏廬文字筆巉巖，閒畫荒寒水一灣。荷葉打完蘆葦淨，斜陽樹杪看西山。

挂壁良弓暫輟彎，十年厭草檄如山。吹簫自度江南曲，城北徐公不等閒。

胡子詩追黃與陳，小林記躡大林塵。臧侯不語張侯語，下筆應須泣鬼神。奏丹作記，詩廬、少浦均有詩，磵秋能詩而不為。

殺賊何如斷佞臣，孤忠不與董曹倫。夜闌壁作蛟龍吼，畢竟甯南是可人。明侯藏左良玉寶劍一。

少年意氣欲淩雲，老向詩書自策勳。贏得霜髯似坡竹，看余袖手過無聞。

客有言近時談文頗尚梁體者戲成一絕丙辰

秦皇漢武久消亡，魏晉玄風亦茫渺。巨手元和猶未見，祇應相對話蕭梁。

題畫

真山不免金銀氣，巧奪豪爭起大瀾。何似畫中山最好，斷無塵土到毫端。

贈臧磵秋蔭松

京師號人海，求友各有曹。輕車載年少，意氣豐英髦。磵秋何為者，獨喜親霜毛。吾文偶一見，嗜若左手螯。敦勸印千本，傳之天下豪。校讎驕陽中，却扇汗黏袧。媿非揚馬作，胡以稱子勞。昔塗經芒碭，龍虎氣未韜。會當起真人，一釣十五鼇。六合盡清宴，重瀛息奔濤。發抒萬古憤，鴻文紀禹皋。吾甘牖下老，子應雲閒翔。茲編奚足言，衹配秋蟲號。

合肥段公將枉顧敝廬余以僻遠先往待於林畏廬家以止之因成二十韻奉酬高誼

猷壯資元老，才微愧大賢。虛傳車騎貺，自覺屋廬偏。世已輕荀孟，時方尚慎田。道謀爭築室，橫議各張拳。踴躍客分部，吁嗟民倒懸。魚游沸鼎水，蠅吐吮人涎。論昔艱無匹，惟公敬所先。棟支僑不壓，梁在楚終還。往歲風塵起，崇朝歷數遷。大波秋盛漢，寒日晚頽燕。甘守山林拙，長懷金石堅。柳眠辭露浥，花落任風顛。坐擁遼東榻，家餘子敬氈。白頭今日恨，青眼古人編。問字群童集，鍼詩故侶聯。潛夫無論著，處士有王前。鬬將東西海，佳兵南北天。何當銷畛域，從此免戈鋋。行止關天命，存亡托仔肩。萬方回泰運，一畝願終焉。

題徐相國世昌水竹村圖

越人種篁每成田，依山傍水青相連。中原此物古不乏，風詩所載惟淇園。朱傳徑易毛氏詁，後儒攻討何紛然。漢武塞河寇恂箭，誰言通望無嬋娟。先生卜居百泉尾，蘇門七里時招延。門前羅亞十頃田，清溪繞屋花連天。平生每羨東坡語，苟非大力烏能專。交陰接葉三十畝，籜龍手種紛連阡。出圖命我賦寒碧，媿無大筆如脩椽。先生活國如活竹，身退猶為天下牽。風雨飄搖存牖户，深宮能令孤兒全。胡為懷此一片土，司馬獨樂何有焉。深抱與人不易測，功業過眼如雲煙。水濡火爇皆俗子，藐姑冰雪斯真仙。會須攜酒相就醉，臨風太息懷三賢。

次均壽陳弢庵太保七十

御河冰解紋縠交，衣冠神武罷宮朝。白頭太保獨晚出，凜凜青松寒不雕。黃襬昔受先后託，豈比印繫尋常腰。翟茀齊眉同七十，春蘭秋鞠期非遙。公生於九月，夫人同歲生於三月。公子徵詩助燕喜，長篇雍容短寂寥。回頭却憶六年事，萬弩不射錢唐潮。靈光巋然獨公在，禁門已散當時僚。張良尚有韓可相，肯顧黃石山前要。君臣各以時立義，大哉帝德侔唐姚。

題吳溫叟涑**青溪夜泛圖**

萬古青溪水，鬚眉閱幾人。不知朝市改，但解媚芳辰。一棹疏煙外，相攜綠酒親。畫師取空闊，著意在無塵。

周養安肇祥**篝燈紡讀圖**

廉吏不可作，妻孥寄萬山。當時微母力，應早化夷蠻。燈影臨機杼，書聲動闠闤。夜烏啼不息，催取鬢絲班。

兒幼母心碎，兒長母命終。明明天上月，永夕起秋風。圖畫留遺影，文章記苦衷。不妨補黃耳，危日爾能忠。記載蓄犬，由欽州走番吾，相從不去。

湯定之示其曾王父貞愍公貽汾**詩冊詩寫於道光壬子多記水災有柬先大父一篇句云寒鐘動故宮殘夜知同醒憐君鄉思搖苦我愁魔梗時先大父寓四松庵也敬題長句兼寄倫叔詩窟圖倫叔所藏**丁巳

我昔曾觀詩窟圖，心諸題詩久未報。先生詩窟不尋常，司空土室名同謀。一時詩畫擅聲名，四海賢豪投紵縞。西南烽火迫江來，大節從容仁義蹈。文孫新獲自書詩，以我通家又見告。殘夜有人能共醒，愁魔應為蒼生澇。當時憂樂在天下，不比群兒漫相好。四松詩窟今何在？動地橫流勢尤暴。吁嗟鳳鳥久不聞，頑嚚誰信大師導。故里麥田作鼃坼，西川城郭焚於盜。剝床災已近肌膚，抵死不知渠豈眊。定之寂寞客京華，詩畫能追先世奧。獨我衰情對此編，搖搖恰似風中纛。

答畏廬次韻

君以無田歸未得，我田無歲豈能安。前塵杳邈十年逝，新句凄涼五月寒。老去情懷思止酒，平生骨相不宜官。須長鬢短俱如此，射虎南山大是難。

再答畏廬次韻

鸑鷟巢空聚眾狼，何曾一念到農桑？天心幸救三春旱，江淮聞已得雨。橫議思翻萬古綱。數卷殘書陳北牖，兩間老屋臥東岡。家居免被纖兒撞，不羨成都有草堂。

丁巳六月作

深宵一詔太倉皇，挽日虞淵意可傷。餘燼未全歸有鬲，真人不比起南陽。搤吭孤旅輸心腹，覆手諸侯自肺腸。太息西南消息異，可能終免作螳螂。

復辟事起避地天津四弟獨留京師戰定重入城相見賦此示之

倉卒登車去，艱危棄汝行。居然同一飯，不意得全生。僵柳知難起，飄風莫與爭。憂端隨喜至，盜賊尚縱橫。

陳龍川

聖人不可見，霸者出亦偶。苟能濟生民，何妨撫九有。今之豪傑士，日攫黃金走。試問國與民，念及幾微否？毋怪陳龍川，日與朱爭掊。漢祖及唐宗，朝朝不去口。

臧孫

古人重實行，後以名相競。竊位魯臧孫，空言駭百姓。名實一已灕，聖神資謔柄。轉令帝王業，不起儒生敬。快哉御叔言，雨行安用聖。

寄二姊

四載不相見，風雲有萬岐。兒孫貧作累，門户老猶支。暑雨滋苔逕，江流入稻陂。艱難誰助汝，吾媿脊令詩。

京津道中聞蟬

雨歇蘇蟬翼，微吟碧樹顛。不辭聲苦切，誰解抱芳妍。客鬢迎秋老，離腸待月圓。羲和吾怨汝，何事向虞淵！

燈歌

短檠燈點菜子油，兩草奢覺逾王侯。十年借汝光明力，萬卷容我勤爬搜。而今石油光不爛，琉璃隱電室璀璨。惜哉我眼已生花，安能坐對長侵旦。山窻蕭蕭風雪寒，黃茅蓋屋暖且乾。深宵把卷腹忘餒，祇有千古胸中蟠。人生快意惟心亨，多事誰教萬里行。石油光好電更好，不及當年燈火情。

四弟寓宅雜花猶茂

吾弟五年寓京華，新移僻巷無高車。昨宵巨礮飛空過，風韻未減庭中花。長瓢注水竹作架，辛苦使汝明如霞。貴人堂堦列千種，根枯便棄同菅麻。蒼生尚不入夢想，仁及草木寧非賒。澤中瘠與溝中斷，使我臨風三歎嗟。

謝又錚貺旅資

久信君囊無盜泉，解裝念我突難黔。子輿受賮原非貸，仲叔逃肝亦太廉。世有英雄存老物，願同日月照窮簷。年來苦覺遺經好，著論潛夫更欲潛。

寓樓夜起有感

隆準虯髯不再興，水深火熱聖神孫。川流浩淼東歸恨，天意蒼茫北極尊。齊失固難矜楚得，虢亡安敢許虞存。危樓徙倚禁風露，滿眼山河客斷魂。

憶西山故居

昔者幽居嵐翠中，白頭親健弟兄同。巖前花好留春駐，嶺上雲晴與雪融。夜犬聲稀逢道泰，新篘價賤屢年豐。山廬此日誰開徑，留滯天涯已作翁。

過金鼇玉蝀

猶是長虹跨杳冥，當年禁籞許人經。風翻荷背鱗鱗白，雨浥松鬟鬣鬣青。菹裏龍蛇秋未放，澤中蕉鹿夢誰醒？盈盈一水寒侵韈，牆外吹笳不可聽。

道中寫懷

清風習習雨霏微，眼底京華去若歸。薄醉不溫秋士面，新寒先上旅人衣。枯楊司馬悲生意，芳草王孫悵落暉。無那黃金輕一諾，未容便飽故山薇。

答倫叔

我攜妻兒歸，復出赴幽燕。白髮走道路，不為他人憐。中途逢方子，留醉枉長篇。下及襁褓物，上憶束髮年。此酒既不薄，此意尤拳拳。我居縣東門，子居郡南偏。出門必相念，所造必子先。棲我深院榻，送我夜江船。諸郎叔視我，茶果爭羅前。同異姓渾忘，賓主分胥躅。吾聞三百旨，一情所纏綿。子真富性情，吐語由茲妍。樹古花更好，厓峻石逾堅。夜闌出新稾，一一牟尼圓。小雅道盡廢，父子胡越然。君臣與朋友，人合何有焉。子勿悲中國，亦勿憂華顛。區區爾我間，人道賴以全。種棘不為松，植藕必生蓮。烝民有懿德，秉自蒼蒼天。

贈虞仲仁方孝深

虞方甥舅親，各擅一樓勝。風帆案上過，鳴榔枕畔聽。來往有高人，登臨動詩興。我欲借蒲團，敷坐學僧定。

題姚慎思振孟蘭菊同芳圖

春蘭秋菊無終古，此語聞自楚人辭。嶺南故有秋蘭種，乘暄竊發無足疑。近來陰陽多錯亂，怪事亦到鳩江湄。東籬燦燦黃金滿，幽香忽吐春山姿。故人讀書三十載，抱槖老作女郎師。行脩當有鬼神鑒，家瑞或蒙天地私。隕霜不殺李梅實，春秋災異書非時。禎祥妖孽杳難測，對君歡喜撫時悲。

合肥劉石宜啟琳以母夫人寒燈課讀圖索題三年矣倫叔通伯代為敦迫旅窗歲暮成此應之

平生頗聞劉石宜，會合無由比鶼鰈。石宜念母寫成圖，索我題詩報久闕。爾年壯大始居喪，傷哉我乃初垂髮。耳中懿行得傳聞，夢裏儀容半恍惚。行年三十五無父，是時睽隔如胡越。楚山叢叢漢水深，一慟未容訣臨歿。讀書萬卷不能子，那怪皇天酷降罰。把君圖記肝鬲崩，拊心何語對君發。甘泉遺象空涕洟，瀧岡待表無年月。祇期各守墓門耕，死便長依窟早搰。

孫文園於縣中學鑿池筑亭戊午

故國絃歌地，新營紫翠間。池收春澗水，亭納隔城山。世變無終極，斯文付等閒。登臨易惆悵，廉陛要人攀。

摯翁已千載，遺象在茲堂。昔起歸與興，思裁小子章。有烏終可白，何草不皆黃。待挽江河水，同傾蘋藻觴。

晉卿得介休郎氏所藏兩漢魏晉宋古塼數十手拓並題長句徵詩成十四韻

咸陽縱火秦宮焚，漸臺抱斗漢闕赭。燃臍莫救洛陽燒，賣履誰甘銅雀寡。中原從此暗胡塵，空向江南談五馬。千門萬户都何在？那許閭閻存片瓦。殘塼幸有文可讀，留待後來好事者。郎君搜集王君收，寒雨打窗手摹寫。漢書堅樸晉姿媚，竟月摩挲不肯捨。吳翁康父丈人行，古塚荒壇勤兩踝。著為塼録數十卷，專門學令吳兒哆。翁名廷康，桐城人。與君同耆翁今亡，惜未相逢早結社。工蓺技巧物究極，陶人亦自能風雅。笵土無方日苦窳，翻借鄰材成廣廈。乃知大巧來從拙，萬事波靡皆苟且。區區一物見興衰，斯文毋怪江河下。

盜發晉宣帝陵取頭骨貨外國賈

傳來怪事悲兼喜，野史充箱無此詭。冢中枯骨二千年，復見頭顱行萬里。八王手足自相夷，一龍猶說牛家兒。地下阿瞞應拊掌，七十二墳今尚疑。

張勺圃得家八世伯祖聽翁所畫山水跋云在茲兄訪我龍眠深處有約偕隱於其別也寫此贈行以為息壤勺圃徵詩己未

黃蘖山房翳碧蘿，龍眠深處得婆娑。先生投老當明盛，故侶相期有澗阿。蒼狗白雲天上變，青山紅樹畫中多。前朝遺墨君收取，莫换山陰道士鵝。

李一山汝謙**得唐拓武梁祠畫像殘本朱竹垞以下題詠甚夥一山招飲出觀索詩因賦長句**

唐拓漢畫世所罕，李君得之頗自慶。竹垞留題到今日，二百餘年盛歌詠。雖然劫火有燒痕，文字未滅猶端靚。洪氏摹存大半無，僅十帝王四孝行。乘人肩背夏祚亡，藉口持為天澤病。日月經天百寶成，豈因秋旱損明盛。第知非桀不譽堯，一暴安能掩九聖！君看鄉里無賴子，投筆便思專國柄。虎狼百萬出山林，吮血磨牙起爭競。詎操掘器濬民災，況說垂旒四方正。竹垞題云：「由黃帝至舜圖皆服冕，禹操掘地器，冠頂銳而下卑。殆禮所云，毋追者，桀以人為車，故象坐二人肩背。」君臣既喪父子隨，生人未免成梟獍。曾閔萊蘭幸獨完，神鬼護呵疑有命。主人飲客出珍秘，松花魚共冰盤淨。酒闌捫腹腐談生，付與時賢足嘲評。

悼金梅生承光

畫筆詩篇夙荷薪，買鄰傍我見情親。菊籬樽罍成陳跡，藥裏刀圭怨海人。文裸兒傳他日業，白頭翁隔帝京塵。鶺鴒急難輕千里，夜雨牀空應愴神。

磐君元日大雪出邑北門為詩和者至百餘篇寄余索和

歲朝被酒尋荒徑，懸厓冰雪開詩興。萬人和起一人倡，佩玉瓊琚滿清聽。自古知音要識真，可憐韓子務袪陳。寒流若許春長在，我亦支離偃蹇人。

再寄

迷陽迷陽塞四徑，狂歌欲止周流興。區區一簣障江河，力匪孟韓誰入聽？龍眠谷口鄭子真，猶能不廢太倉陳。題詩寄遠張吾軍，愧此風波不定民。

暑歸次前韻柬磐君

閉門永日苔封徑，寂寞更無把酒興。積雨生涼枕席清，隱隱轟雷夢中聽。雲窗霧閣事非真，一念紛紜萬象陳。門外三車須自度，可憐終不載癡人。

倫叔去冬寄四絕未和來書致怨次韻謝之

郵中詩與札同披，老友多情致怨思。飲到菖蒲人不見，石榴開上最高枝。久看世態眼如冰，賴有多羅解鬱蒸。胸裏自消蠻觸戰，牛羊滿野孰揮肱！梧桐滴乳藕生花，正是江頭居士家。江月再圓能一笑，荆茅翦盡路寧差。拾得支機作枕眠，媧皇不補沒情天。漫疑户大嫌酸酒，誰見雲龍有和篇。

慎宜軒詩集續鈔

饒苾僧母吳太夫人六十徵詩 庚申

我昔西登黃鶴樓，把酒遥瞻鸚鵡洲。禰衡不肯用曹操，自吐光采凌千秋。是時吾親初白頭，一官遠赴荒山陬。南皮幕府號多士，往往得從賢俊遊。二十年來吾髮白，愧無樹立貽親羞。饒子材為廊廟具，久抒偉論傳九州。忽然斂翮棲海上，飽看蜃氣青紅浮。有母健在今六十，欲借文字娱髓滫。與子初無一日雅，素箋三月兩見投。江湖吞天大國楚，槃敦顧與曹鄶謀。競渡舟喧佳節近，菖蒲酒映安石榴。君字苾僧應識佛，世間言語皆蚍蜉。無量光中無量壽，須從第一義中求。

盧紹劉殿虎以母夫人七十徵詩 庚申

盧子自南來，下車即相訪。謂言母衰疾，往往臥牀上。不意今七十，閭里喜過望。父兮秉至行，己得旌其閭。亦欲及茲晨，褒題行設張。長男更納婦，宗廟助匕鬯。願就先生謀，得詩作歸餉。方今小雅廢，誰肯談帝王。賊恩到孝慈，異說日怪妄。無人放絕之，且復當竈煬。盈盈一尊酒，太和所醞釀。想見上壽時，此中味無量。

天津王祝三郅隆叔母汪太夫人十九守節有一子既婚亦殤因與姒李太夫人同撫祝三今年九十矣祝三事之以母來徵詩為壽 庚申

白髮三千丈，青燈七十年。舊盟心若水，今頌福如川。族望周宗重，州閭禹跡傳。結褵逢窈窕，置祼得蘭荃。門有熬波海，家無種秫田。斷釵陽始豔，折翼禍仍延。一線存猶子，同心守故廛。村機寒夜月，塾飯午炊煙。志共冰霜潔，儲真罄石懸。束修從紡績，稱貸徧周旋。垤蛾違兒願，車牛為母牽。懋遷崇古訓，億中擬前賢。國借朱公策，朋通田甲錢。公卿咸引重，將帥盡交聯。烏鳥思酬德，羔羊各致虔。清和當首夏，老壽比群仙。庭列氍毹舞，堂開玳瑁筵。通家欣忝附，衰筆媿敷宣。自古艱難節，能邀蒼昊憐。徽音宜敬嗣，綏履祝長緜。

閻文介公慕槐仰梧書屋圖公子成叔觀察迺竹**屬題**

中丞千騎鎮東方，每憶王官舊草堂。晚節更為黃閣老，畫圖長付繡衣郎。雲霄悵望千秋隔，松竹蕭條三徑荒。此日欲歸歸不得，側身天地共悽涼。

潘霽軒先生白雲歸岫圖先生道光時官廣平知府告歸作此

世態風雲日日新，故山非復舊時春。晴窗讀書懷芳躅，便是羲皇以上人。

日本諸橋轍次字仲蘇來訪且言將至桐城以冊子求題辛酉

久別君邦富士山，十年人事懶相關。高文不逐江河下，大道終懸霄壤間。多謝鄰賢車漫止，卻憐耆舊鬢都班。龍眠浮渡風流在，雞黍猶堪共往還。

立凡姪裝池惜抱府君殘稿附以劉海峰陳碩士郭頻伽諸人與府君詩札徵題辛酉

零落殘篇出刼灰，百年文獻獨堪哀。退之還往多樊孟，永叔交遊有尹梅。海內是非疑未定，故家門户望重開。瑤華可折休孤負，春到鐘山氣應回。

寄題倫叔賁巢辛酉

小樓新架舊城旁，樓外山光接水光。示病維摩能說法，禦風列子不求漿。獲雛鵲每窺虛幌，作篆蝸今避粉牆。收取萬緣歸丈室，高眠安穩閱滄桑。

王滌齋新營湛廬京師辛酉

大好家山不得歸，人間萬事已全非。越禽代馬雖多戀，北斗南箕且任機。帝里春光隨雨盡，小園花事趁人非。何時一舸乘潮返，太樸峰頭看落暉。

明嘉靖時倭寇江南通州有曹頂者力戰衛鄉里卒死單家店今其州人築亭塑頂象來乞詩辛酉

海隅狂寇起波瀾，邑被焚屠野被殘。開府尚書非李牧，盤矛壯士有陳安。山川不改浮雲白，草木猶餘戰血丹。今日抱忠須此輩，遊人莫枉憑闌干。

題倫叔藏湯貞愍詩龕圖辛酉

西來烽火逼南都，遺則還從屈大夫。一死自酬家國澤。卌年再見市朝蕪。於今粉墨歸詩老，在昔園林剩畫圖。千柄芙蕖萬竿竹，忠魂夜夜傍城烏。

疏通甫達**屬題金梅生畫時梅生尊人子善新喪梅生亦先卒二年矣**辛酉

畫師今不乏，亦頗雜衛鄭。乃翁真可人，獨秉雅樂正。十載客京華，寂寞無人請。正如吳仲圭，不與盛郎競。斯人嗟已亡，山川失情性。餘風有長君，絹素相輝映。伯魚先夫子，英年捐一病。故人收遺墨，犀軸裝潢淨。迎秋滴細雨，似助淚痕迸。親舊日凋零，誰與展觴詠？

辛酉八月遊杭州西湖由上海而歸得詩十八首

白馬銀車不復來，江頭空使萬人回。豈緣枚叔才華盡，故感靈胥宿怨灰。八月十八日候潮不至。

唐宋而還重此湖，典型苟見兩浮屠。錢王壯觀今難索，況說當年白與蘇。此自有感，非譏語也。

柏堂竹閣今何有？盧橘棕櫚一樹無。四面寒山兩虹影，夕陽明滅照空湖。湖上少樹。

丹青廟貌壯湖涯，兩柏猶存龍虎姿。今日南枝定何向，空階自詠四愁詩。岳廟精忠柏。

湖濱尺地萬黃金，幾費豪家門麗心。為問孤山林處士，定無今日好園林。由湖上各莊至孤山，謁和靖墓。

一飯妻兒飽藿羹，僧廚茭筍十分清。可能歸作龐居士，折足鐺中過此生。飯淨慈。

小軒臨水背花開，爭道規摹日本來。野鶩家雞渾不識，那知元是古風回。唐武德中，有匠至日本，乃為造屋。今日本屋皆唐制也。摹煙別墅，日本人為作三間，皆以為彼國制矣。

廊前人賣觀音果，堦下泉游金鯽魚。我到喜無香客擾，獨參大士證心初。三天竺果，惟靈隱天竺山上有之，雜瓣叢生，細花綴其末。

夢中見佛展雙趺，一卷靈文置我儒。今日飛來峰下望，是真是幻拜金軀。昔夢山遊，佛象林立，河干一象尤高大，余試捫之，象忽起立，以一卷書置余懷云：『讀之自解。』自是誦經略開悟。今見峰上羅漢象彷彿夢中也。

中年已與世相忘，老矣尤欣冷淡場。竹影扶輿磐石磴，山幽林靜上韜光。

兩日湖船泛縠紋，炊蒓斫鱠枉紛紜。那知一盞春芽味，卻策山中第一勳。

遊人誰肯顧荒寥，山水名須近市朝。若把紫雲比浮渡，爭如河伯傲秋濤。紫雲洞。

都尉將兵故有勳，著書素願靖時氛。無端晚值稽居道，勾漏丹砂乞與君。初陽臺。

交遊一面十分難，豈意重逢話夜闌。名釀滿壺家饌美，故應一洗老梅酸。夏敬觀招飲，敬觀愛宛陵詩，故以為戲。

我識中興名相孫，豐頤廣額舊風存。樽前莫漫悲身世，終許同清八表昏。贈左南孫兼懷良孫。

安成翦燭夜談詩，我鬢青青子髮垂。今日相逢頭併白，一堂同話兩孤兒。贈諸真長。

翛翛晚雨過松江，欲下還牽獨倚窗。料得城中兩高士，禮堂書定息羣。懷張文遠、錢復初。

革帶孔移禪病起，人間重見沈尚書。樓中半日無生話，更寫新詩壓客車。上海晤乙庵先生，寫詩見贈。

題晉卿真

走馬冰天雪窖中，天山南北看征鴻。今朝短鬢渾如雪，猶是當年矍鑠翁。

書生骨相遜侯王，客舍誰從饋五漿。政坐等身書誤汝，半饑半飽老軀堂。晉卿近頗乏。

畫裏鬚眉莫作真，一身來去等浮雲。便傳彷彿歸縑素，衹與千秋認此君。

病中作 癸亥

維摩虛室自翛然，臥看爐香靜篆煙。病久多閒思舊友，冬乾得雪望豐年。

稻粱粗給何妨止，文字新栞不必傳。但使此心無一物，便從苦海證金僊。

敝篚仍存舊短檠，恍然如見故人情。添膏漏永花頻結，翻卷宵清葉有聲。少日詩書心尚壯，老來河岳氣都平。菜根脫粟猶能飯，嬾與時賢逐浪名。

朝來一雪又新晴，萬象從來應夏正。砌上牡丹抽嫩嘴，屋頭鸜鵒換春聲。病魔得藥隨醫減，詩思如泉逐夜生。慙媿仲方念予季，攜孫日日叩柴荊。

幸交東蜀張居士，略解西方最上乘。相淨可行仍可往，心空無愛亦無憎。不逢海若焉知水，似與尼山共此燈。七寶池邊相見否？妙蓮待我放層層。

猶記當時自署門，歲星行見一周盈。百季最好春長久，萬福無如心太平。朝市異聞來耳惡，鄉閭怪事入談驚。娑婆世豈真如此，欲請瞿曇度眾生。

多嗔夙習未全除，細細消磨付藥壚。有內心文誇稚子，無它腸過怒癡奴。護腮自可常箝口，凝食何妨小齧須！臥疾持名空默記，牟尼久負手中珠。

病中幽味頗相閑，倚枕無眠得小閒。宿火留茶香溢椀，輕雷催雨響離山。孤燈耿耿真吾伴，惡息酣酣任僕頑。悟得諸心皆妄後，鏡中十念不須刪。

敝廬三世誦清芬，在市而能遠市氛。寺近曉鐘侵枕發，雨多宵漲隔城聞。恨違過子從遷願，終守羲之誓墓文。阡外麥田新買得，待將築室傍煙雲。

續鈔說明

右先君詩八卷、附續鈔一卷，起庚辰終癸亥，得詩五百六十有六首。先君自定詩次以年，今續鈔謹遵前例，惟間有不可考者缺焉。要在庚申、辛酉間者，先君少學詩於大父幸餘府君、外大父徐菽存先生，師事同邑方存之、吳摯甫、武昌張廉卿諸先生，又與吾伯父、仲父、姑父馬通伯、范無錯兩先生相切磋，而方倫叔、槃君及懷甯鄧繩侯、全椒金子善諸老輩，亦皆總角交。其後校書閱文於長沙王益吾學使、婺源江蓉舫都轉幕中，授經於義甯陳伯嚴先生家，教士於安慶，於直隸，於京師，考察學制於日本。民國肇建，與修清史，於海内賢士大夫罕有不識。

其唱酬之作見於集中，不可僂指數。嘉興沈乙庵方伯嘗取先君詩與馬通伯先生文，合刊之，稱『二妙』。而吳摯甫先生之評先君詩謂：自庚辰以來，詩境逐年加老，至庚寅則極力一變，高不可攀，然才力實得之天挺。故庚辰諸作已自闖然入著作之林，信乎文章之事，蓋有天焉，非人力也。侯官嚴幾道先生又謂：壬子詩尤排奡驚人，如萬壽山、天壇古柏諸歌，想杜公為之不過如是。膠州柯鳳生先生亦云：語語創造，不肯拾前人牙慧，是融合退之、東野、子瞻、魯直為一家言者。夫文學固不能無賴於師友之助，然知之深且切者，亦莫師友若也。

小子安國不幸幼孤，未能深探家學。讀先君詩茫然如入乎深山大澤，莫辨其途之所由往。惟悠然以思，瞿然以驚，而不知涕之流落也。是集已兩次印行，而遠近友好索者猶眾。安國無以應，乃復取印之，並增輯續鈔一卷於後，而於先君平生，師友淵源，與夫所評識之語存其大略。尚望愛先君詩者，加以考證且廣其傳。此則小子所馨香企禱者也。

辛未仲春月，男安國謹識。

附録

叔弟行略

姚永樸

吾弟永概字叔節，號幸孫。桐城姚氏吾族遷自浙江之餘姚，世有明德。曾祖諱騤，贈通議大夫。祖諱瑩，嘉慶戊辰科進士，官終湖南按察使，世稱石甫先生。考諱濬昌，以佐曾文正公戎幕，保知縣，終湖北竹山縣知縣。生我兄弟五人，伯兄諱永楷，績學早世；次永樸，次即弟，皆先妣光恭人出。次永棠，次永槮，庶母張孺人出。

弟少英慧，年十八補諸生，二十有三應光緒戊子科鄉試，同考官南豐曾公道唯得卷大驚，薦之主試李公文田、王公仁堪，相與激賞，置榜首，謂必耆宿。撤彌封乃知其年，又悉先世，益喜。王公還都，輒矜於鉅公前，且曰：『昔石甫先生官吾閩，有遺惠，今乃得其孫。』然弟屢赴春官，竟不第，泊如也。

初，先考自江西安福引疾歸，買宅掛車山，吾兄弟皆少，先考嘗使為詩，獨奇弟。先考還故任，旋丁大母蕭太恭人憂，家居貧甚，吾兄弟衣食於奔走。弟所主如長沙王公先謙、婺源江公人鏡皆當世名人，而依同里吳摯甫先生最久，得力亦最深。吳先生嘗稱其詩文才氣俊逸，足使辭皆騰踔紙上，雖百鈞萬斛而運之甚輕也。

其後先考改官湖北，卒於竹山，永樸偕弟扶櫬返，時先妣已前卒，附葬蕭太恭人墓右矣。弟周歷岡阜，更得穴以葬。兩弟及陳氏妹皆幼，教養婚嫁，吾與弟分任之。伯兄遺兩孤，亦相與提攜，今各入仕籍矣。惟稚弟資筆墨為生，弟病中深念，言之流涕。其於安徽或本邑事有關於利害者，苟力能陳之當事，必盡言無隱。族戚有諉託，不以劬瘁辭，有爭則為調釋，人咸倚賴焉。

自先考沒，絕意進取，嘗以大挑二等選授太平縣教諭，又舉博學鴻儒，皆不就。入民國，總理段公祺瑞以高等顧問官聘，總統徐公世昌招入晚晴簃選詩，弟笑謝曰：『吾如處女，少不字，老乃字邪？』顧殫心教育，光緒末詔各省興學校，安徽大吏延充高等學堂教務長，旋改師範學堂監督。弟詳定規則，廣購書籍儀器，擇知名當世者為之師，於中西無所偏徇，人才蔚興。後一應北京大學之聘，及蕭縣徐君樹錚築正志學校，延為教務長，未幾易名成達，勢異疇昔，保護尤艱。又兼充清史館協修，分任諸名臣傳，每脫稿，同館嘆服。弟少秉先訓，長博覽群書，徧交海内賢士大夫。其論學不分門户，而制行一以宋賢為歸。初掇巍科入都，先考猶在官，弟年少氣盛，顧恂恂自飭，無纖毫矜誇習。吾家舊風：令節若誕辰，弟於兄必四拜，兄揖之而已。及弟年老，相對鬢髮皆白，吾數止之，弟仍遵禮勿肯違，人第服其議論雄辨，為文章浩博無涯涘，豈知檢身之密乃如是邪！晚年耽心内典，得趣頗深，所著有慎宜軒詩文集及讀書筆記各若干卷。其為諸生編緝者曰孟子講義、曰左傳選讀、曰歷朝經世文鈔、曰初學古文讀本。

其疾也，患生輔頰，綿延兩年，竟以癸亥年六月十九日卒，年五十有八。娶徐氏，側室顧氏。子二：安國、充國；女三：長適馬根蟠，次字馬其爵，次生甫一歲。明年夏六月二十二日，安國等奉母命權厝其柩於邑西毛家河，將擇吉壤以葬。

方弟未終，顧余曰：『吾死，兄為撰行略，柯鳳孫、馬通伯銘幽，陳伯嚴表墓，王晉卿作傳。』兹循其意，特述生平學行梗概如此，倘諸君子念曩時相與之厚，錫以鴻文以存其實，以詔其子孫，感且不朽。仲兄永樸泣述

慎宜軒筆記題辭

姚永樸

予弟叔節詩古文辭夙為海内賢士大夫所稱許，嘉興沈乙庵方伯嘗取其詩與馬通伯文並印行，謂『皖之二妙』。惜晚年諸篇未及載。古文弟手定，卒前一歲刊成。其讀書所記，多有裨世道，且詳考古人文勢語脈，更證之他書，故解説往往得微旨。以逐時塗改，朱墨狼籍行間。病中扃諸篋，既逝，予不忍啟視，逾年乃攜至建德，分四類鈔之，而附所聞於父兄師友者，名曰慎宜軒筆記凡

十卷。

初，先妣生永樸兄弟三人，其後庶母又得兩弟。伯兄績學早逝，弟才氣英邁，體亦視予為健。自登賢書，數試禮部不第，疆吏欲薦而官之，輒固辭。鼎革後益浩然無用世意，偕予教授京師累年。會清史館開復，同膺編纂之聘。予短視，步恒趦趄，每適館，弟必肩隨予。館長趙次珊先生見之，迎笑曰：『吾年八十矣，儻與君競行，未知孰為先後。他日君逮吾年，欲無顛蹶，其將若弟是賴乎？』眾為粲然，予亦自念疲蹇，固當先弟終。平生所著或未編次，且託之弟，豈知今者乃於荒江窮谷間為弟寫定兹稿。嗚呼！悕矣！

弟四十後嘗撰孟子講義、左傳選讀二書，於義理文法論之綦詳，正志學校已印行，世多有之，故是編不更采入云。乙丑夏四月兄永樸記。

慎宜軒詩序

姚永樸

光緒初，先考自安福引疾歸，卜居邑西掛車山。地多林壑之勝，時時為詩自娛。予兄弟讀書之餘，亦間進所作。先考獨奇叔弟，以為異日必紹家學無疑也。其後先兄早亡，吳摯甫先生嘗稱其詩得沖澹之味，而所存殊寡。予奔走於衣食數十年，以好經、史之學，於詩不多作，偶為之，不逮弟遠甚。大抵詩之為道，必性情眞乃能有物，又必資乎學力乃能有章。二者既得之矣，然苟才氣不足以副之，終不能以自達。甚矣詩之難為，而為之多且工，蓋尤難也。

吾弟天懷浩落，篤好羣書，固有以立其本矣。而吳先生顧稱其才氣俊逸，足使辭皆騰踔紙上，雖百鈞萬斛而運之甚輕，故能出入於李、杜、蘇、黃諸家中而自成體貌，庶幾韓退之所謂『人皆劬劬，我獨有餘』者哉！吾家夙多詩人，而世所盛稱者莫如惜抱府君。昔徐椒岑先生總論吾邑二百餘年詩家，謂惜抱之後，精詩學者為方植之。植之之後，必推先考。予謂繼先考而起者，莫如吾弟。夫文章，天下之公物，其品之高下，非親愛者可得而私，要其光氣所及，卒亦不可得而揜也。

是稿嘉興沈子培方伯嘗校印於皖，吾弟以其中多少作，芟薙過半，兹益以近歲之詩，釐為八卷付印，將就正海内君子，予為序其首云。

己未冬十有一月兄永樸。

慎宜軒集序 戊申

馬其昶

外舅安福君謝官歸，余爲館甥，時叔節偕其兩兄方就外傳，三人者性質殊然，皆與余相善也。外舅工爲詩，其論學戒炫鬻，吾黨硜硜，一循其軌轍。叔節年少，學驟進，詩文並茂，余不能詩，嘗一爲之，不工，遂棄去。外舅之重蒞安福也，通州范肯堂亦就婚官舍，遂大爲詩，父子、兄弟、甥舅、夫婦更迭和唱，裒然成編矣！其後改令竹山，終在任所。閑伯已前卒，肯堂會喪桐城，時幽、燕俶擾，天子蒙塵，肯堂被病清羸，感觸身世之際，凄然苦語窮朝暮，索余文觀之，未及半而去。

今肯堂則既死矣，獨余與仲實、叔節猶得假館近縣，歲時歸聚，從容出所業相質正，然誠皆不意今便爲逾五十人也。頃叔節見語，郡守惲公録其文，將爲印行，徵余序，余未及爲。先是叔節以皖中新刻肯堂詩寄我，評目其詩國朝第一。余復書論肯堂所詣誠過絕人，顧詩家各有其性情體貌，正不容軒輊，且吾輩數人暱好，世所聞也，稱心而言，人疑其黨，因約刻集不相爲序。叔節遂不余強也。

余既盡讀肯堂詩，私念今世寧復有是詩，又寧復有斯人乎？世曷嘗無人，有之而不與吾接，則等於無矣。幸而並生一域，又託爲骨肉親愛，當其生，不知其難得也，及其既逝，彼此志業所期，或頗未傾寫，猶不若後人讀吾書者之我知，寧非憾邪？所謂戒炫鬻，又豈此之謂乎？然則叔節之檢存所作，用諗同志，有以哉！余雖欲不言，烏得已也。肯堂歿，余未有紀述。敘叔節文，感而思焉，若夫叔節才美不後肯堂，同爲吳先生所激賞，其名聲已自能顯於世，余故不暇以詳，仍前志也。王晉卿曰：先生善於言情，左縈右拂，低徊欲絶。

送姚叔節序己丑

馬其昶

己丑夏，叔節罷試禮部，歸里，主予家者一月，且行索言爲別。予不親先聖墳籍廢業者久矣，無以應。及秋，其兩兄亦來，幽居結轖，無可與語。覩故人至則喜，莊生所謂聞足音跫然者也。仲實時時引與談易。深夜思叔節乃遠在千里，往者歲月寬閒，吾黨三數人聚處，皆年少，可搏一誦讀。今予更憂患，又各有衣食奔走之累，求如曩時讀書，殆不可得。時一展卷，則悠然會心，然後知易之書，於人事爲甚切至也。而叔節近方治詩，貽書求田間錢先生詩學。嗟乎！先生不得已而著書見志，莊以繼易，屈以繼詩，蓋其離憂愁鬱，有感於身世之際微矣。其論詩，謂與尚書、春秋相表裏，且必考之三禮，徵諸三傳，稽之五雅，何其論博而篤也！予謂治經者貴晰粗以禦精，易之辭寓諸實，而其用也虚，其取象無端，膠之則一隅，會通之則足以周天下之故，惟詩也亦然。叔節才敏而學詩，詩之與易果有可通焉者乎？吾願因其兄以訊之。吳先生曰：湛深經術之文。陳伯嚴曰：談言微中，意象超卓。

姚叔節排印所著文詩五卷序戊申

馬其昶

余季廿一，就婚姚氏。時外舅安福君方謝官寓皖城，有三子，閑伯、仲實、叔節。叔節齒最穉，裁十歲，有成人之度。余居一月歸，其後姚氏旋里，兩家過從益密。吾縣先輩風教，必兼治義理、辭章，姚氏自惜抱先生後，尤人士所歸嚮。外舅喜爲詩，詩精顓且多。其論學戒炫鬻，吾黨硜硜守其軌轍，無或軼。叔節學驟進，詩文並茂，余不能詩，嘗一爲之，不工，遂棄去。已而外舅再出蒞安福，通州范肯堂亦就婚官舍，遂大爲詩，父子、兄弟、甥舅、夫婦賡續和唱，裒然成編也。

余與肯堂始晤江寧，再晤天津，及外舅卒官，肯堂會喪桐城，時閑伯已前卒，肯堂亦被病清羸，感觸身世之際，幽燕俶擾，天子蒙塵，淒然苦語窮朝暮。余所著書，平居不欲示人，即肯堂來，亦第取觀余文，未及半而去。今肯堂則既死矣！幸仲實、叔節及余爲時所棄，假館近縣，歲時歸聚，猶得各出所業，從容質問，然誠不意今便爲逾五十人也！叔節當強仕之季，雖不出，乃與仲實竝主皖學，教澤之覃及者遠，其窳薄可愧赧者，唯余獨耳！

今季春叔節見語守惲公季申，録其文詩五卷，將排印之，徵序於余。余諾之，未及爲。先是皖中校印肯堂詩，爲范伯子詩集十九卷，既成，叔節寄我，且評弟其詩爲國朝第一。余復書論肯堂才雄思深，要自能不朽，顧詩家各有性情體貌，正不容軒輊，且吾數人暱好，世所聞也，稱心而道，人疑其黨，因相約刻集，彼此不相爲序，叔節遂亦不余強也。余既盡讀肯堂詩，私念今世寧復有是詩？又寧復有斯人者乎？世曷嘗無人，有之而不與吾接，則等於無矣。幸而並生一域，又託爲骨肉親愛，當其生，不知其難得，及其既逝，而乃與古人同致其慕想，而平生所詣，或頗猶有未相傾寫之慨，長此終古，何爲者耶？所謂戒炫鬻者，又豈此之謂乎？然則叔節之檢存所作，用諗同志，有以哉。余雖欲不言，烏得已也。

肯堂之沒，余未有紀述，敘叔節文詩，感而思焉。若夫叔節才美不後肯堂，同爲吳至父先生所激賞，其名聲已自能顯於世，余故不暇以詳，仍前志也。

姚叔節墓誌銘 癸亥

馬其昶

壬戌夏，余在京師，姚君叔節偕其兄仲實還桐城，逾年六月十九日，以疾卒於家，年五十有八。仲實致赴告，且述其垂絕，以傳狀誌銘乞文於柯君鳳生、王君晉卿、陳君伯嚴並諉謚及余。嗚呼！余忍銘吾友邪？

始余甫逾冠，就婚姚氏，君年十一耳，其長兄曰閑伯，次仲實，每從余商論文史，以君幼，未遽語也，君輒愠見辭色，謂：『奈何輕我？』余等咸悚異之。又十二年，中式光緒戊子科鄉試舉人，考官李文田、王仁堪皆負時望，病科舉文日卽靡敝，以江南多才嶲，思得老儒宿學居榜首，用振起之。得君文置第一，撤卷頗訝其年少，及觀其先祖父有高名，乃喜相告，慶得士矣。後屢試禮部不第，久之，選授太平縣教諭，不就。當是時，變法之議興，朝旨旣罷科舉，各行省皆興學。君充安徽高等學堂教務長，改師範學堂監督。君爲人孝友篤至，其教士必根本道德，以文藝科學爲户牖。與人交，披瀝肝腑，無不盡。廣坐高談，音響震越。安徽數更大吏，咸欽君才望，有大計輒就決於君，是非得不謬，鄉里往往被其惠，而謗議亦滋起，於是君益浩然無用世之志矣。民國肇建，應北京大學之聘，爲文科學長，蕭縣徐又錚尤國士遇君，創正志學校，君長教務尤久，正志學風出京師諸學校上，天下無異詞。清史館之設也，柯、王二君暨余及君兄弟皆從事焉。君論學於漢、宋無所偏主，詩文有俊逸之氣，吳至父先生稱之不容口，有《慎宜軒集》若干卷，嘗著《辛酉論》六篇，皆有關風教，惜乎史未勒成，而仲實以老病歸，君且不幸而遽卒也。館長趙尚書聞而唏曰：『今海内學人，求如二姚者，豈易得乎？』余寡交遊，其同里親故數人皆衰老，君年差減，意氣猶盛，嘗私計異時不朽之託，當以累君，今乃執筆述君之行也，能無愴於懷邪？君諱永概，叔節其字也。祖諱瑩，湖南按察使。父諱濬昌，湖北竹山令，有惠愛，工爲詩。君娶徐氏，副室顧氏，子二人：安國、充國，皆幼，女三人，長女爲余子婦。君葬未有期，余豫爲之銘以待。銘曰：

嗟君一别，終古不見。我銘君藏，隻辭無衍。君靈鑒兹，敢忘夙眷。唐天如恩溥曰：氣體醇古，遒折處尤直逼半山。王晉卿曰：無虚辭，無溢美，鑄語質健，神采四溢，叔節得此，可以不朽矣。